中國 唐宋詩話 解題 〔2〕

제3편 南宋 詩話 解題

柳晟俊 著

明文堂

창밖으로 겨울 하늘을 바라보니, 구름 한 점 없이 맑고 푸르다. 아무 잡념 하나 없이 心平한 자세로 다년간의 긴 寫作 과정을 거치고서 이제 본서를 마무리하는 글을 쓴다. 비록 책의 내용에 만족하지 않지만, 그간 나름대로 수고한 보람을 느낀다. 아직까지 흐릿하지 않은 정신과 그런대로 버틸 수 있는 육신을 허락하신 하나님 은혜를 깊이 감사드린다.

微力하나마 평생 중국 고전시와 벗하여 同苦同樂하며 살아왔다. 그 삶이 주로 서재에서의 시간들이기 때문에 단조롭고 획일적인 이미지를 줄 수 있지만, 의식세계로서는 그 속에서 다양하고 기복이 심한 波瀾萬丈의 苦海를 헤쳐 왔다고 말하고 싶다. 평소 연구 분야는 唐詩를 중심으로 한 고전시 고찰과 韓國漢詩와의 비교, 그리고 시론적인 안목을 高揚하기 위한 시화 정리 및 분석 등 세 방면에 주력해왔다. 그중에 시화 연구는 비교적 늦은 시기에 시작하였으니, 1991년 하버드(Harvard)대학에 방문학자(Visiting Scholar)로 1년간 체류하는 기간에 시화 연구의 필요성을 새삼 인식했기 때문이다. 시를 연구하면서 전래의 시 감상법만으로는 시 이해와 분석에 한계를 느껴오던 차에, 英美 시 연구의 방대하고도 심층 있는 연구 자료를 참고하면서, 중국시의 이론을 중국 시화에서 구명해야겠다는 절실한 각오가 있었다. 그 후에 시 연구의 객관적 근거 자료를 각종 시화에서 강구하게 되고 동시에 시화 자체의 정리분석도 병행하게 되었다.

그리하여 저서로 ≪淸詩話研究≫(國學資料院 1999년), ≪中國

詩話의 詩論≫(푸른사상 2003년), ≪중국시화의 이해≫(현학사 2006
년), ≪淸詩話와 朝鮮詩話의 唐詩論≫(푸른사상 2008년), 그리고
역서로는 ≪懷麓堂詩話≫(명대 李東陽 著, 푸른사상 2012년) 등을
출간하고, 시화 관련논문으로는 〈詩學纂聞의 論唐詩考〉(≪中國硏
究≫ 제15집 1994년), 〈黃培芳과 그 詩話 三種의 唐詩觀考〉(≪中
國學報≫ 제37집 1997년), 〈趙執信의 談龍錄은 神韻說을 어떻게 보
고 있는가〉(≪中國文學理論≫ 창간호 2002년) 등 20여 편을 발표하
였다. 그와 관련하여 韓中日 등 10여 국가 학자들이 중심으로 창립
한 國際東方詩話學會의 회장직(2005-2009년)을 맡아서 학술활동
에 참여하기도 하였다. 이와 같이 시화를 늘 가까이하면서 이번에 唐
代와 五代, 그리고 北宋과 南宋 시화를 살펴보는 중에 시화 해제의
필요성을 절감하게 되었다. 그 이유는 시 연구의 기본적인 시평 자
료인 시화를 이해하고 분별하려면 각 시화의 내용을 파악할 필요가
있고, 아울러 필요한 시화의 선별과 그 소재 파악 즉 版本을 알아
야 하기 때문이다.

　　본서 구성에 있어서 상당한 시간을 통하여 고민하면서 시화 선
별에 시행착오를 거듭하였다. 그리하여 당대와 오대 시화 19종, 북
송 시화 35종과 남송 시화 26종 총 80종을 엄선하여 ≪中國 唐宋
詩話 解題≫라는 서명으로 설정하였다.

　　唐·五代 시화는 수량이 적고 皎然의 ≪詩式≫이나 孟棨의 ≪本
事詩≫, 그리고 司空圖의 ≪二十四詩品≫등 후세 시론에 지대한 영
향을 준 시화 외에는 시론적 격조가 그리 높지 않은 반면에, 북송과
남송 시화는 양적으로 수량이 많고 질적으로 고차원의 시론을 전개
한 시화가 다수 있다.

　　북송 시화는 '詩話'란 명칭을 처음 채택한 歐陽修의 ≪六一詩話≫
를 위시하여, ≪全唐詩≫에 단 한 수의 시도 수록되지 않고 청대 말
敦煌文 자료에서 시집이 처음 발견된 詩僧 王梵志를 皎然의 ≪詩式≫
과 함께 시를 인용하여 서술한 范攄의 ≪雲溪友議≫, 엄격한 詩格과

典故를 중시한 江西詩派 宗主인 黃庭堅의 ≪黃山谷詩話≫와 陳師道의 ≪後山詩話≫, '學詩詩'를 지어서 시론의 종교사상을 강조한 吳可의 ≪藏海詩話≫ 등을 들 수 있다.

남송 시화는 1,150여 시인의 시와 軼事를 수록한 計有功의 ≪唐詩紀事≫, 杜甫 시를 집중적으로 고증하고 분석한 張戒의 ≪歲寒堂詩話≫, 방대한 분량으로 고금의 시 전반을 품평한 葛立方의 ≪韻語陽秋≫, ≪詩經≫의 詩敎的 논리를 주장한 朱熹의 ≪淸邃閣論詩≫, 江西詩派의 논조에서 독자적인 시론을 주창한 姜夔의 ≪白石道人詩說≫과 劉克莊의 ≪後村詩話≫, '以禪入詩'의 悟得과 興趣를 내세운 嚴羽의 ≪滄浪詩話≫ 등을 들 수 있다. 이들 擧名한 각 시대의 시화류는 그 시론적 가치가 至高한 시화로서 중국시학 연구에 있어서 '淸詩話'와 함께 중요한 참고자료이다.

당송 시화에 대해서 이미 전인의 서술이 있으니, 명대 胡應麟은 唐人의 시화를 평하여,

> 당인의 시화로 지금 전해지는 것은 매우 적다. 맹계의 ≪본사시≫는 소설가류이다. 다만 은번과 고중무의 글은 자못 분명한 논리가 있다. 장위의 ≪시인주객도≫는 뜻과 예어가 편벽되어 있어서 진실로 웃음을 참을 수 없다. 그러나 그 서술하고 있는 것이 또한 스스로 동감하는 점이 있으니 특히 주객설을 창안한 것이다.
> 唐人詩話今傳者絶少. 孟棨本事詩, 小說家流也. 惟殷璠高仲武頗有論斷. 張爲主客圖, 義例迂僻, 良堪噴飯. 然其所詮, 亦自有感, 特創爲主客之說.(≪詩藪≫〈外編〉卷3)

라 하였고 명대 許學夷는 宋人의 시화를 평하여,

> 송인의 시화는 하나하나 다 서술할 수 없으나 대개 사실을 기록한 것이 많고, 간혹 다른 의논이 섞여 있으니 시의 법도에는 별 도움이 안 된다.

> 宋人詩話, 種種不能殫述, 然率多紀事, 間雜他議論, 無益詩道.(≪詩
> 源辯體≫ 卷35)

라고 하였으며, 청대 梁章鉅는 보다 구체적으로 송인 시화를 다음과
같이 논평하였다.

> 시화는 송대보다 더 성행한 적이 없었으니 지금 ≪사고전서≫에 수
> 록된 것이 ≪육일시화≫부터 20여 家나 되는데, 실지로 시를 짓는
> 데 보탬이 되는 말을 찾는다면 얻을 게 많지 않다.
> 詩話莫盛于宋, 今四庫所錄, 自六一詩話以下二十餘家, 求其實係敎人
> 作詩之言, 則不可多得.(≪退庵隨筆≫)

　예나 지금이나 당송 시화에 대한 시론적 가치 평가가 다양한 것
은 그만큼 시화로서의 중요성을 지니고 있다는 증거이기도 하다. 본
서의 80종 당송 시화는 原典을 수집하여 정독하면서 시학적 가치와
稀少性, 그리고 深度 등을 나름의 각도에서 감안하고 분석하여 選輯
하였기에 누락된 더 중요한 시화류가 不少한 점도 인정한다. 예를 들
면 魏慶之의 ≪詩人玉屑≫이나 蔡正孫의 ≪詩林廣記≫처럼 기존 시
화에서 부분별로 초록한 바 독자적인 논조가 부족한 시화류, 그리고
沈括의 ≪夢溪筆談≫이나 王應麟의 ≪困學紀聞≫처럼 문예 부분이 있
기는 하지만 시론서로서 온전하다고 보기 어려운 시화류 등은 비록
중요한 자료이기는 하지만 본서 선집 기준에서 제외하였다.

　본서의 서술 과정에서 시론의 특성, 시인의 비중과 위상 등 중
요하다고 평가되는 경우에는 편향적이라고 볼만큼 장문으로 加筆하
기도 하였으니, 杜甫의 다양한 풍격이나 李白(李太白)의 詩語 특성,
王梵志 시의 현실비판적 의식, 蕭穎士, 錢起, 盧綸, 戴叔倫, 張祜, 皮
日休 등 唐詩史的으로 중시되어야 할 작가 등, 그리고 韓中詩 비교
부분에서 王維와 申緯 시의 繪畵美, 羅隱과 崔致遠 시의 비교, ≪全
唐詩≫ 所載 新羅人 시와 渤海人 시 등을 들 수 있다.

    '解題'라는 命題 下에 나름의 주관이 깊이 개입되어 객관성이 결여된 점이 있다면 諸賢의 깊은 諒知를 바란다. 본서 寫作 과정에서 각종 시화에 기술된 字句의 誤謬와 시화서 시문의 誤記, 그리고 이해하기 어려운 方言이나 隱語 사용 등이 적지 않아서 정확한 고증과 해석이 쉽지 않았으며, 인용 시문에 대한 번역상의 誤譯도 적지 않을 것이란 점에서 제현의 叱正과 指敎를 바라마지 않는다.

    본서를 펴내면서, 창립 백 년의 역사를 통하여 출판문화의 전통을 具現해 온 明文堂 金東求 사장님의 厚意에 깊이 감사드린다. 좋은 의견을 보태준 조규백 박사와 류신 박사의 指敎에 감사하고, 편집 교열에 수고한 이은주 선생의 勞苦에 감사한다.

                                                    2021년 정월
                                            東軒에서 柳晟俊 삼가 씀

〔目 次〕

[凡 例]

1. 본서 서명 ≪中國 唐宋詩話 解題≫의 '解題'는 각 시화서에 대한 비교적 구체적인 분석 고찰의 성격을 지닌다.

2. 본서 서명의 唐宋詩話에서 '唐'은 '唐代'과 '五代'의 시화, '宋'은 '北宋'과 '南宋'의 시화를 포함한다.

3. 본서에 選錄된 시화는 300여 종의 唐代와 五代 시화, 그리고 北宋과 南宋 시화 중에서 시론적 가치와 위상을 감안하여 何文煥 編 ≪歷代詩話≫, 丁福保 編 ≪續歷代詩話≫, 臺灣 廣文書局 編 ≪古今詩話叢編≫, 上同 ≪古今詩話叢續編≫, 郭紹虞 編 ≪宋詩話輯佚≫, 郭紹虞 著 ≪宋詩話考≫, 蔣祖怡等 編 ≪中國詩話辭典≫, 張伯偉 編撰 ≪全唐五代詩格校考≫ 등 자료를 근거로 하여, 필자가 시화 원문을 직접 정독하여 선정한다.

4. 본서 수록 시화의 해독은 原典 版本에 의거하되, 校勘이나 注釋이 있는 시화는 참고하고 인용한다.

5. 본서 시화의 해제 서술은 대체로 시화 작자, 시화 成書와 전래, 그리고 시화의 주된 내용과 시론적 특성, 판본 등의 순서로 진행한다.

6. 본서 시화 해제에서 작자의 시와 시론을 長短 間에 소개하고, 시화의 시론 분석에 있어서는 가능한 한 시화 원문을 인용하고, 그에 적합한 시문을 例示하여 시화의 특성을 밝힌다.

7. 본서 시화의 원문과 인용 시문의 韓譯은 원문에 충실하게 直譯을 원칙으로 하고 意譯을 최소화하며, 人名, 書名, 作品名, 地名 등은 원문대로 쓴다.

8. 본서 해제에서 僻字에 대해서는 한글 音을 부기하고, 난해한 용어나 成語는 본문 또는 각주에서 보충 설명한다.

9. 본서 내용의 이해를 돕기 위해서, 〈序說 ― 중국 詩話와 그 詩學的 位相〉에서 '시화의 의미', '시화의 淵源說', '시화의 論詩 實例' 등을 簡述하는 동시에, '唐代 이전 주요 시화 例擧'에서 시화 4종을 간략히 해제하고, 각 조대별 시화 해제에 導言을 둔다.

10. 독자의 이해를 돕기 위해서, 본서 해제 내용 서술에서 인용된 700여 수 시 목록을 〈시화별 인용시의 詩題 목록〉 명칭으로 부기한다.

11. 본서에 選輯된 唐代 이전 4종 시화와 唐·五代와 北宋, 南宋代 시화 80종은 각각 해제 내용의 판본 부분에서 기술하였기에 참고서목에서 제외하고, 본서 작성 과정에서 비교적 중요하게 참고한 각 부문 도서 목록을 〈주요 참고문헌 목록〉 명칭으로 부기한다.

12. 본서의 기호 표기에 있어서 서명은 ≪≫, 詩題는 〈〉, 본문의 인용문은 「」,『』, 용어나 술어 등은 ' ' 등으로 구분하여 표기한다.

제3편 南宋 詩話 解題

導言

《唐詩紀事》 - 計有功

《觀林詩話》 - 吳聿

《碧溪詩話》 - 黃徹

《環溪詩話》 - 吳沆

《歲寒堂詩話》 - 張戒

《艇齋詩話》 - 曾季貍

《苕溪漁隱叢話》 - 胡仔

《捫虱新話》 - 陳善

《高齋詩話》 - 曾慥

《韻語陽秋》 - 葛立方

《庚溪詩話》 - 陳巖肖

《能改齋漫錄》 - 吳曾

《容齋隨筆》 - 洪邁

《老學庵詩話》 - 陸游

《二老堂詩話》 - 周必大

《誠齋詩話》 - 楊萬里

《全唐詩話》 - 尤袤

《淸邃閣論詩》 - 朱熹

《白石道人詩說》 - 姜夔

《草堂詩話》 - 蔡夢弼

《後村詩話》 - 劉克莊

《江西詩派小序》 - 劉克莊

《娛書堂詩話》 - 趙與虤

《滄浪詩話》 - 嚴羽

《對床夜語》 - 范晞文

《深雪偶談》 - 方岳

導言

　　南宋은 宋朝가 女眞 金國의 침입으로 도읍을 汴京에서 南京으로 옮긴 시기(1127)인 高宗 建炎 元年부터 시작된다. 시기적으로 北宋 徽宗(재위 1102-1125)과 欽宗(재위 1126년)이 1126년 4월, 金人에 붙잡혀 北으로 끌려가는 최대의 수모를 당하고 이어서 移都하여 동년 5월에 高宗이 南京에서 즉위하니 이 시기부터 남송이라 칭하게 되었다. 도읍을 옮긴 이후에도 金國의 부단한 침략과 간섭이 진행되었고, 그 후 帝昺이 元 世祖에게 나라를 넘겨준 1280년까지 154년간을 북송 시기와 구별하여 '남송' 시기로 구분한다. 남송 문단은 북송의 연장선상에서 하나의 송대 문단이 되지만, 문학사적으로 국운이 쇠미해져가는 시기의 문학사상이 북송 시기와 상당히 차별화하게 되었다.

　　북송 말기에 陳與義(1090-1138)를 중심으로 呂本中(1119 전후)과 曾幾(1084-1166) 등이 강서시파의 추종자로 활동하다가 남송에 이르러서 강서시파에 반대하고 비판하는 사조가 일면서, 陸游(1125-1210), 楊萬里(1127-1206), 范成大(1126-1193), 尤袤(우무, 1124-1193) 등 南宋四大家와 姜夔(강기) 등이 바탕은 江西詩派 시풍에 두면서 나름대로의 자립을 추구하게 된다. 그리고 그 후에 永嘉四靈이 등장하면서 「上返唐詩」 즉 '唐詩로의 회귀'를 주장하게 된다. 아울러 같은 시기에 戴復古(1167-?)를 선두로 江湖派가 등장하여 江湖에 유랑하며 나라를 걱정하고 시세를 상심하거나, 權貴의 부패 풍자, 민생에의 동정 등의 내용을 지닌 시문을 지어서 왕조 말기적 현상도 보였다. 이런 세태 속에 시와 종교 사상 특히 불교의 參禪 사상을 접목한 嚴羽의 ≪滄浪詩話≫가 출현하면서 남송 시론은 중국시론의 금자

탑을 쌓는 경지에 이른다. 엄우의 '以禪入詩'(참선하는 정신으로 시의 경지에 들어감)의 興趣說은 元明淸代를 거치면서 중국시론의 근거가 되어 명대 李東陽, 청대 王士禎과 袁梅로 이어지는 맥락의 원천이 되었다.

남송의 정치 혼란과 외세 침략으로 인한 민심의 동요와 질고는 시단에도 다양한 풍격의 파생과 조화가 조성되고, 그에 따라서 남송 시화는 북송의 비교적 순조로운 풍조와는 달리 다분히 반항적이며 돌출적인 시론을 전개하는 시화가 창작되었다. 그래서 남송의 시화는 그 양적 질적인 양면에 있어서 괄목할만한 작품들이 나왔다. 대표적인 시론 주창자로서 張戒의 ≪歲寒堂詩話≫, 葛立方의 ≪韻語陽秋≫, 陸游의 ≪老學庵詩話≫, 楊萬里의 ≪誠齋詩話≫, 尤袤의 ≪全唐詩話≫, 姜夔의 ≪白石道人詩說≫, 劉克莊의 ≪後村詩話≫, 그리고 嚴羽의 ≪滄浪詩話≫ 등이 그 예라 할 수 있다. 이들 시화 중에 장계는 詩聖인 杜甫 시를 심도 있게 독창적인 안목으로 考據하고 분석하였고, 갈립방과 우무는 방대한 분량으로 각 시대의 시인을 다각적으로 고찰하였으며, 육유와 양만리, 그리고 강기와 유극장은 나름대로 독창적인 시론의 학설을 주창하여 이전 시대의 시론을 정리하고 후대의 시론 발달에 새로운 지표를 제시하였다. 특히 엄우는 '詩禪一致'(시와 참선의 정신은 서로 통함) 논리를 제기하여 중국시론 정립에 이정표적 역할을 하였으니, 다음에 그 시론 중에서 詩禪 관계 부분의 내용을 개관하기로 한다.

엄우의 시론에서 詩禪 관계는 시의 창작정신에 응용되는데 그의 ≪滄浪詩話≫〈詩辨〉에서 주로 논술되고 있는데, 그 문장의 일단을 본다.

선가류에는 소대의 승이 있고 남북의 종이 있으며 정사의 도가 있으니, 학습자는 모름지기 최상의 승을 따라 바른 법안을 갖추어 제일의를 깨달아야 한다. 소승선이라면 성문승과 벽지승 따위인데 모두 바르지 않다. 시를 논함은 선을 논함과 같으니 한위진과 성당의 시가 즉 제일의이다. 대력 이후의 시는 즉 소승선이어서 이미 제이의로 떨어져 있다. 만당의 시는 즉 성문과 벽지승류이다. 한위진과 성당의 시를 배운 자는 임제종 무리와 같고 대력 이후의 시를 배운 자는 조동종 무리와 같다. 대개 선도는 묘오에 있으니 시도 또한 묘오에 있는 것이다. 또한 맹호연의 학력이 한유보다 매우 떨어지지만, 그 시만은 퇴지 위에 빼어난 것은 오직 묘오를 맛보기 때문이다. 오직 悟는 곧 마땅히 갈 길이요 본색이 되는 것이다.

禪家者流, 乘有小大, 宗有南北, 道有邪正, 學者須從最上乘, 具正法眼, 悟第一義也. 若小乘禪, 聲聞辟支果, 皆非正也. 論詩如論禪, 漢魏晋與盛唐之詩, 則第一義也. 大歷以還之詩, 則小乘禪也, 已落第二義也. 晚唐之詩, 則聲辟支果也. 學漢魏晋與盛唐詩者, 臨濟下也. 學大歷以還之詩者曹洞下也. 大抵禪道惟在妙悟, 詩道亦在妙悟. 且孟襄陽學力下韓退之遠甚, 而其詩獨出退之之上者, 一味妙悟而已. 惟悟乃爲當行, 乃爲本色.

엄우가 시를 논하는 정신을 禪에 비유한 「시를 논함은 선을 논함과 같음(論詩如論禪)」 및 「시도는 묘오에 있음(詩道在妙悟)」을 들 수 있다. 엄우가 시의 정신세계를 禪의 경지에 비유한 근거는 만당의 司空圖를 추숭하고 江西派 시인에게서 힌트를 받아 구체화시킨 이론이기는 해도 엄우에 이르러 자체적으로 시론으로 정립시켰다고 하겠다. 엄우의 〈答出繼叔臨安吳景仙書〉의 첫머리에서 강서시파를 비판하려는 의도에서 자신의 시화를 지었다고 하나, 실은 그 시파의 영향을 입은 바 적지 않으니, 예컨대 韓駒(江西派)의 「시도는 불도와 같으니, 대승과 소승 사마외도로 나눈다.(詩道如佛道, 分大乘小乘邪魔外道.)」라든가 〈贈伯魚詩〉의, 「시를 배움은 응당 처음으로 선을 배움과 같아서, 깨달음이 없을 때 여러 방책에 두루 참여하다가 하루아침에 정법안을 깨우치게 되면, 손 가는 대로 집어내면 모두 시가 된다.(學詩當如初學禪, 未悟且遍參諸方. 一朝悟罷正法眼, 信手帖出皆成章.)」라고 한 데에서 알 수 있다. 윗글에서 禪家의 上下 구별과 禪理의 정점을 추구할 것을 밝히고 시와 선의 동일 논리를 강조하고 있는데, 禪이 철학적·종교적 신비성을 지녔다면 시는 문학영역으로 성정의 표출에 근거하여 서로 속성이 다르지만 감각의 직관을 중시한다는 면에서는 상통한다. 이런 관계를 郭紹虞는 다음과 같이 논증하고 있다.

> 선으로 시를 조정하는데, 곧 선의와 시교가 관련이 있으면서 분별이 있다. 단지 그 다른 것을 보면 선은 그 자체가 선이며 시는 그 자체가 시이어서 각기 경지에 들지 않음을 볼 수 있으니 당연히 같이 논하기는 어렵다. 예컨대 그 통함을 보면 시교와 선의가 같지 않음이 얼음과 석탄, 물과 젖과 같은데도 보는 데 아무렇지 않아서 모순이 없다.
> 以禪衡詩, 則禪義與詩教, 有關聯也有分別. 僅見其異, 則禪自禪而詩自詩, 可以看作各不相入, 當然難以幷論. 如見其通, 則詩教禪義非同氷炭而類水乳, 也不妨看作, 更無矛盾.(≪滄浪詩話校釋≫〈詩辨〉)

선과 시는 그 자체일 뿐 相入하거나 幷論되기 어려워서 얼음과 석탄(氷炭)이나 물과 젖(水乳)같이 다르나, 모순 없이 立論上의 지평이 가능한 것은 직관 때문이다.

이와 같이 시와 禪의 연관성을 설정할 때, 性情에서 나오는 詩心은 곧 참선의 禪과 정신적 의식세계가 상통하게 되니, 그 詩道는 바로 心得의 妙悟에 있으며, 이는 佛徒가 道得의 묘오에 있는 것과 같다. 엄우가 '第一義'를 悟得하기 위해서는 '最上乘'을 따라야만 가능하다 하고 漢魏晉과 盛唐詩風을 그 예로 들었는데, 여기에서 감성이 도달할 수 있는 정신의 승화가 시와 선의 상통점으로 해명될 수 있다. 엄우가 시의 고차원적 의식세계를 추구하기 위해서는 '禪'을 차입하여 비교해야 하였다. 이런 시에 선을 차입한 논리를 근본적으로 부정한 일파도 있었으니, 엄우와 동시대의 劉克莊은 ≪後村大全≫에서,

선가는 달마로 비조를 삼는다는 말을 설명하였다. 「불립문자라. 시

가 선이 될 수 없는 것은 선이 시가 될 수 없는 것과 같다.」

禪家以達磨爲祖, 其說曰;「不立文字. 詩之不可爲禪, 猶禪之不可爲詩
也.」(卷99)

라 하여 詩禪의 본질은 다르다고 하였고, 청대 李重華는, 「시교는 공
자에게서 논증한 것이거늘, 어쩐 이유로 불사로 떨어뜨리는가.(詩教
自尼父論定, 何緣墮入佛事.)」(≪貞一齋詩說≫)라 하여 詩教의 원대성
을 불교에 두려 함을 통박하였으며 潘德興는, 「시는 곧 인생의 용사이
거늘, 선은 무엇인가(詩乃人生用事, 禪何爲者.)」(≪養一齋詩話≫)라 하
여 시의 用世觀을 내세워 禪과 무관함을 강조하였다. 그러나 시 세계
에의 고결과 작시를 위한 영육간의 刻苦를 참선하는 승니의 수도정
신과 비교한 것은 시의 차원을 提高하기 위해서도 인정할 만했으며,
시풍의 외식보다는 내실을 위해서 더욱 호소력이 있었다고 하겠다.

이어서 엄우가 그의 시화에서 핵심의 하나로 내세운 것이 시선관
계에서 소위 妙悟論으로, 「선도는 오직 묘오에 있고, 시도도 묘오에
있다.(禪道惟在妙悟, 詩道亦在妙悟.)」라 하여 詩道와 禪道의 원리를
妙悟에 둔 것이다. 그의 〈시변〉에 '묘오'와 관련된 부분은, 「들 여우
의 외도이니, 그 참된 지식을 가리면 약을 구할 수 없어서 끝내 깨
닫지 못한다.(野狐外道, 蒙蔽其眞識, 不可救藥, 終不悟也.)」구, 「가슴
속에 뜸 들여, 오래되면 자연히 깨달아 든다.(醞釀胸中, 久之自然悟
入.)」구, 그리고 「그 오묘한 곳을 꿰뚫어 영롱하여, 모아 놓을 수
없다.(其妙處透徹玲瓏, 不可湊泊.)」구 등이 있는데 '시도'가 '묘오'에
있다는 논법은 다음 인용문에서 그의 의미를 대신할 수 있다. 명대
胡應麟은 ≪詩藪≫에서,

선은 필히 깊이 수련되고 난 후에 깨달을 수 있고, 시는 깨달은 후에
야 이어 모름지기 깊이 만들어진다.

禪必深造而後能悟, 詩雖悟後, 仍須深造.(〈內編〉 卷2)

라 하여 '悟'는 詩가 거쳐야 할 한 가지 필수적인 과정으로 보고, 禪의 지경이 '悟'라면 시는 그 이상의 상태에 몰입한 차원까지 상승해야 한다는 시의 경계를 밝혔다. 錢鍾書도, 「도를 배우고 시를 배우는데, 깨닫지 않고서는 진전하지 못한다.(學道學詩, 非悟不進.)」(≪談藝錄≫)라고 하여 悟를 통한 '시 배움'을 역설하였다. 여기서 '妙悟'란 바로 시 창작 경지의 배양인 것을 알 수 있고, 이 배양이 성숙되고 알차게 되면 곧 투철한 '悟得'(깨달아 얻음)이다.

남송 시화의 종류는 郭紹虞의 ≪宋詩話考≫와 蔣祖怡 主編 ≪中國詩話辭典≫에 수록된 詩話類上으로 각각 116종과 51종 등 대개 160여 종으로 추산된다. 그중에 온전한 詩話書로서의 규격을 갖추고 내용이 체계적이며 논리적인 시화 26종을 선별하였다.

≪唐詩紀事≫ - 計有功

計有功(계유공). 자는 敏夫, 호는 灌園居士이며 臨邛(지금의 四川省 邛峽縣)人이다. 宣和 3년(1121)에 진사에 급제하였고, 이후 右承議郎, 新知簡州, 提擧兩浙西路常平茶鹽公事, 成都提刑을 지냈다. 經史에 능통하였다. ≪四庫全書總目提要≫에 이르기를,

> 계유공의 생졸은 미상하니, 이심전의 ≪건염이래계년요록≫에 기재하기를,「소흥 가을 7월 무자에 우승의랑, 신지간주 계유공이 제거양절상평차염공사 맡다. 계유공은 안인인이다.」라고 하였다.
> 敏夫始末未詳, 李心傳建炎以來繫年要錄載: 紹興秋七月戊子, 右承議郎新知簡州計有功, 提擧兩浙常平茶鹽公事. 有功安仁人.

라고 하여 그의 관직과 출신지를 기록한 바, 安仁은 臨邛의 屬縣이다. 교유는 매우 적어서 비교적 密切한 友人은 郭印으로, 곽인은 六樂居士로 불린 문인으로 ≪雲溪集≫을 남겼다. ≪四庫全書總目提要≫에「그의 교유로 가장 친밀한 사람은 계유공과 증조 등이다.(其交遊最密爲計有功, 曾惜等.)」라고 하였고, 계유공과 관계된 시로 〈送計敏夫赴闕〉, 〈和計敏夫題雲溪〉, 그리고 〈計敏夫送酒二壺有詩和之〉가 있어서 계유공에 대하여 알 수 있다.

본 시화는 방대한 분량의 자료로서 계유공은 본 시화 序에서 다음과 같이 서술하고 있다.

> 당인으로 시로 이름을 날려서 그 성명이 후세에 드러난 것이 거의 백 명도 안 되고, 그 나머지는 단지 소문만 있을 뿐이고 일시에 이름난 사람들도 사라져서 열전이 없는 것이 무릇 셀 수 없다. 나 민부는

한가로이 지내며 3백 년 간의 문집, 잡설, 전기, 유사, 비지, 석각을 찾아보고, 시 한 연 한 구까지 구전되는 것을 채집하여 기록하였다. 간간이 벼슬 문서 들고 사방으로 명산과 승지를 두루 다니며 남긴 작품과 유묵을 일찍이 버린 적이 없었다. 늙어서 마음 쓸 바 없게 되어 초당부터 만당까지 차례대로 성명을 기록하였다. 거의 1150명의 작품 외에, 그 사람들을 살펴서 곧 대략 큰일을 기록하고 그들의 시를 많이 읽고 그 사람됨을 알게 되었다. 한스러운 것은 집안이 가난하여 서적이 부족하고 궁벽한 곳이라 견문이 적으니, 그간 취득한 것에 의거하여 먼저 81권을 만들게 되었다.

唐人以詩名家, 姓氏著于後世, 殆不滿百, 其餘僅有聞焉, 一時名輩, 滅沒失傳, 蓋不可勝數. 敏夫閑居, 尋訪三百年間文集·雜說·傳記·遺史·碑誌·石刻, 下至一聯一句, 傳誦口耳, 搜采繕錄; 間捧宦牒, 周遊四方, 名山勝地, 殘篇遺墨, 未嘗棄去. 老矣無所用心, 取自唐初首尾, 編次姓氏可紀. 近一千一百五十家, 篇什之外, 其人可考, 卽略紀大節, 庶讀其詩, 知其人. 所恨家貧缺簡籍, 地僻罕聞見, 聊據所得, 先成八十一卷.

총 81권으로 구성되어 있는 본 시화를 胡震亨이 시와 사적의 평론을 같이 수록하고 있지만, 시화 부류와 같다고 한 것은 본 시화가 단순한 작가와 그 시 및 생평 일화의 일회성 자료에 머물지 않고 중요한 시론서적 가치를 지닌다는 의미이니 ≪四庫全書總目提要≫에서도,

채록된 것이 풍부하여 당대 시인의 이름 기록이나 사적 기술, 아울러 그 가족과 관직 등 무릇 1,150인이나 되어, 당인의 시집이 세상에 전해지지 않은 것이 많이 이 책에 의해서 남게 되었다.

採摭繁富, 于唐一代詩人或錄名篇, 或紀本事, 兼詳其世系爵里, 凡一千一百五十家, 唐人詩集不傳于世者, 多賴是書以存.

라고 하여 그 수록 범위가 방대하고 다양함을 말하였다. 3백 년 간 시인 1,150명의 시를 적절히 편집하였는데, 出典과 品評 그리고 世

系와 관직까지도 기술하였으니, 당대 시가의 시평총집이라고 할 만하다는 것이다. 실질적인 시평을 시도한 것 이외에도 승려나 부녀자 또는 지위가 낮은 이의 것까지도 싣고 있어서, 귀한 史料的 가치를 지닌다고 할 수 있다. 이 중에는 新羅와 渤海 문인의 기사도 적지 않게 기록하고 있는데, 신라인으로 金地藏(권73), 新羅王(권80) 등과 발해인으로 高瑾(권7), 高嶠(권7), 封傲(권50), 高璩(권53), 封彥卿(권59) 등은 특기할 사항들이다. 본 시화의 기술방법은 시인의 간단한 생평과 시나 시구의 인용, 그리고 역대 시평 자료에서 관련된 내용을 초록하는 순서로 기술하고 있다.

다음에 당대 시의 시기별 작가 각 2인을 선정 분석하고, 본 시화에 거론된 新羅人과 渤海人의 시를 韓中詩의 비교론적 입장에서 각각 심층 분석하려 한다. 초당시인의 詩例로서 李嶠(644-713)와 陳子昂(661-702)에 대한 본 시화의 시평과 이들 시의 특성을 각각 분석한다. 본 시화 권7 李嶠 부분의 일단을 보면,

> 천보 말년에, 명황이 봄에 근정루에 오르시어 이원의 제자들에게 노래 부르게 하였는데, 「부귀영화를 언제 다시 누리려나」 이하의 4구가 있었다. 임금이 연세가 많아 노쇠하였는데, 누구의 시인지를 물으니 어떤 사람이 「이교」라고 대답하자, 슬프게 눈물을 흘리며 문득 일어나서 말하기를, 「이교는 진정 재자로다.」라고 하였다. 다음해에 촉 지방에 순행 가서 백위령에 오르고 한참 동안 두루 살펴보면서 또 이 가사를 노래하고는 말하기를, 「이교는 진정 재자로다.」라고 하였다.
> 天寶末, 明皇乘春登勤政樓, 命梨園弟子歌數闋, 有唱歌至「富貴榮華能幾時」以下四句. 帝春秋衰邁, 問誰詩, 或對李嶠, 因凄然涕下, 遽起曰; 嶠眞才子也. 及明年幸蜀, 登白衛嶺, 覽眺良久, 又歌是詞, 復曰; 嶠誠才子也.

라 하여 이교의 〈汾陰行〉(≪全唐詩≫ 권57)에 대한 고사를 서술하였다. 다음에 그 시 전체를 본다.

그대는 보지 못했는가 옛날 서한의 전성기에
분음의 후토제를 친히 제사하던 일을.
재궁에서 머물며 제물 마련하고
종치고 북 울려 깃발을 세웠네.
한나라의 다섯 왕들은 재주 있고 씩씩하여서
수많은 사람을 끌고 아홉 오랑캐 조공케 하였네.
백량대에서 시 지어 고아한 연회 끝내고
조서를 내려 하동으로 순행 떠났네.
하동태수가 몸소 제단을 소제하여
지존의 왕 받들어 맞아 어가를 인도하네.
다섯 군영의 군사들이 길을 끼고서 의례 행하고 호위하는데
삼하(하동·하서·하내) 사람들 모두 보느라 마을이 비어 있네.
정문으로 돌아와 발길을 멈추고 신령한 제단에 내리어
분향하며 좋은 술 올리며 온갖 복을 기원하도다.
황금 솥이 빛나며 마침 휘황하니
신령한 신께서 환하게 광채 드러내네.
옥 파묻고 제물 늘어놓아 신께 예절 마치고
휘장 들어 말에 올라서 가마 타고 떠나네.
저 분수의 물굽이 아름다워 놀 만하니
목란으로 노를, 계수로 배를 만들도다.
뱃노래를 읊으니 채색의 익새 무늬 뱃머리 뜨고
퉁소와 북 울리니 흰 구름은 두둥실 가을이라네.
즐거운 연회 여러 제후에 내리시니
집집마다 부역을 면케 하고 쇠고기와 술 하사하시네.
명성이 천지를 움직여 즐거움이 그지없으니
천추 만세 누리사 남산처럼 오래하리라.
천자께서 진관으로 떠나신 후
옥 가마 금수레 다시 돌아오지 않도다.
구슬 발과 깃털 장막 드리운 덮개는 오래 적막하니
정호의 용 수염을 어찌 어루만질 수 있으리.

천년의 인사는 하루아침에 허사되고
사방이 집이 되는 이 길이 막혔도다.
영웅호걸의 의기 지금 어디 가고
제사지내던 곳과 궁궐은 온통 다북쑥 밭이라.
길에 노인 만나면 장탄식이요
세상일은 돌고 돌아서 예측하기 어려워라.
옛날에는 청루에서 가무와 짝하였는데
지금은 누런 먼지만이 가시덤불에 쌓였어라.
산천을 보니 온통 눈물이 옷을 적시니
부귀영화를 얼마나 누릴 수 있나.
지금은 분수 가에서 아무것도 보이지 않고
단지 해마다 가을 기러기만이 날고 있구나.
君不見昔日西京全盛時, 汾陰后土親祭祠.
齋宮宿寢設儲供, 撞鐘鳴鼓樹羽旗.
漢家吾葉才且雄, 賓延萬靈朝九戎.
柏梁賦詩高宴罷, 詔書法駕幸河東.
河東太守親掃除, 奉迎至尊導鑾輿.
五營夾道列容衛, 三河縱觀空里閭.
回旌駐蹕降靈場, 焚香尊醑邀百祥.
金鼎發色正焜煌, 靈祇煒惲攄景光.
埋玉陳牲禮神畢, 擧麾上馬乘輿出.
彼汾之曲嘉可遊, 木蘭爲楫桂爲舟.
櫂歌微吟綵鷁浮, 簫鼓哀鳴白雲秋.
歡娛宴洽賜群后, 家家復除戶牛酒.
聲明動天樂無有, 千秋萬歲南山壽.
自從天子向秦關, 玉輦金車不復還.
珠簾羽蓋長寂寞, 鼎湖龍髯安可攀.
千齡人事一朝空, 四海爲家此路窮.
豪雄意氣今何在, 壇場宮館盡蒿蓬.
路逢古老長歎息, 世事廻環不可測.

昔時靑樓對歌舞, 今日黃埃聚荊棘.
山川滿目淚沾衣, 富貴榮華能幾時.
不見只今汾水上, 惟有年年秋雁飛.

이교의 우국심이 담긴 이 장편시에서 玄宗은 현실의 각박과 安史亂으로 인한 국운의 혼미, 그리고 인생의 무상을 절실히 통감하게 된다. 이교는 杜審言, 崔融, 蘇味道와 함께 '文章四友'로서, 영물시에 능하여 그의 시 120수는 후세 영물시 창작에 모본이 되니, 이교의 〈雪〉(상동) 시를 본다.

상서로운 눈이 놀랍게도 천리를 덮고
구름과 함께 하늘을 어둡게 덮네.
땅은 밝은 달밤인가 하고
산은 흰 구름 낀 아침인 듯하네.
춤추는 모습 꽃빛 따라 움직이고
노래에 맞춰 부채 그림자 따라 나부끼네.
하늘 궁궐 길 두루 다니다가
오늘 바다 신이 계신 데서 아침 맞으리.
瑞雪驚千里, 同雲暗九霄.
地疑明月夜, 山似白雲朝.
逐舞花光動, 臨歌扇影飄.
大周天闕路, 今日海神朝.

여기에서 제2연은 눈 내린 땅을 밝은 달밤(明月夜)에 비유하고, 산을 흰 구름의 아침(白雲朝)에 견주었으며, 제3연에서 춤추는 꽃과 빛, 부채와 그림자의 배합은 실로 고아의 극치가 아닐 수 없다. 의취의 絶俗味는 독자로 하여금 흥분케 한다. 청대 汪師韓이 雪詩에 고운 어사(姸詞)를 많이 사용하였다는 견해가 이설적일 수 있지만1) 그 자체가 주는 모습은 역시 沈德潛의 「참으로 천진하고 탈속적이다(何天

---

1) 汪師韓 ≪詩學纂聞≫ : 「自謝惠連作雪賦, 後來詠雪者多騁姸詞.」

眞絶俗)」의 특성을 절실히 묘사하였다는 데 주의할 만하다.2) 다음
으로 〈菊〉(상동)을 보기로 한다.

　　달력은 가을이 저무는데
　　국화는 9월에 피도다.
　　꽃은 낙원포에 피고
　　향기는 야인의 잔에 넘치네.
　　찬 못 가에 한들거려 나부끼고
　　새벽 언덕 가에 고운 자태 드리우네.
　　노란 꽃 오늘 늦도록 이어지니
　　다시는 흰 옷 입고 오지 말기를.
　　玉律三秋暮, 金精九月開.
　　榮舒洛媛浦, 香泛野人杯.
　　霤靡寒潭側, 丰茸曉岸隈.
　　黃花今日晚, 無復白衣來.

　이 시에서 제1연은 국화(菊)의 貴態를, 제2연은 국화의 俗氣 없
는 像, 제3연은 淸淳, 제4연은 감히 범치 못할 절개와 탈속을 각각 묘
사하고 있는데, 비록 工巧的인 작법이 있으나3) 菊이 주는 意趣인 仙
緣과 屈原 및 陶潛(陶淵明) 같은 堅貞에다가 명예를 중시하는 강한
자존심을 기탁하고 있다고 하겠다.

　다음으로 陳子昻 시를 보면, 진자앙(661-702)은 초당의 문단이 과
도기적인 시점에서 활약한 시인이다. 齊梁과 反齊梁의 풍격이 밀물처
럼 쏠리는 와중에서 의연히 반제량으로 기치를 든 시개혁론자이다. 본
시화(권10) 진자앙 부분의 일단을 본다.

　자가 백옥, 재주인이다. 자질이 좁고 조급하나 베풀기를 좋아하며 친

---

2) 沈德潛 ≪說詩晬語≫ : 「古人詠雪多偶然及之. 漢人『前日風雪中, 故人從此去』,
謝康樂『明日照積雪』, 王龍標『空山多雨雪, 獨立君始悟』, 何天眞絕俗也.」

3) ≪詩人玉屑≫ : 「唐人嘗詠十月菊, 自緣今日人心別, 未必秋香一夜衰, 世以爲工,
蓋不隨物而盡.」(卷6)

구에 성실하여 육여경, 왕무경, 방융, 최태지, 노장용, 조원과 가장 우의가 두터웠다. 당나라가 일어나면서 문장은 서간과 유신의 풍기를 이어서 진자앙은 비로소 ≪시경≫의 아풍을 바르게 변화시켜서 〈감우시〉 38편을 지었다. 왕적이 말하였다. 「그는 반드시 나라의 문호가 될 것이다.」

字伯玉, 梓州人. 資褊躁, 然好施予, 篤朋友, 與陸餘慶, 王無競, 房融, 崔泰之, 盧藏用, 趙元最厚. 唐興, 文章承徐庾餘風, 子昂始變雅正, 爲感遇詩三十八篇. 王適曰: 是必爲海內文宗.

여기서 진자앙이 비로소 ≪시경≫의 雅風을 바르게 변화시켜서 〈感遇詩〉를 지었다는 말은 곧 복고개혁을 추진했다는 것을 의미하니, 그의 〈與東方左史虬修竹篇〉 幷書에서 東方虬에 보내는 문장의 문형을 빌려 피력한 다음 글에서 알 수 있다.

문장의 도가 없어진 지 5백 년인데, 한위의 풍골이 진송에 전해지지 않았으니, 문헌에서도 찾아 볼 수 있다. 나는 일찍이 틈이 있을 때면 제량의 시를 보면서 문채가 화려하고 지나치게 번잡하여 흥기가 모두 끊어져서 매양 탄식하였다. 옛사람을 생각하면 항상 기력이 쇠퇴함을 두려워하고, 풍아가 써지지 않음을 근심하였다. 문득 세 가지 점을 이해하게 되었으니, 공의 〈고동편〉을 읽고 시의 근본이 단아하고 기개가 나는 듯하며, 음정이 격동하며, 광채가 빼어나고 세련되어 금석의 소리가 나는 듯하였다. 마침내 마음을 깨끗하게 하고 눈부시게 하여 울적함을 다 씻는 듯하였다. 정시의 음을 쓴 것은 아니나, 다시 여기서 보는 듯하니 건안의 작자를 서로 만나 웃는 듯하였다.

文章道弊五百年矣. 漢魏風骨, 晋宋莫傳. 然而文獻有可徵者. 僕嘗暇時觀齊梁間詩, 彩麗競繁, 而興寄都絶, 每以永歎. 思古人常恐逶迤頹靡, 風雅不作, 以耿耿也. 一昨於解三處, 見明公詠孤桐篇, 骨氣端翔, 音情頓挫, 光英朗煉, 有金石聲. 遂用洗心飾視, 發揮幽鬱, 不圖正始之音, 復覩於玆, 可使建安作者相視而笑.(卷之一)

이 글은 진자앙의 시가창작에 대한 새로운 태도를 요구하는 선언이며 당대의 시단이 가야 할 혁신적인 격문이라 할 것이다. 비록 〈孤桐篇〉이 전해지지 않으나, 이를 통해 선언한 진자앙의 주장은 형식주의에만 흘러 晉宋 이래 興寄가 끊어지고 풍경이 쇠하여 유미한 데로 나간 것과, 建安 正始로 돌아가지 못하고 골기가 단아하지 못한 것을 지탄하면서 漢魏 풍골과 建安 작품을 추구하는 復古사상을 강조하였다. 다음에 그의 〈感遇詩〉(≪新校陳子昂集≫ 제1권)를 감상한다. 당시 정치에의 비판적 의식을 토로한 제15수이다.

귀한 사람이 임금 마음 얻기 어렵고
인정과 사랑 받음 잠시뿐이네.
옥같이 고결한 마음으로
임금의 명월주를 찾지 마오.
옛날 아름다운 복사꽃으로 불리던 미인
지금은 곡식 빻는 죄수가 되었네.
주공 치효 시를 지어서 동국의 봉국을 걱정하고
크고 작은 사슴은 고소대에서 울었네.
누가 보았는가, 치이자 범려가
쪽배를 타고 오호를 떠난 것을.
貴人難得意, 賞愛在須臾.
莫以心如玉, 探他明月珠.
昔稱夭桃子, 今爲舂市徒.
鴟鴞悲東國, 麋鹿泣姑蘇.
誰見鴟夷子, 扁舟去五湖.

이 시는 武則天의 혹리 등용과 형벌 남용에 대해 은유적인 방법으로 묘사하였는데 청대 陳沆(진항)이 말한 바, 「장상과 대신이 유종의 미를 거두지 못함을 애도한다.(悼將相大臣之不令終)」(≪詩比興箋≫ 卷3)의 비감이 깃들어 있다. 진자앙 자신은 당시의 형벌에 대해, 「형벌과 옥살이가 성급하고 법망이 너그럽지 못하니, 이것은 지금 성명한 정치의 요체가 아니다.(刑獄尙急, 法網未寬, 恐非當今聖政之要者.)」

(〈答制問事〉八條)라고 하였듯이, 무측천의 신하에 대한 가혹을 이 시에서 간파할 수 있게 하며, 제2, 4연은 감개하여 일깨우는 정감을 느끼게 한다. 그 당시의 정치상의 암흑, 권력의 부패, 사회의 불안 등을 풍자하였다.

다음은 邊塞 생활의 감회를 노래한 경우인데, 변새시는 전쟁을 피하고 평화를 갈구하는 면과 전쟁에서 공을 세우는 면으로 분별해 볼 수 있으니, 제3수에서 보기로 한다.

> 아득히 먼 정령의 변새에
> 예나 지금이나 황량한 길 뻗어 있네.
> 수루는 얼마나 황폐하고 우뚝한가
> 드러난 뼈는 온전한 것 없도다.
> 누런 모래 남쪽에서 몰아치고
> 밝은 해는 서녘으로 숨는구나.
> 삼십만 한나라 군사
> 일찍이 흉노와 다툰 곳.
> 모래사장에 죽은 자만 보일 뿐
> 변새의 고아를 뉘 가엾게 여길가.
> 蒼蒼丁靈塞, 今古緬荒途.
> 亭堠何崔兀, 暴骨無全軀.
> 黃沙漠南起, 白日隱西隅.
> 漢甲三十萬, 曾以事匈奴.
> 但見沙場死, 誰憐塞上孤.

이 시는 진자앙이 喬知之를 따라 종군하던 일을 회상한 것인데, 진자앙의 「燕然軍人畵像銘幷序」에 金徽州都督의 혼란으로 인해 左補闕 교지지로 護軍케 하였다는 글로써 알 수 있다.[4] 그는 종군하면서 전후의 참상을 목도하였다. 제1연에서는 광대한 丁靈地의 황량한

---

4) 「燕然軍人畵像銘幷序」: 「金徽州都督僕固始桀驁, 惑亂其人. 天子命在豹韜衛將軍劉敬周發河西騎士, 自居延海入以討之, 特勅左補闕喬知之攝侍御史, 護其軍.」(卷6)

광경을 묘사하고, 제3연에서는 사막의 변화무쌍한 경관을 그렸다. 그리고 제2연과 제5연은 沙場의 정경을, 제4연은 漢人의 굴욕을 묘사하듯이 쓰면서 이 북방 종군을 설욕하려는 의지를 표현하면서 전체 시의 흐름이 전쟁의 비애를 담고 있다.

성당시인의 詩例로서 蕭穎士(709-760)와 戎昱(생졸년 불명) 시에 대한 본 시화의 시평과 이들 시의 특성을 각각 분석한다. 본 시화 권21 소영사 부분의 일단을 본다.

이화는 그 문장 서문에 이르기를, 「개원 천보 연간에 문학으로 그 시대에 뛰어난 사람은 난릉 소영사라 하니, 자가 무정이며 나이 열아홉 살에 진사에 급제하였다. 회남운사가 소영사를 양주공조에 천거하였는데 여남에 여행 중에 죽었다. 소영사가 이르기를, 『육경 이후에 굴원, 송옥이 있어서 문장이 매우 웅장하여서 따라갈 수 없다. 그 후에 가의가 있어서 문사가 상세하고 올바르니 논리적인 문체에 가깝다. 매승, 사마상여도 유려한 재사이나 풍아에 가깝지 못하다. 양웅은 용의가 자못 깊고, 반표는 이치를 알고, 장형은 굉대하며, 조식은 풍섬하고, 왕찬은 초일하며, 혜강은 드러나니 이 외에 모두 형식과 내용이 모두 아름답고 좋아하는 것이 다르니 모두 거론할 수 없다. 좌사의 시부는 아송의 유풍이 있고, 간보의 저론은 왕의 교화 근원에 가까우며 이 외에 모두 거의 평판이 없다. 근래에는 진자앙의 문체가 가장 올바르다.』이로써 말하면, 소영사의 저술을 보면 소영사는 문장제도에 뛰어나니 사람들이 다 이를 인정한다.」라고 하였다.

李華序其文曰:「開元天寶間, 以文學著于時者, 曰蘭陵蕭穎士, 字茂挺, 年十九, 進士及第. 淮南運師表君爲揚州功曹, 歿于汝南旅次. 君謂『六經之後, 有屈原, 宋玉, 文甚雄壯, 以不能經. 厥後有賈誼, 文詞詳正, 近于理體. 枚乘, 司馬相如, 亦瓌麗才士, 然而不近風雅. 揚雄用意頗深, 班彪識理, 張衡宏曠, 曹植豊贍, 王粲超逸, 嵇康標擧, 此外皆金相玉質, 所尙或殊, 不能備擧. 左思詩賦, 有雅頌遺風, 干寶著論, 近乎王化根源, 此外皆寥絶無聞. 近日陳拾遺文體最正.』以此而言, 見君述作, 君以文章制度爲己任, 時人咸以此許之.」

위 문장은 李華의 〈唐揚州功曹蕭穎士文集序〉(≪文苑英華≫ 卷701)
에 수록되어 있다. 여기서 소영사가 六經 이후에 각 시대별로 風雅
를 계승한 작가와 그 풍격을 거론하면서 陳子昂를 두고 '文體最正'
이라 지칭하여 소위 복고적 문학개혁을 추숭한 점을 알 수 있다. 소
영사 문학의 연원관계를 보면, 멀리는 劉勰과 蘇綽, 王通5) 그리고
초당 李百藥, 魏徵, 李延壽의 영향을 받았지만, 가까이는 王勃의 경
국론과 문장에 관한 이론에 계시를 받았고, 직접적으로는 陳子昂, 盧
藏用, 富嘉謨 등의 영향이 크다고 할 것이다. 특히 진자앙 등의 영향
은 ≪新唐書≫ 〈蕭穎士傳〉에서 「당세를 칭할 만한 자로 진자앙, 노장
용, 부가모의 문장이다.(所許可當世者, 陳子昂, 盧藏用, 富嘉謨之文辭.)」
(卷202)라고 한 것이라든가, 위 이화의 序文에서 소영사의 존숭의
식과 사승관계를 확인하게 된다.

따라서 소영사의 문학사상은 내용상 경서를 숭앙하고 도덕관을 중
시한 점에서, 그의 시작 분석도 같은 맥락에서 보게 된다. 소영사
자신이 말한, 「나는 학식을 배운 이래로 기호가 적어서, 경서 이외에는
대개 마음을 두지 않고 있다.(僕有識以來, 寡於嗜好, 經術之外, 略不
嬰心.)」(〈贈韋司業書〉)라고 한 데에서 경학에 대한 강한 집념을 읽을
수 있다. 이런 면에서 소영사와 이화는 고문가로서 시문의 작품은 경
서를 바탕으로 하고 도리를 담고 있으면서 간이함을 높여야 한다고
생각했기에, 韓愈와 柳宗元의 고문운동의 선봉이 되었다. 그가 남긴
시는 15제 41수(≪全唐詩≫ 권254)에 지나지 않지만 그 특성으로
보아 거의 경이로운 ≪시경≫의 속편을 보여주는 듯하다. 이러한 그
의 시를 당시의 사조와 상이하다고 하여 제외시키고, 단지 산문가
또는 고문운동가로만 한정시키는 것은 그의 문학 자체를 이해하는
데 공평하지 못하다고 생각된다.

소영사가 4언 시경체를 시도한 의식을 중시하였는데, 소영사 시

---

5) 劉勰 ≪文心雕龍≫ 卷1과 蘇綽 ≪周書≫ 卷213 蘇綽傳.

체의 復古風은 마치 ≪시경≫의 〈國風〉을 읽는 것 같다. 소영사 자신도, 「평생 글 짓는 데 그 격조가 속되지 않았다. 무릇 본받음이 반드시 고인을 바랄진대 위진 이래로 이에 마음을 두지 않았다.(平生屬文, 格不近俗. 凡所擬議, 必希古人, 魏晉以來, 未嘗留意..)」(〈贈韋司業書〉)라고 하여 그의 尙古의식을 나타내고 있다. 그러므로 그의 시가 4언체를 쓰고 있는 것은 신기하면서도 당연한 것이다. 그는 시에서 比興賦法을 흔히 도입하고 있으니, 〈江有楓〉과 〈菊榮〉(≪全唐詩≫ 권 154)을 보기로 한다. 〈江有楓〉은 강가에 서있는 단풍나무를 보고 친구 鄭愕과 陸淹이 생각나서 읊은 것으로, 그 제1, 2장을 보면 다음과 같다.

강에는 단풍나무
그 잎이 무성하도다.
나의 벗 동쪽에서
따라와 같이 노네.
江有楓, 其葉蒙蒙.
我友自東, 于以遊從.(一章)

산에는 낙엽나무
그 잎이 한이 없도다.
나의 벗 북쪽에 가서
거기서 휴식한다네.
山有樕, 其葉漠漠.
我友徂北, 于以休息..(二章)

이들은 '比'에 해당하니, 賢人의 언행을 돌아보며 두 우인을 상기하는데, 比喩의 매개체로 단풍나무(楓)를 이용하였다. 다음에 〈菊榮〉을 본다.

국화를 따는데
그 꽃이 향기롭도다.

보랏빛 꽃에 노란 꽃받침이
붉은 지대 뜰에 밝게 빛나도다.
진실한 군자는
몸에 걸친 의패가 어울리도다.
임금은 나라의 기강이요
대군은 보좌로다.
그대 자손에게
백록이 무성하리라.
采采者菊, 芬其榮斯.
紫英黃蕚, 照灼丹墀.
愷悌君子, 佩服攸宜.
王國是維, 大君是毗.
貽爾子孫, 百祿萃之. (一章)

　　소영사는 이 시의 序에서, 「국화꽃은 이별의 증수로 마음을 편 것
이다. 오래 대읍에 거하며 현재 송후는 나에게 은혜 베풀고 좋아하
였으니 우는 매미 소리로 작별을 표한다. (菊榮, 酬贈離, 且申志也. 久
寓大邑, 賢宰宋侯惠而好予, 賦鳴蟬以眤別.)」라 하여 宋侯의 은혜에 감
사 답신의 형식을 취하였다. 제1장에서는 국화꽃을 비유한 비흥법
을 쓰고 있는데, 자손이 잘되기를 기원하며 百祿을 축원하고 있다.
또한 위 시의 제2장을 보면,

국화를 따는데
읍내의 성에서 하네.
옛 뿌리와 새 줄기에
잎이 나고 꽃이 드리웠네.
저 아름답고 정숙한 여인은
시집에 맞는 기둥이라네.
악기의 현이 이미 울리니
우리의 정치는 곧 태평이라네.

그대 높으신 동량재들이여
반드시 그 경사를 누리시라.
采采者菊, 于邑之城.
舊根新莖, 布葉垂英.
彼美淑人, 應家之楨.
有弦旣鳴, 我政則平.
宜爾棟崇, 必復其慶.

라고 하여 여기서의 국화는 그 뿌리와 줄기가 조화되어 잎이 퍼지
고 꽃이 드리워지듯, 가정의 吉兆가 드러나 우리가 바르고 평화롭게
되어 경사가 있을 것이라는 기축을 하고 있다. 이는 소영사가 한 송
이의 국화꽃을 통하여 절개와 근면·집념의 신조를 표출한 것이다.
한편 그의 시의 簡直한 도덕성을 표현한 점을 보면, 성당대의 안일
과 나태한 도덕의식을 경계하면서 유속에 빠지지 않으려고 노력하
였다. 그리하여 그 기개를 지키기 위해서 타인에게 오만하고 고고
한 모습을 보였을 것이다. 그러나 그것은 당시 정치와 사회현실에
나타난 不義와 附會에 대한 불만의 표시였다. 그의 〈江有歸舟〉(상
동)를 보자.

강에는 돌아가는 배가 있고
그 강물이 어지러이 흘러가네.
그 사람 돌아가는데
아름다운 이름 크고 선하도다.
왕정에 이름 드날려
그 덕성 더욱 빛내리라.
江有歸舟, 亦亂其流.
之子言旋, 嘉名孔修.
揚于王庭, 允焯其休.(一章)

이 시에서는 혼란한 역경 속에서도 난류에 휘말리는 배처럼 방황

하지 말고 명예를 지키고 발양할 것을 강조하고 있다. 이 시의 序
에서는,「도를 존중하고 덕을 이루나니 엄한 스승 참 어렵도다.(尊
道成德, 嚴師其難哉.)」라고 하여 도덕의 중요성을 밝히고 있는데, 이
를 통해 이 시의 작시 의도를 알 수 있다. 계속해서 제2장과 제3장
을 본다.

> 배는 이미 돌아갔고
> 사람 또한 영화롭도다.
> 형제들이여
> 효도를 행하여라.
> 기쁜 잔치하며
> 술잔을 높이 드네.
> 舟旣歸止, 人亦榮止.
> 兄矣弟矣. 孝斯踐矣.
> 稱觴燕喜, 于岵于屺.(二章)

> 저 돛대 올려 배를 띄우니
> 바람이 더욱 이는구나.
> 저 빛나는 어르신네
> 학문이 더욱 빛나리라.
> 내 그 뜻 마음에 새겨서
> 힘써서 잊지 않으리라.
> 彼遊惟帆, 匪風不揚.
> 有彬伊父, 匪學不彰.
> 予其懷而, 勉爾無忘.(三章)

제2장은 난류를 뚫고 목적지에 도착한 배를 통하여, 부도덕의 흐
름을 극복하고 절개와 정의를 지키는 영광 속에 효도 있는 가정의
경사를 노래한다. 제3장은 돛배가 가는데 바람이 일 듯이, 도덕의 규
범을 지키고 배우는 노력과 그 사표를 생각하고 잊을 수 없는 고귀
한 지조를 중시하여 강조한다. 이러한 개선의 자세는 그의 序에서,

「아아. 그는 나를 편벽되다 하고 너는 나를 바르다 하여 같은 소리로 서로 바라는도다. 이후로는 내가 먼저 어이 묻지 않으리. 물어서 가르치고, 가르쳐서 순응하고, 순응하여 통달하도다.(於戲. 彼以我爲僻, 爾以我爲正, 同聲相求, 爾後我先, 安得而不問哉. 問而敎, 敎而從, 從而達.)」라고 하여 상호개선과 노력을 요구하였으니, 이것이 곧 '同聲相求'가 된다.

융욱은 성당과 중당의 과도기에 그리 중시되는 문인은 아니어서, 劉開揚의 ≪唐詩通論≫이나 李日剛의 ≪中國詩歌流變史≫에서 한 페이지 정도 기술하고 있을 뿐 거명조차 안 된 시인이지만, 성당과 중당 시풍의 양면성을 지녔다는 면에서 관심의 대상이 된다. 본 시화 권28의 융욱 부분 일단을 보기로 한다.

융욱이 영릉에 있을 때 우양양이 노래 잘하는 기생이 있다는 말을 듣고 그녀를 취하였다. 융욱은 시로 전송하여 이르기를, 「보배로운 비녀와 향기로운 눈썹에 비취 치마로, 단장하고 흐느끼며 떠가는 구름처럼 떠나려 하네. 정성스레 양왕의 뜻을 얻으니, 양대에서 사군을 꿈꾸지 마오.」하였다. 우양양이 마침내 돌아갔다. 융욱이 진사에 급제하고 위백옥이 형남을 진압하니 종사가 되었다. 후에 신주자사와 건주자사를 지냈다.
昱在零陵, 于襄陽聞有妓善歌, 取之. 昱以詩遣行曰:「寶鈿香蛾翡翠裙, 粧成掩泣欲行雲. 慇懃好取襄王意, 莫向陽臺夢使君.」于遂遣還. 昱登進士第, 衛伯玉鎭荊南, 辟爲從事. 後爲辰虔二州刺史.

융욱 시에 깊은 영향을 준 문인이라면 顔眞卿과 두보, 그리고 岑參을 꼽아야 할 것이다. 안진경은 楊國忠에 의해 平原太守로 좌천되었고, 浙西節度使로 있을 때 융욱이 屬吏를 지낸 바 있어(759) 교유를 맺는다. 당대의 서예가이며 문인, 정치인인 안진경에게서 약관의 융욱은 큰 영향을 받으며 총애도 받는다. 융욱이 두보를 만난 일에 대하여, 두보의 생평에서 大歷 3년(768), 夔州를 떠나 江陵에 가을까지 기거하였으며, 이 시기에 융욱이 두보를 상면했다고 하였다. 그리고 잠삼과는, 시인이 젊을 때부터 선배로서 받들어 작시의 사표로 삼아온 듯하다. 그의 〈贈岑郎中〉(≪全唐詩≫ 권270)을 본다.

> 어려서 독서가 잘 안 될 때에
> 잠삼의 시 몇 수를 읊곤 하였네.
> 온 나라가 전쟁으로 멀리 떨어져 있으니
> 10년 두고 넋이라도 꿈에서나 만나 뵈오리.
> …… ……
> 세상에 그의 시구 보는 이 없으니
> 시백을 찾지 않고 또 누굴 찾는 건지.
> 童年未解讀書時, 誦得郎中數首詩.
> 四海煙塵猶隔闊, 十年魂夢每相隨.
> …… ……
> 天下無人鑒詩句, 不尋詩伯重尋誰.

여기에서 그의 종군시의 배경을 잠삼의 의취에서 찾을 만큼 잠삼을 추숭하고 있다. 융욱의 현존하는 시 수는 107제 120수(≪全唐詩≫ 권270)이며, 그의 시평에 대해서는 명대 楊愼의 ≪升庵詩話≫(권2)에 이르기를,

> 융욱의 〈제설〉 시는 손강의 고사를 은근히 활용한 것인데 오묘하다.
> 戎昱霽雪詩, 暗用孫康事, 妙.

라고 하였고 청대 翁方剛의 ≪石洲詩話≫(권2)에서는,

> 융욱의 시는 역시 낮고 미약하다. ≪창랑시화≫에서 융욱이 성당에서는 최하로서 만당의 기원이라 했는데, 이는 옳다. 그러나 융욱이 위백옥의 종사로 일한 것이 대력 초년이요, 자사를 지낸 것은 건중 시기이니 중당에 넣어야지 성당에 넣어서는 안 된다.
> 戎昱詩亦卑弱. 滄浪詩話謂昱在盛唐最下, 已濫觴晚唐, 是也. 然戎昱赴衛伯玉之辟, 當是大歷初年. 其爲刺史, 乃在建中時, 應入中唐, 不

應入盛唐.

라고 하여 융욱의 시를 높이 평가하지 않고 있으나, 청대 夏敬觀만
은 ≪續唐詩說≫에서 융욱 시의 장점을 강조하기를,

> 융욱의 시는 자못 풍골을 중히 여겨서 〈고재행〉5수는 보응 연간에
> 왕계우와 같이 지은 것으로 〈고신행〉과 더불어 대력 시풍이 물들지
> 않았으며 율체도 청신한 맛이 있다.
> 昱詩頗重風骨, 其苦哉行五篇, 實應中同季友作, 及苦辛行, 均不染大
> 歷詩習, 律體亦淸新有味.

라고 하여서 성당의 기풍을 온전히 지닌 시로 간주하였다. 융욱은 중
당의 元白(元稹과 白居易)의 寫實詩派를 선도하였다고 본다. 이것
은 辛文房이 말한 「바르게 교화함이 더하다(不虧政化)」와 상통한다.
그러나 그 묘사는 섬세하고 화미하다. 기려하면서 냉정한 사실적 직
관이 스며 있다. 그에게는 이 부분에 있어서 사회 풍토와 정치적 부조
화, 그리고 민생의 질고를 주된 소재로 다루고 있음을 볼 수 있다.
먼저 〈苦哉行〉(제3수)(상동)을 보자.

> 누대에 올라 서울을 바라보니
> 멀리 볼수록 속눈썹에 눈물이 맺히네.
> 억지로 웃으니 웃는 얼굴이 아니거늘
> 시든 꽃 같은 보조개를 다듬노라.
> 지난해 노복을 사니
> 노복인들 부서진 나뭇잎 같으니
> 어쩐 마음으로 죽지는 않고
> 스스로 흉노의 첩이 되었구나.
> 한평생 지금까지 살아오면서
> 만사가 괴로운 일이로다.
> 변방의 담장을 날아 나오고자 하나
> 저기 벌나비만도 못하구나.

登樓望天衢, 目極淚盈睫.
彊笑無笑容, 須妝舊花靨.
昔年買奴僕, 奴僕來碎葉.
豈意未死間, 自爲匈奴妾.
一生忽至此, 萬事痛苦業.
得出塞垣飛, 不如彼蜂蝶.

이 시는 題下의 自注에서, 「보응 연간에 활주와 낙양을 지난 후에 왕계우와 함께 짓노라.(寶應中, 過滑州, 洛陽後, 同王季友作.)」라 하였으니 安史의 亂이 한창인 寶應 원년(762)에 지은 것이다. 한 귀족 여인이 난을 평정하기 위해 끌어들인 回紇族에게 피랍되어 겪는 고통을 노래하고 있다. 즉 시의 중심사상이 肅宗의 外兵借用의 실책을 풍유한다.

한편 詠史詩는 정치에 대한 풍자를 하고 있으니, 〈苦哉行〉(상동) 제4수를 본다.

한나라 역사에서
졸렬한 계책이 바로 화친이라.
사직은 명철한 군주에 맡겨야 하거늘
나라의 안위가 부인에 달렸다네.
어찌 고운 용모로
오랑캐 먼지 가라앉힐 수 있으리.
죽어 지하에 긴 세월 묻히니
누가 보필할 신하가 되리오.
漢家靑史上, 計拙是和親.
社稷依明主, 安危託婦人.
豈能將玉貌, 便擬靜胡塵.
地下千年骨, 誰爲輔佐臣.

조정의 굴욕적인 화친정책을 國恥로 간주하여 漢代로 소급한 시점에 놓고 「옛것으로 오늘의 법도를 풍자(以古諷今法)」하는 기법을 쓰고 있다.

중당대에 이르러서는 古文運動이 전개되면서 시 형식면에서 신악부가 파생하고, 시풍면에서는 성당 낭만은일과 함께 사실주의 시와 古淡風의 은둔 시인, 그리고 李賀 같은 상징주의적인 기괴파 등 다양한 시파가 난립하는 시기가 된다. 代宗 大歷 연간(766-779)은 정치적으로 安史亂 등 내란이 평정되고 기강이 재정립되는 단계에 있었고, 문학적으로는 성당에서 중당으로 이전되는 과도기에 해당한다. 그 중에 문인의 문학 활동은 활발하여 소위 大歷十才子 등 문인집단이 형성되었으니, 이들 십재자는 자료에 따라 출입이 있지만6) 이들은 대개 劉長卿, 錢起, 李益, 韓翃, 耿湋, 司空曙, 盧綸, 李嘉祐, 戴叔倫, 郎士元 등을 들 수 있다. 이들은 성당의 은일 낭만풍을 지향한 부류와 사회현실면을 작시에 반영한 부류, 그리고 상기의 양면을 겸용한 부류로 구분할 수 있다.

錢起(720-780 전후)는 王維派로 분류하는 경향도 있지만, 대개 양면을 동시에 작시에 도입한 시인이라고 본다. 본 시화 권30의 錢起 부분의 일단을 본다.

* 전기는 오흥인으로 천보 연간에 진사가 되어 낭사원과 명성을 같이 하니, 그때 말하였다. 「전에는 심전기와 송지문이 있었고, 후에는 전기와 낭사원이 있다.」
起, 吳興人, 天寶進士, 與郎士元齊名, 時語曰: 前有沈宋, 後有錢郎.

* 고중무가 말하였다. 「원외 전기의 시는 체재와 풍격이 청신하고 기특하여 이치가 맑고 화려하다. 과거 급제 후부터 문단을 주도하여 그 당시의 문호 왕유는 그를 고아한 품격이라고 칭찬하였고, 왕유 이

---

6) 大歷十才子에 대해서 문헌마다 그 분류가 다르니, 姚合 ≪極玄集≫(卷上)에는 「李端與盧綸・吉中孚・韓翃・錢起・司空曙・苗發・崔洞・耿湋・夏侯審唱和, 號十才子.」라 하고 ≪滄浪詩話≫는 冷朝陽을 넣었고, 王世禎의 ≪分甘餘話≫(卷3)에서는 皇甫曾을 넣고, 청대 管世銘은 ≪讀雪山房唐詩鈔≫(卷18)에서 劉長卿과 皇甫冉을 거론하였음.

후에 전기가 으뜸이었다. 육조의 제나라와 송나라의 부허함을 없애
고, 양나라와 진나라의 화려함을 깎아서 멀리 홀로 서니 나란히 겨룰
자가 없다.」

高仲武云: 員外詩, 體格新奇, 理致淸瞻. 越從登第, 抵冠詞林, 文宗右
丞, 許以高格, 右丞以後, 員外爲雄. 芟齊宋之浮游, 削梁陳之靡嫚, 逈
然獨立, 莫之與京.

전기의 시는 《全唐詩》 권236에서 권239까지 4권에 532수의
작품이 담겨져 있고, 그중에는 〈江行無題〉 100수(권239)와 〈藍田
溪雜詠〉 22수(상동) 등 하나의 주제로 다량의 집영시를 짓기도 하
였다. 〈省試湘靈鼓瑟〉(상동 권238)은 그가 과거에 응하면서 심리적
으로 운명적인 상황이 아니면 급제하기 어렵다는 의미를 제시하는 드
문 省試詩이다.

> 운화 가야금을 잘 타면
> 늘 상부인 생각이 떠오르네.
> 풍이가 공허히 절로 춤추니
> 초 땅의 나그네 차마 듣지 못하겠네.
> 애타는 곡조 악기에서 처량히 울려 나와
> 그 맑은 소리 아득히 먼 곳에 스며드네.
> 창오에는 원한의 그리움이 일고
> 구릿대 향초에는 짙은 향기 우러나네.
> 흐르는 물 따라 소수 가에 전해지고
> 슬픈 바람 따라 동정호를 거쳐 가네.
> 곡조 끝나니 아무도 보이지 않는데
> 강가에는 두세 산봉우리가 푸르구나.
> 善鼓雲和瑟, 常聞帝子靈.
> 馮夷空自舞, 楚客不堪聽.
> 苦調淒金石, 淸音入杳冥.
> 蒼梧來怨慕, 白芷動芳馨.
> 流水傳瀟浦, 悲風過洞庭.

曲終人不見, 江上數峰靑.

이 시는 미려하면서 기교가 넘치는 시어를 구사하고 있지만, 그 이면에는 幽怨하면서도 애모 어린 한이 맺혀 있어서, 읍소하는 듯한 음조와 맑으면서도 처연한 시흥이 다양한 상상력을 불러일으켜서 이와 관련된 신기한 고사를 낳게 하였다.7) 이러한 시는 전기가 평소에 심신이 나약하여 소극적이며 은둔적인 의식이 잠재되어 있음을 間說하는 것이라고 하겠다. 이처럼 그의 시가 지닌 독특한 성격을 통해서 다음 세 가지 면에서 어떻게 묘사하고 있는지를 살펴보고자 한다.

첫째는 정치 부조리 고발이니, 성당의 번창한 사회상은 생활여건이 향상되었지만, 한편으론 빈부의 격차와 정치부패가 성행하여 전기의 심정은 과거급제도 희원하였지만 정치현실에 대한 불만과 거부감이 동시에 격동한 양면적 의식을 제시하는 작풍을 볼 수 있다. 〈送李明府去官〉(상동 권239)을 보자.

비방하는 말 세 번 들은 후에
직언으로 말한들 무엇 하리.
오늘 남전의 냇물에는
밤낚시질 누군가 할 것이네.
謗言三至後, 直道欺何如.
今日藍溪水, 無人不夜漁.

詩題의 '이명부'는 당시의 藍田縣令 李行父(이행보)로 明府는 관명이다. 위의 두 시를 보건대 이명부의 청렴하고 애민하는 치정을 칭찬하면서, 이러한 관리가 관직을 떠나야 하는 현실에 대해서 원망과 분

---

7) ≪舊唐書≫〈錢徽傳〉:「父起, 天寶十年登進士第. 起能五言詩, 初從鄕薦, 寄家江湖, 嘗于客舍月夜獨吟, 遠聞人吟于庭曰; 曲終人不見, 江上數峰靑. 起愕然, 攝衣視之, 無所見矣. 以爲鬼怪而志其十字. 就省試之年, 李暐所試湘靈鼓瑟詩題中有靑字, 起卽以鬼謠十字爲落句, 稱爲絶唱. 是歲登第, 釋褐秘書省校書郞.」

개를 금치 못하고 있다.[8] 이명부가 去官하고 귀향함을 전송하면서 제1연에서 직설적으로 비판하였다. '三至'는 공자의 제자 曾參의 모친이 아들과 동명이인이 살인했다는 사실을 여러 사람이 반복해서 잘못 고하자 그 일이 진실인 줄 알고 베틀을 놓고 담 넘어 피한 고사에서[9] 나온 시어이다. 奸臣이 준동하므로 직언이 수용되지 않고, 「소인을 가까이하고 현신을 멀리함(親小人遠賢臣)」(諸葛亮 〈出師表〉)의 부패정치가 횡행하여 백성이 약탈당하는 현실을 직설하여 폭로하였다. 전기가 이명부에게 준 시 〈長安客舍贈李行父明府〉(상동 권236)의 제3-5연을 보기로 한다.

누가 전쟁 때에
거문고 타서 울린다고 말하는가.
번민을 다스리는 데 대범하고 명료하였고
거센 자를 다스리는 데 관용을 겸하였네.
밤낮으로 백성을 염려하느라
자다가 깨어나고 연회도 편치 않았네.
誰謂兵戈際, 鳴琴方一彈.
理煩善用簡, 濟猛能兼寬.
夙夜念黎庶, 寢興非宴安.

둘째는 전쟁과 사회 혼란상 묘사이다. 전기는 천보 개원 연간을 살면서 安祿山과 史思明의 난을 겪고 그 전후로 사회가 혼란하고 민생의 고통을 직접 보고 체험하였으니 그의 시에서 이 부분을 간과할 수 없다. 그의 시에는 내란상과 애국사상을 찾아보고 난리로 인한 방랑의 비애와 실의, 그리고 이들을 극복하고 승리를 고취하고 축하하는 소망의 심경을 담고 있다. 사회적으로 안사의 난 등 내란 때 국가

8) 張學松 등 ≪大歷十才子詩傳≫ p.149(吉林人民出版社 2000.1), 焦文彬 등 ≪大歷十才子詩選≫ p.73(陝西人民出版社 1988)

9) ≪戰國策≫〈秦策〉, ≪後漢書≫〈班超傳〉:「身非曾參而存三至之讒, 恐已疑于當時矣.」

운용의 일면을 묘사한 시로 〈奉送劉相公江淮轉運〉(상동 권238)을 본다.

다.

　나라의 비용으로 전쟁을 치르느라
　신하는 고생하며 임금 위해 근심하네.
　토지공물을 징수하고
　다시 제천의 배를 띄우네.
　수레 타고 밤새 가느라 별도 사라져 날이 밝았고
　연못을 지나가니 봉황이 머물지 않네.
　오직 높은 충절 지키느라고 찬물 마시고
　집을 떠난 근심 조금 덜어지네.
　낙엽이 회수 가의 빗속에 지고
　외론 산은 바다 위에 우뚝 가을이구나.
　아득히 진대의 謝安의 흥취를 알지니(여기서는 유상공 비유)
　강루에는 희미한 초승달이 떠있다.
　國用資戎事, 臣勞爲主憂.
　將徵任土貢, 更發濟川舟.
　擁傳星還去, 過池鳳不留.
　唯高飮水節, 稍淺別家愁.
　落葉淮邊雨, 孤山海上秋.
　遙知謝公興, 微月上江樓.

　이 시의 유상공은 당시의 理財家 劉晏(715-780)으로 軍國의 비용을 계획하고 집행하는 判度支(판탁지) 지위에 있었으므로 제1연에서 전란의 비용을 염려하는 구절이 나온다. 제3연의 황급한 부임과 제5연의 고통 장면은 모두 국가를 위해 전쟁의 비용을 마련해야 함을 주장하는 구절이다. 따라서 이 시는 변방의 환란과 내란의 급박한 상황 하에서도 긍정적이며 적극적인 의지를 토로하고 있다.
　셋째는 민생의 질고 대변이다. 廣德 원년(763)에 안사의 난이 평정되고 시국이 다소 안정되었지만, 민심은 현실생활의 처절과 빈곤으로 정치지도자들과의 離反 현상이 일어나니, 백성의 생활상을 묘사한 다음 시 〈送馬使君赴鄭州〉(상동 권237)는 그 좋은 예가 된다.

> 동녘 땅은 문득 별일 없이 평화로우니
> 태수의 성을 다시 어진 이가 맡았네.
> 관리의 예식을 기뻐하며 보니
> 다시 전쟁 없는 시절이로다.
> 단비는 영수에 내리고
> 돌아온 사람들 밭을 갈도다.
> 멀리 태수가 오던 날 알고 있나니
> 온 마을에 새 연기 일도다.
> 東土忽無事, 專城復任賢.
> 喜觀班瑞禮, 還在偃兵年.
> 膏雨帶縈水, 歸人耕圃田.
> 遙知下車日, 萬井起新煙.

이 시는 馬燧가 鄭州刺史로 부임하는 것을 전송한 것인데, '任賢'이라 하여 마수의 任職을 칭송하고, 백성이 마수로 인해 생활이 안정되고 귀농하여 국가안위의 평강이 있을 것을 희망하고 있다. 제1구의 '無事'는 안사의 난이 평정되고 제4구에서 '偃兵'이라 하여 전쟁이 끝났음을 말한다. 그리하여 제3, 4연에서는 귀향과 평화를 희원하면서 아직은 혼란한 사회상을 암시한다.

본 시화에는 新羅와 渤海 시인에 관한 기사도 수록하고 있으니, 이 자료는 韓中詩 交流와 비교 차원에서 소중한 자료로 평가된다. 따라서 본문에서 그들 자료를 집중적으로 고찰하고자 한다.

1. 新羅 文人: 金地藏(≪唐詩紀事≫ 권73), 新羅王 金眞德 (≪唐詩紀事≫ 권80)

(1) 金地藏: 〈送童子下山詩〉(≪全唐詩≫ 권806)

김지장에 대해서 본 시화에 다음과 같이 기록하였다.

김지장은 신라국 왕자이다. 지덕 초년에 머리 흩트려 항해하여 지의 구화산에 은거하다. 〈송동자하산시〉에 이르기를, 「텅 빈 대문 적막한데, 자네가 고향이 그립다 하여, 구름 덮인 방에서 이별하고 구화산 내려가는군. 즐겨 대 난간에서 죽마를 탔으며, 느슨히 금 땅에서 금 모래 모았었지. 냇물 가에 술병을 띄워 쉬며 달을 부르고, 옹이에 차 끓이며 마냥 꽃을 희롱했었지. 잘 가게! 눈물일랑 흘려선 안 되네. 노승께서 벗하신 데 안개 낀 노을이 있네.」 하였다.
金地藏: 新羅國王子也. 至德初, 落髮航海, 隱于池之九華山. 送童子下山詩云: 「空門寂寞汝思家, 禮別雲房下九華. 愛向竹欄騎竹馬, 懶于金地聚金沙. 添瓶澗底休招月, 烹茗甌中罷弄花. 好去不須頻下淚, 老僧相伴有烟霞.」(권73)

김지장(705-803)은 聖德王 4년에서 哀莊王 4년까지 장수한 승려로 ≪全唐詩≫ 小序를 보면, 「신라국 왕자로서 지덕 초년에 배타고 바다를 건너와 구화산에 머물렀으며 시 한 수가 있다.(新羅國王子, 至德初航海, 居九華山, 詩一首.)」라 하니 至德 初라면 신라 景德王 15-16년간이며, 玄宗 지덕 1-2(756-757)년간이니, 玄宗 말기인 盛唐의 시 황금시대에 속한다. 따라서 이 시기에는, 李白과 王維, 杜甫를 위시하여 韋應物, 王昌齡, 劉長卿 등 많은 걸출시인이 생존하던 시기인 만큼, 지장은 비록 승려로서 九華山에 은거했으나, 당시의 문풍을 배제할 수 없었을 것이다. 위에 밑줄 친 시는 ≪全唐詩≫(권806)에 수록되어 있다. 이 七律은 九華山에 은거 중의 작시로서, 情景交融이 짙으며 묘사가 진솔하여 전형적인 성당의 풍미를 준다. 김지장의 재세 시기와 연관된 시대적 조류를 파악하는 의미가 있다고 본다.

(2) 新羅王 金眞德: 〈太平詩〉(≪全唐詩≫ 卷797)
본 시화 권80에 기재된 부분을 본다.

태종이 신라주 선덕의 여동생 진덕을 왕으로 세웠다. 영휘 원년 진덕이 백제 무리를 대파하고 그 동생 법민을 보내어 알렸다. 진덕이 곧 비단에 오언시 태평송을 지어서 바쳤으니, 그 가사에 이르기를 … (이하 본문에서 거론함)

太宗立新羅主善德妹眞德爲王. 永徽元年, 眞德大破百濟之衆, 遣其弟法敏以聞. 眞德乃織錦作五言太平頌以獻之, 其詞曰…

金眞德은 곧 眞德女王이다. 金眞德은 이름이 德曼으로, 眞平王 白淨의 異母弟 國飯 葛文王의 여식으로 외모가 수려하여 「자질이 풍섬하고 미려하고 키가 7척이며 손을 내리면 무릎을 지나쳤다.(資質豊麗, 長七尺, 垂手過膝.)」(≪三國史記≫ 卷5)라고 하였다. 신라 聖骨로서 실력파인 金春秋와 金庾信의 추대를 받아서 왕위에 올랐다. 진덕여왕의 재위 기간은 7년(647-654)으로, 唐 太宗 貞觀 21년(647)에 왕위에 오른 후에 백제의 침입이 빈번하고 김춘추 등이 외교 교섭의 중요성을 강조하니, 당과의 교섭을 추진할 필요성을 절감하였다. 648년, 김춘추를 당에 파견하여 唐과의 관계를 돈독하게 하였는데 김춘추를 당에 보낸 목적은 첫째 國子學과 관계를 통하여 문화의 도입을 추진하고, 둘째 고구려와 백제에 대처하기 위한 청병을 원하고, 셋째 각종 章服을 개정하여 中華制를 추종하고 유학생을 파견하여 문물을 습득케 하는 데 있었다.[10] 그리고 이어서 唐 高宗이 즉위하던 650년에 김춘추 아들 金法敏을 당에 파견하여 즉위를 축하하고 백제와의 전쟁의 승리를 알리게 하였다. 이 기회에 진덕여왕은 〈太平頌〉을 지어 김법민을 통해 전달하니, 당 고종은 이 시를 받아 본 후에 극찬하고 김법민에게 즉시 大府卿官職을 제수하였다. 진덕여왕의 〈太平詩〉(≪全唐詩≫ 권797)를 본다.

대당이 건국의 대업을 여시어
우뚝 황제의 길 창성하시라.

---

10) 拜根興 ≪七世紀中葉唐與新羅關係硏究≫ p.27-29(中國社會科學出版社, 2003)

전쟁을 그치사 오랑캐 평정하시고
문물을 닦아 백왕을 이으셨도다.
온 하늘이 숭고한 비를 베푸사
모든 사물을 다스려 밝은 이치 지녔어라.
깊으신 인덕은 해와 달과 조화를 이루고
길운을 다루시어 평강을 힘쓰시네.
나부끼는 깃발 이미 빛나시니
징과 북은 어찌도 요란하신가.
오랑캐 중에 명령을 어기는 자
잘리고 뒤집혀 큰 재앙 입으리라.
온화한 바람이 우주와 어울려
멀리 앞서거니 상서로운 기운을 드리네.
사계절은 임금의 덕과 같이하고
日月과 五星은 만방을 살피시네.
산악의 정기가 재상을 내리사 보필케 하고
황제는 충신을 두루 쓰시도다.
삼황오제께서 모두 한결같은 덕으로
우리 황실 당나라 길이 밝히소서.
大唐開鴻業, 巍巍皇猷昌.
止戈戎衣定, 修文繼百王.
統天崇雨施, 理物體含章.
深仁諧日月, 撫運邁時康.
幡旗旣赫赫, 鉦鼓何鍠鍠.
外夷違命者, 剪覆被大殃.
淳風凝宇宙, 遐邇競呈祥.
四時和玉燭, 七曜巡萬方.
維嶽降宰輔, 維帝任忠良.
五三咸一德, 昭我唐家皇.

이 시의 작시 연대는 ≪全唐詩≫나 ≪三國史記≫(本紀)에 모두 高
宗 永徽 元年이라 하였으니 이는 眞德女王 太和 4년(650) 작임을

알 수 있다. 작시 동기는 ≪三國史記≫에 다음과 같이 기록되어 있다.

6월에 사신을 당나라에 보내려는데, 백제의 무리를 격파한 일을 아뢰니 왕이 천에다 오언태평송을 지어 김춘추의 아들 법민을 보내 당 황제에게 바쳤다. …
六月遣使大唐, 告破百濟之衆, 王織綿作五言太平頌, 遣春秋子法敏以獻唐皇帝. …

신라와 당 초기의 상호 우의를 기술하고 있는데, 〈태평시〉의 가치는 다음 李奎報의 글에서 그 단면을 알 수 있다.

신라 진덕여왕의 태평시는 ≪당시유기≫에 실려 있는데, 그 시는 풍격이 높고 고담하며 웅혼하여 초당의 여러 작품에 비하여 뒤질 바 없다. 이때는 동방의 문단이 아직 성행하지 않아서 을지문덕 외에는 이름이 없었다. 여왕이 이러하니 또한 대단하도다.
新羅眞德女王太平詩, 載於唐詩類記, 其詩高古雄渾, 比始唐諸作, 可相上下. 是時東方文風未盛, 乙支文德外, 無聞焉. 而女主乃爾, 亦奇矣.(≪白雲小說≫)

이처럼 眞德의 〈太平詩〉는 初唐詩風에서 본다면, 古風이요 律詩(近體詩)의 완성 이전에 속하는데, 押韻法과 어법이 近體에 근사함은 혹시나 후대의 위작인가 하는 회의가 들기도 한다. 어법상 고시는 連介詞로 '而', '以', '且', '之', '於' 등이 쓰이고, 대명사로는 '其', '己', '彼', '所', '者', '然', '爾'를, 副詞로는 '一何', '何其', '忽復' 등, 語助辭에는 '也', '矣', '乎', '耳' 등이 활용되는데[11] 이 〈太平詩〉는 고시의 체법을 거의 쓰지 않고, 더구나 근체에서 통용하는 一韻到底로 용운한 것은 排律的 풍격을 지님을 전혀 배제할 수 없다. 漢詩壇의 最早의 당풍의 시라 해도 가할 것이다. 이 시에 대해서 조선조 李睟光은 ≪芝峰類說≫에서 서술하기를,

---

11) 졸저 ≪中國唐詩研究≫ 제1편(國學資料院, 1994)

당시집 중에 실린 신라 진덕왕의 비단시는 고고하고 웅혼하여 초당 여러 작품에 비해서 상하를 가리지 못한다. 이때는 동방의 문풍이 성행하지 않아서 을지문덕의 절구 한 수 외에는 전해지는 것이 없는데 여왕이 곧 이러하니 또한 기특하다.

唐彙中所載新羅眞德王織錦詩, 高古雄渾, 比始唐諸作不相上下. 是時東方文風未盛, 乙支文德一絶外無聞焉, 而女主乃爾亦奇矣.

라고 높이 평가하였으며, 金萬重은 ≪西浦漫筆≫에서 역시 이 시를 논평하기를,

신라 진덕의 면직에 쓴 송덕시는 전편이 전아하여 전혀 외족의 기미가 없다. 그때는 삼한의 글이 아마도 이럴 수 없으니 곧 금으로 중국인에게서 구입한 것이나 아닐까?

新羅眞德織綿頌德詩, 全篇典雅, 絶無夷裔氣爾. 時三韓文字, 恐不能如此, 無乃以金購於華人耶?

라고 하여 시가 典雅하여서 중국의 전통적인 풍격을 지니고 있음을 강조하고 있다. 그리고 金台俊은 이 시의 풍격을 중국시평을 인용하면서 시의 역할과 실질적인 작자까지 서술하고 있다.

唐書와 三國史記에도 실려 있으며 唐詩品彙에는 「高古雄渾하야 與初唐諸作으로 頡頏이라」하며 陳眉公은 古今女史에 評호대 明良相得, 乃克有濟하니 久矣라 天子降于卿士, 義取諸此眞德見及足潽哲頌並傳이라 하였다. 이것이 中國人들의 評이다. 인제 李朝 金西浦의 漫筆을 보면 「眞德의 織錦頌德詩, 全篇典雅, 絶無夷裔氣…」라 하고 近者에 金昇圭氏의 桂山詩話에는 「辭氣婉轉하고 風韻雅麗하니 深得葩經之體라」고 하였다. 遐邦美人이 美麗한 句로써 美絹 속에 아름답게 짜서 들이니 이제 아무리 唐太宗의 鐵腸인들 魅惑되지 아니하랴? 이것이 新羅의 外交術이었다. 詩風은 雅麗하야 初唐의 風致가 있으며 朝鮮漢詩도 이에 닐으러 體裁가 具備하였음을 알겠다. 妄談이지만은 當時의 國情과 外交와 文壇形便을 보아 적어도 强首 같은 사람이 아니

면 짓지 못하였을 듯하다.12)(필자 注 : 원문을 현재 한글체로 번안했음)

위 문장에서 시의 역사적 사실과 가치를 중시하고 있다. 후에 삼국통일을 추진한 신라로서는 당의 출현과 그 유대관계는 매우 중대한 국가정책이었다고 보면 소국이 대국을 상대하는 의식과 예절을 추측하게 된다.

2. 渤海 文人: 高嶠(≪唐詩紀事≫ 권7), 高瑾(상동 권7), 封敖 (상동 권50), 高璩(상동 권53), 封彦卿(상동 권59)

고구려가 멸망하고 高王祚榮(재위 689-719)이 渤海를 건국하여 15대 末王 諲譔(재위 907-926)까지 당과 밀접한 관계를 유지하면서 국력을 배양하고 독자적인 문화를 형성하였다. 유학을 중시하여 胄子監을 설치하고 경서를 교육하였으며 당에 留唐生을 유학시켜서 신라보다 더 많이 교류하였다. ≪新唐書≫〈渤海傳〉에, 「그 왕이 자주 제생을 경사의 태학에 보내어 고금의 제도를 익히게 하다.(其王數遣諸生詣京師太學, 習識古今制度.)」라고 기록하고 있으며, 중국의 聖王을 숭상하여 〈貞孝公主墓誌〉에는, 「순임금을 짝하고 우임금을 닮으며, 탕임금을 따르고 주문왕을 감싼다.(配重華而肖夏禹, 陶殷湯而韜周文.)」13)라고 한 것으로 발해의 문물이 흥성하고 문학을 숭상한 기록을 확인할 수 있다.

(1) 高瑾(≪唐詩紀事≫ 권7):〈三月三日宴王明府山亭〉등 4首(≪全唐詩≫ 권72)

본 시화의 高瑾 부분을 보면,

---

12) 金台俊 ≪朝鮮漢文學史≫ p.16-17(朝鮮語文學叢書 1) 京城 朝鮮語文學會 發行, 漢城圖書株式會社 印刷. 昭和 6年.

13) 방학봉 ≪발해의 문화≫ p.252-278(정토출판, 2005).

晦日林亭云: …(시 전체를 수록하였는데, 본문은 아래에서 분석.)
晦日重宴云: …(시 전체를 수록하였는데, 본문은 아래에서 분석.)
上元夜宴效小庾體云: …(시 전체를 수록하였는데, 본문은 아래에서 분석.)

고근은 고사렴의 손자로 함형 원년에 진사 급제하다.
瑾, 士廉之孫, 登咸亨元年進士第.

라고 기재한 바, 그의 시 4수를 순서대로 살펴본다. ≪全唐詩≫ 注에 보면,

고근은 발해인으로 사렴의 손자이다. 함형 원년에 진사 급제하다. 시 4수가 있다.
高瑾, 渤海人, 士廉之孫. 登咸亨元年進士第. 詩四首.

라고 기술하고 기타 자료도 모두 그 이상의 다른 내용이 없고 高宗 咸亨 元年(670)에 진사 급제하였으니 初唐 때 사람이다. 高瑾 시 4수는 모두 회연에서 지은 것으로 〈三月三日宴王明府山亭〉은 6인이 同賦하고 孫愼行이 序를 지었고, 〈上元夜宴效小庾體〉는 上元에 놀이하며 6인이 '春'字韻으로 짓고 長孫正隱이 序를 쓴 시이고[14] 그리고 同題로 〈晦日宴高氏林亭〉과 〈晦日重宴〉이 있다. 이들 시 4수를 차례로 보기로 한다. 먼저 사언체인 〈三月三日宴王明府山亭〉을 본다.

늦봄 원사에
봄옷을 비로소 다듬네.
동자 8, 9인이
낙수의 모퉁이에 있네.
강둑에는 풀이 변하고
굳은 나무에는 꽃이 피네.

---

14) ≪全唐詩≫ 卷72 高正臣 부분에서 〈上元夜宴效小庾體〉 시에 대해 「上元之遊, 凡六人, 皆以春字爲韻, 長孫正隱爲之序.」라 하고 〈三月三日宴王明府山亭〉에 대해서는 「同賦六人, 孫愼行爲之序.」라 하였다.

은자가 말을 하면
신선이 배 타고 오네.
지저귀는 꾀꼬리 소리
붉은 뺨에 흐르듯 스며든다.
즐겁게 자리를 돌아가며 마시니
넉넉하고 한가롭도다.
暮春元巳, 春服初裁.
童冠八九, 于洛之隈.
河堤草變, 羣樹花開.
逸人談發, 仙御舟來.
間關黃鳥, 瀺灂丹腮.
樂飮命席, 優哉悠哉.

　　이 시는 押韻이 整齊되지 않은 점으로 보아 시경체를 모의하였다.
내용상으로는 연회의 唱和詩인 만큼 同一韻으로 산수의 풍경과 정감
을 토로하는 형식을 취하고 있어서, 시 자체의 개성보다는 탈속적 合
自然의 흥취를 담으려 하였다. 다음에 〈晦日宴高氏林亭〉을 보자.

산 정자에 들어 바라보니
석숭의 집이로다.
2월의 경치 일어나니
봄날에 복사와 오얏꽃이로다.
꾀꼬리는 높은 나무에서 울고
기러기는 모래밭에 가서 쉬네.
서로 보며 같이 취하니
어찌 돌아갈 길이 먼 걸 알리오.
試入山亭望, 言是石崇家.
二月風光起, 三春桃李華.
鶯吟上喬木, 雁往息平沙.
相看會取醉, 寧知還路賒.

이 시도 聯詩인데 21인이 연회에 참석하였고 거기서 唱和하면서 지은 시의 하나이다. 晋代 石崇의 家宴을 회상하면서 早春의 情趣를 만끽하고 우의를 돈독히 하는 소회를 담고 있다. 〈晦日重宴〉도 위 시에 이어서 다시 베푼 연회에서 지었으므로 그 정취가 상통한다.

문득 꾀꼬리 소리 계곡에 울리니
여기에 지기를 알겠노라.
마침 팽택의 술을 열어서
고양 연못으로 향하노라.
버들잎이 바람 앞에 하늘대고
매화 그림자는 오롯이 서 있네.
숲 정자의 저녁을 맘껏 구경하니
지는 햇빛이 흩어져 드리운다.
忽聞鶯響谷, 於此命相知.
正開彭澤酒, 來向高陽池.
柳葉風前弱, 梅花影處危.
賞洽林亭晚, 落照下參差.

이 시는 陶潛(도연명)의 정신세계와 시 후반에서 謝靈運의 섬세한 산수 묘사의 空靈性을 보여준다. 앞의 시보다 더욱 탈속의 意趣를 담고 있어서 귀전원적인 의식이 보인다. 제3, 4구에서 초봄의 정경인 버들잎이 하늘대고 매화꽃이 곧게 돋아나는데, 석양을 배경으로 연회의 흥취를 극대화시키는 효과를 더하고 있다. 이어서 〈上元夜宴效小庾體〉를 본다.

첫해 보름날 밤에
지기 한두 사람.
말 재갈을 잡고 골목을 나서
수레를 달려 연못가로 내려간다.
등불은 마치 달 같고
얼굴은 또 봄 같네.

그치지 않고 노닐면서
서로 기쁘게 해 뜨길 기다리네.
初年三五夜, 相知一兩人.
連鑣出巷口, 飛轂下池漘.
燈光恰似月, 人面倂如春.
遨遊終未已, 相歡待日輪.

이 시는 밤새도록 달빛 아래 벗들과 노닐고 봄을 느끼면서 날이
밝을 때까지 동지들과 정분과 의기를 나누면서 삶의 애환을 교환하
고 1년의 형통을 기원하는 심정을 노래하고 있다.

　(2) 高嶠(≪唐詩紀事≫ 권7):〈晦日宴高氏林亭〉, 〈晦日重宴〉(≪全唐
詩≫ 卷72)
　본 시화의 高嶠 부분을 보면,

晦日林亭云: …(시 전체를 수록하였는데, 본문은 아래에서 분석.)
晦日重宴云: …(시 전체를 수록하였는데, 본문은 아래에서 분석.)

고교는 사문낭중을 지내다.
嶠, 爲司門郎中.

라고 하였다. ≪全唐詩≫ 注에는 단지 「司門郎中, 詩二首.」라고 하였
지만, ≪全唐詩大辭典≫에는 「발해 수인이다. 태종 때 재상 고사렴의
손자로 일찍이 창부원외랑과 사문낭중을 역임하다.(渤海蓚(今河北景
縣)人. 太宗時宰相高士廉之孫, 曾任倉部員外郎, 司門郎中.)」라고 상세
하게 기술하고 있다. 그리고 ≪中國文學家大辭典≫ 唐五代卷에도 「渤
海蓚人」이라고 기재하고 있어서 출신지는 분명하다. 高嶠는 생졸년
이 불명하나 太宗 때 관직을 역임하였으니 초당 때 사람으로 본다.
그의 오언율시는 정격을 갖추고 있는데, 〈晦日宴高氏林亭〉을 본다.

　높은 누각에서 봄을 기다리는 맘을 쓰고
　연회를 열어 물가의 모래에 앉네.

쌓인 물방울은 이끼 빛 머금고
밝은 하늘에는 햇빛이 흐른다.
노래는 평양 댁에 들고
춤은 석숭의 집을 대하네.
말 탈 수 있을까 걱정 말지니
굴대 비녀장을 빼어 절로 수레 멈추네.
飛觀寫春望, 開宴坐汀沙.
積溜含苔色, 晴空蕩日華.
歌入平陽第, 舞對石崇家.
莫慮能騎馬, 投轄自停車.

이 시는 正月 晦日에 高氏林亭에서 3회의 회연에 참석한 문사들이
華字韻으로 連詩를 지어 ≪高氏三宴詩集≫을 남겼는데15) ≪全唐詩≫
卷72에 그 文人과 宴會詩를 수록하고 있다. 그들은 高正臣, 崔知賢,
韓仲宣, 周彦昭, 高球, 弓嗣初, 高瑾, 王茂時, 徐皓, 長孫正隱, 高紹,
郎餘令, 陳嘉言, 周彦暉, 高嶠, 劉友賢, 周思鈞 등인데, 計有功의 ≪唐
詩紀事≫(권7)에는 위 시를 지은 문사가 21인으로 陳子昂이 시집
의 序를 썼다고 하였다. 그 序의 일단을 보면,

발해의 동족 가운데 빼어난 자는 평양의 귀족이다. 봉대에 올라 벗
과 휘파람 불고 그윽이 계천을 찬양하며 연회를 베푼다. … 갓끈 한
귀한 사람들 많이 모이니 장안의 빈객들 많이 모신다. 빼어난 인재
들이 옥 같은 소리 울리니 스스로 문장과 풍아가 있는 객이로다.
有渤海之宗英, 是平陽之貴戚. 發揮鳳臺而嘯侶, 幽贊鷄川而留宴. … 冠
纓濟濟, 多延戚里之賓; 鸞鳳鏘鏘, 自有文雅之客.

라고 하여 문사 중에 여러 명의 발해 출신자가 참여하였는데 高嶠,
高瑾 등이며 생평상에 기록되지는 않았지만 高氏들은 대개 발해인이

15) ≪四庫全書總目≫ 卷186에 ≪高氏三宴詩集≫에 대해 기술하기를, 「唐高正臣
編. 所載皆同人會宴之詩, 以一會爲一卷, 各冠以序, 一爲陳子昂, 一爲周彦暉,
一爲長孫正隱. 三會正臣皆預, 故彙而編之. 與宴者凡二十一人云云.」 하였다.

아닌가 추측된다. 이 시의 제2, 3연이 대구를 이루고 押韻도 一韻 到底하고 있는 전형적인 율시로서 세속의 명성을 초탈하고픈 귀전원적인 풍격을 보인다. 제3연에서 平陽과 石崇의 고사를 비유하여 자신의 평상심을 표현하고, 말연에서 출사의 의지가 없음을 토로하고 있다. 〈晦日重宴〉을 보자.

> 가마 타고 뛰어난 벗을 찾고
> 기뻐하며 안지를 내려다보네.
> 가시나무에 서성대며 옛 친구 만나고
> 계수나무에 머뭇대며 깊은 지기를 기뻐하네.
> 보랏빛 난초가 방금 오솔길에 돋는데
> 꾀꼬리는 나뭇가지에서 울지 않네.
> 따로이 봄날을 기뻐하나니
> 푸른 하늘에는 구름과 안개가 걸쳐 있네.
> 駕言尋鳳侶, 乘歡俯雁池.
> 班荊逢舊識, 斟桂喜深知.
> 紫蘭方出徑, 黃鶯未囀枝.
> 別有陶春日, 青天雲霧披.

이 시는 앞의 시와 같이 동일한 시기에 동일한 연회가 열린 장소에서 은일낭만의 감회를 묘사하고 있다. 會宴에 9인이 池字韻으로 이 시제로 시를 지어 모아서 周彦暉가 序文을 썼는데,16) 제1연의 '駕言'과 '乘歡'은 陶淵明의 〈歸去來辭〉에서 시어를 차용하였고, 역시 제2, 3연은 대구를 강구하여 연회에서 벗을 만나는 희열과 주변의 귀자연적인 경물묘사가 마치 王維 시의 詩中有畵的인 색채 감각을 보여주어 화려하지만 경박하지 않다.

　(3) 封敖(≪唐詩紀事≫ 권50): 〈春色滿皇州〉, 〈題西隱寺〉(≪全唐詩≫

---

16) ≪全唐詩≫ 卷72 高正臣 부분에 〈晦日重宴〉의 注에, 「是宴九人, 皆以池字爲韻, 周彦暉爲之序.」라 함.

권479)

본 시화 封敖 부분을 본다.

봉오는 지주자사이고 제서은사에 이르기를, …(시 전체를 수록하였
는데, 본문은 아래에서 분석.)
敖爲池州刺史, 題西隱寺云: …

봉오는 자가 석부, 기주인이다. 평소에 이덕유에게 인재로 중히 여겨
졌다. 무종 때 봉오로 하여금 조서를 짓도록 하여 부상당한 변장을
위로하기를, 「그대 몸에 상처 받으니, 고통이 짐의 몸에 있도다.」라
하였다. 유진이 평정되니 이덕유가 태위로 추천하자, 봉오가 칙서를
초안하여 「모략이 다 나와 같고, 언사가 남을 미혹하지 않는다.」라
하니 모두 봉오가 지은 것이다. 끝으로 상서우복야를 지냈다. 재주
가 높으나 행위가 덜 올바라서 재상에 이르진 못하였다.
敖, 字碩夫, 冀州人. 雅爲李德裕所器. 武宗時, 詔慰邊將傷夷者曰:「傷
居爾體, 痛在朕躬.」劉稹平, 德裕進太尉, 制曰:「謀皆予同, 言不他惑.」
皆敖爲之. 終尙書右僕射. 才高而少行檢, 故不至宰相.

이어서 ≪全唐詩≫ 注를 보면,

봉오는 자가 석부이며 수인이다. 원화 연간에 급제하였다. 회창 초년
에 좌사원외랑으로 한림학사, 지제고를 지내고 어사중승이 되었다.
대중 연간에 평로, 흥원절도사를 거쳐 끝으로 상서우복야를 지냈다.
한고 8권이 있고 지금 시 2수가 남아있다.
封敖, 字碩夫, 蓚人. 元和中登第. 會昌初, 以左司員外郎召爲翰林學
士, 知制誥, 還御史中丞. 大中中, 歷平盧, 興元節度使, 終尙書右僕
射. 翰藁八卷, 今存詩二首.

라 하고 ≪全唐詩大辭典≫을 보면,

봉오는 자가 석부이며 항렬은 네 번째로서 선세는 발해 수인이고 안
읍에 거하였다. 원화 10년(815)에 진사가 되어 우습유, 중서사인,
어사중승, 이부시랑, 태상경, 호부상서 등을 역임하고 상서우복야로

관직을 마쳤다. 문장이 공교하여 시에 능하고 아울러 서법을 잘하였다. 封敖, 字碩夫, 行四, 先世爲渤海蓨人(今河北景人), 家于安邑(今山西運城). 元和十年進士, 歷仕右拾遺, 中書舍人, 御史中丞, 吏部侍郞, 太常卿, 戶部尙書等, 官終尙書右僕射. 工文能詩, 兼善書法.

라 하여 《全唐詩》 注와 비교하여 관직으로 右拾遺, 吏部侍郞, 太常卿, 戶部尙書 등을 지낸 것이 추가되어 있다.17) 이 기록에서 특기할 것은 관직 역임시기를 밝히고 있으며 그의 문풍이 豊贍하고 奇澁하지 않으며 내용이 논리적이라는 점과 애국의식이 깊어서 왕의 총애를 받았다는 점에서 封敖의 문장을 평가하는 기준이 된다. 그의 시 〈春色滿皇州〉를 본다.

서울에 봄빛이 바르고
초목이 우거진 곳에 기쁜 기운이 뜨네.
비단은 천자의 궁궐 옆에 펼쳐 있고
거울은 곡강 가에 비친다.
붉은 꽃받침은 소각에 피고
노란 실은 임금의 누각을 건드리네.
천문에서 노래를 불어대고
구맥에서 비단옷 입은 이들 노네.
해가 가까우니 바람이 먼저 차고
인자함이 깊어 연못이 같이 흐르네.
응당 야윈 몸이 아니거늘
중국에서 수고해야지.

---

17) 위의 기록은 《唐詩紀事》 卷50과 동일하고 《舊唐書》 卷168 列傳의 生平 부분과 相當 일치하니 《舊唐書》를 옮겨 기술한 것이라 본다. 《舊唐書》의 기록을 보면 다음과 같다. 「封敖字碩夫, 其先渤海蓨人. 祖希奭, 父諒, 官卑. 敖, 元和十年登進士第, 累辟諸侯府. 大和中, 入朝爲右拾遺. 會昌初, 以員外郞知制誥, 召入翰林爲學士, 拜中書舍人. 敖構思敏速, 語近而理勝, 不務奇澁, 武宗深重之. …」

帝里春光正, 葱蘢喜氣浮.
錦鋪仙禁側, 鏡寫曲江頭.
紅蕚開蕭閣, 黃絲拂御樓.
千門歌吹動, 九陌綺羅游.
日近風先滿, 仁深澤共流.
應非顓頊質, 辛苦在神州.

이 시는 일종의 奉制詩 성격을 지니고 있어서 황제를 추앙하고 그 덕을 칭송하며 시인 자신은 분골쇄신하여 나라를 위하려는 의지를 말연에서 토로한다. 쇠미해가는 만당의 운세를 목도하며 국가부흥의 염원을 담으려 한 것이다. 그리고 〈題西隱寺〉를 보자.

3년 동안 구화산에 못가니
하루 종일 방에서 지도를 펴네.
가을 절간을 기쁘게 날이 갠 후에 구경하고
신령한 산봉우리를 실컷 보다가 돌아오네.
원숭이는 제멋대로 스님 옆에 앉아있고
구름과 안개는 무심하게 나그네와 짝하네.
좋은 일로 세월을 보낼 수 있거늘
이미 세상의 명리와는 상관없다네.
三年未到九華山, 終日披圖一室間.
秋寺喜因晴後賞, 靈峰看待足時還.
猿從有性留僧坐, 雲靄無心伴客間.
勝事倘能銷歲月, 已拌名利不相關.

九華山의 사찰을 소재로 하여 자신의 속세 초탈의식을 밝히고 있다. 秋景과 靈峰의 조화와 고독 속에 雲靄(운애 : 구름과 노을)가 벗이 되는 시인의 관조는 귀자연적 심정과 參禪하는 승려의 탈속하려는 마음이 혼합되어 무상의 禪境을 추구하게 한다.

(4) 高璩(≪唐詩紀事≫ 권53) : 〈和薛逢贈別〉과 2句(≪全唐詩≫ 권

597)

본 시화의 高璩 부분을 본다.

백민중이 검남절도에서 형남으로 전임하여 충주를 거쳐 백낙천의 유적을 찾아서 시를 지어 이르기를, 「남포의 꽃이 물가에 피어 있고, 동루의 달이 비추는데 바람이 인다.」라 하니 고거가 그때에 서기로서 시를 지어 이르기를, 「공의 집에 오니 사람은 옛사람이 아니고, 시를 적은 목판을 다시 찾으니 먹물이 아직 새롭네.」하였다. 고거는 재주 자사에서 조정에 들어가게 되어 면주를 거쳐서 자사 설봉과 월왕루에 오르니 설봉이 시로써 송별하여 이르기를, 「바꾸어 타고 처음으로 검외주에 오르니, 기쁜 일에 마음을 써서 백성을 부하게 하네. 마침 좋은 날에 즐거이 노닐다가, 곧 가을에는 수레 못 가게 잡히게 되리라.18) 객이 파가를 들으며 한밤을 보내고, 신선의 발자춰를 따라서 높은 누대에 오르네. 한 맺힌 연정이 깊은 줄 알고프면, 장강이 조석으로 흐르는 소리 들을지라.」라 하니 고거가 화답하였다. …(시는 본문에서 인용하여 분석함.)

白敏中自劍南節度移荊南, 經忠州, 追尋樂天遺跡, 有詩云;「南浦花臨水, 東樓月映風.」璩時爲書記, 有詩云;「公齋一到人非書, 詩板重尋墨尙新.」璩自梓州刺史入朝, 經綿州, 與刺史薛逢登越王樓, 逢以詩贈別云:「乘遞初登劍外州, 傾心喜事富民侯. 方當游藝依仁日, 便到攀轅臥轍秋. 客聽巴歌消子夜, 許陪仙躅上危樓. 欲知恨戀情深處, 聽取長江旦暮流.」璩和云: …

고거는 자가 영지이며 진사 급제하여 한림학사가 되고 간의대부로 발탁되었다. 학사로 성랑을 넘어 관직에 든 자로는 오직 정호만이 천자의 사위인 상주가 되고 고거는 총애로 승진하였다. 의종 때 재상이 되어 죽었다. 조업이 건의하였다. 「고거는 재상으로 교유가 추잡하여

18) 攀轅臥轍: 수레의 멍에를 끌어당기고 바퀴 아래에서 자며 수레가 가지 못하게 한다는 뜻으로 지방관이 떠나는 것을 섭섭히 여겨 그 유임을 간청하는 정의 간절함을 말함.

하는 일에 요령을 많이 부렸습니다. 시호를 法이라 하나, '함부로 사랑하는 것을 생각지 않음'을 '刺'(랄)이라 말하니, 청컨대 시호를 '刺'이라 하옵소서.」

璩, 字瑩之, 第進士, 翰林學士, 擢諫議大夫. 學士超省郎進官者. 惟鄭顥以尙主, 而璩以寵升. 懿宗時爲宰相, 卒. 曹鄴言;「璩, 宰相, 交遊醜雜, 進取多蹊徑. 謚法, 不思妄愛曰刺, 請謚爲刺.」

위에서 高璩의 官路와 성품, 그리고 시를 서술하고 있다. 그리고 ≪新唐書≫ 〈열전〉(권177 〈高元裕傳〉)을 보면,

원유의 아들 거는 자가 영지이며 진사 급제하여 좌사부를 거쳐 좌습유로 한림학사가 되고 간의대부로 발탁되었다. 근세 학사로 성랑을 넘어 관직에 든 자로는 오직 정호만이 천자의 사위인 상주가 되고 고거는 총애로 승진하였다. 의종 때 검남동천절도사를 받고 중서시랑와 동중서문하평장사를 받았다. 달포를 지나 죽으니 시호는 사공이다.

元裕子璩, 字瑩之, 第進士, 累佐使府, 以左拾遺爲翰林學士, 擢諫議大夫. 近世學士超省郎進官者, 惟鄭顥以尙主, 而璩以寵升云. 懿宗時, 拜劍南東川節度使, 召拜中書侍郎, 同中書門下平章事. 閱月, 卒. 贈司空.

라고 하여 高璩의 역관 실적을 열거하고 있고, ≪中國文學大辭典≫ 唐五代卷을 보면,

고거(?-865)는 자가 영지이며 발해인이다. 부친은 이부상서 고원유이다. 고거는 대중 3년에 진사 급제하고 비서성교서랑을 제수 받고 백민중의 검남서천과 형남 두 막부를 도와 장서기가 되었다. 12년에 우습유로 들어갔다. 이듬해에 한림학사로 충원되고 특별한 은총으로 기거랑지제고로 옮겼다. 다시 우간의대부로 발탁되어 여전히 지제고를 지냈다. 함통 2년 승지학사와 공부시랑으로 옮겼다. 이듬해 조산대부와 병부시랑을 더 맡고 아울러 지제고를 겸하고 검교예부상서로서 동천절도사가 되었다. 6년, 들어가 병부시랑과 동중서문하평장사가 되었다. 오래지 않아 죽었는데, 시호는 사공이다.

高璩字瑩之, 渤海人, 父吏部尙書高元裕. 璩大中三年登進士第, 授試秘

書省校書郞, 出佐白敏中劍南西川, 荊南二幕, 爲掌書記. 十二年, 入拜
右拾遺. 翌年, 充翰林學士, 特恩遷起居郞知制誥. 再擢右諫議大夫, 仍
知制誥. 咸通二年, 加承旨學士, 遷工部侍郞. 次年, 加朝散大夫, 兵部
侍郞, 幷知制誥, 以檢校禮部尙書爲東川節度使. 六年, 入爲兵部侍郞,
同中書門下平章事. 不久卒, 贈司空.

라고 하여 만당대에 부친 高元裕의 뒤를 이어 여러 고관을 역임한 대
표적인 발해인임을 알 수 있다. 그의 시 〈和薛逢贈別〉을 본다.

검외와 면주는 으뜸가는 주로서
임금께서 오히려 기뻐 그대 머물게 하였네.
노랫소리 아름다워 긴 원한을 더하고
피리 색은 처량하여 가을 같도다.
오직 기뻐서 새벽 피리를 생각하며
홀로 구름과 물에 빠져서 높은 누각에 올랐네.
여기를 떠나면 만나기 어렵다고 말 마오
이별을 한하며 노란 말 불러 타고 강 따라 가노라.
劍外綿州第一州, 尊前偏喜接君留.
歌聲婉轉添長恨, 管色凄凉似到秋.
但務歡娛思曉角, 獨耽雲水上高樓.
莫言此去難相見, 怨別徵黃是順流.

이 시는 高據가 梓州자사로 있다가 綿州를 거쳐서 조정에 들어가
는 길에 薛逢을 만나서 越王樓에 올라 唱和한 시로서 애절한 별정을
토로한다. 그리고 시제가 없는 시 1연을 남기고 있는데 다음과 같다.

공의 집에 오니 사람은 옛사람이 아니고
시를 적은 목판을 다시 찾으니 먹물이 아직 새롭네.
公齋一到人非舊, 詩板重尋墨尙新.

(5) 封彦卿(≪唐詩紀事≫ 권59) : 〈和李尙書命妓餞崔侍御〉(≪全唐詩≫
권566)

본 시화의 封彦卿 부분을 본다.

　봉언경 시에 이르기를: …(시는 본문에서 인용하여 분석함.)
　彦卿詩云: …
　봉언경은 대중 연간에 진사 급제하여 절동관찰판관이 되니 호부상서
　봉오의 아들이다.
　彦卿, 大中進士第, 爲浙東觀察判官, 戶部尙書敖之子.

≪全唐詩≫ 注에 보면,

　봉언경은 수인이다. 대중 연간에 진사 급제하였다. 함통 연간에 중
　서사인 관직을 하고 종에 연루되어 사호로 좌천되었다.
　封彦卿, 蓨人. 大中進士第. 咸通中, 累官中書舍人, 坐于琮, 貶司戶.

라고 간단하게 기술하고 있으며 ≪中國文學大辭典≫ 唐五代卷을 보면,

　자는 치원이며 그 선조가 발해 수인이다. 부친 봉오는 관직이 호부상
　서에 이르렀다. 언경은 대중 원년에 진사 급제하였다. 대중 연간에 이
　눌절의 동막관찰판관이 되었다. 함통 때에 청관과 현직으로 역임하
　여 중서사인에 이르렀다. 13년에 종과 친했다 하여 권신 위보형에게
　원망을 받아서 조주사호로 좌천되고 이듬해에 태주자사로 옮겼다.
　字峙元, 其先渤海蓨人. 父封敖, 官至戶部尙書. 彦卿大中元年登進士第.
　大中中, 爲李訥癭東幕觀察判官. 咸通時, 歷位淸顯, 累官中書舍人. 十
　三年, 因與于琮善, 爲權臣韋保衡所忌恨, 貶爲潮州司戶. 次年, 遷台
　州刺史.

라고 하여 비교적 상세하게 기록하고 있다. 위의 기록에서 봉언경이
晩唐 宣宗 大中, 咸通 연간(847-873)에 尙書職에 올랐으며, 성품이
청렴하여 권력투쟁에 희생되어 대중 13년(859)에는 좌천생활을 겪
었고, 이듬해에는 자사로 복직된 것은 전적으로 인품에 의한 것임을
확인할 수 있다. 대중 원년(847)에 진사가 되어 관직생활 중 淸官
과 顯職으로 평판을 들었으니 변방人으로 중앙정치무대에서 활약한

경력으로 보아서 부친 封敖의 후광도 있겠으나 그 위인 됨이 고매하였음을 알 수 있다. 그의 시 〈和李尙書命妓餞崔侍御〉를 보자.

大臣은 잠시 푸른 강물의 손님이 되어
문득 청총마를 타고 함진으로 들도다.
그대 위해 서하조를 부르고
날이 저무니 더욱 상심하여 떠나노라.
蓮府纔爲綠水賓, 忽乘驄馬入咸秦.
爲君唱作西河調, 日暮偏傷去住人.

이 시는 潮州司戶로 좌천되어서 지은 작품으로 보는데 송별시 형식이지만 내용은 충성심과 疏外感이 동시에 함축되어 있다.

본 시화는 송 嘉定 연간 甲申年(1224)에 처음 간행되었는데, 王僖의 서문이 있다. 명대에 嘉靖 연간 乙巳年(1545)에 두 번째로 간행하였는데, 이것이 ≪四庫全書≫에 실린 것이다. 그리고 명말 毛晉이 汲古閣에서 다시 간행하였고, 民國 초기에 上海 醫藥書局에서도 간행한 것이 있다. 근년에는 王仲鏞의 ≪唐詩紀事校箋≫(上下, 巴蜀書社 1989)이 출간되어, 기존 각종 주석본을 총망라하고 새로운 고증과 교정, 주석을 기입한 완정한 교본이라 할 것이다.

≪觀林詩話≫ - 吳聿

吳聿(오율). 字는 子書이며, 생평 사적은 불명확하나 南宋初 人으로 보는데, 스스로 쓰기를 楚東人이라 하였다. 그의 논시관은 蘇軾과 黃庭堅을 숭상하고 王安石과 陳師道를 칭찬하였으며 周邦彦 시를 상찬한 것으로 보아, 논시 관점이 '公平'하여 당파에 매이지 않았다. 用事에 '工巧'를 주장하고 '高雅'를 준칙으로 삼았다. 作詩에 있어서는 「인정의 오묘함을 간절하게 묘사함(曲寫人情之妙)」과 「외적인 모습의 오묘함을 진정으로 나타냄(曲盡形容之妙)」을 강조하고, 評詩에 있어서는 '氣格'과 '自然'을 중시하였다. 丁福保의 ≪歷代詩話續編目錄提要≫에 본 시화를 다음과 같이 기술하였다.

> 그 책은 남송 초에 지었으므로 논하는 것이 하주, 왕조, 왕선에까지 이르렀다. 무릇 고증한 것이 대개 바르고 확실하여 송인 시화의 뛰어난 책이다.
> 其書作于南宋初, 故所論至賀鑄, 汪藻, 王宣而止. 凡所考證, 大抵典核, 爲宋人詩話之佳本.

본 시화는 총 114조로서 고증에 편중되어 있고 간간이 軼事를 기술하고 있다. 시화에서 거론한 주제를 세 방면으로 요약하면, 첫째는 시대적으로 漢代, 魏晋, 六朝, 唐代와 宋代에 이르기까지 다루었지만, 송대 당시의 蘇軾, 黃庭堅, 陳師道, 王安石에 집중되어 있다. 둘째는 논시 관점이 '高雅'한 시풍을 높이고, '淺俗'한 풍격을 경시하였다. 杜甫 시를 평하기를, 「두보 시는 세상에 전하기를, 골기가 고초하여 마치 굳센 송골매가 하늘을 건드리고 준마가 땅을 치고 뛰는 것 같다.(杜工部詩, 世傳骨氣高峭, 如爽鶻摩霄, 駿馬絶地.)」라고 하였다. 셋째는 작시에 있어서 어사와 형식이 자연스러워야 하고 對杖과 用事의 기교에 있어서는 운율을 중시하였다. 예컨대 謝靈運의 「개구리밥은 깊이 물에 떠있고, 줄과 부들은 맑고 얕은 물에 걸쳐 있네. (蘋萍泛沈深, 菰蒲冒淸淺.)」구에서 위의 구는 '雙聲疊韻'을, 아래 구는 '疊韻雙聲'을 강구하여 '雙聲疊韻對'를 이루게 한 점을 들고 있다. 본 시화의 114개조 내용을 분류해서 서술하면 다음과 같다.

(1) 漢 武帝의 〈柏梁臺〉 詩意
(2) 謝靈運 시구의 雙聲疊韻
(3) 唐代 陸龜夢 〈宮詞〉 시어 분석
(4) 華亭船子 和尙의 시 가치
(5) 詩語의 淺俗 비판
(6) 詩語 '蟬根'의 來源
(7) 李商隱과 韓偓 시의 微辭
(8) 庾信 〈鴛鴦賦〉 시어의 半切
(9) 鮑當 시의 風格. 시어 '解衣'와 '刺船'에 대한 의견
(10) 錢昭度 시에 대한 陳師道의 칭찬에 동의
(11) 蘇軾과 진사도의 '辛'자 韻 사용이 工巧하고 자연스러움
(12) 陸韓卿 시어 誤字 지적
(13) '黃精'에 대한 견해
(14) 시어 '茅柴'에 대한 풀이
(15) 시어 寒穴泉을 王安石 시를 인용하여 고증
(16) 시어 '涷雨'에 대한 해석
(17) '蹲鴟'에 대해 ≪文選≫과 溫庭筠 시를 거론하여 고증
(18) '沆瀁'에 대해 ≪楚辭≫와 당대 劉商 시구를 인용하여 주석
(19) '楚尾'에 대해 白居易와 蘇軾 시구를 인용하여 주석
(20) 梅聖兪 시어 '打鴨'에 대한 고증과 해석
(21) 庾信 시에 대한 출처와 전래

(22) 古樂府「長跪問故夫」구에 대한 고증

(23) 陳師道의 舊詞 跋文에 대한 견해

(24) 曾逢邁 시구 칭찬

(25) 杜牧 시구에 대한 假對法 설명

(26) 蘇軾 〈會獵詩〉의 「向不如皐閑射雉」 구 중 '如皐'를 地名으로 誤用했음을 지적

(27) 王安石 시구의 出處를 규명

(28) 桃花와 菊을 주제로 한 시가 다수이지만, 拔俗한 것은 드물다.

(29) 唐代 문인의 夏日을 노래한 시구를 인용

(30) 孟郊 시 〈四嬋娟篇〉의 고증

(31) 程文若이 抄書에 심취한 풍류를 거론

(32) 蘇軾 시구 「絶勝倉公飲上池」에서 '長桑君'을 '倉公'이라 誤記한 것 지적

(33) 揚州 僧坊을 蘇軾이 '谷林堂'이라고 한 근거

(34) 楊元素의 〈勸酒詩〉를 '可味'하다고 칭찬

(35) 秦太虛가 白居易 〈木藤謠〉를 활용한 기특한 對句

(36) 白居易 詩句의 후대 활용

(37) 杜荀鶴 시를 '鄙惡'

(38) 시어 九原과 九京의 혼용 지적

(39) 蘇軾 시의 '雙荷葉'의 유래

(40) 시어 '五大夫'에 대한 풀이

(41) ≪紅梅集≫의 고사

(42) 왕안석 시구 고증

(43) 故事 인용의 예

(44) 梅詩

(45) 梅花詩와 蘇軾

(46) '鄭花'라 불리는 '小白花'와 詩題

(47) 秦太虛의 梅詩

(76) 왕안석 만년 시구와 薛能

(77) 沈約의 兩足字韻과 陸機의 兩音字韻, 그리고 소식(소동파)의 兩耳字韻

(78) 陸機와 도잠(도연명)의 고시구 활용

(79) 古人 五言 詩句의 犯則 예

(80) 〈西征賦〉「翻助逆而誅錯」구에서 '錯'에 대한 反切法 거론

(81) 何邵와 張華의 贈答詩에 대한 평

(82) 江淹의 學詩

(83) 鮑照의 〈升天行〉에서 '九篇'에 대한 고증

(84) 姚合의 시

(85) 唐人 〈五粒松〉 시의 '五粒'에 대한 해석

(86) 贈人詩의 同姓事를 多用하는 예

(87) 杜甫의 「天棘夢靑絲」 구에서 '夢'자는 '蔓'자의 오류로 고증, '天棘'을 '天門冬'으로 해석

(88) 杜甫 시를 "骨氣高峭"라 하고, 李賀 文體를 "崇巖峭壁"이라고 평한 것에 동의

(89) 東坡 시구의 神仙詩 시구 인용

(90) 殷芸 小說의 오류 지적

(91) 作詩에 있어서 "曲盡形容之妙"(시의 묘사)와 "曲寫人情之妙"(시의 흥취)

(92) 東坡 〈王平父哀詞〉 시구에서 '荊'의 활용

(93) 陸龜蒙과 杜牧 시의 用事

(94) 詩韻이 工巧를 강조

(95) 孫興公 〈天台山賦〉를 표절이라고 혹평

(96) 鳳의 '九苞'에 대한 주석

(97) 鮑昭의 문구

(98) 동파의 白居易 시풍에 대한 평가를 동의

(99) 詩語의 驅使

(100) 杜牧 시의 '紵'자 喜用

(101) 두목 시의 '竹雨'를 '羽林'에 비유한 예

(102) 書藝와 음식

(103) 楊元素 樂府 평

(104) 왕안석 시구 평

(105) 詩語의 묘사

(106) 시어에서 '酒'를 '書滴', '玉'을 '研'으로 표현(賀鑄 시)

(107) 李觀 시

(108) 시에서 '聽雨聲'(빗소리 들음)을 노래한 예

(109) 동파 시구

(110) 시의 反語

(111) 詩談 일화

(112) 謝朓 시 예찬

(113) 사조 시 예찬

(114) 사조 시 예찬(梁高祖曰:「不讀謝朓詩, 三日口臭.」)

이상의 개조별 주지에서 고증과 교정이 주된 내용인 점을 확인하게 된다. 그 대상도 시대적으로 육조와 당송에 집중되어 있고 송대에는 특히 蘇軾와 王安石의 시를 다수 거론하고 있다. 위의 논시 부분에서 중요한 조문 몇 항목을 골라서 그 내용을 살펴본다.

(1) 詩語의 적절성

언어는 삼갈 것이니 근세에 너무 옅고 세속적이다. 왕찬의 〈증채자독시〉에 이르기를, 「나의 벗은 가네」는 지금 사람은 어사의 큰 병폐라 생각한다. 나는 일찍이 〈반우가〉를 읊었으니, 「긴 밤이 느릿느릿 언제 해 뜰까.」 사람에게 일러 말하였다. 「이 어찌 또한 영척의 참언이런가.」

語言拘忌, 莫如近世淺俗之甚. 王仲宣贈蔡子篤詩云: 我友云徂, 今人以爲語之大病矣. 余嘗誦飯牛歌, 長夜漫漫何時旦. 謂人曰: 此豈亦寧戚譏

語也.(제5조)

시에서 어사는 시의를 담는 도구이므로 整齊된 묘사가 제일 요건
이다. 이런 작시 의식은 송대에 유학사상을 존숭하는 문단적 경향
과 동반하여 詩語 구사의 묘미로 인식되었다. 그리하여 元明代를 거
치면서 '語言拘忌'(어사의 가리기)와 '詩語整齊'(시어의 다듬기)는 시가
창작의 불문율이 되었다. 명대 李東陽의 ≪懷麓堂詩話≫ 제12조를 보
면,

> 시는 세속적인 평범한 말을 하지 않는 것을 귀히 여긴다. 시가 나온
> 후부터 수천 사람을 거치면서 수천만의 말을 써냈지만 깊은 경지에
> 도달할 수 없었다. 이것은 사물의 이치가 무궁한데 시의 이치도 무
> 궁해서인 것이다. 지금 화가로 하여금 열 명의 사람을 그리게 하면
> 반드시 서로 비슷한데, 특별히 빼어나지 못한 것은, 대개 그 도리가
> 작아서 경지에 도달하지 못하고 쉽게 막히기 때문이다. 그리고 세상
> 에 시를 논하는 자들이 매번 그림(畵)과 함께 논하는데, 곧 스스로
> 그 도량이 작기 때문이다.
> 詩貴不經人道語. 自有詩以來, 經幾千百人, 出幾千萬語, 而不能窮. 是
> 物之理無窮, 而詩之爲道亦無窮也. 今令畵工畵十人, 則必有相似而不
> 能別出者, 蓋其道小而易窮. 而世言詩者, 每與畵幷論[1], 則自小其道也.

라고 하여 시의 높은 경지를 탈속적인 데 두고 있다. 이 경지에 도
달할 수 있는 시인은 흔치 않다. 중국시에서는 이 점을 특히 많이
강조하는데 이동양도 같은 노선에 서서 논하고 있다. ≪시경≫의 詩
敎는 '溫柔敦厚'에 있으니, ≪論語≫에서 詩三百을 두고 평가하기를, 「思
無邪」라고 한 것에서부터 전통적으로 시의 본령을 세속적인 人道語
를 구사하는 데 두지 않고 시인의 성정이 高雅한 경지에 있는 데에

---

1) 與畵幷論 : 蘇軾이 詩와 畵의 관계를 주장. 〈書鄢陵王主簿所畵折枝〉 二首之其
一 : 「시와 화는 본래 하나의 율격이니 자연스레 기교롭고 청신하네.(詩畵本一
律, 天工與淸新.)」

초점을 맞추고 있다. 그래서 시인과 화가의 창작의식을 비교적으로 병론하여 詩畵論一致를 주장하게 된 것이다. 이 논리는 蘇軾이 王維의 그림을 보고서 「왕유의 시를 맛보면, 시 속에 그림이 있고, 왕유의 그림을 보면, 그림 속에 시가 있다.(味摩詰之詩, 詩中有畵, 觀摩詰之畵, 畵中有詩.)」(≪蘇東坡全集≫ 권98 〈書摩詰藍田煙雨圖〉)라고 평한 말에서 구체화되어 그 영향이 명청대의 시론에 도입되기도 하였는데 이동양이 여기서 거론한 것도 그 맥락에서 볼 수 있다. 소식은 〈次韻吳傳正枯木歌〉에서 「고래로 화가는 속된 선비가 아니니, 오묘한 생각이 실로 시와 함께 나오네.(古來畵師非俗士, 妙想實與詩同出.)」(上同 권14)라고까지 詩畵의 同構關係를 역설하였다.

이런 논리에 입각해서 원대 楊維禎은 「소식은 시를 소리 있는 그림으로 여기고, 그림을 소리 없는 시로 여겼으니, 대개 시라는 것은 마음의 소리이며, 그림이라는 것은 마음의 그림이어서 둘은 같은 몸이다.(東坡以詩爲有聲畵, 畵爲無聲詩, 蓋詩者心聲, 畵者心畵, 二者同體.)」(≪東維子文集≫ 卷11 〈無聲詩意序〉)라고 추종하고 있다. 그러나 詩와 畵의 경지를 비교함에 있어서 이동양은 다소간 부정적인 견해를 보이고 있어서, 말미에 「세상에 시를 논하는 자들이 매번 그림(畵)과 함께 논하는데, 곧 스스로 그 도량이 작기 때문이다.(世言詩者, 每與畵幷論, 則自小其道也.)」라고 하였다. 본 시화에서 시의 언어를 세속화하지 말아야 할 것을 주장한 이 문장은 곧 남송 문단의 말세적 타락상을 간접적으로 지적한 것이라 하겠다.

(2) 시어 구사의 정확성과 다양성
당대 ≪교방기≫에 이르기를, 「평민의 여인이 용모로 뽑혀서 궁궐 안에 들어가는 사람에게 비파, 삼현금, 공후, 쟁을 교습하는 사람을 '추탄가'라 한다.」 하였다. 두보 시에 「관현을 타고 튕기기를 그만두다」 구가 있는데, 피리는 타고 튕기는 물건이 아니니, 혹은 「관현을 불고 튕기는 걸 그만두다.」라고 고치든가, 혹은 「현악기의 줄을 타고 튕기길 그만두다.」라고 고쳐야 하는데, 그러나 모두 본래 알맞은 어사는 아니다.

唐教坊記云: 平人女以容色選入內者, 敎習琵琶三絃箜篌箏者, 謂之搊彈
家. 杜少陵詩, 有「絃管罷搊彈」之句, 管非搊彈之物, 或改爲絃管罷吹
彈, 或改爲絃索罷搊彈, 然皆非本語.(제62조)

작시에 있어서 적절한 詩語 구사는 시의 생명력 즉 흥취를 좌우하
는 기본 요소이다. 위 문장에서 시어의 사리 여부를 논하고 있으니,
두보 시에서 관악기에 '搊彈'(추탄 : 현악기 줄을 타고 튕김)이란 시어
에 대한 의견을 제시하고 있는데 합당한 논리이다. 여기서는 단순히
시의 어사 선택의 부당성을 지적하였지만, 시어는 시인의 의사와 흥
취를 동시에 표현하는 매체이기 때문에 더욱 깊은 사려를 요한다. 이
점에 대해서 李東陽은 다음과 같이 기술하고 있다.

시를 짓는 데 있어서 시인의 뜻(생각, 감정)이 시의 어사에 따르게
해서는 안 되고, 모름지기 어사로써 뜻을 잘 표현하도록 해야 한다.
어사로 뜻을 잘 표현할 수 있으면, 노래하고 읊을 수 있으니 곧 전해
질 수 있다. 왕유의 「양관으로 가니 옛 친구가 없네.」 구는 성당 이
전에는 말한 적이 없다. 이 어사가 나오자마자, 일시에 퍼져서 읊어
지는 것으로도 부족하여 세 번 반복하는 삼첩곡으로 노래하기까지에
이르렀다. 후에 이별을 노래하는 자가 수많은 말을 하였어도 거의
그 뜻 외의 더 뛰어난 표현을 할 수 없었다. 반드시 이와 같아야 비
로소 뜻을 잘 표현한다고 말할 수 있을 것이다.

作詩不可以意循辭, 而須以辭達意. 辭能達意, 可歌可詠, 則可以傳. 王
摩詰「陽關無故人」2)之句, 盛唐以前所未道. 此辭一出, 一時傳誦不足,
至爲三疊3)歌之. 後之詠別者, 千言萬語, 殆不能出其意之外. 必如是,
方可謂之達耳.(≪懷麓堂詩話≫ 제11조)

---

2) 陽關句 : 王維의 〈送元二使安西〉 제4구(≪王右丞集箋注≫ 卷14)
3) 三疊(삼첩) : 옛 연주법. 시의 어느 句를 세 번 반복하여 노래하는 법. 王維
   의 〈送元二使安西〉 詩는 제4구 「西出陽關無故人」 구를 세 번 반복하여 唱하
   므로 일명 '陽關三疊曲'이라 한다.

시인의 뜻을 정확히 표현하는 능력이 중요하고 시를 묘사하는 데
치우쳐서는 좋은 시라고 할 수 없다. '以辭達意'(어사로써 뜻을 잘
표현함)해야 한다는 것이다. '辭達'이란 말은 ≪論語≫〈衛靈公〉의 「선
생님이 말씀하시기를, 어사를 잘 표현할 따름이다.(子曰：辭達而已
矣.)」에서 연원한다. 漢代 孔安國은 이 말을 풀이하기를, 「모든 일은
사실보다 더 좋은 것이 없으니 어사를 잘 표현하기만 하면 족하고,
번거로이 문장을 아름답게 꾸미는 말을 하지 않는다.(凡事莫過於實,
辭達則足矣, 不煩文艶之辭.)」(≪論語注疏≫)라고 하여 작자의 뜻을
글로 사실대로 묘사하는 것이 '辭達'의 本義임을 알 수 있다. 그래서
≪儀禮≫〈聘禮〉에, 「말이 많으면 꾸미게 되고, 적으면 표현을 잘 못
한다. 말이 충분히 표현되면, 뜻이 잘 드러난다.(辭多則史, 少則不達.
辭苟足以達, 義之至也.)」라고 그 효용의 적절성을 밝히고 있다. 이 말
이 시대를 거치면서 대개 두 가지 논리로 집약되는데, 그 하나는 어
사와 내용 즉 辭와 意의 비중을 동등하게 두는 설이다. 명대 謝榛의
말을 빌리면,

> 무릇 뜻을 세우고 어사를 쓰는데, 그 둘을 다 공교롭게 구사하려면
> 매우 쉽지 않다. 어사에는 짧고 긴 것이 있고, 뜻에는 크고 작은 것
> 이 있으니, 모름지기 끌어당겨서 단단히 하고, 묶어서 굳게 하며, 어
> 사를 졸렬하게 하여 뜻이 어긋나게 해서는 안 된다. … 무릇 어사가
> 짧고 뜻이 많으면 때론 깊고 어두운 데로 빠지고, 뜻이 적고 어사가
> 길면 때로는 지루하게 늘어지게 된다. 명가는 이런 두 가지 병폐가
> 없는 것이다.
> 凡立意措辭, 欲其兩工, 殊不易得. 辭有短長, 意有大小, 須搆而堅, 束
> 而勁, 勿令辭拙意妨. … 夫辭短意多, 或失之深晦；意少辭長, 或失之敷
> 演. 名家無此二病.(≪詩家直說≫ 권3)

라고 하여 그 倂用을 강조하고 있다. 그리고 다른 하나는 意가 위주이
고, 辭는 보조적인 역할을 한다는 설이다. 즉 「의취가 주가 되고, 어

사는 보조가 된다.(以意爲主, 辭爲輔.)」는 것이다. 金代 趙秉文은 이
점을 서술하기를,

> 문장은 뜻을 위주로 하고, 어사는 뜻을 잘 표현할 뿐이다. 옛사람은
> 헛되이 꾸미는 것을 바라지 않고, 사실을 보고 글로 표현하여 자기
> 마음에 말하고자 하는 것을 표현했을 따름이다.
> 文以意爲主, 辭以達意而已. 古之人不尙虛飾, 目事遣詞, 形吾心之所
> 欲言者耳.(≪閑閑老人滏水文集≫ 권15)

라고 하였고, 金代 周昻은 보다 더 강조하기를,

> 문장에서 뜻을 주인으로 삼고 어사는 일꾼으로 삼으니, 주인이 강하
> 고 일꾼이 약하면, 따르지 않을 수 없게 된다. 지금 사람들은 자주
> 그 부림에 교만하여져서 날뛰어서 제지하기 어렵게 되고, 심지어는
> 오히려 그 주인을 부리니, 비록 어사가 지극히 공교롭다 하더라도,
> 어찌 글이 바르게 되겠는가?
> 文章以意爲主, 以言語爲役, 主强而役弱, 則無令不從. 今人往往驕其
> 所役, 至跋扈難制, 甚者反役其主, 雖極辭語之工, 而豈文之正哉.(元
> 脫脫 ≪金史≫ 권126 周昻傳)

라고 하였는데 이동양이 후자의 입장에 서서 논리를 전개한 배경은
송대에 江西詩派를 중심으로 전고와 기어를 다용하는 작법이 유행하
여 난해하고 공교한 창작의식으로 唐代로 복고시키고자 하는 데 있었
다고 본다. 이런 맥락에서 이백(이태백) 시가 만고의 명작으로 추앙
되는 근거는 적절한 시의 어사에 있다고 평가할 수 있으니, 다음에
이백 시의 시어 활용의 다양성을 거론하기로 한다.

첫째는 시어의 意象美이다. 시의 표현에 있어서 시만이 지닌 의식
의 함축미를 극대화시킬 수 있는 능력은 그 시인의 품격을 제고시
키는 요소가 된다. 이것을 시어상의 묘법으로서 '意象'이라는 말로 대
신하고자 한다. 중국시에서의 이런 묘사법은 다각적인 관념의 테두
리 안에서 이론적으로 체계화되지 않고 흔히 풍격과 혼용되어 다루어

져 왔다. ≪文心雕龍≫ 〈神思〉에,

> 옛사람이 말하였다. 「몸은 강과 바다에 있고, 마음은 위나라의 궁궐
> 에 있으니, 이를 '신사'라 한다. 글에 담긴 생각과 그 정신은 원대하
> 다. 따라서 조용히 깊이 생각하여 그 생각이 천년의 세계를 이어 깊
> 이 들어가면, 문득 터득되면서 만 리의 경지에 통달하게 된다. 읊어
> 서 노래하는 중에 주옥 같은 소리를 토해내고 눈 깜짝할 사이에 풍운
> 의 색을 펴내면서 지극한 사념의 이치를 깨닫게 된다.」
> 古人云: 形在江海之上, 心存魏闕之下, 神思之謂也. 文之思也, 其神遠
> 矣. 故寂然凝慮, 思接千載, 悄焉動容, 神通萬里. 吟詠之間, 吐納珠玉
> 之聲, 眉睫之前, 卷舒風雲之色, 其思理之致乎.

라고 하여 상상의 작용에 있어 暗示와 象徵의 연상효과를 밝혔는데,
이는 '絃外之音'(현에서 나오는 소리 밖의 그 속에 담긴 깊은 경지의
또 다른 소리)과 상통하면서 의상과 일맥하고 있음을 알 수 있다. 그
리고 청대 方東樹도 기술하기를,

> 뜻 표현이 고묘하고, 형상 표현이 고묘하며, 문자의 구법이 고묘하더
> 라도 옛사람을 깊이 이해하지 못하면 터득할 수 없다.
> 用意高妙, 用象高妙, 文法高妙, 而非深解古人則不得.(≪古詩選≫ 卷
> 首 〈通論五古〉)

라 하여 情思의 意象化는 想像의 善用에 있음을 알 수 있다. 이것은
의상 자체의 의미가 의식 중의 기억, 즉 시인의 의식과 外界의 物
象이 서로 통하여 관찰과 심미과정을 거쳐서 意境의 景象을 형성하
는 상태와 통한다. 따라서 중국전통시론을 대개 '생각을 표현하매 도
를 담음(言志載道)'과 '시 창작 이론을 탐토함(探討詩創作理論)'이란
측면에서 본다면 王國維의 다음 말은 더욱 인간의 진정으로써 情景交
融의 효과를 표달할 수 있는 경계가 곧 寫景의 참된 의상이라는 상관
성을 설정할 수도 있다.

자연 속의 사물은 서로 관계를 가지며 또 서로 제한되어 있다. 그러
나 문학과 미술에서 묘사되면 그 관계와 제한점을 반드시 탈피해야
한다. 그러므로 사실주의자이지만 또한 이상주의자도 된다. 또한 어
떤 처지의 경우에 있어도 그 재료는 반드시 자연에서 구해야 하며,
그 구조도 반드시 자연의 법칙을 따라야 한다. 그러므로 이상주의자
라도 또한 사실주의자도 된다. 경계는 경물만이 아니라, 희로애락의
사람 마음을 편안하게 하는 하나의 세계라고 말하겠다. 그러므로 참
된 경물과 참된 정감을 묘사할 수 있는 사람은 경계가 있다고 말하
겠으며 그렇지 않으면 경계가 없다고 말하겠다.
自然中之物, 互相關係, 互相限制. 然其寫之於文學及美術中也, 必遺
其關係限制之處. 故雖寫實家, 亦理想家也. 又雖如何處構之境, 其材
料必求之於自然, 而其構造亦必從自然之法則. 故雖理想家亦寫實家也.
境非獨謂景物也, 喜怒哀樂安人心中之一界. 故能描寫眞景物眞情感者,
謂之有境界, 否則謂之無境界. (≪人間詞話≫)

시에 있어서 의상의 처리는 精微하거나 농축된 언어를 통해 상징
과 암시라는 연상작용으로 情意를 표현하는 데 두어야 함을 알 수
있다. 李白(이태백)의 시에서 의상의 면을 본다면, 거침없는 풍격과
경악케 하는 표현법과 먼저 상관시켜 볼 수 있다.

　①쇠뇌로 바다 물고기를 쏘았더니
　큰 고래가 정말로 높고 크면서 거칠었다네.
　이마와 코는 오악같이 솟아 있고
　물결을 일으켜서 구름과 번개처럼 내뿜었네.
　지느러미가 푸른 하늘을 덮었으니
　어떻게 봉래산을 볼 수 있겠는가.
　連拏射海魚, 長鯨正崔嵬.
　額鼻象五岳, 揚波噴雲雷.
　鬐鬐蔽靑天, 何由睹蓬萊. (〈古風〉其三의 일부, ≪全唐詩≫ 권161)

　②푸른 산은 푸르게 하늘을 찌르듯 솟아 있어

우뚝하기가 고래의 이마 같도다.

藍岑聳天碧, 突兀如鯨額.(〈經溪南藍山下有落星潭可以卜築余泊舟石上
何判官昌浩〉일부, 상동 권173)

이백은 '鯨魚'라는 신화적인 동물을 차입하여 경이적인 묘사를 하고 있는데 ①의 경우에 長鯨의 자태와 그 웅대한 기풍을 그리면서 자신의 의식상의 흐름을 환상과 결부시키고 있는 것은 초탈적인 의식과 도가풍적인 仙味라는 의미를 부여하고 있다. ②의 경우도 ①과 같은 용례라 할 것이다. 凡人의 意界에서 느낄 수 없는 현실 세계에 대한 관조는 시인의 심중에서는 범인의 혼란한 의식도 완정한 형체의 새로운 경지로 창출할 수 있다. 이처럼 시의 의상은 다양하게 경우에 따라서 역설적으로 形象化되어서 독자에게 보여지니 이백의 시에서 그 대표적인 맛을 느낄 수 있다.

둘째는 시어의 誇張法이다. 이백은 天性이 낭만적이어서 그에게서 토로되는 의상은 神話와 仙風에 영향 받아서 時空을 초월하는 경지에 이르고 있다. 이러한 작품세계를 조장하는 어구적 방법으로 그는 과장 수법을 이용하였다. 그는 때로는 수량으로 묘사하기도 하였다.

원하건대 구강의 강물이 흘러서
만 줄기 눈물이나 되었으면.

願結九江流, 添成萬行淚.(〈流夜郎永華寺寄溂陽群官〉일부, 상동 권170)

흰 머리칼이 3천 길인데
수심이 어리어 더욱 긴 듯하다.

白髮三千丈, 緣愁似箇長.(〈秋浦歌〉其十五 일부, 상동 권167)

위의 시구들에서 숫자의 활용이 詩趣를 강렬하게 느끼게 하니, 수량의 과장은 사실과는 다른 개념을 부여하면서 보다 호탕한 기풍을 웅대하게 묘출하고 있다는 데서 이백의 뛰어난 점을 강하게 드러내고 있다. 청대의 馬位는 말하기를,

이백의 「흰 머리칼이 3천 길」이 다음에 이어져 「수심이 어리어 더욱 긴 듯하다.」라 한 것은 결코 사실적인 표현이 아니다. 엄유익은 이르기를, 「그 시구가 호방하다고 말할 수 있으나, 어찌하여 이런 사리가 없는가. 시는 진정 이처럼 지어서는 안 된다.」라 하였다.

太白 「『白髮三千丈」, 下卽接云 「緣愁似箇長」, 并非實詠, 嚴有翼云: 「其句可謂豪矣, 奈無此理. 詩正不得如此講也.」(≪秋窓隨筆≫)

라고 하여 현상의 과장이 오히려 명확한 인식을 하게 하는 비법을 썼음을 평가하였으나, 시의 事實性이 요구되는 점을 아쉬워하였다. 또 沈德潛은 이르기를,

이백은 천상기외적인 착상을 하고 변화무쌍한 형국을 다룬다. 「큰 강에 바람이 없는데, 파도가 절로 용솟음친다.」, 「흰 구름이 솟구치며, 바람 따라 사라진다.」 이것은 아마 하늘이 내린 것이지 사람의 힘으로는 안 된다.

太白想落天外, 局自變生: 「大江無風, 濤浪自湧.」 「白雲卷舒, 從風變滅.」, 此殆天授, 非人力也.(≪說詩晬語≫ 卷上)

라고 하여 이백(이태백) 시가 인력에 의한 창출이 아니라 천부의 것으로서 想外的인 기법이 과장으로 표현되고 초월적 의식으로의 유인을 가능케 하였다.

북쪽 바다에 큰 물고기 있는데
몸길이 수천 리로다.
고개 들어 삼산의 눈을 뿜어내고
계곡의 온갖 냇물 가로지른다.

北溟有巨魚, 身長數千里.
仰噴三山雪, 橫谷百川水.(〈古風〉 其三十三 일부, 상동 권161)

위의 시에서 사물의 형상을 확대하여 묘사하면서 비현실의 세계를 그렸다.

한바탕 바람이 사흘 불어 산을 넘어뜨리고
흰 물결 솟구치니 기와 집 관청보다 더 높네.
一風三日吹倒山, 白浪高於瓦官閣.(〈横江詞〉其一 일부, 상동 권166)

위에서도 사실보다 지나친 묘사에서 雄渾한 詩意를 표현하고 있다. 때로는 과장과 낭만적인 신화가 결합하여 더욱 탈속을 조장하기도 한다.

푸른 하늘에 긴 밧줄을 걸지 못하니,
여기 서쪽에 날아가는 밝은 해를 매네.
不得掛長繩于青天, 繋此西飛之白日.(〈惜餘春賦〉일부, 상동 권172)

여기서 이백의 과장수법이 독자로 하여금 너무 넓어서 끝이 없는 세계로 들게 함을 알 수 있다. 이것은 이백이 과장법을 常用할 뿐 아니라 특히 많이 사용하였으며 숫자의 변법은 그 극치를 이루고 있다.

바람이 9천 길이나 날아간다.
風飛九千仞.(〈古風〉其四 일부, 상동 권161)

금 술잔의 맑은 술은 천만 말이나 되고
옥쟁반의 좋은 안주는 만금만큼 귀하다.
金樽清酒斗十千, 玉盤珍羞值萬錢.(〈行路難〉其一 일부, 상동 권162)

위 시구들은 모두 놀랄 만한 수량 과장 묘법을 맘껏 발휘하였다. 이백의 과장은 단순한 과장이 아니라 과장을 통한 삶 자체의 高遠한 이상을 추구하려 한 것이라고 보아야 한다.

셋째는 시어의 功力이다. 이백 시에 있어서 '苦功'의 흔적이 적은 듯이 보이는 면이 杜甫와 대조하여 흔히 다루어지곤 한다. 그러나 다음 시구를 눈여겨보자.

탑 모습 바다에 뜬 달빛에 드러나고
누각의 기세는 강 안개 속에 솟아나네.

봄 향기 하늘에 가득한데
종소리 온 골짜기에 울려 퍼지네.
塔形標海月, 樓勢出江烟.
香氣三天下, 鐘聲萬壑連.(〈春日歸山寄孟浩然〉일부, 상동 권173)

이들 시구의 작자를 밝히지 않는다면 아마도 李白(李太白)의 작
품으로 보이지 않을 수 있다. 鍊句와 鍊字의 공력이 깊이 담겨 있기 때
문이다. 그의 연자의 기법은 문자의 조탁, 詩眼의 琢磨, 이 모든 것이
두보와 달리 耐性에 있어서 天然的인 味覺을 준다는 데 다른 점이
있다. 그러나 이백의 연자는 단순한 天然이 아니라 直覺에 의한 형
식적인 굴레를 승화시킨 단계의 기법을 구사하고 있다고 할 수 있
다. 이것은 타고난 천품 위에 오랫동안 창작력을 배양해 온 결과이
기도 하다. 시어의 세밀한 연찬이 두보를 못 따른다 해도 출중한
창작상의 성정이 자구마다 응축되어 하나의 詩篇이 雄渾하면서 長
闊한 양상을 보여주는 면에 있어서는 그 누구도 따를 수 없다. 그
의 〈宣州謝朓樓餞別校書叔雲〉(상동 권177)을 본다.

날 버리는 자 어제의 날에 머물 수 없고
내 마음 어지럽히는 자 오늘의 날에 근심 많도다.
센 바람 만 리에 가을 기러기 전송하니
이를 대하며 높은 누대에서 술에 취하네.
교서랑 이운 그대의 문장은 건안의 풍골이고
그 중간의 나는 사조처럼 또한 청아하다네.
모두들 준일하고 장중한 기상을 품고서
푸른 하늘에 올라가서 밝은 달 바라보려네.
칼 뽑아 물 내리치니 물 더욱 흘러가고
잔 들어 수심 씻으니 수심 더욱 짙구나.
인생 속세간에 뜻대로 안 되니
내일 아침에 머리 흩날리며 쪽배 타고 노니세.
棄我去者昨日之日不可留,

亂我心者今日之日多煩憂.
長風萬里送秋雁, 對此可以酣高樓.
蓬萊文章建安骨, 中間小謝又淸發.
俱懷逸興壯思飛, 欲上靑天覽明月.
抽刀斷水水更流, 擧杯銷愁愁更愁.
人生在世不稱意, 明朝散髮弄扁舟.

이 시는 錢鍾書가 말한 바, 「시의 풍격이 감성을 드러내 보여주기에 족하다.(文調風格足以徵見性情.)」(≪談藝錄≫)라고 한 평가는 적절하다고 본다. 글자마다 意表가 초연히 묘사되어 있어서, 이것이야말로 評者의 성정을 뛰어넘는 이백의 練字描法(글자를 다듬는 묘사법)의 경지라고 할 것이다. 이 시의 意象과 절주가 작자의 高遠한 면을 직설하는 대목으로서, '長風萬里', '懷逸興', '壯思飛', '上靑天', '覽明月', '抽刀斷水', '散髮弄扁舟' 등은 탈속의 흉금을 토로한 빼어난 練語(어사를 다듬음)의 功力이 넘친다. 특히 제1연에서 '昨日之日', '今日之日'의 표현은 白話的 표기를 통해 시간적 절박감을 對仗的으로 표현하고 있으며, 제5연에서 「칼 뽑아 물 내리치니 물 더욱 흘러가고, 잔 들어 수심 씻으니 수심 더욱 짙구나.(抽刀斷水水更流, 擧杯銷愁愁更愁.)」 구는 同字를 반복 사용하여 감성의 상태를 절실하게 그렸다. 이백에 있어서 자구의 구사력이 격식에 구애되지 않으면서도 격식에서 벗어날 수 없는 문학세계의 규범을 항상 의식했던 것만은 분명하다. 그 자신이 육조시대 시형식의 八病說을 주장한 沈約을 원망했을지도 모르나, 그 원칙을 지키는 한계는 인정했던 것이다. 그러나 이백의 시는 엄연히 시의 내적 형상의 구사에 장점이 있기 때문에 그의 練字 능력은 오히려 보이지 않는 內涵(내함 : 속에 담긴 뜻)에서 찾아야 할 것이다.

넷째는 시어의 樂府 句法이다. 이백 시에서 악부가 차지하는 비중 또한 적지 않다. 古題를 썼다 해도 시어의 구사와 사상과 감정의 독특한 移入에서 남다른 세계를 구축하였다. 漢魏六朝 악부의 현실주의 기풍이 이백에 이르러서 反戰思想을 주제로 하는 성향을 보이면서 「무기란 흉기인 줄 알지니, 성인은 부득이하여 이를 썼다.(乃知兵者凶器, 聖人不得已而用之.)」(〈姜薄命〉)라고 한 예는 얼마든지 찾아볼 수 있다. 이백의 악부는 형식상 民歌體의 '三·三·七' 구법을 활용하고 있다.

> 긴 칼 만지며
> 눈썹 한 번 치켜뜨니
> 맑은 물 흰 돌 참으로 요란하구나.
> 撫長劍, 一揚眉, 淸水白石何離離.(〈扶風豪士歌〉일부, 상동 권166)

위의 일정하지 않은 시구법이 이백에게 오히려 자유분방한 詩情을 표출하려는 의욕을 일깨우고, 나아가서 그의 시적 가치를 제고하는 창작력을 발휘케 하는 것이었는지도 모른다. 王力은 이백의 시를 非用韻이며 산문과 같다고 하였다.(≪漢語詩律學≫) 이백의 〈日出行〉 말 6구(상동 권162)를 보자.

> 노양공은 무슨 재주로
> 해를 멈추려 창을 휘둘렀는가.
> 도리를 거스르고 하늘을 어겼다 하니
> 교만함이 참으로 크다.
> 나는 장차 대지를 주머니에 담아
> 느긋이 천지자연의 기운과 함께 어울리기 바라네.
> 魯陽何德, 駐景揮戈.
> 逆道違天, 矯誣實多.
> 吾將囊括大塊, 浩然與溟涬同科.

위에서 구법이 齊一하지 않고, 口語를 상용하였음도 알 수 있으며, 〈橫江詞〉(其五)(상동 권166)를 보면,

> 황강의 여관 앞에서 나루지기가 맞이하는데
> 나에게 동녘을 가리키니 바다 구름 일도다.

그대 지금 건너려는데 무슨 일이런가
이처럼 풍파 이니 건너기 어렵다네.
橫江館前津吏迎, 向余東指海雲生.
郎今欲渡緣何事, 如此風波不可行.

라고 하여, 한 편의 희극처럼 생동감 있는 대화체 형식을 지닌다. 다음에 〈宣城見杜鵑花〉(상동 권184)를 본다.

촉 땅에서 일찍이 두견새 소리 들었는데
선성에서 다시 진달래꽃 보노라.
한 번 울고 한 번 보니 애간장 끊어지고
봄날 3월에 파촉 땅을 그리워하네.
蜀國曾聞子規鳥, 宣城還見杜鵑花.
一叫一回腸一斷, 三春三月憶三巴.

이 시도 口語를 꺼리지 않고 반복하여 山歌에 접근하고 있으며 감정이 순박하여 민가에서 영향 받은 것으로 보인다. 일체의 조탁이 없고 깊이도 넓지 않아, 감동력이 크다 할 것이다. 그리고 그의 악부에서 상징성을 운영하는 데도 민가풍을 지녀 순진한 맛을 지니고 있으나 그의 연박한 지식을 발휘하고 있다는 데에서 그 탁월성을 인정하게 된다. 〈古朗月行〉앞 4구(상동 권163)를 보자.

어렸을 땐 달뜨는 걸 알지 못하여
백옥 같은 쟁반이라고 불렀네.
혹시 서왕모 머물던 요대의 거울이
날아서 저 푸른 구름 끝에 있는 게 아닌지.
小時不識月, 呼作白玉盤.
又疑瑤臺鏡, 飛在靑雲端.

여기서 달을 옥 쟁반과 거울에 비유하여 달의 자태와 의식을 人界의 一物로 동화시키려는 기법이 보인다.

다섯째는 시어의 寄託法이다. 이백(이태백)은 영물시를 쓰면서 시어 구사를 하는 양상이 독특한 면이 있는 것을 알 수 있다. 영물시라면 사물의 기탁을 통해 자신의 의지를 표현해야 하는데, 중국은 전통적으로 영물에 대한 의식이 강렬하여 단순한 영물 이상의 서정성을 내포한다. 청대 李重華는,

> 영물시는 두 가지의 시법이 있으니, 하나는 자신을 사물 속에 파묻혀 버리는 것과, 또 하나는 자신을 사물 곁에 세워두는 것이다.
> 詠物詩有兩法, 一是將自身放頓在裏面, 一是將自身站立在旁邊.(≪貞一齋詩說≫)

라고 하여 영물시의 주체를 작자에 두고서 내심과 외물과의 조화를 강조한 것을 볼 수 있다. 이와 같이 托物과 영물시와의 불가분성을 인정한다면, 이백의 영물시는 남다른 데가 있다. 이백은 주관적인 의지와 객관적인 사물을 조화시키는 데에 외물은 단지 상징일 뿐, 직접적으로 독자의 感官을 격동시키는 중심체가 아니다. 이백의 寓意는 마음이지, 託物된 물체가 아니니, 〈詠槿〉(상동 권183)을 보기로 한다.

> 뜰의 꽃은 방긋 웃으며 좋은 때를 뽐내고
> 연못의 풀은 곱게 봄빛이 가득하네.
> 그래도 무궁화만 못하나니
> 옥 계단 옆에 서서 더욱 곱도다.
> 향기롭고 고운 자태 어찌나 짧고 빠른지
> 어느덧 시들어지는구나.
> 어찌하면 옥 나뭇가지처럼
> 오래 두고 붉은빛 보듬어 지닐 수 있을까.
> 園花笑芳年, 池草艶春色.
> 猶不如槿花, 嬋娟玉階側.
> 芬榮何夭促, 零落在瞬息.
> 豈若瓊樹枝, 終歲長翕赩.

우아하고 세밀한 착상으로 槿花의 실상을 그리면서 삶의 노정과 상관시켜 조영하고 있다. 시의 비유법이 자연스레 활용되어 무리한 맛이 전혀 없다. 다음에 〈南軒松〉(상동 권183)을 본다.

> 남헌에 우뚝 선 소나무
> 가지와 잎이 절로 솜 장막처럼 무성하네.
> 맑은 바람 쉴 틈 없는데
> 밤낮으로 맑고 깨끗하구나.
> 그늘에는 묵은 이끼 푸르나니
> 빛이 가을 안개를 푸르게 물들였네.
> 아무렴, 구름 긴 하늘 뚫고
> 곧게 몇 천 척이든 위로 솟으렴.
> 南軒有孤松, 柯葉自綿幕.
> 淸風無閑時, 蕭灑終日夕.
> 陰生古苔綠, 色染秋烟碧.
> 何當凌雲霄, 直上數千尺.

위에서 솔(松)의 형태와 빛깔이 읽는 이로 하여금 절박하게 다가오는 감회를 불러일으킨다. 孤高한 자태와 굳은 기상을 명료하게 묘사하면서 末句에 이르러서 사실적인 층면을 寓言과 상징의 경계에까지 승화시켜 入妙케 하는 기법은 작시의 묘를 다한 것이라 하겠다. 이러한 시의 맛은 이백에게 있어서 시어의 妙理에서만이 가능하다.

(3) 李賀 시의 특성

당나라 사람이 말하기를, 「이하의 문체는 마치 높은 바위와 가파른 낭떠러지 같아서 만 길 높이 솟은 산이다.」라고 하였다. 또 《당척언》에 조목이 이하의 시가를 본받았다고 기재되어 있으니, 스스로 말하기를, 「금실로 수놓은 오그라든 무늬여서 흔적이 없다.」라고 하였다.
唐人謂李賀文體, 如崇巖峭壁, 萬仞崛起. 又摭言載趙牧效李長吉歌詩, 自謂蹙金結繡而無痕跡.(제88조)

李賀는 字가 長吉로 福昌(지금의 河南 宜陽)人이다. 복창의 昌谷에 거주하여 李昌谷이라 부른다. 26세에 요절한 시인으로 관직은 太常寺奉禮郎을 지냈다. 그의 시는 프랑스의 상징시인 랭보나 오스트리아의 천재시인 트라클과 비교할 만큼 상징시를 통해 색채감각과 환상적인 의식세계를 표현하고 있다. 다음에 이하의 〈秋來〉(≪全唐詩≫ 권391)를 본다.

오동나무 바람에 고심 많은 사나이 마음 놀라고
가물대는 등불에 귀뚜라미 울음소리 싸늘한 가을밤을 감도네.
누가 푸른 대쪽의 시 한 편을 보면서,
좀벌레로 좀먹지 않게 할 수 있을까나.
근심에 매여 오늘 밤 창자가 빳빳해지는데
찬비에 고운 혼이 서생을 위로하네.
가을 무덤의 귀신이 포조의 시를 노래하니
한 맺힌 피가 천년 두고 흙속에 푸르리라.
桐風驚心壯士苦, 衰燈絡緯啼寒素.
誰看靑簡一編書, 不遣花蟲粉空蠹.
思牽今夜腸應直, 雨冷香魂弔書客.
秋墳鬼唱鮑家詩, 恨血千年土中碧.

좀벌레인 ‘花蟲’에 ‘蠹’자를 사용하여 의미를 중복하여 강조하고 ‘香魂’은 시인의 혼을 상징한다. ‘恨血’은 ≪莊子≫ 〈外物篇〉의, 周의 萇弘이 무고하게 사형당하여 그 恨이 맺혀서 그의 피가 3년 후에 碧玉이 되었다는 고사에서 인용한 것이다. ≪昌谷集注≫에는 이 시에 대해서 평하기를, 「시들은 오동나무에 싸늘한 바람 불고, 귀뚜라미는 공허하게 운다. 장사는 시세를 느끼니, 격렬한 마음이 없겠는가. (衰梧颯颯, 促織鳴空. 壯士感時, 能無激烈.)」라고 하였다. 이동양의 본문도 이하 시를 평가한 역대 중요한 문장의 하나이다.

(4) 薛能과 그 시의 憂國愛民 의식

왕안석이 만년에 간 곳에서, 서재의 창문 병풍에 쓰기를, 「당시에 제갈량은 무슨 일 이루었나, 단지 종신토록 때를 기다리는 호걸이 되었구나.」라 하니 무릇 통회하는 가사이다. 이것이 곧 설능의 시구이다.
牛山晚年所至處, 書窓屛間云:「當時諸葛成何事, 只合終身作臥龍.」 蓋痛悔之詞. 此乃唐薛能詩句.(제76조)

薛能(817?-882?)의 자는 太拙이며, 汾州人으로 譚優學의 「薛能行考」 외에는 참고할만한 자료가 없으며 이 또한 생평 연대에 대한 불확정적 가설 하에 전개시킨 만큼 주된 참고로 삼을 수도 없다. 단지 현존하는 236제 315수(≪全唐詩≫ 권558-561)가 전해진다. 위의 본 시화에서의 薛能 시구는 칠언절구 〈游嘉州後溪〉(상동 권558)의 제2연으로 그 시를 본다.

산 나막신으로 오솔길 발자취 밟으며
냇물 건너 멀리 지는 석양을 바라보네.
당시에 제갈량은 무슨 일 이루었나
단지 종신토록 때를 기다리는 누운 용이 되었구나.
山屐經過滿徑踪, 隔溪遙見夕陽舂.
當時諸葛成何事, 只合終身作臥龍.

이 시에 대해서 ≪載酒園詩話≫에서는 평하기를,

전의 문인은 헛된 어사를 많이 좋아하였다. 가장 나쁜 것은 예컨대 설능이 제갈량을 가벼이 여긴 것인데 그러나 서생의 큰소리일 뿐이다. 왕안석은 진실로 일종의 경망스런 자부심이 있었으니, 이런 시는 이미 훗날 다시 육형의 효시가 될 것이다.
從來文人, 多好妄語. 最可惡者, 如薛能之薄諸葛, 然猶是書生大言耳. 介甫則實有一種沾沾自負處, 此詩已爲異日復肉刑嚆矢.

라고 통박하였고, ≪答萬季野問≫에서는,

설능은 말하였다. 「당시에 제갈량은 무슨 일 이루었나, 단지 종신토록 때를 기다리는 누운 용이 되었구나.」당 왕실이 유지될 수 없음을 보고 벼슬길 들어간 걸 후회한 것으로 '흥'이 된다. 양신은 '부'라고 잘못 생각해서 제갈량을 비판한 것이라 말하였다.

薛能云:「當時諸葛成何事, 只合終身作臥龍.」見唐室之不可扶而悔入仕途, 興也. 升庵誤以爲賦, 謂其譏薄武侯.

라 하여 설능 시를 ≪시경≫의 은유적 작법인 '興'으로 분류하여 오히려 설능을 옹호하기도 하였다. 설능의 시에 대해서 최고의 상찬을 한 鄭谷의 〈讀故許昌薛尙書詩集〉(≪全唐詩≫ 권674) 앞 6구를 보면,

글 하나하나 고아하고 진솔하니
실로 〈국풍〉의 뜻이 펼쳐져 있도다.
담박함은 옛것을 본뜬 것이나
종횡으로 뜻 얻어 새롭도다.
깎고 다듬은 시는 몇 상자가 되나니
이에 대적할 자 누구랴?

篇篇高且眞, 眞爲國風陳.
澹佇雖師古, 縱橫得意新.
剪裁成幾篋, 唱和是誰人.

라고 하여 시에서와 같이 설능의 시 특징을 고아하고 진솔하여 國風의 시흥이 있으며, 담백하고 청신하다고 하였다. 그러나 폄하한 평어로서 송대 洪邁(≪容齋詩話≫ 卷5)는, 「설능은 만당시인으로서 격조가 그리 높지 않은데, 망령되이 스스로 존대하였다.(薛能者晚唐詩人格調不能高, 而妄自尊大.)」라 하였고, 劉克莊은 ≪後村詩話≫(권1)에서 논하기를,

설능의 시는 격조가 그리 높지 않은데, 지나치게 자화자찬하였다. … 결국 오만방자하게 남을 업신여기고, 군사에 실패하고 몸을 버렸으니, 그 재능이 어디에 있겠는가? 망령되고 어리석기가 이와 같으면

서 감히 망령되게 제갈량을 들먹였으니, 소인 주제에 거리낌이 없다
할 것이다.

薛能詩格不甚高而自稱譽太過. … 卒以驕恣陵忽, 償軍殺身, 其才安在.
妄庸如此乃敢妄議諸葛, 可謂小人無忌憚者.

라고 하여 시는 물론, 인격조차 문제시하였다. 그의 인품이 호매하
든 교만하든, 설능은 賈島를 추숭한 양면성의 시를 보여준다.4) 설
능의 작시에 대한 집념은 지극하여 「시에 심취하여 매일 한 편 짓는
것을 일과로 하였다.(耽癖於詩, 日賦一章爲課.)」(≪唐才子傳≫ 卷7)라
고 할만큼 노고의 작시를 앞세워서 격률에 엄정하니 李白을 능멸하
기도 하였다.5) 설능의 시에서 우국의 정치의식을 보면, 강직한 비
타협의 소유자이므로 시를 통해서 출세하는 시인을 무시하였으며 경
멸하였다. 그의 〈春日使府詠懷〉(상동 권569)를 보면,

도가 어지러우면 본디 분수를 지켜야 하나니
시가 전해진다면 무슨 영달을 바라리오?
청명한 조정을 짊어질 힘 누가 아끼랴만
홀로 아름다운 시를 지으면서 음탕한 정풍 없애리라.
道困古來應有分, 詩傳身後亦何榮.
誰憐合負淸朝力, 獨把風騷破鄭聲.(其一)

라고 하여 시를 짓는 것 자체도 自足한 일이거늘 오히려 榮達을 추
구하며 음란한 풍조에 물든 것을 개탄하기도 하였다. 따라서 그의 시
에는 전쟁에 대한 강한 긍정적 의식이 표출된다. 〈柘枝詞〉(상동 권
569)를 보면,

---

4) 薛能은 賈島의 苦吟을 推重하여 「賈子命堪悲, 唐人獨解詩, 左遷今已矣, 淸絶
更無之.」(〈嘉陵驛見賈島舊題〉)라고 하였다.
5) 淸代 方起英의 ≪古今詩塵≫:「譏李白曰, 我生若在開元日, 爭遣名爲李翰林, 又
曰, 李白終無取, 陶潛固不刊.」, 夏敬觀은 설능의 律體에 대해 「能詩亦惟律體,
學杜而無杜大體之度, 然在晚唐, 固時能手.」(≪唐詩說≫)라고 하였다.

병영생활을 함께 한 30만 군사
북을 울리며 서쪽 오랑캐 물리치네.
전장의 피는 가을 풀에 묻어 있고
전장의 먼지에 석양이 흐릿하다.
돌아와도 사람들 몰라보지만
서울에서는 홀로 전쟁 준비하네.
同營三十萬, 震鼓伐西羌.
戰血黏秋草, 征塵攪夕陽.
歸來人不識, 帝里獨戎裝.(其一)

라고 하여 강렬한 전쟁의 승리를 격려하고 고취한다. 설능 자신이 중년에 들어 郡節度使로서 南蠻의 정벌에 참여하였기에 시에 그의 거침없는 의식을 강하게 나타낼 수 있었다. 그의 衷心이 담긴 〈雕堂〉(상동 권558)을 본다.

조그마한 방에서 오래 병으로 앓아누웠다가
작은 뜰에 비 개이니 홀로 거닐도다.
귀뚜라미 우는데 외로이 비는 내리고
지저귀는 참새는 가을 울타리에 줄지어 있네.
성명하신 임금의 은혜 떨치기 어려우니
이 몸의 마음 또한 근심에 차네.
훗날 누가 나를 알아줄까마는
마음의 자국은 서주에 있도다.
丈室久多病, 小園晴獨遊.
鳴蛩孤獨雨, 暉雀一籬秋.
聖主恩難謝, 生靈志亦憂.
他年誰識我, 心跡在徐州.

徐州의 절도사 관사인 雕堂에서 聖主의 은총을 생각하며 우국의 염원을 그리고 있다. 설능은 비록 출사표를 던진 諸葛亮이지만 결과적으로 성취한 것이 없기에 본받을 점이 없다고 냉혹하게 비판하니 〈뭐

春書事)의 말 2구에서,

> 촉서는 불태우고 읽어서는 안 되리니
> 제갈량은 내게 귀감이 되지 못하다.
> 焚却蜀書宜不讀, 武侯無可律我身.

라고 하였고 〈籌筆驛〉(상동 권559) 첫 4구에서는,

> 제갈 승상은 죽어 말가죽에 싸여 돌아오니
> 천명을 못 펴면 산이라도 개척해야 했네.
> 살아서는 중달을 속여 한갓 기세만 높였고
> 죽어서는 왕양 만나 후안무치를 함께하였네.
> 葛相終宜馬革還, 未開天意便開山.
> 生欺仲達徒增氣, 死見王陽合厚顔.

라 하였다. 仲達은 司馬懿이며, 王陽은 西漢 때 益州刺史를 지낸 사람으로서, 武侯를 멸시한 연고가 단순한 우국적 희생정신에서 발로된 것으로 본 것이다.6) 그러나 후대에 설능을 평하면서 선현을 모독하는 언행이라고 혹평하였으니, 「촉천에 종사하던 때에 매양 제갈의 공업을 혹평하였으니 … 자부하기 이와 같아서 동군란에 해를 입었다.(從事蜀川日, 每短諸葛功業, … 自負如此, 東軍亂被害.)」(≪唐詩紀事≫ 卷60)라는 등의 많은 구설이 분분하였다.

본 시화의 傳本은 희소하여 ≪四庫全書≫본과 ≪叢書集成初編≫ 排印本이 있고, ≪歷代詩話續編≫에 수록되어 있다.

---

6) 薛能의 시에 武侯를 거론한 예가 적지 않으니, 〈西縣途中二十韻〉: 「葛侯眞竭澤, 劉主合亡家. 陷彼貪攻呋, 貽爲黷武誇. 陣圖誰許可, 廟貌我揄揶.」 그리고 〈遊嘉州後溪〉: 「當時諸葛成何事, 只合終身作臥龍.」 등.

≪碧溪詩話≫ - 黃徹

　黃徹(황철). 자는 常明으로, 莆田(지금의 福建省)人이다. 宣和 6
년(1124)에 진사에 올라 辰州 辰溪縣令을 거쳐 沅州軍事判官, 麻
陽, 嘉魚, 平江縣令을 지냈다. 후에 權貴를 싫어하여 관직을 버리고
귀향하여 興化의 碧溪에 5년간 우거하면서 방대한 분량의 ≪碧溪詩
話≫ 10권을 저술하였다. 청대 厲鶚(여악)의 ≪宋詩紀事≫(권47)에
실린 그의 시는 두 연구뿐이다.[1]
　본 시화에 대해서 ≪四庫全書總目提要≫에 기록되기를,

　≪공계시화≫10권은 송대 황철이 지은 것이다. … 그 논시는 대개
　'풍교'(덕행으로 가르침, 공자의 詩敎)를 기본으로 하여 수식과 화려
　함을 좋아하지 않으나, 황철은 시의 공교로움을 근본으로 하면서 풍
　자의 주지를 잃지 않고 어록을 주종으로 하지 않으면서 비흥의 뜻을
　다하게 하였다.
　碧溪詩話十卷, 宋黃徹撰. … 其論詩, 大抵以風敎爲本, 不尙雕華. 然徹
　本工詩, 故能不失風人之旨, 非務以語錄爲宗, 使比興之義都絶者也.

라 하여 본 시화의 주된 논조를 거론하였고, 丁福保도 ≪歷代詩話續
編目錄提要≫에서 위와 비슷한 내용으로 해설하고 있다.

　그 지론이 조탁과 화려함을 높이지 않고 오직 풍교(공자의 詩敎사
상)에 둔 것은 ≪운어양추≫와 대략 같다. 그러나 황철은 시의 공교
를 근본으로 하면서 여전히 운어의 기록처럼 자연적인 성정 표현을

---

1) 聯句 : 「但遣一枝居巧婦, 不殊大廈供嘉賓.」, 「圓冠思得多于鯽, 刻木惟宜少似彪.」

막아버린 것은 아니다.

其持論不尙雕華, 惟存風教, 與韻語陽秋略同. 然徹本工詩, 尙未至以有韻語錄錮天下之性情也.

본 시화의 시론 특징은 '風敎言詩' 즉 ≪시경≫의 詩敎的 논리로 시를 평하는 데 있으니, 다음 陳俊卿의 본 시화 序의 첫머리는 황철의 시화 主旨를 단적으로 밝히고 있다.

시를 짓기는 진실로 어려우며, 시를 평하는 것도 쉽지 않다. 시고 짠 것이 맛이 다르고, 경수와 위수가 따로 흐른다. 떠있고 얕은 사람은 굽실거리며 아첨하기를 좋아하고, 智勇이 비범한 사람은 군세고 총민함을 좋아하며, 한가하고 조용한 사람은 그윽하고 미묘한 걸 바라니, 상긋 웃으며 화사하여 바탕이 없는 사람이 때때로 그걸 취한다. 그러나 군자의 올바른 논리가 아니다. 무릇 시를 짓는 것을 어찌 단지 청백으로 서로 짝하여 화려한 문구를 열거하는 것만으로 할 것인가? 시란 속으로 풍아를 지니고 겉은 율도를 엄정히 하여 시대에 맞추고 명교에 맞추어 그런 후에 얻어져야 한다. 두보는 시인의 으뜸가는 분으로 후세 사람이 따를 수 없다. 그의 시 구법이 엄정하여서 유랑하고 곤궁한 중에도 하루라도 조정을 잊은 적이 없다. 공자가 말하기를, 「≪시경≫ 3백 수는 한마디로 개괄하여 말하자면 그 담긴 뜻이 사악함이 없다.」라고 하였다. 성인의 말씀으로 후세 사람의 시를 보면, 진한 술과 묽은 술을 가리지 못한 것처럼 시풍이 혼탁하다.

作詩固難, 評詩亦未易, 酸鹹殊嗜, 涇渭異流. 浮淺者喜夸毗, 豪邁者喜遒警, 閒靜之人尙幽眇, 以至嫣然華媚無復體骨者, 時有取焉. 而非君子之正論也. 夫詩之作, 豈徒以靑白相媲駢儷相靡而已哉. 要中存風雅, 外嚴律度, 有補於時, 有補於名教, 然後爲得. 杜子美詩人冠冕, 後世莫及. 以其句法森嚴, 而流落困躓之中, 未嘗一日忘朝廷也. 孔子曰: 詩三百, 一言以蔽之, 曰思無邪. 以聖人之言, 觀後人之詩, 則醇醨不較而明矣.

황철의 시론이 두보를 추숭하는 요인을 "孔子의 詩經觀인 '思無邪'

란 詩敎的 風敎"에 두고 있음을 재삼 밝혀주고 있다. 그리고 황철은 自序에서 다시, 「무릇 마음의 소리(시)의 바탕은 임금과 부모에게 성심을 다하고, 형제와 벗에게 믿음을 두텁게 하며, 백성들의 기쁨이나 슬픔에 탄식하여 생각에 잠기고 풍간을 가까이하여 명분과 교화에 보탬이 되어야 한다.(凡心聲所底, 有誠於君親, 厚於兄弟朋友, 嗟念於黎元休戚及近諷諫而輔名敎者.)」라 하였고, 또 「바람과 눈을 읊고 초목을 노래하면서 비흥에 연관하지 않은 것은 모두 뺀다.(至于嘲風雪, 弄草木而無預于比興者, 皆略之.)」라고 하여 자연현상도 比興法으로 묘사해야 한다는 논리를 펴고 있다. 이 비흥법은 ≪시경≫에서 주희가 주석한 시의 六義로서, ≪시경≫의 작법인 比賦興과 체재인 風雅頌을 지칭하며, 이 중에 三義는 比賦興이며, 그후에 시의 전통적인 작법이라고 할 것이다. 三義論을 시론에 연관시킨 梁代 鍾嶸의 ≪詩品≫ 序를 보면,

시에는 세 가지 뜻이 있으니 하나는 흥이며, 둘은 비이며, 셋은 부이다. 글이 이미 다 표현되었는데 뜻은 여운이 있으면, 흥이다. 사물로 뜻을 비유하니, 비이다. 직접 그 사실을 쓰고 말로 사물을 묘사하니 부이다. 이 세 가지 뜻을 펴서 헤아려 쓰는 데 바람의 힘으로 말리고, 붉은 채색으로 윤색하여 읊는 자로 그지없게 하고, 듣는 자로 마음을 움직이게 하면, 이것이 시의 극치이다. 오로지 비흥만을 쓰면 뜻이 깊은 데 단점이 있으니 뜻이 깊으면 일이 어긋난다. 다만 부체만을 쓰면 뜻이 부허한 데 단점이 있으니, 뜻이 부허하면 글이 산만해져서 흘러 옮기게 되어 글이 굳게 자리매김이 안 되니 거칠고 산만한 허물이 있게 된다.
詩有三義焉: 一曰興, 二曰比, 三曰賦. 文已盡而意有餘, 興也: 因物喻志, 比也: 直書其事, 寓言寫物, 賦也. 弘斯三義, 酌而用之, 幹之以風力, 潤之以丹彩, 使詠之者無極, 聞之者動心, 是詩之至也. 若專用比興, 患在意深, 意深則事躓. 若但用賦體, 患在意浮, 意浮則文散, 嬉成流移, 文無止泊, 有蕪漫之累矣.

라고 하여 詩文의 표현수법에 대한 구체적인 특성을 서술하고 있다. 명대 李東陽은 이 '詩三義'를 다음과 같이 풀이하고 있다.

> 시(《시경》)는 세 가지 뜻(三義)이 있는데, 賦는 단지 그 하나에 해당하고 比와 興은 그 둘에 해당한다. 이른바 비와 흥은 모두 사물에 기탁하여 性情을 실어 만든 것이다. 대개 바르게 말하고 직설적으로 서술하면 곧 시의 뜻을 다 표현하기는 쉬우나, 감흥을 드러내기에는 어려운 것이다. 오직 기탁함이 있어서, 표현하여 본받아 쓰고, 반복하여 읊으며, 사람이 스스로 터득하기를 기다려서, 말은 다하였으나 흥취가 그지없는 경지에 이르면, 곧 정신이 날 듯이 상쾌하여, 손과 발이 절로 움직이면서도 자각하지 못하는 것이다. 이것이 시에서 성정을 귀히 여기고 사실을 가벼이 여기는 이유이다.
> 詩有三義[2]), 賦止居一, 而比興居其二. 所謂比與興者, 皆託物寓情而爲之者也. 蓋正言直述, 則易于窮盡, 而難於感發. 惟有所寓託, 形容摹寫, 反復諷詠, 以俟人之自得, 言有盡而意無窮, 則神爽飛動, 手舞足蹈而不自覺, 此詩之所以貴情思而輕事實也.[3])(《懷麓堂詩話》 제25조)

성정을 귀히 여기고 사실을 가벼이 여기는 작시상의 관점을 지니고 있으므로, 「말은 다하였으나 흥취가 그지없는 경지(言有盡而意無窮)」의 논리를 주창하게 되고 자연히 賦보다는 比興을 강조하였다. 이 이론이 청대 神韻說을 비롯한 시론의 요체로 이어졌다. 그 예를 들면, 청대 金聖嘆의 다음 논설에서 比興 중심의식을 확인할 수 있다.

---

2) 三義 : 《시경》의 作法인 比賦興. 比賦興은 《周禮》〈春伯 大師〉의 「敎六詩, 曰風, 曰賦, 曰比, 曰興, 曰雅, 曰頌.」에서 처음 나온다. 六詩는 六義이다. 比는 比喩, 興은 隱喩, 賦는 直說을 의미한다.

3) 명대 何景明 《大復集》 卷3 : 「무릇 시의 도리는 정감을 들어 아낌이 있고, 문의 도리는 사실을 들어 이치가 있다. 이런 고로 감정을 조화하는 것이 시의 도리로서, 자혜로움이 나오고, 덕성과 사실을 다스리는 것이 문의 도리로서, 예의가 나온다.(夫詩之道, 尙情而有愛, 文之道, 尙事而有理. 是故召和感情者, 詩之道也, 慈惠出焉, 經德緯事者, 文之道也, 禮義出焉.)」

영물시는 순수하게 흥을 쓰는 것이 가장 좋고 순수하게 비를 쓰는 것도 매우 좋으나, 단지 순수하게 부만을 쓰는 것은 오히려 좋지 않으니 왜 그런가? 시가 언사로 표현되는데 생각이 있는 것이다. 그 표현은 반드시 사람의 생각에서 나온다. 그 시에 감정을 이입함은 반드시 사람의 생각에서 나온다. 그 사람의 생각에서 들고 나므로 따라서 그것을 시라 말하는 것이다. 만약 비나 흥으로 하지 않고 단지 하나의 사물을 직설한다면, 이것은 화공이 고운 색채의 병풍을 그리는데 사람이 그것을 보고 문득 슬프거나 기쁜 느낌을 어떻게 가지겠는가. 무릇 특별히 시를 짓는 데 슬프거나 기쁜 느낌을 시에 이입시키지 못하면 짓지 않음만 못한 것이다. 이것은 모두 비와 흥을 쓰지 않고, 단지 부의 형식만을 쓰기 때문이다.

詠物詩純用興最好, 純用比亦最好, 獨有純用賦却不好, 何則? 詩之爲言, 思也. 其出也, 必於人之思: 其入也, 必於人之思. 以其出入於人之思, 夫是故謂之詩焉. 若使不比不興而徒賦一物, 則是畵工金碧屏障, 人其何故睹之而忽悲忽喜? 夫特地作詩, 而入不悲不喜, 然則不如無作. 此皆不比不興, 純用賦體之故也.(≪貫華堂選批唐才子詩≫ 권9)

이런 논리는 ≪시경≫의 比賦興 작법에서 연원하여 소위 '詩敎'에 근거를 둔 것으로, 후에 시가창작에서 함축미와 서정미를 중시하게 된 것이다. 詩敎的 근거 위에 설정된 황철의 '風敎言詩的' 시론은, 본 시화의 논리상의 장단점을 지적하는 데에도 연관되니, 郭紹虞는 ≪宋詩話考≫(上卷)에서 같은 맥락에서 자신이 고찰한 견해를 상당히 객관적으로 기술하고 있다.

이 책의 특점은 풍교로 시를 말하는 데 있으니, 진실로 그러하다. 그러나 '지나치게 정도를 지켜서 얽매이게 되어, 시인의 뜻을 알지 못하는 점도 자주 있다'라는 장종태의 말은 그 병폐를 정확하게 지적하였다. 무릇 숫돌 갈듯이 힘쓰는 것은 좋은 점이나, 도학가의 의견에 얽매여서 전적으로 봉건도덕적인 표준으로 시를 논하면 통하기가 어렵다. 만일 이런 점에서 이 책을 추존한다면 마침 술지게미를 미화하는 것이 될 뿐이다. 이 책을 보아서 또 다른 특점은 다른 시화에서는 보기 드문 것이 있으니 세상 사람들이 그것을 주의하지 못하고 오히려 그 술지게미를 들춰내니 또한 괴이할 따름이다. 나는 생각하건대, 송인의 시화가 당인이 시를 논한 저서보다 나은 이유는 송인의 저서는 이론비평에 무게를 두었기 때문이고, 당인의 저서는 법식에 치우쳐 있어서다. 평론에 무게를 두면, 시를 배우는 자와 시에 능한 자 모두 익힐 수 있어서 마침 곧 초학자라도 배워서 문 두드리듯 시도하는데, 그렇지 않으면 스님이 시를 배우듯이 헛되이 이름을 내세워 기만할 따름이니 그 책은 거의 전해지지 않는다. 송인이 시를 논함이 이런 유의 작품이 없지 않으니, 다만 주류가 되지 않으며 당시 사람도 그것을 중시하지 않았다. 오직 황철의 이 책만은 시의 격조와 시의 예술 면에서 남다른 수법을 제시하여 어법과 수사의 규율을 창안하니, 그 공로는 사라지지 않을 것이다. 무릇 황철은 학문이 풍부하여 그 계통을 능히 살필 수 있고 그 미묘함을 능히 엿볼 수 있어서 지름길을 홀로 열었으니, 진실로 일반 작시 격식의 예와 비교할 수 없다. 유협의 ≪문심조룡≫이 그 단서를 열었고, 유지기의 ≪사통≫이 또한 그걸 넓힐 수 있었다. 일본인 편조금강의 ≪문경비부론≫은 여러 설을 모아서 강목을 들어 만들고 거의 거친대로 규모를 갖추었으나 상세함과 소략함이 섞여 있어서 당인의 견해를 다 벗지 못하여서, 가시덤불 길에 누더기같이 조잡하나, 그 해놓은 공로는 평이하지 않음을 알 수 있다. 황철이 계승하여 독자적으로 시학상의 유례를 세우는 데 정밀하게 탁월한 학식을 추구하였으니, 이것은 정말 남이 따르기 어려운 점이다.

是書特點在以風教言詩, 斯固然矣. 然以守正之過, 至拘執不得詩人之意者, 亦往往有之, 張宗泰所言正中其病. 蓋砥節礪行是其所長, 但拘執於道學家之見, 全以封建道德之標準以論詩則難通矣. 若從此點以推尊此書, 適成爲美化糟粕而已. 顧此書有另一特點爲他種詩話所罕有者, 而世人不注意及之, 反揚其糟粕, 亦可怪已! 竊以爲宋人詩話之所以勝於唐人論詩之著者, 由於宋人之著重在理論批評, 而唐人之著則偏於法式也. 重在評論, 則學詩者與能詩者均可肄習; 偏於法式, 則祇便初學, 爲擧業作敲門磚耳, 不則亦僧侶學詩者妄立名目以欺人耳, 故其書多不

傳. 宋人論詩, 非無此類之作, 但不成爲主流, 時人亦不重視之. 惟黃氏此書獨能在詩格詩例方面, 另出手法, 以創爲語法修辭之規律, 則事屬首創, 其功有不容湮沒者矣. 蓋黃氏飽學, 能觀其通, 能窺其微, 故蹊徑獨闢, 固非一般作詩格詩例者所可比矣. 彦和《文心》, 始發其緒; 知幾《史通》又可廣焉. 日人遍照金剛文鏡秘府論薈萃衆說, 綱擧目張, 庶幾粗具規模, 然精麤雜糅, 未能盡脫唐人之見, 可知蓽路藍縷, 其功匪易. 黃氏繼之, 獨能於詩學創立類例, 精詣卓識, 此正人所難及之處.

필자가 여기에 근대 시학연구의 泰斗라 할 郭紹虞의 장문을 인용한 이유는, 첫째로 본 시화의 이론이 復古的인 '風敎言詩'에 근거를 둔 점과, 둘째로 본 시화의 시론적 가치가 당시화나 그 후의 南宋, 元明, 그리고 淸代까지의 시화류가 不及하다는 점, 셋째는 본 시화의 내용이 杜甫를 위주로 하되, 고시부터 송대까지의 주요 시인과 시를 탁월한 문체와 고증으로 분석한 점을 거론하고 있기 때문이다. 필자도 곽소우의 논조에 동의하면서 10권 분량의 본 시화가 아직 체계적으로 연구되지 않은 애석한 심회를 금할 수 없다.

본 시화의 214조 가운데 87조에서 杜甫의 시를 인용할 정도로 두보를 추숭하였다. 두보 시를 논하는 것을 위주로 하여 시인은 사회에 대한 책임감을 지니고서 민생의 질고에 관심을 가지고 사회현실을 진실 되게 반영해야 하며, '以辭害志' 즉 시의 어사로 시인의 의취를 해쳐서는 안 된다는 점을 강조하고 있다. 그리하여 황철은, 「무릇 시의 의취를 지니고서 시어를 묘사하는데, 세상의 근심을 담지 않으면 안 된다.(凡造意立言, 不可不預爲天下後世慮.)」라는 견해를 제기하였다. 세간에는 황철의 이론은 司馬遷의 '發憤著書'(분개하여 책을 씀)나, 韓愈의 '不平則鳴'(평평하지 않아야 울림)과 歐陽修의 '窮而後工'(작시에 있어서 시인의 궁극적인 한계에 이르러서야 시의 공교로움이 나옴)의 관점을 계승하여, '胸中怨憤不平之氣'(詩話 自序)(마음속의 원한과 분개가 평탄치 않은 기세)라는 논리를 제기하면서 시가의 사상내용을 중시하였다. 이런 논리는 시가의 '世敎諷諭'

작용을 지나치게 강조하여 두보만 높이고 李白은 낮추는 도학가적인 태도에 빠진 감이 있다. 그리고 황철은 어법과 수사의 각도에서 시가 창작의 몇 가지 규율을 제시하였기에, 郭紹虞는 ≪宋詩話考≫에서 「오직 황철의 이 책만은 시의 격조와 시의 예술 면에서 남다른 수법을 제시하여 어법과 수사의 규율을 창안하였다.(惟黃氏此書獨能在詩格詩藝方面, 另出手法, 以創爲語法修辭之規律.)」라고 상찬하였다.

다음에 본 시화에서 몇 종의 문장을 선택하여 그 논점을 살펴보기로 한다.

1. 漢高祖〈大風歌〉에 대한 評語

한고조가 패궁에 술자리를 차리고 축을 치면서 스스로 노래하기를, 「큰바람이 일어나고 구름은 날아가네. 위세가 온 나라에 더해지니 고향으로 돌아가네. 어떻게 하면 용맹한 군사를 얻어서 사방을 지킬 것인가.」라 하였다. 당시에 천하를 차지한 지 이미 13년으로 마땅히 원로의 현덕을 사모하여 함께 그 뜻을 지켜야 하는데, 다만 용맹한 무사에만 뜻을 두었으니 어째서인가? 어찌하여 말 위에 석 자 올라타고서 만만히 보고 꾸짖는 느긋한 자태를 급히 바꾸지 못하는가? 끝내 패권이 섞인 말을 하는 데는 아마도 이유가 있을 것이다. 그 전년에 조서를 내려 말하기를, 「현사대부를 나는 높여 이름이 드러나게 할 수 있다.」라 하고 그해에 조서를 내려 말하기를, 「천하의 호사 및 현대부와 함께 편안히 화목하리라.」라고 하였다.

漢高祖置酒沛宮, 擊筑自歌曰:「大風起兮雲飛揚, 威加海內兮歸故鄕. 安得猛士兮守四方.」 時帝有天下, 已十三年, 當思耆艾賢德, 與共維持, 獨峕意猛士, 何哉. 豈馬上三尺, 嫚罵餘態, 未易遽革耶. 迨道終以霸雜, 蓋有由然. 其前年下詔曰:「賢士大夫吾能尊顯之.」, 是年下詔曰:「與天下之豪士賢大夫同安輯之.」

황철은 고조가 부른 노래를 '風敎'라는 안목으로 보아서 불만을 토로하고 있다. 〈大風歌〉는 古體詩의 기원이라 할만큼 시사적 의미가 큰 작품이다. 《楚辭》의 方言 語辭인 '兮'를 활용하여 건국의 이념을 구현하고 있다. 이 시에 대해서 이동양은 '簡遠'하게 묘사하고 있다고 하면서, 「고가사는 간결하고 예스러우며 심원함을 귀히 여긴다. 〈대풍가〉는 단지 세 구이고, 〈역수가〉는 단지 두 구이지만, 그 시들이 감격적이고 비장하면서, 어사가 짧으나 뜻은 더욱 심원하다.(古歌辭貴簡遠. 〈大風歌〉止三句, 〈易水歌〉止二句, 其感激悲壯, 語短而意益長.)」(상동 제24조)라고 하여 高祖의 詩風을 설명하고 있다. 시 풍격에서 '簡遠'은 '簡古深遠'을 줄인 말이다. '簡遠' 용어는 唐代 元稹의 杜甫墓 銘文의 서문 일단을 보면, 「소무와 이릉은 더욱 오언시에 공교하다. 비록 글의 격률이 각각 다르고 아악과 정악의 음이 또한 섞여 있지만, 어사의 뜻이 간결하고 심원하며 사실을 가리키고 성정을 표현한 것이 절로 자연스러우니 글을 함부로 지은 것이 아니다.(蘇子卿李少卿之徒, 尤工爲五言. 雖句讀文律各異, 雅鄭之音亦雜, 而辭意簡遠, 指事言情, 自非有爲而爲, 則文不妄作.)」(《元氏長慶集》 卷56 〈唐故工部員外郎杜君墓係銘並序〉)라고 하여 漢代 蘇武와 李陵의 시를 평한 부분이다.

고대부터 詩와 書畵을 품평하는 용어로 사용한 '簡古'를 다시 풀어보면 '簡約古朴'이다. 歐陽修가 梅聖兪의 문장을 평하기를, 「그 문장 지은 것이 간결하고 고원하며 순수하여 세상에 구차하게 맞추기를 바라지 않았다.(其爲文章簡古純粹, 不求苟悅於世.)」(《梅聖兪詩集》 序)라고 표현하고 있다. '簡古'는 시의 형식을 중시하고 내용이 空虛하고 綺麗한 풍격과 대칭적인 의미를 지닌다. 그러므로 '簡古'는 枯淡하고 건조하며 천박하고 平庸한 풍격이 아니라, 질박하고 천연하며, 眞氣가 넘치는 풍격이다. '深遠'은 시의 표현과 내용이 중후하고 흥취가 깊이 있는 풍격이다. 이런 풍격을 지닌 고시로서 劉邦의 〈大風歌〉와 戰國시대 荊軻의 〈易水歌〉를 거론하여 짧은 시이지만 내용이 悲壯하고 심원하다고 강조하고 있다. 〈大風歌〉는 《史記》 〈高

祖本紀)에 처음 수록되어 있다. 본래 ≪史記≫ 樂書에는 '三侯之章'이
란 명칭으로 기록되었다가 ≪藝文類聚≫에 〈大風歌〉란 제목으로 실
렸다. 劉邦이 기원전 195년 淮南王 英布叛軍을 격파하고 고향인 沛
縣을 지나면서 연회를 열어 지은 시이다.

큰 바람이 일어나고 구름은 날아가네.
위세가 온 나라에 더해지니 고향으로 돌아가네.
어떻게 하면 용맹한 군사를 얻어서 사방을 지킬 것인가.
大風起兮雲飛揚,
威加海內兮歸故鄕.
安得猛士兮守四方.(≪全漢三國晉南北朝詩≫ 全漢詩 권1)

불과 3구의 시이지만 천하를 통일하고 국가를 공고히 하고자 하
는 의지를 담고 있다. 당대 李善은 ≪文選注≫에서 「'바람이 일고
구름이 날리도다'는 뭇 영웅이 각축하여 천하가 어지러움을 비유한
다. '위세가 나라에 더해진다' 함은 이미 안정되었음을 말한다. 무릇
평안하여도 위기를 잊지 않으니 그러므로 용맹한 무사로 진정시키려
한 것이다.(風起雲飛, 以喩群雄競逐, 而天下亂也. 威加海內, 言已靜也.
夫安不忘危, 故思猛士以鎭之.)」라고 주석하였다. 송대 葛立方은 「고
조의 〈대풍가〉는 23자에 지나지 않지만, 의지와 기개가 의분에 차
고 포부가 크고 원대하니 늠름하여 이미 4백 년 기업의 기상을 지
니고 있다.(高祖大風之歌, 雖止二十三字, 而志氣慷慨, 規模宏遠, 凜凜
乎已有四百年基業之氣.)」(≪韻語陽秋≫ 卷19)라고 평하였고, 송대 陳
巖肖는 「한고조의 〈대풍가〉는 화려한 어조를 일삼지 않고 기개가 원
대하니 진정 영민한 군주이다.(漢高祖大風歌, 不事華藻, 而氣槪遠大,
眞英主也.)」(≪庚溪詩話≫ 卷上)라고 하였다.
〈易水歌〉는 荊軻가 秦나라로 가는 燕太子 丹을 위해서 부른 古歌
인데, 筑을 치며 變徵(변치)의 소리로 和唱하자, 주변 사람들이 모
두 눈물을 흘렸다고 하는 비장한 노래로 전한다.

바람이 쓸쓸히 불고 역수는 차가운데
장사가 한번 가서 다시 돌아오지 않네.
호랑이 굴은 어디인가, 이무기 궁으로 들어가네
하늘을 우러러 크게 외치니 흰 무지개 이루네.
風蕭蕭兮易水寒, 壯士一去兮不復還.
探虎穴兮入蛟宮, 仰天噓氣兮成白虹.(≪史記≫〈刺客傳〉)

이 古歌에 대해서 원대 祝堯는 평하기를, 「그 어사가 비장하고 격
렬하여 보기에 충분하다. 나는 말하나니, 이것이 비록 부이지만 첫
한 구는 오히려 비흥의 뜻을 겸하고 있다.(其詞悲壯激烈, 有足觀者. 愚
謂此雖賦也, 起一句却兼比興之義.)」(≪古賦辨體≫ 권10)라고 하였다.

2. 杜甫의 '詩史'명칭과 〈北征〉, 〈戲贈友二詩〉

두보는 세칭 '시사'라 부르니 〈북정시〉를 보면, 「황제 2년 가을, 윤8
월 초하룻날.」〈송이교서〉에서 이르기를, 「건원 원년 봄에, 온 백성
이 비로소 평안하다.」 또 〈희증우이시〉에, 「원년 건사월에는, 교서
랑에 초교서가 있네.」「원년 건사월에는, 동궁관에 왕사직이 있네.」
하였다. 사관의 붓이 삼엄하여 따르기 쉽지 않다.
子美世號詩史, 觀北征詩云:「皇帝二載秋, 閏八月初吉.」送李校書云:
「乾元元年春, 萬姓始安宅.」又戲贈友二詩:「元年建巳月, 郎有焦校書.」
「元年建巳月, 官有王司直.」史筆森嚴, 未易及也.(권1)

詩聖 두보 시는 사회현실을 가감 없이 사실적으로 묘사한다는 점
에서 그의 시를 '詩史'라 한다. 그 예로 〈北征〉(≪杜詩詳注≫ 권5) 앞
부분을 보기로 한다.

황제 즉위 이듬해 가을
윤8월 초하룻날.
두보는 장차 북쪽으로 길 떠나서

쓸쓸히 가족을 찾아갔다네.
이때에 나라의 어렵고 근심스런 일 당하여
조야가 한가한 날 적은데
부끄럽게 사사로이 성은 입어서
초라한 집에 돌아가게 허락 받았네.
하직 인사하고 궐문에 이르러서
두렵고 편치 않아 오래 문을 나서지 못하네.
비록 간언할 자질 부족하지만
임금께 실책 있을까 두렵네.
임금은 진실로 중흥의 군주시니
나라 경영에 진실로 힘쓰시네.
동쪽 오랑캐 반란 그치지 않아
신하된 두보는 통절하게 분개하네.
눈물 닦고 임금 계신 곳 그리워하며
가는 길이 오직 망연하도다.
온 천지가 상처 투성이러니
근심 걱정이 언제나 끝날 것인가.
皇帝二載秋, 閏八月初吉.
杜子將北征, 蒼茫問家室.
維時遭艱虞, 朝野少暇日.
顧慙恩私被, 詔許歸蓬蓽.
拜辭詣闕下, 怵惕久未出.
雖乏諫諍姿, 恐君有遺失.
君誠中興主, 經緯固密勿.
東胡反未已, 臣甫憤所切.
揮涕戀行在, 道途猶恍惚.
乾坤含瘡痍, 憂虞何時畢.

이 시는 한 편의 살아 있는 사실적인 역사의 줄거리를 詩化한 것
으로 소위 '詩史' 자체라 할 것이다. 피난지 陝西 奉翔에 황제의 피난

처인 行在所가 설치되어 있었는데, 肅宗 至德 2년(757)에 46세의 左拾遺 두보는 황제의 명령으로 가족이 있던 鄜州 羌村으로 귀거한 일을 '北征'이란 詩題로 작시했기 때문이다. 이 시의 구절마다 史實에 의거해서 묘사하고 있으니, 두보는 敗將 房琯을 변호하여 간언했다가, 숙종에 의해 부주로 돌아갔다. 《九家集注杜詩》에서 趙彦材는 주석하기를, 「때마침 방관이 죄를 얻으니, 두보가 상소를 올려서 방관의 죄가 세미하니 관직을 파면해선 안 된다고 하였다. 황제가 노하여 삼사에 조서를 내려서 추문하게 하였다.(時房琯得罪, 甫上言, 琯罪細, 不宜免. 帝怒, 詔三司推問.)」라고 기록하고 있다. 그리고 시에서 '東胡'란 安慶緒 무리를 지칭하는 것으로, 《九家集注杜詩》에 「무릇 지덕 2년 정월 을묘에 안경서가 이미 그 아비 안록산을 시해하고 거짓 왕위를 이었다.(蓋至德二載正月乙卯, 安慶緖已弑其父祿山, 而襲僞位矣.)」라고 역사적 사실을 밝히고 있어, 이 몇 마디 시구만으로도 두보 시의 내용은 시를 통한 역사의 기록임을 알 수 있다.

그래서 仇兆鰲는 《杜詩詳注》(권5)에서 시 일단의 主旨를 「다음에 조정을 떠나서도 임금을 그리는 정을 서술하니, 위 8구는 차마 떠나지 못하고 임금의 덕을 기원하고, 아래 8구는 이미 떠나서도 여전히 세상일을 근심하는 것이다.(次述辭朝戀主之情, 上八, 欲去不忍, 祐在君德, 下八, 旣行猶思憂在世事.)」라고 서술하였다. 다른 예시로서 〈戱贈友二詩〉(상동 권11)를 본다.

원년 5월에
교서랑으로 초교서가 있네.
스스로 등골뼈 힘이 넘친다고 자랑하여
길들지 않은 망아지를 탈 수 있다네.
하루아침에 말에게 밟혀서
입술이 찢어지고 앞 이빨이 없어졌네.
장대한 마음이 그지없으니

동쪽으로 오랑캐를 잡으려 하네.

元年建巳月, 郎有焦校書.

自誇足膂力, 能騎生馬駒.

一朝被馬踏, 脣裂板齒無.

壯心不肯已, 欲得東擒胡.(其一)

仇兆鰲는 이 시의 주지를 「말에서 떨어져서 이(齒)를 다치니 용기를 좋아하는 자에게 훈계하려 기록한 것이다. 말 2구는 풍자한 것이다.(墮馬傷齒, 誌爲好勇者之戒. 末二, 諷之也.)」라고 평하였다. 이 시는 寶應 元年(762) 4월 成都에서 지었는데, 시어 '建巳月'에 대해서 ≪舊唐書≫〈肅宗紀〉에 기록되기를,

상원 2년 11월을 건자로 하여 세수월로 삼다. 건사월 즉 5월에 황제가 질병으로 자리에 눕자 황태자에게 국사를 감독하게 조서를 내리니, 원년을 고쳐서 보응 원년이라 하고 다시 정월을 세수월로 삼았다. 上元二年, 以十一月建子爲歲首月. 至建巳月, 帝寢疾, 詔皇太子監國, 改元年爲寶應元年, 復以正月爲歲首.

라고 하였는데, 肅宗 上元 2년(761)에 月曆을 음력 11월을 '子月'로 변경하여 歲首月로 정한 후, 그해 建巳月 즉 5월에 숙종이 질병으로 자리에 눕자 황태자가 監國(국사를 감독)하게 된다. 그 이듬해 (762)에 숙종이 죽으니, 황태자가 德宗으로 즉위하면서 연호를 '寶應'으로 개정하였는데, 구조오는 「두보의 시는 개원하기 전에 지은 것이므로, 그 전에 맞추어 건사월이라 칭하였다.(公詩作於未改元之時, 故仍前稱爲建巳月.)」(≪杜詩詳注≫ 권11)라고 자평한 데서, 두보는 그 직전에 이 시를 지은 것으로 추정되고, 이 시기에 焦校書가 崇文館 校書郎으로 재직한 것도 史實과 부합한다.

원년 5월에
동궁관에 왕사직이 있네.
말이 놀라서 왼쪽 팔이 부러지니

뼈가 부러지고 얼굴은 먹물 같네.
노둔한 둔마가 깊은 진흙에 빠지는데
어찌 비 올 기미를 못 피하다니.
그대에게 권하노니 탄식하고 원망 말게나
결코 복 되지 않은 게 아니라네.
元年建巳月, 官有王司直.
馬驚折左臂, 骨折面如墨.
駑駘漫深泥, 何不避雨色.
勸君休嘆恨, 未必不爲福.(其二)

　　구조오는 시평에서 「말이 빠지고 팔이 상하니 모험자에게 경계하
기 위해서 기록한 것이다.(馬陷損臂, 誌爲冒險者之戒.)」(上同)라고
한 바, 東宮官 司直인 王司直의 무모한 모험 의식을 풍자한 시로서,
그의 재직 연대가 史實과 부합한다. 이 시는 '塞翁之馬' 성어의 고사
를 원용한 것으로 ≪淮南子≫에 기록되기를,

　　변방의 노인이 말을 잃고 변경에 들어오니 사람들이 모두 그를 위로
하였다. 노인이 말하였다. 「어찌 복 되지 않을지 알겠는가?」 몇 달 지
나니 그 아들이 변방의 준마를 끌고 돌아왔다. 사람들이 모두 그를
축하하였다. 노인이 말하였다.「어찌 화가 될지 알겠는가?」 집이 부
유하고 말이 좋아서 그 아들이 말 타기를 좋아하다가 떨어져서 넓적
다리가 부러지니 사람들이 또 그를 위로하였다. 노인이 말하였다. 「어
찌 복 되지 않을지 알겠는가?」 1년이 지나 변방 적들이 크게 침입해
서 장정으로 전사한 사람들이 열에 아홉인데, 그 아들만 홀로 절름발
이였기에 부자가 서로 생명을 보전하게 되었다.
塞上翁, 馬亡入邊, 人皆弔之. 曰: 何知非福? 居數月, 其子引邊駿馬而
歸, 人皆賀之. 曰: 何知非禍? 及家富馬良, 其子好騎, 墮而折髀, 人又
弔之. 曰: 何知非福? 居一年, 邊人大入, 丁壯戰死者十九, 其子獨以跛
故, 父子得相保.

라고 하였다.

위 2수의 시에 대해서 仇兆鰲는 胡夏客의 말을 인용하여,

초교서와 왕사직이 있어, 한 사람은 길들지 않은 망아지를 타다가 떨어졌고, 한 사람은 노둔한 둔마를 타다가 떨어졌으니 천하의 일이 헤아리기 어려움이 이러하다. 두보는 이에 깊은 감회가 있으니, 단지 붓 놀리는 것만은 아니다.
焦校書, 王司直, 一爲乘生駒而墮, 一爲乘駑駘而墮, 天下事之難料如此. 公於此有深感焉, 非僅戱筆而已也.(≪杜詩詳注≫ 권5)

라고 총평하여 두보 시가 詩史的 가치를 지녔음을 재삼 동감하게 한다.

3. 杜甫의 經書語와 〈兵車行〉, 〈題張氏隱居〉 其二

두보집은 경서의 어사를 많이 인용하니, 예컨대 「수레가 덜커덩 굴러가고, 말이 히힝 울어댄다.」 구는 밖에서 한 자라도 들어온 것이 없고, 「천속은 요전을 존중하고, 신공은 대우모를 돕네.」 구, 「상서로운 달은 황금 손바닥 올라오고, 왕성한 봄은 옥 지대 뜰을 건너오네.」 구, 그리고 「날 개인 연못에 잉어가 뛰놀고, 봄 풀밭에는 노루가 울어대네.」 구 모두 온전히 엄중하며, 예컨대 「하늘 층계와 붉은 지대 뜰에, 둥근 옥을 심고 옥을 울린다.」 구는 법도가 장엄하니 그(두보) 이후에는 아무도 감히 인용하지 못하는 것은, 어찌 (그들이) 어사를 짓는 것이 천박하고 좋지 않아서이겠는가.
杜集多用經書語如「車轔轔, 馬蕭蕭.」 未嘗外入一字, 如「天屬尊堯典, 神功恊禹謨.」「卿月升金掌, 王春度玉墀.」「霽潭鱣發發, 春草鹿呦呦」, 皆渾然嚴重, 如「天階赤墀, 植璧鳴玉」, 法度森鏘, 然後人不敢用者, 豈所造語膚淺不類耶.(권7)

두보는 시에 經書의 어사를 사용한 경우가 많은데, 여기서는 〈兵車行〉의 첫 구 「車轔轔, 馬蕭蕭.」를 예어로 들고 있다. 이 시구에서 '車轔轔'은 ≪시경≫ 〈秦風 車轔〉의 「수레가 덜커덩 굴러간(有車轔

轔)」구에서 인용하고, '馬蕭蕭'는 ≪시경≫ 〈小雅 車攻〉의 「힝힝 말이
울어댄다(蕭蕭馬鳴)」구에서 인용하고 있으니, 〈兵車行〉(상동 권2)
을 본다.

수레가 덜커덩 굴러가고, 말이 히힝 울어댄다.
떠나는 이 활과 화살 각자 허리에 찼다.
아비, 어미, 처자식 뛰며 전송하니
먼지로 함양교가 안 보인다.
옷 잡고 발 구르며 길 막고 우니
우는 소리 그냥 구름 낀 하늘에 닿는다.
길 가는 사람이 떠나는 이에게 물으니
떠나는 이 다만 징병이 빈번타 말한다.
누군 열다섯부터 북쪽 황하를 지켜서
곧 마흔이 되어서는 서쪽에서 둔전을 관리한다.
떠날 때 이장이 머리에 두건을 싸주는데
돌아오니 머리 희어도 변경에서 수자리한다.
변경 뜰에 흐르는 피 바다를 이루는데
무황제는 변방 개척에 마음 그치지 않다.
그대는 듣지 못하였는가, 한나라 산동 2백 고을
수많은 촌락이 가시덤불로 덮였음을.
비록 건강한 아낙네가 호미와 쟁기 잡았지만
벼가 밭이랑에 나서 동서가 없단다.
더구나 진나라 병사 고된 싸움 견뎌내서
몰아대는 게 개 닭과 다르지 않단다.
어른이 묻는다 해도
부역 가는 이가 감히 한을 펴겠는가.
또 금년 겨울에도
관서 지방 졸병 일 마치지 못했는데
현 관리가 서둘러 세금 내라 하니
세금을 어디서 내란 말인가.

참으로 아들 낳는 것 싫어하고
오히려 딸 낳는 게 좋은 줄 알았다.
딸 낳아 이웃에 시집이라도 보내지만
아들 낳으면 풀밭에 파묻힌다.
그대는 보지 못하였는가, 청해 땅에는
예부터 백골을 거두어 줄 이 없다네.
새 귀신 원한에 차고 옛 귀신 울고 있어
하늘 흐리고 비 젖은 날에 흐느끼는 소리 들린다.
車轔轔, 馬蕭蕭. 行人弓箭各在腰.
耶孃妻子走相送, 塵埃不見咸陽橋.
牽衣頓足攔道哭, 哭聲直上干雲霄.
道旁過者問行人, 行人但云點行頻.
或從十五北防河, 便至四十西營田.
去時里正與裹頭, 歸來頭白還戍邊.
邊庭流血成海水, 武皇開邊意未已.
君不聞漢家山東二百州, 千村萬落生荊杞.
縱有健婦把鋤犁, 禾生隴畝無東西.
況復秦兵耐苦戰, 被驅不異犬與鷄.
長者雖有問, 役夫敢伸恨.
且如今年冬, 未休關西卒.
縣官急索租, 租稅從何出.
信知生男惡, 反是生女好.
生女猶得嫁比隣, 生男埋沒隨百草.
君不見青海頭, 古來白骨無人收.
新鬼煩冤舊鬼哭, 天陰雨濕聲啾啾.

　　天寶 연간에 지은 시로 징발되는 征夫의 절규를 통하여 군주의
변경 확장으로 인한 비참한 현실상을 고발한 두보의 대표적인 名詩
이다. 이 시에 대해서 구조오는,

　　생각하건대, 명황 말년에 토번을 치느라 병사를 다 쓰고 수자리에

징발하느라 역마가 소란하기를 군내에 여러 번 온통 그러했다. 그
당시에 징발되어 근심과 원망하는 일이 남쪽 원정 하나만이 아니었
으므로, 두보는 징발 당해 떠나는 이의 스스로 호소하는 말에 기탁
하여 강렬하게 꾸짖고 있다.

按明皇季年, 窮兵吐蕃, 徵戍驛騷, 內郡幾遍. 當時點行愁怨者不獨征
南一役, 故公託爲征夫自遡之詞, 以譏切之.(≪杜詩詳注≫ 권2)

라고 기술하여 시의 주지를 적절하게 설명하고 있다. 그리고 본 시
화의 「날 개인 연못에 잉어가 뛰놀고, 봄 풀밭에는 노루가 울어대네.
(霽潭鱣發發, 春草鹿呦呦.)」구는 〈題張氏隱居二首〉(상동 권1) 중 제
2수 제2연구로, 다음에 그 시를 본다.

그대를 만날 때마다
사람 불러서 늦도록 흥이 나있네.
날 개인 연못에 잉어가 뛰놀고
봄 풀밭에는 노루가 울어대네.
두강의 술 기울여 애써 권하면서
장공의 배는 밖에서 찾지 않네.
앞마을 산길이 험하다만
취하여 돌아가니 늘 근심이 없네.
之子時相見, 邀人晚興留.
霽潭鱣發發, 春草鹿呦呦.
杜酒4)偏勞勸, 張梨不外求.
前村山路險, 歸醉每無愁.

開元 24년, 두보가 은거하는 친구 張叔卿 혹은 張芥를 찾아가서
同居하며 閑寂한 심정을 노래하고 있다. 본 시화에서 지적한 시구
에서 '霽潭'은 ≪시경≫ 〈衛風 碩人〉의 「숭어가 펄쩍 뛴다(鱣鮪發發)」
구에서 인용하고, '呦呦'는 ≪시경≫ 〈小雅 鹿鳴〉의 「메메 하며 노루

---

4) 杜酒 : 杜는 술을 최초로 빚었다는 杜康을 가리킨다. 술의 異稱.

가 울어대면서, 들판의 들꽃을 먹네.(呦呦鹿鳴, 食野之華.)」에서 인용하였다. ≪毛詩≫ 序에서 「여러 신하와 좋은 손님과 잔치를 하다.(燕群臣嘉賓也.)」라고 풀이하고 있어서, 두보는 이들 시구를 통하여 장씨와의 화목한 시간을 비유하였다.

이와 같이 두보는 경서의 어휘를 많이 사용함으로써, 시풍이 엄중하고 법도를 갖추어서 조어력을 극대화하였으며, 어사의 묘리를 발휘한 것으로 평가된다. 본 시화는 전반적으로 정제된 문장으로 風敎的 시론관에 의거하여 시종일관 해박한 논증을 전개하였으나, '尊杜薄李' 즉 두보를 높이고 이백(이태백)을 낮추는 편견도 토로하였다. 청대 朱彝尊은 본 시화 跋文에서,

시화 중의 지론은 두보를 많이 본받고 있으니, 스스로 말하기를, 「신주와 원주에서 벼슬하며 해를 넘기면서 주군의 훌륭한 사람들 기록을 돌아보니, 성이 기재되지 않고 문집도 전해지지 않았다.」라고 하였다. 그의 〈송제시구〉에 이르기를, 「관사로 나아가 자리 피하지 말게 하고, 강을 건너니 말과 같이 배 타지 말라.」라 하니 어사가 얕으나 정감이 진실하여 풍아의 뜻을 잃지 않았다.
編中持論多本少陵, 自言官辰沅逾年, 顧志州郡官師者, 不載姓氏, 集亦失傳. 其送弟詩句云:「就舍勿令人避席, 過江莫與馬同船.」語淺情眞, 不失風雅之旨矣.

라고 하여 황철이 두보에 偏向된 견해를 지적하면서도, 황철 자신의 시가 風雅의 풍격을 지니고 있다고 서술하고 있다.

본 시화는 ≪說郛≫本이 舊本으로 완본은 아니었다. ≪千頃堂書目≫ 권15에 司馬泰의 ≪古今彙說≫本이 있으나 역시 완본이 아니다. 知不足齋 藏書에는 嘉泰 癸亥(1203)에 손자 黃濤의 刻本 10권이 있는데 序跋이 온전하니 ≪知不足齋叢書≫에 刊入되었다. 그 외에 ≪學海類編≫本, ≪歷代詩話續編≫本 같은 것은 모두 足本인데, 다만 序跋이 온전치 않을 따름이다. 그리고 學海본이 足本이기는 하나, 권9와

권10 말에 몇 칙이 知不足齋本과 같지 않아 전록자의 오류로 보인다. 본 시화의 陳俊卿 序文이 乾道 4년(1168)에 지어진 것으로 보아 황철이 이미 졸한 후의 글이니, 成書 시기는 紹興 연간 후로 본다. 현존하는 판본으로 ≪知不足齋叢書≫, ≪學海類編≫, ≪武英殿聚珍≫, ≪七子詩話≫, ≪螢雪軒叢書≫, ≪歷代詩話續編≫본 등이 신뢰할 만하다.

≪環溪詩話≫ - 吳沆

吳沆(오항, 1116-1172). 자는 德遠, 호는 無莫居士로, 撫州 崇仁 (지금의 江西에 속함) 人이다. 紹興 16년(1146)에 저술한 것이 廟堂 에 관련되어 파직하고 귀향하여 環溪에 은거하였다. 후에 門下 제자 들이 사사로이 시호를 '文通先生'이라 하였다. 그는 시에 자부심이 강해서 早年에 學詩 과정에 대해서,

> 모씨는 어려서 성품이 허정하여 세상일을 일삼지 않고 도연명을 사 모하였다. 성장하면서 지기가 점차 활발해지며 표일하면서 이백을 사모하였다. 어사와 풍격이 크게 유쾌하기 그지없어서 중당시인 노 동을 사모하였으나, 매우 지나치다고 느껴서 점차 순정한 면으로 돌 아가면서 백거이를 사모하였다.
> 某方其幼也, 情性虛靜, 無事營爲, 則慕淵明. 及其少長, 志氣稍動, 務 爲飄逸, 則慕太白. 辭色一縱, 非大快無已也, 則慕盧仝. 覺其狂甚, 稍 歸純正, 則慕樂天.

라고 하여 성장기의 學詩 성향을 서술하였다. 시화 첫머리의 謝諤의 〈環溪居士文通先生行實〉에 吳沆의 인품과 글이 일치함을 다음과 같이 쓰고 있다.

> 육상산이 일찍이 말하였다. 「그의 글을 보면, 그 사람을 알 수 있다.」 복재가 말하였다. 「글과 행실이 다 전하여 녹슬지 않다.」 시호는 환계 거사, 문통선생이다. 군현에서 본받아 다 그를 제사 드린다.
> 陸象山嘗曰: 觀其文, 可知其人. 復齋云: 文與行當竝傳不朽. 諡環溪居 士, 文通先生. 郡縣學皆祠之.

본 시화 注稱에 「오항은 병신년생이다(環溪生丙申)」라 하였는데, '丙申'은 徽宗 政和 6년(1116)이며, 謝諤의 〈行實〉에 의하면 「오항은 57세에 졸하였다.(環溪卒年五十有七.)」라 하니 그의 졸년은 孝宗 乾道 8년(1172)으로 추정되고, 본 시화의 編定은 乾道와 淳熙 연간이 된다. 본 시화의 원작은 한 권으로 《直齋書錄解題》에 있는데, 《千頃堂書目》, 《汲古閣珍藏秘本書目》, 《孝慈堂書目》, 《佳趣堂書目》에는 모두 세 권으로 되어 있고, 《學海》本에도 세 권으로 되어 있으니, 권수에 차이 나는 이유는 불명하지만, 현재 편정된 본 시화는 한 권으로 구성되어 있고 撰者가 吳沆이다.

본 시화의 명칭은 吳沆이 은거하던 지명에서 가져온 것이다. 시화 서술형식은 문답식으로 설정되어 있고, 내용은 오항의 시를 품평하고 오항의 논시를 서술하고 있어서 송인 시화 중에서 독특한 면이 있다. 오항이 소시에 才情이 있어서 江西詩人의 句法說을 復習하고 모의하여 그 形似를 얻기도 하였다. 본 시화에서 「선배들의 문장 구법은 진실로 절로 열쇠를 지니고 있으니, 그 문을 찾지 못하면 어찌 스스로 들어가겠는가.(前輩文法固自有關鈕, 若不得其門, 何自入哉.)」라 하니 句法說은 오항의 論詩 入門의 관건이다. 呂本中의 《童蒙訓》에 이르기를,

전인의 문장은 각자 나름의 구법이 있으니 예컨대, 「마음 같이하여 골육의 친근함이 더하니, 매양 말에서 문장가답게 보이네.」 이런 유는 두보의 구법이다. 소식의, 「가을 강에 이제 몇 가닥 낚싯대」의 유는 소식의 구법이다. 황정견의 「여름 부채 날마다 흔드네」는 행락이 또한 무료하지 않다는 말이니 이것은 황정견의 구법이다. 시를 배우는 사람은 전인의 시를 두루 살필 수 있다면, 자연히 또래의 시 조류에서 벗어나게 될 것이다.

前人文章各自有一種句法, 如「同心不減骨肉親, 每語見許文章伯」, 如此之類, 老杜句法也. 東坡「秋水今幾竿」之類, 自是東坡句法. 魯直「夏扇日在搖」, 行樂亦云聊, 此魯直句法也. 學者若能遍考前作, 自然度越

流輩.

라고 하였다. 여본중의 구법 중시 논리에 의거하여, 오항도 그의 논시에서 구법에 중점을 두었는데 '句法言詩'(구법으로 시를 논함) 관점은 원래 江西詩人의 편향된 논리이기도 하다. 그리고 오항은 그의 논시에서 「살과 피부는 온전해야 하고, 혈맥은 통해야 하며, 골격은 강건해야 하고, 정신은 아름다워야 한다.(肌膚要全, 血脈要通, 骨格要健, 精神要美.)」라는 네 가지 요건을 갖추어야 시다운 시가 된다고 강조하면서 시의 '氣象'을 표방하고 있다. 시 창작은 인체의 균형미와 같이 피부가 온전하고, 혈맥이 원활히 통하며 골격이 건전하고 정신이 아름다운 것처럼 시의 審美의식을 중시하고 있다. 한편 시의 句法을 지나치게 강조한 면도 있어서 '字實'과 '語健'을 제창하기도 한다.

오항의 시인론으로는 당대 杜甫, 李白(이태백), 韓愈를 추존하여 소위 '一祖二宗'으로 지칭하고 있다. 杜甫에게서는 학습을 바탕으로 한 작시 공력을, 李白과 韓愈에게서는 재능과 기세를 바탕으로 한 작시 태도를 각각 평가하고, 그런 맥락에서 송대에는 歐陽修, 蘇軾, 黃庭堅까지 추숭하고 있으니, 다음 문장을 보기로 한다.

> 나의 종형은 늘 조용히 말하기를, 「고금 시인이 이미 많아서 각각 그러하거늘 어떤 것이 바르다(正)고 할 것인가?」라 물었다. 내가 말하였다. 「시의 오묘함을 논한다면 좋은 사람이 진실로 많은데, 시의 正理를 논한다면 고금을 통틀어서 오직 세 사람만 있으니, 소위 '일조이종' 즉 두보, 이백, 한유가 그렇다.」 중형이 말하였다. 「당시는 오직 이백과 두보만을 칭하는데 동생은 또 한유까지 말하니 어째서인가?」 내가 말하였다. 「이백과 두보는 한유가 고개 굽히는 사람들이고, 한유는 또 후대 사람이 고개 굽히는 사람이다.」 중형이 말하였다. 「세 분의 장점은 어떠한가?」 내가 말하였다. 「두보는 학문에 뛰어나므로 字語로 공을 드러내고, 이백은 재능에 뛰어나므로 篇章으로 공을 드러내며, 한유는 氣風에 뛰어나므로 10 수편으로 공을 드러낸다.」 중

형이 말하였다. 「근래에 왕안석이 ≪사가시선≫을 지으면서 어째서 구양수를 더 넣었는가?」 내가 말하였다. 「왕안석이 두보를 첫 번째에 놓고, 한유는 두 번째로, 구양수는 세 번째로, 이백은 네 번째로 각 각 놓았다. 무릇 구양수는 한유와 이백의 문체를 겸할 수 있으면서 正理에 가까워서 선정했을 뿐이라고 말하겠고, 또 이백은 주색을 말하지 않은 시가 없으므로 품격을 구양수 아래에 놓았으니, 이 왕안석의 마음 씀이 또한 이미 깊다고 하겠다.」

環溪從兄常從容謂古今詩人旣多, 各是其是, 何者爲正. 環溪云: 若論詩之妙則好者固多, 若論詩之正則古今惟有三人, 所謂一祖二宗, 杜甫李白韓愈是也. 仲兄云: 唐詩惟稱李杜, 吾弟又言韓愈, 何也. 環溪云: 李杜是韓愈所伏者, 韓愈又是後來所伏者. 仲兄云: 三公所長何如. 環溪云: 杜甫長於學, 故以字見功, 李白長於才, 故以篇見功, 韓愈長于氣, 故以十數篇見功. 仲兄云: 近時荊公作四家詩選, 如何添永叔. 環溪云: 荊公置杜甫於第一, 韓愈第二, 永叔第三, 太白第四. 蓋謂永叔能兼韓李之體而近於正, 故選焉已. 又謂李白無篇不說酒色, 故置格於永叔之下, 則此公用意亦已深矣.

오항이 論詩 正論 대상을 '一祖二宗', 즉 杜甫, 李白, 韓愈 등 성중당대 시인에 국한하여 상품으로 추존한 근거를 제시하고 있다.

* 一祖二宗
杜甫 ― 學問 ― 字語
李白 ― 才能 ― 篇章
韓愈 ― 氣勢 ― 篇數
* 附加: 歐陽修 ― 正理, 韓愈와 李白體를 겸함

세 시인의 시품상의 순위까지 부여하면서 중간에 유일하게 북송대 歐陽修를 列入시켜서 杜甫 → 韓愈 → 歐陽修 → 李白 순으로 배열하였다. 구양수를 이백보다 우위에 배치한 이유는 구양수가 이백과 한유를 겸유하면서 正理에 가깝다는 논리로서, 이백 시가 주색을 소재로 한 것에 대해서, 소위 詩敎的 논법에 근거한 폄하 의식이 개입되지 않았나 하고 필자는 사료된다. 시론의 품평에 문학적 관점 외에 도덕적 기준을 도입한다면 오항 같은 주장이 가능할 것이기 때문이다. 왕안석이 구양수를 이백보다 우위에 놓은 이유에 대해서 오항은 구양수 문학이 正理에 가깝기 때문이라고 설명하였다. ≪六一詩話≫ 해제에서 구양수를 소개하여 여기서는 그 이유를 詩風的 각도에서 요약하기로 한다.

시문혁신을 주장하여 송대 시풍을 주도한 구양수의 시를 송대 葉夢得의 ≪石林詩話≫(卷上)에서는 다음과 같이 평하고 있다.

구양문충공의 시는 서곤체를 바로잡아서 오로지 氣格을 주로 삼았다. 그러므로 그 언사가 매우 평이하고 소탈하여 율시의 의취가 표현되기만 하면, 비록 어사가 이치에 맞지 않아도 다시 묻지 않았다.
歐陽文忠公詩始矯崑體, 專以氣格爲主. 故其言多平易疏暢, 律詩意所到處, 雖語有不倫, 亦不復問.

구양수가 만당 말에 유행한 유미적 수사 기법을 중시한 西崑體 시풍을 개혁하여 宋詩 자체의 풍격을 정착시키는 선도적 역할을 주도했다는 점에서 오항의 이론을 이해할 수 있다. 그러면 '一祖二宗'의 대상인 杜甫와 韓愈에 대한 본 시화에서의 논조를 각각 選抄하여 예시한다.

1. 杜甫 시의 妙處

두보 시의 오묘함은 한 구는 하늘에 있고, 한 구는 땅에 있어서 첫 구는 마치 암수 고래가 물결을 뽑아내듯 하고, 마지막 구는 마치 만 균이나 되는 강한 쇠뇌 같다.
杜甫之妙, 一句在天, 一句在地, 首句要如鯨鯢拔浪, 落句要如萬鈞强弩.

두보 시의 시구 하나마다 천지를 포용하는 심오한 의취를 지니고 있어서, 시 첫 구에서 기개 넘치는 이미지와 말구에서는 강렬한 시심을 제시한다. 그 예로 〈登高〉(《杜詩詳注》 권20)를 본다.

바람이 세고 하늘이 높은데 원숭이는 슬피 울고
물가는 맑고 모래는 흰데 새들이 날아도네.
끝없이 낙엽은 쓸쓸히 지고
다하지 않는 긴 강은 출렁이며 흘러오네.
만 리 멀리 슬픈 가을에 늘 나그네 되어서
백년 살이에 병들어 홀로 누대에 오르네.
어려운 고생으로 서리 낀 귀밑털이 한스럽고
병든 몸이니 새벽에 탁주 한 잔도 못 들겠네.
風急天高猿嘯哀, 渚淸沙白鳥飛廻.
無邊落木蕭蕭下, 不盡長江滾滾來.
萬里悲秋常作客, 百年多病獨登臺.
艱難苦恨繁霜鬢, 潦倒晨停濁酒杯.

劉克莊은 《後村詩話》(卷2)에서 이 시 제2, 3 두 연을 「이 2연
은 고사를 사용하지 않고 자연스럽고 고묘하다.(此二聯不用故事, 自
然高妙.)」라고 평하였고, 청대 施補華는 《峴傭說詩》에서, 「〈등고〉
한 수는 시 전체가 대구를 이루면서도 그 거친 것이 싫지 않다. 제
3, 4구 '無邊落木' 구는 소탈하고 호탕한 기풍이 있다. 제5, 6구 '萬
里悲秋' 구는 갑자기 기세가 꺾이는 신기가 있다.(登高一首, 通首作
對而不嫌其笨者: 三四無邊落木二句, 有疏宕之氣: 五六萬里悲秋二句, 有
頓挫之神耳.)」라고 평하였다. 그리고 杜甫의 〈九日藍田崔氏莊〉(상동
권6)에 대해서는 송대 陳師道의 《後山詩話》에서 「두보의 〈구일〉
시는 그 문장이 고아하고 광달하여서 옛사람에 뒤지지 않는다.(杜子
美九日詩, 其文雅曠達, 不減昔人.)」라고 평하고 있다. 이 시는 '沈鬱
頓挫'(울적하면서 기세가 꺾임)하면서 '悲凉傷慨'(슬프고 처량하면서
상심하여 분개함)한 풍격을 보여주니 그 시를 본다.

늙으면서 가을을 슬퍼하여 애써 마음을 열고서
흥이 나니 오늘 그대와 즐기노라.
부끄럽지만 머리 짧아 갓모자 날리니
곱게 웃으며 옆사람에게 갓을 고쳐 달라 하네.
남수는 멀리 많은 냇물 모아 흘러내리고
옥산의 높은 두 봉우리는 쌀쌀하네.
내년 이 모임에 건강할 자 누구리오
술에 취해 산수유를 붙잡고 가만히 바라보네.
老去悲秋强自寬, 興來今日盡君歡.
羞將短髮還吹帽, 笑倩旁人爲正冠.
藍水遠從千澗落, 玉山高幷兩峰寒.
明年此會誰知健, 醉把茱萸仔細看.

이 시는 重陽節에 崔興宗의 별장에서 회포를 토로하였는데, 이
시의 제3연에 대해서 楊萬里는 ≪誠齋詩話≫에서 「시인이 이 경지에
이르면, 필력이 많이 쇠약한데 지금 마침 웅걸하여 빼어나서 한 편
의 정신을 불러일으키니 절로 필력이 산을 뽑을 만하지 않으면, 이
경지에 이르지 못한다.(詩人至此, 筆力多衰, 今方且雄傑挺拔, 喚起一
篇精神, 自非筆力拔山, 不至於此.)」라고 평하고, 제4연에 대해서는 「의
미가 깊고 길어서, 아득히 그지없다.(意味深長, 悠然無窮矣.)」라고 평
하고 있으니, 이런 논리로 명대 이동양도 다음과 같이 서술하여 시의
'律詩絶唱'에 동감하고 있다.

「끝없이 낙엽은 쓸쓸히 지고, 다하지 않는 긴 강은 출렁이며 흘러오
네. 만 리 멀리 슬픈 가을에 늘 나그네 되어서, 백년 살이에 병들어
홀로 누대에 오르네.」 구는 경치로는 참으로 대단한 경치이며, 내용
으로는 참으로 대단한 내용이다. 송인은 곧 두보의 〈구일남전최씨
장〉 시를 율시의 절창이라고 하는데 어째서인가?
「無邊落葉蕭蕭下, 不盡長江滾滾來. 萬里悲秋常作客, 百年多病獨登臺.」
景是何等景, 事是何等事. 宋人乃以〈九日藍田崔氏莊〉爲律詩絶唱, 何

邪?(≪懷麓堂詩話≫ 제103조)

2. 韓愈 시의 風雅頌

한유 시는 '雅' 아닌 것이 없으며, 때로는 '風'에 가까우니 예컨대 〈수가자〉, 〈화산녀〉, 〈승징관〉, 〈조장적〉 등이며, 이백과 두보를 노래한 것은 '頌'의 부류이다.

韓詩無非雅也, 然則有時乎近風, 如〈誰家子〉·〈華山女〉·〈僧澄觀〉·〈調張籍〉而歌李杜則頌之類也.

朱熹가 ≪詩集傳≫에 주석하며 '六義論'을 제시하니, 작법 분류로는 '比賦興', 작풍 분류로는 '風雅頌'을 지칭한다. 여기에서는 〈調張籍〉(≪全唐詩≫ 권340) 시를 보기로 한다.

이백과 두보의 문장이 있는데
그 불꽃이 만 길이나 길다네.
어리석은 무리들 알지 못하고
어찌하여 일부러 비방하고 상처 주나.
왕개미가 큰 나무 흔들어대니
스스로 헤아리지 못함이 가소롭네.
나는 그분들 뒤에 태어나서
고개 들어 멀리 쳐다보네.
밤 꿈에서 그분들 자주 보고
낮에는 그리워할수록 오히려 아득해지네.
헛되이 도끼 끌 자국이나 보면서
물 다스려 건너는 배는 보지 못하네.
(우임금) 손수 치수한 때를 생각하니
큰 도끼를 하늘에 닿게 들도다.
낭떠러지 갈라져서 크게 무너지고
천지는 돌 부딪치듯 흔들리네.

오직 이 두 분 선생만은
집안 살림이 황량했다네.
하늘이 오래도록 시를 읊는 능력 주셨으나
그러므로 삶이 기복 있게 하였네.
깃털 잘라서 새장에 넣고
온갖 새들이 나는 걸 보게 하였네.
평생을 수많은 시 지어 읊으니
황금 염교풀에 옥구슬 드리우네.(좋은 시를 많이 남기다)
선관이 여섯 사자에 명하여
번개처럼 가져가버렸네.
떠도는 인간 세상에
태산의 한 가닥 티끌이라네.
나 바라건대 두 날개 생겨서
사방으로 쫓아가 잡고 싶네.
정성을 다하여 문득 통하여서
온갖 기이한 시의 흥취를 내 창자에 넣고 싶네.
손 내밀어 고래 이빨 뽑고
표주박 들어서 하늘의 술 마시겠네.
몸을 솟구쳐 아득한 하늘 돌아다니며
직녀가 짠 옷 걸치지 않네.
돌아보아 지상의 벗(장적)에게 말하노니
좋은 글 짓느라 너무 바쁘지 말게나.
그대에게 권하노니 날아가는 안개 타고
나와 함께 높이 위아래로 날아보세.
李杜文章在, 光焰萬丈長.
不知群兒愚, 那用故謗傷.
蚍蜉撼大樹, 可笑不自量.
伊我生其後, 擧頸遙相望.
夜夢多見之, 晝思反微茫.
徒觀斧鑿痕, 不矚治水航.

想當施手時, 巨刃磨天揚.
垠崖劃崩豁, 乾坤擺雷硠.
惟此兩夫子, 家居率荒凉.
帝欲長吟哦, 故遣起且僵.
剪翎送籠中, 使看百鳥翔.
平生千萬篇, 金薤垂琳琅.
仙官敕六丁, 雷電下取將.
流落人間者, 泰山一毫芒.
我願生兩翅, 捕逐出八荒.
精誠忽交通, 百怪入我腸.
刺手拔鯨牙, 舉瓢酌天漿.
騰身跨汗漫, 不著織女襄.
顧語地上友, 經營無太忙.
乞君飛霞佩, 與我高頡頏.

　　이백(이태백)과 두보를 추숭한 한유는 고문운동가로서, 평소에
李杜詩와 다른 白話體的 平語 사용의 작시 태도를 보인 白居易나
元稹(779-831) 등을 지칭하면서 詩友인 張籍을 권면하는 내용이
다. 張籍(767-830)은 중당 寫實派 경향을 보이면서, 한편 신악부
를 주도한 시인이다. 이 시 자체가 詩敎的인 '風頌' 작풍을 지니고
있어서 후세에 ≪黃氏日抄≫에서는, 「이백과 두보의 문장을 본받아
서 더욱 매우 기묘하다.(形容李杜文章, 尤極奇妙.)」라 평하였고, ≪老
生常談≫에서는, 「한유(한창려)의 오언고시는 어사마다 생동하고, 글
자마다 기걸하여 용렬한 병폐를 가장 잘 고칠 수 있었다.(昌黎五古,
語語生造, 字字奇傑, 最能醫庸熟之病.)」라고 극찬하였다.

3. 柳宗元 〈漁翁〉의 '賦中興'論

　　「어부가 밤에 서산 바위 곁에 머물고, 새벽에 맑은 상수의 물을 떠서

초 땅 대나무 불 피우네. 안개 걷히고 해 돋으니 아무도 보이지 않고, 철썩 노 젓는 소리에 산과 물이 푸르구나. 고개 돌려 하늘 끝 바라보니 강 가운데로 (배가) 내려가고, 바위 위에는 무심한 구름이 좇고 있구나.」이 시는 직설적인(賦) 묘사를 하는 중에 은유적인 뜻(興)을 지니고 있다.

漁翁夜傍西岩宿, 曉汲淸湘燃楚竹. 烟銷日出不見人, 欸乃一聲山水綠. 回看天際下中流, 岩上無心雲相逐. 此賦中之興也.

柳宗元(773-819)은 字는 子厚이며, 河東人으로 세칭 柳河東이라 하며 柳州刺史를 지내어 '柳柳州'라 불린다. 중당대 문인으로 韓愈와 고문운동을 선도하여 '韓柳'라 부른다. 《柳河東集》 45권이 있으며, 산수시가 많고 은일낭만적인 풍격을 지니고 있으며, 蘇軾은 陶潛(도연명) 이후에 담백한 시로 유명하다고 하였다. 위 시는 시인이 永州司馬로 좌천되어서 지은 시로 어부의 한가로운 생활을 묘사하였다. 시인의 마음에 맺힌 좌절감과 우울한 심회를 은근히 토로하고 있다. 고악부체의 시이지만 律詩처럼 一韻到底로 押韻하여 '宿, 竹, 逐'은 入聲 屋韻이며, '綠'은 入聲 '沃'에 속하니 '屋'과 '沃'은 古詩에서 通韻한다. 이 시에 대해서 청대 王文祿은 「기풍이 맑으면서 표일하다(氣淸而飄逸)」(《詩的》)라고 평하였다. 제4구의 '欸乃'는 노 젓는 소리의 의성어이지만 당대에 유행하던 어부가 〈欸乃曲〉을 가리킨다. 본문에서 '賦中之興'은 《시경》 작법인 比賦興을 지칭한다. 명대 李東陽은 이 시에서 말연이 없다면 시풍이 만당풍과 다를 것이 없다고 하면서, 시의 흥취를 극대화시킨 명구로 다음과 같이 평하였다.

유종원의 「고개 돌려 하늘 끝 바라보니 강 가운데로 (배가) 내려가고, 바위 위에는 무심한 구름이 좇고 있구나.」 구가 있는데, 소식이 이 두 구를 지우고 싶어 하였으니, 시를 논하는 자들이 대부분 난쟁이가 극장에서 사람 틈에 끼어서 연극을 직접 보지 못하는 것 같다.(자신의 판단과 소견이 없이 부화뇌동함을 면치 못할 것이다.) 나는 말하노니 단지 앞 네 구만을 썼다면 만당과 무엇이 다르겠는가.

柳子厚「回看天際下中流, 岩上無心雲相逐」, 坡翁欲削此二句, 論詩者
類不免矮人看場[1]之病. 予謂若止用前四句, 則與晩唐何異?(≪懷麓堂
詩話≫제4조)

위에서 명대 문인의 의식이 본 시화와 일맥상통하는 점을 알 수
있으니, 본 시화의 장점에 대해서 郭紹虞는 ≪宋詩話考≫(上卷)에서
분명하게 그 시론적 합리성을 인정하고 있다.

오항의 논시의 장점은 곧 일조이종을 위주로 하여 풍아의 결실로 돌
아가는 데 있으니 두보와 이백, 한유 세 사람의 시가 풍아에 맞는 것
을 예로 들고 있다. 이것으로 그의 논시의 좋은 점을 파악한 것이니,
구구하게 구법으로 따지는 것과는 다르다. 대개 송인이 두보를 배워
서 그의 건실함을 얻고, 명인은 두보를 배워서 그의 웅대함을 얻으
니, 오항의 논시에는 이미 명인의 기풍이 머물러 있는 것 같다. 강서
시인의 시론으로부터 엄우의 ≪창랑시화≫로 전환되는 그 중간 소식
을 바로 이 책에서 찾을 수 있다.
至環溪論詩之長, 乃在以一祖二宗爲主, 而歸之於風雅之實, 並擧杜甫
李白韓愈三人詩之合於風雅者以爲例, 此則識其大處, 異於區區以句法
相矜者矣. 大抵宋人學杜得其健, 明人學杜得其雄, 而環溪論詩, 則似
已逗明人氣風. 自江西詩人之詩論, 一轉而爲嚴羽之滄浪詩話, 此中消
息, 正可於是書求之.

시화는 ≪說郛≫, ≪學海類編≫, ≪四庫全書≫ 등 여러 板本이 있
으며, 中華書局 陳新点의 校本(1988)이 믿을 만하며 臺灣 廣文書
局 ≪古今詩話叢編≫본(1971)이 있다.

---

1) 矮人看場 : 난쟁이가 사람들 틈에 끼여서 겨우 연극을 본다는 말로 자신의 주
   관과 판단 없이 대충 사물을 보는 경우를 비유.

≪歲寒堂詩話≫ - 張戒

　　張戒(장계, ?-1160?). 자는 定復으로, 絳州 正平(지금의 山西省 新絳縣)人이다. 장계에 대한 전기는 사서에는 없고 단지 ≪宋史≫ 와 ≪宋史新編≫, 그리고 ≪南宋書≫ 趙鼎傳에 각각 給事中 勾濤를 탄핵하는 기록이 실려 있을 뿐이다.[1] 다만 사서가 아닌 자료인 李心傳의 ≪建炎以來繫年要錄≫과 陸心源의 ≪宋史翼≫에는 장계 부분이 별도로 기술되어 있어서 신빙성 여부를 떠나서 그의 생평을 이해하는 데 적지 않은 참고가 된다.[2] 장계는 宣和 6년(1124)에 진사 급제한 후에 縣令 등을 거쳐 紹興 5년(1135) 조정의 추천으로 國子監丞, 秘書郎 등을 역임하고, 동 7년에 尙書兵部員外郎, 동 8년에 監察御史를 지냈다. 그 후, 勾濤(구도)를 탄핵한 것이 문제가 되어 낙향하여 20년간 평민으로 생활하다가 소흥 27년에야 복권되어, 左宣教郎主管台州崇道觀이 된다. 소흥 30년 5월까지 그 직책에 있었는데, 그 후의 만년과 졸년에 대한 기록이 없어서 불명하다.[3] 장계의 관로 사항을 구체적으로 정리하면 다음과 같다.

---

1) 脫脫等 ≪宋史≫(卷360)〈趙鼎傳〉:「會殿中侍御史張戒論給事中勾濤, 濤言;戒之擊臣, 乃趙鼎意. 因詆鼎結臺諫及諸將. 上聞益疑, 鼎引疾求免 …」 柯維騏 ≪宋史新編≫(卷126) 趙鼎傳은 上記書와 同. 錢士升 ≪南宋書≫(卷9)〈趙鼎傳〉;「秦檜乘間擠鼎, 又薦蕭振爲御史. 振入臺, 劾參知政事劉大中, 罷之. 鼎曰: 振意不在大中也. 振亦謂人曰: 趙丞相不待論, 當自爲去就. 會殿中侍御史張戒論給事中勾濤, 濤言乃趙鼎意. 上聞益疑, 鼎引疾求免.」

2) 李心傳 ≪建炎以來繫年要錄≫ 권87, 96, 100, 112, 118, 119, 120, 122, 123, 124, 147, 177, 185에 각각 시기별 기사가 기술되어 있고, 陸心源 ≪宋史翼≫(卷12)〈張戒〉에 장계가 왕에게 상주하는 내용을 기술함.

3) ≪四庫全書總目提要≫에「蓋卽終於奉祀矣.」라고만 기록.

* 徽宗 선화 6년(1124); 진사 급제.
* 동 선화 6년(1124)에서 소흥 5년(1135) 3월까지; 현령, 左廸功郎虁州路關寨幹辦官 등을 역임.
* 高宗 紹興 5년(1135); 3월, 趙鼎의 추천으로 입조하여 左承事郎. 4월에 국자감승, 6월에 點檢試卷官. 9월에 고종에게 상서하여 고종으로부터 우국애국지심이 있다고 칭찬 받음. 12월, 비서랑 제수 받음.
* 소흥 7년(1137); 7월 福建提擧官. 尙書兵部員外郞.
* 소흥 8년(1138); 3월, 御史中丞 常同의 추천으로 감찰어사. 곧 殿中侍御史. 9월, 구도를 탄핵한 일로 고종으로부터 소원됨. 10월 조정을 구하는 상서를 올림. 11월, 金나라와의 화의를 반대하는 상서를 올려, 고종의 노함을 받음. 동월 司農少卿으로 좌천. 동월 조정을 옹호한 죄로 知泉州로 나감. 곧 지천주를 박탈되어 江夏에서 岳飛에게 의거.
* 소흥 12년(1142); 11월, 右諫議大夫 汝檝이 장계가 조정과 악비 등과 금과의 화의를 반대하는 무리라고 탄핵하여 제명당하는 처벌을 받음.
* 소흥 27년(1157); 9월, 秦檜가 죽은 후, 좌선교랑주관태주숭도관으로 복직.
* 소흥 30년(1160); 7월, 이때까지 위의 관직에 있음. 이후의 활동과 졸년이 불명.

  錢大升의 ≪南宋書≫에 「장계가 건창에서 거하다가 졸함(戒居建昌卒)」이라고 한 바, 여기서 건창은 지금의 江西省에 있었으므로 장계가 그곳에서 살다가 졸한 것을 보여준다. 그러나 이것은 근거가 부족하고, ≪四庫全書總目提要≫에 장계를 두고 「대개 봉사에서 죽다.(蓋卽終於奉祀矣.)」라고 하여 봉사에서 졸한 것으로 기록한 바, 이것 또한 불명하다. 단지 소흥 27년에 장계가 맡은 관직 이후에는 다른 기록이 없고, ≪건염이래계년요록≫에 소흥 32년의 기록에 다시 상계를 거론한 것이 없는 것으로 보아서 그 전후로 졸년을 추정한다.4)
  위의 내용으로 보아, 장계를 애국지사로 본다. 金과의 和議를 반대하고 방축되어 岳飛와 동거한 사실은 그의 강직한 성품에 기인한다. 그 성품을 趙鼎은 '강직하면서 겸손함(剛拙)'이라 하고, 高宗도 '강직함(剛直)'이라고 평한 것으로 확인된다.5) 특히 國粹的 의식이 강하여 上疏에서,6)

> 겉으로는 잠시 화평의 명분을 보이고, 안으로는 결전의 뜻을 잊지 않으면서, 실은 병사를 엄히 기르고 험한 땅에 의지하여 지킬 것입니다.
> 外則姑示通和之名, 內則不忘決戰之意, 而實則嚴兵, 據險以守.

라는 책략을 제시하여 먼저 나라를 방비할 것을 강조하였다. 이러한 의식을 지닌 장계로서는 화의는 국가의 운명을 내어주는 것으로 간주하였다. 그래서 「나라를 위해 오직 스스로 면려해야 할 것이며, 요행을 바라며 안일해서는 안 된다.(爲國只當自勉, 不可僥倖偸安.)」7)라고 주장할 수 있었다. 그로 인해서 폄적되고 20년간 야인생활을 하였다. '歲寒堂'이란 명칭도 그의 성품과 상통하니 ≪論語≫〈子罕〉의 「세월이 추워진 후에야 소나무와 잣나무가 나중에 시드는 것을 안다.(歲寒, 然後知松柏之後凋也.)」에서 취한 것으로 본다.8) 장계의 작품은 그의 시화 외에는, 시 자체로서는 ≪羅湖野錄≫(권1)에 한 수, 그의 시화 34조에 수록한 시 한 수 등 모두 두 수만이 전할 뿐이다. 먼저 ≪羅湖野錄≫의 시를 본다.

---

4) 陳應鸞 ≪歲寒堂詩話校箋≫ p.6 : 「張戒當卒于紹興三十年五月甲辰」이라 추측하여 기술.

5) 趙鼎 부분은 ≪建炎以來繫年要錄≫ 卷87, 高宗 부분은 ≪宋史全文續資治通鑑≫ 卷19 참조.

6) ≪皇宋中興兩朝聖政≫ 卷23 참조.

7) ≪宋史全文續資治通鑑≫ 卷20 참조.

8) 陳應鸞은 ≪歲寒堂詩話校箋≫ p.7에서 日本 桂五郎의 ≪漢籍解題≫ 기술을 인용하여 「日本桂五郎漢籍解題中說:歲寒堂可能是張戒居室之名稱. 他所以這樣給居室取名, 並作爲其詩話之名稱, 是有深意的.」라고 함.

하늘을 머리에 이지 않으면 땅을 알지 못하니
누가 남북과 동서를 가려 말하리오.
몸이 졸리면 바다를 베개로 삼고
석순이 하나씩 솟아나오니 또한 기이하도다.
天不戴兮地不知, 誰言南北與東西.
身眠大海須彌枕, 石筍抽條也大奇.

그리고 본 시화의 시를 보자.

홀로 앉아서 고요한 방에 향을 피우는데
빗소리가 막 그치자 새가 울며 하늘에 난다.
기와의 도랑물에 잣이 때때로 떨어지니
찬 하늘 나뭇가지에 바람 이는 것 알리라.
獨坐燒香靜室中, 雨聲初罷鳥聲空.
瓦溝柏子時時落, 知有寒天木杪風

이 시에 대해서 장계는 그 시화에서, 「이 절구는 나의 마음에 드는 것이 아닌데, 진여의만이 유난히 칭송한다.(此絶句非余得意者, 而陳去非獨稱頌不已.)」라고 소감을 달고 있다. 장계의 시에 대한 평가는 그의 시화 제33조에서 송대 陳與義가 등장하는 문구를 보면,

을묘년 겨울, 진여의가 처음 나의 시를 보고 말하기를, 「기이한 어구가 많아서 건안 육조의 시풍이 덜할 따름이라.」라고 하였는데 나는 그렇게 생각한다.
乙卯冬, 陳去非初見余詩曰; 奇語甚多, 只欠建安六朝詩耳. 余以爲然.

라고 한 것이 유일한 근거이니, 그의 시화 외에 전해지지 않는다. 이처럼 북송에서 남송 사이의 과도기를 살았던 장계 시론을 파악함으로써, 吳可의 《藏海詩話》의 '平淡'에 의한 사조를 기반으로 하는 「두보를 기본으로 삼고 소식과 황정견을 활용으로 한다(以杜爲體, 以蘇黃爲用.)」9)의 詩觀과, 嚴羽의 《滄浪詩話》의 '詩禪一致'10) 사상을 창

출하게 하는 중간 과정을 개관할 수 있다. 그리고 명대 李東陽의 ≪懷麓堂詩話≫와 청대 王士禎의 神韻說, 沈德潛의 格調說로 맥락을 잇게 한 근거를 확인할 수도 있다. 그러므로 장계의 시화를 고찰하는 목적은 그만큼 중요하고 가치가 있다고 할 수 있다. 시화를 이해하는 데는 장계 자신의 생평을 통하여 당시의 시대상황과 문단의 江西詩派적인 조류에 대한 반발과, 공자의 詩敎 정신으로의 회귀를 주창하는 내용을 이해하여야만 시화의 창작동기가 분명해질 것이다. 그리고 시화의 사작 시기는 장계의 졸년을 규명하는 데 중요한 근거가 되니, 시화 제30, 31, 33조의 서술이 그 자료가 된다.

장계는 송대의 시풍을 문제 삼아서 陶潛(도연명)과 杜甫를 철저히 추숭하고 특히 시의 근간을 ≪시경≫의 詩敎로까지 소급하는 데 역점을 두었는데, 이는 그의 시화의 기본논점이며 시화의 주된 기준이 된다. 이 기준으로 시화는 시종일관 전개되고 중만당대의 유미적인 풍조와 송대 시단의 성정을 망각한 허식주의적인 풍토를 통박하였다. 시화 권상 36개조의 시론이 두보와 비교차원에서 품평하고 권하 33개조가 오직 두보 시를 논평하고 있음은 결코 우연이 아니니, 곧 장계의 치밀한 시 개혁정신과 연관시켜서 이해하는 것이 온당하다.

다음에 시화의 사작 관계, 그리고 두보를 주체로 한 시화 자체의 주된 시론과 중국시학의 거봉인 杜甫와 李白의 비교우위 의식을 살피고자 한다.

1. 본 시화의 저술 시기

장계의 시화가 언제, 어떻게 창작되었는지를 확인할만한 고증이 박약하다. 다만 시화상의 서술을 통해 심증해 볼 수 있을 따름이다.

---

9) ≪藏海詩話≫ 제23조 ; 「學詩當以杜爲體, 以蘇黃爲用, 拂拭之則自然波峻, 讀之鏗鏘. 皆杜之妙處藏於內, 蘇黃之妙發於外.」

10) 嚴羽 ≪滄浪詩話≫ 〈詩辨〉

창작시기를 유추해 보건대, 이 부분은 陳應鸞의 해석이[11] 정세한 바, 여기서는 그 견해에 동의하면서 요약하려 한다. 본 시화에는 3개조의 시기를 기록한 문구가 있어서, 그것으로 창작 시기를 분별할 수 있으니, ①「을묘년 겨울, 진여의가 처음 나의 시를 보다.(乙卯冬, 陳去非初見余詩.)」(제33조)에서 '을묘'란 소흥 5년(1135)에 해당한다. ②「지난날 동려에서 여본중(여거인)을 만나다.(往在桐廬見呂舍人居仁)」(제30조)에서 '桐廬'는 지금의 절강성 縣名으로 남송 때에는 建德府에 속해 있었다. ≪中興小紀≫(권24)에 장계의 「默記」를 인용하면서, 「그 가을, 장계는 새로이 복건제거관에 제수되어 엄릉에서 머물다.(是秋, 戒新除福建提擧官, 待次嚴陵.)」라 하였는데, 엄릉은 山名으로 바로 동려현에 있는데, 장계가 머문 시기가 소흥 7년 7월(병인)이다.[12] ③「백대에 있으면서 … 문잠의 중흥비시를 읊다.(往在柏臺 … 誦文潛中興碑詩.)」(제31조)에서 백대는 어사대로서 장계가 감찰어사로 있던 소흥 8년 3월~11월에 해당한다.[13] 위 자료만으로 사작 연대를 추정하기 어렵지만, 문장에서 '往'자가 기재된 것으로 시화의 사작은 최소한 소흥 8년 이후인 것만은 분명하다. 그러면 그 시기는 언제쯤인지는 다음 장계의 시화 문구를 통해서 다시 유추할 수 있다. 그 문구를 보면,

나는 일찍이 왕오 대경에게서 그것을 들었는데 이르기를, 「한 지아비가 노하면 곧 할 수 있으나, 노하지 않으면, 변경에 간들 무슨 이익이 있겠는가?」라 하였다.
余嘗聞之王大卿俣曰; 一夫怒乃可, 若不怒, 雖臨關何益也.(卷下 제11조)

라고 하였는데 「소흥 27년 4월, 호부시랑 왕오를 공부상서에 제수

---

11) 陳應鸞 ≪歲寒堂詩話校箋≫ 前言 p.9-14
12) ≪中興小紀≫ 권24, ≪建炎以來繫年要錄≫ 등에 의거.
13) ≪建炎以來繫年要錄≫ 참조.

하다.(紹興二十七年四月, 戶部侍郎王俣除工部尙書.)」(≪中興紹紀≫ 권 37)라 한 바대로 왕오가 大卿의 칭호를 지닌 공부상서를 제수받은 사실을 근거로 본다면, 장계의 시화 사작 시기는 소홍 27년 이후로 확정할 수 있다. 대개 장계가 소홍 30년 전후에 졸한 것으로 추정한다면 시화는 만년 작임을 알 수 있다. 그러므로 이 시화는 단시간에 집중적으로 집필하기보다는 점차적으로 여러 해를 두고 집필된 것으로 추정된다.

2. 본 시화의 시론

본 시화에서 상권 36개조는 시가의 기본이론을 거론하면서 역대 시인과 그 작품을 평론하였는데, 그 중심논리는 역시 杜甫와 蘇軾, 黃庭堅에 두었으며, 하권 33개조는 오직 두보 시만을 품평하고 있다. 그러므로 장계의 시화는 유가의 詩敎的인 시론에 근거를 두고 시를 품평하는 기준이 되는 중심 위치에는 杜甫에 고정시켜서 비교평가하고 있다.

(1) 詩言志의 이론

≪尙書≫〈舜典〉에 「시는 뜻을 말하고, 소리는 길게 내며, 음률은 소리에 조화한다.(詩言志, 聲依永, 律和聲.)」라 하고, ≪左傳≫[14]과 ≪莊子≫[15] 등에서 이미 「시는 마음을 나타낸다.(詩言志.)」의 논리를 서술하였는데, 이것이 후에 중국시학의 근원이 된 것은 역시 ≪毛詩≫〈關雎 序〉에서,

시란 뜻을 드러낸 것이다. 마음에 있으면 뜻이 되고, 말로 드러내면 시가 된다.

---

14) ≪左傳≫ 襄公27年 ;「詩以言志.」
15) ≪莊子≫〈天下篇〉;「詩以道志.」

詩者, 志之所之也. 在心爲志, 發言爲詩.

라고 한 기술에서 확정되었다고 할 것이다. 그러므로 장계가 시화 제1조의 서두에서 다음과 같이 서술한 이유도 이와 무관하지 않다.

건안칠자와 도잠, 완적 이전에는 시가 오로지 마음의 뜻을 드러내는 것이었고, 반악과 육기 이후에는 오로지 영물만을 일삼았다. 이 두 가지를 겸한 사람은 이백과 두보이다. 뜻을 나타내는 것은 곧 시인 의 본의이며, 영물시는 단지 시인의 여분의 일인 것이다.
建安陶阮以前, 詩專以言志; 潘陸以後, 詩專以詠物; 兼有之者, 李杜也. 言志乃詩人之本意, 詠物特詩人之餘事.

장계의 시론은 곧 '詩言志'의 유가적 전통관점에서 출발하여 시가 창작에 있어서 「뜻을 말하고 정감을 펴다(言志抒情)」의 기본론을 강 조하기 위해서 영물과의 차별성을 제시한 것이다. 장계는 '言志'의 담 긴 의미를 보다 분명히 하기 위해서 建安시대의 風骨論과 阮籍과 陶 潛의 眞情論을 그 경계로 삼아서, 西晉의 潘岳과 陸機 이후의 外飾 과 託物 풍조와 구별하였다. 반악과 육기 시기는 ≪文心雕龍≫에서 거론한 바, 「사물을 직접 체득함을 으뜸으로 한다(體物爲妙)」16)에 주 력하여 영물시가 성행하고 순수한 比興이 아닌 풍유가 유행하면서 난삽하고 현학적인 풍조를 낳았다. 그래서 장계는 영물의 기교는 시 의 본의를 상실케 한 것임을 시화에서 다음과 같이 강조하였다.

반악과 육기 이후로는 오로지 영물에만 마음을 두어서, 새기고 다듬 으며 고르는 기교가 날로 늘어나니 시인의 본뜻은 사라지고 말았다.
潘陸以後, 專意詠物, 雕鐫刻鏤之工日以增, 而詩人之本旨掃地盡矣.(제 1조)

영물의 목적은 '言志抒情'(뜻을 말하고 정감을 폄)을 위한 수단일

---

16) ≪文心雕龍≫〈物色篇〉;「自近代以來, 文貴形似, 窺情風景之上, 鑽貌草木之 中; 吟詠所發, 志惟深遠; 體物爲妙, 功在密附.」

뿐이지 본지가 될 수 없다는 것이다. 그래서 시인의 '주된 일이 아니고 하찮은 일(餘事)'이라 하였다. 장계가 이 '言志'를 시의 본지로 주창한 이유는 남송대에 강서시파의 형식 및 기교 중시에 대한 경고 때문이다. 소식과 황정견은 특히 用事와 押韻의 기교를 중시하였기에, 장계는 이 점이 '言志'와 어긋남을 다음에 기술하고 있다.

> 소식과 황정견은 용사와 압운의 기교가 극에 이르렀다. 그러나 그 내실만을 추구하면 시인 중에 하나의 해로움이 되기도 하는데, 이것이 후생으로 하여금 단지 용사와 압운만으로 시를 짓는 줄 알게 하고, 영물은 기교이며 언지가 근본인 줄을 모르게 하고 만 것이다. ≪시경≫의 풍아는 이로부터 사라지게 된 것이다.
> 蘇黃用事押韻之工, 至矣盡矣. 然究其實, 乃詩人中一害, 使後生只知用事押韻之爲詩, 而不知詠物之爲工, 言志之爲本也. 風雅自此掃地矣.
> (제3조)

이러한 관점에서 볼 때, 장계는 자연스레 杜甫의 위상을 높이 평가하게 된 것이다. 그래서 두보 위주로 正道를 취할 것을 강조하게 되고 송시의 단점을 지적하게 되었다. 다음 시화의 일단에서 그 확고한 논점을 알 수 있다.

> 소식과 황정견의 나쁜 습관이 다 깨끗하게 되어야 비로소 당인의 시를 논할 수 있다. 당인의 성률에 대한 나쁜 습관이 모두 깨끗하게 되어야 비로소 육조의 시를 논할 수 있다. 조탁하는 나쁜 습관이 다 깨끗하게 되어야 비로소 조식과 유정, 그리고 이백(이태백)과 두보의 시를 논할 수 있다. 시서에 이르기를, 「정감이 마음속에 일어나 말로 드러나는데 말로 부족하면, 그러므로 탄식하고 한숨 짓는다.」하였다. 조식과 이백, 두보는 모두 정감이 넘쳐서 차고 솟구친 후에 지어내는 자들이다.
> 蘇黃習氣淨盡, 始可以論唐人詩; 唐人聲律習氣淨盡, 始可以論六朝詩; 鐫刻之習氣淨盡, 始可以論曹劉李杜詩. 詩序云; 情動于中而形于言, 言之不足, 故嗟歎之; 子建李杜皆情意有餘, 洶湧而後發者也.(제10조)

이 같이 공자의 詩教에 귀착하려는 溫柔敦厚한 풍격을 표명하면서 결국은 '言志'의 본령은 「담긴 생각이 사악하지 않음(思無邪)」17)의 논점과 일치하게 되어서, 전통적인 고유의 시관과 조화된 논리로 귀착하게 된다. 다음 시화의 일단은 장계의 그런 관점을 여실히 보여준다.

공자께서 말씀하시기를, 「≪시경≫ 3백 편은 한마디로 말해서 담긴 뜻이 나쁘지 않고 올바르다.」라고 하셨다. 세상 선비들은 도저히 바로 이해하지 못한다. 나는 일찍이 고금의 시인을 보고 난 후에 이 말씀이 진실로 이유가 있음을 알았다. 시서에 이르기를, 「시란 뜻을 드러낸 것이다. 마음에 있으면 뜻이 되고, 말로 드러내면 시가 되며 정감이 마음속에 일어나서 말로 나타난다. … 그 바름은 적고 그 사악함은 많으니 공자께서 시를 뽑으면서 그 '思無邪'를 취하였을 따름이다.」 하였다. 건안칠자와 육조, 그리고 당대와 근세의 여러 시인 중에 '思無邪'한 자는 오직 도잠과 두보뿐이며, 나머지는 모두 뜻이 사악함에 떨어짐을 면치 못한다.

孔子曰; 詩三百, 一言以蔽之, 曰; 思無邪. 世儒解釋終不了. 余嘗觀古今詩人, 然後知斯言良有以也. 詩序有云; 詩者, 志之所之也. 在心爲志, 發言爲詩, 情動于中, 而形于言 … 其正少, 其邪多. 孔子刪詩, 取其思無邪者而已. 自建安七子六朝有唐及近世諸人, 思無邪者, 惟陶淵明杜子美耳, 餘皆不免落思邪也.(제36조)

장계의 '言志爲本'설은 후세에 영향이 커서, 청대 沈德潛의 格調說에서 性情論18)이라든가, 溫柔敦厚說,19) 그리고 '미묘한 말이 풍자와 통함'(微言通諷)20) 등의 논점을 주창하는 데 그 연원적 역할을 하였다.

---

17) ≪論語≫ 〈爲政〉 第2章 ;「子曰; 詩三百, 一言以蔽之, 曰; 思無邪.」
18) 沈德潛 ≪歸愚文鈔≫ 卷13 南園唱和詩序
19) 沈德潛 ≪說詩晬語≫ 卷上
20) 沈德潛 ≪歸愚文鈔≫ 卷11 施覺菴考工詩序

(2) 意味說의 이론

장계의 시화에서 '意味'라는 용어가 등장하는 부분을 열거하면 다음과 같다.

① 대개 시의 의취가 족하다.
麤足意味.(上卷 제1조)
② 대개 시구 중에 시의 의취가 없다면, 비유컨대 산에 안개와 구름이 없고, 봄에 초목이 없는 것과 같다.
大抵句中若無意味, 譬之山無烟雲, 春無草樹.(상동)
③ 완적의 시는 오로지 의경이 뛰어나고, 도잠(도연명)의 시는 오로지 시의 미감이 뛰어나다.
阮嗣宗詩, 專以意勝. 陶淵明詩, 專以味勝.(상동)
④ 시의 의취는 배울 수 있어도, 재기는 곧 배워서 억지로 되는 것이 아니다.
意味可學, 而才氣則不可强也.(상권 제16조)
⑤ 그 시어를 너무 매어 놓아 함축을 덜 가하면 그 시의 의경을 어찌 다시 표달할 수 있겠는가?
若收斂其詞, 而少加含蓄, 其意味豈復可及也.(상권 제18조)
⑥ 시의 의취는 왕유와 맹호연의 탁월함만 못하다.
意味不能如王摩詰·孟浩然之勝絶.(상권 제21조)
⑦ 재기는 이백(이태백)과 두보의 웅혼만 못하여 시의 의취가 뒤진다.
才氣不若李杜之雄傑, 而意味工夫, 是其匹亞也.(상권 제22조)

위에서 ①은 시의 의경을 말함인데 이것은 ≪苕溪漁隱叢話≫(前集 권22) 〈詩眼〉에서 「이상은이 말하였다. 『그 당시의 경물의 담긴 뜻을 표현한다.(義山云; 寫出當時物色意味也.)』」와 상통한다. ②는 미감으로 풀이함이 可하니, 안개와 구름이 없는 산과 초목이 없는 봄이란 묘사상의 예술기법을 중시한 것이다. ③에서 '意勝'의 意는 시의 사상정감을 가리킨다. 阮籍의 시에 대해 ≪文心雕龍≫〈明詩〉에서 「완적의 뜻이 멀고 깊다(阮旨遙深)」라 하고, ≪詩品≫(권상) 〈晋步兵阮

籍〉에서는「영회 작품은 성정을 다듬고 깊은 생각을 드러낸다.(詠懷之作, 可以陶性靈, 發幽思.)」라 한 것은 모두 '意勝'에 해당한다. 그리고 陶潛(도연명) 시를 '味勝'이라 함은 ≪詩品≫(권중)〈宋徵士陶潛〉에서「진실한 뜻이 진정 고담하며 어사가 아름답다(篤意眞古, 辭興婉愜.)」라고 한 것과, 송대 施元之의 ≪注東坡先生詩≫(권4)에서,

> 도잠이 지은 시는 많지 않으나, 그 시가 질박하지만 실은 기려하고, 메마르지만 실은 기름져서, 조식, 유정, 포조, 사령운, 이백(이태백), 두보 등 시인 그 누구도 미치지 못한다.
> 淵明作詩不多, 然其詩質而實綺, 癯而實腴, 自曹劉鮑謝李杜詩人, 皆莫及也.

라고 한 것과 의미상통한다. '味'는 중국미학이론의 바탕이 되니, 鍾嶸은 滋味說을21), 그리고 皎然은22) 審美範疇로서의 '味' 의식을, 司空圖는 韻味說을23) 각각 제시한 바, 장계가 의미설로 시의 미학론을 제기한 것은 새삼스럽지 않다. ④에서 '才氣'는 천부적이므로 후천적으로 배워서 가능한 것이 아니라는 것이다. 그러니까 재기는 才能과 氣槪로 넓혀서 풀이할 수 있다. 才氣의 어원은 ≪史記≫〈項羽本紀〉에서「재기가 출중하다(才氣過人)」라 하고, 同書의〈李將軍列傳〉에서「이광의 재기는 천하에 비길 자가 없다.(李廣才氣, 天下無雙.)」라고 한 것에서 시작되는 바, 따라서 장계는 시화 제15조에서,

> 한유의 시는 대개 재기가 넘치므로 자유자재로 잡았다가 놓았다 할 수 있고, 뒤집거나 우뚝하여 기이하기도 하면서 하지 못하는 것이 없다.
> 退之詩, 大抵才氣有餘, 故能擒能縱, 顚倒崛奇, 無施不可.

라고 하여 한유의 타고난 文才를 평하고 있다. ⑤는 담겨진 함축미

---

21) ≪詩品≫ 卷上
22) ≪詩式≫ 卷2
23) ≪二十四詩品≫

가 부족하다면 시의 의취를 다 표현할 수 없다는 것이다. ⑥도 역시 시의 의경을 뜻하고, ⑦도 재기와 대조적으로 표현하여 시의 정감을 강조하고 있다. 이상의 의미가 활용된 평구들에서 보이는 공통적인 分母는 후천적인 시인의 정감과 의식에 근접한 시가 심미개념으로 집약할 수 있다는 것이다. 따라서 그런 개념적 각도에서 장계의 의미설의 특징을 다음 두 가지 면에서 조명할 수 있다.

첫째는 시의 진정이다. 장계의 시관은 앞에서 말한 바, 유가의 시교적 입론에 바탕을 두었기에, 시의 성정을 가장 중시하였다. 그의 다음 시화 제10조는 그러한 논조를 밝히고 있다.

≪시경≫ 〈국풍〉과 ≪초사≫ 〈이소〉는 진실로 말할 나위 없고, 한위 이래로 시는 조식에게서 묘오해지고, 이백과 두보에게서 완성되었으나, 황정견과 소식에게서 무너지고 말았다. 나의 이러한 논리는 진실로 속인들에게 설명하기 어렵도다. 소식은 의론으로 시를 짓고, 황정견은 또한 오로지 기이한 자를 메워 엮으니, 시를 배우는 자는 그 좋은 점을 얻을 수가 없고, 먼저 그 단점을 얻으니, 시인의 의취는 사라지고 말았다. 단안절이 강곤륜에게 비파록을 가르치면서 악기를 10여 년 동안 가까이 못하게 하여 그 옛 모습을 잊게 하였다. 시를 배우는 것도 그러하다. 소식과 황정견의 나쁜 습관이 다 깨끗하게 되어야 비로소 당인의 시를 논할 수 있다. 당인의 성률에 대한 나쁜 습관이 모두 깨끗하게 되어야 비로소 육조의 시를 논할 수 있다. 조탁하는 나쁜 습관이 다 깨끗하게 되어야 비로소 조식과 유정, 그리고 이백과 두보의 시를 논할 수 있다. 시서에 이르기를, 「정감이 마음속에 일어나 말로 드러나는데 말로 부족하면, 고로 탄식하고 한숨 짓는다. … 조식과 이백, 두보는 모두 정감이 넘쳐서 차고 솟구친 후에 지어내는 자들이다.」 유협은 이르기를, 「정감으로 해서 글을 짓는 것이지, 글을 짓기 위해서 정감을 갖는 것이 아니다.」 하였다. 타인의 정감 같은 것이 모두 글을 위해 정감을 가질 뿐이다. 심약은 이르기를, 「사마상여는 외적인 형식에 기교가 있고, 반표와 반고는 정리의 설에 뛰어났다.」 유협은 이르기를, 「정감이 어사 밖에 있으면

은유라고 말하고, 모양이 눈앞에 충일하면 수려하다고 말한다.」 매
성유는 이르기를, 「다 드러내지 않은 의취를 품어서 어사 밖으로 드
러내고, 묘사하기 어려운 경물을 눈앞에 있는 듯이 그려낸다. 3인의
논조가 사실은 하나이다.」라고 하였다.

國風離騷固不論, 自漢魏以來, 詩妙于子建, 成于李杜, 而壞于黃蘇. 余
之此論, 固未易爲俗人言也. 子瞻以議論作詩, 魯直又專以補綴奇字, 學
者未得其所長, 而先得其所短, 詩人之意掃地矣. 段師敎康崑崙琵琶, 且
遣不近樂器十餘年, 忘其故態. 學詩亦然. 蘇黃習氣淨盡, 始可以論唐
人詩; 唐人聲律習氣淨盡, 始可以論六朝詩; 鐫刻之習氣淨盡, 始可以論
曹劉李杜詩. 詩序云; 情動于中而形于言, 言之不足, 故嗟歎之. …子建
李杜皆情意有餘, 洶湧而後發者也. 劉勰云; 因情造文, 不爲文造情. 若
他人之情, 皆爲文造情耳. 沈約云; 相如工爲形似之言, 二班長于情理
之說. 劉勰云; 情在詞外曰隱, 狀溢目前曰秀. 梅聖兪云; 含不盡之意見
于言外, 狀難寫之景如在目前. 三人之論, 其實一也.

이와 같은 장계의 입론은 항상 시의 敎化性을 배제할 수 없는데,
이것은 그의 시화 제36조에서 두보 시를 논한 부분에서 확인할 수
있다.

두보 시를 읽으면, 사람으로 하여금 엄숙히 심정을 흥기시키고, 숙
연히 경건하게 하여, 시서의 소위 부부의 도리를 다스리고, 효경을
이루며, 인륜을 두터이 하며, 교화를 아름답게 하며, 풍속을 바르게
옮겨준다는 것을 일깨워준다.

子美詩讀之, 使人凜然興起, 肅然生敬, 詩序所謂經夫婦, 成孝敬, 厚
人倫, 美敎化, 移風俗者也.

장계의 의식은 객관적으로는 성당풍을 높이 평가하면서도, 자신은
역시 송대의 儒家的 性理學의 도덕관에서 탈피할 수 없었다. 그래서
장계는 더욱 杜甫에 심취하고 心性本領에 시관의 초점을 맞추려 한
것이다. 시는 그 시대적 배경을 안고 창작되어진다는 점을 부인할
수 없는 경우를 장계에서도 볼 수 있다.

둘째로 시의 함축미이다. 장계는 이것을 시의 예술기법 속에 분류하였다. 그래서 시화 제10조 말미에서 劉勰의 「정감이 어사 밖에 있는 것을 은유라 한다(情在詞外曰隱)」 구24)와 梅聖兪의 「담겨져 다 드러나지 않은 뜻이 어사 밖에서 보인다(含不盡之意見于言外)」 구25)는 시의 함축성을 중시하고 있음을 밝히는 것으로 필자는 동감한다. 이러한 논조로 당시인을 품평하는 기준을 삼았으니, 다음에 몇 시인에 관한 평가를 예로 든다.

杜牧에 대한 평가; 사의가 얕게 드러나서 거의 여운이 없다.
詞意淺露, 略無餘蘊.(제6조)

白居易에 대한 평가; 정의가 너무 세밀한 데 빠지고, 경물이 너무 드러남에 빠져서, 마침내 얕고 비근하여 거의 여운이 없다.
情意失于太詳, 景物失于太露, 遂成淺近, 略無餘蘊.(제14조)

元稹에 대한 평가; 원진의 시체는 가볍고 사어는 번다하다.
元體輕而詞躁爾.(제23조)

특히 송시에 대해 기교위주의 것으로 평가하여서, 소식이나 황정견의 시마저 온당하게 보지 않았으니, 「오직 동파만이 가장 공교하며, 산곡은 만년에야 공교하다.(惟東坡最工, 山谷晚年乃工.)」(제29조)라고 그 시대적인 한계성을 강조하고 있다. 그런 면에서 다음 시화의 제6조와 제18조는 시의 隱喩와 比興을 중시한 부분으로서, 시의 함축미에 대한 장계의 관점을 살필 수 있다.

ⓐ 〈국풍〉에 이르기를, 「사랑하되 드러나지 않아서, 머리를 긁으면서 머뭇거리네. 바라보아도 미치지 못하니, 우두커니 서서 눈물 흘리네.」는 그 사어가 곱고 그 의취가 미묘하여, 가깝지도 않고 드러나지도 않으니, 이것이 귀히 여기는 이유이다. 고시에 이르기를, 「향내가 가슴

---

24) ≪文心雕龍≫ 〈隱秀篇〉
25) 歐陽修 ≪六一詩話≫

옷깃에 가득한데, 길이 멀어서 이를 수 없네.」이백(이태백)이 이르기를, 「흰 치아 끝내 드러내지 않고, 고운 마음 공허히 절로 얻는다.」는 모두 ≪시경≫ 〈국풍〉에 뒤지지 않는다. 두목이 이르기를, 「다정하나 오히려 전혀 정이 없으니, 오직 술잔 앞에서 웃질 못하네.」는 의취가 곱지 않은 것은 아니지만, 사의가 얕게 드러나서 거의 여운이 없다. 원진과 백거이, 장적은 그 병폐가 바로 여기에 있으니 단지 사람의 마음속의 일만을 알지, 다하여 얕게 드러나는 것을 모른다.

國風云; 「愛而不見, 搔首踟躕. 瞻望弗及, 佇立以泣.」 其詞婉, 其意微, 不迫不露, 此其所以可貴也. 古詩云; 「馨香盈懷袖, 路遠莫致之.」 李太白云; 「皓齒終不發, 芳心空自得.」 皆無愧于國風矣. 杜牧之云; 「多情却是總無情, 惟覺尊前笑不成.」 意非不佳, 然而詞意淺露, 略無餘蘊. 元白張籍, 其病正在此, 只知道得人心中事, 而不知道盡則又淺露也.(제6조)

ⓑ 세상 사람들이 말하기를 백거이의 시격조가 낮다고 하는데 실로 그럴 것이 있다 해도 살펴보지 않을 수 없다. 원진과 백거이, 장적의 시는 모두 도잠(도연명)과 완적에서 나왔으나, 오로지 사람의 마음속의 일을 얻는 것으로 공교함을 삼으니, 본래 격조가 낮아서는 안되나, 단지 그 어사가 너무 번다하여 못쓰게 되고, 그 의취가 너무 드러날까 걱정하니, 마침내 옹졸하고 비루하게 될 뿐이다. 오융과 한악의 광대놀이 같은 어사를 격조가 낮다고 하는 것과 비교하기에는 좀 차이가 있다. 그 시어를 너무 매어 놓아 함축을 덜 가하면 그 시의 의경을 어찌 다시 표현할 수 있겠는가? 소식이 그것을 좋아한데는 진실로 이유가 있다.

世言白少傅詩格卑, 雖誠有之, 然亦不可不察也. 元白張籍詩, 皆自陶阮中出, 專以道得人心中事爲工, 本不應格卑, 但其詞傷于太煩, 其意傷于太盡, 遂成冗長卑陋爾. 比之吳融韓偓俳優之詞, 號爲格卑, 則有間矣. 若收斂其詞, 而少加含蓄, 其意味豈復可及也. 蘇子瞻喜之, 良有由然.(제18조)

여기서 함축미를 작시상의 기본조건으로 보고 있음을 알 수 있다.

비록 元白(元稹과 白居易)에 대한 평가에 있어서 溫柔敦厚라는 잣대로 보는 편견이 있지만, 시의 심미가치로서의 함축을 중시한 점은 긍정적으로 볼 수 있다.

3. 杜甫 시 비교우위론 — 李白(이태백)과의 비교

(1) 시화 卷上의 조별 역대 시인 열거

장계는 시화에서 杜甫를 頂上에 놓고 나름의 기준을 세워서(앞장 부분) 다른 시인과의 비교평가를 다양하게 하고 있으니, 다소 편파적인 면이 있어도 장계 생존 시기에 시 평가의 논조를 파악한다는 점에서 매우 의미 있다고 본다. 시화에서 장계가 거론한 역대 시인을 조별로 열거하면 다음과 같다.

제1조; 謝靈運, 顔延之, 謝朓, 謝貞, 柳惲, 何遜, 陶潛, 阮籍, 曹植, 杜甫, 元稹, 白居易, 張籍, 王建, 蘇軾, 黃庭堅

제2조; 蘇軾, 黃庭堅, 歐陽修, 王安石, 杜甫, 李白, 陶潛

제3조; 曹植, 岑參, 顔延之, 杜甫, 韓愈, 蘇軾, 黃庭堅

제4조; 曹植, 陶潛, 李白, 韓愈, 杜甫

제5조; 古詩, 白居易

제6조; 李白, 杜牧, 元稹, 白居易, 張籍

제7조; 陶潛, 曹植

제8조; 文勳(北宋人)

제9조; 章八元(唐人), 梅聖兪, 蘇軾, 劉長卿, 王安石, 杜甫

제10조; 蘇軾, 黃庭堅

제11조; 杜甫, 韓愈, 蘇軾

제12조; 杜甫, 蘇軾, 黃庭堅

제13조; 杜甫, 白居易, 元稹

제14조; 白居易

제15조: 韓愈, 杜甫, 李白

제16조: 柳宗元, 韓愈

제17조: 韋應物, 王維

제18조: 白居易, 吳融, 韓偓, 皮日休

제19조: 韓愈, 賈島, 孟郊

제20조: 孟浩然

제21조: 韋應物, 劉長卿

제22조: 王維

제23조: 張籍, 白居易, 元稹

제24조: 李商隱, 劉禹錫, 杜牧

제25조: 李商隱, 南朝詩, 杜牧

제26조: 杜牧, 溫庭筠

제27조: 李白, 蘇軾, 王安石

제28조: 李賀, 元稹, 白居易, 張籍

제29조: 蘇軾, 黃庭堅

제30조: 杜甫, 黃庭堅

제31조: 張耒

제32조: 黃庭堅

제33조: 陳與義, 張戒, 鄒柄(宋人)

제34조: 張戒

제35조: 王安石, 歐陽修, 蘇軾, 杜牧, 李賀, 杜甫

제36조: 陶潛, 杜甫

이상에서 보듯이 杜甫를 추숭하여 시법의 기준으로 삼고 있는 시
론이 12처가 되고, 기타도 두보와 비교차원에서 거론하고 있음을
알 수 있다. 따라서 본문에서는 두보를 기점으로 하여 타 시인과
비교하며 두보 시의 탁월성을 조명한 장계의 시관을 알 수 있다.

(2) 李白(이태백)과의 우열론

　시에서 이백과 두보는 자고로 수다한 비교대상으로서 거론된 바, 여기서는 장계의 시화상에 국한시켜 양인을 대조하려 한다. 장계는 李杜의 상호 비교에 대해서 매우 신중하다. 장계 자신은 李杜의 우열을 가릴 수 없다면서, 「이백과 두보에 관해서는 더욱 가벼이 논할 수 없다.(至于李杜, 尤不可輕議.)」(제2조)라 하여 우위비교를 기피하려 하였다. 그래서 장계는 「한위대 이후부터 시는 조식에 이르러 묘오해지고, 이백과 두보에 이르러 완성되었다.(自漢魏以來, 詩妙于子建, 成于李杜.)」(제10조)라고 하여 성취도를 대등하게 보고, 또 「조탁하는 나쁜 습관이 모두 깨끗하게 되어야 비로소 조식과 유정, 그리고 이백과 두보의 시를 논할 수 있다.(鐫刻之習氣淨盡, 始可以論曹劉李杜詩.)」(제10조)라고 하여 예술기법상의 가치도 동등하게 평가하였다. 이처럼 장계는 중국시가의 정통적 사조 문제에서는 반드시 李杜를 제시하였다. 시화 제1조 서두에서,

　　건안칠자와 도잠(도연명), 완적 이전에는 시가 오로지 마음의 뜻을 드러내는 것이었고, 반악과 육기 이후에는 오로지 영물만을 일삼았다. 이 두 가지를 겸한 사람은 이백과 두보이다.
　　建安陶阮以前, 詩專以言志; 潘陸以後, 詩專以詠物; 兼有之者, 李杜也.

라고 하여 시화의 주된 내용에 李杜를 그 대상으로 포함시키려 했음을 알 수 있다. 그러면 李杜 양인에 대한 풍격상의 특징을 거론한 평구를 다음에 열거하기로 한다. 먼저 李白 부분을 본다.

　①재능은 따라갈 수 없는 것이 있으니, 이백과 한유가 그러하다.
　才子有不可及者, 李太白韓退之是也.(제4조)

　②이백이 이르기를, 「흰 치아 끝내 드러내지 않고, 고운 마음 공허히 절로 얻는다.」 구는 모두 ≪시경≫〈국풍〉에 뒤지지 않는다.
　李太白云; 皓齒終不發, 芳心空自得. 皆無愧于國風矣.(제6조)

여기서 ①은 천부적인 재질의 우수성을, ②는 ≪시경≫의 전통적인
시풍을 계승함을 높이 평가하였다. 그리고 杜甫 부분을 보자.

①두보의 시는 오로지 재기가 뛰어나다.
杜子美詩, 專以氣勝.(제1조)

②세상에는 두보 시를 다분히 추하고 속되다고 헛되게(잘못) 보는
경우가 있는데, 추하고 속된 어구가 시구 중에 쓰기가 가장 어려운
것을 모르니, 추하고 속된 것을 그렇지 않게 표현하는 것이 곧 고아
와 고담의 극치이다.
世徒見子美詩多鬣俗, 不知鬣俗語在詩句中最難, 非鬣俗, 乃高古之極
也.(상동)

③두보의 시는 …웅혼한 자태가 걸출하다.
子美之詩, …雄姿傑出.(상동)

④시는 고사를 널리 사용하는 바, …두보에게서 극에 달하였다.
詩以用事爲博, …而極于杜子美.(제3조)

⑤의기를 따라갈 수 없는 시인으로서 두보가 그러하다.
意氣不可及者, 杜子美是也.(제4조)

⑥고원한 맛을 다하는 모습과 기쁘고 놀라운 흥취는 초탈하여 탈속
하여 따를 수가 없다.
窮高極遠之狀, 可喜可愕之趣, 超軼絶塵而不可及也.(제9조)

⑦그 사어가 곱고 우아하며 그 의취는 미묘하고 절도가 있어서, 진정
시인의 맛을 얻은 자라고 말할 수 있다.
其詞婉而雅, 其意微而有禮, 眞可謂得詩人之旨者.(제13조)

⑧오직 두보만은 그렇지 않으니, 산림에 있으면 산림 그대로이며,
묘당에 있으면 묘당 그대로이고, 교묘한 데면 교묘하고, 졸렬한 데
면 졸렬하고, 기이한 데면 기이하고, 속된 데면 속되고, 풀기도 하고
거두기도 하며, 새롭기도 하고 낡기도 하여서, 모든 사물과 모든 사
실과 모든 의취가 시 아닌 것이 없다.

惟杜子美則不然, 在山林則山林, 在廊廟則廊廟, 遇巧則巧, 遇拙則拙,
遇奇則奇, 遇俗則俗, 或放或收, 或新或舊, 一切物, 一切事, 一切意,
無非詩者.(제35조)

⑨ 건안칠자와 육조, 그리고 당대와 근세의 여러 시인 중에 '思無邪'
한 자는 오직 도잠(도연명)과 두보뿐이며, 나머지는 모두 뜻이 사악
에 떨어짐을 면치 못한다.
自建安七子六朝有唐及近世諸人, 思無邪者, 惟陶淵明杜子美耳, 餘皆
不免落思邪也.(제36조)

장계가 杜詩의 성격을 규정한 것을 정리하면 그 요지는 다음과 같
다.

① 작시상의 재능
② 평범 중의 高古味
③ 시의 雄傑性
④ 用事의 우수성
⑤ 意氣 중시
⑥ 高遠과 超脫
⑦ 시어 구사의 고아미, 의취의 미묘와 도덕성
⑧ 詩聖의 경지에 도달한 탁월성
⑨ ≪시경≫의 유가적 평가인 '思無邪'의 경계

장계는 李白(이태백)과 杜甫 시를 평가함에 있어서, 양적으로는 두
보가 우세하지만, 이러한 李杜 시의 풍격상의 장점을 각각 비교적 객
관성 있게 거론하는 데 대해 동감되는 바가 크다. 李杜 양인의 詩史
上의 위상을 동등한 선에서 평가하려는 배려가 곳곳에 보이니, 다음
평구는 그 좋은 예문이라 하겠다.

① 이백, 두보는 모두 정감이 넘쳐서 차고 솟구친 후에 지어내는 자
들이다.

李杜皆情意有餘, 洶湧而後發者也.(제10조)

② 두보는 충의에 독실하고 경서의 학문에 깊은 고로 그 시가 웅혼하고 바르다. 이백은 의협을 좋아하고 신선을 좋아한 고로 그 시가 호방하고 준일하다.

子美篤于忠義, 深于經術, 故其詩雄而正; 李太白喜任俠, 喜神仙, 故其詩豪而逸.(제15조)

③ 재기가 이백과 두보의 웅혼하고 준걸함만 못하다.

才氣不若李杜之雄傑.(제22조)

①은 李杜 시가 모두 정의가 넘침을, ②는 두보 시의 유가적이며 사실적인 정의감을, 그리고 이백 시의 도가적이며 초탈적인 호방성을, ③은 천재적인 재능의 걸출성을 각각 양인의 공통성과 독특성으로 나누어 서술하고 있다. 그러나 장계의 입론이 두보에 치중되어 전개된 만큼, 비교우위적인 면에서 내면적으로 이백보다 높게 본 것은 사실이다. 그것은 장계가 기본적으로 두보를 통하여 타 시인을 논하는 데 기준 삼은 점과, 그리고 장계의 시화에서 이백 시의 단점을 거론하여,

이런 구가 비록 기이하고 표일하지만, 이백 시 중에서 단지 천박한 것이다.

此等句雖奇逸, 然在太白詩中, 特其淺淺者.(제2조)

라고 평한 것을 종합해보면, 장계가 비록 「한유는 이백과 두보에 대해서 오직 극구 추존하여서, 일찍이 우열을 가린 적이 없었다.(退之于李杜但極口推尊, 而未嘗優劣.)」(제2조)라고 직언하였다고 하여도, 아무래도 두보에 우위점을 준 것을 부인할 수 없다. 장계의 시화는 두보 일색으로 논술되었다고 해도 가할 것이다. 두보는 장계 시화의 근본이며, 두보를 기준으로 해서 다른 시를 비교 평가하기 때문이다. 장계는 정통시학의 嫡孫으로 두보 이외에는 인정하려 하지 않았

으니 시화의 제1조를 보면,

> 조식과 유정이 죽고 지금까지 천년이 되었는데, 오직 두보만 그들을
> 능히 감당할 만하다.
> 自曹劉死至今一千年, 惟子美一人能之.

라고 하였고, 또 제2조를 보면,

> 원진이 말하였다. 「시인이 있고서부터 아직 두보만한 자가 없었으니
> 이후로 이백도 미치지 못한다.」
> 元微之謂; 自詩人以來, 未有如子美者, 以後李太白爲不及.

라고 한 것에서 장계의 확고한 詩觀 기준을 알 수 있다. 장계의 시
화는 詩史的 입장에서 詩風의 전환점을 기준으로 하여 다음과 같이
분류한 것도 두보 시의 위상을 중심에 놓고 볼 때, 의미 있는 서술
이라고 본다.

> 우리 송대의 시가 한 등급 되고, 당시가 한 등급 되고, 육조시가 한
> 등급 되고, 도잠, 완적, 건안칠자, 한대가 한 등급 되고, ≪시경≫과
> ≪초사≫가 한 등급이 되는데, 시를 배우는 자는 모름지기 순서대로
> 공부해야 하니, 위의 것을 다 채운 후에 나아가면 된다.
> 國朝諸人詩爲一等, 唐詩爲一等, 六朝詩爲一等, 陶阮建安兩漢爲一等,
> 風騷爲一等, 學者須以次參究, 盈科而後進, 可也.(제2조)

장계는 시화를 통하여 나약하고 형식위주적인 송시의 풍조를 '詩言
志'와 정감위주의 생동하는 시 정신으로 회복시키고자 하는 투철한
개혁의지를 실현하려 하였다.
　본 시화의 원본은 없어졌으며, ≪說郛≫, ≪學海類編≫, ≪螢雪軒≫
등에 남아 있는 것은 완정본은 아니고, ≪歷代詩話續編≫에 상하권
으로 수록되어 있다.

≪艇齋詩話≫ - 曾季貍

曾季貍(증계리). 字는 裘父(구보), 號는 艇齋로, 南豊(지금의 江西에 속함)人이다. 진사에 급제하지 못하고 韓駒, 呂本中, 張拭에게 師事하여 시명이 있었다. 군수 張孝祥과 樞密 劉拱 등이 조정에 추천하였으나 모두 사양하였다. 그의 인생관에 대해서 陸游는 〈曾裘父詩集序〉(≪渭南文集≫ 권15)에서,

때에 편안히 살고 순리에 따르며 세상일에 초연하여, 자랑하지도 좌절하지도 않고 속이거나 화내지도 않으면서 글을 지어내니, 담백하고 간원하여 읽는 자는 명성과 사리를 버리게 된다.
安時處順, 超然事外, 不矜不挫, 不誣不懟, 發爲文辭, 沖澹簡遠, 讀之者遺聲利.

라고 하니 그의 인품과 시품을 엿볼 수 있고, 朱熹는 〈寄曾艇齋詩〉(≪宋詩紀事≫ 권48)를 지어서 증계리의 爲人을 유추할 수 있다.

온다 하였는데 어찌 늦는가
거닐며 읊조리며 먼 바람 거슬러 오르네.
늙은 마음은 맑기 물 같고
양쪽 귀밑털 짧게 자른 게 다북쑥 같네.
서로 대하고 얘기할 수 없는 건 아닌데
데면데면하고 게으른 건 정말 똑같네.
맑은 가을에 호숫가에 모이는데
다만 차공이 빠져 있네.
有約來何晚, 行吟溯遠風.
老懷淸似水, 雙鬢斷如蓬.

晤語非無得, 疏慵正略同.
清秋湖上集, 只是欠車公.

다음에 증계리의 〈宿正覺寺〉 시를 보기로 한다.

옛 절은 매우 황량해지고
가을바람은 더욱 거세게 부네.
대웅전은 불타서 초석만이 남았고
중은 늙어서 나이를 모르겠네.
다만 명아주 지팡이 의지하여
할 일 없이 걸상에 기대어 잠만 자네.
절의 종은 오래 고요하니
누가 한 주머니 돈을 보시할 건가.
古寺荒凉甚, 秋風更颯然.
殿焚猶有礎, 僧老不知年.
但可扶藜至, 無因假榻眠.
鐘魚久寂寞, 誰施一囊錢.(상동 권48)

본 시화 작성 시기에 대해서 郭紹虞는 ≪宋詩話考≫(上卷)에서,

육유의 ≪증구보시집≫ 서문에 이르기를, 「내가 소흥 기묘와 경진 연
간에 처음 행재소에서 구보를 알고서, 그로부터 자주 그의 시를 보
았는데 소양이 더욱 깊고 시도 공교롭다. 근래 내가 임천에 관리로
오니 구보는 이미 작고하였다. 임천에 관리로 있을 때를 따져보니
순희 5, 6년간(1178-1179)이니, 이 책이 지어진 때는 반드시 그
이전일 것이어서 대개 융흥 건도 연간일 것이다.」라 하였다.
陸游曾裘父詩集序謂 : 予紹興己卯庚辰間, 始識裘父於行在所, 自是數
見其詩, 所養愈深而詩亦加工. 比予來官臨川, 則裘父已歿. 考游官臨
川時, 在淳熙五六年間, 則是書之成必在此時之前, 殆在隆興乾道間乎.

라고 기록하고 있어서 그 저술 시기는 淳熙 이전으로 추정된다. 본
시화의 傳來를 보면, 舊本으로 ≪說郛≫本이 있는데 완본이 아니다.

張金吾의 ≪愛日精廬藏書志≫(권36)에 이르기를,

> 이 책은 ≪직재서록해제≫, ≪문연각서목≫, ≪독서민구기≫에 모두
> 저록되어 있는데 근래에 전본이 드물다. ≪사고전서≫에 송인시화
> 및 부가 기재된 서목이 거의 50종인데 이것만 빠져 있어서 전본이
> 드문 것을 알 수 있다.
> 是書直齋書錄解題, 文淵閣書目, 讀書敏求記俱著錄, 近則罕有傳本. 四
> 庫全書著錄宋人詩話及附載存目者幾五十種, 而此獨見遺, 則傳本之稀
> 可知.

라고 하여 傳本이 불분명하고 희귀하다고 하였으며, 지금 전해지는
것은 ≪琳琅秘室叢書≫本이 있고 丁福保의 ≪歷代詩話續編≫에 수록
된 전본은 즉 이것에 의거한 것이다.

  증계리는 여본중을 사사하여 그의 시도 江西派에 가깝다. 따라서
본 시화에 기재된 내용도 ≪紫微詩話≫처럼 江西詩人의 遺文軼事에
관한 사항이 많아서 강서시파를 연구하는 데 중시하지 않을 수 없다.
≪宋史≫〈藝文志〉에 본 시화를 저록하면서 子部小說類에 열입하고
集部文史類로 분류한 것은 의외이다. 郭紹虞는 본 시화의 단점을 지
적하기를,

> 이 책의 하자라면, 예컨대 「옛사람이 시를 논함이 위응물은 모르고,
> 소식 이후에 이 비밀을 알아내다.」라고 말한 것은 고증이 소홀한 때
> 문이다. 무릇 강서시의 말단 부류는 다만 시에서 시를 찾고 심지어
> 다만 두보, 유종원, 황정견, 진사도 등 소수의 작가문집에서 시를 찾
> 아서 스스로 그 안목의 한계를 막으니, 마침내 이런 성글고 어그러진
> 일을 면치 못할 따름이다. 그걸 고치는 사람도 주변에 두 사람 것을
> 가지고 편벽된 전고를 찾아서 시 자료로 삼으면서, 박학하다고 자긍
> 하고 있으니 요컨대 모두 당시 사람의 순예술론의 여독을 받은 것이
> 된다. 오경욱의 ≪역대시화≫ 권34, 조익의 ≪구북시화≫ 권11, 주서
> 증의 ≪개유익재독서지≫ 권6 및 장문호의 ≪서예실잡저승고 · 서정
> 재시화후≫ 등에 모두 그 하자를 열거하고 있으니 참고할 만하다.

至是書之疵, 如謂「前人論詩不知有韋蘇州, 至東坡而後發此祕」之類, 則
是考證偶疏之故. 蓋江西詩之末流僅於詩中求詩, 甚至僅於杜柳黃陳少
數作家集中求詩, 自封其眼界, 遂不免有此疎舛耳. 矯之者又旁及二氏,
搜尋僻典, 作爲詩料以自矜其博, 要之均受時人純藝術論之餘毒也. 吳
景旭≪歷代詩話≫卷三十四, 趙翼≪甌北詩話≫卷十一, 朱緒曾≪開有
益齋讀書志≫卷六, 以及張文虎≪舒藝室雜著賸稿・書艇齋詩話後≫, 均
列擧其疵誤, 可參閱.(≪宋詩話考≫ 上卷)

라고 하여 본 시화 해설 말미에 객관적으로 비평하고 있어서, 본 시
화의 장단점을 파악하는 데 참고가 되리라 본다. 증계리의 시론도 江
西詩派를 추종하여 소위 '悟入'(깊이 깨달아 들어감)을 강조하고, '煉
字'와 '煉句'를 중시하고 있으니, 본 시화에서 서술하기를,

陳師道의 論詩는 '換骨奪胎'를 말하고, 徐俯의 논시는 '中的'을 말하
며, 呂本中의 논시는 '活法'을 말하며, 韓駒의 논시는 '飽參'을 말한다.
들어가는 곳은 비록 달라도 기실은 그 요점은 모두 하나 같으니, '悟
入'하지 않으면 안 됨을 알아야 한다.
後山論詩, 說換骨; 東湖論詩, 說中的; 東萊論詩, 說活法; 子蒼論詩, 說
飽參. 入處雖不同, 然其實皆一關捩, 要知非悟入不可.

라 하였다. 그리고 시의를 중히 여겨서, 시가 '思致'와 '興致'가 있고,
'含不盡之意' 즉 겉으로 다 드러나지 않는 깊은 뜻을 지닌 시를 가작
이라고 보았다. 다음에 시인과 그 시에 대한 예문을 거론한다.

1. 시의 用字

당인의 시에 '遲''자를 사용한 것은 모두 득의하다. 그 하나는 「버들
연못에 봄물이 찰랑대고, 꽃 언덕에는 석양이 뉘엿뉘엿 지네.」구는
엄유의 시이다. 그 하나는 「화로 연기는 버드나무에 겹겹이 덮이고,
궁궐 물시계는 꽃 사이로 졸졸 흘러나오네.」구는 양거원의 시이다.

또 위응물의 〈세우시〉 「아득히 돛배가 겹쳐 오고, 멀리 새가 너울너
울 날아가네.」는 또한 아름다운 시구이다.
唐人詩用遲字皆得意. 其一: 「柳塘春水漫, 花塢夕陽遲.」 嚴維詩也. 其
一: 「爐烟添柳重, 宮漏出花遲.」 楊巨源詩也. 又韋蘇州細雨詩: 「漠漠
帆來重, 冥冥鳥去遲」, 亦佳句.

用字는 작시의 가장 기초적인 작업으로서 '遲'의 용처에 따라서 의
미 부여가 다양한 경우를 보여준다. 嚴維는 생졸이 불명하며 字가
正文으로, 趙州 山陰(지금의 浙江 紹興)人이다. 鮑防, 鄭槪, 裴冕 등
과 唱和하였다. 본 시화의 엄유 시구는 〈酬王侍御西陵渡見寄〉(≪全唐
詩≫ 권263)의 제3연으로, 그 시 전체를 본다.

연전에 만 리 길 헤어지고
어제 서신 한 통 받았네.
영 땅 서릉 나루에
진관 사자의 수레라네.
버들 연못에 봄물이 찰랑대고
꽃 언덕에는 석양이 뉘엿뉘엿 지네.
닭과 수수가 싫지 않다면
먼저 망가진 집을 쓸도록 하세.
前年萬里別, 昨日一封書.
郢曲西陵渡, 秦官使者車.
柳塘春水漫, 花塢夕陽遲.
若不嫌鷄黍, 先令掃弊廬.

엄유의 시풍에 대해서 ≪唐才子傳≫에 「시의 정감이 고아하고 중
후하여 위진의 풍격을 지니며, 잘 다듬어져서 옥같이 울리니 거의 여
한이 적다.(詩情雅重, 挹魏晋之風, 鍛鍊鏗鏘, 庶少遺恨.)」라고 하여
시가 고아한 점을 지적하고 있다. 위 시에 대해서도 「경쾌하고 안
일한 풍치가 오묘하다.(輕逸風致, 妙.)」라고 평하고 있다. 그리고 楊
巨源(755-832?)은 자가 景山이며, 河中(지금의 山西 永濟)人으로

韓愈, 張籍, 元稹, 白居易 등의 知重을 받았다. 본 시화의 양거원 시구는 〈春日奉獻聖壽無疆詞十首〉 중 제6수 제2연 구로 皇帝 祝壽의 奉制詩이다. 韋應物은 盛唐시인으로 王維詩派로 분류하는데, 만당의 司空圖는 이미 「왕유와 위응물은 맑고 정치하여 격조가 그 속에 있다.(王右丞韋蘇州澄澹精致, 格在其中.)」(〈與李生論詩書〉)라고 하였고, 송대 陳師道는 그의 시를 陶潛(도연명)에게서 배웠다고 하면서 「왕유와 위응물은 모두 도잠에게 배웠으나, 자신의 독자적인 풍격을 터득했다.(右丞蘇州皆學於陶, 得其自在.)」(≪後山詩話≫)라고 하였다. 원대 倪瓚(예찬)은 「위응물과 유종원은 시가 담백하며 조용하고 한가로워서, 모두 도잠의 의취를 얻었다.(韋柳沖淡蕭散, 皆得陶之旨趣.)」(≪淸閟閣遺稿≫ 卷12)라고 하여 유종원과 함께 그들의 시가 도잠에게서 연원하였다고 평하였다. 위의 〈細雨詩〉는 위응물의 시집인 ≪全唐詩≫(권186-195)에 동일 시제가 없다.

2. 杜甫 〈登岳陽樓〉와 孟浩然 시의 웅장

두보에 〈악양루〉 시가 있고 맹호연도 있다. 맹호연이 두보에는 미치지 못하지만, 「기운이 운몽택을 감싸고, 물결은 악양성을 흔드네.」 구는 또한 절로 웅장하다.

老杜有岳陽樓詩, 孟浩然亦有. 浩然雖不及老杜, 然「氣蒸雲夢澤, 波撼岳陽城」, 亦自雄壯.

두보의 〈登岳陽樓〉(≪杜詩詳注≫ 권22) 시에 대한 極讚과 숭상의 마음을 표현하고 맹호연의 시에 대해서도 그 웅장한 풍격을 높이 사고 있으니, 두보의 시를 먼저 보기로 한다.

옛날에 동정호에 들었더니
이제 악양루에 올랐네.
오 땅과 초 땅은 동남쪽으로 갈라지고

하늘과 땅은 밤낮으로 떠있네.
가까운 친구 편지 한 자 없으니
늙어 감에 외로운 쪽배뿐이네.
싸움터의 말이 관산 북쪽에 있으니
난간에 기대어서 눈물을 흘리네.
昔聞洞庭水, 今上岳陽樓.
吳楚東南坼, 乾坤日夜浮.
親朋無一字, 老去有孤舟.
戎馬關山北, 憑軒涕泗流.

두보의 나이 57세(768년)에 우국과 타향의 향수를 주제로 지은 이 시에 대해서 명대 李東陽은 자신의 시와 비교하면서 다음과 같이 최고의 극찬을 표하고 있다.

나는 일찍이 〈악양루〉 시의 「두보의 『오 땅과 초 땅의 천지』구는 천하의 으뜸가는 시구이며, 『강호의 사당』은 고인의 마음」이라고 했는데 경천 양문의 공이 매우 칭찬하였다. 동료 관리들은 그렇게 생각하지 않고, 반박하여 말하기를, 「『吳楚乾坤』구는 원래의 묘미가 坼자와 浮자에 있는데, 지금 이 두 자를 빼면 곧 그 묘미가 드러나지 못한다.」라고 하니 양문의가 말하기를, 「그렇다면 두보의 『오 땅과 초 땅은 동남쪽으로 갈라지고, 하늘과 땅은 밤낮으로 떠있네.』구는 천하의 명시구라고 말하겠으니 그 이후에 더 보탤 것이 있는가?」라고 나중에 말하면서 한바탕 웃었다.
予嘗有〈岳陽樓〉詩云 : 「『吳楚乾坤天下』句, 江湖廊廟古人情.」 鏡川楊文懿[1]公亟稱之. 有同官者不以爲然, 駁之曰 : 「『吳楚乾坤』之句, 本妙在坼字浮字上, 今去此二字, 則不見其妙矣.」 楊曰 : 「然則必云『吳楚東南坼, 乾坤日夜浮』天下句而後爲足耶?」後以語予, 爲之一笑.(≪懷麓堂詩話≫ 제92조)

---

1) 楊文懿 : 楊守陳(1425-1489). 字는 維新, 號는 鏡川이다. 저서에 ≪楊文懿公集≫이 있다.

맹호연의 시구는 〈望洞庭湖贈張丞相〉의 제2연 구로 시 전체를 본다.

8월의 호수는 잔잔하여
달에 비추인 물이 맑아 하늘에 닿았네.
기운이 운몽택에 감싸고
물결은 악양성을 흔드네.
건너려니 쪽배의 노가 없으니
평소 한가히 지낸 것 임금께 부끄럽네.
앉아서 낚시질하는 이 보며
공연히 물고기 부러운 마음이 든다네.
八月湖水平, 涵虛混太淸.
氣蒸雲夢澤, 波撼岳陽城.
欲濟無舟楫, 端居恥聖明.
坐觀垂釣者, 空有羨魚情.

張丞相은 張九齡으로 초당대 陳子昂과 함께 초당대 齊梁風의 시단을 개혁한 시인이다. 이 시는 외적으로는 敍景詩이지만, 내적으로는 장구령에게 仕宦 추천을 희망하는 시로서 제5구와 제8구에서 은유적으로 표현하고 있다.

3. 杜甫 〈獨酌〉의 寫實的 묘사

두보가 사물을 묘사한 기교는 모두 눈으로 본 것에서 나온 것이다. 예컨대 「벌을 쳐다보니 떨어진 버들솜에 붙어 있고, 마른 배나무 위에는 개미가 기어가네.」 구는 눈으로 보지 않고서 어찌 이런 말을 지을 수 있겠는가?
老杜寫物之工, 皆出于目見. 如「仰蜂粘落絮, 行蟻上枯梨.」, 非目見安能造此等語?

저녁에 깊은 숲을 걷다가
술항아리 열고 홀로 느긋이 마시네.
벌을 쳐다보니 떨어진 버들솜에 붙어 있고
마른 배나무 위에는 개미가 기어가네.
경박하고 졸렬하여 참된 은둔이 부끄럽고
그윽하고 외진 곳이 절로 기쁘도다.
본디 벼슬의 뜻 없거늘
시세에 오만할 게 아니로다.
步履深林晚, 開樽獨酌遲.
仰蜂粘落絮, 行蟻上枯梨.
薄劣慚眞隱, 幽偏得自怡.
本無軒冕意, 不是傲當時.(상동 권10)

이 시에 대해서 ≪讀杜心解≫에는 「하나의 그윽하고 미묘한 경치
로서, 모두 편안하게 물러나 지내는 정감으로 이끌어가니, 율시의 정
통이라 할 것이다.(一種幽微之景, 悉領之于恬退之情, 律體正宗.)」라
고 평하였다.

4. 李白(이태백) 〈遠別離〉의 離騷體

예나 지금이나 시인들로서 이소체를 쓴 사람은 이백 한 사람뿐이니,
두보라도 이소체란 것이 없으니 이백은 예컨대 〈원별리〉의 「해는 쓸
쓸하고 구름은 어두운데, 원숭이는 안개 속에 울고 귀신은 빗속에
휘파람 부네.」 이런 어구는 〈離騷〉와 다르지 않다.
古今詩人有離騷體者, 惟李白一人, 雖老杜亦無似騷者, 李白如遠別離
云:「日慘慘兮雲冥冥, 猩猩啼烟兮鬼嘯雨.」 如此等語, 與騷無異.

이백 시는 樂府 〈遠別離〉 19곡 중의 하나로 雜曲歌辭에 속하니,
시 전체를 본다.

멀리 이별하니
옛날 아황과 여영 두 딸 있었네.
동정호 남쪽에서 소수와 상수 가에서
바다 같은 물 깊기가 만 리
누가 이 이별의 고통 말하지 않으리.
해는 쓸쓸하고 구름은 어두운데
원숭이는 안개 속에 울고 귀신은 빗속에 휘파람 부네.
내가 말하여도 무슨 도움 되리오
하늘이 나의 충정을 밝혀주지 않을까 하네.
구름은 뭉게 지어 우렛소리 내려 하니
요순임금도 우임금에게 양위하였네.
임금이 신하 잃고 용이 물고기 되며
권세가 신하에게 돌아가고 쥐가 호랑이로 변했네.
누군가 말하기를, 요임금 옥에 갇히고 순임금 들판에서 죽었다네.
구의산은 연이어져 모두 비슷하니
외로운 무덤 거듭 보아도 어디런가.
두 여인이 푸른 구름에서 흐느끼며
풍파 따라서 떠나가 돌아오지 않네.
통곡하면서 멀리 쳐다보며
창오의 깊은 산을 바라보네.
창오산 무너지고 상수가 끊겨야
대나무에 맺힌 눈물 없어지겠지.
遠別離, 古有皇英之二女.
乃在洞庭之南, 瀟湘之浦.
海水直下萬里深, 誰人不言此離苦.
日慘慘兮雲冥冥, 猩猩啼烟兮鬼嘯雨.
我縱言之將何補.
皇穹竊恐不照余之忠誠, 雲憑憑兮欲吼怒,
堯舜當之亦禪禹.
君失臣兮龍爲魚, 權歸臣兮鼠變虎.

或言堯幽囚, 舜野死, 九疑聯綿皆相似,
重瞳孤墓竟何是.
帝子泣兮綠雲間, 隨風波兮去無還.
慟哭兮遠望, 見蒼梧之深山.
蒼梧山崩湘水絶, 竹上之淚乃可滅.(《全唐詩》 권162)

　이백은 간신들의 모함으로 長安을 떠나 있었고, 李林甫와 楊國忠
이 득세하여 조정이 혼란한 중에 安史의 亂 등 반란이 계속 일어나니
우국충정의 심정으로 堯舜의 두 妃인 娥皇과 女英의 비애를 비유하
여 작시하였다. 본 시화에서 이 시를 《초사》의 離騷體와 같다고 하
였는데, 그 연유를 살펴본다.
　《시경》과 《초사》는 중국문학의 기틀이 되는 큰 기둥이다. 《시
경》이 부분적으로 尹吉甫의 작이라고 알려진 것이 있기는 하지만
거의 무명씨에 의해 지어진 것이며, 그 구성된 체재도 風, 雅, 頌이
라 하여 民謠, 宴會, 宗廟樂 등 다양한 반면에, 《초사》는 작가가
밝혀진 세련되고 주제가 명백한 창작물이다. 그 담긴 내용이 屈原
이라는 한 작가의 사상과 정감을 작가 자신이 쓰고 그 뜻을 따르는
작가의 추도문 성격을 지닌 모음집이라 할 수 있다. 이러한 《초사》
는 楚나라 사람이 초나라의 방언으로 초나라의 풍속과 의식을 바탕
으로 해서, 초나라의 정치와 사회, 그리고 민속과 종교를 屈原이라
는 한 애국충신이 자신의 처지에서 노래하고, 그 후에는 굴원의 추
종자들이 그를 추종하면서 그 하나 된 憂國忠貞의 아픈 마음을 담
아놓은 고도의 낭만적인 문학작품이다. 그러므로 宋玉, 景差, 賈誼,
東方朔이나 王褒, 劉向, 王逸 등은 그 이후의 작가이지만 굴원에 초
점을 맞추어서 초나라의 말과 의식에 의해 창작했으므로 《초사》
에 넣을 수 있는 것이다.
　《초사》가 초사라는 명칭으로 등장한 시기는 대개 漢文帝(기원
전 179-157) 전후로 보는데 武帝나 宣帝 시대에는 이미 《초사》의
문학적인 가치가 중시되게 되었다. 이것은 초사라는 명칭으로 王逸

이 後漢 때 ≪楚辭章句≫에 그의 작인 〈九思〉를 넣어서 17권으로 펴낼 때까지 전해오던 劉向(기원전 77-6)의 책을 말하였다. 왕일의 注本은 곧 유향의 ≪초사≫에 근거하여 자신의 글을 추가하고 주석을 가하여서 비로소 완정한 모습을 갖추게 되었고, 오늘날의 ≪초사≫는 바로 왕일의 주본을 원전으로 삼는다.

≪초사≫에 실린 작품들 중에 대표적인 것은 굴원의 〈離騷〉이다. 〈이소〉는 모두 2,490자로 된 굴원의 대표적인 서사시로, 그의 충정과 비탄, 애국과 원망, 참회와 절망, 나중에는 絶命의 심정을 묘사하고 있다. 〈이소〉의 창작 시기는 초나라 懷王(기원전 304년 전후)과 頃襄王(기원전 277년 전후)의 두 시기 설이 있는데, 그 어느 설도 정설은 못된다. 〈이소〉를 비롯한 굴원의 모든 작품은 죽음이라는 최후의 배수진을 가지고 比興과 박학다식으로 內心을 토로하였으며, 문학사상에 辭賦와 五言詩, 그리고 騈文(변문)이란 장르를 탄생시켰고, 미의식을 추구하면서 향토색 짙은 속문학의 길을 제시하였다.

왕일은 ≪楚辭章句≫ 序에서, 「그 문사는 온유 우아하고 그 뜻은 밝고 환하다. 뭇 군자들은 그 청고함을 흠모하고 그 문체를 기렸으며, 그의 불우함을 애도하고 그 뜻을 가엾이 여겼다.(其詞溫而雅, 其義婉而朗, 凡百君子莫不慕其淸高, 嘉其文采, 哀其不遇而閔其志焉.)」라고 하였듯이, 〈이소〉에는 굴원 자신에 대한 절실한 표현으로 점철되어 있다. 제목의 뜻에는 '離는 別, 騷는 愁'라는 왕일의 설과 '근심을 만나다'라는 班固의 설이 있다. 이제 전문을 11단락으로 분류하여 그 주제를 보면 다음과 같다.

제1단 - 굴원의 족보와 자신의 성품.
제2단 - 자신의 충정이 용납되지 않는 초나라 정치사회의 현실.
제3단 - 현인이 버려지지만 굳은 절개는 불변함.
제4단 - 비탄의 심정과 죽음으로 뜻을 밝히겠다는 의사.
제5단 - 물러나서 초지를 지키며 사방을 유력.

제6단 - 舜임금 重華에게 고하여 中正의 도를 구함.

제7단 - 천상에 올라 天帝에게 호소해도 문전박대 당함.

제8단 - 賢女를 구하지만 매파가 바르지 않아서 여의치 않음.

제9단 - 卜占을 쳐보지만 고국을 멀리 떠날 것을 권유.

제10단 - 巫咸으로 신을 찾는데 遠遊할 것을 권유.

제11단 - 崑崙山과 流沙, 赤水를 다니며 고국을 등진 비애를 토로하고 죽을 것을 결심.

〈이소〉의 用韻은 186개를 쓰고 81차의 換韻을 하고 있다. 〈이소〉의 예술적인 가치를 개관하면 다음과 같다.

1) 새로운 체계를 형성하고 있다. 〈이소〉의 창작으로 인하여 장편의 서사시가 나왔으니, 〈孔雀東南飛〉를 위시하여 韓愈의 〈元和聖德詩〉라든가 白居易의 〈長恨歌〉, 韋莊의 〈秦婦吟〉 같은 장시가 출현하는 근원이 되었으며, 〈이소〉 자체만으로도 80여 개의 환운을 쓴 정화된 서정시이다. 그리고 대화 형식을 운용하여 漢代의 賦體를 발달시켰다.

2) 신화의 소재를 활용하고 있다. 羲和, 望舒, 飛廉, 風伯, 西皇 등 수다한 신화와 고사를 작품 속에 용해시켜서 현실과 이상의 부합된 모순점과 심적인 갈등을 풍자하고 있다.

3) 比와 興의 기교를 쓰고 있다. 漢代 王逸이 〈離騷經〉 序에서 「〈이소〉의 글은 시에 의해서 흥취를 가져다가 유사한 사물을 인용하여 비유한 것이다.(離騷之文, 依詩取興, 引類譬喩.)」라고 하였듯이, 굴원은 〈이소〉에서 비와 흥의 기법으로 표현상의 구체미와 생동감을 한껏 드러내고 있다.

4) 聯綿詞를 적절히 사용하고 있다. 〈이소〉에는 수십 개의 疊韻·雙聲, 그리고 重言을 사용하여 음조를 부드럽고 애틋하게 울려낸다. 이것은 작품의 애수를 더욱 간절하게 하며 絶命詩로서의 풍격을 극대화하였다.

5. 盧綸 〈晚次鄂州〉의 頷聯

「지친 나그네 낮에 잠들고 물결 잔잔하니, 배에 탄 나그네 밀물인 줄 아노라.」라고 한 이 하나의 연구는 강가를 거니는 경치를 극진하게 드러내니, 진실로 사물을 잘 묘사하였다. 나는 매양 그것을 읊는다. 「估客晝眠知浪靜, 舟人夜語覺潮生.」 一聯, 曲盡江行之景, 眞善寫物也. 余每誦之.

중당대 大歷 연간(766-779)에 활동한 시인들 중에서 대표적인 작가를 일컬어서 「大歷十才子」라 하는데, 그중에 盧綸(748-799)은 王士禎이 「노륜은 대력십재자 중의 으뜸이다.(盧綸大歷十才子之冠冕.)」(≪分甘餘話≫ 권4)라고 했듯이 십재자 중에서 작품의 양과 질에 있어서 으뜸가는 가치를 지니고 있다.

위 기록을 통하여 노륜의 생평을 개괄하면, 노륜의 출신지와 그 당시의 사회배경과 역경, 그리고 관직생활과 그 동기, 끝으로 시작에 대한 평가 등으로 구분해 볼 수 있다. 보충적인 자료로서 ≪全唐詩≫(권276)의 노륜 약력을 더 보기로 한다.

노륜의 자는 윤언이며 하중포인이다. 대력 초에 수차 진사에 급제하지 못하다가 원재가 그의 글을 가지고 올리니, 수향위에 보직되고 감찰어사까지 지내다가 문득 병을 핑계로 사직하였다. 왕진과 가까웠으나 오래도록 어울리지 못하다가 건중 초에 소응령이 되었고 혼감이 하중을 진압하니 원수판관에 임명되고 검교호부낭중으로 전직되었다. 정원 연간에 외숙인 위거모가 그 재능을 알려서 역마로 불렀으나 마침 죽었다. 문집 10권이 있는데 지금 시 5권을 편성한다. 盧綸, 字允言, 河中浦人. 大歷初, 數擧進士不第. 元載[2]取其文以進, 補

---

2) ≪新唐書≫ 卷145 列傳 第70 : 「元載字公輔, 鳳翔岐山人. … 載少孤, 旣長, 嗜學, 工屬文. 天寶初, 下詔擧明莊老列文四子學者, 載第入高第, 補新平尉. … 載智略開果, 久得君, 以爲文武才略莫已若. …」

閿鄕尉, 累遷監察御使, 輒稱疾去. 坐與王緔3)善, 久不調. 建中初, 爲
昭應令, 渾瑊4)鎭河中, 辟元帥判官, 累遷檢校戶部郞中. 貞元中, 舅韋
渠牟表其才, 驛召之, 會卒. 集十卷, 今編詩五卷.

위에서 출신지를 '河中浦人'이라 하였으며, 관직을 받은 시기와 동
기가 元載에 의해 과거급제 못한 노륜을 천거한 데에서 시작한 것
이라고 하였다. 그리고 질병을 핑계로 사직한 후의 과정은 후자에서
신빙성 있게 기술되어 있으니, 建中 초년(783년 전후)의 관직과 貞
元 연간(797년 전후)에 재등용될 만한 동기가 서술되어 있다. 노륜
문집으로 현존하는 판본은 다음과 같다.

 * ≪唐盧戶部詩集≫ 10권: 明代 蔣孝 刻本 ≪中唐十二家詩集≫, 明
   代 嘉靖間 陸汴 輯本 ≪廣十二家唐詩≫에 수록
 * ≪盧綸集≫ 10권: 明刻本 ≪唐十一家集≫에 수록
 * ≪盧戶部詩集≫ 10권: 淸代 席啓寓 輯本 ≪唐詩百名家全集≫에 수록
 * ≪盧綸集≫ 6권: 明銅活字印本 ≪唐人詩集≫, 淸初抄本 ≪唐詩二十
   家≫, 上海古籍出版社에서 ≪唐五十家詩集≫ 影印明銅活字本에 수
   록(1981년 8월)
 * ≪唐盧綸詩集≫ 3권: 明代 正德 十年(1515) 劉成德 刻本
 * ≪唐盧戶部詩集≫ 1권: 明代 朱之藩 輯本 ≪中唐十二家詩集≫에 수록

노륜 시는 316제에 339수가 되며, 시 풍격에 대해서는 후세에
간간이 품평이 다양하니, 그 내용면에서 ≪三唐詩品≫에서는,

---

3) ≪新唐書≫ 卷145 列傳 第70:「王緔字夏卿, 本太原祁人, 後客河中. 少好學, 與
   兄維俱以名聞.」
4) ≪新唐書≫ 卷155 列傳 第80:「渾瑊, 本鐵勒九姓之渾部也. 世爲皐蘭都督. …
   祿山反, 從李光弼定河北, 射賊驍將李立節, 貫其左肩, 死之. 肅宗卽位, 瑊以兵
   趨行在, 志天德與虜軍遇, 敗之. … 大歷七年, 吐蕃盜塞深入, 瑊會涇原節度使馬
   璘討之. 次黃菩原, 瑊引衆據險, 設槍壘自營, 遏賊奔突. … 瑊好書, 通春秋, 漢
   書, 嘗慕司馬遷自敍, 著行紀一篇, 其辭一不矜大. 天性忠謹, 功高而志益下, 歲
   時貢奉, 必躬閱視.」

그 연원은 왕균과 유신에서 나왔다. 칠고는 뛰어나서 밝고 웅장함이 서로 드러났다. … 절구는 맑고 꽃다움이 홀로 빼어나고 공교함이 성정을 다 묘사했다.

其源出於王筠, 庾信. 七古爲優, 明茂相宣. … 絶句淸英獨秀, 工寫神情.

라고 하여 그 시의 연원과 체재별 특성을 밝혔는데, 시의 飄逸(표일 : 뛰어남. 시풍이 준일하고 초탈적임)을 강조하고 있다. 그리고 ≪載酒園詩話又編≫에서도, 「그의 시는 역시 진지하며 묘오에 들어 있다. (其詩亦以眞而入妙.)」라고 하여 묘오의 경지를 터득한 요점을 지적하였으며, ≪滙編唐詩十集)≫에서는 「노륜의 시는 순박을 드러내어 따로 한 풍미가 되는데, 편마다 하자가 있고 전력한 면이 부족한 듯하여 아쉽다.(盧詩相朴, 別是一種風味, 恨篇各有瑕, 似乏全力.)」라고 하여 그 시의 淳朴한 면을 지적하였고, 또 潘德衡은 ≪唐詩評選≫에서, 「노륜의 오언절구는 때로는 강건한 어구를 썼으며, 칠언율시는 성정이 깊고 고와 한 번 읊으면서 세 번 감탄하는 소리를 지니고 있다.(綸詩五絶時作勁健語, 七律則情致深婉, 有一唱三嘆之音.)」라고 하여 시의 건전성과 서정성을 동시에 높이 사고 있다.

　노륜이 생존하던 시기는 安史의 亂, 吐蕃의 침입(763) 등이 계속 일어나면서 民心이 이산되고 사회가 극히 혼란한 시기였다. 이 시기의 문인들은 연속되는 질고를 민생과 같이하게 되었고, 非戰의식과 현실도피 등의 謀生을 위한 소극적인 처세가 팽배하면서 錢起, 劉長卿 같은 낭만 추구자가 출현하기도 하였지만, 盧綸, 耿湋 같은 현실 상황을 직시하는 시인이 나타나기도 하였다. 노륜은 이 점을 직설하고 아울러 우국애민의 심정을 평화와 안정이라는 소망 의식으로 승화시키려 하였다. 10년간 軍幕生活을 체험한 그였기에 군생활의 실상을 인식하고 있었으니, 〈送顔推官游銀夏謁韓大夫〉(≪全唐詩≫ 권280)에서 군생활의 잔혹함을 확인할 수 있다.

대밭에서 찬 피리 소리 울리는데
눈 가득히 변새의 산이 푸르다.
재능 있는 자는 존전에서 그림 그리고
장군은 돌 위에 글을 새기네.
수렵하는 소리 구름 저 밖에 울리고
전쟁의 피는 빗속에 비린내 난다.
삶의 고락이란 예부터 있는 일이거늘
그대로 인해 눈물 흘리네.
叢篁叫寒笛, 滿眼塞山靑.
才子尊前畵, 將軍石上銘.
獵聲雲外響, 戰血雨中腥.
苦樂從來事, 因君一涕零.

이 시는 貞元 연간에 안추관이 韓潭의 夏綏銀節度使幕으로 부임해 가는 것을 전송한 작품인데, 그 제6구는 처참한 전쟁의 잔혹상을 묘사하고 있다. 직관에 의한 자극적인 어조로 공적의 배후에 맺힌 피의 색채와 기미를 사실대로 고발하였다. 다음에 〈逢病軍人〉(상동)을 본다.

가는 길에 병이 많고 곡식도 없는데
만리타향에서 돌아가려 해도 고향에 못 가네.
성근 귀밑털 이 몸이 옛 성 아래에서 슬피 읊조리니
가을 기운이 병든 상처에 여미어 옴을 어이 견디리.
行多有病住無糧, 萬里還鄕未到鄕.
蓬鬢哀吟古城下, 不堪秋氣入金瘡.

전쟁을 몸소 겪고 軍旅生活을 체험하지 않고서 제4구와 같은 고통을 사실대로 묘사할 수 있겠는가? 퇴역군인의 回鄕하는 참상을 白描하였으니, 송대 范稀文은 다음과 같이 이 시의 정황을 기술하고 있다.

노륜의 〈봉병군인〉 시에서 이르기를, 「가는 길에 병이 많고 곡식도 없
도다.」 구는 말 달리는데 앞을 따라가지 못해도, 슬프고 괴로운 마음
이 아마도 이보다 더하진 못하리라.
盧綸〈逢病軍人〉詩云; 「行多有病住無糧.」 驅駕雖未及前, 而凄若之意,
殆無以過.(≪對床夜語≫ 卷5)

그리고 ≪唐人絶句精華≫에서도 평하기를,

무릇 전장에서 부상당한 병사들을 도리상 응당히 어루만지고 불쌍히
여겨야 할 것이다. 이 시에서 부상한 병사의 고통을 묘사한 것이 이
와 같으니 그 당시의 군대행정의 부패상이 은연중에 표현되어 있다.
凡戰陣傷殘兵士, 理應有撫恤. 此詩所寫傷兵之苦如此, 則其時軍政之窳
敗自在言外.

라고 하여 노륜만이 가능한 작품성향을 보여준다. 노륜의 시기에는
盛唐 같은 開朗하고 豪邁한 흉금이라든가, 慷慨報國의 원망도 없이 현
실에서의 실상을 묘사할 수 있는 점이 대력시인 등의 中唐시인의 장
점이기도 하다. 그리고 전란의 피해와 평화 갈구로서, 연이은 내란
과 외침으로 국기가 어지러워지니, 민생의 이산과 재산상의 파괴가
많아서 노륜의 시에서는 그 점을 절실하게 토로하였으니 〈華清宮〉(2
수)(상동 권279)을 본다.

한나라의 천자가 나라를 잘 다스려서
밝은 해의 푸른 산에 궁전도 많았지만.
지금 보이는 것은 풀만 무성한 곳
끊어진 샘터와 황폐한 돌만이 어울려 있다.
漢家天子好經過, 百日青山宮殿多.
見說只今生草處, 禁泉荒石已相和.(其一)

물안개 아롱져서 무늬만 기둥에 가득했고
궁전을 한번 열면 산의 향기가 가득했다네.
궁녀는 그 얼마나 가무를 즐겼겠는가마는

백발로 선 이 몸 오히려 옛 건장전을 기억나게 하는구나.
水氣朦朧滿畵梁, 一廻開殿滿山香.
宮娃幾許經歌舞, 白首翻令憶建章.(其二)

이 시는 太宗 貞觀 18년(644)에 건축한 온천 궁전의 자태가 안사의 난으로 훼손된 모습을 그렸다. 제1수에서는 아무도 출입하지 못하는 훼손된 화청궁에 잡초가 나고 거친 흔적만이 남아있는 경상을 묘사하였으며, 제2수는 온천의 온화한 기운이 넘치고 山香이 넘치는 驪山을 배경으로 삼은 궁이 지금은 하나의 회고적인 장소로 변하였음을 표현하여 전쟁의 흔적을 처연하게 노래하고 있다.5)

전쟁의 여파는 농촌 사회의 빈곤과 직결되니, 부세인 '社錢'에 공포하는 민심을 읽을 수 있는 〈村南逢病叟〉(상동 권277)를 본다.

두 무릎은 뺨에 있고 이마는 어깨에 붙었는데
이웃에선 성은 아는데 나이는 못 알아보네.
누워서 가는 새들(병들고 고생하는 백성들)이 벼와 수수를 아까워하며
또한 바칠 부역세 없음을 두려워하네.
雙膝過頤頂在肩, 四鄰知姓不知年.
臥驅鳥雀惜禾黍, 猶恐諸孫無社錢.

이 시는 병든 노인이 겪는 고달픈 생활상을 농촌의 빈곤에 맞추어서 묘사하였으니 ≪唐詩選脈會通評林≫의,「대력의 시 풍격이 장려하면서 비감이 서려 있다.(大歷詩格, 壯麗悲感..)」라는 평과 통한다. 첫구가 병든 노인의 肖像이라면, 말구는 병든 노인의 失心이라고 하겠다. 전쟁의 와중에서 평화를 추구하는 所望을 담은 시도 노륜에게서 볼 수 있으니, 본 시화에서 거론한 〈晚次鄂州〉(상동 권279)를 보자.

---

5) 焦文彬 等, 上同書, p.342 ;「天寶末, 因安史之亂毁於兵火. 詩寫只今華淸宮的
   破敗景象, 也是對安史戰亂的一個側面反映.」

구름 개이니 멀리 한양성이 보이나니
외로운 돛배 하루의 여정을 여기서 쉬리라.
지친 나그네 낮에 잠들고 물결 잔잔하니
배에 탄 나그네 밀물인 줄 아노라.
상수의 늙은 이 몸 가을빛을 대하니
만리타향에서 가고픈 마음 밝은 달 대하네.
옛 일 벌써 원정 따라 가버리고
강가의 북소리만 들려오누나.
雲開遠見漢陽城, 猶是孤帆一日程.
估客晝眠知浪靜, 舟人夜語覺潮生.
三湘衰鬢逢秋色, 萬里歸心對明月.
舊業已隨征戰盡, 更堪江上鼓鼙聲.

　이 시는 객지에서 피난생활을 하면서 세태가 안정되는 대로 고향
으로 돌아가고픈 歸心을 애절하게 토로하였다. 전란에 대한 혐오와 평
화 정착이 간설적으로 표현되어 있다. 후세의 많은 평 중에서, 몇
가지를 열거하여 내용을 집약한다.

　① 「估客」 한 연은 강가의 경물을 간절히 그렸으니, 진실하게 사물을
묘사한 것이다.
　「估客一聯, 曲盡江行之景, 眞善寫物也.」：≪艇齋詩話≫
　② 맑고 매우 상쾌하니 이것이 근체시의 걸작품이다.
　「淸通熟爽, 是近體佳篇.」：≪批選唐詩≫
　③ 시에는 높고 고요한 기품이 있으니 따라서 사실대로 묘사하여서,
천 리 멀리 떠나온 심정을 드러내었다.
　「詩有高靜之氣, 故白描而絶遠千里.」：≪五朝詩善鳴集≫
　④ 제3·4구를 읽으면 몸이 강가의 배에 있는 듯하니, 시에서 경물
의 형상을 중하게 여기지 않은 것이겠는가?
　「讀三四語, 如身在江舟間矣, 詩不貴景象耶.」：≪唐詩別裁≫
　⑤ 정경이 있고, 성조가 있으며, 기세 또한 충족하니 대력 연간의 명
작이다.

「有情景, 有聲調, 氣勢亦足, 大歷名篇.」:≪大歷詩略≫

　위의 평구에서 ①은 시의 묘사가 진실하게 사실을 표현한 점을, ②
는 시의 내용의 순수성과 형식의 숙달, ③은 시의 의취가 높음과 白
描手法의 활용, ④는 「시에는 그 사람이 있다(詩有人)」의 '景中有
情'을 조화시킨 '情景交融'의 묘미, ⑤는 시가 갖추어야 할 3요소를
구비함 등을 지적하고 있다. 이것은 시인의 심신이 虛心의 상태에
서 속세의 전쟁과 부패를 초탈하려는 초월적 의식으로 승화됨을 의
미하는 동시에 현실적으로는 화평과 안정을 추구하는 非戰 의식의
발로이기도 하다.
　전해지는 판본은 ≪琳琅秘室叢書≫본과 ≪續歷代詩話≫(中華書局,
1983)가 있다.

≪苕溪漁隱叢話≫ - 胡仔

胡仔(호자, 1147년 전후 在世). 자는 元任이고, 徽州 績溪(지금의 安徽省)人이다. 집안의 배경으로 관직에 올라 廸功郎·兩浙轉運司幹辦公事를 지냈고, 奉議郎을 거쳐 常州 晋陵縣을 맡았다. 郭紹虞의 ≪宋詩話考≫(上卷)에 기술하기를,

> 호자의 자는 원임이고 휘주 적계인이다. 부친 순척은 자가 여명이고, 호는 삼산노인으로 관직은 휘유각대제, 광서경략에 이르렀고 정강부 옥중에서 죽었다. 책에 실린 삼산노인어록은 곧 그 부친의 말을 적은 것이다. 호자는 조상의 덕으로 적공랑, 양절전운사를 지냈으며 관직은 봉의랑, 상주진릉현령에 이르고, 후에 오흥에 은거하여 낚시하며 지내어 자호를 초계어은이라 하니 마침내 이것으로 그 책 이름을 지은 것이다.
> 仔字元任, 徽州績溪人. 父舜陟, 字汝明, 號三山老人, 官至徽猷閣待制, 廣西經略, 死於靜江府獄中. 書中所載三山老人語錄卽述其父語. 仔以蔭授廸功郎, 兩浙轉運司, 官至奉議郎, 知常州晋陵縣, 後卜居吳興, 以漁釣自適, 自號苕溪漁隱, 遂卽以此名其書.

라고 하여 만년에 은거하면서 본 시화를 편찬한 것으로 본다. 自號를 '苕溪漁隱'이라 하니, 計有功의 ≪宋詩紀事≫(권50)에 실린 〈題苕溪漁隱圖〉 3수와 그 詩序를 본다.

> 내가 초계에 은거하면서 날마다 낚시하며 자적하니 자칭 '초계어은'이라 하였다. 강가에 몇 개 집 서까래가 있어서 이것으로 이름을 부쳤다. 승려 요종이 필묵놀이를 잘해서 붓놀림이 자못 말끔하니 나에게 〈초계어은도〉를 그려 주었다. 경치를 보며 마음에 느끼어 때때로

누추한 시구를 지어 모두 왼쪽에 시를 적는다.

余卜居茗溪上, 日以漁釣自適, 因自稱茗溪漁隱. 臨流有屋數椽, 亦以
此命名. 僧了宗善墨戲, 落筆頗瀟灑, 爲余作茗溪漁隱圖. 覽景攄懷,
時有鄙句, 皆題之左方云.

시냇가에 짧고 긴 버드나무
물결 위론 왔다 갔다 하는 배.
갈매기는 사람 가까이에서 전혀 두려워 않고
한 쌍이 밝은 하늘에서 날아서 내리네.
溪邊短短長長柳, 波上來來去去船.
鷗鳥近人渾不畏, 一雙飛下鏡中天. (其一)

가을 구름 아득하고 안개는 자욱한데
갈대꽃 막 희고 연잎은 노랗네.
낚싯배 종일토록 왕래하는 곳
남촌 북촌에는 메벼의 향기 향긋하네.
秋雲漠漠煙蒼蒼, 蘆花初白蓮葉黃.
釣船盡日來往處, 南村北村秔稻香. (其二)

낚싯줄을 거두고 노를 저어 돌아와
짧은 뜸으로 비스듬히 덮고 물가에 머무네.
대낮에 봄잠에 들어 부르는 이 없는데
어지러이 버들꽃이 꿈속에 날아서 감도네.
卷起綸竿撇櫂歸, 短篷斜掩宿漁磯.
日高春睡無人喚, 撩亂楊花繞夢飛. (其三)

본서는 전후집으로 나뉘어서 약 50여만 자이다. 전집은 60권이
고, 후집은 40권으로 종합성을 띤 시화 총집이다. 郭紹虞의 ≪宋詩
話考≫에 시화 刊本 시기에 대해 다음과 같이 서술하고 있다.

이 책은 전후 두 집으로 나뉘어져 있으니, 전집은 고종 소흥 18년
(1148)에 짓고, 후집은 효종 건도 3년(1167)에 지었다. 가장 조기

의 간본은 진봉의간본이다. 이 간본은 전집 호자의 자서 끝에 「소희 갑인 여름 진봉의가 만권당에서 간행하다.」라는 한 줄이 있는데 소 희 갑인은 곧 광종 소희 5년(1194)이다. 지금 인민문학출판사본은 熙를 興으로 오기하여 소흥 4년이라 하였는데 책 간행시기가 오히려 성서 이전에 해당하니 특별히 그걸 바로잡는다.

是書分前後二集, 前集成於高宗紹興十八年, 後集成於孝宗乾道三年. 刊 本之最早者, 當是陳奉議刊本. 此本於前集胡仔自序後有「紹熙甲寅槐夏 之月陳奉議刊於萬卷堂」一行, 紹熙甲寅乃光宗紹熙五年. 今人民文學出 版社本, 誤熙作興, 則爲紹興四年, 刊書時期反在成書之前矣, 故特正 之.

여기서 시화의 간행 시기를 전집 출간 시기(1148)보다 오히려 앞 당긴 소흥 4년(1134)까지 추정한 기존 자료를 고증하여 바르게 수 정하고 있음을 알 수 있다. 그리고 본서의 구성과 시학상의 가치를 다음 ≪四庫全書總目提要≫ 기록을 통하여 확인할 수 있다.

≪초계어은총화≫ 전집은 60권, 후집은 40권으로 송대 호자가 지었 다. … 그 책은 완열의 ≪시화총귀≫를 이어서 지었다. 전집에 자서 가 있고, 완열이 기재한 것을 다 수록하지 않았다. 두 책을 서로 보 완하여 펴내면 북송 이전의 시화는 대략 갖추어진다. 그러나 완열의 책은 잡사를 많이 기록하여 자못 소설에 가까우나, 이 책은 문장을 논하고 담긴 뜻을 고찰한 것이 많고 내용의 取捨가 비교적 근엄하다. 완열의 책의 분류 편집이 항목을 많이 세웠으나, 이 책은 단지 작자 의 시대를 선후로 하여 작가로 세울 수 있는 시인들은 그 이름을 열 거하고, 작은 소문이나 전해지지 않은 시구는 부록하기도 하고, 분류 하여 모아놓기도 하여, 체례도 비교적 분명하다. 완열의 책은 단지 옛 글을 채집하여 고증이 없으나, 이 책은 변증한 글을 많이 첨부하 여 참고 자료로 삼기에 충분하다. 그러므로 완열의 책은 세상에 그 리 중시되지 않으나, 이 책은 여러 작가들이 근거로 해서 많이 자료 로 삼는 것이다.

茗溪漁隱叢話前集六十卷, 後集四十卷, 宋胡仔撰. … 其書繼阮閱詩話

總龜而作. 前有自序, 稱閱所載者皆不錄. 二書相輔而行, 北宋以前之詩話大抵略備矣. 然閱書多錄雜事, 頗近小說; 此則論文考義者居多, 去取較爲謹嚴. 閱書分類編輯, 多立門目; 此則惟以作者時代爲先後, 能成家者列其名, 瑣聞軼句則或附錄之, 或類聚之, 體例亦較爲明晳. 閱書惟釆舊文, 無所考證; 此則多附辨証之語, 尤足以資參訂. 故閱書不甚見重于世也, 而此書則諸家援據, 多所取資焉.

본서의 장점을 阮閱의 ≪詩話總龜≫ 前後集과 비교하여 구체적으로 설명하고 있어서 더욱 확연하게 본서의 학술적 가치를 비교 구분할 수 있다. 그리고 賀裳의 ≪載酒園詩話≫(권1)에서는 본 시화의 논리성을 다음과 같이 평하고 있어서 참고가 된다.

≪초계어은총화≫의 논시는 나는 그리 좋다고 여기지 않는다. 다만 이상은의 〈화청궁〉 시 「그는 포녀의 웃음거리가 되었으니, 오직 천자로 하여금 잠시 몽진케 하였네.」 구를 논하여서, 「용사가 체재를 잃어서 당시에는 온당한 말이 아니다.」라 하였는데, 이 논리는 매우 정확하다.
漁隱論詩, 余多不以爲善, 獨論義山〈華淸宮〉詩「未免被他褒女笑, 只敎天子暫蒙塵」, 「用事失體, 在當時非所宜言.」 此論甚正.

호자의 시론은 대략 다음과 같이 나눌 수 있다. 첫째 시를 지음에 '創新'하고, '자신의 마음으로부터 나와야 하고(自出胸臆)', '느낌을 가지고 써야(有所感而作)' 思惟가 정밀하고, 용어가 工整하며, 속된 말투에 빠지지 않는다고 하였다. 둘째 意趣가 있게 써서 情理에 부합하여야 한다. 셋째 典故를 잘 쓰고, 사물에 기탁하여 작가의 뜻을 잘 담아야 하고, 억지로 끌어대 쓰는 것은 반대한다. 넷째 시인은 반드시 생각을 잘 함양해서 시가의 예술적 기교를 잘 부려야 한다. 다섯째 호자는 李白(이태백), 杜甫와 蘇軾, 黃庭堅의 시를 중시하였는데, 그중에도 두보의 시를 가장 으뜸으로 여겨, 「두보를 스승으로 삼고, 강서시파를 벗한다.(師少陵而友江西)」라는 입장이다. 여섯째 호자는

品藻를 보태어서 '詠花詩', '聽琴詩', '下棋詩', '題畫詩' 등으로 나누어서 감상하고 품평하였다. 일곱째 잘못된 것을 교감하고, 표절한 것을 밝혀냈다. 위와 같이 호자의 학술적인 안목이 매우 뛰어나서 표절을 밝혀 낸 것은 전집 52권과 54권에 들었다. 다음에 李白, 王維 그리고 杜甫 시에 대한 시화의 품평을 각각 들어 본다.

1. 李白(이태백)의 〈金陵酒肆留別〉

≪시안≫에 이르기를, 좋은 구는 모름지기 좋은 문자를 필요로 한다. 예컨대 이백 시에 「오 땅 여인이 술을 따라 객에게 맛보라 하네.」구에서 갓 담근 술이 막 익고 강남 풍물의 아름다움을 보니, 기교로움이 壓자에 있다.

詩眼云: 好句須要好字. 如李太白詩: 「吳姬壓酒喚客嘗」, 見新酒初熟, 江南風物之美, 工在壓字.

이백의 〈金陵酒肆留別〉(≪全唐詩≫ 권163) 제2구에서 '壓'자를 인용하면서 시어 用字의 기교를 중시할 것을 강조한 문장으로, 다음에 그 시를 본다.

바람이 버들꽃에 불어 온 주점이 향기로운데
오 땅 여인이 술을 따라 객에게 맛보라 하네.
금릉의 자제들이 와서 전송하는데
가려는 이, 보내는 이 서로 맘껏 술에 취하네.
그대에게 묻노니 동으로 흐르는 강물과
이별의 마음 중에 어느 것이 더 길가나.
風吹柳花滿店香, 吳姬壓酒喚客嘗.
金陵子弟來相送, 欲行不行各盡觴.
請君試問東流水, 別意與之誰短長.

이 시에 대해서 ≪雲麓漫鈔≫에 서술하기를,

이백 시 「오 땅 여인이 술을 따라 객에게 맛보라 하네.」 구에서 누구는 이 시구의 공교함은 壓자에 있다고 하는데, 오 지방 사람의 방언인지 잘 모르겠다. 지금도 술집에는 '술잔 돌리며 서로 대한다'는 말이 있다.

李太白詩, 「吳姬壓酒喚客嘗」, 說者以爲工在壓字上, 殊不知乃吳人方言耳. 至今酒家有旋壓酒子相待之語.

라고 하여 '壓'의 用字가 詩句의 精微한 표현을 극대화시켰는데 이백이 吳 지방(江蘇, 浙江 일대)의 방언을 시에 이입하는 기교를 보인 것으로도 풀이하였다. 그리고 이 시에 대해서 ≪李杜二家詩鈔評林≫에서는 「얕지도 않고 깊지도 않으면서, 절로 정이 넘치는 어사이다.(不淺不深, 自是鍾情之語.)」라 하고, ≪唐宋詩醇≫에서는 「말로는 다 표현하였으나 담긴 뜻은 그지없으니, 그 맛이 시고 짠 것 밖에 있다.(言有盡而意無窮, 味在酸鹹之外.)」라 하였으며, ≪李太白詩醇≫에는 「첫 구는 이미 표연히 발군하니, 버들꽃에 향기 난다는 말은 더욱 정미하다.(首句旣飄然不群, 柳花說香更精微.)」라 하여 각각 시의 묘미를 품평하고 있다.

2. 王維 만년 隱居와 시의 隱逸浪漫

왕유 시는 한 구절이라도 온전히 온후하여 고금을 다 덮었으나, 산림에 오래 은거한 사람으로서는 오히려 시가 넓고 담담하다.

王摩詰詩, 渾厚一段, 覆蓋古今. 但如久隱山林之人, 徒成曠淡.

왕유는 만년에 친구 裴廸과 함께 宋之問이 살던 輞川莊에 은거하면서 은일낭만적인 노년을 보냈다. 위의 평은 그 시기의 시를 지적하고 있다. 명대 이동양은 왕유를 孟浩然과 같은 위치에서 다음과 같이 비교 서술하고 있다.

당시는 이백과 두보 이외에도, 맹호연과 왕유를 대가라고 부르기에 충분하다. 왕유의 시는 어사가 풍부하고 다채로우면서도 화려하지 않은데, 맹호연은 오히려 예스럽고 담백함에 마음을 다하여 그윽하고 원대하면서 깊고 두터운 점이 있어 절로 빈한하고 검박하며 메마른 단점이 없다.

唐詩, 李杜之外, 孟浩然王摩詰足稱大家. 王詩豊縟而不華靡, 孟却專心古淡, 而悠遠深厚, 自無寒儉枯瘠之病.(≪懷麓堂詩話≫ 제9조)

그리고 杜甫가 王維를 칭찬한 시구로 〈解悶〉 제8수 「높은 분 왕유를 못 보나, 남전의 골짜기에는 찬 등나무 무성하네.(不見高人王右丞, 藍田丘壑蔓寒藤.)」 구가 있으니, 초야에서 安史의 亂 등의 난리를 겪으면서 右丞이란 고관에 오른 왕유와 삶의 격이 다르지만 隱逸浪漫的 풍격을 높이 평가한 것이고, 평생 襄陽의 處士인 맹호연에 대해서는 同志的 의식이 있었다.

왕유 시의 은일낭만성을 이해하기 위해서 裴廸과의 시교 관계를 살펴볼 필요가 있다. 왕유의 詩友 중에 배적은 가장 친근한 교유를 맺었다. ≪唐詩品彙≫ 〈裴廸傳〉에 보면, 배적은 關中人으로 생년은 玄宗 開元 4년(716)이며 졸년은 상세하지 않다. 왕유보다 15세 연하이며 天寶亂 前(755)에 왕유, 崔興宗을 따라 終南山에[1] 같이 머물렀다. 그러니까, 王·裵의 친밀한 우정은 종남산에 은거할 때 닦아진 것이다. 왕유의 시문 속에 배적에게 보낸 시가 9수, 서신이 하나 있는데, 이것은 왕유의 友人 중에 가장 많다. 왕유의 〈贈裴十廸〉(≪王右丞集箋注≫ 卷2) 일부를 본다.

전원 풍경 해 저물녘 유달리 아름다운데
그대에게 새로운 시 한 수 지어 보내노라.
風景日夕佳, 與君賦新詩.

이 시는 왕·배 양인이 「시로써 벗을 삼는 것(以詩爲友)」을 말하

---

1) ≪唐才子傳≫ 卷2 〈王維傳〉: 「有別墅在藍田縣南輞川, 亭館相望. 嘗自寫其景物奇勝, 田與文士丘圓. 裴廸·崔興宗, 遊覽賦詩, 琴樽自樂.」

고, 〈山中與裴透才迪書〉(《王右丞集箋注》 권18)에 보면,

이때에 홀로 앉으니 노소 하인이 조용하다. 지난 일을 많이 생각하
여 손을 잡고 시를 지으며 가파른 길 걸어서 맑은 물가로 나간다.
此時獨坐, 僮僕靜默. 多思曩昔, 携手賦詩, 步仄徑, 臨清流也.

라고 하여 시세계에서 의기상합된 감흥 상태를 말하고 있다. 그리
고 왕·배 양인은 항상 교왕하기 가까운 거리를 두고 終南에 은거하
고 있었던 것 같다. 그리고 〈黎拾遺昕裴迪見過秋夜對雨之作〉(상동 권
7) 시 일부를 보면,

귀뚜라미 울어 벌써 때를 재촉하니
가벼운 옷을 겹옷으로 바꿔야겠네.
促織鳴已急, 輕衣行向重.

하였고, 〈登裴迪秀才小臺作〉 시(일부)(상동 권9)에서는,

멀리서도 알겠나니 저 먼 숲가에서
이 처마가 보이지 않는다네.
반가운 손님 달구경하러 자주 올지니
문에서 맞이하여 잠그지 말라.
遙知遠林際, 不見此簷間.
好客多乘月, 應門莫上關.

라고 하였다. 위의 시에서 가벼운 옷(輕衣)으로 나들이한다든가, '應
門莫上關'이라는 말은 왕·배 양인 관계가 相近함을 말한다. 다음에
〈山中與裴秀才迪書〉를 보자.

세모의 달빛 아래에 날씨가 화창하니 산을 넘을 만하여 … 문득 산중
에 돌아가 감배사에서 쉬었다.
近臘月下, 景氣和暢. 故山殊可過. … 輒便往山中, 憩感配寺.

위 구절에서는 달빛 아래(月下)에서 배적을 방문하는데, 섣달 달

밤에 산길을 건너가도 추위를 염려하지 않을 정도로 근거리임을 말하고 있다.

한편 안록산의 난 중의 왕·배의 교유는 특이한데, 그 고사를 통해 교유관계를 고찰하고자 한다. 안록산이 현종을 따라 피신 못한 신하를 모아 놓은 가운데, 전승의 연회를 궁내에서 열었을 때, 악공들이 현종 시대의 태평성세와 자유를 그리며 실성통곡을 한 일이2) 있다. 이때, 왕유는 菩提寺(보리사)에 감금된 신세로, 배적의 방문을 받고 이 소식을 전해들은 후에 칠언절구 한 수를 지어 그 소회를 다음과 같이 토로하였다.

> 온 백성 상심하니 들에는 연기 솟는데
> 백관은 언제나 다시 천자를 뵈올 건가.
> 가을에 홰나무 잎은 빈 궁전에 지는데
> 응벽지에서는 풍악을 울리고 있구나.
> 萬戶傷心生野煙, 百官何日再朝天.
> 秋槐葉落空宮裏, 凝碧池頭奏管絃.(상동 권14)

이 시의 史證은 ≪新唐書≫〈王維傳〉과 이 시의 제목인 〈보리사에 구금되어 있을 때>였다. 배적이 찾아와 상면하던 중 역적들이 응벽지 가에서 풍악을 울리고 시중하는 이들은 노래를 부르고 있다는 말을 하면서 다 같이 소리 내어 일시에 눈물을 흘렸다. 이에 몰래 읊조려서 배적에게 보여주며(菩提寺禁. 裴廸來相看說, 逆賊等凝碧池上作音樂, 供奉人等舉聲時便一時淚下. 私成口號. 誦示裴廸.)〉라는 긴 詩題에 잘 나타나 있다. 여기서 배적이 일신의 安危를 돌보지 않고 평상과 같이 보리사로 왕유를 탐방한 사실은, 양인의 불변의 우정을 입증한다. 그 후, 숙종이 至德 2년(757) 9월에 長安을 수복하고 治罪할 때 왕유도 연계되어 중죄로 다스려지게 되며, 동생인 刑部侍郎 王縉이 奏書를 올려 바로 「萬戶傷心生野煙」 구를 제시하며 무죄를

---

2) 劉維崇 ≪王維評傳≫〈生平篇〉 참조.

상소하였다. 그 결과 구명되고, 오히려 애국충정을 기리어 右丞으로
승관한 왕유 생평상의 기사 속에서, 더욱 배적과의 교분이 두터움을
명백히 하였다. 또한 왕·배 양인의 교유 자료 중에 和唱한 시가 비
교적 많은데, 왕유의 ≪輞川集≫과 배적의 和詩 20수 절구가[3] 그
대표적인 예다. 〈輞川集序〉를 본다.

> 나의 별장은 망천산곡에 있는데 그 노니는 곳이 맹성요, 화자강 …등
> 이 있는 바 배적과 한가하게 각자 절구를 짓노라.
> 余別業在輞川山谷, 其遊止有孟城坳, 華子岡 … 等, 與裴廸閑暇, 各賦
> 絶句云爾.

여기서 藍田에서 양인이 작시하는 마음이 '閑暇'하다. 망천생활을
시작할 때는 숙종 원년(758)인 왕유 나이 58세 때이다. 40대의
배적과 조용히 한거하며 吟詠과 長嘯를 낙으로 삼는 가운데 깊어진
왕·배 양인의 교유는 왕유의 최후, 최고, 最深의 생을 다한 우의의
표현이었다. 다음에 왕유의 〈椒園〉(상동 권13)을 본다.

> 계피 향기 술잔으로 천자를 맞이하고
> 두약을 꺾어 아름다운 님에게 드리네.
> 초란 술을 옥으로 빛나는 제단에 바치어
> 운중군(구름신)이 하강하시기를 바라네.
> 桂尊迎帝子, 杜若贈佳人.
> 椒漿尊瑤席, 欲下雲中君.

여기에서 화창한 경물과 자신의 순수한 심정을 묘사하니, 배적의
같은 詩題의 시를 보면,

> 붉은 자수 의상을 덮고 있고
> 띠 향기 지나가는 나그네에게 남아 있네.

---

3) ≪王右丞集箋注≫ 卷13과 ≪全唐詩≫ 卷129, 〈裴廸詩〉 卷에 수록. 詩題는
   盧象篇에 기술.

기꺼이 제단에 사용하리니
원컨대 그대 꺾어서 내려주소서.
丹判冒人衣, 茅香留過客.
幸勘調鼎用, 願君垂採摘.

라고 하였는데, 여기에서 말연은 확실히 영물이 아니고 自己比喩이다.
왕·배의 정분이 평범한 관계를 초탈한 坐忘의 세계까지 승화된 감
흥을 준다. 은자로서 生을 다해 가는 왕유를 잊지 못하며 배적이
蜀州刺史로 임명되어 갈 때, 배적은 그의 〈輞口遇雨憶終南山因獻王
維〉 시(≪全唐詩≫ 권129)에서 다음과 같이 토로하였다.

장맛비에 온 하늘 어두컴컴하고
펼쳐진 사막에는 하늘의 광채 사라졌네.
망천수는 유유히 흐르는데
남산은 또 어디에 있느뇨.
積雨晦空曲, 平沙滅浮彩.
輞水去悠悠, 南山復何在.

이 시는 배적이 輞川의 추억을 그리워한 것인데, 輞川水는 유유
히 흐르는데, 南山은 또 어디 있느냐라 하며, 속세를 완전히 작별하
는 노후의 왕유를 생각하는 심회를 표현하고 있다. 이 해에(761)
왕유가 졸하므로, 왕유와 배적의 교유는 종결을 고하게 되었다.

3. 杜甫의 〈絶句漫興〉

고시는 성률에 매이지 않으니 당대부터 지금까지 시인들은 다 그러
하였고 당초에 성률의 구속을 벗어나지 않았다. 시에서 성률을 벗어
난 것은, 두보에게 이런 체제가 있다. 예컨대 〈절구만흥〉, 〈황하〉,
〈강반독보심화〉, 〈기주가〉, 〈춘수생〉 등은 모두 성률에 매이지 않고
온전하게 시를 지으니 (시풍이) 청신하고 기특하여 사랑스러우니, 황

정견이 그를 본받았다.

古詩不拘聲律, 自唐至今, 詩人皆然, 初不待破棄聲律. 詩破棄聲律, 老杜自有此體. 如絶句漫興, 黃河, 江畔獨步尋花, 夔州歌, 春水生, 皆不拘聲律, 渾然成章, 新奇可愛, 故魯直效之.

두보의 〈絶句漫興〉 시는 9수로 구성되어 있는 칠언절구이다. 청대 仇兆鰲의 《杜詩詳注》(권9) 주석에 의하면 두보가 초당을 운영한 시기는 肅宗 上元 연간(760-761)으로, 대개 상원 2년(761) 봄에 지은 시로 본다. 주제는 客愁의 심정을 토로한 것으로 순간적인 감흥을 시에 담아놓았다고 본다.

이 시에 대해서 명대 李東陽은 형식상으로는 지금의 重慶 東部인 巴渝 일대의 民歌인 樂府 竹枝詞의 變體이므로 '古竹枝意'라고 하였고, 풍격에 대해서는 '跌宕奇古'라고 간결한 어구로 단정하고 있는데, 송대에 張文潛이 이미 이 시에 대하여 「모두 성률에 얽매이지 않고 온전하게 시를 지으니 청신하고 기특하여 사랑스럽다.(皆不拘聲律, 渾然成章, 新奇可愛.)」라고 하였으니, 다음 李東陽의 《懷麓堂詩話》(제34조)의 평을 보기로 한다.

두보의 〈만흥〉 절구는 옛 〈죽지사〉의 뜻이 있어서, 호탕하면서 기이하며 고아하여 시인들의 풍격보다 월등하다.

杜子美〈漫興〉諸絶句, 有古〈竹枝〉意, 跌宕奇古, 超出詩人蹊徑.

이에 대해서 청대 王嗣奭(왕사석)은 《杜臆》(권4)에서, 「감흥이 와서 문득 지은 것이니, 그러므로 만흥시는 또한 죽지 악부의 변체라고 하겠다.(興之所到, 率然而成, 故云漫興亦竹枝樂府之變體.)」라고 이동양의 평가에 동의하고 있다. 다음에 9수 중에 제1수와 제5수를 보자.

눈앞에 나그네 근심이 깨지 않는데
무료한 봄빛이 강가 정자에 왔구나.

어느새 문득 꽃이 활짝 피니

꾀꼬리도 번거롭게 울어대네.

眼前客愁愁不醒, 無賴春色到江亭.

卽遣花開深造次, 便教鶯語太丁寧.(其一)(≪杜詩詳注≫ 권9)

애를 끊듯 강가의 봄이 다하려는데

명아주 지팡이로 느릿 걸으며 고운 물 섬에 서네.

미친 듯 버들솜은 바람 따라 춤추고

가벼이 복사꽃은 강물 좇아 흐르네.

腸斷江春欲盡頭, 杖藜徐步立芳洲.

顚狂柳絮隨風舞, 輕薄桃花逐水流.(其五)(상동)

제1수는 여행 중에 우연히 객고의 번뇌를 토로하고 있는데, ≪杜
臆≫에서 이 시를 평하기를, 「'客愁' 두 자는 곧 9수의 요체이다. 여
러 눈이 다 나그네 수심을 보는데, 봄빛이 문득 오니 마음이 매우 편
치 않다.(客愁二字, 乃九首之綱. 衆眼共見客愁, 春色突然而至, 無賴甚
矣.)」라고 하였고, 제5수는 초로의 두보가 봄날의 경물을 擬人化해
서 봄과 인생을 비유하고 있다. 두보의 이 시들이 '奇古'한 면이 있
다는 선상에서 본다면, 두보의 이 시만을 가지고는 이동양의 평이
객관적인 인정을 받기에는 미흡하다고 본다.

　본 시화의 詩評 발전사적 의의를 본다면, 첫째는 북송의 시화이
론을 정리한 것이니, 元祐 연간(1086～1093, 哲宗) 이래의 북송 시
단의 맹주인 蘇軾과 黃庭堅에 대한 시평 자료를 보완했다는 점이다.
둘째는 서술방식이 '苕溪漁隱曰' 형식으로 구성하여 ≪史記≫의 '太
史公曰'과 같은 논리의 요점을 부각시켜서 시학적 관점을 분명히 하
고 있다. 그래서 郭紹虞는 ≪宋詩話考≫에서 「완열의 책은 단지 배
열하는 노고가 있고, 호자의 저서는 저술의 공로가 있으니, 난이도
가 매우 다르고 효용도 크게 차이가 있다.(阮書僅有排比之勞, 胡著則
有撰著之功, 難易迥殊, 效用亦大有徑庭.)」라고 하였다. 셋째는 眞僞

를 고증한 공헌이 多大하다. 더구나 杜甫 시에 대해서 八家의 판본을 지니고서, 와전이나 오류된 시어를 엄정하게 고거한 治學 태도는 높이 평가된다. 예컨대 碑本〈子美畵像詩〉에 대해서,「두보의 자작시가 결코 아니고 문집 속에도 없다. 반드시 호사가가 그러했을 것이다.(子美決不肯自作, 兼集中亦無之; 必好事者爲之也.)」라고 하였고, 〈解悶詩〉 중에,「맹자가 문을 논한 건 더욱 의심하지 않네(孟子論文更不疑)」 구의 '孟子'를 판본에 근거하여 校書郞 '孟雲卿'으로 논증한 것은 杜詩 이해에 귀중한 자료로 제공한 것이다. 넷째는 시를 아끼고, 배우고, 지으며 시를 논하는 자들에게 新風을 열어주었으니, 즉 북송 이전의 시화를 총집하여 그 우열을 논평한 점에서 그 영향이 후대에 적지 않다. 예로 魏慶之의 ≪詩人玉屑≫, 計有功의 ≪唐詩紀事≫, 尤袤의 ≪全唐詩話≫ 등이니 그 관점이 각기 다르지만, 분류 형식과 체제 등에서 胡仔의 시화를 계승하였다.

　판본으로는 郭紹虞의 고증에 의하면, 海鹽 楊傳啓의 宋本重刊本과 績溪 胡氏 耘經樓의 宋刻本이 있었다고 하나, 실지로는 ≪海山仙館≫, ≪四部備要≫본과 廖德明 校點의 板本(인민문학출판사, 1962) 등이 있다.

≪捫虱新話≫ - 陳善

陳善(진선). 자는 敬甫 또는 子兼, 호는 秋塘으로, 福州 羅源人이다. 乾道 5년(1169) 甲科에 등제하여 太學教授를 제수 받았으나, 任職하지 못하고 졸하였다. 陳益의 〈捫虱新語序〉에, 「시문이 매우 많은데 흩어져 사라지고 책상도 없다.(詩文甚多, 散失無几.)」라 하였으며, 논저로는 ≪雪篷夜話≫가 있다.

본 ≪문슬신화≫는 上下 두 집과, 陳益의 序와 自跋, 上集 100 칙으로 구성되어 있으며 紹興 19년(1149)에 成書되었는데 초명은 ≪窻間紀聞≫이라 하였다. 하집 100칙은 소흥 27년(1157)에 성서되고 상집과 합하여 ≪捫虱新話≫라 서제를 붙였다. ≪四庫全書總目提要≫에는,

이 책은 경사와 시문을 고찰하여 논술하고 잡사도 겸하고 있으며 따로 여러 문항을 분류하여 자못 세심하게 되어 있고, 지론이 다분히 다양하다. 지론이 불교이론을 정도로 하고, 왕안석을 근본으로 삼고 있다. 其書考論經史詩文, 兼及雜事, 別類分門, 頗爲冗瑣, 持論尤多舛駁, 大旨以佛氏爲正道, 以王安石爲宗主.

라고 하여 본 시화를 정확하게 분석하여 설명하고 있다. 陳善은 新舊黨人에 대해서 褒貶(포폄 : 칭찬과 비판)을 가하여, 「주방언의 부는 우공의 산천 밖에서 노닐고, 주공의 예악 속에 들어가 있다.(周邦彦賦, 化行禹貢山川外, 入在周公禮樂中.」 구를 평하여 「채경을 칭송하여 헐뜯을 것이 없다.(諛頌蔡京, 無有譏刺.)」라 하였고, 蘇軾 시에 대해서는 「용사에 틀린 곳이 많다.(用事多有誤處.)」라고 하여 비난하기도 하였다. 그러나 그 논지에 자못 견지가 있고 다분히 공평하다.

본 시화는 '氣韻'(氣品)을 논시의 바탕으로 삼아서, 「문장은 기운을 위주로 할 것이니, 기운이 부족하면 비록 시문에 문채가 있어도 좋은 작품이 아니다.(文章以氣韻爲主, 氣韻不足, 雖有詞藻, 要非佳作也.)」라 하여, 소위 '氣韻'이란 陶潛(도연명)의 '自然', 李白(이태백)의 '神氣', 杜甫의 '意度', 韓愈의 '風韻', 그리고 歐陽修의 '天成', 蘇軾의 '挾海上風濤之氣'(바다 위의 거친 파도를 낀 것처럼 강렬한 기세), 黃庭堅의 '渾厚'와 일관되는 것이다. 따라서 시인이라면 「뛰어나고 오묘한 사상을 담아서 규율에 얽매이지 않아야 한다.(逸思妙想所寓, 非繩墨度數所能束縛.)」라는 一心을 추구하여 '題外立意'(시제 외의 담긴 뜻)해야 한다고 하였다. 진선의 논지는 심미의식을 창작의 주체로 삼고 '格高'와 '韻勝'의 지취에 편향되고 '免俗'을 강조하다 보니, '超脫'에 빠진 면을 지적할 수 있다.

본 시화에서 시가의 기교를 논평하는데 '精工'을 중시하고 '彫琢'을 경시하고 있다. 진선은 당인과 송인 시를 평하기를,

당인은 시구를 나날이 다듬어서 詩名이 났고, 구양수는 자주 생각하고 고쳐서, 억지로 작시하지 않아서 文名을 드러냈으니, 따라서 강조하건대, 문이 정미하기 때문에 공교해지고, 공교해지기 때문에 멀리 오래 전해진다. 왕안석 만년의 시는 매우 정교한데, 너무 지나치게 조탁하는 단점이 있는 것이 안타깝다.
唐人句鍛月煉而詩名, 歐陽修屢思屢改, 不欲苟作而文名, 因倡言文以精故工, 以工故傳遠. 王安石晚年詩極精巧, 又恨其有雕刻太過之弊.

라고 지적하고 있다. '用事' 면에서는 「사실 활용을 시의 뜻 세움(立意)보다 어렵게(중시하다) 해서는 안 되고, 사실 활용을 시어 묘사(遣辭)보다 매우 어렵게(중시하다) 해야 한다.(不使事難于立意, 使事多艱于遣辭.)」라 하였고 '用語' 면에서는 持平的 논리를 펴고 있다. 시는 '切題'와 '著題'를 필요로 하고 '牽强'하거나 '終篇無所歸'(시 매듭의 모호함)해서는 안 된다는 것이다. 시와 문의 '相通'과 '相借'를 논함에 있

어서,

> 「한유는 문으로 시를 삼고 두보는 시로 문을 삼는다.」라는 말이 세
> 상에 놀이삼아 전해진다. 그러나 문에는 절로 시가 있어야 하고 시
> 에는 절로 문이 있어야 상생하는 도리이다. 문에 시가 있으면 어구
> 가 정확하고, 시에 문이 있으면 사조가 유창해진다.
> 韓以文爲詩, 杜以詩爲文. 世傳以爲戱. 然文中要自有詩, 詩中要自有
> 文, 亦相生法也. 文中有詩, 則句語精確, 詩中有文, 則詞調流暢.

라 하고 杜甫의 夔州 이후의 시와 韓愈의 〈畫記〉를 예로 들면서 「한
유는 문으로 시를 짓고, 두보는 시로 문을 짓는다.(韓以文爲詩, 杜
以詩爲文.)」라 하여 相生法을 사작의 佳法으로 여겼다. 두보의 「어
려운 때를 느껴서 꽃이 눈물을 흘리고, 이별을 한하여 새가 마음 놀
라네.(感時花濺淚, 恨別鳥驚心.)」(〈春望〉) 구와 「발을 걷어 올리니 맑
은 강물이요, 책상에 숨으니 푸른 산이라.(卷簾惟白水, 隱几亦靑山.)」
(〈悶〉) 구를 서정 주체의 심리특징으로 제시하고 있다. 명대에 李東
陽은 詩와 文이 동체가 아님을 다음과 같이 논술하고 있다.

> 詩와 文은 체제가 같지 않다. 옛사람이 말하기를, 두보는 시로 문을
> 삼고, 한유는 문으로 시를 삼았다고 하였는데 정말 그런 것은 아니다.
> 그러나 그 나름의 얻은 것과 나아간 것이(문학의 주관과 취향) 또한
> 각각 앞장서서 독특하게 얻은 점이 있다. 근래에 유명한 대가로서
> 문장으로 이름을 떨친 사람들을 보면, 그 시를 짓는 데 있어서는 끝
> 내 크게 어긋나서 평생토록 깨닫지 못하곤 한다. 그러니 시를 과연
> 쉽게 말하겠는가?
> 詩與文不同體. 昔人謂杜子美以詩爲文, 韓退之以文爲詩, 固未然. 然
> 其所得所就, 亦各有偏長獨到之處. 近見名家大手以文章自命者, 至其
> 爲詩, 則毫釐千里, 終其身而不悟. 然則詩果易言哉?(≪懷麓堂詩話≫
> 제14조)

詩는 韻律이 있고 文은 韻律을 중시하지 않는다. 시는 有韻文이며,

문은 無韻文이라고 구분한다. 산문체이면서 韻이 있는 辭賦나, 碑銘
文 등을 지금은 시로 분류하지 않는다. 蕭統이 편찬한 ≪文選≫에는
楚辭, 漢賦 등을 시로 구분하고 근래에도 陸侃如의 ≪中國詩史≫에
楚辭를 시에 列入하고 있다. 그러나 엄격히 말해서 辭賦類는 장르
개념상 산문으로 분류하든지 별도로 중국문학의 특성상 '辭賦'라는
장르를 설정하여 분류해도 가능하다. 송대 陳師道가 ≪後山詩話≫
에서 말한, 「한유는 문으로 시를 삼고, 두보는 시로 문을 삼는다.(韓
以文爲詩, 杜以詩爲文.)」라는 글의 의미는, 한유는 특히 산문에 능하
고 두보는 특히 시에 능하였는데, 결국 두 문호가 시문에 모두 특
출한 점을 역설한 것으로 풀이할 수도 있다. 진사도는 더 설명하기
를, 「황정견이 말하기를, 두보의 시 기법이며, 한유의 문 기법이다.
시문은 각각 체제가 있으니, 한유는 문으로 시를 삼고, 두보는 시로
문을 삼아서 따라서 기교를 부리지 않을 따름이다.(黃魯直云: 杜之
詩法, 韓之文法也. 詩文各有體, 韓以文爲詩, 杜以詩爲文, 故不工爾.)」
라고 하여 시문의 相生을 제시하였고, 시와 문이 형식은 다르나 창
작 원리와 정신은 同質的이며 상호보완적이라는 점을 알 수 있다.

이동양의 「시와 문은 같은 형식이 아니다.(詩與文不同體.)」라는 논
리는 명대에 상당한 논란이 있었으니, 송대 古文運動이 최고조에 달
하여 문장의 先秦과 漢魏시대로의 복고운동이 완성단계에 있었으므
로 명대에 尊唐사상이 일어나 시의 사조가 송시풍을 경시하는 시기
에 이런 시문의 논쟁이 가능했다고 본다. 그리하여 명대의 胡應麟
은 시문의 특성을 말하기를, 「시와 문은 아주 다르다. 문은 전아와
실질을 숭상하고, 시는 청공함을 숭상하며, 시는 풍채를 주로 하고,
문은 도리를 앞세운다.(詩與文體迥然不類. 文尙典實, 詩尙淸空, 詩
主風神, 文先道理.)」(≪詩藪≫〈外編〉卷1)라고 하여 시와 문의 차
이점을 두려 하였고, 청대에는 宋方鳳이 「당인의 시는 시를 문으로
하여, 흥취를 기탁함이 깊고 어사가 아름답다. 송대의 시는 문으로
시를 삼아서 기세가 웅혼하고 정밀하고 실질을 높인다.(唐人之詩, 以

詩爲文, 故寄興深, 裁語婉. 宋朝之詩, 以文爲詩, 故氣渾雄, 事精實.)」 (≪存雅堂遺稿≫ 卷3 仇仁父詩序)라고 하여 시대별로 구분하여 상생론을 제기하기도 하였다.

진선은 시의 감상 면에서, 「직접 눈으로 보지 않으면 그 오묘함을 모른다.(非意到目見, 不知其妙.)」라 하여 생활 속의 실감을 강구하고 있다. 그는 「시인은 모두 어느 하나의 사물을 놓고서 시를 지으면서 달라지는 것이 있으니, 동류에 따라 보아야 우열을 가리게 된다.(詩人有俱指一物而下句不同者, 以類觀之, 方見優劣.)」라 하며 杜甫의 〈詠茱萸〉를 「취하여 수유를 자세히 보네.(醉把茱萸仔細看.)」라 평하고, 韓偓의 〈魚戲〉를 「연못에 물고기가 버들솜을 불며 가네.(池面魚吹柳絮行.)」, 王勃의 〈雨〉를 「구슬발 저녁에 거두니 서산에 비 내리네.(珠簾暮卷西山雨.)」라 각각 평하며 우수한 시구로 분류하고 있다. 이런 논시관은 소위 '以類觀之'라는 기조로 감상의 편견을 탈피할 것을 지적한 말이라 할 것이니,

> 문자는 각기 주견이 있어서 우열을 논할 수 없고, 문장은 정론이 없는 듯하니, 대개 사람의 소견에 따라서 높고 낮음을 가릴 뿐이다.
> 文字各有所主, 未可優劣論, 文章似無定論, 殆是由人所見爲高下爾.

라는 그의 논지에 입각한 것으로 본다. 본 시화가 인증이 廣博하고 내용이 풍부하며 시인창작, 시작분석, 독자감상 등 삼분하여 자신의 견해를 전개한 반면에 '格高', '韻勝', 그리고 江西格調와 당파적 의식으로 蘇軾을 매도한 편향적인 의견을 제시한 점은 간과할 수 없다. 다음에 본 시화에서 예문을 들어 그 논지를 살펴본다.

1. 李白(이태백), 杜甫의 詩와 韓愈, 柳宗元의 文

당대에 시는 이백과 두보를 칭하고 문장은 한유와 유종원을 칭한다. 지금 두보 시에 이백을 말한 시가 무려 10수나 되고 이백에게는 두

보에게 준 시가 없고 단지 〈반과〉 한 편만 있는데 뜻이 자못 매우 가벼웠다. 논자는 이것으로 두보가 이백에게 매우 경도되었음을 알 수 있다고 말한다. 안원헌공이 일찍이 말하기를, 「한유는 성스런 교화를 주도하여 이단을 제거하니 그 뛰어난 점이다. 고대 전적을 논술하고 《시경》과 《초사》의 풍격을 본받아서 위로는 상고대 문헌을 전하고 아래로는 제자백가를 포괄하였고, 시야를 넓혀서 학문을 계승하여 저술한 사람은 유종원 한 사람뿐이다.」라 하였다.

唐世詩稱李杜, 文章稱韓柳. 今杜詩語及太白無慮十首篇, 李太白未嘗有與杜子美詩, 只有飯顆一篇, 意頗輕甚. 論者謂以此可知子美傾倒太白至矣. 晏元獻公嘗言:「韓退之扶導聖教, 劃除異端, 自其所長. 若其祖述墳典, 憲章騷雅, 上傳三古, 下籠百氏, 橫行闊視于綴述之場者, 子厚一人而已矣.」

詩聖 杜甫와 詩仙 李白은 성당대에 활동한 문호들로서 중국시사의 양대 기둥이다. 위 글에서 두보가 이백을 노래한 시는 여러 편이나, 이백이 두보를 대상으로 한 시는 한 수뿐인 점은 이미 말한 바와 같다. 양인을 상호 비교하는 논설이 중당 이래로 이어졌으나, 그 優劣을 가린다는 것은 불가능하다. 시인 각자의 풍격상의 특성이 있기 때문이니, 다음 李東陽의 《懷麓堂詩話》(제109조)의 일단에서 이백과 두보 시에 대한 평가를 본다.

이백은 타고난 재능이 특출하니, 진정 「가을 물에 연꽃이 솟아나서, 자연스러이 다듬어 꾸며있네.」라고 말한 대로이다. 이제 돌에 새겨서 전해지는 것으로 「세상에 사는 것이 큰 꿈과 같네」라는 시의 서문에는 「크게 술에 취하여 지으니, 하생이 나를 위해 읽는다.」라고 적고 있다. 이런 시는 모두 손 가는 대로 붓을 휘둘러 지은 것이며 다른 작품도 미루어 알 수 있다. 전대에 전해지는 두보의 「복사꽃이 잔잔히 날리고, 버들꽃은 지네.」라는 손수 쓴 시에는 고친 글자가 있다. 이 두 분의 명성이 함께 높아서 우열을 가릴 수 없다.

太白天才絶出, 眞所謂「秋水出芙蓉, 天然去雕飾.」今所傳石刻「處世若

大夢」一詩, 序稱 : 「大醉中作, 賀生爲我讀之.」[1] 此等詩, 皆信手縱筆
而就, 他可知已. 前代傳子美「桃花細逐楊花落」, 手稿有改定字. 而二
公齊名並價, 莫可軒輊.

李白과 杜甫 시의 우열 논리는 천여 년을 두고 끊임없이 제기되고
있지만, 그 결론은 상호존중의 칭찬으로 매듭지어 왔으니 어쩌면 당
연한 귀결이라 할 것이다. 이동양도 그 맥락에서 거론하고 있는데
한편 작시의 태도상 즉흥시인가 아니면 장시간 각고의 시인가에 따
라서 시의 가치를 논하는 一角의 논리를 덧붙여서 부정하고 있다.
그리하여 그 예로 이백 시에서는 古詩 〈經亂離後天恩流夜郞憶舊遊
懷贈江夏韋太守良宰〉에서 「秋水」 구와 〈春日醉起言志〉에서 「處世」 구
를 각각 인용하였고, 杜甫 시에서는 〈曲江對酒〉에서 「桃花」 구를 인용
하여 비교하고 있다. 본래 '李杜優劣論'을 처음 제기한 자는 중당대
白居易와 元稹이라 할 것이니, 백거이는 〈與元九書〉에서 李杜의 장
점을 서술하기를,

> 시에서 호방한 것으로 세상에서 이백과 두보를 부른다. 이백의 시는
> 재기 있고 기특하여 사람이 따라가지 못한다. 그 풍아와 비흥의 면
> 을 찾아보면 열에서 하나도 없다. 두보 시는 가장 많아서 전해지는
> 것이 천여 수나 된다. 고금을 다 꿰뚫어 포괄하여서 격률을 자세히
> 다듬고 공교하고 잘 지은 점에서 또한 이백보다 뛰어나다.
> 詩之豪者, 世稱李杜. 李之作, 才矣奇矣, 人不逮矣. 索其風雅比興, 十
> 無一焉. 杜詩最多, 可傳者千餘首. 至於貫穿今古, 覼縷格律, 盡工盡
> 善, 又過於李.(≪白居易集≫ 권28)

라고 하였으며, 원진은 〈唐檢校工部員外郞杜郡墓係銘幷序〉에서 역시
두 시인의 풍격을 비교하였다.

---

1) 序稱句：元 王惲 ≪秋澗先生大全集≫ 卷94：「李太白醉歸, 墨跡後自題云: 吾
   頭懵懵試書此, 不能自辨, 賀生爲讀之.」

진실로 생각하건대 할 수 없는 것을 할 수 있고, 하지 않으면 안 되는 것을 안해도 되는 것을 한 사람으로 시인이 있고부터 두보만한 사람이 아직 없다고 하겠다. 이 시기에 산동인 이백도 기이한 문장으로 칭찬을 받아서 당시 사람들은 李杜라고 하였다. 내가 보건대 그 장대한 물결이 출렁이는 기풍은 구속을 벗어나서 사물을 묘사한 것과 악부시는 진실로 또한 두보에 비해 뛰어나다. 두보 시는 처음과 끝을 묘사해 나가는 데 있어서 성운을 다듬고 수많은 말을 순서 있게 나열하고 지어나면서 어사의 기세가 호탕하고 뛰어나며, 풍조가 맑고 심원하고 율격에 잘 대응하고 용렬함을 벗어버린 점에서는 이백이 아직은 그 울타리를 넘을 수 없을 것이니, 하물며 집안 즉 두보 시의 깊은 경지에 이를 수 있겠는가?

苟以爲能所不能, 無可無不可, 則詩人以來, 未有如子美者. 是時山東人李白, 亦以奇文取稱, 時人謂之李杜. 余觀其壯浪縱恣, 擺去拘束, 模寫物象及樂府歌詩, 誠亦差肩於子美矣. 至若鋪陳終始, 排比聲韻, 大或千言, 次猶數百, 辭氣豪邁而風調淸深, 屬對律切而脫棄凡近, 則李白尙不能歷其藩翰, 況堂奧乎?(仇兆鰲 ≪杜詩詳注≫ 附編)

여기서 두보를 이백(이태백)보다 다소 우위에 놓으려 하였다. 그리고 韓愈는 〈調張籍〉(≪韓愈集≫ 권5) 일부에서,

이백과 두보의 문장이 있는 곳에는
찬란한 빛이 만 장만큼 길도다.
여러 아이들이 어리석은 줄 모르고
어찌 구실 삼아 헐뜯고 아프게 하나.
하루살이가 큰 나무를 흔들고 있으니
가소롭게도 스스로를 헤아리지 못하도다.
李杜文章在, 光焰萬丈長.
不知群兒愚, 那用故謗傷.
蚍蜉撼大木, 可笑不自量.

라고 하여 李杜優劣을 논하기를 자제하려 하였다. 그러나 그 후에도

부단히 거론되어 왔으니, 송대 蘇轍은 '杜甫優位論'(≪欒城集≫ 권8) 을, 송대 劉攽은 '李白優位論'(≪中山詩話≫)을, 그리고 黃庭堅은 '杜甫優位論'(≪豫章黃先生文集≫ 권26)을 각각 주장하였으며, 嚴羽는 「이백과 두보 두 사람은 정말 우열을 따지지 못한다. 이백에게는 한둘의 오묘한 곳이 있어 두보가 말할 수 없으며, 두보에게도 한둘의 오묘한 곳이 있어 이백이 지어낼 수 없다.(李杜二公, 正不當優劣. 太白有一二妙處, 子美不能道. 子美有一二妙處, 太白不能作.)」(≪滄浪詩話≫ 〈詩評〉)라고 하여 李杜衡平論을 제기하기도 하였다.

韓愈와 柳宗元은 시에 대해서 수다한 상호비교가 있었고, 고문운동가로서 복고주의를 주창하여 당대 산문의 신이정표를 제시하여 송대 歐陽修, 蘇軾 등 소위 唐宋八大家의 맥락을 계도하였다. 본문이 시를 주제로 한 시화 이론을 서술하는 공간이기에, 여기에서는 한유와 유종원의 시가를 비교한다. 다음에 李東陽의 ≪懷麓堂詩話≫(제78조) 평문을 인용하여 분석하기로 한다.

옛사람들이 시를 논하면서, 한유는 유종원만 못하고, 소식은 황정견만 못하다고 한다. 그러나 황정견도 말하기를, 「세상에 문장으로 이름을 떨쳤으면서도 시는 고인에 미치지 못한 자가 있다.」라 하니 아마도 소식을 두고 한 말일 것이다. 이것은 전혀 그렇지 않다. 한위대 이전에는 시격이 간결하고 고원하여 세간의 일체 사소한 일과 장황한 말로는 모두 다 표현하지 못하였다. 그 형세가 오래되면서 점차 쇠퇴하다가, 두보 시에 의거해 한번 드러나서 곧 조금 열려 넓어지니, 거의 천하의 정감 어린 일들을 다 표현할 수 있게 되었다. 한유가 이어서 나오고, 소식이 다시 연이어 나와서, 이에 성정과 사실을 다 표현하지 못하는 것이 없게 되었다. 한편 그 격식은 다시 점차 거칠어진 것이다. 그러나 재능 있고 박식하지 않으면, 시 창작의 도리를 알아서 널리 활용하는 데 그 누구와 더불어 후학의 길을 열어 나갈 것인가?

昔人論詩, 謂韓不如柳, 蘇不如黃. 雖黃亦云「世有文章名一世, 而詩不

逮古人者」, 殆蘇之謂也. 是大不然. 漢魏以前, 詩格簡古, 世間一切細事長語, 皆著不得. 其勢必久而漸窮, 賴杜詩一出, 乃稍爲開擴, 庶幾可盡天下之情事. 韓一衍之, 蘇再衍之, 於是情與事, 無不可盡. 而其爲格, 亦漸麗矣. 然非具宏才博學, 逢原而泛應, 誰與開後學之路哉?

시의 가치를 논하면서 당대는 韓愈와 柳宗元을 비교하고, 송대는 蘇軾과 黃庭堅을 비교하여 우열론을 제기하고 있는데, 이 논리는 이동양 이전에 이미 여러 자료에서 거론되어 있다. 송대 劉克莊은 ≪後村詩話前集≫(권1)에서, 「유종원(유자후)은 재주가 높고 다른 문장은 오직 한유만이 대응할 만하다. 오율시는 정묘하여 한유가 따르지 못한다. 세상에 원화체라 하는데 한유는 오히려 해학적이며 세속을 면치 못하고, 유종원만이 홀로 일가의 말이라 할 수 있으니 어찌 호걸의 선비가 아닌가?(柳子厚才高, 他文惟韓可對壘. 古律詩精妙, 韓不及也. 當擧世爲元和體, 韓猶未免諧俗, 而子厚獨能爲一家之言, 豈非豪傑之士乎.)」라고 하였다.

陳長方은 ≪步里客談≫(卷下)에서, 「자고로 이름을 나란히 칭하는 것이 매우 많은데 사실은 반드시 그렇지 않다. … 소식의 문장은 황정견보다 월등하고, 황정견의 율시는 소식이 따르지 못한다.(自古稱齊名甚多, 其實未必然. … 子瞻文章去黃甚遠, 黃之律詩, 蘇亦不逮.)」라고 하였으며, 錢文子는 ≪山谷外集詩注≫ 序에서, 「황정견의 시는 소식과 율격을 같이하고, 어사는 더욱 고아하고 웅건하여, 인용하는 사람이 소식보다 더 많다.(山谷之詩, 與蘇同律, 而語尤雅健, 所援引者乃多於蘇.)」라고 하니 새삼스러운 것이 아니다. 그러나 이 논리는 객관성이 결여된 단편적인 평가라 할 수 있다. 이런 점에서 소식의 ≪東坡詩話≫의 일단과 청대 李光地의 ≪榕村語錄≫(권30)의 평어는 한유와 유종원의 시를 평가하는 기준이 된다.

(소식이 말하기를) 유종원 시는 도잠(도연명) 아래에 있고 위응물(위소주) 위에 있는데, 한유는 호방하며 기험한 점에서는 뛰어나지만

온화하고 미려하여 정교하고 심원한 점은 따라가지 못한다.
(蘇軾云:) 柳子厚詩在陶淵明下, 韋蘇州上, 退之豪放奇險則過之, 而溫麗精深不及也.

(이광지가 말하기를) 한유의 시는 뜻은 다했으나 언사가 그쳐 있고 솔직하여 수식이 가해지지 않았다. 유종원의 시는 매우 공교하여 비록 근심과 고통을 말하지만 역시 의상에 옥을 찬 고아한 점이 있다고 생각하니, 각각 장점을 지니고 있어서 서로 낮출 수 없다.
(李光地云:) 韓詩意盡言止, 直率不加雕飾. 柳詩工致, 雖說愁苦, 亦覺冠裳佩玉. 各有長處, 不相下也.

본 시화에는 거론되지 않았지만 부연하자면, 소식과 황정견의 경우도 다음 청대 趙翼의 ≪甌北詩話≫(권11) 글을 통해서 비교된다.

북송 시는 소식과 황정견 두 시인을 추숭하니 대개 재력이 웅혼하고 온후하여 지은 작품이 풍부하여서 진실로 우열을 다툴 만하지만, 거기에는 절로 우열이 있다. 소식은 사물을 따라 형상을 묘사하고 붓 가는 대로 시를 쓰며, 하나의 격식에 매이지 않으나, 긍지심을 가지고 의취를 표현하는 점이 보이지 않는다. 황정견은 오로지 힘이 있고 준엄하여 속기를 피하여 평범한 어사를 짓지 않으려 하나 조용히 노니는 흥취가 없다.
北宋詩推蘇黃兩家, 蓋才力雄厚, 書卷繁富, 實旗鼓相當, 然其間亦自有優劣. 東坡隨物賦形, 信筆揮灑, 不拘一格, 故雖瀾翻不窮, 而不見有矜心作意之處. 山谷則專以拗峭避俗, 不肯作一尋常語, 而無從容游泳之趣.

풍격 면에서 한유는 奇險하고, 유종원은 平溫하며, 소식은 두보 이후의 第一家이며, 황정견은 송시 풍격의 대표적인 江西詩派의 주도자이므로 그 지향하는 면이 相異하다. 南宋 嚴羽의 ≪滄浪詩話≫〈詩評〉에 근거하면, 한유보다는 유종원을, 황정견보다는 소식을 더 우월하게 평가할 수 있을 것이다.

2. 中唐詩의 盧仝과 馬異

소식이 일찍이 말하였다. 「시를 지은 것이 너무 괴기하여 노동과 마이에 이르러서 최고에 이르렀다.」
東坡嘗言: 作詩狂怪, 至盧仝 · 馬異極矣.

中唐詩(766-835) 시기는 시인들의 활동 비중으로 평가해서, 크게 大歷(766-779)과 元和(806-820)로 나누어 볼 수 있다. 그리고 그 중간에 建中(780~783)과 貞元(785~804) 시기가 있고, 그 후에는 長慶(821~824)과 太和(827~835) 시기가 있다. 대력 시기는 성당을 계승하여 두보의 영향권에 있었으니 현실주의적인 경향을 지니고 있었다. 盧綸, 錢起를 중심으로 한 大歷十才子의 활약이 눈에 띄며, 민생고를 위시한 平庸한 시가들을 남기고 있어 부분적으로는 문학적 가치를 높이 평가받지 못하지만 전체적으로 중요한 詩史的 의미를 지니고 있다. 그러나 元結이나 劉長卿 등은 왕유나 맹호연을 계승하여 민중의 고통을 노래하면서도 풍유의 뜻을 살리려 하였고 자연풍의 시도 구사하였다.

元和 시기에는 白居易를 위시한 元稹, 張籍, 王建 등이 신악부운동을 전개하여 속어의 구사는 물론이거니와 철저하게 민중의 실상을 풍유하는 데 주력하였다. 그리고 韓愈의 奇嶮, 孟郊의 평담 등은 특기할 만하고 柳宗元과 劉禹錫 등은 중당에서도 자연시를 계승 발전시켰으며, 李賀는 낭만적이지만 유미풍을 지향하고 난해한 상징시를 개척하기도 하였다. 이 같이 성당에 이르러 시형과 기교를 발달시켰는가 하면, 중당에서는 그것을 더욱 차원 높여서 발전시켜 나갔다고 하겠다.

대력 시기에 활동한 盧仝(노동)은 대력십재자의 한 사람으로 詩名을 날렸고, 馬異도 다양한 시풍을 발휘하였으니, 두 시인 모두 怪

奇派의 풍격을 남기고 있다는 점에서 본 시화의 '作詩狂怪'란 평은 이해할 만하다. 盧仝(771-813?)은 自號가 玉川子로, 河南 濟源(지금의 河南에 속함)人이다. 평생 野人으로 살며 韓愈, 馬異 등과 교유하였고, ≪玉川子詩≫ 한 권이 있다. 그의 시에 대해서 ≪直齋書錄解題≫에는 「그 시가 예스럽고 괴이하여서 〈여아집〉, 〈소부음〉, 〈유소사〉 등 시들은 문득 아름답고 요염하다.(其詩古怪, 而女兒集, 少婦吟, 有所思諸篇, 輒嫵媚艶冶.)」라 하였고, ≪吳禮部詩話≫에는 「노동은 기괴하고, 가도는 한삽하여 절로 일가를 이루었다.(盧仝奇怪, 賈島寒澀, 自成一家.)」라 하고, ≪存餘堂詩話≫에는 「시가는 노동 시를 평하기를, 조어가 험괴하기 거칠 것 없어서 거의 이해할 수 없다.(詩家評盧仝詩, 造語險怪百出, 幾不可解.)」라고 하여 그의 시가 대체적으로 '怪險'하다는 평이다.

다음에 노동의 악부시 〈有所思〉(≪全唐詩≫ 권387)를 본다.

> 그 당시에 내가 미인 집에서 술 취하니
> 미인의 얼굴 귀엽기 꽃 같네.
> 오늘 미인이 나를 버리고 떠나니
> 푸른 누각의 구슬발이 하늘 끝에 걸리네.
> 하늘 끝의 고운 항아의 달은
> 보름에 찼다가 기망에는 다시 이지러지네.
> 푸른 눈썹 고운 귀밑털 여인과 생이별하니
> 바라봐도 보이지 않아 마음이 끊어지네.
> 마음이 끊어지니 몇 천 리 밖인가
> 꿈에서 취해 누우니 무산의 구름이네.
> 깨어나서 상수 물가에 눈물 뿌리니
> 상수 양 언덕에 꽃나무 무성하네.
> 미인은 보이지 않아 수심에 차니
> 시름 머금고 다시 녹기금을 타네.
> 가락이 높아져 현이 끊어져도 알아 줄 이 없네.

미인이여, 미인이여
저녁 비 되고 아침 구름 된 지 모르겠네.
그리워서 온 밤 지내니 매화가 피어
문득 창가로 다가가니 이게 그대인가 하네.
當時我醉美人家, 美人顔色嬌如花.
今日美人棄我去, 靑樓珠箔天之涯.
天涯娟娟姮娥月, 三五二八盈又缺.
翠眉蟬鬢生別離, 一望不見心斷絶.
心斷絶, 幾千里, 夢中醉臥巫山雲.
覺來淚滴湘江水, 湘江兩岸花木深.
美人不見愁人心, 含愁更奏綠綺琴.
調高弦絶無知音.
美人兮美人, 不知爲暮雨兮爲朝雲.
相思一夜梅花發, 忽到窓前疑是君.

이 시에 대해서 ≪唐詩品匯≫에서 「기괴하고 미려하되 요염하지 않아서 이것을 일컬어서 '통달'이라 할 것이다.(奇怪濃麗而不妖, 是之謂暢.)」라 하고, ≪唐賢小三昧集≫에서는 「안개 낀 물결이 만 겹이다.(烟波萬疊.)」라고 하여 시풍의 怪奇한 면을 지적하였다. ≪劍溪說詩≫에는 「노동의 시는 진실로 허탄하지만, 〈유소사〉, 〈누상여아곡〉은 음운이 가볍고 맑아서 이미 이백에 가깝다.(玉川子詩誠誕, 然有所思, 樓上女兒曲, 音韻飄洒, 已近似謫仙.)」라고 하여 그 시의 감흥이 이백처럼 飄逸한 면을 밝히고 있다.

馬異는 생졸년 불명이며, 河南(지금의 河南 洛陽)人으로 興元 元年 진사 급제하였다. 皇甫湜과 詩交가 있었고 盧仝도 시를 부쳐서 結交하니 〈與馬異結交〉 시에 「뛰어난 절경이 밝은 구슬 천만 말이네.(絶勝明珠千萬斛.)」라 하고, 마이도 시로 酬答하는 관계를 맺었다. ≪全唐詩≫(권369)에 시 4수가 수록되고, 사적은 ≪唐詩紀事≫(권40), ≪唐才子傳≫(권5)에 보인다. 다음에 그의 칠절 〈貞元旱歲〉를

보면,

> 붉은 땅, 불타는 도읍에는 풀 한 포기 없고
> 온 냇물은 끓어서 벌레 물고기 삶아내네.
> 그을리고 불에 데어도 구할 사람 없으니
> 눈물이 세 편의 옛 ≪상서≫ 책에 떨어지네.
> 赤地炎都寸草無, 百川水沸煮蟲魚.
> 定應燋爛無人救, 淚落三篇古尙書.(≪全唐詩≫ 권369)

라 하여 가뭄이 극심한 형상을 사실적으로 묘사하였고, 시우 皇甫湜
이 급제하자 전송한 시 〈送皇甫湜赴擧〉를 보면,

> 말발굽 소리 다다닥 나며
> 서울로 떠나가네.
> 묻노니 가는 이가 누구인가
> 수재로 있는 황보식이라.
> 배 하나 가득한 문장을 삼켰다 뱉었다 하며
> 팔음과 오색의 예능도 겸비하였도다.
> 과거의 시관으로는 최와 이 두 분이 있으니
> 문물이 융성하니 임금의 은덕이로다.
> 청동 거울은 반드시 밝으며
> 붉은 실은 반드시 곧으니
> 태평성대에 뜻을 둔 그대여
> 원컨대 오래도록 기억해주오.
> 馬蹄聲特特, 去入天子國.
> 借問去是誰, 秀才皇甫湜.
> 含吐一腹文, 八音兼五色.
> 主文有崔李, 郁郁爲朝德.
> 靑銅鏡必明, 朱絲繩必直.
> 稱意太平年, 願子長相憶.(≪全唐詩≫ 권369)

라고 하였다. 이 시는 황보식의 문재가 뛰어난 것과 품덕이 빛날 것

을 축원하고, 竹馬故友인 양인의 우의가 깊은 시심이 우러난다. 다음
≪唐才子傳≫(권5) 일단에서 마이와 황보식 관계, 마이의 시풍을 적
절하게 서술하고 있다.

> 흥원 원년(784)에 예부시랑 포방 때에 진사 차석으로 급제되니 어
> 려서 황보식과 벼루 자리를 같이하여 공부하였고, 성품이 고아하고
> 깔끔하며, 문장이 괴이하고 난삽하여 풍골이 반듯하지만 메마름을
> 면치 못한다.
> 興元元年, 禮部侍郎鮑防下進士第二人, 少興皇甫湜同硯席, 賦性高疏,
> 詞調怪澁, 雖風骨稜稜, 不免枯瘠.

　본 시화는 ≪儒學警悟≫本, ≪寶顔堂秘笈≫本, ≪唐宋叢書≫本, 그
리고 ≪津逮秘書≫本이 있는데, 他本은 殘缺하고 다만 ≪儒學警
悟≫本만은 8권으로 200칙이 넘고 序跋과 標題도 온전하여 佳本이
라 하겠다.

≪高齋詩話≫ - 曾慥

曾慥(증조, 생졸년 불명). 字는 端伯, 自號는 至游居士로, 晉江(지금의 福建 泉州)人이다. 관직은 尙書郎, 直寶文閣 등을 지내고 紹興 연간에 秘閣修撰으로부터 시작하여 虔州, 莉南, 廬州 등의 知州를 거쳤다. ≪百家類說≫, ≪樂府雅詞≫, ≪宋百家詩選≫ 등을 편찬하였다. 다음에 그의 시 〈白帝城〉을 보기로 한다.

> 백제성 가의 길
> 구불구불한 오솔길이 멀리 있네.
> 높은 집 골짜기 끝에 있고
> 폭포수는 산허리에 빠져드네.
> 언덕 너머에 물고기 그물 펼쳐 있고
> 강을 가로질러 쇠다리가 걸려 있네.
> 신비가 손을 뒤집어 놓아서
> 비를 밤새도록 내리시기 바라노라.
> 白帝城頭路, 透迤一徑遙.
> 高堂臨峽尾, 暴水沒山腰.
> 隔岸漁施網, 橫江鐵貫橋.
> 神妃翻覆手, 願賜雨連宵.(≪宋詩紀事≫ 권48)

본 시화의 成書에 대해서 郭紹虞는 다음과 같이 고증하고 있다.

이 책은 여러 사람의 저록에 보이지 않으나, ≪초계어은총화≫, ≪야객총서≫, ≪운어양추≫ 및 ≪시인옥설≫, ≪죽장시화≫ 등의 여러 책이 모두 이미 인술한 적이 있다. ≪초계어은총화≫ 전집이 소흥 18년(1148)에 지어졌으니 이 책의 성서는 반드시 이 해 이전일 것이다. 처음에는 저자가 누구인지 모르다가, ≪운어양추≫ 권16에 증단백의 ≪고재시화≫란 말이 있어서 비로소 증조가 지은 것을 알게 되었다. 증조에게 ≪고재만록≫이 있으니, 이 책이 고재로 이름을 붙인 것이며 증조의 저서임을 의심하지 않는다.

是書不見諸家著錄, 而如漁隱叢話野客叢書韻語陽秋以及詩人玉屑竹莊詩話諸書均曾稱引. 漁隱叢話前集成於紹興十八年(1148), 則是書之成必在是年以前. 初不知撰者爲誰, 以韻語陽秋卷十六有曾端伯高齋詩話之語, 始知爲曾慥所撰. 慥有高齋漫錄, 是書以高齋名, 其爲曾著無疑. (≪宋詩話考≫ 中卷之上)

위 문장에서 成書 시기를 紹興 18년(1148) 이전으로 추정하고 있는데, 그의 編書인 ≪百家類說≫ 620여 종을 소흥 6년(1136)에 편찬한 점을 참고할 만하다.

본 시화의 내용은 명물의 故實을 고정하는 데 편향되어 있다. 예를 들면, 당대 '玉蕊花'가 지금의 황금꽃, 산명반꽃이라든가, 善才와 曹綱 父子가 비파를 잘 탄다는 부분을 정밀하게 考訂하는 데 근거를 제시하고 있다.

논시에 있어서는 '奇句', '警句', '格言句'를 강조하여 「다리를 만나면 모름지기 말에서 내려야 하고, 밤이 되면 배를 젓지 말라.(逢橋須下馬, 遇夜莫行船.)」 같은 시구는 「길을 가는 계훈이라 할 수 있다.(可爲道途之戒.)」라고 서술한 것이라든가, 黃庭堅이 王安石의 六言을 본받아 지은 「사명신은 무심하게 사물을 퍼뜨리고, 조사는 사실대로 옷을 전하네.(司命無心播物, 祖師有記傳衣.)」란 시구에 대하여 「어사가 비록 기이하지만 왕안석의 자연 흥취에 미치지 못한다.(語雖奇, 亦不及荊公之自然也.)」라고 평한 점으로 보아서, 증조가 시평의 관점을 '奇勝'에 두지 않고 '自然'을 중시했음을 알 수 있다. 그리고 秦觀 시를 평하여 「청신하고 미려하여 포조와 사조를 닮았다.(淸新婉麗, 鮑謝似之.)」라고 하여 진관의 풍격에 대한 종래의 관점과 달리, '淸新自然'을 위주로 하였다고 말하고 있다.

또 用事 즉 시에서의 고사, 典故 활용을 언급하여 '得當'과 '照管'을 주장하고 있는데, 여기서 말하는 '得當'은 용사의 타당성이고, '照管'은 용사의 시어 활용상의 적절한 묘법을 의미한다. 용사는 典實을 운용하는 시법으로서 鍾嶸의 ≪詩品≫ 序에 「성정을 읊는 데에 또 어찌하여 용사를 귀히 여기는가.(至乎吟詠情性, 亦何貴乎用事.)」라 한 데서 用事가 시법 용어로 사용하게 되었다. 종영의 주장에 후세 청대 喬億은 ≪劍溪說詩≫(下卷)에서,

≪시품≫에 이르기를, 「사람의 성정을 읊어낸다.」라 하였는데, 또한 어찌하여 用事를 귀히 여기는가. 나는 말하니 성정은 직접 드러내기 어려운 것이니, 사실을 빌려서 어사를 펴내지 않으면 안 된다.
詩品曰: 吟詠情性, 亦何貴乎用事. 愚謂情性有難以直抒者, 非假事陳詞則不可.

라 하여 用事의 필요성을 강조하였고, 청대 ≪方南堂先生輟鍛錄≫에는,

시를 짓는 데 故實을 쓰지 않을 수 없으니, 눈앞의 사실을 반드시 고사에 의탁하여서 표현해야 한다. 그러나 용사의 법칙은 가장 어려워서 때로는 간접적으로 표현하고, 때로는 반대로 인용하고, 때로는 몰래 쓰기도 하면서, 요체를 흡취하여 본래의 사실에 맞추어서 독자로 하여금 한눈에 분명히 알게 해야 한다.
作詩不能不用故實, 眼前情事, 有必須古事襯托而始出者. 然用事之法最難, 或側見, 或反引, 或暗用, 吸精取液, 于本事恰合, 令讀者一目瞭然.

라고 하여 용사는 읽기 쉽고(易讀), 詩意와 합당(切當)해야 한다고 하였다. 증조는 그 예를 들어 구양수의 「당세에 명성을 중히 여기지 않고, 젊어선 기이히 지내다가 늙어서 짝을 얻었네.(無擇名聲重當世, 早歲多奇晚乃偶.)」구에서 '晚娶' 늦장가의 고사를 적절히 조합한 것으로 보았고, 왕안석의 「오랑캐 궁전의 노루 보고 말이라 하니, 진나

라 사람 장성 아래에 반이나 죽었네.(望夷宮中鹿爲馬, 秦人半死長城下.)」구를 평하기를, 「용사에 있어서 조관을 잃으니, 아쉽고 한스러운 탄식이 남는다.(用事失照管, 故有惜恨之歎.)」라고 하였다.

그리고 시구의 承襲을 논하기를, '用語'와 '襲意'로 나누어서 소식의 「높은 정 벌써 새벽 구름 쫓아 공중에 날아, 배꽃과 꿈을 같이 하지 않네.(高情已逐曉雲空, 不與梨花同夢.)」구는 王昌齡의 「꿈속에서 배꽃과 구름을 부르네(夢中喚作梨花雲)」구 시어를 인용한 것이고, 汪藻의 「들밭에 비 안 내리니 귀갑의 길흉 징조 나타나고, 호수에 바람 부니 비단 무늬 일어나네.(野田無雨出龜兆, 湖水得風生縠紋.)」구는 黃庭堅의 「산초나무에 비 오려는지 구름 기운 일고, 호수 면에는 역풍이 불어 물무늬 이네.(山椒欲雨好雲氣, 湖面逆風生水紋.)」구의 詩意를 襲用한 것이라 하였다.

그 외에 對偶를 언급해서, 上下聯의 '的對'를 제창하고 하나의 사물을 동시에 吟詠하는 데 각각 長處를 짝지어주는 일반적인 對句法인 '偶對' 즉 '對偶'를 존중하여 평가하였다. 증조는 洪朋의 「하루아침에 달팽이 뿔 싫어하고, 만 리 길은 고래 등에 타네.(一朝厭蝸角, 萬里騎鯨背.)」구 등을 예로 들었다. 對偶에 대한 이해를 돕기 위해서 다음에 보다 상세하게 살펴보기로 한다. 시에서 대우는 중요한 詩法으로서 율시의 경우는 제2, 3연에서 거의 필수적으로 대우법을 강구한다. 따라서 대우법의 종류가 다양하게 발달하였으니, 다음에 그 분류를 보기로 한다.

1) 合掌: 불교의식에서 나온 용어로서, 聯語의 出邊과 對邊의 의미가 서로 같고 詞性도 相似하여 마치 合掌처럼 한다고 해서 속칭 '同邊草鞋'(같은 쪽의 짚신)라 한다. 예문으로 耿湋의 「추위를 견디느라 사람 말이 적고, 달이 뜨니 촛불이 희미하네(冒寒人語少, 乘月燭光稀.)」구에서 '少'와 '稀'가 의미가 서로 같고 四聲도 서로 비슷하니 합장이다.

2) 正對(的對, 切對, 的名對, 正名對): 두 구가 '正正相對'하는 경

우로서, '天'對'地', '南'對'北', '堯年'對'舜日', '塞北'對'江南' 같은 부류이다. ≪文心雕龍≫⟨麗辭⟩에 「정대란 사물은 달라도 뜻은 같은 것이다.(正對者, 事異義同者也.)」라 하니, 上句가 '聖君'이면, 下句는 '賢臣', 상구가 '鳳'이면, 하구는 '鸞'을 각각 사용하는 것이 '正對'이다. 가장 기본이 되는 對法으로 초학자의 필수과정이다.

3) 借對(假對, 假借對) : 借音, 借色, 借數字, 借人名 등으로 구분할 수 있다. 예를 보면, 借音으로는 「주방 사람이 닭과 수수를 마련하고, 아이는 양매실 따네.(廚人具鷄黍, 稚子摘楊梅.)」구에서 '楊'을 빌려서(借) '羊'으로 하여 '鷄'와 대우를 이루고, 借色으로는 「나무꾼 샛길 찾다가, 우연히 갈홍 집에 이르렀네.(因尋樵子徑, 偶到葛洪家.)」구를 보면, '子'를 빌려서 '紫'로 하고 '洪'을 빌려서 '紅'으로 하여 대우를 이루고, 借數字로는 「한가로이 한밤의 빗소리 들으며, 백암 스님을 대하네.(閑聽一夜雨, 更對柏岩僧.)」구에서 '柏'을 빌려 '百'으로 하여 '一'과 대우를 이루고, 借人名으로는 「당시에는 물의를 일으켜 주운을 소인이라 하더니, 후대에 명성이 밝은 해처럼 뜨네.(當時物議朱雲小, 後代聲名白日懸.)」구에서 '朱雲'은 인명인데 빌려서 '白日'과 대우를 이룬다.

4) 扇對(隔句對, 開門對) : 제1구와 제3구가 대를 이루고, 제2구와 제4구가 대를 이룬다. 예를 들면, 蘇軾의 「재작년에 집의 냇물이 동쪽으로 흐르니, 고개 돌리니 석양이 아름답네. 작년에 집의 냇물이 서쪽으로 흐르니, 얼굴에 촉촉이 봄바람에 비 내리네.(前年家水東, 回首夕陽麗. 去年家水西, 濕面春風雨.)」의 제1, 3구에서 '前年'對'去年', '家水'對'家水' '東'對'西,' 제2, 4구에서 '回首'對'濕面', '夕陽'對'春風', '麗'對'雨'가 각각 대우를 이룬다.

5) 流水對(十字對, 走馬對) : 오언율시에서 上下聯이 하나의 사실(一事)과 하나의 뜻(一意)으로 묘사되어 오히려 대우가 매우 자연스럽고 工巧하다. 송대 黃昇의 ≪玉林詩話≫에 이르기를, 「당인의 시는 즐겨서 두 개 시구로 하나의 사실을 표현하였는데 증기의 시 중에

이런 시체를 많이 사용하였으니, 예컨대 『경계가 강북 길에서, 다시 죽서정까지네.』(唐人詩喜以兩句道一事, 曾幾詩中多用此體, 如界從江北路, 重到竹西亭.)」라 하였다.

6) 就句對(當句對, 句中對, 句對, 四柱對): 같은 구 안에서 대를 이룬다. 杜甫 시: 「소원과 회랑이 봄에 고요하고, 목욕하는 오리와 날아가는 백로가 저녁에 한가롭다.(小院回廊春寂寂, 浴鳧飛鷺晩悠悠.)」 구에서 '小院'과 '回廊'이 對를 이루고, '浴鳧'와 '飛鷺'가 對를 이룬다.

7) 交絡對(交股對, 錯綜對, 犄角對, 蹉對): 두 구에서 다리 꼬듯이 교차해서 대를 이룬다. 王安石 시: 「봄에 남은 잎에 조밀한 꽃가지 적고, 자다가 일어나니 차는 많고 술잔은 성그네.(春殘葉密花枝少, 睡起茶多酒盞疏.)」 구에서 '密'로써 '疏'에 對를, '多'로써 '少'에 對를 이루는 것이 마치 交股(다리를 꼬다)하는 모양이다.

8) 巧對(奇對): 작시의 運思가 精妙하고, 屬對가 奇特하며, 意表가 원활한 것을 巧對라 하니, 대구를 기묘하게 운영하는 奇法이다. 송대 李頎의 ≪古今詩話≫ 巧對數聯에 서술하기를,

> 급사중 마자산, 목왕의 팔준마에 산자마가 있다. 왕승상이 이르기를, 「마자산이 산자마를 타네.」 구는 대가 되지 못한다. 성이 전씨인 사람이 형수령으로 있다가 그만두고 돌아가니 어떤 이가 가져다 대를 하여 말하기를, 「전형수가 수형전을 훔쳤네.」 하니 전씨가 듣고 안색이 변하였다. 어떤 이가 대답하여 말하기를, 「내가 마침 대구하려는 것일 뿐이지 사실은 아니다.」라 하였다.
> 給事中馬子山, 穆王八駿有山子馬. 王丞相云:「馬子山騎山子馬.」 莫有對者. 有姓錢人爲衡水令, 罷歸, 或取以爲對云:「錢衡水盜水衡錢.」 錢聞之變色. 或者對曰:「吾正欲作對耳, 非有實也.」

라 하니 이런 기법이 巧對의 한 표현이다. 王瑋慶의 ≪滄浪詩話補注≫에 「교대법이 있는데, 예컨대 『변방에 하늘 저 멀리 새 길이 있고, 강호 대지에는 한 낚시꾼이 있네.』 구에서 '天'으로 '地'를 대하고

'鳥'로 '漁'를 대한다.(有巧對法, 如關塞極天有鳥道, 江湖滿地一漁翁, 以天對地, 鳥對漁也.).」라 하니 이런 표현이 정상적인 교대의 예가 된다.

9) 蜂腰對: 제2연은 對를 하지 않고 제3연에서 對를 하는 것을 '봉요대'라 한다. 賈島의 〈下第〉 제2, 3연, 「행원에 온갖 새 울어대는데, 누가 꽃 옆에 취해 있나. 눈물 흘리니 고향 산 멀고, 병드니 봄풀이 자랐네.(杏園啼百舌, 誰醉在花旁. 淚落故山遠, 病來春草長.)」에서 제3연의 '淚落'과 '病來', '故山'와 '春草', '遠'와 '長'이 각각 對를 이룬다.

10) 換柱對: 첫 연이 對를 이루고 다음 연이 하나의 사실을 하나의 뜻으로 연결하는(一事一意) 流水句를 쓰는 것을 환주대라 한다. 常建의 「맑은 새벽에 옛 절에 드니, 아침 해가 높은 숲을 비추네. 굽은 오솔길이 그윽한 곳에 통해 있어, 선방에 꽃나무 깊네.(淸晨入古寺, 初日照高林. 曲徑通幽處, 禪房花木深.)」구에서 '淸晨'과 '初日', '入'과 '照', '寺'와 '林'이 각각 대우를 이루면서 아래 연이 유수구 형식을 취한다.

11) 十四字對: 칠언율시의 流水對로서 두 시구의 묘사가 일관하여 분할되지 않는다. 劉長卿의 「강 나그네는 자주 북쪽을 바라보기 힘들거늘, 변새 기러기는 무슨 일로 남쪽으로 날아가나.(江客不堪頻北望, 塞鴻何事又南飛.)」구에서 '不堪'과 '何事'라는 關連詞가 있어 一事와 一意로 연결되어 하나의 시구처럼 묘사되어 있다.

12) 反對: 시어는 상반되는데 詩意가 서로 같은 것을 '반대'라 한다. 李白(이태백)의 〈塞下曲〉: 「새벽 전쟁은 황금 북 따라 하고, 밤잠은 옥안장 안고 자네.(曉戰隨金鼓, 宵眠抱玉鞍.)」구는 시어가 다르지만, 邊方의 긴장감이 上下句에 모두 묘사되어 있다.

13) 同對(同類對): 같은 종류의 語辭로 對偶하는 것을 말한다. '大谷'과 '廣陵', '薄霧'와 '輕雲'에서 '大'와 '廣', '薄'과 '輕'은 같은 의미의 어사이니 同對가 된다. 두보의 〈江村〉: 「기둥 위 제비 이리저리 날고, 물속의 갈매기는 친하고 가까워라.(自去自來梁上燕, 相親相近水

中鷗.)」구에서 '燕'과 '鷗'는 같은 鳥類이니 同對가 된다.

14) 言對: 대우에서 단지 詞語만 쓰고 典故를 쓰지 않는 것을 언대라 한다. 李白의 〈登金陵鳳凰臺〉:「세 산은 푸른 하늘 밖에 반드리워 있고, 두 강물은 백로주에서 나뉘네.(三山半落靑天外, 二水中分白鷺洲.)」구의 경우이다.

15) 事對: 역사의 고사나 인물을 시인 자신의 사상과 감정을 통해서 대우형식으로 표현한 것이다. 杜牧이 변방에 관심을 가져서 吐蕃이 통치하는 곳의 백성이 노역하는 것을 회념하여 지은 〈河湟〉(≪全唐詩≫ 권521)은 代宗 때 元載가 하황을 수복하지 못한 아쉬움을 나타내고 있다.

  원재 상공 일찍 계략을 세워
  헌종 황제께서도 마음을 두었도다.
  어느덧 의관은 동쪽 저자에 널려 있고
  홀연히 활과 칼 남기고 서방 순시 못하네.
  양치고 말 모는 이 오랑캐 복장이지만
  백발의 붉은 마음은 한나라의 신하로다.
  오직 양주의 가무곡만이
  천하의 한가로운 이에게 전해질 뿐이네.
  元載相公曾借箸, 憲宗皇帝亦留神.
  旋見衣冠就東市, 忽遺弓劍不西巡.
  牧羊驅馬雖戎服, 白髮丹心盡漢臣.
  唯有凉州歌舞曲, 流傳天下樂閒人.

여기서 제2연은 晁錯의 피살을 元載의 비참한 퇴거와 대비시켜서 깊은 동정심을 부여한다.

16) 聯綿對(連珠對): 구슬을 꿰어놓은 듯이 서로 이어지는 對偶이다. ≪文鏡秘府論≫ 二十九種對에 기술하기를,

  연면대란 서로 끊어지지 않는 것이다. 한 구에서 제2자와 제3자가

중첩하는 자를 연면대라 한다. 단지 위 구가 이러해야, 아래 구도 그러하다. 시에 이르기를, 「산을 보니 산이 이미 험준하고, 강물을 보니 강물이 여전히 맑네. 매미 소리 들으니 매미 소리 재촉하고, 그대를 그리워하니 그대와 이별의 정 나네.」 하였다. 풀이해서 말하기를, 「한 구에서 제2자가 산이고 제3자도 산이니 나머지 구도 그러하다. 이런 유를 연면대라 이름한다.」라고 하였다.

聯綿對者, 不相絶也. 一句之中, 第二字, 第三字是重字, 卽名聯綿對. 但上句如此, 下句亦然. 詩曰：「看山山已峻, 望水水仍淸；聽蟬蟬響急, 思卿卿別情.」 釋曰：「一句之中, 第二字是山, 第三字亦是山, 餘句皆然. 如此之類, 名爲聯綿對.」

라 하여 연면대의 구조와 묘사를 알 수 있다.

17) 疊韻對(一聲對, 雙韻側對)：韻母가 같은 詞語를 써서 對를 이룬다. 이런 대우는 句頭에 배치하는데 句中이나 句尾에도 배치할 수 있다. ≪詩人玉屑≫(권7)：「시에는 여섯 대가 있으니 다섯째는 첩운대라 한다. '彷徨'과 '放曠'이 그러하다.(詩有六對, 五曰疊韻對. 彷徨, 放曠是也.)」 청대 冒春榮의 ≪葚原詩說≫(권1)：「또 첩운대란 것이 있으니 예컨대 『배회하며 사방을 돌아보니, 슬프고 한스러워 오직 수심에 차네.』(又有疊韻對者, 如徘徊四顧望, 悵怏獨心愁.)」 구에서 '徘徊'와 '悵怏'이 각각 疊韻으로 對를 이룬다.

18) 俚語對：俗語나 方言으로 하는 對聯이다. 周遵道의 ≪豹隱紀談≫：「본래 좋은 시구는 대우를 하지 않은 것이 없으니, 이속적인 어사는 얻기가 어렵다.(天生好句未嘗無對, 俚俗之語得之爲難.)」 杜甫의 〈前出塞九首〉 其六：「사람을 쏘는데 앞말을 쏘고, 적을 잡는데 먼저 왕을 잡네.(射人射先馬, 擒賊先擒王.)」 또 杜甫의 〈戲作誹諧體遣悶〉：「집집마다 돼지를 기르고, 끼니마다 조기를 먹네.(家家養烏鬼, 頓頓食黃魚.)」 이들 시구는 이속어를 시어로 사용하여 대를 이루고 있다.

19) 虛實對：上聯은 實, 下聯은 虛를 대하고, 때론 句首는 虛, 句

末은 實을 對하여 虛實이 서로 드러나게 하니 변화무쌍하다. 청대 沈
德潛의 ≪說詩晬語≫에 이르기를,

> 중간 연은 허실대와 유수대로 하는 것이 으뜸이다. 즉 사실을 취한 하
> 나의 연구로 의경을 변환시켜야 한다. 대개 변환이 없으면 옛사람은
> 경시하였다.
> 中聯以虛實對, 流水對爲上. 卽征實一聯, 亦宜各換意境. 略無變換, 古
> 人所輕.

라 하니 虛實을 살피고 變換을 많이 하는 것이 對偶의 요체이다. 杜
甫의 다음 시구들, 〈春望〉: 「봉화가 석 달 이어지니, 집 편지 만금이
나 되네.(烽火連三月, 家書抵萬金.)」 〈月夜憶舍弟〉: 「이슬이 오늘 밤
따라 희고, 달은 고향에 밝네.(露從今夜白, 月是故鄕明.)」 〈曲江〉 其
二: 「빚내어 술을 사서 늘상 가는 곳이 있으니, 인생 70세 살기 예부
터 드무네.(酒債尋常行處有, 人生七十古來稀.)」 구에서 모두 앞 구
는 실지의 현상인 實이고, 뒤 구는 상상하는 허상으로 對를 이루고
있다.

　20) 總不對對: 율시 전체에서 對偶하지 않고 다만 음운을 조화하
여 合律시키는 對句法이다. 명대 楊愼의 ≪升庵詩話≫(권2)에 서술
하기를,

> 오언율시에서 여덟 구 다 대구하지 않은 것이 이백(이태백)과 맹호
> 연 시집에 있으니 평측이 온전히 고시에 맞다. 승려 교연의 〈방육홍
> 점불우〉 한 수에 이르기를, 「집을 옮겨 성곽을 끼고 있지만, 들 오솔
> 길이 뽕나무 삼밭으로 드네. 가까이 울타리 가에 국화 심었는데, 가
> 을 되도 꽃이 안 맺히네. 문에 이르러도 짖는 개도 없어, 가려다가 서
> 쪽 집에 묻네. 답하길 산에 갔는데, 늘 해질녘에 돌아온다네.」 하였
> 다. 비록 이백의 웅려함에는 미치지 못하지만 또한 정말 청신하다.
> 五言律, 八句不對, 太白浩然集有之, 乃是平仄穩貼古詩也. 僧皎然有
> 訪陸鴻漸不遇一首云: 「移家雖帶郭, 野徑入桑麻. 近種籬邊菊, 秋來未

着花. 到門無犬吠, 欲去問西家. 報道山中去, 歸來每日斜.」雖不及太
白之雄麗, 亦淸致可喜.

라 하여 율시에서 필수 요건인 대우법을 사용하지 않으면서 詩趣를
극대화한 경우를 본다. 이상 대우법의 종류를 나열한 바, 시의 작법
상 意趣와 興趣를 다양하게 표현하는데, 대우의 활용은 시의 운율과
平仄에 연관되어 시의 창법에 필수적인 요소가 된다. 본 시화에서 증
조의 평문 중에 杜甫의 〈絶句四首〉(≪杜詩詳注≫ 권10) 제3수와 그
에 대한 글을 보기로 한다.

> 두 마리 꾀꼬리 비취빛 버드나무에서 울고
> 한 줄기 백로 떼 푸른 하늘에 날아가네.
> 창문에는 서쪽 산봉우리 천년설을 머금어 있고
> 대문에는 동오의 만 리 가는 배 머물러 있네.
> 兩個黃鸝鳴翠柳, 一行白鷺上靑天.
> 窓含西嶺千秋雪, 門泊東吳萬里船. (其三)

> 소식의 〈제진주범씨계당시〉에 이르기를, 「맑은 물 가득할 때 백로 한
> 쌍 내리고, 푸른 홰나무 높은 곳에는 매미 하나 노래하네. 술 깨니 문
> 밖은 해가 세 낚싯대 높이에 있고,(해가 중천에 떠있다) 누워서 보니
> 냇물 남쪽에 열 이랑 밭이 그늘졌네.(넓은 밭이 무성하다)」하였다.
> 무릇 두보의 시의를 활용한 것이다.
> 東坡〈題眞州范氏溪堂詩〉云;「白水滿時雙鷺下, 綠槐高處一蟬吟. 酒醒
> 門外三竿日, 臥看溪南十畝陰.」蓋用老杜詩意也.

증조는 杜甫의 〈絶句四首〉 중 제3수를 먼저 인용하고 다음에 蘇
軾의 〈題眞州范氏溪堂詩〉를 부연해서 인용한 후에, 소식의 시가 두
보의 시 意趣를 모방한 것으로 평가하였다. 두보의 이 시를 이해하
기 위해서 두보 시 전문주석본인 ≪杜臆≫에서 어떻게 감상하고 있
는지를 본다.

이 4수의 시는 무릇 두보가 초당에 입주한 후에 지은 것이다. 나그네로 여기 거하며 늙도록 지내면서 이처럼 감정 어린 일을 자서하고 있다. 제3수는 마음 가는 대로 유유히 살면서 지은 시다.(自適語) 초당에 대나무가 많고 그 경계도 매우 광활하므로, 새들이 울고 백로가 날아다니면서 경물과 두루 어울리며 창문은 서산에 맞대어 있어 오랜 눈이 비치니, 그걸 대하는 마음 싫지 않으니 이것은 관직을 떠나 상쾌한 기운을 느끼는 사람과 같은 흥취이다. 문에는 오 땅의 배가 머물고 있으니 곧 두보 시에, 「평생 강과 바다를 떠도는 마음이니, 예부터 쪽배를 마련했네.」 구가 이런 것이다. 두보는 무릇 일찍이 오 땅을 그리워했으니, 지금 편안하면 거할 수 있고 혼란하면 떠날 수도 있는 것이다.

此四詩蓋作于入居草堂之後. 擬客居此以終老, 而自叙情事如此. 其三;
是自適語. 草堂多竹樹, 境亦超曠, 故鳥鳴鷺飛, 與物俱適, 窓對西山,
古雪相映, 對之不厭, 此與拄笏看爽氣者同趣. 門泊吳船, 卽公詩「平生
江海心, 夙昔具扁舟.」是也. 公蓋嘗思吳, 今安則可居, 亂則可去.

이 시를 감상한 내용이 淡白하고 精妙하다. 두보의 본심을 적절하게 대언하고 있다. 증조가 두보의 절구시에서 소식이 그 詩意를 인용하였다고 평하고 있는 근거는 무엇일까. 다음에 魏慶之의 ≪詩人玉屑≫에서 두보 시를 王維 시와 비교해서 그 시의 진미를 평가한 글을 본다.

두보 시에 이르기를, 「두 마리 꾀꼬리 비취빛 버드나무에서 울고, 한 줄기 백로 떼 푸른 하늘에 날아가네.」 왕유 시에 이르기를, 「아득히 먼 논에는 백로가 날고, 무성한 여름 나무에는 꾀꼬리가 우네.」 하였다. 이들 시구는 경물을 묘사한 공교함이 다 드러나 있다.

杜少陵詩云:「兩個黃鸝鳴翠柳, 一行白鷺上青天.」 王維詩云:「漠漠水
田飛白鷺, 陰陰夏木囀黃鸝.」 極盡寫物之工.

여기서 두보 시가 사물 묘사의 수사적 기법을 다 발휘한 작품인 점을 강조하였다. 그 묘사법의 하나로 대구의 기법을 확인할 수 있으니, 楊愼은 ≪升庵詩話≫에서 두보의 이 시를 對偶 描法의 元祖라고까지 설토하고 있다. 그 내용을 보기로 한다.

절구시 네 구가 모두 對를 이루는 것이 있으니 두보의, 「두 마리 꾀꼬리 비취빛 버드나무에서 우네.」 구가 그러하다. 그러나 서로 연이어져 있지 않고 곧 율시 중에 네 구뿐이다. 절구로서 하나의 구가 하나로 끊어지는 것은 〈四時詠〉에서 기원한다고 하는데, 「봄물이 사방 연못에 가득하고, 여름 구름이 기이한 봉우리에 자욱하네. 가을 달은 밝은 빛을 내고, 겨울 산에는 외로운 소나무 우뚝하네.」 이것이다. 어떤 이는 도잠(도연명) 시라고 하나 아니다. 두보의 시 「두 마리 꾀꼬리 비취빛 버드나무에서 우네.」가 실지로 그 원조일 것이다. 絶句四句皆對, 少陵「兩個黃鸝鳴翠柳」是也. 然不相連屬, 卽是律中四句耳. 絶句者, 一句一絶, 起于四時詠.「春水滿四澤, 夏雲多奇峰. 秋月揚明輝, 冬嶺秀孤松.」是也. 或以爲陶淵明詩, 非. 杜詩「兩個黃鸝鳴翠柳」實祖之.

두보의 〈絶句四首〉 제3수의 대우 관계는 다음과 같으니, 시어의 一字와 一語가 모두 對를 이루고 있다.

제1구　兩 個 黃 鸝 鳴 翠 柳
제2구　一 行 白 鷺 上 靑 天
제3구　窓 含 西 嶺 千 秋 雪
제4구　門 泊 東 吳 萬 里 船

제1구와 제2구에서 '兩個'와 '一行'은 數字對, '黃'과 '白', '翠'와 '靑'은 色對, '鸝'와 '鷺'는 鳥類對, '鳴'과 '上'은 動詞對를 각각 강구하였고, 제3구와 제4구에서는 '窓'과 '門'은 名對, '含'과 '泊'은 動詞對, '西'와 '東'은 方向對, '嶺'과 '吳'는 地對, '千'과 '萬'은 數字對, '秋'와 '里'는 時差對, '雪'과 '船'은 名對를 각각 강구하고 있어서 이 시는 대표적인 對偶 句法을 활용한 전범적인 시라 할 것이다.

본 시화는 佚文이지만, 郭紹虞와 羅根澤이 ≪苕溪漁隱叢話≫, ≪詩

人玉屑≫, ≪詩林廣記≫ 등에 의거하여 각각 25개조, 23개조를 引錄하여 ≪宋詩話輯佚≫본(中華書局, 1980)에 列入하였다.

≪韻語陽秋≫ - 葛立方

葛立方(갈립방, ?-1164). 자는 常之, 自號는 懶眞子이며, 丹陽(지금의 江蘇省)人이다. 紹興 8년(1138)에 진사에 올랐고, 秘書省正字, 中書舍人, 吏部侍郎을 거쳐 袁州와 宣州를 다스렸다. 저서로는 ≪歸愚集≫, ≪西疇筆耕≫이 있다. 그의 절구시 〈避地傷春〉(≪歸愚集≫, ≪宋詩紀事≫ 권45에서 再引) 두 수를 본다.

낙양 궁궐이 반이나 재로 변하니
풀마다 꽃가지에는 눈물이 맺혔네.
천하 미인은 소식이 끊어지니
장대에서 누가 자금배를 올릴 건가.
洛陽宮闕半成灰, 草草花枝濺淚開.
國色天香消息斷, 妝臺誰奉紫金杯.(其一)

석문에 연일 원정 가는 북 울리고
꽃과 버들은 무정하게 절로 시냇물 둘러 있네.
고개 돌려 옛 뜰 보니 지금도 여전한데
진달래꽃 지니 소쩍새 우네.
石門連日動征鼙, 花柳無情自繞溪.
回首故園今好在, 杜鵑花落子規啼.(其二)

본 시화 徐林의 序에 갈립방 문학을 논하여, 「갈립방은 가학을 전수받아서 그 학문의 샘이 깊고 뭇 서적을 관통하였으므로, 그 논리가 공평하고 빼어난 문재를 지녔기에 그 시사가 화려하다.(常之傳家學, 故其源深, 貫群書, 故其論辯. 稟秀質, 故其詞華.)」라고 하였고, 同書 沈洵의 序에는 「이부시랑 갈립방은 뭇 서적을 널리 다 익혀서 문장이 일세에 이름나다.(吏部侍郎葛公博極群書, 以文章名一世.)」라고 하여 갈립방의 박학다식한 학문 영역과 華美한 문학 성격을 칭찬하고 있다.

본 시화는 ≪葛常之詩話≫라고도 하니, ≪千頃堂書目≫ 子部類書類에는 司馬泰의 ≪廣說郛≫본 제65권에 ≪葛常之詩話≫로 실려 있고, 그리고 동 66권에는 ≪韻語陽秋≫는 '葛常之撰'이라고 되어 있다. 시화의 成書 시기에 대해서는 徐林의 序에,

> 융흥 원년(1163)은 갈립방이 천관시랑 관직을 그만둔 지 7년으로 이때에 ≪운어양추≫ 책이 이루어지니, 책을 주며 나에게 서문을 써 달라고 하니 마침 내가 병으로 한가롭지 않았다. 이듬해 갈립방이 죽었다.
> 隆興元年常之由天官侍郎罷七年矣, 于是韻語陽秋之書成, 貽書謂余敍之, 會余以病未暇也. 明年常之卒.

라고 하였고, 갈립방의 自序에는「隆興甲申中元.」이라 하니, '甲申'은 隆興 2년(1164)으로 성서는 隆興 元年이고, 作序는 隆興 2년인 것을 알 수 있다. 갈립방은 본 시화를 저술하고서 그의 〈自序〉에서 서제를 '韻語陽秋'라고 정한 내력을 서술하고 있어서, 시화의 지향점이 무엇인지 알 수 있다.

> 나진자가 의춘군의 간인을 올리고 오흥에 돌아가 쉬면서 금계에 배를 띄우고, 우리 선인의 낡은 집에 올랐다. 어리석음으로 돌아가 평탄한 길을 느끼고 관리 시절 지름길에 빠진다고 생각되어 담담한 가슴에 실 한 올 걸치지 않았다. 그러나 습관이 많이 남아서 아직 좀이 낀 책에 이끌리었다. 모장과 정현처럼 고서를 고증하는 일에 빠질 수 없고 우경과 이덕유처럼 곤궁한 책을 지을 수 없었다. 왕준지의 푸른 상자를 모르고 동중서의 붉고 검은 먹을 모르지만, 단지 고금 사람의 시를 읽기 좋아하여 읊고 따지면서 매양 끝까지 피곤을 잊었다. 무릇 시인의 시구가 옳고 그름을 마치 인물의 행사를 논하는 것

처럼 고하와 시비를 가려서 사사로이 억측한 것을 바로잡고, 도리에 어긋나고 도를 손상시킨 것은 모두 설명하여 권장과 경계를 모았다. 책을 완성하고서 ≪운어양추≫라고 불렀다.

懶眞子旣上宜春之印, 歸休于吳興, 泛金溪, 上我先人之弊廬. 歸愚識夷途, 遊宦泯捷徑, 湛然胸次, 不掛一絲. 而多生習氣, 尙牽蠹簡, 雖不能如毛萇·鄭康成泥蟲魚之注, 又不能如虞卿·李德裕著窮愁之書. 未諳王氏之靑箱, 懶問董生之朱墨, 獨喜讀古今人韻語, 披詠紬繹, 每畢竟忘倦. 凡詩人句義當否, 若論人物行事, 高下是非, 輒私斷臆處而歸之正, 若背理傷道者, 皆爲說以示勸戒. 書成, 號韻語陽秋.

본 시화 20권은 다루고 있는 내용이 매우 복잡한데, 권별 내용 특성은 다음과 같다.

제1·2권 ─ 詩法과 詩格　　　제3·4권 ─ 시의 出典
제5·6권 ─ 詩語 考證　　　　제7·8·9권 ─ 用事와 史實
제10권 ─ 시의 親情道義　　　제11권 ─ 出仕와 歸鄕
제12권 ─ 생사의 達觀 理致　　제13권 ─ 山水地理
제14권 ─ 書法繪畫　　　　　　제15권 ─ 歌舞音樂
제16권 ─ 花木魚鳥　　　　　　제17권 ─ 醫卜 雜技
제18권 ─ 論人과 評價　　　　제19권 ─ 歲時風習
제20권 ─ 詩人의 行事

이상에서 직접적인 논시 외에, 창작과 생활, 계승과 혁신, 比興과 諷諭, 그리고 풍격과 詩味 등 일련의 이론을 서술하였다. 한편 素材가 광범위하고 잡다한 면이 있어서, 비체계적으로 방대한 분량에 비해서 자료의 선별과 작품분석 등에 결점도 보인다. 예컨대 屈原에 대한 서술에서 「벼슬에 나가서 뜻을 펴지 못하여 조급하고 편견되게 지내다가, 강 물고기 배에 장사 지내기를 달게 여겼으니, 천명을 아는 자가 이렇게 할 수 있는가.(仕部得志, 狷急褊躁, 甘葬江魚之腹, 知命者肯如是乎.)」(권8)라고 극단적으로 평가하였는데, 이에 대해서

≪四庫全書總目提要≫에서는 「편협한 논박을 면치 못한다.(未免偏駁.)」라고 한마디로 반박하고 있다. 그리고 李白(이태백)이 君臣과 부부의 의리가 부족했다고 지적하면서, 「이것이 순수한 선비가 될 수 없는 이유이다.(此所以不能爲醇儒也.)」(권10)라고 서술한 것은 이백의 문인으로서의 개성을 무시한 오직 봉건사대부적 의식에서 나온 것으로 본다. 송대 沈洵은 序에서 본 시화의 가치를 다음과 같이 서술하고 있다.

> 이부시랑 갈공은 뭇 서적을 다 박통하여 문장으로서 한 세대에 이름을 떨쳤다. 틈을 내어 일찍이 ≪운어양추≫ 20권을 지으니, 한위 이래로 시인의 시를 다 살피고 따져서 그 옳고 그름을 품평하는 데 명성으로 사람을 취하지 않고 또 사람으로 글을 없애지 않았으며, 사실을 바탕으로 이치를 헤아려서 오직 합당한 것만을 귀히 여겼다. 이치에 어긋나거나 도리를 상하는 것은 반복해서 논평하고, 취할 것을 절충하여 권장과 경계를 제시했다. 고시가 이미 없어진 후에 육예를 떨치고 영균(굴원)이 보지 못한 데에서 심오한 뜻을 밝혔으니, 세상의 시를 평하는 자들이 단지 그 어구의 기교와 격률의 높낮이만을 헤아려서 달과 이슬, 바람과 구름, 꽃과 나무, 벌레와 물고기 등의 형상에 얽매이는 것과 어찌 같겠는가.
> 吏部侍郎葛公博極群書, 以文章名一世. 暇日嘗著韻語陽秋卄卷, 自漢魏以來, 詩人篇詠, 咸參稽抉摘, 以品藻其是非, 不以名取人, 亦不以人廢言, 質事揆理, 而惟當之爲貴. 若悖理傷道者, 則反覆評論, 折衷取予, 以示勸戒. 振六藝于古詩旣亡之後, 發奧賾于靈均未覿之先, 又豈若世之評詩者, 徒揣其句語之工拙, 格律之高下, 而屑屑于月露風雲花木蟲魚形狀之間而已哉.

갈립방은 본 시화에서 많은 자료의 소개와 시인 및 시가를 분석하고 비교하는 가운데 몇 가지 독특한 시학사상을 주창하였는데, 다음 세 가지로 요약할 수 있다.

첫째는 시가의 예술적 진실성 부각이다. 沈括이 ≪夢溪筆談≫에서

「지나치게 가늘고 긴 것 아닌가.(無乃太細長乎.)」라고 하며, 두보 시의 「서리 낀 껍질이 빗물이 스며 40아름이고, 검은빛이 하늘에 닿아 2천 자나 되네.(霜皮溜雨四十圍, 黛色參天二千尺.)」구를 비판한 점에 대해서, 갈립방은 「시의 뜻이 높고 크게 표현하는데, 반드시 자로 재는 것으로 헤아려서는 안 된다.(詩意止言高大, 不必以尺寸計之.)」(卷16)라고 두보를 지지하고 있다. 詩意와 敍情에 있어서 대상물에 대한 억지스러운 모방에서 벗어날 수 있어야 상상과 과장을 통해서 '神似'에 다다를 수 있다고 하였다. 그래서 갈립방이 書畫를 품평하면서 '氣韻'과 '神妙'를 표방하였다.

둘째는 창작상의 심리상태의 분석이다. 「사람이 슬프고 기뻐하는 감정은 비록 마음에 바탕을 삼지만, 역시 경계에 의해서 생기게 되는 것이다.(人之悲熹, 雖本於心, 然亦生於境.)」라고 하여, 작가의 심리상태는 외부 사물에 의해 감동을 받아서 촉발된다고 하였다. 시의 사상에 관해서는,

시의 사상은 많이 깊고 먼 곳에서 생기며, 그 뜻이 향하는 것이 자주 속세 밖으로 나가기도 한다.
詩思多生於杳冥寂寞之境, 而志意所如, 往往出乎埃壒之外.

라고 하여 일종의 초탈적 의식세계를 추구하는 중에 詩想이 떠오를 수 있다고 하였다. 그리고 시상의 집중력에 대해서도,

시 짓는 착상이 날 때, 갑자기 그것이 떠오르면 막지 말아야 하는데 어떤 사물이 그 착상을 지워 버리면 시를 짓지 못하게 된다.
詩之有思, 卒然遇之而莫遏, 有物敗之則失之矣.

라고 하여 작시의 參禪的 몰입을 중시하였다. 시의 착상 과정에 他物의 방해요인을 제거하려면 시인은 '垂思'나 '抒思'의 심리상태를 유지해야 한다는 것이다. 그러면서도 시인의 창작 심리는 자유분방하여 나 자신에게 있는 심오한 의식 상태를 마음대로 부릴 수 있느냐

여부가 창작의 성패를 좌우한다고 다음과 같이 강조한다.

무릇 글씨나 그림은 가슴에 맺힘이 없는 것을 귀히 여기니, 조금이
라도 얽매이게 되면 소위 신기라는 것이 사라진다.
大抵書畵貴胸中無滯, 小有所拘, 則所謂神氣者逝矣.

셋째는 陶潛(도연명) 시에 대한 평가이다. 도잠 시를 「평담하면서
생각이 다다르는 바가 있다.(平淡有思致)」라고 하였다. 도잠의 평담
풍격은 인위적인 산물이 아니고, 「미려를 짜내는 것에서부터 화려한 향
기를 털어내야 한다.(當自組麗中來, 落其華芬.)」라고 하여 천연적인
의식에서 만들어 내는 경계라고 하였다. 그리고 謝靈運과 庾信이 후
대에 李白(이태백)과 杜甫에게까지 지대한 영향을 주었으면서도, 도
잠의 담장을 엿보지 못하는 이유는 도잠의 시 쓰기가 기탄없이 감
정과 사상을 직설적으로 서술했기 때문이라고 하였다. 갈립방이 원
문에서 어떻게 시평하고 있는지를 그 예문을 본다.

1. 陶潛(도연명)과 謝朓

도잠과 사조의 시는 모두 평담한 생각을 지니고 있어서, 후대 시인
들이 근심 어린 마음과 상처 난 눈으로 다듬어 낼 수 있는 것이 아니다.
두보가 말하기를, 「도잠과 사조는 지루하지 않고, ≪시경≫과 ≪초사≫
의 뜻을 함께 드러내었다. 자연 준마는 절로 뛰어나고, 취박 준마를
누가 발라낼 것인가.」라 하였는데, 이를 말한다. 무릇 평담을 표현하
려면, 미려한 것을 엮어서 그 화려한 향기를 털어내어야 평담한 경
지에 이를 수 있으니, 이러하면 도잠과 사조도 더 이를 것이 없다.
지금 사람들은 졸렬하고 평이한 어사로 스스로 평담하다고 여기니 아
는 사람들은 웃지 않을 수 없다.
陶潛謝朓詩皆平澹有思致, 非後來詩人怵心劌目彫琢者所爲也. 老杜云:
「陶謝不枝梧, 風騷共推激. 紫燕自超詣, 翠駿誰翦剔.」是也. 大抵欲造
平澹, 當自組麗中來, 落其華芬, 然後可造平澹之境, 如此則陶謝不足

進矣. 今之人多作拙易語, 而自以爲平澹, 識者未嘗不絶倒也.(권1)

陶潛의 시를 '平澹'하다고 평한 것은 시풍을 요약한 표현이다. 전원의 風光을 주제로 한 시에서 삶의 근원이 무엇이고 참된 가치가 무엇인지를 담백하게 표출하고 있기 때문이다. 梁代 鍾嶸의 ≪詩品≫ (卷中)에서,

> 문체가 간결하고 깨끗하여 거의 장황한 말이 없다. 진실한 뜻이 참으로 예스럽고, 어사가 아름답고 상쾌하다. 늘 그의 글을 보면, 그 사람의 덕성을 생각한다. 세상에서 그 질박하고 곧은 것을 탄복한다. 「기뻐 말하며 봄술을 마시네.」구나, 「해가 저무는데 하늘에는 구름이 없네.」구에 이르러서는 풍격이 맑고 고와서 그 단지 전원의 말이라고만 할 것인가? 고금의 은일시인의 으뜸이다.
> 文體省靜, 殆無長語. 篤意眞古, 辭興婉愜. 每觀其文, 想其人德. 世歎其質直. 至於「歡言酌春酒」, 「日暮天無雲」, 風華淸靡, 其直爲田家語耶? 古今隱逸詩人之宗也.

라고 하여 도잠 시의 진면목을 평가하고 있고, 蘇軾은 ≪東坡詩話≫에서, 「메마르면서 담백한 것을 귀히 여긴다 함은 그 겉은 메마르지만 속은 기름져서, 담백한 듯하면서 사실은 아름다운 것을 말하는 것이니 도잠과 유종원 같은 유파가 이런 것이다.(所貴乎枯淡者, 謂其外枯而中膏, 似澹而實美, 淵明子厚之流是也.)」라고 하고, 송대 楊萬里는 ≪誠齋詩話≫에서 「오언고시에서 구가 우아하고 담백하면서 맛이 깊은 자는 도잠과 유종원(유자후)이다.(五言古詩, 句雅淡而味深長者, 陶淵明柳子厚也.)」라고 유종원이 도잠을 계승한 시인으로 평가하였다. 도잠의 시 〈歸園田居〉(제1수)를 본다.

> 젊어서는 속된 것이 없어서
> 천성이 본래 산언덕을 좋아했네.
> 먼지그물에 잘못 떨어져서
> 어느덧 30년이 지났네.

간힌 새가 옛 숲을 그리워하고
연못의 물고기는 옛 못을 생각하네.
남녘 들에서 황무지를 개간하여
옹졸한 마음으로 전원으로 돌아가네.
네모난 땅 10여 이랑에 8, 9칸 초가집이라.
느릅나무 버드나무 뒤 처마에 그늘지고
복사와 오얏이 마루 앞에 서있네.
아득히 멀리 마을이 있고
아련히 집마을의 연기 오르네.
개는 깊은 골목에서 짖고
닭은 뽕나무 가지에서 우네.
집 뜰에 티끌 없고
텅 빈방에는 한가로움이 넘치네.
오래 새장에 갇혔다가
다시 자연으로 돌아왔네.
少無適俗韻, 性本愛丘山.
誤落塵網中, 一去三十年.
羈鳥戀舊林, 池魚思故淵.
開荒南野際, 守拙歸園田.
方宅十餘畝, 草屋八九間.
楡柳蔭後簷, 桃李羅堂前.
曖曖遠人村, 依依墟里煙.
狗吠深巷中, 鷄鳴桑樹巓.
戶庭無塵雜, 虛室有餘閒.
久在樊籠裏, 復得返自然.(≪陶淵明詩箋注≫ 권3)

　　이 시는 6수로 구성되어 있는데 오랫동안 벼슬 등 세상살이에 매
여 살다가 자연으로 돌아가며 허무한 욕망을 깊이 반성하며 전원생
활을 만족하게 여겨서 지은 것이다. 이 시는 元代 陳繹曾이 「마음에
정성된 뜻이 있고, 몸은 한가하고 안일한 중에 있으니, 정감이 참되

고 경치가 참되며, 일이 참되고 뜻이 참되다.(心存忠義, 身處閑逸, 情眞景眞, 事眞意眞.)」(≪詩譜≫)라고 하였는데, 심적 경지를 적절히 표현하고 있다. 다음에 62세에 삶을 반추하며 담백하게 지은 〈形影神〉의 〈神釋〉을 본다.

> 자연의 조화는 사사로움이 없으니
> 만물이 스스로 무성하게 드러나네.
> 사람이 하늘·땅·사람 삼재 중에 있는 것은
> 나로 인한 것이 어찌 아니겠는가.
> 그대들과 서로 다른 것이지만
> 나면서부터 서로 의지하며 살았소.
> 가까이 맺어 선과 악을 같이했으니
> 어찌 서로 말하며 지내지 않으리?
> 세 분 황제 큰 성인께서는
> 지금은 어디에 계신가?
> 팽조는 오래 살기 좋아했지만
> 머물고 싶어도 더는 못하였다오.
> 늙든 젊든 한 번 죽긴 같거늘
> 똑똑하다 어리석다 따질 것 없소.
> 날마다 술에 취해 잊을 수도 있겠지만
> 그건 목숨 재촉하는 짓이 아닐까?
> 선한 일은 늘 기쁜 것이나
> 누가 그대 위해 기려 주겠소.
> 깊은 시름은 우리네 삶 아프게 하니
> 그저 운명에 맡겨서 사는 게 마땅하네.
> 세상 조화 속에 물결치는 대로 살지니
> 기뻐하지도 두려워하지도 말지라.
> 응당 다할 목숨, 그냥 다하게 버려 둘 것이니
> 홀로 많이 근심을 다시는 하지 마소.
> 大鈞無私力, 萬物自森著.

人爲三才中, 豈不以我故.
與君雖異物, 生而相依附.
結託善惡同, 安得不相語.
三皇大聖人, 今復在何處.
彭祖愛永年, 欲留不得住.
老少同一死, 賢愚無復數.
日醉或能忘, 將非促齡具.
立善常所欣, 誰當爲汝譽.
甚念傷吾生, 正宜委運去.
縱浪大化中, 不喜亦不懼.
應盡便須盡, 無復獨多慮.(상동 권2)

이 시야말로 楊萬里가 평한, 「시구가 우아하고 담백하면서 맛이
깊은(句雅淡而味深長)」도잠(도연명)만의 오언고시의 특성이라고 본
다. ≪莊子≫〈養生主〉의 「때를 편안히 여기고 순리에 따른다.(安時
而處順.)」라는 정신적인 순응과 초탈의식을 엿볼 수 있다.

謝朓(464-499)는 자는 玄暉이며 世稱 小謝이다. 그의 시는 謝
靈運의 흔적을 모방하였으나, 그 시풍이 淸新俊美하고 시의 흥취가
심원하여 사령운의 典麗厚重(매우 바르고 고움)한 면과 다르니, 그
의〈玉階怨〉과〈王孫遊〉를 본다.

저녁 궁전에 구슬발을 내리니
떠도는 반딧불이가 날다가 쉬네.
긴 밤에 비단옷 꿰매며
님 그리움 이 어찌 다하리오.
夕殿下珠簾, 流螢飛復息.
長夜縫羅衣, 思君此何極.(〈玉階怨〉)

푸른 풀이 덩굴져 실 같고
여러 나무는 붉은 꽃이 피네.
물론 님이 돌아오지 않겠지만

님이 돌아온들 꽃향기 이미 시들리라.

綠草蔓如絲, 雜樹紅英發.

無論君不歸, 君歸芳已歇. (〈王孫遊〉)

　　사조 시에 대해서 沈德潛은 ≪古詩源≫에서 이르기를, 「사조는 영험한 심정과 빼어난 어사로 늘 명시구를 읊어서 깊고도 밝다. 붓과 먹물, 즉 문자 속에서 느끼면서 문자 밖에서도 느끼니 특별히 한 가닥의 깊은 정감의 오묘한 이치가 있다. (玄暉靈心秀口, 每誦名句, 淵然泠然. 覺筆墨之中, 筆墨之外, 別有一段深情妙理.)」라 하여 시의 深妙한 경지를 평가하였다. 그의 시는 음운이 鏗鏘(갱장 : 金玉의 맑은 소리)하고 平仄이 調協하여 당풍을 계도하였고, 五言小詩는 出語가 자연스럽고 '情深味長'(정이 깊고 맛이 오래감)하여 당인 오절에 영향이 매우 크다.

2. 陳子昂 〈感遇詩〉

　　진자앙 〈감우시〉에 이르기를, 「악양이 위나라 장군이 되어, 아들을 죽여 끓인 국을 먹고 군대 무공을 세웠네. 골육도 박대하였거늘, 타인이 어찌 충성을 배우겠는가.」 또 이르기를, 「내가 듣건대 중산국 재상이 새끼 사슴을 풀어주었다 하네. 외로운 짐승에게도 차마 어쩌지 못하였으니, 더욱이 임금을 끝까지 받들었다네.」 하였다. 한 사람은 그 자식에게 잔인하고, 한 사람은 새끼 사슴에게도 차마 어쩌지 못하였다.

陳子昂感遇詩云:「樂羊爲魏將, 食子徇軍功. 骨肉且相薄, 他人安得忠.」又曰:「吾聞中山相, 乃屬放麑翁. 孤獸猶不忍, 況以奉君終.」一則忍於其子, 一則不忍於麑. (≪陳子昂集≫ 卷6)

　　위의 인용 시구는 〈감우시〉 제4수이다. 이 시 38수는 정치에의 비판과 항의, 백성의 생활고에 대한 묘사와 동정, 그리고 은일생활에 대한 찬미와 희망, 자기 불우에 대한 감개와 불평을 담고 있다. 시 전체의 풍격을 보면, 文筆이 樸質剛健(질박강건)하고 음절이 明亮하며 기상이 雄渾한데, 阮籍의 〈詠懷詩〉와 左思의 〈詠史詩〉, 그리고 王績의 〈古意六首〉 등에서 영향 받았고 특히 완적의 영회시에서 가장 깊은 영향을 입었다고 할 것이다. '感遇'의 의미를 보면 ≪唐音≫ 注에 이르기를, 「마음에 감흥이 있으면 말에 기탁하게 되어 그 뜻을 펴게 된다.(有感于心, 而寓於言, 以攄其意也.)」라 하고, 또 「마음에 느껴져 눈에 들어온다.(感之於心, 遇之於目.)」라고 하여 그 당시의 정치적인 陰影과 시인 자신의 불우한 심기를 솔직히 표현할 수 없는 처지에서 자연히 隱晦(은회)한 상징 수법을 차용하여 붙인 것을 확인할 수 있다.

그러나 명대 鍾惺이 말한 바, 「진자앙의 감우시는 절로 고담하며 오묘한 의취를 지니고 있는데, 의취가 다분히 표현된 언사에 담긴 그것보다도 더 깊은 데서 우러나오고, 주지는 어디에 매여 있지 않아 도저히 구절을 따라 그 담긴 이치를 찾아 이해하기가 쉽지 않다.(子昻感遇, 自爲澹古貨渺之意, 意多言外, 旨無專屬, 不當逐句求之.)」(≪唐詩歸≫ 卷2)라고 한 것처럼 시인의 사상과 감정을 外表되지 않은 곳에서 은연중에 그 本意를 투시할 수 있는 장점이 있음을 강조하였다. 시의 내용에 있어서 邢孟은 설명하기를,

  감우시는 군자가 때를 잃어 뜻을 이루지 못함을 한탄한 것이니, 인을 어찌 가까이 할 것인가. 전혀 가까이 할 수 없다. 쇠퇴한 세상에 옛 도리가 어두우니 이익을 탐내면 영화가 오래가지 못하고, 사리를 탐하면 반드시 재화를 당하게 된다.
  感遇詩, 歎君子失時而無成, 仁何親, 殘不可近. 衰世不明古道, 戒嗜利, 寵不可久居, 寵利必見禍奪.(楊鍾義 ≪歷代五言詩評選≫ 卷5 引)

라고 하여 시의 내용을 총괄하였으며, 표현수법에 대해서 명대 譚元春은 이르기를,

진자앙의 감우시는 마치 ≪단서≫ 같고, ≪역경≫ 주 같으며, 영사 같고, ≪산해경≫을 읽는 것 같다. 기묘한 변화는 단서를 잡을 수 없으니 진실로 또 하나의 천지이다.

子昂感遇諸詩, 有似丹書者, 有似易注者, 有似詠史者, 有似讀山海經者. 奇奧變化, 莫可端倪, 眞又是一天地矣.(≪唐詩歸≫ 卷2)

라고 하여 다양한 묘법을 쓴 점을 지적하였다. 따라서 묘사에 있어서 자신의 회포를 서술하는 데는 옛것을 빌려서 지금 것을 비유함(借古喩今)을 택하고, 현실에 대한 풍자에는 사물을 통하여 성정을 부침(托物寄情)을 택하며, 군자의 충정과 실망을 표현하는 데는 향초나 미인으로써 비유하며, 속세의 번뇌를 떨치는 묘법은 신선에의 기탁을 택하고 있음을 볼 수 있다. 다음에 이 시의 내용 특성을 몇 가지로 구분하여 살펴본다.

(1) 현실에의 비판: 정치에의 비판적 의식을 토로한 면을 제15수에서 보자.

귀인은 임금의 마음 얻기 어려우니
은혜와 총애는 잠시뿐이라네.
옥 같은 마음으로
임금의 명월주를 찾지 마오.
옛날 자랑하던 예쁜 미인
지금은 죄 지어 방아 찧는 몸 되었네.
주공의 〈치효(올빼미)〉 시에 낙양을 슬퍼했고
서시의 고소대에는 새끼 사슴이 울고 있다네.
뉘 범려를 알리오?
쪽배 타고 오호로 가던 마음.
貴人難得意, 賞愛在須臾.
莫以心如玉, 探他明月珠.
昔稱夭桃子, 今爲春市徒.
鴟鴞悲東國, 麋鹿泣姑蘇.

誰見鴟夷子, 扁舟去五湖.(상동 권6)

이 시는 武則天의 酷吏 등용과 형벌 남용에 대해 은유적인 방법으로 묘사하였는데, 청대 陳沆이 말한바, 「장상과 대신이 유종의 미를 거두지 못함을 애도한다.(悼將相大臣之不令終.)」(≪詩比興箋≫ 卷3)의 비감이 깃들어 있다. 진자앙 자신은 그 당시의 형벌에 대하여, 「형벌과 옥살이가 성급하고 법망이 너그럽지 못하니 이것은 지금 성명한 정치의 요체가 아니다.(刑獄尙急, 法網未寬, 恐非當今聖政之要者.)」(〈答制問事〉 八條)라고 하였다. 무측천의 신하에 대한 가혹을 이 시에서 간파할 수 있게 하며, 제2, 4연은 감개하여 일깨우는 정감을 느끼게 한다. 당시의 정치상의 암흑, 권력 부패, 사회 불안 등을 풍자한 점은 제10, 16, 5, 4, 12, 20, 9, 32수 등에서 그 예를 더 찾을 수 있다.[1] 무후의 실정과 민정을 보다 강하게 그린 제29수는 대표적인 정치비판의 예가 된다.

정해년이 저무는데
서산에서는 전쟁을 일삼고 있네.
양식 짊어지고 공래산 길 오르고
창 잡고 강족의 성에서 싸우고 있네.
엄동에 북풍이 세차고
황량한 산에는 연못의 구름이 솟아나네.
어두워 밤낮이 따로 없는데
격문에 다시 서로 놀라도다.
몸을 굽혀 만 길을 다투어 오르고
위태로이 가파른 계곡을 거치네.

---

1) 제10수의 「悱然爭朶頤, 讒說相啖食, 利害紛, 便便夸毘子, 榮耀更相持.」 제16수의 「勞利迭相干」 제5수의 「市人矜巧智, 於道若童蒙. 傾奪相誇侈, 不知身所終.」 제4수의 「骨肉且相薄, 他人安得忠.」 제12수의 「怨憎未相復, 親愛生禍罪.」 제20수의 「群議曷嗤嗤」 제9수의 「聖人秘玄命, 懼世亂其眞.」 제32수의 「陽彩皆陰翳」 등을 들 수 있다.

흩어져서 수다한 산봉과 계곡을 지나
처량히 눈 얼음길 가도다.
성인이 천하를 다스린다면
태평성세 당연하다고 들었네.
고기 먹는 고관들 나랏일에 무슨 실수하였기에
기장풀만 가로 세로 깔려 있는가.

丁亥歲云暮, 西山事甲兵.
贏糧匝邛道, 荷戟爭羌城.
嚴冬陰風勁, 窮岫池雲生.
昏曀無晝夜, 羽檄復相驚.
拳踢競萬仞, 崩危走九冥.
藉藉峰壑裏, 哀哀冰雪行.
聖人御宇宙, 聞道泰陸平.
肉食謀何失, 藜藿綑縱橫.(상동 권6)

이 시에서 丁亥年은 무측천 垂拱 3년(687)으로 진자앙의 나이
27세 때 지은 것이다. 무측천이 외족 羌을 공격하는 불의의 전쟁과
백성과 사병에게 주는 재난을 묘사하면서 함부로 전쟁을 일으켜서
군사를 어렵게 하는 소위 黷武窮兵(함부로 전쟁하여 武德을 더럽히
고 병력을 남용함)에 반대하는 인도주의사상을 강렬히 표현하였다. 진
자앙의 〈諫雅州討生羌書〉(卷9)에서 이러한 불의의 전쟁으로 민심을
피폐해서는 안 됨을 피력하고 있음도 유의할 만하다.[2] 진자앙 자신
이 蜀人이므로 그 사정을 잘 알고 있어 그 폐해가 크며, 국가 이익
을 고려하지 않은 거사를 보고 간언한 것이다. 위 시의 제3연에서
는 엄동의 황량한 산을 묘사하고, 제5연에서는 전쟁의 시작명령에
행군의 노고를 그리고, 말 2연은 전쟁을 기도하는 정치와 그 부역

---

2) 〈諫雅州討生羌書〉:「國家欲開蜀山, 自雅州道入討生羌, 因以襲擊吐番雅之邊羌,
自國初以來, 未嘗一日爲盜. 今一旦無罪受戮, 其怨必甚, 怨甚懼誅, 必蜂駭西
山. 西山盜起, 則蜀之邊邑, 不得不連兵備守, 兵久不解, 則蜀之禍搆矣.」

에 시달리는 참상을 서술하였다. 한편으로는 사회혁신적인 의지가 담긴 시라고도 보여진다.

(2) 신세 불우에 대한 불평과 은일: 예로부터 신세 불우를 노래한 것이 많지만, 진자앙의 경우에 있어서는 그 내심이 더욱 짙게 표출되어 있다. 다음 제2수를 보자.

> 난초와 두약은 봄여름으로 나니
> 울창하고 또 어찌도 푸르른지.
> 그윽하고 외로이 빈 숲에서 빛이 나고
> 붉게 자라서 보랏빛 줄기를 덮었네.
> 뉘엿뉘엿 해는 지는데
> 하늘하늘 가을바람 불어오네.
> 한 해의 나뭇잎 다 떨어지는데
> 향기로운 뜻 어이하면 이루리?
> 蘭若生春夏, 芊蔚何靑靑.
> 幽獨空林色, 朱蕤冒紫莖.
> 遲遲白日晩, 嫋嫋秋風生.
> 歲華盡搖落, 芳意竟何成. (상동 권6)

이 시는 ≪초사≫의 〈離騷〉 기법을 활용하여 比擬的인 묘사를 통해 노년과 뜻을 펴지 못하는(志不成) 점을 개탄하고 있다. 전 4구에서는 '蘭若'라는 향초에서 고아한 품성과 군자의 기풍을 표출하고 있다. 후 4구에서는 실의와 고민, 모순의 심정을 나타내었다. 제7수를 보면,

> 한낮에 늘 숲에 묻혀 돌아가지 않으니
> 어느덧 봄빛이 저무는구나.
> 아득히 나는 무엇을 그리워하리오
> 숲에 누워 끝없는 세월 돌아보네.
> 온갖 꽃 때에 따라 시들고
> 두견은 구슬피 우짖는데

고운 풍물 벌써 다하니
누가 소보를 알겠는가.
白日每不歸, 靑陽時暮矣.
茫茫吾何思, 林臥觀無始.
衆芳委時晦, 鵜鴂鳴悲耳.
鴻荒古已頹, 誰識巢居子.(상동 권6)

라고 하여 세월이 유수 같고 知友가 없음을 한탄하였다. 〈陳氏別傳〉
에, 「진자앙은 만년에 황로술을 좋아하여 더욱 심취하여 닮아가고
왕왕 그 이론에 정통하기도 하였다.(子昻晚愛黃老言, 尤耽味易象, 往
往精詣.)」라 하고, 또 「성력 초년에 자앙은 고향 산에 돌아가 숨어 살
며 관직을 초월한 뜻을 가졌다.(聖曆初, 君歸隱舊山, 有掛冠之志.)」(상
동)라고 한 데서 성력 초(698년 전후)에 은거한 뒤에 쓰여진 신세
의 불우에서 오는 은거시라고 볼 수 있다. 제3연에서 진자앙은 은거
중에 속세를 떠났으면서도 뜻을 펼 기회가 없는 것을 슬퍼하고 있
으며, 말구에는 마음의 불평이 나타나 있다. '巢居子'는 堯임금 때의
巢父(소보)로서, 山水에 묻혀 世利를 돌아보지 않고, 나무 위에 집
을 지어 살았고, 堯임금이 천하를 讓與하려 해도 거절한 高士이다.
진자앙은 소보를 시어로 借用하여 자신의 신세에 비유하였다.

  (3) 변새 생활의 감회: 진자앙은 전쟁과 변새에 대한 체험과 관찰
이 깊이 스며든 시를 쓰고 있다. 변새시는 대개 전쟁을 피하고 평
화를 갈구하는 면과 전쟁에서 공을 세우는 면으로 볼 수 있는데, 전
자의 경우를 제3수에서 보기로 한다.

머나먼 정령지 변새 위에
예부터 길 황량히 뻗어 있네.
수루 얼마나 우뚝한지
드러난 뼈는 온전한 것 없도다.
누런 모래 남쪽에서 몰아치고
밝은 해는 서녘으로 숨는구나.

30만 한나라 군사는
일찍이 흉노와 싸웠다네.
모래사장에 죽은 자만 보일 뿐
변방의 고아를 누가 가엾어 하겠는가.
蒼蒼丁靈塞, 今古緬荒途.
亭堠何崔兀, 暴骨無全軀.
黃沙漠南起, 白日隱西隅.
漢甲三十萬, 曾以事匈奴.
但見沙場死, 誰憐塞上孤.(상동 권6)

　이 시는 진자앙이 喬知之를 따라 종군하던 일을 회상한 것인데
진자앙의 〈燕然軍人畫像銘幷序〉에 金徽州都督에의 반란으로 인해 左
補闕인 교지지로 護軍케 하였다는 글로써 알 수 있다.3) 그는 종군하
면서 전후의 참상을 목도하였다. 제1연에서는 광대한 丁靈地의 황량
한 광경을 묘사하고, 제3연에서는 사막의 변화무쌍한 경관을 그렸다.
그리고 제2연과 제5연은 沙場의 정경을, 제4연은 漢人의 굴욕을 묘
사하는 듯이 쓰면서 이 북방 종군을 설욕하려는 의지를 표현하면서
전체 시의 흐름이 전쟁의 비애를 담고 있다. 한편 후자의 예로 제37
수를 든다.

아침에 운중군에 드니
북녘에는 선우대 보이네.
오랑캐와 진 땅이 어찌나 가까운지
사막의 찬 기운 세기도 하여라.
어지러이 흩어진 교만한 오랑캐는
미쳐 날뛰며 다시금 몰려오네.
변방의 성채에는 명장 없으며

---

3) 〈燕然軍人畫像銘幷序〉:「金徽州都督僕固始桀驚, 惑亂其人. 天子命在豹韜衛將軍
劉敬周發河西騎士, 自居延海入以討之, 特勅左補闕喬知之攝侍御史, 護其軍.」(≪陳
子昂集≫ 卷6).

수루만 공허히 우뚝 서있네.
한숨 지며 내 무얼 탄식하는가?
변방 사람 가던 길에 잡초만 무성하구나.
朝入雲中郡, 北望單于臺.
胡秦何密邇, 沙朔氣雄哉.
藉藉天驕子, 猖狂已復來.
塞垣無名將, 亭堠空崔嵬.
咄嗟吾何歎, 邊人塗草萊.(상동 권6)

　이 시는 진자앙이 契丹을 정벌하는 것을 그렸다. 제3연까지는 雲
中郡과 單于臺의 형세와 풍토를 묘사하고, 제4연에는 변새에 명장이
없되 보국의 의지를 보이면서, 말연에서는 전장의 비상을 떨치지 못
하고 있다. 명대 王世貞이 평하기를,

　완적은 원근간의 일을 영회하여 어떤 처경에서 드러내고 어떤 감흥
　에서 나타내는 면에서 잘하지만, 그 내용의 요지와 미려함을 다 논
　하지 못한 것이 있을 따름이다. 사람들은 이래서 진자앙이 완적보다
　낫다고 말한다. 어찌하여 진자앙이라고 해서 감흥이 없었겠는가.
　阮公詠懷遠近之間, 遇境卽際, 興窮卽之. 坐不着論宗佳耳. 人乃謂陳子
　昂勝之, 何必子昂寧無感興乎哉.(≪藝苑巵言≫ 권3)

라고 하여 진자앙 시의 특성을 밝히고 있다. 시론의 개혁은 興寄와 風
骨을 담는 내용을 강조하고 시 자체의 특성에 있어서 〈감우시〉를 현
실과 이상이라는 양면에서 그 맛을 찾으려 하였다. 단순한 신세한탄
이 아니라 報國觀과 평화주의적인 非戰 의식이 있었으므로, 현실을
은유적으로 풍자하면서 은둔적인 의지를 취하기도 하였다. 그러나
〈감우시〉 자체는 현실과 타협하지 않았고 초탈하려는 관념보다는 현
실개선과 적극적인 참여의 자세를 오히려 엿보인다. 그러므로 〈감
우시〉는 사실주의적인 현실의식과 함께 현실비판을 공유하고 있다.
　그리고 명대 胡應麟이 말한 바, 「당대 초기에 양나라와 수나라의 풍

격을 이어받았는데, 진자앙은 홀로 고아한 풍격의 근원을 개척하였으니 고적, 잠삼, 왕창령, 이기 등이 진자앙의 고아함을 본받아 기골을 더해준 사람들이다.(唐初承襲梁隋, 陳子昻獨開古雅之源. 高適・岑參・王昌齡・李頎本子昻之古雅而加以氣骨者也.)」(≪詩藪≫ 卷7)라든가, 청대 陳沆이 말한 바, 「진자앙은 완적의 풍격을 이어서 이백(이태백)과 두보의 선구자가 되었다.(射洪嗣阮公, 振李杜之先聲.)」(≪詩比興箋≫ 卷3)라고 한 평어는 진자앙의 중국시 사상의 비중을 단적으로 대변해 준다고 할 것이다.

3. 王維와 孟浩然의 교유

살펴보건대, 맹호연은 개원 천보 연간에 시인의 명성이 매우 자자하여 장안으로 놀러오자, 왕유가 정성을 기울여 모시고 칭찬하였다. 어떤 이는 말하기를 왕유가 맹호연이 자신보다 훌륭하다고 보고 천자에게 천거하지 않아서 험난하게 살다가 죽었다고 하는데, 따라서 맹호연이 왕유와 헤어지면서 지은 시에서 「벼슬에 있는 누가 관심을 가질까, 알아주는 사람이 세상에 드물구나.」라고 한 것이 곧 그 일이다.
按孟君當開元天寶之際, 詩名藉甚, 一遊長安, 右丞傾蓋延譽, 或云右丞見其勝己, 不能薦於天子, 因坎軻而終. 故襄陽別右丞詩云; 「當路誰相假, 知音世所稀」, 乃其事也.(권14)

왕유는 開元 9년(721)에 과거 급제하여 동년에 太樂丞을 제수하고 개원 10년 전후에 齊州로 폄적된다. 개원 15년에 관직에 나아가고 嵩山에 은거하다가 張九齡이 中書令이 되어 왕유를 右拾遺에 발탁하여 장안으로 귀환하니, 개원 16년 전후에 맹호연이 京師로 나온 것으로 추정된다. 왕유와 맹호연이 시교한 후의 장안에서의 교유는 추정하기 어렵다. 그 이유는 王・孟 양인의 시문집에서 유관자료가 없기 때문인데, 단지 맹호연이 玄宗 앞에서 「재주가 없다고 명철한 임금이 버렸네(不才明主棄)」라고 한 죄로 경사를 떠나 襄陽으로 환향할 때4) 왕유가 다음 시 〈送孟六歸襄陽〉(≪王右丞集箋注≫ 권 15)을 지어 歸田園을 위로한 일만 확인할 수 있다.

> 문을 닫고 밖에 나서지 않고
> 오랫동안 세상과 소원하게 지내네.
> 이를 뛰어난 방책으로 삼을지니
> 그대에게 권하건대 옛집으로 돌아가기를.
> 전원의 집에서 술 취해 노래하고
> 웃으며 고인의 책이나 읽으시오.
> 마침 일생에 할 만한 일이려니
> 수고로이 사마상여처럼 〈자허부〉를 바치진 마세요.
> 杜門不欲出, 久與世情疎.
> 以此爲長策, 勸君歸舊廬.
> 醉歌田舍酒, 笑讀古人書.
> 好是一生事, 無勞獻子虛.

맹호연이 왜 고향인 襄陽을 떠나 京師(長安)로 나왔으며, 또 그는 정말 공명에 대한 희망과 기원이5) 없었던가 하는 의문에의 해답을, 현종과의 불화로 인한 관로의 꿈의 좌절로 부득이 귀향할 수밖에 없는 상황에서 찾아야 할 것이다. 즉 왕유의 〈送孟六歸襄陽〉에는 맹호연이 귀향하는데 대해 전혀 석별이나 정감이 표현되지 않고 있으며, 오히려 명예에의 허황한 마음을 애초에 생각조차 하지 않는 것이 타당했다는 의미가 내포되고 있어 단지 송별 속에 권고와 안위만을 제시하고 있다. 이것은 왕유가 맹호연의 오언시에 능한 것을 투기한 때문이라는 설도 있으나, 여하튼 왕·맹 양인의 交情은 두텁지 않았던

---

4) 楊蔭深, ≪王維與孟浩然≫(商務印書館)에 歸鄕할 때 洛陽만 경유했다 하는데, 陳胎焮의 「孟浩然事蹟考」(≪文史≫ 四期, 中華書局)에 「長安→洛陽→唐城→蔡陽→襄陽」의 노정이라 함.

5) 王瑤, 〈論希企隱逸之風〉文 참조.(香港中文出版, 1957)

것 같다. 맹호연이 양양으로 돌아간 후 12년간 왕유와 만나지 못하고 病故하였는데, 개원 28년 맹호연이 病逝하던 그해에 왕유가 殿中侍御史로서 襄州 일대의 선거사무를 주관차 양양에 가서 亡友를 애도하며 〈哭孟浩然〉(≪王右丞集箋注≫ 권20)을 지었다.

옛 친구를 만나 볼 수 없는데
한수는 날로 동쪽으로 흐르누나.
양양의 노인을 물으니
채주의 그대 놀던 강산은 공허하네.
故人不可見, 漢水日東流.
借問襄陽老, 江山空蔡州.

이 시에서 본래 깊지 않았던 우정인 데다가, 이미 식은 왕유의 정감이 드러나 있어서, 애도시로서의 감동을 전혀 주지 않는다.

4. 李嘉祐 시의 양면성

「논에는 백로가 날고, 여름 나무에는 꾀꼬리 지저귀네.」 구는 이가우의 시이다. 왕유는 이 시구를 늘려서 칠언구를 지었으니, 「아득한 논에 백로가 날고, 그늘진 여름 나무에는 꾀꼬리가 지저귀네.」라 하여 시의 흥취가 더욱 깊고 그윽하다.
「水田飛白鷺, 夏木囀黃鸝.」 李嘉祐詩也. 王摩詰衍之爲七言曰: 「漠漠水田飛白鷺, 陰陰夏木囀黃鸝.」 而興益遠.

중당대 大歷 연간(766-779)에 활동한 시인들 중에서 대표적인 작가를 일컬어서 '大歷十才子'라 하는데, 문헌마다 그 분류가 다르지만, 명대 王世禎은 ≪分甘餘話≫(권3)에서 郞士元, 李益, 李嘉祐, 皇甫曾을 따로 넣고 있다. 이가우(719-?)에 대해서 新舊唐書에는 평전이 없고, 당말 姚合의 ≪極玄集≫(卷下)에서,

자는 후일이며, 원주인이고 천보 7년에 진사가 되고 대력 연간에 천
주자사가 되었다.
字後一, 袁州人, 天寶七載進士, 大歷中泉州刺史.

라고 기재한 것이 最早의 사적이며 辛文房의 ≪唐才子傳≫(권3)의
기록이 비교적 자세하니 그 부분을 보자.

이가우는 자가 후일이며 조주인이다. 천보 7년에 진사에 급제하여
비서정자가 되나 죄로 남황에 폄적 갔다가 얼마 안 되어 칙조에 의
해 파양재가 되고 다시 강음령이 되었다. 후에 태주와 원주자사가
되었다. 시 짓기를 잘하여 기려하며 완미하니 전기와 별도로 한 체
제를 이루어 왕왕 제량체를 드러내니 당시 사람들이 오균과 하손에
필적할 만하다고 하였다. 절로 조정에 떨치니 크게 향기로운 명예를
거두고 풍류를 중흥시켰다. 문집이 있어서 지금 전해진다.
嘉祐, 字後一, 趙州人, 天寶七年, 擧榜進士, 爲秘書正字, 以罪謫南
荒, 未幾何, 有詔量移爲鄱陽宰, 又爲江陰令. 後遷台袁二州刺史. 善
爲詩, 綺麗婉摩, 與錢郎別爲一體, 往往涉於齊梁, 時風人擬爲吳均何
遜之敵, 自振藻天朝, 太收芳譽, 中興風流也. 有集今傳.

이가우의 자가 후일이고, 천보 7년(748) 진사 급제, 태주와 원
주자사를 지내고 시풍이 기려하여 齊梁體를 닮은 점과, 傳記와 별개
의 풍격을 보인다는 점을 들 수 있다. 이가우의 시는 모두 140수에
달하며(≪全唐詩≫ 권206-207과 ≪全唐詩續拾≫), 명대 楊愼은 ≪升
庵詩話≫(권5)에서 이가우 시를 논하기를,

이가우의 〈왕사인죽루〉에 「으젓한 벼슬아치 한가로이 제후를 비웃으
며, 서강에서 대를 가지고 높은 누대에 오른다. 남풍에 부들부채 소
용없고, 모시모자로 한가로이 갈매기와 잠드네.」라 하니 긴 여름의
경치가 맑고 고우며 시원하여 읽으면 정신이 상쾌해진다.
李嘉祐王舍人竹樓「傲吏身閒笑五侯, 西江取竹起高樓. 南風不用蒲葵扇,
紗帽開眠對水鷗.」長夏之景, 淸麗瀟洒, 讀之使人神爽.

라고 하여 이가우 시의 淸麗하면서 神爽한 면을 강조하였다. 이러한 이가우 시의 다양성에 대해서 청대 賀裳은 ≪載酒園詩話又編≫에서 다음과 같이 서술하고 있다.

고중무는 이가우의 기미하고 완려함이 제량풍을 거쳤다고 칭찬하는데, 나의 생각은 이에 있어 후인으로 온정균과 이상은만한 자를 보지 못했으니 마치 순임금이 칠기를 만드니 사치하다고 지적한 것과 같다. 그러나 ≪간기집≫에 실린 것은 역시 평담하여 내가 더욱 기풍을 좋아하니, 「바람은 물가의 잎을 흔들고, 구름 자욱하여 하늘에 서리 내리려 하네. 꽃색이 처량타 하는 이 아무도 없는데, 많은 비에 새소리 차도다. 능히 계포의 응락을 지킨다면, 노련의 공을 말하지 말지라. 상쾌한 기분으로 멀리 포구의 곳에 격해 있는데, 기우는 햇빛은 비스듬히 강 건너는 이 비춘다.」는 자못 우아한 맛이 있다. 이가우의 시는 기려하여 한굉의 반도 못 따르니, 정곡이 말하기를, 「어쩐일로 후에 고중무가 ≪중흥간기집≫에서 품평이 공평하지 않았는지.」라고 하였는데 이 말 역시 진실로 옳다.
高仲武稱李嘉祐綺靡婉麗, 涉于齊梁, 余意此由未見後人如溫李耳, 猶舜造漆器而指以爲奢也. 然間氣集所載, 殊亦平平余更喜氣「風搖近水葉, 雲濩欲霜天. 無人花色慘, 多雨鳥聲寒. 能全季布諾, 不道魯連功. 爽氣遙分隔浦岫, 斜光偏照渡江人.」殊有雅致. 按李詩綺麗不及君平之半, 鄭谷曰「何事後來高仲武, 品題間氣未公心」, 語亦良是.

여기서 하상의 관점을 정리하면, (1)이가우의 시를 '綺麗'하다고 본 것은 만당의 李商隱이나 溫庭筠과 비교하지 않은 좁은 소견이므로 온당한 평가가 아니라는 점이며, (2)기려하기보다는 성당의 '雅致'에 오히려 가깝다는 점으로 집약할 수 있다. 이가우의 시를 고찰할 때에, 하상의 의견이 오히려 긍정적으로 평가된다. 왜냐하면 필자의 견해로도 이가우의 시에서 상기한 몇 수의 奉和나 寄贈, 그리고 영회시의 일부를 제외하고는 이가우를 통하여 중당에서 성당의 시가 재흥한 듯이 창작되어 있음을 확인한다. 이것이 하상이 강조한

'雅致'이다. 이런 관점에서 이가우의 시 성격을 다음 몇 가지로 분류해서 살펴본다.

(1) 安史의 亂으로 인한 反戰 의식: 이가우가 생존하던 시기는 안사의 난, 吐蕃의 침입(763), 朱泚(주체)의 난6) 등이 연이어 일어나면서 민심이 이산되고 사회가 극히 혼란한 시기였으므로 이 시기의 문인들은 연속되는 질고를 민생과 같이하게 되었고, 非戰의식과 현실도피 등의 살기 위한 소극적인 처세가 팽배하면서 錢起, 劉長卿, 이가우 같은 낭만추구자가 출현하기도 하였지만, 盧綸, 耿湋 같은 현실 상황을 직시하는 시인이 나타나기도 하였다. 낭만주의자인 이가우는 전쟁 반대론자로서, 그의 〈題靈臺縣東山村主人〉(《全唐詩》 권206)이 이런 취향을 나타낸다.

곳곳에 오랑캐 정벌 간 자 점차 드무니
산촌이 고요하고 저녁 연기 희미하다.
문에는 숲이 우거져 한 해 가도록 닫혀 있고
몸은 방탕한 길 좇다가 언제나 돌아가려나.
빈처는 백발 되어 세금에 쪼들리고
내 몸 황하에 떠돌며 헤어나지 못한다.
천자는 지금 무기를 쓰려는데
한 해 가기 전에 전쟁을 그침이 좋으리라.
處處征胡人漸稀, 山村寥落暮煙微.
門臨莽蒼經年閉, 身逐嫖姚幾日歸.
貧妻白髮輸殘稅, 余寇黃河未解圍.
天子如今能用武, 只應歲晚息兵機.

위의 제1구의 '征胡', 제4구의 '身逐嫖姚', 제7구의 '用武'에서 이 시는 玄宗 만년의 징병상황을 질책하는 것을 알 수 있다. 東山 촌민의 처참한 생활상을 묘사하면서 이런 중에도 현종이 안일한 자세

---

6) 朱泚의 亂은 《新唐書》 卷225 〈列傳〉 第150 '朱泚' 부분 참조.

로 징병을 강요하는 것을 증오하였다. 그의 시에는 민생의 질고를 묘사한 것이 적고 反戰的인 입장에서 현실을 고발한 점이 보이니 이 시가 그 예라 할 것이다. 안사의 난이 발생한 후에 이가우는 揚州 와 潤州 일대에서 피난생활을 하였다.

(2) 別情의 歸隱: 이가우의 송별시는 63수에 달하여 전체의 반을 차지하는데 그 내용을 예시를 통해 살펴보고자 한다. 송별시에서 지적할 것은 우정과 함께 사회혼란에 대한 비애 심리의 묘사를 들 수 있으니, 〈送從弟歸河朔〉(상동 권206)을 보자.

> 고향을 어이 갈 수 있으리
> 아우가 홀로 돌아갈지라.
> 뭇 장수 깃발을 드나니
> 누구라서 은둔 선비를 중하게 여기리.
> 빈 성에 유수는 남아 있는데
> 황량한 못의 옛 마을은 인적이 드물다.
> 가을날 들판 길에
> 풀벌레 울며 뽕잎에 난다.
> 故鄕那可到, 令弟獨能歸.
> 諸將矜旄節, 何人重布衣.
> 空城流水在, 荒澤舊村稀.
> 秋日平原路, 蟲鳴桑葉飛.

이가우는 從弟에 대한 深厚한 우의를 표현하면서 동시에 풍진 난리로 세상이 바뀌고 마을도 사라진 사회현실을 그려내었다. 시인의 심의는 이별의 비애가 감돌고 있으니, 焦文彬은 이 시의 주에서[7],

> 「고향을 어이 갈 수 있으리, 아우가 홀로 돌아갈지라.」 구는 이별의 정경을 묘사하였으니 괴로움이 열 배나 더한다. 떠나는 사람 멀리 가니 그리운 정을 묘사함에 그 여운이 그지없다.

---

7) 焦文彬 等, 《大歷十才子詩選》 p.230, 陝西人民出版社

「故鄕那可到, 令弟獨能歸.」, 狀離別景, 苦增十培. 離人遠去, 寫依戀
之情, 餘味無窮.

라고 하여 景中有情의 극치를 보여준다. 이 시에 대해서 ≪大歷詩
略≫에서도 별정과 여로가 모두 다 잘 드러나 있다고 서술하였다.8)
다음에 〈留別毘陵諸公〉(상동 권206)을 본다.

> 오래 잠양령이 되었다가
> 단서를 버리고 홀연히 돌아왔도다.
> 처량하게 수촌을 하직하고
> 난리 속에 고향 산에 왔도다.
> 북고에 여울 소리 가득하고
> 남서에 풀빛이 한가롭다.
> 마음 이에 이별을 알지니
> 생각할수록 귀밑털이 희끗하다.
> 久作涔陽令, 丹墀忽再還.
> 凄凉辭澤國, 離亂到鄕山.
> 北固灘聲滿, 南徐草色閒.
> 知心從此別, 相憶鬢毛班.

여기서 제2연은 전란으로 고향을 떠나야 하고, 제4연은 나이 들
도록 이별의 정을 가누지 못하는 심정을 각각 묘사하고 있다. 이가우
의 이러한 심태는 자연히 현실로부터 초탈하려는 의식을 더하게 되
었으니 이것이 바로 歸隱的인 마음의 발로로 이어진 것이다.

(3) 영물에 의한 比興: 영물시는 「정을 기탁하여 풍유함(寄情寓風)」
을 바탕으로 하는바, ≪四庫全書總目提要≫ 集部의 詠物詩提要에서,

> 옛날 굴원은 〈귤송〉을 짓고 순자는 〈잠부〉를 지었는데, 영물의 작품
> 은 여기에서 싹텄다. 당대는 사물의 모양을 숭상하고 송시는 의론을

---

8) ≪大歷詩略≫ : 「三四激昂, 結處只平平寫景, 而別情旅況, 兩兩俱到.」

삽입하는데, 기탁된 정감과 붙여진 풍유가 그 가운데서 끝없이 흘러
나오니 이것이 그 대체적인 비교이다.
昔者屈原頌橘, 荀況賦蠶, 詠物之作, 萌芽于是, 唐尙形容, 宋參議論,
而寄情寓諷, 旁見側出于其中, 此其大較也.

라고 하여 영물작품의 근본적인 착상의식을 피력하였으며, 영물시를
짓는 의도는 시를 통하여 比興의 풍유하는 데 있음을 청대 李重華는
다음과 같이 기술하였다.

영물이라는 체제는 제재로 말하면 부요, 시를 짓는 까닭으로 말하면
흥이요, 비이다.
詠物一體, 就題言之, 則賦也, 就所以作詩言之, 卽興也, 比也.(≪貞一
齋詩說≫)

이가우의 영물시도 예외가 아니어서 그의 〈詠螢〉(상동 권206)을
보자.

드리운 물빛 가닥 잡기 어려운데
허공에 몸이 절로 가벼워라.
밤바람 쉬지 않고 불어오고
가을 이슬 씻기니 더 밝구나.
촛불 여전히 불꽃 일고
보내온 글 더욱 정이 넘친다.
오히려 출렁이는 그림자가
이곳에 와 처마 서까래에 멈춘다.
映水光難定, 凌虛體自輕.
夜風吹不滅, 秋露洗還明.
向燭仍分焰, 投書更有情.
猶將流亂影, 來此榜簷楹.

이 시는 겉으로는 반딧불이의 날아다니는 모습을 묘사하는 담백
한 맛을 주는 듯하지만, 속으로는 마치 송대 姚寬가 ≪西溪叢語≫(卷

上)에서 만당대 羅隱의 〈牡丹〉시를 두고,

> 모란 시는 「가련하도다, 한령의 공이 이루어진 뒤로, 공연히 버림받은
> 무성한 꽃은 이런 몸으로 지내누나.」라 이르고 있다. 백정한의 ≪몽
> 구≫ 「한령모란」 주에 의하면 「원화중, 장안의 귀족 자제들은 모란
> 을 숭상하였는데, 한 그루의 값어치가 수만 전에 달하였다. 한황은
> 사저에 그것이 있자, 당장 꺾어 버리라 명하며 『어찌 아녀를 본받겠
> 는가?』라고 말했다 한다.」 하였다.
> 牡丹詩云:「可憐韓令功成後, 虛負穠華過此身」, 據白廷韓蒙求韓令牡丹
> 注云: 元和中, 京部貴遊尙牡丹, 一木値數萬. 韓滉私第有之, 據命斸去,
> 曰: 豈效兒女邪?

라고 한 바와 같은 比興的인 의미를 지녔다. 이가우는 바람직한 관
직생활을 하지 못한 상황 하에서 항상 자신을 비하시켜서 현실과 단
절된 의식을 견지하는 경향을 보이는데, 이 시는 바람에도 꺼지지 않
으며 이슬에도 더욱 밝아지는 형상을 통하여 어떠한 역경에서도 굳
은 의지와 절개를 지켜나갈 것을 풍유한다. 그래서 ≪近體秋陽≫에
서는 이 시를 두고 이르기를,

> 형상을 닮지 않고 의취를 닮았기 때문에 고아한 것이다.(밤바람 2구
> 이하) 이 시의 제3연 즉 함연 같은 영물구는 환히 허공을 넘나들고
> 합하고 헤어짐이 모두 조화를 이루어서 끝내 당대 영물시로는 이를
> 능가할 것이 없으니 진실로 가작이다.
> 不肯形而肯意, 所以爲高(夜風二句下). 詠物句如此篇領聯, 活見凌虛,
> 卽離俱化, 終唐詠物要未有能過之者, 誠佳作哉.

라고 하여 이 시의 가치를 높이 평가하였다.

5. 張祜의 〈何滿子〉

장호 시에 이르기를, 「고향은 3천리 멀고, 깊은 궁궐에서 20년이네.」

하였다. 두목은 이를 칭찬하여 시를 지어서 이르기를, 「고향 3천리를 그리워서, 공허히 부른 노래가 육궁에 가득하네.」하였고, 정곡이 이르기를, 「장호의 고국 3천리를 아는 사람은 오직 두목뿐이다.」라고 하였다. 여러 현자들이 품평하는 것이 이러하니 장호의 시명이 어찌 대단하지 않을 수 있겠는가.

張祜詩云: 「故國三千里, 深宮二十年.」 杜牧賞之, 作詩云: 「可憐故國三千里, 虛唱歌詞滿六宮.」 故鄭谷云: 張生故國三千里, 知者惟應杜紫微. 諸賢品題如是, 祜之詩名安得不重乎.

만당시인 장호의 〈何滿子〉를 본다.

고향은 3천리 멀고
깊은 궁궐에서 20년이네.
하만자 곡조 한 소리에
그대 앞에서 눈물지누나.
故國三千里, 深宮二十年.
一聲何滿子, 雙淚落君前. (《全唐詩》 권510)

'何滿子'는 歌曲名으로서 宮詞이다. 宮女가 고향을 그리워하며 임금의 寵幸을 얻지 못한 원한을 읊은 것이다. '하만자'의 유래에 대해서 《樂府詩集》(권82)에 기록하기를,

당대 백거이가 말하기를, 「하만자는 개원 연간에 창주 노래로 형벌에 임하여 이 곡을 올려서 죽음을 사하려 하였는데 결국 면하지 못하였다.」 《두양잡편》에 이르기를, 「문종 때 궁인 심아교가 왕을 위해 하만자 춤을 추니 곡조와 춤 매무새가 모두 유연하고 아름다우니 또한 무곡이다.」 하였다.

唐白居易曰: 何滿子, 開元中滄州歌者, 臨刑進此曲以贖死, 竟不得免. 杜陽雜編曰: 文宗時, 宮人沈阿翹爲帝舞何滿子, 調辭風態率皆宛暢, 然則亦舞曲也.

라 하여 '하만자'와 관련된 고사와 성격을 알 수 있다. 장호와 杜牧

의 관계는 교류한 시를 각기 3수, 4수씩 남긴 바, 양인의 빈번한 교유를 보게 된다. 장호가 두목을 두고 쓴 시로는 〈和杜牧之齊山登高〉, 〈和杜使君九華樓見寄〉, 〈華淸宮和杜舍人〉 등이 있고, 두목이 장호에게 준 시로는 〈酬張祜處士見寄長句四韻〉, 〈題張處士山莊一絶〉, 〈贈張祜〉, 〈殘春獨來南亭因寄張祜〉 등이 있는데, 이들은 모두 양인의 깊은 우의를 담고 있다. ≪唐才子傳≫(卷6) 〈장호편〉에, 「두목이 그때 탁지사가 되어 극진히 대해주었다.(杜牧時爲度支使, 極相善待.)」라고 한 부분에서 그 일면을 확인할 수 있다. 다음에 양인의 시를 보기로 한다.

> 추계의 남쪽 언덕에 국화꽃 날릴 때
> 피리 급히 불고 거문고 어지러이 뜯으며 낙조를 마주하네.
> 붉은 잎 달린 나무는 깊어져 산길이 끊기고
> 푸른 구름 낀 강 고요해지자 포구에 배가 뜸하네.
> 손성이 때를 조롱하며 웃는 것 견딜 수 없으니
> 왕홍을 보내며 술에 취한 채 밤에 돌아가고 싶네.
> 떠돌이 신세는 친절한 님 계신 곳 그리워지는데
> 다듬이 소리는 공연히 겨울옷을 재촉하누나.
> 秋溪南岸菊霏霏, 急管煩弦對落暉.
> 紅葉樹深山徑斷, 碧雲江靜浦帆稀.
> 不堪孫盛嘲時笑, 願送王弘醉夜歸.
> 流落正憐芳意在, 砧聲徒促授寒衣.(張祜〈和杜牧之齊山登高〉상동 권 511)

> 시운으로 그대를 한 번 만나보니
> 평소에 들은 바 명성이 대단하네.
> 화필 들어 달만 그리고
> 옥 자 쥐어 구름만 재누나.
> 경포의 진용은 사람마다 두려워하고
> 가을별은 또렷또렷 분명하네.
> 몇 편의 시를 내게 두고 떠나니

이릉 장군을 무색케 하네.
詩韻一逢君, 平生稱所聞.
粉毫唯畫月, 瓊尺只裁雲.
黥陣人人慴, 秋星歷歷分.
數篇留別我, 羞殺李將軍.(杜牧〈贈張祜〉상동 권521)

본 시화는 ≪學海類編≫본, ≪歷代詩話≫본, ≪常州先哲遺書≫본, ≪藝圃搜奇≫본, 明正德葛諶重刊本이 있다.

≪庚溪詩話≫ - 陳巖肖

　陳巖肖(진암초, 생졸년 불명). 字는 子象, 自號가 西郊野叟로, 金華 (지금의 浙江에 속함)人이다. 靖康 연간에 京師의 天淸寺에서 노닐 다가 汴京이 함락되자, 부친 陳德固가 守禦司 屬官이라는 이유로 수난을 당했다. 紹興 초년에 建康 관직에 있다가, 동 8년(1138)에 任子中詞科로 兵部侍郎에 이르고 만년에 ≪庚溪詩話≫를 지었다. 그 의 시는 ≪宋詩紀事≫(권45)에 〈洗竹〉絶句 한 편이 기재되어 있다.

　　곧은 줄기에서 새 대나무 꺼풀이 터져나고
　　낮은 가지는 묵은 무더기를 덮네.
　　번다한 것 베어 푸른 새싹 남으니
　　달을 끌어들인 데에 바람마저 분다.
　　直榦解新籜, 低枝蔽舊叢.
　　芟繁留嫩綠, 引月更添風.

　上下 두 권으로 구성된 본 시화의 성서 시기는 내용에서 高宗을 '太上皇帝', 孝宗을 '今·上皇帝', 光宗을 '今皇太子'로 칭한 것으로 보 아, 淳熙(1174-1189) 연간의 작자 晩年에 지은 것을 알 수 있다. 상권에는 송대 帝王 詩를 위시하여, 역대 帝王 시를 다루고, 杜甫 시 와 蘇軾 시를 평하고 있으며, 하권에서는 唐宋詩를 잡론하면서 詞 를 부분적으로 평하고 있다. 전편이 '記事'를 위주로 하고 '考辨'을 가 하고 있으며, 인용한 시들에 대해서는 평술을 첨가하였다. 본 시화 의 논시는 '宋詩' 특히 江西詩派에 대해서 객관적인 안목으로 다음과 같이 서술하고 있다.

송대 시인과 당대 시인은 서로 대등한데, 그 시의 득도한 바는 각각 다르니 모두 절로 묘처가 있어서 전혀 서로 답습하지 않고 있다. 황정견 시는 청신하고 기특해서 자못 옛사람이 일찍이 말하지 않은 것을 지어내어 절로 일가를 이루었으니 이것이 그의 묘처이다. 고체시는 성률에 매이지 않고 간간이 隱語가 있어도 또한 청신하고 기특한 풍격을 다하였다. 그러나 근래에 그 시를 배우는 사람들은 때론 그 묘처를 터득하지 못한다. 늘 지은 것이 꼭 성률로 꺾이고 비틀어져서 사어가 난삽하여 일컬어 '강서격'이라 하니 이 어찌된 일인가? 여본중이 ≪강서시사도≫를 짓고 황정견을 조종으로 하여 의당히 그 규칙을 가야 하고 반드시 그 자취를 밟아야 한다. 지금 徐俯의 시를 보면 온후하고 평이하여 때때로 웅위함을 드러내어, 도끼로 판 흔적이 보이지 않아서 시사 중에 사일 같은 무리가 또한 그러하니 마치 노국 남자가 유하혜를 잘 배우는 것과 같다.

本朝詩人與唐世相亢, 其所得各不同, 而俱自有妙處, 不必相蹈襲也. 至山谷之詩, 淸新奇峭, 頗造前人未嘗道處, 自爲一家, 此其妙也. 至古體詩, 不拘聲律, 間有歇後語, 亦淸新奇峭之極也. 然近時學其詩者, 或未得其妙處. 每有所作, 必使聲韻拗捩, 詞語艱澁, 曰江西格也, 此何爲哉. 呂巨仁作江西詩社圖, 以山谷爲祖, 宜其規行矩步, 必踵其跡. 今觀東萊詩, 多渾厚平夷, 時出雄偉, 不見斧鑿痕, 社中如謝無逸之徒亦然, 正如魯國男子善學柳下惠也.(卷下)

여기서 송시의 가치를 당시와 동등하게 평가하고 있다. 그리하여 송대에서는 특히 蘇軾과 黃庭堅을 추중하였으니 소식에 대해서「학술 문장은 진실하고 곧은 기상을 표현하여 사대부가 흠모할 뿐 아니라 여러 성스런 왕께서도 총애하여 대우함이 모두 온후하다.(學術文章, 忠言直節, 不特士大夫所欽仰, 而累朝聖主, 寵遇皆厚.)」(卷上)라 하고 황정견에 대해서는, '淸新奇峭'(맑고 새로우며 매우 기묘함)라 품평하여 江西詩派의 조종으로 삼는다고 하며, 呂本中과 謝逸 시에 대해서도 '渾厚平夷'(크고 넉넉하며 평이함)하다고 평한다. 그러면서 강서파 단점에 대해서도 聲韻에 말려 있고 어사가 난삽하여 묘처를 상실하고 있다고 하였다. 이러한 작자의 褒貶(포폄 : 칭찬과 폄하) 논조는 그의 '淸新'하고 '渾厚'한 풍격 존숭의 관점에서 비롯한다. 그리하여 당송 시평에 있어서도 송대 高宗의 〈漁夫辭〉를 「청신하고 간원하여 이소와 풍아의 체재를 갖추었다.(淸新簡遠, 備騷雅之體.)」라 하고, 당대 文皇의 「예전에 필마 타고 가서, 이제 만승을 몰고 오네.(昔乘匹馬去, 今驅萬乘來.)」구를 「어사 기세가 장엄하고 웅위하여 진실로 인구에 회자된다.(辭氣壯偉, 固人所膾炙.)」라고 각각 칭찬하였다.

그리고 蔡載의 〈題錢紳漆塘園亭〉 시를, 「어사가 간결하고 시의가 원대하여 도잠과 사령운의 울타리를 엿본다.(語簡而意遠, 窺陶謝之藩籬.)」라 하고, 鄭獬의 「밤에 산을 넘으니 문득 빗소리 들리더니, 오늘 시내 가득 온통 꽃이구나.(夜來過嶺忽聞雨, 今日滿溪俱是花.)」구를 「어의가 맑고 곱다(語意淸艶)」라고 하고, 汪藻의 〈武陵桃園〉 시를, 「담긴 시상이 깊고 어사가 오묘하여, 또한 여러 문인이(도잠, 왕유, 한유, 유우석, 왕안석 등) 말하지 않은 것을 얻었다.(思深語妙, 又得諸人〔指陶淵明, 王維, 韓愈, 劉禹錫, 王安石等〕所未道者.)」라 한 경우를 들 수 있다. 이런 점에서 작자의 평시 관점이 '語簡而奇'(어사가 간결하고 기특함), '意新而妙'(시의가 새롭고 오묘함), '氣壯而偉'(기세가 장엄하고 웅위함)하고, '格高'와 '韻遠'을 강조하고 있음을 알 수 있다.

작자는 '意新'을 제창하면서도 '美刺諷諭'의 儒家詩敎를 수용하면서 시가의 교화 작용과 사회 功能을 중시하였으니, 蘇軾을 「사람됨이 강개하고 악을 미워하며, 때때로 시를 보면 고인의 풍유체가 있다.(爲人慷慨疾惡, 亦時見于詩, 有古人規諷體.)」라고 하면서 소식의 〈上淸儲祥宮碑〉 시를 평하기를, 「도가의 말과 우리 유가와 합한 것을 기록하여 크게 합당하게 보충하였다.(取道家所言與吾儒合者記之, 大有補于洽道.)」라고 하였고, 魏野를 「은거하여 벼슬에 나가지 않고 세상과 다투지 않았다.(隱居不仕, 與世無爭.)」라고 하면서, 그의 〈詠啄木鳥〉 시의 「굶주린다고 부족하다 하지 않고, 오히려 좀벌레를 많이 좋아하네.(莫因饑不足, 翻愛蠹偏多.)」구를 평하기를, '有規戒(바르게 경계함이 있음)라고 한 것은 곧 진암초가 시인의 美刺敎化와 시의 개성을 결합해서 고찰한 경우가 된다.

아울러 작자는 논시에서 '寫實'을 중시하여서, 두보 시를 「당시의 일을 많이 기술하는데, 모두 근거가 있으니 예로부터 시사라 부른다.(多紀當時事, 皆有據依, 古號詩史.)」라 하고, 「두보 시는 사실을 기록할 뿐 아니라, 도읍에서 나오는 것, 토지에서 나오는 것, 산물에 귀천을 가리지 않고 늘 읊어내었다.(少陵詩非特紀事, 至于都邑所出, 土地所生, 物之有無貴賤, 亦時見于吟詠.)」라고 평하였다. 整齊된 문장으로 작자 자신의 논지를 서술한 본 시화에서 유의할 만한 시인과 그 시를 선별하여 살펴보기로 한다.

1. 王梵志와 그 시의 戒訓

왕범지 시에 이르기를, 「요행의 문은 쥐구멍과도 같아, 그래도 하나는 남겨둬야 한다. 모두 막아버린다면, 좋은 곳이 도리어 구멍난다.」라고 하였다. 이 말은 조상국의 이른바 옥과 시장을 선악이 기탁하는 곳으로 여기는 것과 가깝다.
王梵志詩曰: 「倖門如鼠穴, 也須留一箇. 若還都塞了, 好處卻穿破.」 此言近乎曹相國所謂以獄市爲寄也.(卷下)

王梵志 시는 전부 無題詩로서 편의상 첫 구를 시제로 표기한다. 이 시도 시제를 붙인다면 〈倖門如鼠穴〉이 될 것이다. 왕범지는 생졸년이 불명하여 어느 시대에 활동한 시승인지는 알 수 없으나 대개 초당 시기로 본다. 敦煌石窟에서 발견된 돈황 자료가 발굴되면서부터(1899) 정식으로 당대 시인으로 거론되었다. 그러므로 ≪全唐詩≫를 포함한 당시 관련 자료에 왕범지 시는 수록되어 있지 않다. 따라서 진암초가 본 시화에서 왕범지 시를 소개한 것은 특기할 만하다. 神話的인 시인 왕범지의 〈倖門如鼠穴〉(≪王梵志詩校註≫ 項楚,

上海古籍出版社, 1992)에서 '曹相國' 고사를 인용하였는데, ≪漢書≫ 〈曹參傳〉을 보면,

> 曹參이 떠나면서 후임 재상에게 말하였다. 「제나라의 옥과 시장은 선과 악이 기탁하는 곳이니 신중히 하여 어지럽히지 마시오.」 후임 재상이 말하였다. 「다스림에 이것보다 중요한 것이 없습니까?」 조참이 말하였다. 「그렇지 않소. 대저 옥과 시장은 선과 악을 아울러 받아들이는 곳이니 이제 그대가 어지럽힌다면 간사한 자들을 어디에서 받아들이겠소? 내가 이리하여 우선시한 것이오.」
> 參去, 屬其後相曰:「以齊獄市爲寄, 愼勿擾也.」 後相曰:「治無大於此者乎.」 參曰:「不然. 夫獄市者, 所以幷容也, 今君擾之, 姦人安所容乎. 吾是以先之.」

라 하고 注에서는 孟康의 다음과 같은 말을 인용하였다.

> 대저 옥과 시장은 선과 악을 아울러 받아들이는 곳으로, 만약 간사한 자들을 극도로 궁지에 몰아넣는다면 간사한 자들은 숨을 곳이 없어 오래 지나면 난을 일으킨다. 진나라 사람들은 극형으로 천하가 배반했고, 효무는 엄법으로 옥살이가 잦았으니 이것이 그 본보기이다.
> 夫獄市者, 兼受善惡, 若窮極姦人, 姦人無所容竄, 久且爲亂. 秦人極刑而天下畔, 孝武峻法而獄繁, 此其効也.

顔師古는 「≪老子≫에서 말하였다. 『내 하는 바가 없으니 백성은 스스로 교화되고 내 고요함을 좋아하니 백성은 스스로 바르다.』 조참은 道化를 근본으로 삼으려 했고, 그 말단을 어지럽히려 하지 않았다.(≪老子≫云: 我無爲, 民自化; 我好靜, 民自正. 參欲以道化爲本, 不欲擾其末也.)」라고 하였다. 이 시의 요지로 '無爲而治'를 말하고 있지만 실제로는 악인에게 나쁜 일을 하도록 조장한 것이나 다름없다.

당대 馮翊(풍익)의 ≪桂苑叢談≫〈王梵志條〉와 范攄(범터)의 ≪雲溪友議≫〈蜀僧喩〉, 그리고 송대 초 ≪太平廣記≫(권82)에 간단하게 史遺처럼 왕범지에 관한 기록이 있는데, 이들 자료에 의하면 그의 고향

이 衛州의 黎陽(지금의 河南 濬縣)이라는 것과 隋文帝(581-604) 때 생존, 그리고 성명인 '王梵志'의 의미 등을 파악할 수 있다. 왕범지가 初唐人이라는 증거로 그의 〈奉使親監鑄〉(《王梵志詩校註》 권2)에서 초당 화폐명이 나오는 점이니 그 일단을 보자.

전감을 친히 다스려 화폐를 주조케 하여
옛 돈을 바꾸어 새 돈을 만드네.
개통이 만 리에 달하고
원보는 청황색을 내도다.
본 왕조에 전해지게 하여
억조의 세월에 끊임없이 이어지리라.
奉使親監鑄, 改故造新光.
開通萬里達, 元寶出靑黃.
本姓使流傳, 涓涓億兆陽.

제3, 4구의 '開通'과 '元寶'는 당초 武德 4년(621)에 설치된 錢監에서 주조한 '開元通寶'를 지칭한다. 왕범지 시는 대부분이 권선징악에 그 시의를 두고 있어서 그 시의 일반특성을 정리하면, 첫째는 초당 시인으로서는 다작이니, 原序에서 지은 시가 3백여 수(制詩三百餘首)라고 하여 현재 390수가 전해진다. 둘째는 시가 儒佛의 규범에 바탕을 두고 있다는 것이다. 序의 '佛教教法'과 '무아하여 공과 같음(無我若空)' 구는 佛理에 근원을 둔 시라는 것을 강조했다고 본다. 셋째는 시를 통한 사회현실의 묘사인데, 이것은 바로 모순비판과 상통한다. 이런 왕범지 시의 특성을 표현한 예를 주제별로 들어보면, 먼저 종교에 대한 비판의식으로서 유가의 인륜 타락상을 읊은 시로서 〈你若是好兒〉(상동 권2)는 효도의 표본을 제시하여 대상이 본받고 따를 것을 勸訓한다.

자네가 좋은 자식이라면
효심으로 부모를 섬기세.

새벽에 침상 앞에 일어나서
안부를 여쭐지라.
하늘이 자네의 좋은 마음 알지니
재물이 뜻밖에 문으로 들어오리라.
왕상이 어머니 은혜 공경하였고
맹종은 겨울에도 죽순을 따서 드렸다네.
효도로는 한백유이며
동영은 외로이 어머니를 모셨다네.
자네 효도하고 나 또한 효도하니
효도의 가문이 끊이지 않으리라.
你若是好兒, 孝心看父母.
五更床前立, 卽問安穩不.
天明汝好心, 錢財橫八尺.
王祥敬母恩, 冬竹抽筍輿.
孝是韓伯瑜, 董永孤養母.
你孝我亦孝, 不絶孝門戶.

　仁義禮智의 유가 기본의 四端이 실종된 실상을 지적하는 교훈시
로서, 晋代 王祥이 계모를 공경한 일과, 楚國의 孟宗이 겨울에 대순
을 찾은 고사, 韓伯瑜의 고희를 넘어서까지 자모에 대한 효성, 그리
고 董永의 養母 등을 사표로 삼은 내용을 시에 두루 묘사하고 있
다.1) 가정의 화합과 사회의 안정은 형제와 친우와의 우애이니, ≪論
語≫〈學而〉에서 「군자는 근본을 힘쓸 것이니 근본이 서면 도가 일
어난다. 효도와 우애는 인을 행하는 근본이니라.(君子務本, 本立而

---

1) ≪晋書≫〈王祥傳〉:「祥性至孝. 早喪親, 繼母朱氏不慈, 數譖之, 由是失愛於
　父.…父母有疾, 衣不解帶, 湯藥必親書.…」, ≪說苑≫ 建本:「韓伯瑜有過, 其
　母笞之, 泣, 母曰; 他日未嘗泣, 今何泣. 對曰; 他日得苔, 嘗痛, 今母之力不能
　痛, 是以泣也.」, ≪珠林≫ 卷62:「董永者, 少偏孤, 與父居, 乃肆力田畝, 鹿車
　載父自隨. 父終, 自賣於富公以供喪事.」, ≪三國志≫〈吳志3, 嗣主傳〉裵注引
　≪楚國先賢傳≫:「孟宗母嗜筍, 冬節將至, 時筍尙未生. 孟宗入竹林哀嘆, 而筍爲
　之出, 得以供母, 皆以爲至孝之所致感.」

道生. 孝悌也者, 其爲仁之本歟.)」라고 하였다. 다음 〈兄弟須和順〉(상
동 권4)을 보자.

형제는 화목할지니
숙질간에 경멸하여 속여서는 안 되네.
재물은 상자를 같이할 것이니
방 속에 사사로이 쌓아서는 안 되네.
兄弟須和順, 叔姪莫輕欺.
財物同箱櫃, 房中莫畜私.

이 시는 형제 화목과 친척간의 正道, 그리고 재물로 不義하지 말
기를 밝히고 있다. 다음으로는 道釋의 俗된 마음을 고발한다. 왕범
지는 비유와 풍자, 나아가서는 신랄한 비판과 극단적인 매도와 저
주의 표현을 서슴치 않았다. 왕범지는 자신이 승려이기에 다른 승
려들의 단점을 더욱 직설적으로 고발하였으니, 수도자의 신성한 장
소가 빈궁한 여인들의 은거지가 되어서 혼탁해진 양상을 질타하는
〈觀內有婦人〉(상동 권2)에서는 수도자의 생활상을 극명하게 풍자하
고 있다.

도장에 아낙네 있는데
일컬어 여도사라 하네.
저마다 머리 빗고 몸단장하여
모두 다 연꽃 머리관을 둘렀도다.
긴 치마는 금빛으로 빛나고
비스듬히 황색 홑저고리 걸쳤네.
아침마다 도덕경 읊는 가락에
외치는 소리는 수다하도다.
가난하여 문전 구걸하여서
양식을 얻으면 서로 같이 먹도다.
부엌에는 마련한 것 없는데
안방에는 솥이 놓여 있도다.

가족들은 나라의 부역 나가서
의식을 멀리에서 구하기 어렵도다.
출가하여 지아비를 만나지 못하니
병으로 고통스러워도 돌볼 이 없도다.
구걸할지언정 고향에서 산다면
즉시 춥고 굶주림을 면하게 되리라.
觀內有婦人,　號名是女官.
各各能梳略,　悉帶芙蓉冠.
長裙竝金色,　橫披黃㡧單.
朝朝步虛讚,　道聲數千般.
貧無巡門乞,　得穀相共餐.
常住無貯積,　鐺釜當房安.
眷屬王役苦,　衣食遠求難.
出無夫婿見,　病困絶人看.
乞就生緣活,　交卽免饑寒.

　　여기서 수도자가 본분을 지키지 못하고 구걸과 질병으로 고생하
며 신세한탄하고 있다. 그리고 그 당시 기세등등한 관리들의 자부
심을 갖게 해 준 관리 선발을 빗대어서 허울 좋은 외식적 규범을 비
판하는 〈第一須景行〉(상동 권3)을 보기로 한다.

　　첫째는 고상한 품행이 있어야 하며
　　둘째는 유능하고 총명해야 한다.
　　법령에 물결같이 뛰어나고
　　문필은 화초같이 피어나네.
　　정신은 빠른 화살같이 곧으며
　　회포는 깨끗한 모래처럼 맑도다.
　　살펴 본 바 모두 이와 같으니
　　어찌 근심하며 불안해하는가.
　　第一須景行,　第二須强明.
　　律令波濤涌,　文詞花草生.

心神激箭直, 懷抱徹沙淸.
觀察惚如此, 何愁不太平.

　이처럼 재기가 발랄한 관리들이 하급계층에 대한 학대와 능욕을
일삼은 이유는 무엇이며 결국은 유랑으로 몰고 갔는지에 대한 해답
은 단 한마디 '덕행'을 경시한 선발기준에 있는 것이다.
　왕범지 시의 특성으로 끝으로 미풍양속의 저해를 고발하고 있다.
전통적인 유가사상에 의한 예법과 관습이 변질되는 상황에 대해 시
를 통하여 풍유하고 있다. 그의 풍자 대상은 가정의 불효, 연장자에
대한 不敬, 태만한 생활태도, 그리고 음주 등 퇴폐적인 습관이 되겠
다. 왕범지는 태만한 생활태도에 대해 〈家中漸漸貧〉(상동 권2)에서
섬세한 관찰력으로 여인의 온당치 않은 언행을 개조식으로 지적하고
있다.

　집안이 점점 가난해지니
　진실로 게으른 아내 때문이네.
　하루 종일 침상에 앉기를 좋아하고
　배불리 먹으며 배를 어루만지네.
　해마다 아이를 낳으면서
　집안 가구는 들이려 않누나.
　술을 마시니 다섯 남자와 대할 만하고
　적삼과 바지는 꿰매려 않는구나.
　으레 옷을 입기 좋아하며
　틈만 나면 밖으로 나가네.
　남자를 찾아 짝하지 않으나
　마음속에는 항상 그리워하네.
　동쪽 집과 입씨름 잘하고
　서쪽 집과는 싸우기도 잘하네.
　두 집이 서로 화합하지 않고
　눈을 부릅뜨고 질투만 하도다.

따로이 좋은 짝을 찾게 되면
내쫓고는 오래 머물지 못하게 하네.
家中漸漸貧, 良由慵懶婦.
長頭愛床坐, 飽喫沒娑肚.
頻年齻生兒, 不肯收家具.
飮酒五夫敵, 不解縫衫袴.
事當好衣裳, 得便走出去.
不要男爲伴, 心裏恒攀慕.
東家能涅舌, 西家好合鬪.
兩家旣不合, 角眼相蛆妒.
別覓好時對, 趁却莫交住.

　여기서 지적된 여인의 게으른 생활태도를 보면, ①침상에 있어 포식을 추구, ②아이는 낳되 가구를 들이지 않음, ③술 좋아하고 옷을 꿰매지 않음, ④외출만을 좋아함, ⑤외간남자에 관심 있음, ⑥ 말 옮기며 다툼, ⑦남자를 자주 바꿈 등 그 당시에 타락한 하나의 여인상을 묘사하였다. 왕범지의 시는 寸鐵殺人的인 예리하고 아픈 맛을 주기 때문에 比興보다는 賦의 직설에 가까워서, 그것이 寒山, 拾得에 비해 문학적인 가치 면에서 볼 때 덜 중시될 수도 있다고 본다. 그러나 가식과 냉담을 배제하고 진술하고 열정 어린 독설적인 양심의 호소를 윤리와 종교적 차원에서 토로한 고발의식을 문학 이상의 사회개혁적 위치에서 평가할 수 있다.

2. 王維의 〈漢江臨泛〉과 은일낭만

　왕유의 〈한강임범〉 시에 이르기를, 「강물은 하늘 가 지평선 너머로 흘러가고, 산 경치가 그중에 비추었다 사라지네.」 육일거사 구양수의 〈평산당장단구〉에 이르기를, 「평산의 난간은 밝은 하늘에 기대어 있고, 산 경치가 그중에 비추었다 사라지네.」 하였다. 어찌 왕유의 시어를 썼을까? 그러나 시인의 뜻이 떠오르는 것이 어사가 우연히 같은 경우가 많다. 그 후에 소식이 장단구를 지어서 이르기를, 「취옹 (구양수)의 어사를 취하니, 산 경치가 그중에 비추었다 사라지네.」 라 하니 오로지 구양수만의 어사라 생각한다.

王摩詰漢江臨泛詩曰:「江流天地外, 山色有無中.」六一居士平山堂長短 句云:「平山欄檻倚晴空, 山色有無中.」豈用摩詰語耶. 然詩人意所到, 而語偶相同者亦多矣. 其後東坡作長短句云:「記取醉翁語, 山色有無中.」 則專以爲六一語也.(卷下)

王維는 字가 摩詰이며 詩佛로 불린다. 그의 '漢江臨泛'은 원제가 〈漢江臨眺〉(≪王右丞集箋注≫ 권8)로서 다음에 시 전체를 본다.

초 땅 변방이 삼상 지역과 닿아 있고
형문산은 장강의 물줄기와 합해지네.
강물은 하늘 가 지평선 너머로 흘러가고
산 경치가 그중에 비추었다 사라지네.
고을이 강가 포구에 떠있는 듯
출렁이는 물결이 먼 허공에 움직이네.
양양 땅은 날 좋고 경치 좋으니
술 취해서 산 노인과 머물고 싶네.
楚塞三湘接, 荊門九派通.
江流天地外, 山色有無中.
郡邑浮前浦, 波瀾動遠空.
襄陽好風日, 留醉與山翁.

위의 시는 은일낭만적이며 歸自然的인 '合自然'의 초탈 의식을 묘 사하고 있다. 본 시화에서 인용한 제3, 4구는 장대하게 흘러가는 강 물과 아련한 안개 속에 드러나는 푸른 산 기운을 含蓄性 있게 표현 하고 있다. 진암초가 같은 송대의 문인에 편중한 면이 시화에 다출 하지만 歐陽修를 과찬한 어감을 주는 점에서 객관적인 서술이라 할 수 없다.

참고로 왕유의 종교적 바탕을 통한 시 풍격 면을 다음에 본다. 왕유는 仙과 禪의 경지에서 탈속을 추구하는데, 仙으로 보면 開元 11년에서 동 14년 사이에(726) 濟州로의 貶官 이후 河南 崇山에 은거할 때 道家사상의 영향을 받았다. 그리하여 시에서 '長嘯', '鍊丹' 등의 道家 특유의 시어를 구사하면서 의식의 허무를 토로하였다. 〈竹里館〉(상동 권13) 제1연을 보면,

홀로 깊은 대숲에 앉아서
거문고 타며 또 길게 휘파람을 부네.
獨坐幽篁裏, 彈琴復長嘯.

라는 구와 〈自大散以往深林蹬道盤曲四十五里至黃牛嶺見黃花〉(상동 권4)의 제4연을 보면,

조용히 깊은 시내에서 말하고
높은 산마루에서 길게 휘파람 부네.
靜言深溪裏, 長嘯高山頭.

라는 구에서 각각 '長嘯'의 시어를 택하고 있다. 長嘯(긴 휘파람, 일종의 丹田 호흡)는 도가에 있어 '致不死' 즉 장생을 의미하는 것으로 도가 求道의 중요한 기본 수련법의 하나이다. 禪은 神韻說을 대언한다고 하겠으니, 詩와 禪의 관계에 대해서 명대 胡應麟은 다음에 서술하기를,

엄우의 선으로 시를 비유하는 이치는 아름답다. 선은 곧 한 번 깨우친 후에는 만법이 공이니, 노래하고 노하여 소리 질러도 이치에 맞지 않는 것이 없다. 시도 곧 한 번 깨우친 후에는 만상을 가만히 깨우치게 되니 신음과 기침만 해도 천진한 도리에 합당한다. 선은 필히 깊은 지경을 이룬 후에 깨달을 수 있고, 시는 깨달은 후에라도 여전히 모름지기 깊은 지경을 이루어 나가야 한다.
嚴氏以禪喩詩, 旨哉, 禪則一悟之後, 萬法皆空, 棒唱怒呵, 無非至理: 詩則一悟之後, 萬象冥會, 呻吟咳唾, 動觸天眞. 禪必深造而後能悟, 詩

雖悟後, 仍須深造.(≪詩藪≫〈內編〉권3)

라고 하여 詩와 禪을 불가분의 관계로 놓고 詩는 悟를 얻은 후에 深
造가 요구되는데, 禪이 필수적인 관념의 힘이 된다는 것이다. 송대 魏
慶之의 다음 글을 보면,

> 시도는 불법과 같아서 대승과 소승으로 나뉘며, 불도에 어긋난 사마
> 같은 이단은 오직 아는 자만이 이것을 말할 수 있다.
> 詩道如佛法, 當分大乘小乘, 邪魔外道, 惟知者可以語此.(≪詩人玉屑≫
> 권5〈陵陽室中語述韓駒〉)

라고 하여 嚴羽 이후의 중국 시론의 근간이 될 만큼 詩와 禪의 연결
고리를 부각시키고 있음을 보게 된다. 그만큼 王維 시와 禪과의 연
관은 중요하게 다루어진다. 청대 王士禎은 서술하기를,

> 엄우(엄창랑)의 선으로 시를 비유하는 이론을 나는 깊이 새기며 오
> 언시는 더욱 그에 가깝다. 왕유와 배적의〈망천절구〉같은 것은 글
> 자마다 참선에 들어가 있다.
> 嚴滄浪以禪喩詩, 余深契其說, 而五言尤爲近之. 如王裴輞川絶句, 字
> 字入禪.(≪帶經堂詩話≫ 권3)

라 하여 왕유의〈輞川絶句〉를 入禪하는 시의 대표로 비유하였는데, 왕
유가 모친 崔氏(博陵人)에게서 信佛의 영향을 받은 바 큰 데 있다.
그의〈胡居士臥病遺米因贈〉(상동 권3)을 보자.

> 地水火風의 큰 근원을 보면
> 타고난 人性은 어디에 있는가.
> 망령된 생각이 진실로 없으니
> 이 몸이 어찌 길흉이 있겠는가.
> 사람 몸의 모든 인식은 나그네 인생에서 무엇이며
> 세상 만상을 다시 누가 관장하는가.
> 헛되이 연꽃의 눈(佛眼)은 말하면서

어찌 버들 곁가지는 싫어하는가.
이미 향적반(불법의 도리)은 배불리 먹으면서
성문주에는 취하지 않는다.
사물의 있고 없는 마음 끊고서
生死의 변화무쌍한 환상과 꿈은 받아들인다.
병들면 곧 실지의 현상인데
공허함을 추구하며 미친 듯 달린다.
참된 법도 하나 없고
나쁜 법도 하나도 없다.
거사는 본디 통달하였으니
인연 따라서 떨쳐 나간다.
침상에는 누울 요이불이 없으니
그 속에 먹을 죽이라도 있는 건가.
소식하여 시주를 바라지 않으며
정시에 공연히 양치질을 한다.
애오라지 쌀 몇 되 가져다가
중생을 구제하러 간다.
了觀四大因, 根性何所有.
妄界苟不生, 是身孰休咎.
色聲何謂客, 陰界復誰守.
徒言蓮花目, 豈惡楊枝肘.
既飽香積飯, 不醉聲聞酒.[2]
有無斷常見, 生滅幻夢受.
卽病卽實相, 趨空定狂走.
無有一法眞, 無有一法垢.
居士素通達. 隨宜善抖擻.
牀上無氈臥, 隔中有粥否.
齋時不乞食. 定應空漱口.

_____

2) 聲聞酒 : 聲聞은 불교의 三乘인 聲聞·緣覺·菩薩의 하나임. 부처의 설교와 수
  행을 따라서 자신의 解脫을 추구함.

聊持數斗米. 且救浮生取.

이 시 전체는 佛語로 작시되었을 뿐 아니라 인류의 三界火宅3)에서 괴로워하는 육체의 그 구성요소인 四大因 즉 地水火風이 집합된 상태에서 '苦'를 해탈하여 覺得하는 세계인 忘我의 涅槃(열반 : 道를 이루어 모든 번뇌와 고통을 끊어 不生不滅의 法性을 깨달은 解脫의 경지)을 상상케 한다. 체념이 체득되며 不入俗의 자세가 파악되어 '無苦集滅道'의 수행이 된다. 제1, 2구는 '集'이며, 제11, 12구는 '滅'(인간계의 일체의 괴로움을 없앰)이며, 제13, 14구는 '道'(열반을 證明한 正道)의 心態이다. 그리고 제13, 14구는 '空'을 추구한 표현이기도 하다. 또한 〈謁璿上人〉(상동 권3)에서 말 4구를 보면,

바야흐로 몸이 부처의 경지를 드러내니
저 멀리 천지간의 생기를 보이네.
한 마음이 오직 불법의 요의에 있으니
원컨대 열반의 이치로 중생을 권면하기를.
方將見神韻, 陋彼示天壤.
一心在法要, 願以無生奬.

라 하여 皮相의 見(사물에 집착하는 견해)을 떠난 眞相의 觀(진리를 추구하는 思念)으로 '空'(사물의 본질)과 '色'(볼 수 있는 만물의 형상)을 초극한 神交의 경지를 표출하고 있다. 이것은 詩禪相喩하는 시의 예로서, 魏慶之가 「시를 배움이 온전히 참선을 배우는 것 같음(學詩渾似學參禪.)」(≪詩人玉屑≫ 권1)이라 하고, 徐增이 ≪而庵詩話≫(41조)에서 논하기를,

무릇 시는 글자 하나라도 함부로 쓸 수 없다. 선가에서 하나라도 들어 따지지 못하고 시 역시 하나라도 들어 따지지 못한다. 선은 모름

---

3) 三界火宅 : (불교) 三界란 衆生이 生死와 윤회하는 3종의 세계로서, 慾界・色界・無色界. 火宅은 번뇌가 많은 세상.

지기 일가를 이루어야 하고 시도 일가를 이루어야 한다. 불가에서
배우는 자는 한 막대로 종래의 불조를 쳐낼 수 있어야 비로소 종문
의 대가가 될 수 있으며, 시인은 붓 하나로 종래의 절구를 쓸어낼 수
있어야 비로소 시의 대가가 될 수 있다. 작시에 있어 참선을 제외하
고는 다시는 별다른 도리가 없음을 알 수 있다.

夫詩一字不可亂下. 禪家著一擬議不得, 詩亦著一擬議不得. 禪須作家.
詩亦須作家. 學人能以一棒打盡從來佛祖, 方是個宗門大漢子; 詩人能以
一筆掃盡從來白, 方是個詩家大作者. 可見作詩除去參禪, 更無別法也.

라고 한 바와 같이 禪義와 詩敎가 관련이 있으면서 분별되어 있어 神
韻의 표현에서 詩와 禪의 상호 역학적 상관성이 있음을 알게 된다.

3. 張繼의 〈楓橋夜泊〉

달 지고 까마귀 울어 서리가 하늘에 가득한데
강가 단풍과 낚시불이 수심 어린 잠자리를 대하네.
고소성 밖에 있는 한산사에선
한밤에 종소리가 나그네 뱃전에 들려오네.
月落烏啼霜滿天, 江楓漁火對愁眠.
姑蘇城外寒山寺, 夜半鐘聲到客船. (≪全唐詩≫ 권242)

구양수 시화에 이르기를, 「시구가 아름답지만 한밤중에는 종을 울릴
때가 아닌데 어찌된 건가.」라 하였다. 그러나 내가 전에 고소에서 벼
슬살이했는데 늘 3경이 지나고 4경 초에 온 절의 종이 다 울려서 당대
부터 이미 그런 건가 생각하였다. 후에 우곡의 시를 보니, 「이별 후
에 집사람 기억나니, 구산의 한밤 종소리 멀리 들리네.」 백거이가 이
르기를, 「초가을에 소나무 그림자 드리우고, 한밤에 종소리 뒤에 들
리네.」 온정균이 이르기를, 「느긋이 노를 저으며 자주 고개 돌리니,
더 이상 선창에는 한밤의 종소리 들리지 않네.」 하였다. 옛사람들이
그것을 말하였으니 장계만이 말한 것은 아니다.

六一居士詩話謂:「句則佳矣, 奈半夜非鳴鐘時.」 然余昔官姑蘇, 每三鼓

盡, 四鼓初, 即諸寺鐘皆鳴, 想自唐時已然也. 後觀于鵠詩云:「定知別
後家中伴, 遙聽縱山半夜鐘.」白樂天云:「新秋松影下, 半夜鐘聲後.」溫
庭筠云:「悠然旅榜頻回首, 無復松窓半夜鐘.」則前人言之, 不獨張繼
也.(卷上)

張繼는 字가 懿孫으로, 襄州(지금의 湖北 囊樊)人이다. 天寶 12
년(753) 진사가 되어 檢校祠部郎中을 지냈다. 그의 시는 白描수법
을 써서 경물 묘사가 아름답다. 이 시는 客愁를 달래고 있다. 楓橋
는 지금의 江蘇 蘇州에 있는데, 강가의 다리에 배를 매고 늦가을의
밤을 지새며 읊은 한 폭의 그림 같은 시정이 넘친다. 당시 가운데
에서 가장 人口에 膾炙하는 작품으로서 淸麗하고 優美한 흥취는 情
景合一의 경지에 이르렀다고 하겠다. 歐陽修의 ≪六一詩話≫에는「논
자들이 시구가 아름답지만, 삼경(자정 전후)에는 종을 칠 때가 아
니지 않은가.(說者亦云, 句則佳矣, 其如三更不是打鐘時.)」라고 기록
되어 있다. 위의 글에서 구양수가 三更 한밤에 절간의 打鐘이 풍습
상 논리에 맞지 않는 시구라고 이의를 제기한 것에 대해서, 于鵠,
白居易, 溫庭筠 등의 타종 시구를 제시하면서 '夜半打鐘'의 합리성을
주장하고 있다.

4. 歐陽修의 杜甫 시 不好論에 대한 촌평

세상에서 육일거사 구양수는 두보 시를 좋아하지 않았다고 말한다.
≪육일시화≫를 보면, (시화에) 기재하기를,「사인 진종이가 처음 두
보집 구본을 얻었는데 탈자와 오자가 많았다. 그 〈송채도위〉시에 '身
輕一鳥'라 하고 그 아래 한 글자가 빠져 있었다. 진공이 여러 손님들
과 함께 각각 한 글자를 보충하려고 하니, 혹은 '疾', 혹은 '超', 혹은
'起', 혹은 '下'라고 하였다. 그 후에 善本을 얻어 보니 곧 '身輕一鳥
過'(몸 가벼이 한 마리 새가 날아가네)라고 되어 있거늘, 진공이 탄복
하여 『글자 하나지만 제군들은 따라갈 수 없네.』라고 생각하였다.」

또 (≪육일시화≫에) 이르기를, 「당나라 말기에는 더 이상 이백과 두보의 호방한 품격이 없지만, 정묘한 생각으로 서로 높이려고 힘썼다.」라고 하였다.

世謂六一居士歐陽永叔, 不好杜少陵詩. 觀六一詩話, 載「陳從易舍人, 初得杜集舊本, 多脫誤. 其逸蔡都尉詩云:『身輕一鳥』, 其下脫一字. 陳公與數客各用一字補之, 或云疾, 或云起, 或云下. 其後得善本, 乃身輕一鳥過, 陳歎服, 以爲雖一字, 諸君不能到也.」又曰:「唐之晩年, 無復李杜豪放之格, 但務以精意相高而已.」(卷上)

위 문장은 앞부분 「世謂六一居士歐陽永叔, 不好杜少陵詩.」 외에는 모두 구양수의 ≪六一詩話≫에서 그대로 인용하고 있다. 그러니까 '구양수가 두보 시를 選好하지 않았다'는 世論에 대해서, 진암초는 ≪육일시화≫의 문장을 제시하여 오히려 세론을 반박하고 구양수가 두보 시를 극찬한 점을 부각시키고 있다. 陳從易에 대해서 ≪六一詩話≫에는, 「사인 진종이는 당시에 마침 문학이 성행하던 때에 홀로 순박한 선비로 옛 학문으로 좋게 칭찬 받았고, 그의 시는 백거이를 많이 닮았다.(陳舍人從易, 當時文方盛之際, 獨以醇儒古學見稱, 其詩多類白樂天.)」라고 하여 오대의 西崑體가 유행한 시기에 복고적 문학을 지향한 문인인 것을 알 수 있다.

판본은 ≪百川學海≫, ≪學海類編≫본이 있고 丁福保의 ≪歷代詩話續編≫(中華書局, 1983)에 실려 있다.

≪能改齋漫錄≫ - 吳曾

吳曾(오증, 생졸년 불명). 자는 虎臣, 撫州 崇仁(지금의 江西)人이
다. 鄧名世에게 師事하여 博聞强記하여 江西에서 知名하였으나 과거
급제하지 못하였다. 남송 高宗 紹興 11년(1141)에 布衣로 ≪春秋左
氏傳發揮≫등 책을 지어서 바치니, 右廸功郎에 보임되고 玉牒所檢討
官, 宗正寺主簿, 太常丞 겸 吏部郎中을 역임하였다. 그 후, 工部郎
中에 기용되고 知嚴州로 부임하다가 졸하였다. 저서에 ≪得閑文集≫
이 있다. 다음에 그의 五言排律〈羅山〉(≪宋詩紀事≫ 권52) 시를 본
다.

> 어렸을 때 나산 얘기 듣기를
> 동굴 속에 신선이 산다 하네.
> 생각나면 늘 가고 싶었는데
> 끝내 세속 일에 끌려 다녔네.
> 새벽에서 다시 어느덧 저녁까지
> 날씨가 곱고 밝았네.
> 우연히 두세 사람과 함께
> 오솔길 걸으며 옛말 따라 밟네.
> 험준하게 언덕과 냇물을 건너고
> 높이 자욱하게 구름 안개 넘네.
> 낭떠러지 깎아질러 물이 쏟아지듯하고
> 언덕은 평평하여 문득 내천인 듯하네.
> 샘물은 어디서 나오는지
> 다만 졸졸 물소리만 느껴지네.
> 구불구불 뱀이 기어가듯하고

흘러가서 산 중턱 밭으로 들어가네.
배회하다가 발 한번 씻으니
옷소매로 바람이 가벼이 스며드네.
문득 가장 높은 산봉우리에 오르니
가운데에 몇 서까래 집이 보이네.
가파르게 오랜 석상이 서 있어
갈고 만져서 어느 해인지 지워져 있네.
복사꽃은 흩어져서 거적에 깔리니
한바탕 싱긋 웃고 있네.
돌병풍과 푸른 벽이 어울려져
껴안고서 앞뒤로 대해 있네.
경치를 느긋이 구경하노라니
온 세상이 눈앞에 가득 차네.
같이 노니는 이에게 묻노니
여기 어느 하늘에 오른 건가.
아니면 어찌도 빼어나 솟았길래
뭇 봉우리랑 이어져 있지 않네.
장안은 어디쯤에 있는가
차라리 해 지는 곳이기를.
십 년이나 나라가 혼란하여
전쟁으로 창에는 피비린내 나네.
누가 세속 밖의 나그네 알리오
한 골짜기에서 홀로 멋대로 사네.
이 산 놀이 아마도 다시 오기 어려우니
늦도록 머물며 돌아가지 못하네.
숲 사이의 달 어떠한가
그림자 드리며 밝고 예쁘구나.
한스럽게 일찍 돌아가자고 재촉하나
이제는 언덕과 골짜기 오르기 두려워라.
兒時聞羅山, 窟穴居神仙.

念之每欲往，終爲俗累牽.
玆晨復何夕，風日媚晴暄.
偶與二三子，徑來踐前言.
崎嶇涉岡澗，峭蒨凌雲烟.
崖斷或如瀉，坡平俄若川.
有泉自何來，但覺聲涓涓.
縈紆若蛇走，往注山腹田.
徘徊一濯足，入袖風翩翩.
俄登最高嶺，中觀屋數椽.
嶙峋老石像，摩挲不記年.
桃花破叢菅，一笑爲嫣然.
石屛與翠壁，擁從相後先.
物色恣觀覽，萬界滿眼前.
適問同遊人，玆爲第幾天.
不然何秀拔，不與衆峰連.
長安在何許，無乃落日邊.
十年若搶攘，戰血腥戈鋋.
誰知塵外客，一壑能自專.
玆遊恐難再，遲留不能旋.
如何林間月，弄影明娟娟.
催歸猶恨早，正恐陵谷遷.

　본 시화의 성서 시기는 高宗 紹興 24년에서 27년 사이(1154-
1157)로 보고, 처음에는 20권, 2천여 조였다고 한다. ≪郡齋讀書志≫
에 잡설류에 수록하고 20권이라 했으며 전서를 14류로 분류하였으
니 事始, 辨誤, 事實, 沿襲, 地理, 議論, 記詩, 紀事, 記文, 類對, 方
物, 樂府, 神仙鬼怪, 該諧戲謔 등이다. 그 후 光宗 紹熙 원년(1190),
기재하기에 합당치 않다는 이유로 該諧戲謔類를 刪去하고 18권본으
로 편집하였다. 그리고 元代 초년 이래로 간본이 오래 단절되었다가
명대에 이르러 秘閣에서 抄出하여 重刊하니, 권수가 일정치 않고 서명

과 작자도 와전되면서 오류가 생겼다.

본 시화는 남송에서 중요한 필기 중의 하나로, ≪四庫全書總目提要≫에 「거의 홍매의 ≪용재수필≫과 대등하다.(幾與洪邁容齋隨筆相埒.)」하고, 「근거가 매우 적절하고 변석도 많이 정밀하다.(援據極爲賅洽, 辨析亦多精核.)」라고 기술하고 있다. 전서 내용이 광범하고 재료가 풍부하며, 고증을 위주로 하여 명물제도를 해설하고 시문의 전고를 변석하고, 시사의 佚文을 집록하며 명가의 득실을 품평하고 있어서 사료나 문학사 자료적 가치가 크다. 지금 전해지는 본 시화는 모두 1459조이며 그중에 직접 시인과 시를 언급한 것이 959조나 된다.

오증의 논시는 '自然'과 '創新'을 귀히 여기고, 전인을 모의하는 것을 반대하나, '煉字'와 '煉句'를 중시하고 '警策語'를 숭상하면서 시의 개정을 강조하였다. 그의 議論類에 「문에서 대우를 귀히 여기는 까닭은 자연으로 나오기 위한 것이며, 억지로 끌어내어 가식하지 않기 위해서이다.(文之所以貴對偶者, 爲出于自然, 非假于牽强也.)」라고 하여 작시의 의식을 '自然'에 두었고, 陳師道가 주창한 「차라리 졸렬할지언정 공교하지 말며, 차라리 소박할지언정 화려하지 말고, 차라리 거칠지언정 약하지 말고, 차라리 편벽할지언정 속되지 말지라.(寧拙毋巧, 寧朴毋華, 寧粗毋弱, 寧僻毋俗.)」(≪後山詩話≫)의 시론에 의탁하였고, 唐 皎然의 '詩有三偸'(시의 세 가지 몰래 훔침)를 인용하여 '偸語'(시의 어휘를 훔침), '偸意'(시의 뜻을 훔침)의 '踏襲' 자세를 반대하고 '巧妙'와 '創新'의 '偸勢'(시의 조류와 기세를 훔침)는 동조하였다. 여기서 偸(훔침)란 본받음의 뜻이다. 특히 진사도의 논리인 '拙, 朴, 粗, 僻'을 택하더라도 '巧, 華, 弱, 俗'은 멀리할 것을 강조한 작시 태도에 오증은 심취하였으니, 명대 李東陽의 ≪懷麓堂詩話≫(제47조)에서,

시가 너무 졸렬하면 文에 가깝고, 너무 기교로우면 詞에 가깝다. 송

대의 졸렬한 것은 모두 문이고, 원대의 기교로운 것은 모두 사이다.
詩太拙則近於文, 太巧則近於詞. 宋之拙者, 皆文也 ; 元之巧者, 皆詞也.

라고 하여 詩가 文이나 詞와 구별되는 기본 조건으로 巧拙(공교와 졸렬)의 조화를 역설하였다. 拙과 巧의 비교는 묘사상의 기법을 주로 한다. 시를 중심으로 기법이 거칠면 散文처럼 되고, 精巧하면 詞처럼 수식에 치우친다. 그러니 작시에도 中庸이 요구된다. 송대는 古文운동이 결실한 시기로서 성리학 발달로 情보다는 理에 치중된 문장이 유행하였기에 拙에 기울면 시가 산문화하고, 원대는 散曲의 발달과 雜劇에의 활용으로 고도의 수사법이 요구되면서 시도 내용보다는 형식위주의 詞曲風을 추구한 경향을 보였다. 그래서 이동양은 '拙 - 宋文과 巧 - 元詞'의 등식을 거론하였다.

작시에 있어서 拙과 巧의 문제를 지적한 또 다른 예문을 보면, 송대 吳可는 ≪藏海詩話≫에서, 「만당시는 지나친 기교에 빠져서 단지 외적인 화려함만을 일삼으니, 기세가 약하고 품격이 낮아서 사의 체재로 흘러갔다.(晚唐詩失之太巧, 只務外華, 而氣弱格卑, 流爲詞體耳.)」라고 하여 지나친 工巧의 폐단을 지적하였고, 엄우는 ≪滄浪詩話≫〈詩評〉에서 「성당 사람은 거친 듯하면서 거칠지 않고, 졸렬한 듯하면서 졸렬하지 않다.(盛唐人有似粗而非粗處, 有似拙而非拙處.)」라고 하여 작시법의 묘미를 강조하였다.

오증은 논시에 있어서, 시구의 考索, 沿襲(연습 : 옛것을 본받음)과 新變에 注重하여 그 精到하고 博識한 품평은 높이 평가된다. 예컨대 '不夜城' 조에서,

해도강의 ≪제지기≫에 이르기를, 「제나라에 불야성이 있다. 무릇 옛날에 해가 밤에 뜨는 일이 있었으니, 동래에 보인다. 그러므로 노래자가 이 성에 서서 '不夜'라고 이름 지었다.」 하였다. 마침 두보 시 「바람 없는 구름이 변새에 나오고, 밝은 달이 관변에 뜨네.」 구가 생각난다.

解道康≪齊地記≫曰:「齊有不夜城. 蓋古者有日夜出, 見于東萊. 故萊子立此城, 以不夜爲名.」 方悟杜詩「無風雲出塞, 不夜月臨關.」之句.

라고 하였고, 「몸은 가벼운데 새 한 마리 지나가네(身輕一鳥過)」 조를 보면 杜甫의 이 시구를 지적하여 晋代 張協의, 「세상에 인생살이는, 문득 새가 눈에 지나가는 것 같네.(人生瀛海內, 忽如鳥過目.)」 구에서 취했다고 하였다. 그리고 지적하기를 두보 시에, 「내 삶 날아가는 새 같으니 근심에 젖어 높이 새 날아가는 걸 엿보네.(余生如過鳥, 愁窺高鳥過.)」 구가 있다고 하였다. 그리고 오증은 張協의 시가 ≪文選≫에 수록된 것에 대해서 두보 자신이, 「문선의 이치를 깊이 안다(熟精文選理)」라고 한 것은 매우 감복케 한다고도 하였다.

오증은 「시인이 답습하여서 좋은 시를 남긴 것(詩人有沿襲而不失爲佳者)」의 예로 張先의 詞 「구름 걷히고 달이 뜨니 꽃이 그림자 희롱하네(雲破月來花弄影)」 구를 들면서 본래 古樂府〈暗別離〉의 「붉은 현이 끊어져 아무도 안 보는데, 바람 이는 꽃가지는 달에 그림자 지네.(朱弦暗斷不見人, 風動花枝月中影.)」에서 본받았으나, 「자주 고금의 절창이라고 생각한다(往往以爲古今絶唱)」라고 평하기도 하였다. 그는 '襲用'은 原作에 미치지 못하는 것이라고 지적하면서 梁代 王僧孺의〈中川長望〉시 「언덕 가에 나무 알아보기 어려운데, 구름 속의 새는 쉬이 알겠네.(岸際樹難辨, 雲中鳥易識.)」 구는 전적으로 謝朓의 「하늘 끝에 돌아가는 배가 보이고, 구름 속에는 강가의 나무가 뚜렷하네.(天際識歸舟, 雲中辨江樹.)」 구를 습용한 것으로 그 풍격은 미치지 못한다고 하였다.

前人의 詩作 사실, 用典 및 後人의 詮釋, 품평의 오류를 明辨한 점은 특기할 만하다. 예컨대 王安石 시, 「해 높은데 서리가 아직 저 끝에 가로지르네(日高靑女尙橫際)」 구에서 '靑女'는 '霜'이라 하는데 사리에 합당하지 않다고 하였다. 오증은 ≪淮南子≫와 高誘 注를 인용하여 '靑女'를 고증하기를 「청녀란 서리와 눈을 주관하는 신이다.

(靑女者, 主霜雪之神也.)」라 하였고, 杜甫의 〈秋野〉 시, 「날리는 서리가 청녀에 따르네.(飛霜任靑女.)」를 인용하여 그 이치를 밝혔다. 또 지적하기를, 蔡條의 《西淸詩話》에 '藥名詩'가 당대에 시작한 것은 불확실하다고 하면서 梁簡文帝와 梁元帝의 약명시 각 한 수를 증거로 제시하며, 「약명 칭호는 양대부터 있었다.(藥名之號, 自梁以來有之.)」라고 하였다. 歐陽修가 張繼의 〈楓橋夜泊〉의 '夜半鐘'은 맞지 않다고 비평한 데 대해서 陳正敏이 《遯齋閑覽》에서, 「한밤의 종소리는 오직 고소에만 있다.(夜半鐘惟姑蘇有之.)」라고 한 설에 당대 皇甫冉의 〈秋夜宿嚴維宅〉 시, 「가을이 깊어 물속의 달을 대하노라니, 한밤에 산 종소리 멀리 들리네.(秋深臨水月, 夜半隔山鐘.)」 구를 거론하면서,

회계의 종소리도 한밤에 울리니 곧 장계 시가 잘못되지 않았고, 구양수가 잘 고찰하지 않은 줄 알겠다. 한밤의 종소리가 고소에도 그치지 않음은 진정민이 말한 것과 같다.
會稽鐘聲亦鳴于半夜, 乃知張繼詩不爲誤, 歐公不察. 而半夜鐘亦不止于姑蘇, 如陳正敏說也.

라고 분석하여 구양수의 말이 착오라는 점을 지적하고 있다. 이상 본 시화의 요지를 간략하게 서술하고 다음에는 평문 예문을 통하여 오증의 고증과 분석을 보기로 한다.

1. 李白(이태백) 시의 飄逸性

이백의 시풍은 흩날려 오르고 떨쳐서 거세어, 마치 뜬구름이 돌을 감도는 것 같아서 기세를 막을 수 없다.
李白則飄揚振激, 如浮雲轉石, 勢不可遏.

송대 張戒는 《歲寒堂詩話》에서 이백 시를 평하기를,

재능을 따라갈 수 없는 사람이 있으니, 이백과 한유가 그러하다.

才子有不可及者, 李太白韓退之是也.(제4조)

라 하고 이어서,

이백의 「흰 치아 끝내 드러내지 않고, 고운 마음 공허히 절로 얻도다.」
구는 모두 ≪시경≫〈국풍〉에 뒤지지 않는다.
李太白云:「皓齒終不發, 芳心空自得.」 皆無愧于國風矣.(제6조)

라고 하여 이백 시의 駿逸(준일 : 뛰어나고 빠름. 기세가 왕성함)하면
서도 전통적인 시풍을 유지하는 그 탁월성을 설명해준다. 그 예로 李
白의 오언절구 〈估客行〉(≪全唐詩≫ 권162)을 본다.

바다 상인은 천풍을 타고
배로 먼 장삿길 떠나네.
마치 구름 속 새처럼
한번 가서 종적이 없구나.
海客乘天風, 將船遠行役.
譬如雲中鳥, 一去無縱跡.

　　樂府 淸商曲辭 西曲의 시제를 빌려서 지은 시이다. 〈估客樂〉은 齊
나라 武帝(재위 483-493)가 樊州와 鄧州를 유람한 후, 지난 일을
회상하며 지은 노래이다. 이백은 이 시제를 빌려서 상인의 형상을
묘사하면서 자신의 청신하고 표일한 심경을 표현하고 있다. 다음에
이백의 칠언절구 〈答湖州迦葉司馬問白是何人〉(상동 권170)을 보자.

청련거사는 하늘에서 귀양 온 신선
술집에서 이름 감추길 30년이네.
호주사마는 어찌 꼭 물으시나
나는 금속여래의 후신이라네.
靑蓮居士謫仙人, 酒肆藏名三十春.
湖州司馬何須問, 金粟如來是後身.

시제를 보면 '湖州司馬 迦葉(가섭)이 李白이 누구냐고 묻는 것에 대답한다'라는 의미이다. 이백 자신을 초탈적 의식으로 표현한 시이다. 이백의 自號인 '青蓮居士'를 시어로 사용하고, '謫仙人'도 賀知章이 붙여준 이백의 호칭이다. 그리고 '金粟如來'는 維摩詰 大師로서 '維摩詰'이란 梵語는 '淨名'으로 의역한다. 도교와 불교어를 시에 차용하여 호방하면서도 탈속적인 飄逸感을 주고 있다.

2. 韓愈의 〈聽穎師彈琴〉 촌평

옛적에 조무구가 일찍이 거문고 잘 타는 사람을 일컬어서, 「『뜬구름 버들솜처럼 뿌리 없고, 천지 넓고 멀어서 따라 날아오르네.』구는 범성이 되니, 非絲를 가벼이 여기고 非木을 중히 여긴다. 『지저귀는 온 갖 새떼 속에서, 문득 외로운 봉황을 본다.』구는 범성 중에 지성을 기탁한 것이다. 『한 치 한 푼도 오르지 못하다』구는 강성을 읊은 것이다. 『힘 잃어 한 번에 천 길 떨어지다』구는 역성이 된다. 몇 개 성은 거문고에서 가장 기교 부리기 어렵다.」라고 말하였다.
昔晁無咎謂嘗善琴者云;「『浮雲柳絮無根蒂, 天地闊遠隨飛揚』, 爲泛聲, 輕非絲, 重非木也. 『喧啾百鳥群, 忽見孤鳳凰』, 爲泛聲中寄指聲也. 『躋攀分寸不可上』, 爲吟絳聲也. 『失勢一落千丈強』, 爲歷聲也. 數聲琴中最難工.」

오증은 조무구의 거문고 연주의 技巧를 설명한 글을 인용하여 韓愈의 시를 간접적으로 평가하고 있는데, 그 시 전체를 본다.

재잘대는 아이의 말소리인 듯
사랑과 원망의 말을 속삭이네.
뚜렷이 천자의 수레 방울소리처럼 우렁차더니
용사처럼 적진으로 나가는 듯하네.
뜬구름 버들솜처럼 뿌리 없고
천지 넓고 멀어서 따라 날아오르네.

지저귀는 온갖 새떼 속에서
문득 외로운 봉황을 보네.
한 치 한 푼도 오르지 못하고
힘 잃어 한 번에 천 길 떨어지네.
아아, 나는 귀가 두 개 있지만
거문고 피리 소리 아직 듣지 못하네.
영사 스님 거문고 소리 들으며
일어났다 앉았다 한구석에서 어쩔 줄 모르네.
손들어 급히 연주 그치게 하였건만
옷 적시는 눈물이 펑펑 흐르네.
영사 스님, 그대가 정말 그리 능한가
내 내장에 놓인 얼음과 숯불 없애주네.
昵昵兒女語, 恩怨相爾汝.
劃然變軒昂, 勇士赴敵場.
浮雲柳絮無根蔕, 天地闊遠隨飛揚.
喧啾百鳥群, 忽見孤鳳凰.
躋攀分寸不可上, 失勢一落千丈强.
嗟余有兩耳, 未省聽絲篁.
自聞穎師彈, 起坐在一旁.
推手遽止之, 濕衣淚滂滂.
穎乎爾誠能, 無以氷炭置我腸.(≪全唐詩≫ 권340)

   元和(806-820) 시기에 天竺 和尙이 長安에서 佛法을 전파하는
데 평소 거문고 연주에 능통하니 그 이름이 '穎師'이다. 한유는 영사
의 거문고 연주에 심취하여 명시를 지었다.「한 치 한 푼도 오르지
못하고, 힘 잃어 한 번에 천 길 떨어지네.」구는 연주하는 악곡의 변
화무쌍이 마치 인생의 길흉화복이란 부침과 같다고 비유하는 표현이
며,「氷炭置我腸」구는 ≪莊子≫〈人間世〉에서「일이 이루어진다 해도,
반드시 애를 쓴 때문에 병에 걸릴 것이다.(事若成, 則必有陰陽之患.)」
라고 한 말에, 郭象은 注에서「사람의 근심이 사라진다 해도 기쁨과

두려움이 가슴속에서 다투니, 진실로 이미 오장에 얼음과 숯불이 맺힌다.(人患雖去, 然喜懼戰于胸中, 固已結氷炭于五臟矣.)」라고 한 전고에서 인용한 어사이다.

3. 李賀 시의 奇怪

이하 시는 '집어서 갈라내며 매우 기험하니' 힘써도 따라가기 어려우며 일찍이 하나도 먼지 묻은 것이 없다.
李賀則摘裂險絶, 務爲難及, 曾無一點塵埃之.

李賀(790-816)는 字가 長吉로 福昌(지금의 河南 宜陽)人이다. 복창의 昌谷에 거주하여 李昌谷이라 부른다. 26세에 요절한 시인으로 관직은 太常寺奉禮郎을 지냈다. 그의 〈聽穎師彈琴歌〉(≪全唐詩≫ 권391) 시를 韓愈의 같은 시제 시와 연관시켜서 본다.

은하수에 낀 구름 달 뜬 물가로 돌아가고
촉국 거문고 줄 한 쌍 봉황 소리라네.
연잎 진 가을 난새가 떠나고
월왕이 한밤에 일어나 천모산 노니네.
청백한 신하가 수정을 두드리고
미인이 바다 건너는 흰 사슴 데리고 가네.
칼 차고 긴 다리 건너는 周處를 누가 보느냐
머리털로 춘죽 시를 쓴 張旭을 누가 보느냐.
천축 스님 집문 안에 서 있는데
눈썹 있는 눈두덩이 절에서 본 모습.
오래 된 거문고 길이 여덟 자인데
역산 남쪽에서 자란 오동나무로 만들었네.
차가운 관청에서 현 소리 듣고 병든 객 놀라서
약 봉지 잠시 밀치고 용수초 자리에 앉네.
대신들의 노래 한 수 읊어주기를 청할가나

봉례랑 천한 벼슬 무슨 소용 있을가.
別浦雲歸桂花渚, 蜀國弦中雙鳳語.
芙蓉葉落秋鸞離, 越王夜起游天姥.[1]
暗佩淸臣敲水玉, 渡海蛾眉牽白鹿.
誰看挾劍赴長橋, 誰看浸髮題春竹.[2]
竺僧前立當吾門, 梵宮眞相眉稜尊.
古琴大軫長八尺, 嶧陽老樹非桐孫.
凉館聞弦驚病客, 藥囊暫別龍鬚席.
請歌直請卿相歌, 奉禮官卑復何益.

李賀 시에 대한 다음 시평에서 오증의 평가가 적절한 것을 알 수
있다.

> 이하 시는 곧 이백 악부 중에서 나와서 뛰어나고 기이하며 괴이한 것
> 이 비슷하나, 빼어나고 준일하여 천연함은 (이백을) 따르지 못한다.
> 賀詩乃李白樂府中出, 瑰奇詭怪則似之, 秀逸天拔則不及也.(張戒 ≪歲
> 寒堂詩話≫)

> 말하기를 이백(이태백)은 선재이며 이하(이장길)은 귀재라고 하는데
> 그렇지 않다. 이백은 천선의 말이며, 이하는 귀선의 말일 따름이다.
> 人言太白仙才, 長吉鬼才, 不然. 太白天仙之詞, 長吉鬼仙之詞耳.(嚴
> 羽 ≪滄浪詩話≫)

> 이하의 시는 기궤함을 높여서, 시를 지음에 먼저 제목을 세우지 않
> 으니 지은 것이 모두 경탄스럽고, 필묵의 지름길과는 거리가 멀어서
> 그 당시에 본받을 자가 없었다.
> 賀詞尙奇詭, 爲詩未始先立題, 所得皆驚邁, 遠去筆墨畦徑, 當時無能
> 效者.(晁公武 ≪郡齋讀書志≫)

---

1) 天姥(천모) : 浙江省 新昌에 있는 仙山. 이백의 〈夢遊天姥吟留別〉 시가 있다.
2) 晋나라 周處는 백성을 위하여 호랑이와 교룡을 없겠고, 唐나라 初唐 '吳中四
   子'의 한 사람인 張旭은 草書에 능하였고, 그의 시는 淸逸하였다.

이하 시는 … 오직 어사가 공교로움을 강구하여 물결치는 집(문자의 변화)이 또한 좁으니, 그래서 종묘 기둥에 산과 마름풀을 그려놓은 것처럼 조탁이 많다는 비평이 있다.

李長吉詩 … 特語語求工, 而波瀾堂廡又窄, 所以有山節藻梲之誚. (沈德潛 ≪說詩晬語≫)

이들 이하에 대한 역대 평가가 모두 당대의 기인으로 보고 그 시도 평범하지 않은 특출한 풍격을 지니고 있음을 강조하고 있으니, 이하의 〈秋來〉(상동 권390) 시를 보기로 한다.

오동나무 바람에 고심 많은 사나이 마음 놀라고
가물대는 등불 아래 귀뚜라미 소리가 찬 가을밤에 울리네.
누가 푸른 대쪽의 시 한 편을 보면서
좀벌레로 좀먹지 않게 할 수 있을가.
근심에 매여 오늘 밤 창자가 빳빳해지는데
찬비에 고운 혼이 서생을 위로하네.
가을 무덤의 귀신이 포조의 시를 노래하니
한 맺힌 피가 천년 두고 흙속에 푸르리라.
桐風驚心壯士苦, 衰燈絡緯啼寒素.
誰看青簡一編書, 不遺花蟲粉空蠹.
思牽今夜腸應直, 雨冷香魂弔書客.
秋墳鬼唱鮑家詩, 恨血千年土中碧.

≪昌谷集注≫에는 이 시를 평하기를, 「시들은 오동나무에 싸늘한 바람 불고, 귀뚜라미는 공허히 운다. 장사는 시세를 느끼니, 격렬한 마음이 없겠는가.(衰梧颯颯, 促織鳴空. 壯士感時, 能無激烈.)」라고 하였다. 요절한 천재시인 李賀는 상징시를 지어서 그의 시를 기이하다고 평하는데, 그 이유는 시의 난해에 있다. 송대 曾季貍는 「이하의 〈안문태수행〉은 시어가 기이하다.(李賀雁門太守行語奇.)」(≪艇齋詩話≫)라 하고, 송대 何汶은 「이하의 노래는 어사가 기특하여, 수구에 이르기를, 『무릉의 유랑은 추풍의 나그네로다.』 구는 한 무제를

가리켜서 말한 것이다.(李賀歌造語奇特, 首云:『茂陵劉郎秋風客』, 指漢武帝言也.)」(≪竹莊詩話≫ 卷14)라고 각각 그 시의 奇異性을 평하였고, 명대 王世貞도 「이하(이장길)는 자신의 독창적인 시풍을 추구하여 따라서 작풍이 기괴하고 또한 의외의 기풍을 드러내고 있다.(李長吉師心, 故而作怪, 亦有出入人意表者.)」(≪藝苑卮言≫ 권4)라고 하여 그 시의 성격을 단적으로 평가하고 있다.

4. 張籍의 詩風

장적의 시는 평이하면서 한가로우며 우아한 사조가 넘치나 기골이 좀 약하다.
張籍則平易優游, 足有雅思, 而氣骨差弱.

張籍은 字가 文昌으로, 和州 烏江(지금의 安徽 和縣 烏江鎭)人이다. 貞元 15년(799) 진사 급제하고 元和 초에 太常寺太祝, 동 11년에 國子助教, 동 15년에는 秘書省秘書郎으로 옮기고 韓愈의 추천으로 國子博士가 되었다가 大和 2년에 國子司業으로 되면서 졸하니 세칭 '張水部' 혹은 '張司業'이라 한다. 樂府古風에 능하여 王建과 齊名하니 '張王樂府'라 칭한다. 당시의 시인 元稹, 白居易, 劉禹錫, 姚合, 賈島 등과 唱和하고 韓愈, 孟郊와 우의가 돈독하였다. 그의 시풍에 대해서 ≪唐音癸籤≫에서, 「장적은 국풍을 바탕으로 하고 한대 악부를 으뜸으로 삼아서, 시의 사조가 난해하지만 어사는 평이하다.(張籍祖國風, 宗漢樂府, 思難辭易.)」라 하고 ≪竹坡詩話≫에서는 「당인으로 악부를 짓는 사람 매우 많았으나, 당연히 장적을 제일로 삼는다.(唐人作樂府者甚多, 當以張文昌爲第一.)」라고 평하고 있다. 그의 명시 〈沒蕃故人〉(≪全唐詩≫ 권382)을 본다.

전년에 그대 월지국 정벌 가서
성내에서 모든 군사 몰사했다 하네.

오랑캐와 중국 소식 끊어져서

죽고 사는 것으로 긴 이별하였네.

버려진 군대 장막 거둘 이 없으니

돌아오는 말이 찢어진 깃발 알겠지.

제사 드리고 싶어도 그대 살았을까 하여

하늘 끝에서 이때를 통곡한다네.

前年伐月支, 城下沒全師.

蕃漢斷消息, 死生長別離.

無人收廢帳, 歸馬識殘旗.

欲祭疑君在, 天涯哭此時.

    일종의 哭祭詩로서 西域 月支國에 원정 간 친구의 희생을 애도하고 있다. 청대 兪陛雲은 ≪詩境淺說≫에서 「시가 변방의 영령을 위해서 지었는데, 처량하고 침통하여 한 편의 애뢰문이다.(詩爲弔絶塞英靈而作, 蒼凉沈痛, 一篇哀誄文也.)」라 하였고, ≪初白庵詩評≫에서는 「맺힌 뜻이 깊이 비참하다.(結意深慘.)」라고 하고, 청대 ≪養一齋詩話≫에서는 「장적의 〈몰번고인〉 시에 이르기를, 『제사 드리고 싶어도 그대 살았을까 하여, 하늘 끝에서 이때를 통곡한다네.』구는 어사가 평담하나 담긴 뜻은 침통하다.(張文昌沒蕃故人詩云: 欲祭疑君在, 天涯哭此時. 語平淡而意沈痛.)」라고 일치된 시평을 하고 있다.

    한편 장적과 신라인과의 교유관계를 거론한다면, 당에 유학한 金沔과의 교분인데, 김면이 신라 憲德王 4년(812, 唐 憲宗 元和 7년)에 귀국할 때에 張籍이 준 송별시인 〈送金少卿副使歸新羅〉(≪全唐詩≫ 권382)가 있는데, 韓致奫(한치윤)의 ≪海東繹史≫(권67)에 ≪冊府元龜≫를 인용하여,

    원화 7년 7월 경오에 신라 질자로서 위위소경에 응하여 자금색의 어대(당대의 5품 관리의 표시)를 하사 받고 김면은 시광록소경이 되고 조제책립부사를 지내다가 최릉을 수종하여 신라에 갔다.

    元和七年七月庚午, 以新羅質子試衛尉少卿, 賜紫金魚袋, 金沔爲試光

祿少卿, 充弔祭冊立副使, 隨崔稜赴新羅.

라고 하여 金沔이 812년 弔祭冊立副使로서 崔稜을 隨從하고 新羅에
간 사실에서 眞否를 확인하게 된다. 金沔은 누구인지 불명이며, 張籍
이 중당 시단에서의 비중이 크고 白居易, 元稹과 비견하는 新樂府의
주창자인 만큼 중당 문풍의 신라 流入과 상관된다고 할 것이다. 그가
金沔에게 준 송시를 보면,

구름 낀 섬 아득히 하늘 가에 아련하니
동쪽 향해 만 리 길 돛대 휘날리네.
오래 신하로 은혜 깊이 받아
이제 사신 도와 명받고 돌아가네.
바다 건너니 응당 나라 소식 가지고
집에 이르니 또한 절로 벼슬의 관복 드러나오.
예부터 이곳 떠난 이 수없지만
광채 나기 그대만한 이 정말 드무네.
雲島茫茫天畔微, 向東萬里一帆飛.
久爲侍子承恩重, 今佐使臣銜命歸.
通海便應將國信, 到家猶自著朝衣.
從前此去人無數, 光彩如君定是稀.

라고 한 데에서, 이 시를 宋代 劉攽이 평한 것과 또 張戒가 논한 풍
격과 상통되는 점을 중시하게 된다. 劉攽의 시화를 보면,

장적의 악부사는 청려하고 완미하며 오언율시도 평담하고 고운데, 칠
언시에서는 질박한 면이 수식적인 면보다 강하다. 소재가 각기 그
의당함을 지니고 있으니 억지로 꾸며서 되는 것이 아니다.
張籍樂府詞淸麗深婉, 五言律詩亦平澹可愛, 至七言詩則質多文少. 材
各有宜, 不可强飾.(≪中山詩話≫)

라 하고 張戒의 시화를 보면,

장적의 시와 원진, 백거이의 율체는 오로지 사람의 마음속의 일을 말함으로써 공교함을 강구하였다. 백거이는 재주가 많고 시의가 절실하며, 장적은 심사가 깊고 어구가 정밀한데, 원진의 시체는 가벼우면서 어사가 조급하다.
張司業詩與元白一律, 專以道得人心中事爲工. 但白才多而意切, 張思深而語精, 元體輕而詞躁.(≪歲寒堂詩話≫ 卷上)

라고 하여 장적 시가 白居易와 相近해서 농민을 憐憫하고 權貴를 조롱하며, 傭兵을 풍자하는 등의 민간질고의 주제를 다룬 것이 많은데, 위의 시는 修辭上 白話的 詩語를 쓰고 있으니 '向東', '便應', '到家', '從前', '定是' 등이다. 장적은 이 시 외에도 신라인에게 준 시로 〈送新羅使〉(상동 권384), 〈贈海東僧〉(상동 권384) 등이 있는데 그중에 〈送新羅使〉를 본다.

　만 리 길 조정의 사신 되어서
　집을 떠난 지 이제 몇 년인가.
　응당 옛 가던 길 알건만
　오히려 멀리 돌아가는 배에 오르네.
　밤에는 피교굴에 머물고
　아침에는 구도천에서 밥을 짓네.
　유유하게 고향으로 가니
　또한 바다 서쪽 하늘을 바라보네.
　萬里爲朝使, 離家今幾年.
　應知舊行路, 卻上遠歸船.
　夜泊避蛟窟, 朝炊求島泉.
　悠悠到鄕國, 還望海西天.

이 시는 시인의 소탈하면서 직설적인 풍격이 부각되어 있다. 그러면서 송별하는 이별의 정이 가득 담겨 있다. 말연의 서쪽 하늘을 바라본다는 의미는 귀향하는 사신의 기쁜 마음과 송별하는 시인의 섭섭한 마음이 동시에 표출되어 있다.

1960년 中華書局 上海編輯所에서 淸武英殿聚珍版을 底本으로 하고 他本을 參閱하여 校刊하고, 校記와 逸文 및 부록을 한 권, 그리고 유관 서적과 작자 자료 등을 부기하였다. 1979년에 上海古籍出版社에서 重印하니 이 판본이 비교적 완비하다.

≪容齋隨筆≫ - 洪邁

洪邁(홍매, 1123-1203). 자는 景盧, 호는 容齋로 鄱陽(파양 : 지금의 江西省 鄱陽)人이다. 紹興 연간에 博學宏詞科에 합격하고, 孝宗 때 中書舍人 겸 侍讀과 直學士院을 지내고 翰林學士를 배수한 후, 煥章閣學士를 거쳐, 紹興府를 맡았다. 端明殿學士를 거쳐서 卒한 후에 光祿大夫에 贈封되고 시호는 文敏이다. ≪野處類藁≫, ≪萬首唐人絶句≫를 편찬하고, 저서로는 ≪夷堅志≫가 있다. ≪容齋隨筆≫ 16권, 續筆 16권, 三筆 16권, 四筆 16권, 五筆 10권을 지었고, 이를 총칭하여 ≪容齋五筆≫이라 한다. 計有功의 ≪宋詩紀事≫(권45)에 실린 홍매의 시 7제 8수 중에서 〈秋日漫興〉2수 중 제1수를 본다.

> 강호의 오랜 나그네 날마다 고향 그리는데
> 앉아서 느끼나니 잔 서리가 귀밑털에 내리네.
> 절기도 가을을 재촉하여 기러기 날고
> 경치는 다투어 비 오기 전 꽃이 피네.
> 지치도록 노닐며 이미 장자의 나비 꿈꾸고
> 술 안 마시고 어찌 광객의 뱀을 근심하나.
> 이상하게 아침에 옷소매 얇게 느끼니
> 냇가에는 흰 이슬이 갈대에 내렸네.
> 江湖久客日思家, 坐覺微霜上鬢華.
> 節序又催秋後雁, 風光爭發雨前花.
> 倦遊已夢莊生蝶, 不飲何憂廣客蛇.
> 怪底朝來衣袖薄, 一川白露下蒹葭.

본 시화에 대해서 청대 潘德興는 ≪養一齋詩話≫(권9)에서,

홍매는 다른 책을 매우 상세하게 고증하였는데 당송시 고증에 대해서도 정확하였다. 다만 기록한 그 동시대인의 시에는 요지를 다 얻지 못하였다.

洪容齋考訂他書極詳, 于唐宋詩證據亦核; 獨其所錄同時人詩, 不盡得風旨.

라고 하여 본 시화의 장단점을 지적하고 있다. 본 시화는 李白(이태백), 杜甫, 白居易, 柳宗元 등의 시문에 대해서 평술이 비교적 상세하다. 더욱 관심이 가는 것은, 시문을 논술할 때 적지 않은 이론을 제기하였는데, 권2에서 홍매의 시론 가운데 특색 있는 부문은 元稹과 白居易의 시를 비교분석하고 있으니 시화에서 서술하기를,

백거이의 〈장한가〉, 〈상양인가〉, 원진의 〈연창궁사〉는 개원 시기의 궁중 사건을 말한 것으로 매우 절실하다. 그러나 원진의 〈행궁〉 절구에 이르기를, 「쓸쓸한 옛 행궁에, 궁궐 꽃이 고요히 붉구나. 흰 머리 궁녀 있어, 한가로이 현종을 말하네.」 하였다. 시어는 적으면서 시의는 가득 넘쳐서 무궁한 맛을 지닌다.

白樂天長恨歌, 上陽人歌, 元微之連昌宮詞, 道開元間宮禁事, 最爲深切矣. 然微之有行宮一絶云:「廖落古行宮, 宮花寂寞紅. 白頭宮女在, 閑坐說玄宗.」語少意足, 有無窮之味.

라 하여 시 창작에 있어서 '語'와 '意'의 관계를 주목하여 '語外之味'(표현된 어사 이상의 깊은 흥취)를 강조하였다. 그리고 권5에서는,

원진과 백거이는 당대 원화 장경 연간에 나란히 이름을 떨쳐서 천보 시기의 사실을 읊었다. 〈연창궁사〉와 〈장한가〉 모두 인구에 회자하여 독자의 감성을 흔들어 놓았으니, 마치 몸이 그 시대에 살고 친히 그 사실을 보는 것 같아서 거의 우열을 논하기 쉽지 않다. 그러나 〈장한가〉는 단지 명황이 양귀비를 슬퍼하는 시말을 서술한 것이어서 다른 격정이 없으니, 〈연창궁사〉가 경계와 풍자의 뜻을 지님만 못하다.

元微之白樂天在唐元和長慶間齊名, 其賦咏天寶時事. 連昌宮詞長恨歌
皆膾炙人口, 使讀者之情性蕩搖, 如身生其時, 親見其事, 殆未易以優
劣論也. 然長恨歌不過述明皇追愴貴妃始末, 無他激拘, 不若連昌宮詞
有鑑戒規諷之意.

라고 하여 먼저 '元, 白' 두 시의 우열을 쉽게 논하지 못하겠다고 하
면서도 나중에는 白居易 시가 〈連昌宮詞〉의 '鑑戒規諷'(거울삼아 경계
하고 바르게 풍자함)의 의미를 지닌 것만 못하다고 하면서 元稹 시의
'言外之意'가 백거이 시를 능가하는 요점으로 평가하고 있다. 또 홍매
는 '機杼說'(文思의 結構)을 제시하여 권7에서 서술하기를,

유종원의 晉門이 바로 그 문체를 써서 확연히 새로운 기틀을 세워서
매우 청아하고 웅장하였으니, 한나라와 진나라 여러 문인들의 폐단
이 이에 씻어지게 되었다.
柳子厚晉門乃用其體, 而超然別立機杼, 激越清壯, 漢晉之間諸文士之
弊, 于是一洗矣.

라고 하니 여기서 '그 문체(其體)'란 한대 枚乘의 〈七發〉에서 사용
한 일문일답의 '對問體'를 지칭한다. 매승이 새로운 형식의 〈七發〉을
지은 이후에 나온 수다한 모방작을 비판한 것으로 그 '創新性'이 결
여된 점을 지적한 것이다. 그래서 홍매는 이어서 이르기를,

매승이 〈칠발〉을 지었는데 창신한 뜻이 실마리가 되었다. 그 후에 계
승한 것으로 예컨대 부의의 〈칠격〉, 장형의 〈칠변〉, 최인의 〈칠의〉,
마융의 〈칠광〉, 조식의 〈칠계〉, 왕찬의 〈칠석〉, 장협의 〈칠명〉 등은
모방이 매우 심해서 새로운 뜻이 없다.
枚乘作七發, 創意造端, 其後繼之者, 如傅毅七激, 張衡七辨, 崔駰七
依, 馬融七廣, 曹植七啓, 王粲七釋, 張協七命之類, 規仿太切, 了無新
意.

라고 하여 모방작의 '了無新意' 즉 '참신한 의취가 없음'을 단점으로

서술하고 있다. 그리고 홍매는 시문 창작의 '借鑑'과 '創新'의 문제에 있어서 시문의 발전과정에 필수불가결한 요소라고 지적하면서,

시문은 당연히 바탕으로 하는 것이 있으니 예컨대 고인의 어의를 활용하는 것이다. 따로 기틀을 내서 간곡하게 그것을 창달하면 내세에 전하여 보여주기에 충분하다.
詩文當有所本, 若用古人語意. 別出機杼, 曲而暢之, 自足以傳示來世.

라고 하여 작시에는 새로운 주지와 내용을 담아야만 진정으로 초연하게 새로운 機杼를 세운 경지에 도달할 수 있다고 하였다. 본 시화의 다음 예문들을 통하여 홍매의 논시관을 살펴보기로 한다.

1. 시의 작법론

제량 이래로 시인이 악부 〈자야사시가〉류를 지었는데 늘 앞 구로 비유하고 은유하고서 뒤의 구는 사실적인 어사로 증거하고 있다. 당대 장호, 이상은, 온정균, 육구몽 등도 이런 체재가 많고 때로는 네 구 모두 그러하다.
自齊梁以來, 詩人作樂府子夜四時歌之類, 每以前句比興引喻, 而後句實言以證之. 至唐張祜, 李商隱, 溫庭筠, 陸龜蒙, 亦多此體, 或四句皆然.

齊梁이라면 육조 南朝 齊나라와 梁나라를 지칭하니, 문학이 가장 성행하고 발달한 王朝이므로 육조 문풍을 흔히 '齊梁體' 또는 '齊梁風'이라 일컫는다. '제량풍'은 일반적으로 시의 수식을 중시하여 '綺艶'하고 詠物에 '纖麗'하다. 그리고 시의 聯句間에 聲律結構를 엄격히 규제하여 시가 性情 표달보다는 어사의 기교적 묘사에 주력한 경향을 보인다. 따라서 초당대에 제량풍에서 당시 자체의 고유한 시풍을 조성한 소위 시개혁이 宋之問과 沈佺期, 張九齡과 陳子昂의 주도하에 진행되었다. 악부의 〈子夜四時歌〉는 南朝 樂府民歌의 편명으

로 淸商曲辭 吳聲歌曲에 속하며 子夜歌에서 변화하여 나온 일종의 四時를 가창하는 곡조이다. 사계절을 시제로 하여 부녀의 한 해의 생활과 사념을 계절과 경물의 특성과 결합하여 섬세하게 정감을 표현한다.

위의 본 시화 글에 열거된 문인들은 장호 외에는 모두 만당의 대표적인 시인들이다. 만당의 시단을 지배하는 풍조는 李賀派와 孟賈(孟郊와 賈島)派로 대별할 수 있으니, 전자는 李商隱, 杜牧, 溫庭筠 등을 들 수 있고, 후자는 三羅(羅隱, 羅鄴, 羅虯 등), 顧雲, 鄭谷 등 芳林十哲들을 예거할 수 있다. 이 경우는 대개 만당 大中 연간을 전후한 흐름이고 그 이후 咸通 연간에는 元稹과 白居易, 그리고 王建을 추숭하는 만당 초기의 부수적인 조류를 타고 시인의 부침이 있었다. 대중 연간의 전자를 詞華派, 후자를 格律派라 하는 구분도 시풍에 의한 것으로 간주할 수 있다. 후자는 작시상 張籍, 賈島를 본받아 격률을 강구하는 데 주력하고 전자와는 다른 면을 보이기도 하지만, 정치적으로 不遇한 계층에 속하기도 한다.

溫庭筠은 字가 飛卿으로, 山西 祈縣人이다. 만년에 겨우 國子助教를 지냈는데, 그의 文才는 曹植에 비길 만하여 만당의 唯美詩風의 극치를 보였다. 詩詞에 모두 특출하고 화려한 애정시는 있으되 민간의 질고를 노래한 시가 없는 것은 李商隱과 다른 면이다. 그의 〈商山早行〉 시를 보자.

새벽에 일어나 길 가는 목탁을 움직이니
나그네 가는 길에 고향 생각 슬프네.
닭 우는 소리 나는데 초가집에 달이 떠있고
인적이 드문데 나무다리에는 서리가 내리네.
떡갈나무 잎이 산길에 떨어지고
탱자나무 꽃은 역의 담에 밝게 피었네.
두릉의 꿈을 생각하노라니
오리와 기러기가 온통 연못에 날아도네.

晨起動征鐸, 客行悲故鄉.
雞聲茅店月, 人跡板橋霜.
槲葉落山路, 枳花明驛牆.
因思杜陵夢, 鳧雁滿廻塘.(≪全唐詩≫ 권581)

　이 시를 보면 제2연에서 동사나 형용사, 부사 등 일체의 수식어
를 사용하지 않고 단지 名詞의 나열만 있으니, '雞聲-茅店-月', '人跡
-板橋-霜'에서 각 구가 세 단어의 명사로 구성하여 시구를 이해하
는 데 독자의 첨언을 필요로 한다. 송대 歐陽修는 이 시구에 대해서
평하기를, 「나는 일찍이 당인의 시를 좋아하니, 이르기를, 『닭 우는 소
리 나는데 초가집에 달이 떠있고, 인적이 드문데 나무다리에는 서
리가 내리네.』 구는 곧 하늘이 찬 세모에 바람은 쓸쓸하고 나뭇잎 지
는데 여행의 근심이 몸소 그것을 겪는 것 같다. … 시의 기교는 마
치 화공의 세심한 붓과 같다. 이것으로 문장과 조화가 기교를 다툼
이 가한 것을 알겠다.(余嘗愛唐人詩云: 雞聲茅店月, 人跡板橋霜, 則
天寒歲暮, 風凄木落, 羈旅之愁, 如身履之. … 詩之爲巧, 猶畫工小筆
爾. 以此知文章與造化爭巧, 可也.)」(≪歐陽文忠公文集≫ 卷130 試筆)
라고 극찬하였다. 이 시에 대해서 명대 李東陽은 ≪懷麓堂詩話≫(제
13조)에서 이르기를,

　「닭 우는 소리 나는데 초가집에 달이 떠있고, 인적이 드문데 나무다
리에는 서리가 내리네.」 구에 대해서 사람들은 단지 말과 뜻만으로
나그네의 수심과 들판의 모습을 표현할 줄만 알지, 두 구 중에 한두
개의 한가로운 글자를 쓰지 않고 다만 연관된 경물의 글자만을 끌어
모았는데도, 음운이 옥같이 울리고 의상이 풍족하게 갖추어져 있다는
것을 모르니, 이 점은 배워 터득하기 어렵다. 만일 딱딱한 첨어를 억
지로 배열한다면, 그 글자의 청탁과 음운의 조화여부는 물론이거니
와, 내가 경물을 묘사하고 고사를 사용할 수 있다는 말을 어찌 할 수
있겠는가?
　「雞聲茅店月, 人跡板橋霜.」, 人但知其能道羈愁野況於言意之表, 不知

二句中不用二閒字, 止提掇出緊關物色字樣, 而音韻鏗鏘, 意象具足, 始
爲難得. 若强排硬疊, 不論其字面之淸濁, 音韻之諧舛, 而云我能寫景
用事, 豈可哉?

라고 하여 시의 시구를 세 가지 면으로 평하고 있으니, 첫째는 '閒
字' 즉 한가로운 글자, 중요하지 않은 글자, 명사 외의 수식어 같은
시어의 활용 없이 오직 명사만을 구사하여 시구를 형성해도 연관된
경물묘사가 탁월할 만큼 조어상의 彈性과 張力이 있다는 점, 둘째는
음률상으로 음악성이 풍부하여 격조가 높은 점이니, 청대 王士禎은
「이것은 만당시이면서도 초당의 기세를 지니고 있어서 격조가 매우
높다.(此晚唐而有初唐氣格者, 最爲高調.)」(≪古夫于亭雜錄≫ 권5 溫
庭筠詩)라고 평가하였다. 그리고 셋째는 '意象'이 넘친다는 점으로
일찍이 劉勰이 처음으로 거론한 용어로서 문학예술의 가치와 관련
된 시의 심미의식이다. 시구의 여섯 단어가 모두 아침 행로의 景物
이니, 새벽에 닭이 울고(鷄聲), 달이 아직 떠있고(月), 이른 아침에
인적이 드물고(人跡), 새벽에 해뜨기 전이니 서리가(霜) 내려 있는
광경이 시제와 상통한다. 이 모두가 처량한 감정과 여정의 客愁를
충분히 토로하는 비범한 이미지를 구성하고 있다.

다음으로 張祜의 영물시에 대해서 보면, 그의 시가 음악적인 優雅
美를 지니고 있다는 점이다. 이것은 「영물은 형상을 취하지 않고 정신
을 취하며, 사물을 쓰지 않고 의취를 쓴다.(詠物不取形而取神, 不用事
而用意.)」(王阮亭 ≪花草蒙拾≫)라는 표현과 비교할 때 장호의 詩趣
를 형이상학적인 데 두고 있다고 하겠다. 시의 음악성, 예술미를 담
고 있는 것이다. 그리고 다루어진 소재로는 동식물, 예품, 광물 등
을 들 수 있으니, 그 모든 것이 묘사가 진지하고 미화되어 있다. 영
물시에 있어 생물일수록 찬미에 넘치는 미려한 의식이 색감과 함께
표현되기도 하는데, 장호의 〈鸚鵡〉(≪全唐詩≫ 권510)를 보자.

허둥대는 남월의 새

고운 자태로 물놀이 치던 일 생각하는구나.

저녁이면 구름 뜬 바다 건너로 날아갔고

봄이면 붉은 숲에 의지하였네.

아롱진 새장에서 슬피 날개 거두니

화각인들 어찌 관심이 있으랴?

무사하다 종알거려도

사람들은 네 소리에 원한만 깊어지네.

栖栖南越鳥, 色麗思沈浮.

暮隔碧雲海, 春衣紅樹林.

雕籠悲斂翅, 畵閣豈關心.

無事能言語, 人聞怨恨深.

이 시의 3연까지 색채가 빛나며 그 시어와 내용도 華靡하다. 그러나 단순한 화려가 아닌 갇힌 한 마리 새여서 작자의 인생관을 보게 한다. 말연에서 처연한 비감이 드러나고 내심의 이성이 훈계적이다. '南越', '色麗', '沈浮', '碧雲', '紅樹', '雕籠', '畵閣' 등은 시어 구사상 풍염한 미각을 주는데, 오로지 '悲', '怨恨' 등 두 시어의 고리로 연결 또 연결되어서 이 시 전체의 의취가 '華中悲' 즉 화려한 중에 비애가 있는 결구로 맺고 있다. ≪詩人玉屑≫에서,

세상 사람들은 기려함을 좋아하나 문을 아는 사람은 이를 매우 경시하고, 젊은이는 풍화를 좋아하나 나이가 지긋한 사람은 이를 싫어하지만, 문장에서는 이치에 맞고 맞지 않는가를 따질 뿐이다. 만약 이치에 맞다면 기려함와 풍화가 함께 묘처에 들 것이나, 이치에 맞지 않다면 일체 모든 것은 장황한 말이 될 것이다.

俗喜綺麗, 知文者能輕之, 後生好風花, 老大卽厭之, 然文章論當理與不當理耳. 苟當於理, 則綺麗風花, 同入於妙, 苟不當理, 則一切皆爲長語.(권10)

라고 한 평어는 장호에 있어 곧 '當理' 즉 이치에 맞는 묘오에 든 경

지가 아니라고 부인할 수 없을 것이다. 필자는 장호의 영물시가 시 중의 白眉라고 보게 됨도 이에 근거한다.

2. 杜甫의 〈戲爲六絶句〉其二

왕발 등 초당사걸의 문장은 모두 정미하여 근원이 있다. 그 변려체를 사용하여 기서와 비석의 글을 지었으니, 무릇 한 시대의 격조가 이러하다. 이후에 자못 의논이 일어났다. 두보 시에 이르기를, 「양형, 왕발, 노조린, 낙빈왕의 그 당시 문체를, 경박하게 글을 지어서 비웃기를 그치지 않네. 그대들은 몸과 이름 다 사라졌어도, 강물이 만고에 흘러가듯 그치지 않으리라.」라 하였는데, 바로 이것을 일컫는다. '몸과 이름 다 사라지다', '경박한 사람을 나무라다', '강물이 만고에 흘러가다'는 '초당사걸'을 가리킨다.

王勃等四子之文, 皆精切有本原. 其用騈儷作記序碑碣, 蓋一時體格如此, 而後來頗議之. 杜詩云:「王楊盧駱當時體, 輕薄爲文哂未休. 爾曹身與名俱滅, 不廢江河萬古流.」正謂此耳. '身名俱滅', '以責輕薄子', '江河萬古', 指四子也.

이 시는 두보가 上元 2년과 寶應 원년(761-762) 간에 지은 것으로 알려진, 모두 여섯 수의 시로 시를 논한 중국시 사상 최조의 論詩詩이다. 이 시의 논시 대상은 육조 庾信과 初唐四傑인 楊炯, 王勃, 盧照隣, 駱賓王 등으로, 齊梁風의 영향으로 초당대에는 騈儷體(변려체)로 작시하였다. 따라서 張九齡과 陳子昻 등의 시개혁 이후에 형성된 反齊梁風 작가들의 비판이 적지 않았다. 四傑과 관련된 이 시의 제3수를 참고로 본다.

노조린과 왕발이 글을 지었다지만
한위대보다 못하고 풍소에 가깝네.
용문과 호척은 모두 임금의 준마이니
땅을 밟고 도읍을 지나며 그대들을 보네.

縱使盧王操翰墨, 劣於漢魏近風騷.
龍文虎脊皆君馭, 歷塊過都見爾曹.(≪杜詩詳注≫ 권11)

　시에서 盧照隣과 王勃의 문장을 ≪시경≫과 ≪초사≫ 풍격에 근사
하다고 호평하고, 두 문인을 준마에 비유하면서 모든 사람의 중시를
받는다고 칭찬하고 있다. 〈戲爲六絶〉에 대해서 송대 張戒는 ≪歲寒堂
詩話≫에서 평하기를,

　이 시는 유신과 왕발, 양형, 노조린, 낙빈왕을 위해서 지은 것이 아
　니고 곧 두보 자신을 일컫는 것이다. 마침 두보가 살아있을 때에 비
　록 명성이 천하에 가득 찼지만, 사람들에 오히려 그의 시를 의논하
　는 자들이 있어서, 그러므로 '비웃어 손가락질하니' '비웃기를 그치지
　않는다'는 문구가 있는 것이다.
　此詩非爲庾信王楊盧駱而作, 乃子美自謂也. 方子美在時, 雖名滿天下,
　人猶有議論其詩者, 故有嗤點哂未休之句.

라고 하여 작시 의도가 본래 杜甫 자신의 처지에 대한 불만과 변론
의 표현에 있었는데, 후세에 논시시의 신기원으로 평가되었다고 하
였다.

3. 盧綸의 〈酬李益端公夜宴見贈〉과 李益의 〈贈內兄盧綸〉

　이익과 노륜은 모두 당대 대력십재자의 걸출한 문인들로서 노륜은
이익의 처남이 되는데 일찍이 가을밤에 동숙하면서 이익이 노륜에게
증정한 시에 이르기를, 「세상 일로 중년에 헤어져, 여생 이에 함께하
자 하였더니, 도리어 슬픔과 병이 들어, 홀로 낭릉옹을 대하네.」노
륜이 화답하여 이르기를, 「근심하며 각각 서쪽 동쪽으로 떠나서, 10
년 지난 지금 처음과 똑같네. 노래하며 술 마시는 아름다운 밤이, 두
노쇠한 노인을 대하고 있네.」하였다. 두 시가 절구이지만, 읽으면
사람들로 하여금 쓸쓸하게 하니 무릇 뛰어난 작품이다.

李益, 盧綸, 皆唐大歷十才子杰者, 綸于益爲內兄, 嘗秋夜同宿, 益贈
綸詩曰:「世故中年別, 餘生此會同. 却將愁與病, 獨對郎陵翁.」綸和
曰:「戚戚一西東, 十年今始同. 可憐歌酒夜, 相對兩衰翁.」二詩雖絶
句, 讀之使人凄然, 蓋奇作也.

중당대 大歷 연간(766-779) 때 활동한 시인들 중에서 대표적인
작가를 일컬어서 '大歷十才子'라 하는데, 盧綸(748-799)과 李益
(749-827)은 모두 大歷十才子 시인이다. 노륜과 이익은 처남 매부
사이로서 중당시의 핵심 시인이며, 당시 연구의 중요한 대상이다. 본
시화는 이 두 시인의 贈酬詩 오언절구를 대비시켜서, 시의 처연성
과 기묘한 묘사법을 호평하고 있다. 따라서 이들 두 시인의 시를
개관하고자 한다.

먼저 노륜을 보면, 王士禎이「노륜은 대력십재자 중의 으뜸이다.(盧
綸大歷十才子之冠冕.)」(≪分甘餘話≫ 卷4)라고 하였듯이 십재자 중에
서 작품의 양과 질에 있어서 으뜸간다. 노륜 시에 대한 품평은 다양
한데 ≪三唐詩品≫에서는,

그 연원은 왕균과 유신에서 나왔다. 칠고는 뛰어나서 밝고 웅장함이
서로 드러났다. … 절구는 맑고 꽃다움이 홀로 빼어나고 공교함이 성
정을 다 묘사하였다.
其源出於王筠, 庚信. 七古爲優, 明茂相宣. … 絶句淸英獨秀, 工寫神情.

라고 하여 그 시의 연원과 체재별 특성을 밝혔는데, 시의 飄逸性을
강조하고 있다. 그리고 ≪載酒園詩話又編≫에서도「그의 시는 역시
진지하며 묘오에 들어 있다.(其詩亦以眞而入妙.)」라고 하여 묘오의 경
지를 터득한 요점을 지적하였으며, 한편 ≪滙編唐詩十集≫에서는,

노륜의 시는 순박을 드러내어 따로 한 풍미가 되는데, 편마다 하자
가 있고 전력한 면이 부족한 듯하여 아쉽다.
盧詩相朴, 別是一種風味, 恨篇各有瑕, 似乏全力.

라고 하여 그 시의 순박한 면을 지적하였고, 潘德衡은 ≪唐詩評選≫
에서,

> 노륜의 오언절구는 때로는 강건한 어구를 썼으며, 칠언율시는 성정
> 이 깊고 고와서 한 번 노래하면 세 번 감탄하는 소리를 지니고 있다.
> 綸詩五絶時作勁健語, 七律則情致深婉, 有一唱三嘆之音.

라고 하여 시의 건전성과 서정성을 동시에 높이 사고 있다. 본 시화
에서 인용한 노륜 시는 오언절구 〈酬李益端公夜宴見贈〉(≪全唐詩≫ 권
277)으로 처남 매부 간의 만년을 맞은 心懷를 읊고 있다. 한편, 연
이은 내란과 외침으로 국기가 어지러워지니, 민생의 이산과 재산상
의 파괴가 많아서 노륜은 그 점을 절실하게 토로하였다. 전란의 피
해와 평화 갈구를 노래한 〈華淸宮〉(2수)(≪全唐詩≫ 권279)을 본다.

> 한나라의 천자가 나라를 잘 다스려서
> 밝은 해의 푸른 산에 궁전도 많았지만.
> 지금 보이는 것은 풀만 무성한 곳
> 끊어진 샘터와 황폐한 돌만이 어울려 있다.
> 漢家天子好經過, 百日靑山宮殿多.
> 見說只今生草處, 禁泉荒石已相和.(其一)

> 물안개 아롱져서 무늬만 기둥에 가득했고
> 궁전을 한번 열면 산의 향기가 가득했다네.
> 궁녀는 그 얼마나 가무를 즐겼겠는가마는
> 백발로 선 이 몸 오히려 옛 건장전을 기억나게 하는구나.
> 水氣朦朧滿畵梁, 一廻開殿滿山香.
> 宮娃幾許經歌舞, 白首翻令憶建章.(其二)

太宗 貞觀 18년(644)에 건축한 온천 궁전의 자태가 安史亂으로
훼손된 모습을 그렸다. 제1수에서는 아무도 출입하지 못하는 훼손된
화청궁에 잡초가 나고 거친 흔적만이 남아있는 경상을 묘사하였으

며, 제2수는 온천의 온화한 기운이 넘치고 山香이 넘치는 驪山을 배경으로 삼은 궁이 지금은 하나의 회고적인 장소로 변하였음을 표현하여 전상의 흔적을 처연하게 노래하고 있다.

그리고 李益은 종군시로 詩名을 떨쳤다. 중당 대력 연간에 시명을 얻은 시인은 많지만, 송대 嚴羽가 ≪滄浪詩話≫〈詩評〉에서,

> 대력 연간 이후로 내가 깊이 본받을 분은 이하, 유종원, 권덕여, 이섭, 이익뿐이다.
> 大歷以後我所深取者, 李長吉柳子厚權德興李涉李益耳.

라고 하였고, 명대 王世貞의 ≪藝苑卮言≫(권4)에는, 「절구는 이익이 으뜸이고, 한굉은 그 다음이다.(絶句, 李益爲勝, 韓翃次之.)」라 하고, 명대 楊愼의 ≪升庵詩話≫(권11)에서는, 「마대와 이익은 성당 풍격에 뒤지지 않는다.(馬戴李益, 不墜盛唐風格.)」라고 평한 바와 같이 李賀와 더불어 이름을 나란히 하여, 대력시대의 名人이었다.

이익의 종군시는 이익 자신의 의표이다. 20년 종군생활에서 표현한 작품은 이익시를 대표하는 것이 되었고, 그의 종군시는 그의 성격을 대변하는 것이다. 불우한 결혼생활과 그 결과로 인한 종군 즉 현실도피의식의 행위로 종군시의 내용과 형식은 더욱 이익을 대신하였다. 비록 성격이 편벽되고 시기하는 면이 있었다 해도 이는 그의 假飾 없는 의식의 所致라고 생각한다면, 그의 종군시를 이해하는 데 도움이 되리라고 본다. 그는 강개와 발분 외에는 작시의 다른 목적이 없었다. 따라서 그는 王粲이나 謝靈運에 못지않은 차원 높은 평가를 받지 않았나 본다.

> 한대 이래로 왕찬은 종군작품을 지어서 축송을 드리고, 사령운은 수재를 송별하며 단지 사념을 서술하였으나, 오직 이익만은 상쾌한 기품으로 수자리의 정감을 묘사하고 변방의 경치를 구경하며 고난의 상황을 다 표현하였다.
> 然跡漢以來, 仲宣賦從軍, 祇貢頌諛, 靈運送秀才, 徒述懷思, 惟君虞

以爽颯之氣, 寫征戍之情, 覽關塞之勝, 極辛苦之狀.(≪李尙書詩集≫
序)

그의 종군시에서 시의 표현법, 시어의 상징, 의상의 중첩, 그리고
내용상의 성실성, 수자리의 성정, 변방의 경치 구경, 고생의 정황을
어떻게 묘사하고 있는지를 고찰한다. 먼저 시의 표현면에서 보면, 발
분의 소치에 의한 直尋的 방법을 쓰고 있으니 다음에 본다.

(가)
관성의 느릅나무 잎 일찍 시들어서 누런데
해 저무는 옛 전쟁터에는 구름 자욱하오.
바라노니 회군이 먼지 긴 뼈를 덮어
사졸로 용황을 통곡케 마오.
關城楡葉早疎黃, 日暮沙雲古戰場.
表請回軍掩塵骨, 莫敎士卒哭龍荒.(〈回軍行〉≪全唐詩≫ 권283)

(나)
몸은 한의 비장을 이어 받아
성인이 되니 곧 병사라네.
의협이 적으니 뭘 물으리오
종래에는 불평만 일삼았네.
누런 구름이 삭방을 끊어 부니
백설이 사막을 감싸네.
다행히 변방 응모하여
칼 가로차고 명성이나 얻어 볼까.
身承漢飛將, 束髮卽言兵.
俠少何相問, 從來事不平.
黃雲斷朔吹, 白雪擁沙城.
幸應邊書募, 橫戈會取名.(〈赴邠寧留別〉 상동)

(가)를 보면, 우선 변새의 정취 묘사에 있어 당시에 상용된 변새
지명이나 인물이 등장하지 않고, 시인의 이상이나 심각성이 없이 직

설적으로 마치 무감각한 표현미를 보이고 있다. 그리고 (나)는 제4구와 제7구로 보아 崔寧이 害를 당한 후3) 이익이 邠寧節度使 韓游瓌의 부름에 응하면서 지었는데, 시어에서의 변새적 성격 외에는 전혀 감정의 迂廻的 표현을 강구하지 않고 있음을 볼 수 있다. 따라서 語辭에 있어 比興 수법을 홀시하여 상징성이나 의상 표현의 典故 인용을 적게 차용하고 있으니, 이는 종군시의 풍격이 그의 인격과 상통하게 하는 例證이 된다. 이런 경우는 종군시에만 국한하지 않으니 〈贈內兄盧綸〉(상동 권284)을 보자.

> 세상일로 중년에 헤어져
> 여생을 함께하자 하였더니
> 도리어 슬픔과 병이 들어서
> 홀로 낭릉옹을 대하네.
> 世故中年別, 餘生此會同.
> 却將悲與病, 獨對郎陵翁.

여기서 제4구의 '郎陵翁'을 借代詞로 사용하였는데 이는 바로 '內兄'의 의미일 뿐 개념적으로는 아무런 상상성이 개재되어 있지 않다. 그리고 내용적인 면에서 본다면, 《李尙書詩集》 序에서 이미 인용한 바대로, 征戍의 정과 關塞의 경물, 그리고 勞役의 신고 상황을 묘사하고 있음은 일반 종군작품과 상통한다. 征戍의 정을 담은 다음의 시를 본다.

> 초승달 동남으로 수루에 떴고
> 비파 가락에 금전두를 추도다.
> 관산 멀리 피리 소리 들려오니
> 흰 서리 긴 풀에 변방 사막은 가을이네.
> 微月東南上戍樓, 琵琶起舞錦纏頭.

---

3) 《舊唐書》〈崔寧傳〉.《資治通鑑》 卷228 참조.

更聞橫笛關山遠, 白草胡沙西塞秋.(〈夜宴觀石將軍舞〉상동 권282)

위 시는 朔方의 밤 정경을 묘사하였다.

어디서 눈물 흘리리까!
양성 봉화는 나무 옆에 있다.
오늘 아침 망향의 객이 되니
북류천 못 마시겠네.
何地可潸然, 陽城烽樹邊.
今朝望鄉客, 不飮北流泉.(〈軍次陽城烽舍北流泉〉상동 권283)

이 시는 종군의 豪氣가 부족하지만 倦旅와 懷鄉의 의념이 있는 점에서 군중 복역이 장구함을 표현하였다.

변마는 외양간에서 놀라고
웅검은 갑에서 우노라.
한밤에 군대 소식 이르니
흉노가 육성을 침입했다고 하네.
정예병으로 비밀대 짜고
천자의 땅에서 신통한 군사 일구도다.
나타났다 숨었다 하며 바람과 구름이 합하니(군대 진영이 성대함)
다급하게 승냥이 범과(악독한 무리) 다투도다.
오늘 변경 전쟁은
보은 때문이지 공명 때문이 아니로다.
邊馬櫪上驚, 雄劍匣中鳴.
半夜軍書至, 匈奴寇六城.
中堅分暗陣, 太乙起神兵.
出沒風雲合, 蒼黃豺虎爭.
今日邊庭戰, 緣賞不緣名.(〈夜發軍中〉상동 권283)

이 시에서 말 2구는 순수한 보은과 충심을 표현한 것이지 적개심에 의한 흥분은 없다. 한편 변새의 경치를 소재로 한 시로는, 비교적 초년 작품에서 다소 볼 수 있는데 이것은 행군의 신고와 곤란, 그리고 망향지심을 적은 시이므로, 삭방의 경광을 신선하게 묘사하였다. 다음에 〈觀騎射〉(상동 권282)를 본다.

변방에 독수리 잡는 장수
말 달려 군영을 나선다.
멀리 평원을 바라보고
몸을 돌려 저녁 구름 속에 드네.
邊頭射鵰將, 走馬出中軍.
遠見平原上, 翻身入暮雲.

여기서는 한 騎射의 출중한 역량을 그렸으며, 〈從軍北征〉(상동 권 283)을 보면,

천산에 눈 온 후 강바람이 찬데
피리 비스듬히 꺾어 부니 갈 길이 어렵구나.
사막에 원정군 30만이
일시에 머리 돌려 밝은 달 바라보네.
天山雪後海風寒, 橫笛偏吹行路難.
磧裏征人三十萬, 一時回首月明看.

라 하여 戰陣의 와중에서 자연 夜景을 묘사하였다.

4. 元稹의 〈行宮〉

원진의 〈행궁〉 절구시에, 「고요한 옛 행궁에, 궁궐 꽃이 고요히 붉네. 백발의 궁녀가 살면서, 한가로이 현종을 얘기하네.」라 하였다. 시어는 적어도 담긴 뜻이 넘쳐서 무궁한 맛을 지니고 있다.
微之有行宮一絶「寥落古行宮, 宮花寂寞紅. 白頭宮女在, 閑坐說玄宗.」
語少意足, 有無窮之味.

시 전체가 合律인 律絶詩이다. 제1, 2구는 上平聲 '東'韻을, 제4
구는 上平聲 '冬'韻으로 각각 押韻하고 '宮', '紅', '宗'이 韻脚이다. 詠
史詩로 '行宮'을 시제로 하여 당 玄宗의 盛事를 읊고 있다. 이 시에
대해서 「시의 뜻이 매우 오묘하다.(語意妙絶.)」(≪詩藪≫)라 하고, 명
대 瞿佑는 ≪歸田詩話≫에서 평하기를,

　　백거이의 〈장한가〉는 무릇 129구절인데 독자는 길다고 느끼지 않
　　고, 원진의 〈행궁〉 시는 겨우 네 구절인데 독자가 짧다고 느끼지 않
　　으니 문장의 오묘함이다.
　　樂天長恨歌, 凡一百二十九, 讀者不覺其長, 元微之行宮詩, 才四句,
　　讀者不覺其短, 文章之妙也.

라고 객관적인 비교평가를 하고 있다. 그리고 ≪唐人絶句精華≫에서
는 시를 구절 별로 상세하게 분석하여 이르기를,

　　첫 구는 궁궐의 고요함, 다음 구는 꽃의 적막함을 읊었다. 이미 백발
　　궁녀가 처한 환경과 상황의 傷心을 그려내어서, 말구에서 표현된 사
　　실이 밝히 드러나 있지 않았어도 필연적으로 슬픈 사실이 되었다. 20
　　자 중에 개원과 천보 연간의 盛衰 과정이 다 시 속에 포함되어 있다.
　　이 시는 〈연창궁사〉의 축소판이라 말할 수 있다. 백발 궁녀와 〈연창
　　궁사〉의 노인이 무엇이 다른가.
　　首句宮之寥落, 次句花之寂寞. 已將白頭宮女之所在環境景象之可傷描
　　繪出來, 則末句所說之事, 雖未明說, 亦必爲可傷之事. 二十字中, 于
　　開元天寶間由盛而衰之經過, 悉包含在內矣. 此詩可謂連昌宮詞之縮寫.
　　白頭宮女與連昌宮詞之老人何異.

라고 하여 홍매가 품평한 '語少意足'의 논조를 보충 설명하고 있다. 본
시화는 南宋 寧定 嘉定 초에 贛州(장주)에서 간행되었는데, 이 중에서
후인이 논시 부분만을 별도로 편성하여 6권의 ≪容齋詩話≫를 편집
하기도 하였으니 ≪容齋四六叢談≫도 이런 방식으로 나온 책으로, 청
대 曹溶이 ≪學海類編≫에 수록하였다. ≪四庫全書總目提要≫에서 ≪容

齋詩話≫를 논하기를,

　제가의 서목에 모두 자세한 명칭이 기재되지 않고 오직 ≪문연각서
목≫에만 들어있다. ≪영락대전≫도 시의 자운으로 전부 입수되어
있으니 송원 이래로 이미 이런 편집이 있게 되었다.
　諸家書目皆不載具名, 惟文淵閣書目有之. 永樂大典亦于詩字韻下全部
收入, 則自宋元以來已有此編.

라고 하여 본서의 시화로서의 유용성을 밝히고 있다.
　본 시화는 臺灣 廣文書局 간행본인 ≪古今詩話叢編≫(1971)에도
수록되어 있다.

≪老學庵詩話≫ - 陸游

陸游(육유, 1125-1210). 자는 務觀, 호는 放翁으로, 越州 山陰 (지금의 浙江 紹興)人이다. 남송 초년에 가정과 師長에게 애국사상 의 薰陶를 받았다. 紹興 23년(1153) 省試에, 그리고 이듬해에 禮部 復試에 합격하여 福州 寧德縣 主簿에 초임되고, 孝宗 隆興 초에 진 사출신을 하사받아 建康, 興隆通判에 임명되어 張浚의 용병을 역설 하다가 탄핵되어 罷歸하였다. 중년에 蜀에 들어가 南鄭王炎 幕府에 서 辦公事 겸 檢法官이 되었다. 寧宗 때 寶謨閣待制로 벼슬에 나아 갔다가 渭南伯에 봉해졌다. 저서로 ≪劍南詩稿≫, ≪渭南文集≫, ≪老 學庵筆記≫ 등이 있다. 시집인 ≪劍南詩稿≫는 85권으로 9,135수가 수록되어 있어 중국 시가사상 최다 작품의 소유자이다. 그의 일생 은 중원 회복을 임무로 삼았고 애국열정이 평생 식지 않았으니, 애 국시인으로 추숭된다. 開禧 2년 그의 나이 82세에 조정에서 金을 치 는 명령이 내리자, 그 흥분된 심정을 〈老馬行〉(≪宋詩大觀≫)을 지 어 읊었다.

늙은 말 병들고 쇠하여 저녁 햇빛에 기대는데
스스로 생각하니 어찌 삼품 관리의 녹을 감당하리오.
옥 채찍과 금 고삐는 몽상에 부치고
시든 피와 메마른 콩깍지 공허히 씹어 먹네.
중원은 메뚜기와 가뭄으로 오랑캐 운세 쇠한데
왕의 군사 북벌하는 조서가 전해지네.
전쟁 북소리 듣자마자 의기가 솟으니
오히려 나라 위해 연 땅 조 땅을 평정할 수 있네.

老馬虺穨依晚照, 自計豈堪三品料.
玉鞭金絡付夢想, 瘦稗枯箕空咀嚼.
中原蝗旱胡連衰, 王師北伐方傳詔.
一聞戰鼓意氣生, 猶能爲國平燕趙.

여기서 육유는 자신을 老馬에 비유하면서 노년에도 爲國獻身하고
픈 강렬한 열망을 보이고 있다. 그의 시는 대개 세 시기로 구분하
니, 초기에는 呂本中과 曾幾에게서 江西詩派의 시론을 접하여 형식
과 기교에 집중하였고, 중기에는 호방하고 비장한 시풍을 추구하였
으며, 만년에는 평담한 풍격을 담고 있다. 그의 중년 시기의 시인
〈感憤〉(상동)을 본다.

지금 황제의 신 같은 무용이 주나라 선왕이니
누가 남북 정벌의 시를 지을 건가.
온 천하가 한집이니 하늘의 운수이며
황하 두 언덕의 모든 지방은 송나라 산천이라.
여러 대신들 아직 화친책을 지켜서
지사들은 헛되이 젊은 시절 버리고 있네.
변경과 낙양에 눈 녹아 봄이 또 오니
영창릉 위에 풀이 무성하겠네.
今皇神武是周宣, 誰賦南征北伐篇.
四海一家天曆數, 兩河百郡宋山川.
諸公尙守和親策, 志士虛捐少壯年.
京洛雪消春又動, 永昌陵上草芊芊.

조정 대신들의 화친정책을 질책하고 우국지사가 허송세월하며 중
원을 수복하지 못함을 탄식하고 있다. 육유 시를 내용으로 구분하
자면, 우국시 외에 전원시, 그리고 꿈을 노래한 紀夢詩로 나눌 수
있으니, 기몽시의 예로 〈落梅〉(상동)를 보자.

눈보라 치고 바람 세차도 더욱 늠름하니
꽃 중에 절개 가장 높고 굳세네.
때 지나서 절로 흩날려 떨어지나니
봄의 신에게 다시 동정을 바라길 부끄럽네.
雪虐風饕愈凜然, 花中氣節最高堅.
過時自合飄零去, 恥向東君更乞憐.

매화의 고상한 품격을 찬미하면서도 만년에 은거하며 志操를 지키는 것을 비유하고 있다. 은둔 중에 이상향을 꿈꾸는 시인의 心機가 어려 있다.

본 시화는 淳熙, 紹熙(1174-1194) 연간에 成書된 것으로 전해지며 본서의 편집과정에 대해서는 郭紹虞의 ≪宋詩話考≫(中卷之下) 기술을 참고할 만하니,

> 육유는 ≪노학암필기≫ 10권이 있는데 시를 다 논한 것은 아니다. 일본인 흑기박재와 반촌악록이 일찍이 필기 중에서 논시에 관련된 것을 뽑아서 각인하여 ≪방옹시화≫라 이름 지었다. 이 책은 보이지 않는다. 그 후에 근등원수가 ≪형설헌총서≫에 편입하고 또 교정과 보충을 가하고서 제목을 바꾸어 ≪노학암시화≫라고 하였다.
> 游有老學庵筆記十卷, 不盡論詩. 日人黑琦璞齋與飯村岳麓曾於筆記中涉於論詩抄出刻之, 名曰放翁詩話. 此書未見. 其後近藤元粹編入螢雪軒叢書中, 又加以校補, 因改題爲老學庵詩話.

라고 하여 본서가 육유의 筆記類 저술에서 시론 부분만 抄出하여 재편한 것이지 본래 육유의 단독 저서가 아닌 점을 알 수 있다.

육유의 논시는 '氣格'(기풍)과 '語意'(시어의 담긴 뜻), 그리고 '眞實'(시 내용의 眞意)을 중시하였다. 그는 劉長卿 시 「나라에 또한 일이 많은데, 하늘 끝 멀리 가까운 신하 보이네.(海內猶多事, 天涯見近臣.)」 구를 인용하면서 「임금의 나라를 근심하는 뜻을 사랑하여, 울적한 마음이 글로 다 표현되지 않아도 드러나 보인다.(其愛君憂國

之意, 鬱然見于言外.)」라 찬양하였다.

　유장경은 開元 21년(733)에 진사급제하고 肅宗 至德 연간에는 監察御使를 지내고 吳仲儒에 誣告 당하여 蘇州에 하옥되고, 潘州 南邑尉로 폄적되었다. 후에 변명하여 睦州司馬가 되었다가 隨州刺史로 生을 마치니 世稱 '劉隨州'라고 부른다. 그의 관리역정을 보면 起伏이 심한 삶을 영위하였다. 그의 시가 平實하면서도 엄정한 구사력을 지니고 있는데 그것은 성중당대의 기풍이 혼합된 특성으로서, 중당의 기풍인 시율의 추구와 문자의 정밀한 조탁이 성당의 은일낭만성에 가미되어 있기 때문이다. 그래서 '悽婉淸切' 풍조는 성당적 요인에 의한 표현이며 처해진 역경의 정감 표출만은 아니다. 그 당시에 이백(이태백)과 두보는 더 많은 역경을 겪은 시인인 점을 이해하면 가능하다. 명대 李東陽은 그의 시화에서 말하였다.

　　≪유장경집≫은 처량하면서 아름답고 매우 맑아서, 나그네와 원한 맺힌 선비의 생각을 다 표현하고 있는데, 대개 그 성정이 진실로 그러한 것이며 단지 좌천이나 귀양 때문만은 아니다. 예를 들면, 거문고에 商調가 있는데 절로 하나의 격식을 갖추고 있다.
　　≪劉長卿集≫悽婉淸切, 盡羈人怨士之思, 蓋其情性固然, 非但以遷謫故. 譬之琴有商調1), 自成一格.(≪懷麓堂詩話≫)

　위에서 商調의 '商'은 계절로는 '秋節'이며, 방향으로는 '西方'이며, 의미로는 '殺'에 해당한다. 그래서 상조는 원대 周德淸의 ≪中原音韻≫에서 「상조는 처량하고 슬프며 원한이 있다.(商調悽愴怨慕.)」라고 풀이하고 있으니, 처절한 시풍과 연관된다. 여기서 劉長卿의 시 두 수를 본다.

　　넓은 강가에서 그대를 보며
　　손을 흔들며 눈물이 수건을 적시네.

---

1) 商調 : 五調의 하나. 聲調가 悽愴哀怨.

날아가는 새는 어디론가 사라지고
푸른 산은 공허히 사람을 맞대고 있네.
장강에 돛배 하나 멀리 가는데
지는 해에 오호는 봄이로다.
누가 보는가, 얕은 물 섬의
흰 꽃 마름풀 가에서 그리워하며 수심에 잠긴 것을.
望君煙水闊, 揮手淚霑巾.
飛鳥沒何處, 靑山空向人.
長江一帆遠, 落日五湖春.
誰見汀洲上, 相思愁白蘋.(〈餞別王十一南遊〉≪全唐詩≫ 권147)

이 시는 王十一을 강가에서 전송하면서 읊은 송별시이다. 중간 4
구는 성정의 표현으로 ‘飛鳥’는 遠行하는 벗을 암시한다. 그리고 ‘靑
山’은 전송하는 시인이다. 말구의 ‘相思’와 첫 구의 ‘望君’이 서로 호
응하니 청대 吳喬의 말처럼(≪圍爐詩話≫) ‘首尾一氣’(시의 처음과 끝
이 기세가 한결같음)이다.

외길로 가는 곳에
이끼에 발자국 보이네.
흰 구름은 고요한 물가에 기대 있고
봄풀은 한가로운 문을 가렸네.
비 그치니 소나무 빛을 보고
산을 따라서 샘터에 이르렀네.
냇물에 뜬 꽃이 참선하는 마음과 어울려
서로 맞대고서 말을 잊었네.
一路經行處, 莓苔見履痕.
白雲依靜渚, 春草閉閑門.
過雨看松色, 隨山到水源.
溪花與禪意, 相對亦忘言.(〈尋南溪常山道人隱居〉 상동)

이 시는 시인의 의경을 묘사하였다. 시인이 찾아간 사람을 만나

지 못하고 지나온 경치를 읊으면서 禪趣의 경지에 든 심정을 토로
하였다.

　육유는 氣格 문제에 있어서 예시로, 중당 王建의 〈牡丹詩〉「아름
답게 시들어진 꽃술을, 주워서 향기롭게 태우네.(可憐零落蕊, 收取作
香燒.)」 구를 평하여 「시가 공교하나 격조가 낮다.(雖工而格卑.)」라
하고 蘇軾의 「차마 진흙과 모래를 더럽히지 못하고, 소 연유에 떨어
진 꽃술을 끓이네.(未忍汚泥沙, 牛酥煎落蕊.)」 구는 「초연하여 남다
르다.(超然不同矣.)」라고 하였다. 심지어 李白(이태백) 시를 혹평하여,

> 학식과 도량이 매우 옅어서 그의 시 중에 예컨대 「한밤에 나가서 3
> 백 잔 마시고, 아침에 돌아와서 2천 석을 바치네. 깊은 데 계신 만승
> 의 군주를 찬양하니, 기뻐 즐기는 궁궐에 황금 자물쇠 많네. 왕공대
> 인들 안색을 바꾸어서, 황금 갓과 자색 인끈 두르고 빨리 걷네.」 같
> 은 것은 천박하고 누추하여 쓸쓸한 나그네의 풍취가 있다.
> 識度甚淺, 觀其詩中如「中宵出飮三百杯, 明朝歸揖二千石. 揄揚九重萬
> 乘主, 謔浪赤墀金鎖賢. 王公大人借顔色, 金章紫綬來相趨.」之類, 淺
> 陋有索客之風.

라고까지 하였으니, 이백 시를 이처럼 비판한 평어는 육유가 처음
이 아닌가 한다. 그리고 전인의 시구를 인습함에 있어서 「기격이 곧
본래의 시구보다 뛰어나면 표절이라 말하지 않아도 좋다.(氣格乃過
本句, 不謂之剽可也.)」라 하여 시의 氣格만 넘치면 전인의 시구 인
습을 용인하고 있으니, 예컨대 晏幾道의 詞, 「문 밖 푸른 버드나무
에 봄날 말을 매고, 침상 앞 붉은 촛불 아래 밤에 화로를 찾네.(門
外綠楊春繫馬, 床前紅燭夜呼爐.)」 구가 당대 韓翃의 「문 밖에서 푸
른 봄날에 말을 씻기고, 누대 앞 붉은 촛불 아래 밤에 사람 맞네.(門
外碧春洗馬, 樓前紅燭夜迎人.)」 구를 인습한 것이지만 기격이 더욱
생동하기에 可하다고 하였다.

　그러나 전인 시구를 인습하되, ‘氣格’과 ‘精工’이 전인을 능가하지

않는다면 '惡詩'라고 단정하기도 하였으니, 이런 태도는 소위 江西派 말류나 西崑體 시인들의, 「다만 글자 하나라도 출처가 있는 것으로 공교로움을 삼는다.(但以一字亦有出處爲工.)」라든가, 맹목적으로 「두 보를 추숭하여 따름(便以爲追配少陵)」과 같은 時流를 배척하려 했기 때문이다.

육유는 시작의 '失實'(사실과 진실을 상실)에 대해서 매우 불만을 표현하고 있으니, 그 자신이 蜀地의 山川風貌를 숙지하고 있어서 특히 촉지에 대해 失實한 경우에는 精細한 辨析을 서슴치 않았다. 예 컨대 張籍의 〈成都曲〉「새로 온 비에 산정의 여지가 익네.(新雨山頭 荔枝熟.)」구에 대해서는 「이것은 성도에 간 적이 없는 것이다. 성도 에는 산이 없으니 또한 여지가 없다.(此未嘗至成都者也. 成都無山, 亦無荔枝.)」라 직설하고, 歐陽修의 蜀地 관련 시구에 대해서도 가차 없는 비평을 가하여,

구양수가 이릉에 폄적되었을 때, 시에 이르기를, 「강가의 외론 산봉 우리에는 푸른 꿈이 덮였고, 군현의 누대는 종일 우뚝 솟은 산 대하 네.」하였다. 무릇 이릉현이 협곡에 임해서 강 이름이 녹몽계이다. … 내가 촉 지방에 들어가서 왕래하며 모두 지나갔었다. 한구 사인의 〈태흥현도중시〉에 이르기를, 「군현 성곽에는 푸른 대나무 이어 있 고, 인가에는 푸른 꿈이 덮여 있네.」하였다. 구양수의 시구를 인습 한 것 같은데 잘못되었다. 이 시는 무릇 한구의 어릴 적 작품이므로 따져서 말하지 않겠다.

歐陽公謫夷陵時, 詩云:「江上孤峰蔽綠夢, 縣樓終日對嵯峨.」 蓋夷陵 縣治下臨峽, 江名綠夢溪. … 予入蜀, 往來皆過之. 韓子蒼舍人泰興縣 道中詩云:「縣郭連靑竹, 人家蔽綠夢.」 似因歐公之句而失之. 此詩蓋子 蒼少作, 故不審云.

라고 엄격한 實事를 잣대로 비교하여 사실 여부를 변별하고 있다. 이같이 사물의 '失實'에 불만을 표현한 외에도, '事理'의 失實도 반대 하였으니, 송대 王禹偁의 〈春居雜興二首〉(其一)[2]를 평하기를,

어사가 비록 매우 공교하나, 큰 바람이 나무를 꺾는데 꾀꼬리는 오
히려 떠나가지 않으니 사리와 통하지 않으므로 당연히 다시 사리에
맞게 구해야 한다.
語雖極工, 然大風折樹而鶯猶不去, 于理未通, 當更求之.

라고 하여 사리에 부적절한 내용이라고 혹평하고 있다. 이 시는 왕우
칭이 太宗 淳化 2년(991)에 開封에서 商州로 폄적되어 團練副使를
맡았는데 그 이듬해 봄에 지은 것이다. 다음에 시를 본다.

두 그루 붉은 살구꽃이 울타리에 비스듬히 비추고
곱게 단장한 향산은 부사의 집에 마주하네.
무슨 일로 봄바람이 세차게 불어
꾀꼬리에 불어와 두세 가지 꽃을 꺾는가.
兩株紅杏映籬斜, 妝點香山副使家.
何事春風容不得, 和鶯吹折數枝花.

한편 본 시화에서는 남송 시인의 속어 사용이 당시에 편향되어 의
거하는 점, 시에서 助語 사용과 響字 그리고 唐宋의 無題詩 등에 대
해서 精到한 견해를 제시하기도 하였다. 이러한 육우의 시론관을 기
반으로 한 예문을 살펴보자.

1. 杜甫 〈梅雨詩〉의 節候 착오

남경의 서포로 가는 길에
4월에 황매가 익어가네.
깊고 푸른 물 장강으로 흘러가고
어두운데 가랑비가 내리네.
이엉 지붕은 성글어서 쉬이 젖어들고

---

2) ≪宋詩大觀≫ p.14. 본시에서 제1구는 「兩株桃杏映籬斜」라 하고, 제2구는 「妝
點商州副使家」라 하여 본 시화의 인용구와 相異하다.

구름과 안개는 자욱하여 걷히기 어려워라.

종일토록 교룡은 기뻐하고

소용돌이 물은 언덕을 따라서 빙글 도네.

南京西浦道, 四月熟黃梅.

湛湛長江去, 冥冥細雨來.

茅茨疏易濕, 雲霧密難開.

竟日蛟龍喜, 盤渦與岸回.(≪全唐詩≫ 권226)

무릇 성도를 읊은 것이다. 지금 성도에는 여름 장마가 있은 적이 없고 오직 가을의 반은 날씨가 흐려서 기후가 찌는 듯이 더우니 오 땅의 여름 장마와 비슷할 따름이다. 어찌 예전과 지금 지역의 기후가 다를 수 있을까?

蓋成都所賦也. 今成都乃未嘗有梅雨, 惟秋半積陰, 氣令蒸溽, 與吳中梅雨時相類耳. 豈古今地氣有不同耶?

이 시는 두보가 肅宗 원년(760), 關中에서 成都로 옮겨 가면서 지은 것이다. 두보는 成都 西浦에 '草堂'을 짓고 노년을 지내며 嚴武의 추천으로 막부에서 檢校員外郎 관직을 맡기도 하였다. 시에서 '南京'은 成都를 지칭하며 성도 여름의 경광을 배경으로 자신의 회포를 읊고 있다. 蜀 지방 성도를 왕래하여 지역 풍토에 익숙한 육유는 梅實이 익어 떨어지는 양력 6~7월 장마를 칭하는 '梅雨'(여름장마)라는 시제와 시 내용이 節候上 불합하다는 논리로서, 그 고증이 선명하여 누구나 참고해야 할 부분이다.

2. 岑參과 韋應物 시의 품평

잠삼이 안서 막부에 있으면서 시에 이르기를, 「어찌 알았으리오 고향의 달이, 또 철문관 서쪽까지 찾아올 줄을.」 하였다. 위응물이 군현에 벼슬하고 있을 때 또한 시가 있어 이르기를, 「고향의 달이, 오늘 저녁 서쪽 누대에 떠있을지 어찌 알리오.」 하였다. 시의 어사 뜻이 다 같으나 호매하고 한담한 흥취가 확실히 절로 다르다.
岑參在安西幕府, 詩云:「那知故園月, 也到鐵關西.」韋應物作郡時, 亦有詩云:「寧知故園月, 今夕在西樓.」語意悉同, 而豪邁閑淡之趣, 居然自異.

　　岑參(715-770)은 중당대 邊塞派 시인으로 그의 오언시는 '豪整(호방하고 가지런함)'(≪批點唐音≫)하고, '多激壯之音'(격렬하고 장대한 소리)(≪唐詩別裁≫)이라 하여 특히 오언시가 豪放하고 激壯한 풍격을 보여준다. 韋應物(737-792?)은 성당대에 태어나서 중당대까지 활동한 시인으로 그의 시를 흔히 '古淡', '澄淡', '閑雅' 등으로 품평한다. 그는 도연명의 시 정신을 체득하고 王維, 孟浩然, 柳宗元 등의 자연시파 시인과 병칭된다. 高適과 함께 당대 대표적인 邊塞 從軍 시인으로 분류하는 岑參과 '故園月' 어사를 거론하여 풍격을 비교한 것은 객관적 안목으로 볼 때, 적절하다고 보지 않지만, 잠삼은 豪邁하고 위응물은 閑淡하다는 二分法的 대조라면 가할 것이다. 여기서 잠삼의 〈宿鐵關西館〉(≪全唐詩≫ 권199)을 본다.

　　말이 흘린 땀 밟아서 진흙탕 되니
　　아침부터 몇 만 발굽을 내달렸는가.
　　눈 속에서 땅끝까지 온 후에
　　먼 하늘 끝에 불 밝은 객사에 머무네.
　　변새가 멀어서 마음이 항상 두렵고
　　고향이 아득하니 꿈속에서도 아련하네.
　　어찌 알았으리오 고향의 달이
　　또 철문관 서쪽까지 찾아올 줄을.
　　馬汗踏成泥, 朝馳幾萬蹄.
　　雪中行地角, 火處宿天倪.
　　塞迥心常怯, 鄕遙夢亦迷.
　　那知故園月, 也到鐵關西.

玄宗 天寶 8년(749), 잠삼은 포부를 품고 長安에서 安西都護府로 가는 도중에 焉耆(언기 : 지금의 신강성 카라사르) 서쪽 關門인 鐵門關 객사에 투숙하여 지은 시이다. 이 시에 대해서 ≪瀛奎律髓≫에서 평하기를,

제5, 6구가 제3, 4구보다 뛰어나니 의론이 있으나 자연스럽다. 말구는 매우 상쾌하고 준일하다.
五六勝三四, 以有議論而自然. 末句爽逸之甚.

라 하였고 ≪唐詩成法≫에서는,

첫 구는 돌연하다. 다음 연은 '雪中'이란 말을 써서 시의 흥취를 한 배 더하고 있다. 제5, 6구에서 '今夕'에 그치지 않으니 또한 시의 흥취를 한 배 더하고 있다.
首句突然. 次聯申說雪中, 是加一倍法. 五六言不止今夕, 亦是加一倍法.

라고 하여 시 구법의 운용이 탁월하다고 호평하고 있다.

3. 白居易의 〈六月三日夜聞蟬〉 시구의 후대 인습

연꽃 향기에 맑은 이슬 내리고
버들은 살랑대며 좋은 바람 이네.
초승달 뜬 초3일 밤에
갓 나온 매미 첫 울음소리 내네.
문득 들으며 북녘 나그네 걱정하고
조용히 들으며 동쪽 서울 생각하네.
나에게 대숲 집이 있는데
따로이 매미가 와서 다시 운다네.
모르겠네만, 연못 위 달에는
누가 작은 배를 타고 가나.
荷香淸露墜, 柳動好風生.

微月初三夜, 新蟬第一聲.
乍聞愁北客, 靜聽憶東京.
我有竹林宅, 別來蟬再鳴.
不知池上月, 誰撥小船行.(≪全唐詩≫ 권439)

백거이가 이르기를, 「초승달 뜬 초3일 밤에, 갓 나온 매미 첫 울음소리 내네.」 안수는 이르기를, 「푸른 물가에 갓 나온 매미 첫 소리 내네.」 왕안석이 이르기를, 「작년의 오늘 푸른 솔길에, 첫 매미 소리 들었던 듯 기억나네.」 하였다. ('第一聲'을) 세 번 인용하면서도 더욱 공교롭거늘 참으로 시의 무궁한 묘미이다.
白樂天云:「微月初三夜, 新蟬第一聲.」 晏元獻云:「綠水新蟬第一聲.」 王荆公云:「去年今日靑松路, 憶似聞蟬第一聲.」 三用而愈工, 信詩之無窮也.

白居易 시의 「新蟬第一聲」을 송대 晏殊(991-1055)가 시구를 因襲하고 이어서 王安石도 다시 인습하여 일종의 표절한 것이건만, '三用而愈工'(세 번 인용하여 더욱 공교해짐)하기 때문에 시로서의 가치를 인정할 수 있다는 육유의 논리이다. 인습의 妙用을 어떻게 하느냐에 따라서 시의 풍격과 가치를 부여해도 可하다는 것이다.

4. 唐詩의 俗語 사용

지금 말하는 '속어'는 당 이후의 시에 많다. 「누가 더 죽음 앞에서 편하리오」 구는 한유의 시이다. 「수풀 아래 어찌 일찍이 한 사람이 보이나」 구는 영철의 시이다. 「장안에 가난한 사람 있으니, 상서로운 일 의당 많지 않겠네.」 구는 나은의 시이다. 「세상이 어지러우니 노비가 주인을 속이고, 나이 노쇠하니 귀신이 사람을 놀리네. 바다가 마르면 끝내 바닥이 보이고, 사람이 죽으면 마음을 모르네.」는 두순학의 시이다.
今世所道俗語, 多唐以來人詩.「何人更向死前休」, 韓退之詩也.「林下

何曾見一人」, 靈澈詩也;「長安有貧者, 爲瑞不宜多」, 羅隱詩也;「世亂
奴欺主, 年衰鬼弄人, 海枯終見底, 人死不知心.」, 杜荀鶴詩也.

당시에서의 속어 사용은 먼저 白居易를 상기시키지만, 윗글처럼 유
가적이고 古文運動家인 韓愈와 詩僧 靈澈, 그리고 만당 사실파의 羅
隱과 杜荀鶴 시에서 그 예를 든 것은 육유 나름의 안목이라 할 것이
다.

5. 無題詩에 대한 비하

당인의 시 중에 '무제'라고 한 것이 있는데 대개 술 마시며 간사하게
염치없이 하는 말로서, 집어서 말할 수 없으므로 '무제'라 일컫는 것
이니 진정한 '무제'는 아니다.
唐人詩中有曰無題者, 率杯酒狎邪之語, 以其不可指言, 故謂之無題, 非
眞無題也.

당대에 무제시로 유명한 시인은 만당대 李商隱을 들 수 있다. 시
제가 없는 시를 무제시라 하여 애정시나, 기탁을 의도한 시를 쓸 때
獨創的으로 사용한 시형으로 예술성 높은 시의 하나이다. 위 평문에
서 육유는 唐人의 무제시를 폄하하는 논조를 보인 것은 그의 주관
적 의견으로 본다. 육유도 무제시를 말하면 의당히 이상은을 의중에
두지 않았을까 하는데, 이 점은 이상은의 시문학을 객관적으로 평가
하고 있다고 볼 수 없다. 이상은의 많은 무제시 중에서 다음 〈無題
詩〉를 보기로 한다.

만남은 때론 어려운데 이별도 어려워
동풍이 살살 부니 온갖 꽃 시드네.
봄누에 죽어야 누에 실이 마침 다 되고
촛불은 재가 되어야 눈물이 마르네.
새벽 거울 앞에 다만 수심 어린 머리를 다듬고

밤에 읊조리니 달빛이 찬 걸 느끼겠네.
봉래산 여기서 그리 길이 멀지 않으니
파랑새야 정성 다해 찾아봐다오.
相見時難別亦難, 東風無力百花殘.
春蠶到死絲方盡, 蠟炬成灰淚始乾.
曉鏡但愁雲鬢改, 夜吟應覺月光寒.
蓬山此去無多路, 靑鳥殷勤爲探看.

이 시는 시인과 궁녀 宋씨의 사랑과 집착을 깊이 있게 묘사하였
다. 그들의 만남이 어렵지만 헤어짐도 어려운 것을 동풍에 시든 꽃
의 景狀으로 표현하였다. 제2연은 연정의 결실이 고난을 거쳐서 가
능하다는 것을 비유한다. 청대 錢謙益은 《注李義山詩集》 序에서 「이
상은의 무제시들은 젊은 여인이 읽으면 슬퍼지고, 실의에 찬 선비가
읽으면 비통해한다.(義山無題諸什, 春女讀之而哀, 秋士讀之而悲.)」라
고 적절한 평을 하고 있다.

1979년 中華書局에서 《老學庵筆記》와 《老學庵續筆記》 校點
本을 출판하여 《唐宋史料筆記叢刊》에 載錄하였다. 그리고 일본인
近藤元粹가 《螢雪軒叢書》를 編成하면서(1891년) 歷代詩話 59종
을 收錄한 바, 《放翁詩話》를 改題한 《老學庵詩話》는 그중의 하
나이다.

≪二老堂詩話≫ - 周必大

周必大(주필대, 1126-1204). 字는 子充, 弘道, 號는 平園老叟로 廬陵(여릉 : 지금의 江西 吉安)人이다. 남송 高宗 紹興 20년에 進士 급제하고 權給事中, 秘書少監, 禮部尙書 겸 翰林學士를 거쳐서 丞相을 지냈다. 死後에 太師에 추증되고 시호는 文充이다. 저서로는 ≪平園集≫, ≪玉堂雜志≫, ≪二老堂雜志≫ 등 수십 종이 있다. 주필대는 학식이 연박하고 시론은 蘇軾을 추숭하여 「처음에는 호탕하여 자연스럽게 지은 것 같으나 사실은 그 지닌 내용 요점이 매우 치밀하다.(初若豪邁天成, 其實關鍵甚密.)」라고 평하였다. 그리고 黃庭堅을 평하기를, 「담긴 뜻이 깊고 시어가 경지에 이르렀다.(意深語到)」라고 칭찬하고, 동시대의 陸游에 대해서는 「높은 경지는 조식과 이백(이태백)에 뒤지지 않고 그 낮은 경지도 잠삼과 유우석과 어깨를 나란히 한다.(高處不減曹思王李太白, 其下猶伯仲岑參劉禹錫.)」라고 하였다.

≪四庫總目提要≫에 주필대의 학문을 이르기를, 「주필대는 학문이 연박하고 깊으며, 또 일화에 숙달하여 논리가 고증을 주로 많이 하고 있다.(必大學問博洽, 又熟於掌故, 故所論多主於考證.)」라고 하여 시화의 성격을 단적으로 설명한다. 그의 시 〈行舟憶永和兄弟〉(≪宋詩大觀≫)를 본다.

> 오 땅 갈 돛대 걸고서 여정을 따지지 않고
> 몇 번이나 매어 쉬고 몇 번이나 갔는지.
> 날 찬데 햇빛 어린 구름은 아직 붉고
> 강 넓은데 바람 없어도 물결 절로 이네.
> 서너 채 집과 산 늘 눈에 보이는데

쓸쓸한 기러기 울음소리 마침 맘에 맺히네,
나이 들어 문득 남쪽에서 온 편지 받으니
아마도 급히 다스릴 소식이 있는 건지.
一掛吳帆不計程, 幾回系纜幾回行.
天寒有日雲猶赤, 江闊無風浪自生.
數點家山常在眼, 一聲寒雁正關情.
長年忽得南來鯉, 恐有音節作急烹.

주필대가 오 땅(江蘇)에 가서 형제와 고향을 그리워하며 지은 시이다. '行舟'를 線索으로 해서 '行程'의 遠路, '江行'의 危險, '家山寒雁'(집과 산, 쓸쓸한 기러기), '烹魚取書'를 이어서 시 전체의 맥락을 연계시키고 있다. 말연의 '鯉'는 서신이며, '急烹'의 '烹'은 '烹鮮' 즉 '나라를 다스리다'이니, 급하게 처리해야 할 일이 있다는 의미이다.

본 시화의 성서 시기는 〈老人十拗〉 조에,

내 나이 72세, 눈에는 흐릿한 꽃이 보이고 귀에서는 아무 때나 비바람소리 나는데, 실지 빗소리는 오히려 거의 안 들린다.
余年七十二, 目視昏花, 耳中無時作風雨聲, 而實雨却不甚聞.

라고 하니, 본 시화는 주필대의 만년 작이다. 그는 嘉泰 4년(1204) 나이 79세에 卒하였는데, 책 속에 '慶元丙辰'이란 말이 있고 '丙辰'은 慶元 2년(1196)으로 그의 나이 71세에 해당하니, 책의 완성은 慶元 4년 이후가 된다. 시화 자체는 고증 위주의 시론서로서 46개 조이며 대개 시구의 전고와 출처, 자구의 내력과 본의, 訛傳(와전)과 오류 등을 기술하고 있다. 그리고 시의 주제와 연관된 사실과 시인의 일화도 기록하고 ≪四庫全書≫에는 '集部詩文評類'에 열입되어 있다.

본 시화의 고증은 매우 치밀하여서 예컨대 劉禹錫의 〈淮陰行〉에서 「無奈脫萊時」의 '脫萊時'가 舊板本에는 '挑萊時'로 되었다고 하였고, 육유가 소식의 시 세 수를 평가한 의견을 인용하였으며, 杜甫의 〈游何將軍山林〉 시의 「雨抛金鎖甲」에 대해서 정교하고 섬세한 갑옷을 해석하여 본래 符堅이 熊邈(웅막)으로 하여금 만들게 한 것이라고 고증하여서, 呂本中의 ≪紫微詩話≫의 착오를 수정하기도 하였다. 그리고 舒州 司空山에 각인한 李白(이태백)의 〈瀑布〉시를 蔡絛가 ≪西淸詩話≫에 수록한 자구가 오류였음을 분석하기도 하였다.

특히 陶潛(도연명)의 〈讀山海經〉첫 구「몸이 요절하여 천 년을 못 살아도, 맹렬한 뜻은 진실로 늘 지니네.(形夭無千歲, 猛志固常在.)」를 曾紘이「형천이 방패와 도끼를 물고 춤춘다.(刑天舞干戚.)」라고 改字한 상태대로 周紫芝의 ≪竹坡詩話≫에서 인용한 점을 오류라고 지적하고 있다. 주필대는 이 점에 대해서 기술하기를,「이 시는 오직 정위가 나무를 물어 바다를 메운 것을 말하고 있으니, 만일 형천이라고 한다면 내용이 이어지지 않을 것 같다.(此篇恐專說精衛銜木塡海, 若併指刑天, 似不相續.)」라고 분석하여 모든 시들이 서로 의미 상통하게 해석하도록 치밀한 고증을 가하고 있다. 이같이 주필대는 시의 고증에 발군의 논리를 서술하였기에 후세 시론에 기여한 바가 적지 않으니, 다음에 그 예문들을 살펴보기로 한다.

1. 남북 지역의 聲音

남북 지역의 음성 차이점을 주필대는 다음과 같이 구분하여 설명하고 있다.

사방의 음성이 서로 달라서 시가로 표현하는 데 자주 장애가 많으니 그 유래가 오래되었다. 예컨대 북방에서는 '行'을 '形'으로 써서 ≪열자≫에는 '太行山'을 '太形山'으로 썼다. 또 '居'와 '姬', '與'와 '以', '高'와 '俄' 같은 음도 고금의 문사들은 모두 협운으로 썼고, ≪경전석문≫에서도 그러했다. ≪예기≫에는 '何居'의 주석에 '居' 음은 '姬'라고 하였고, ≪열자≫의 '하희' 주석에는 '희'의 음은 '거'라고 하였다. 기타 시문에서 '여'와 '이', '여'와 '루'라고 쓴 경우가 매우 많다.

四方聲音不同, 形于詩歌, 往往多礙, 其來久矣. 如北方以行爲形, 故

列子直以太行山爲太形. 又如居姬與以高俄等音, 古今士文, 皆作協韻,
雖釋文亦然. 禮記何居注云居音姬, 列子何姬却注云姬音居. 其他詩文
與以呂累之類尤多.

넓은 지역에 다양한 방언으로 구성된 중국은 작시에 있어서 성음
상의 協韻의 묘미를 고려하지 않을 수 없었다. 押韻에서 通韻의 폭을
신축성 있게 운용한 것도 어음의 不和를 축소하기 위함이었다. 여기
서 그 점을 근원적으로 예어를 통하여 지적하고 있다.

2. 陶潛(도연명)의 〈讀山海經〉 시구 고증

정위는 잔 나무 물어서
넓은 바다를 메우려 하네.
몸이 요절하여 천 년을 못 살아도
맹렬한 뜻은 진실로 늘 지니네.
경물과 같이하여 이미 근심 없거늘
변하여 버려도 다시 후회하지 않네.
헛되이 옛날 일에 마음 두니
좋은 시절 어찌 기다릴 수 있으리오.
精衛衔微木, 將以塡滄海.
形夭無千歲, 猛志固常在.
同物旣無慮, 化去不復悔.
徒設在昔心, 良晨詎可待.(≪全漢三國晋六朝詩≫ 全晋詩 권6)

강주의 ≪도정절집≫ 끝에 실리기를, 「선화 6년 임계의 증굉이 도잠
의 〈독산해경〉시 한 편에 이르기를, 『몸이 요절하여 천 년을 못 살
아도, 맹렬한 뜻은 진실로 늘 지니네.』 라고 하였는데 위아래 문의
뜻이 통하지 않는 것을 의심하였다. 마침내 ≪산해경≫을 살펴보니,
『刑天은 짐승 이름으로 입에 방패와 도끼를 물고 춤추네.』라 하니
이 구절은 『형천이 방패와 도끼를 물고 춤춘다.』라고 되어 있다. 필

획이 비슷하므로 다섯 글자는 모두 틀린 것이다. 잠양과 조영지는 손뼉을 치며 좋고고 칭찬하였다.」나는 증굉의 말이 진실로 옳다고 보지만 도연명의 이 시 13편은 대개 하나의 이야기를 가리킨다. 예컨 대 앞 편이 시종 과보를 기술했다면, 이 시는 아마도 오직 정위가 나무를 물고 바다를 메우는 것을 말하며, 천 년의 수명을 누리지 못해도 맹렬한 뜻은 늘 지니고 있어서 떠나가도 후회하지 않는다는 것이 되니, 만약 형천을 가리키는 것이라면 서로 내용이 이어지지 않는 듯하다. 또 더구나 말구에 이르기를, 「헛되이 옛날 일에 마음 두니, 좋은 시절 어찌 기다릴 수 있으리오.」라고 한 것이 방패와 도끼를 무는 맹렬함과 무슨 상관이 있겠는가. 후에 주자지의 ≪죽파시화≫ 제 1권을 보니, 또 증굉의 의견을 답습하여 자신의 설로 삼았는데 모두 잘못이다.

江州陶靖節集末載, 宣和六年, 臨溪曾紘謂靖節讀山海經詩, 其一篇云: 形夭無千歲, 猛志固常在. 疑上下文意不貫. 遂按山海經有云: 刑天, 獸 名, 口銜干戚而舞. 以此句爲: 刑天舞干戚. 因筆劃相近, 五字皆訛. 岑 穰晁詠之撫掌稱善. 余謂紘說固善, 然靖節此題十三篇, 大槪篇指一事. 如前篇終始記誇父, 則此篇恐專說精衛銜木塡海, 無千歲之壽, 而猛志 常在, 化去不悔. 若倂指刑天, 似不相續. 又況末句云: 徒設在昔心, 良 晨詎可待. 何預干戚之猛耶. 後見周紫芝竹坡詩話第一卷, 復襲紘意以 爲己說, 皆誤矣.

여기서 誇父(과보)는 태양을 쫓아가다가 갈증이 나서 河水와 渭 水를 마시고서 죽었다는 신화 속 인물이고(≪列子≫〈湯問〉), 精衛 는 炎帝의 딸 如娃(여왜)가 동해에서 죽어 변했다는 신화 속의 새 이 름으로, 東海에 원한을 품고 西山의 木石을 물어다가 바다를 메우려 했다 한다. 송대 曾紘은 字가 伯容이며 黃庭堅을 추종한 문인으로 ≪臨溪居士集≫이 있다.

3. 劉禹錫의 〈淮陰行〉 詩句 견해

촘촘히 모인 회음 저자
죽루는 언덕 위에 이어 있네.
좋은 날 돛대 세우나니
까마귀 날아 오량 풍향기 놀라게 하네.
오늘 뱃머리 돌리니
금오(태양)가 서북쪽을 가리키네.
안개 낀 물결과 봄풀이
천리 멀리 같은 색 이루네.
뱃머리 큰 구리 고리는
다듬어서 광채가 찬란하네.
어느새 바람이 불어오니
물가임을 한눈에 알겠네.
어느 물건이 나를 부럽게 하는가
낭군의 배꼬리의 제비가 부럽다네.
배꼬리 물고 돛대를 뒤쫓으며
먹고 자면서 오래도록 마주보네.
포구 너머 낭군의 배 바라보며
머리 들고 꼬리 늘어뜨리네.
오히려 명아주 싹 벗어나올 때에
맑은 회수의 봄 물결이 잔잔하네.
簇簇淮陰市, 竹樓緣岸上.
好日起檣竿, 烏飛驚五兩.
今日轉船頭, 金烏指西北.
煙波與春草, 千里同一色.
船頭大銅鐶, 摩挲光陣陣.
早晚便風來, 沙頭一眼認.
何物令儂羨, 羨郎船尾燕.

銜尾趁檣竿, 宿食長相見.
隔浦望郎船, 頭昻尾㘞㘞.
無奈脫萊時, 淸淮春浪軟.(≪全唐詩≫ 권354)

황정견이 말하였다. 「〈회음행〉은 정조가 매우 아름답고 어기가 더욱
온당하고 적절하다. 백거이와 원진이 지었다면 모두 율격에 들지 못
했을 것이다. 단지 『無奈脫萊時』 구를 해석할 수 없으니 학식이 넓
고 밝은 자의 설명을 기다린다. 나는 일찍이 고판본을 보니 '挑菜時'
(나물 돋아나올 때)라고 하고 소식이 혜주에서 지은 〈신년〉 시에서
『나물 돋은 물가에서 물이 나오네』라고 썼는데 아마도 이 글자를
사용한 것이 아닌가 한다.」

黃魯直云:「淮陰行, 情調殊麗, 語氣尤穩切. 白樂川元微之爲之, 皆不入
律也. 惟『無奈脫萊時』不可解, 當待博物洽聞者說也. 余嘗見古本作
挑菜時, 東坡惠州新年詩『水生挑菜渚』, 恐用此字.」

劉禹錫(772-842)은 자가 夢得이고, 彭城(지금의 江蘇 東山)人
이다. 21세에 진사에 급제하여 王叔文의 추천으로 감찰어사를 지내
다가 왕숙문이 귀양 가니 유우석도 郞州(지금의 湖南 常德) 司馬로
좌천되어 10여 년을 체류하면서, 민가를 시와 접목시켜서 새로운 시
가를 창작하여 '詩豪'라는 칭호를 얻었다. 그의 문학적 가치는 정통
시의 空靈的이며 초탈적 풍격에 민가적 사실과 음악적 화음을 '情景
交融' 즉 시의 흥취와 사물의 진실을 조화롭게 묘사한 점을 높이 평
가해야 한다. 白居易는 그의 시를 「팽성의 유우석은 '시호'라 할 것이
니, 그 시의 예리함이 엄정하여 견줄 만한 사람이 적다.(彭城劉夢得詩
豪者也, 其鋒森然, 少敢當者.)」라고 칭찬하였다.

위의 〈회음행〉은 유우석이 大和 6년(832) 봄, 蘇州刺史로 부임
하는 도중에 지은 시이다. 시가 綺麗한 풍광과 이어지는 情思를 하
나로 융합하여 寫景을 통한 회음 나루의 청춘 남녀의 섬세한 심리
상태를 襯托(츤탁)하고 있다. 造景이 기묘하고 사어가 新穎하며, 화
면이 활약하여 古樂府의 精髓를 깊이 지니고 있다. 황정견이 情調가

殊麗하고 어기가 穩切하다고 한 말은 적절한 평가이다. 여기서 지적한 '無奈脫萊時'구는 전후 문맥상 의미가 통하지 않는 것이 사실이다. 소식이 인용한 '挑菜' 어사가 古本에 근거하고 시맥상 意味相通하니 동의할 만하다. 참고로 그의 문집은 30권으로 구성되어 있으며 그중에 시는 8권, 악부는 2권으로 약 800여 수이다. 유우석이 憲宗 元和 13년(818)에 자작시 중에서 일부를 選集하여 ≪集略≫이라 하였으니 이것이 그의 최초의 문집이다.

원대 方回는 ≪瀛奎律髓≫(권37)에서 「유우석 시는 시구마다 매우 정밀하니, 그 시를 일찍이 스스로 뽑아서 고른 것이다.(夢得詩, 句句精絶, 其詩曾自刪選.)」라고 하여 그 근거를 밝혀준다. 현존하는 판본으로 3종의 宋刻本이 있는데, 하나는 청대 承德避暑山莊에 소장된 南宋 高宗 紹興 8년(1138)에 나온 董芬 刻本으로 지금의 中華書局 ≪四部備要≫에 수록되어 있고, 다른 하나는 商務印書館 ≪四部叢刊≫본으로서 일본 平安福井의 崇蘭館에 소장되어 있는데 千光國師가 송에 들어가서 구입한 것으로 전해진다. 이 판본은 正外集이 완전하고 결함이 없고, 중화민국 초기에 董康이 珂瓓版으로 일본에서 100부를 영인하여 원본의 유실부분을 보완하였으니, ≪四部叢刊≫본은 이 영인본에 의거한 것이다. 또 하나는 현재 北京도서관에 소장되어 있는 판본으로서 송대 建安坊의 刻本이다. 이 3종 판본 외에 單刻 시집으로는 席啓寓刻 卷本으로 ≪全唐詩≫에 의거한 바, 分體分類가 잡다하다. 그리고 명대 蔣孝의 ≪中唐十二家詩集≫과 청대 雲份의 ≪唐代劉氏詩集≫은 시만을 수록한 문집이며, 아울러 일본 국회도서관에 소장되어 있는 朝鮮 각본 ≪劉賓客詩集≫이 있다.

4. 晩唐 薛能의 시구 해석

당대 설능의 시에 이르기를, 「빠지고 상한 치아를 속이지 마오, 일찍이 붉은 비단에 싼 떡을 먹었다네.」라 하니, 새로이 진사가 되었을 때의 일을 기록한 것이다. 왕우칭의 〈하인급제〉 시에 이르기를, 「치마와 적삼을 사고 흰 모시를 버리고서, 이름난 종이인 붉은 홍전에 적네.」라 하였다. 나는 일찍이 두 가지 일을 시 한 연에 담아서 이르기를, 「치마와 적삼은 흰 모시 버리고, 떡은 붉은 비단 먹네.」라 하니 알맞은 대구인 듯하다. 섭몽득의 ≪석림피서록화≫에 기재하기를, 「붉은 비단에 싼 떡은 노연양의 시이다.」라고 하였다.

唐薛能詩云:「莫欺闕落殘牙齒, 曾吃紅綾餅餤來.」記新進士時事也. 王禹偁賀人及第詩云:「利市襴衫抛白紵, 風流名紙寫紅箋.」 余嘗以二事爲一聯云:「襴衫抛白苧, 餅餤喫紅綾.」似是的對. 葉夢得石林避暑錄話載: 紅綾餅餤爲盧延讓詩.

여기서 '紅綾餅餤(홍릉병담)'은 붉은 비단으로 싼 떡의 일종으로 왕이나 귀족이 먹던 고급 음식이며, '襴衫(난삼)'에서 '襴'은 치마와 저고리가 이어진 옷, 일종의 원피스이고 '衫'은 소매 짧은 적삼으로 고급 옷이다. 진사 급제한 축하 연회에서 먹는 '紅綾餅餤'과 입는 '襴衫', 그리고 급제 축하문을 적는 '紅箋'을 거론하면서 설능의 시구 「紅綾餅餤」의 의미와 관습을 명쾌하게 해석하고 있다.

薛能(?-880)은 자가 大拙로 汾州(지금의 山西 汾州) 人이다. 그는 만당의 혼란기에 여러 지방 관직을 역임하면서 민심의 질고와 우국을 체험하면서 많은 인간관계를 통하여 기증시를 다수 남기고 있다. 여기서 그의 시에 대해서 깊이 고찰해보고자 한다. 같은 시대의 鄭谷은 설능을 칭송하여 지은 〈讀故許昌薛尙書詩集〉(≪全唐詩≫ 권674)에서 설능의 시 특징을 첫째는 高雅하고 眞率하여 國風의 詩興이 있으며, 둘째는 淡白하고 淸新하다고 하였다. 설능의 시를 주제별로 분류하면 다음과 같다.

詠物:56수, 送別:25수, 贈答:46수, 挽歌:3수, 懷古:32수, 感興:75수, 景物:50수, 憂國:10수, 諷諭:18수

앞서 ≪觀林詩話≫에서 설능 시를 개관하였는데, 여기서는 그의 종

군의식과 민생 질고에 대한 憐憫의식, 그리고 道禪 사상에 의거한 歸
自然觀 등에 대해서 부연 서술하고자 한다. 설능 자신이 중년에 군
절도사로서 南蠻의 정벌에 참여하였기에 그의 시에는 거침없는 의식
이 강하게 드러나 있으니 〈贈出塞客〉(≪全唐詩≫ 권561)을 보면,

> 교외로 나가 출정 가는 기마대 흙먼지 날리니
> 봄 아직 오지 않은 이날에 이별의 근심만 솟구친다.
> 차가운 잎은 석양에 품어 온 뜻 보여주고
> 관문의 갈대는 먼 강 향해 피어 있다.
> 出郊征騎逐飛埃, 此別惟愁春未回.
> 寒葉夕陽投宿意, 蘆關門向遠河開.

라고 하니, 出征가는 자에게서 느끼는 비수가 있지만 雄志를 펴기
를 바라는 豪氣가 '宿意'에 담겨 있다. 설능은 비록 出師表를 던진 諸
葛亮이지만 결과적으로 성취한 것이 없기에 본받을 점이 없다고 냉
혹하게 비판하니 〈籌筆驛〉(상동 권560) 첫 4구에서는,

> 제갈 승상은 죽어 말가죽에 싸여 돌아왔으니
> 천명을 못 펴면 산이라도 개척해야 했네.
> 살아서는 중달을 속여 헛되이 기세만 높였고
> 죽어서는 왕양 만나 후안무치를 함께하였네.
> 葛相終宜馬革還, 未開天意便開山.
> 生欺仲達徒增氣, 死見王陽合厚顏.

라 하니 '仲達'은 '司馬懿'이며 '王陽'은 西漢 때 益州刺史를 지낸 사
람으로, 武侯를 멸시한 연고가 단순한 憂國的 희생정신에서 발로된
것으로 본 것이다.[1] 설능은 결백하였기에 백성을 사랑하고 민생의
질고를 염려하였다. 그의 〈題逃戶〉(상동 권558)를 보면,

---

[1] 薛能의 시에 武侯를 거론한 예가 적지 않으니, 〈西縣途中二十韻〉:「葛侯眞竭
澤, 劉主合亡家. 陷彼貪功吠, 貽爲黷武誇. 陣圖誰許可, 廟貌我揄揶.」그리고
〈遊嘉州後溪〉:「當時諸葛成何事, 只合終身作臥龍.」등.

몇 세대를 농사일 해오다가
흉년 들자 고향을 떠나야 했네.
썩은 빗장에는 축축한 곰팡이 슬고
기운 집에 석양이 비치네.
빗물은 부서진 절구에 고이고
해바라기는 무너진 담 짓누르네.
태평한 때라면 어찌 이러하겠는가?
마땅히 창창하게 살아가고 있으리라.
幾世事農桑, 凶年竟失鄕.
朽關生濕菌, 傾屋照斜陽.
雨水淹殘臼, 葵花壓倒墻.
明時豈致此, 應自負蒼蒼.

라고 하여 흉년에 고향 떠나는 민생의 참상을 그리고 있다. 설능에게
는 영물의 淸新과 高雅美가 있으며 佛仙과 유관한 超世味가 엿보인
다. 그의 이 같은 시풍은 즉흥적인 작시태도가 아니라 각고의 결실
이기 때문이니 그의 〈自諷〉(상동 권561)에서,

수많은 시 짓고 읊은 지 한 달
먹을 것 잊고 시에 심취하여 수척해졌네.
길거리에서 읊조린다고 그대는 비웃지 마오
시만 쓰는 버릇에 걸린 것은 봄 때문이 아니로다.
千題萬詠過三旬, 忘食貪魔作瘦人.
行處便吟君莫笑, 就中詩病不任春.

라고 하였듯이 작시에 몰두할 때는 詩狂의 경지에 드는 것이다. 그의
영물시는 寄託의 妙가 살아있으니, 〈銅雀臺〉(상동 권561)를 보면,

위 무제가 놀았던 그 당시의 동작대
국화꽃 깊이 비치고 가시나무 꽃 피어 있네.
인생의 부귀를 얼핏 돌아보나니

여기 어이 가무하러 오는 사람이 없는가?
魏帝當時銅雀臺, 黃花深映棘叢開.
人生富貴須回首, 此地豈無歌舞來.

라 하니 魏 武帝가 놀던 樓臺를 보며 회고적이며 詠史的인 인생무상
의 寄興을 하고 있으며, 〈杏花〉(상동 권561)를 보면,

빛 흐르고 향기 나는 으뜸 되는 꽃
손에서 청루 근방으로 옮겨졌네.
요염한 맵시 끝내 부담될 줄 누가 알랴만
어지러이 봄바람 향해 쉬지 않고 방긋거리네.
活色生香第一流, 手中移得近青樓.
誰知艶性終相負, 亂向春風笑不休.

라고 하니 살구꽃의 향기와 아름다움을 통하여 미인을 회상하며 溫
情에 든 시심이 깃들어 있다. 그리고 다음 〈新柳〉(상동 권560)는 가
냘픈 버들가지에서 불굴의 의지를 느끼고, 온화한 덕성과 雄志를 키
울 결심을 하는 시인의 뜻이 기탁되어 있다.

살랑살랑 무거워야지 가볍게 놀지 말게
뭇 나무가 하기 어려운 것 홀로 일찍 해낸다.
부드러운 성품이 강한 성품을 이기고
한 가지 뻗으면 만 가지가 돋는다네.
타고난 기질 온화하여 본래 힘이 없지만
때때로 고운 자태 대하면 더욱 정이 든다네.
지기를 만나 등용되기 어렵다고 누가 말하나?
장군은 이 때문에 큰 이름 세우리라.
輕輕須重不須輕, 衆木難成獨早成.
柔性定勝剛性立, 一枝還引萬枝生.
天鍾和氣元無力, 時遇風光別有情.
誰道少逢知己用, 將軍因此建雄名.

이 시는 警戒와 교훈의 대상으로 '柳'를 매개체로 하여 나약해 보이지만 불굴의 의지가 서린 사표로 승화시키고 있다. 그리고 끝으로 설능의 禪詩는 그 자신의 佛心과도 유관하다.[2] 그의 시에서 선시가 27수나 되고 그 시 자체가 초탈적 은일감을 주는 데는 설능 시의 이율적인 요소를 간과할 수 없게 한다. 禪과 시에 대한 개괄적 관계는 이미 언급한 바 적지 않으니[3] 그의 시에서 禪趣를 맛볼 수 있는 〈贈隱者〉(상동 권558)를 보자.

스스로 고상하고 한가한 성품 지니고서
평생 북쪽 누대 향해 살아 왔다네.
달빛 비친 못에는 구름의 그림자가 끊겨 있는데
산속의 나뭇잎에선 빗소리가 가지런하네.
뜰 안의 나무에는 사람들 둘러앉아 글씨를 쓰고
난간의 꽃에는 새들 낮게 앉아 있다네.
머물러 지내며 길이 잊지 말자며
밤 지새워 붉은 계단에서 이야기하네.
自得高閑性, 平生向北樓.
月潭雲影斷, 山葉雨聲齊.
庭樹人書匝, 欄花鳥坐低.
相留永不忘, 經宿話丹梯.

여기에서 청신한 淡白味를 느낀다. 속세가 아니라 자연 그대로이다. 자연과 「나」의 일치이며 음지가 보이지 않는 평화 자체이다. 다음에 〈贈禪師〉(상동 권560) 시를 본다.

욕심은 본디 천성에 없으니
이 평생 오래 참선에 있다네.

---

2) 《北夢瑣言》 卷10：「僧鸞有逸才而不拘檢, 早歲稱卿御, 謁薛氏能尙書于嘉州.」
3) 杜松柏 《禪學與唐宋詩學》(臺灣黎明書局), 拙著 《王維詩硏究》(臺灣黎明書局)

구주에는 공연히 길이 있으니
방에서 홀로 여러 해 지냈다네.
경쇠 울려 속세의 먼지 떨쳤고
항아리 옮겨 습한 땅 도톰하네.
서로 만나 같이 어울려 지내면서
별과 달 속에 앉아서 잠도 잊었네.

嗜慾本無性, 此生長在禪.
九州空有路, 一室獨多年.
鳴磬微塵落, 移餠濕地圓.
相尋偶同宿, 星月坐忘眠.

이 세계는 禪理와 禪跡의 표상이다. 시인의 심리가 이렇거늘 어찌
후인이 「너무 평용하다(妄庸)」느니(≪後村詩話≫ 권1), 「자부심이 너
무 높다(自負甚高)」느니(≪唐詩談叢≫ 권1), 「경박한 것 같다(佻務
相類)」느니(≪全唐詩說≫) 하는 편견을 가할 수 있을런지 의심스럽다.

5. 蘇軾의 號 ‘東坡’의 來源

본 시화의 원문을 보면, 蘇軾이 호를 ‘東坡’라 한 근거를 다음과 같
이 서술하고 있다.

백거이가 충주자사가 되어서, 〈동파종화〉 두 시를 남겼다. 또〈보동
파〉시에 이르기를, 「아침에 동쪽 언덕에 올라 걷고, 저녁에 동쪽 언
덕에 올라 걷네. 동쪽 언덕에 무엇이 사랑스러운가, 이 새로 난 나무
가 사랑스럽네.」본 왕조에서는 소식을 쉽게 인정하지 않으나, 오직
백거이만은 경애하여 자주 시에 표현한다. 대개 그 문장의 주안점이
어사를 잘 표현하는 데 있다면, 그 충실하고 후덕함을 잘 드러내고,
그 강직한 면을 잘 표현하면서, 사람과의 정을 나누고 세상 물정에
는 무심한 면은 백거이와 서로 비슷하다. 황주에 귀양 가서 처음으
로 호를 ‘동파’라고 하니, 그 근원이 분명히 백거이가 충주에서 지은

작품에서 비롯된 것이겠다.

白樂天爲忠州刺史, 有東坡種花二詩. 又有步東坡詩云:「朝上東坡步, 夕上東坡步. 東坡何所愛, 愛此新成樹.」本朝蘇文忠公不輕許可, 獨敬愛樂天, 屢形詩篇. 蓋其文章皆主辭達, 而忠厚好施, 剛直盡言, 與人有情, 于物無著, 大略相似. 謫居黃州, 始號東坡, 其原必起于樂天忠州之作也.

위에 거론한 白居易의 〈東坡種花〉(其二)를 본다.

동쪽 언덕에 봄이 저물어 가는데
나무는 이제 어찌 되었는가.
아득히 꽃은 다 떨어지고
희미하게 나뭇잎 돋아나네.
날마다 일하는 아이 불러서
호미 들고 여전히 도랑 가르네.
삽으로 흙 퍼서 땅을 돋우고
샘물 끌어서 마른 땅에 물주네.
작은 나무 낮게 몇 자이고
큰 나무는 한 길 넘게 자랐네.
흙 돋우길 얼마나 되는지
높은 나무 아래서 무성하구나.
나무 기르기 이러하거늘
백성 돌보는 일 또한 어찌 다르리오.
가지와 잎을 무성케 하려면
반드시 먼저 뿌리와 그루터기 살려야 하네.
뿌리와 그루터기 살리려면 어떻게 할까
농사를 권면하고 세금을 고르게 할지라.
가지와 잎을 무성케 하려면 어떻게 할까
일을 줄이고 형벌을 관대히 할지라.
이것을 군현 정치에 옮겨 하면
백성 풍속 되살릴 수 있으리라.

東坡春向暮, 樹木今何如.
漠漠花落盡, 翳翳葉生初.
每日領僮仆, 荷鋤仍決渠.
鏟土壅其本, 引泉溉其枯.
小樹低數尺, 大樹長丈餘.
封植來幾時, 高下隨扶疏.
養樹既如此, 養民亦何殊.
將欲茂枝葉, 必先救根株.
云何救根株, 勸農均賦租.
云何茂枝葉, 省事寬刑書.
移此爲郡政, 庶幾氓俗蘇.(≪全唐詩≫ 권452)

　시화에서 제시한 蘇軾의 號 '東坡'의 근거를 白居易의 〈東坡種花〉
와 〈步東坡〉 두 시에서 찾고자 한 집착이 매우 합리적이고 타당성
있다. 소식 자신이 직접 자호의 소재를 밝히지 않았지만 백거이 문
학을 愛好하고 다수의 유관 시를 지은 소식으로서는 객관적인 내원
이라고 동의할 수 있을 것이다.
　본 시화 판본은 ≪益國文忠公全集≫본, ≪津逮≫본, ≪歷代詩話≫
본, ≪螢雪軒≫본이 전부 足本이고 ≪說郛≫본은 완전치 않다.

≪誠齋詩話≫ - 楊萬里

楊萬里(양만리, 1124-1206). 자는 廷秀, 호는 誠齋로, 吉州(지금의 江西省 吉安)人이다. 紹興 24년(1154)에 진사에 오르고, '正心誠意'로 면려한다는 마음으로 自號를 '誠齋'라 하니 光宗이 誠齋라고 친서하여 賜額하여 학자들이 '誠齋先生'라고 칭하였다. 太常博士를 거쳐, 漳州와 常州의 知州를 맡았고, 寶謨閣學士를 지냈다. 經學에 박통하고, 명예와 절개를 중시하였으며, 성품이 강직하여 金나라에 대항할 것을 주장하고 민생의 질고에 관심을 두어 조정에서 간언을 자주 하였다. 家居 15년하여 不出하다가 국사에 울분을 품고 죽으니 시호를 '文節'이라 하였다. 작시가 2만여 수에 달하였으나, 현존하는 것은 4,200여 수이다. 문집으로는 ≪誠齋集≫ 133권이 있는데, 시는 ≪江湖≫, ≪荊溪≫, ≪西歸≫, ≪南海≫, ≪朝天江西通院≫, ≪朝天續≫, ≪江東≫, ≪退休≫ 등 9집 42권이나 된다.

시는 생동활발하며 상상이 풍부하고 시어가 명백하고 유창하면서도 유머 감각이 풍부하여 '楊誠齋體'라고 칭하니, 陸游, 范成大, 尤袤(우무) 등과 함께 '中興四大詩人'의 한 사람이다. 그의 시학 연원에 대해서 시집 自序에서, 「나의 시는 처음에는 강서파의 여러 군자에게 배우고, 또 진사도의 5자 율시를 배우고, 또 왕안석의 7자 절구를 배우고, 나중에는 당인에게서 절구를 배웠다.(予之詩始學江西諸君子, 旣又學後山五字律, 旣又學半山老人七字絶句, 晩乃學絶句於唐人.)」라 하였다. 그래서 양만리는 王安石의 경물시를 唐詩와 비교하여 다음과 같이 〈讀唐人及半山詩〉를 짓기도 하였으니,

당인과 왕안석을 분간하지 못하겠나니
뜻밖에 시단을 완전히 장악하였네.
왕안석은 곧 깊이 스며드는 맛을 주니
마치 당인의 정수를 지닌 것 같네.
不分唐人與半山, 無端橫欲割詩壇.
半山便遣能參透, 猶有唐人是一關.(≪誠齋集≫ 권8)

라고 하여, 왕안석 시를 당시와 동등한 위치에 놓고 기리고 있기도
하다. 다음에 그의 〈感秋〉와 〈檜林曉步〉(상동)를 든다.

예전에는 가을이 쓸쓸하지 않고 사랑스럽기만 하여
달빛 어린 누대에서 바람 맞으며 피리 불었지.
지금은 가을빛이 온전히 예 같은데
가을을 슬퍼하지 않으려 해도 맘대로 안 되네.
舊不愁秋只愛秋, 風中吹笛月中樓.
如今秋色渾如舊, 欲不悲秋不自由.(〈感秋〉)

비 걷힌 수풀이 서늘해지고
바람 이는 오솔길에 새벽이 더욱 맑네.
가다가 아무도 없는 곳에 들어가니
산새가 놀라 날고 나도 놀라네.
雨歇林間凉自生, 風穿徑裏曉逾淸.
意行偶到無人處, 驚起山禽我亦驚.(〈檜林曉步〉)

위 시들은 양만리가 江西詩派의 논리로부터 탈피한 자연 친화적인
정서를 표현한 작품이며, 다음 〈次日醉歸〉는 서민적이면서 전원적인
白話體 형식의 시로서 앞의 시들과 풍격이 차별된다.

해 저물어 자못 돌아가려 하니
주인이 애써 머물게 하네.
나는 술 마실 수 없는 건 아닌데
늙고 병들어 뿔잔과 투호살이 겁나네.

사람의 마음 거스를 수 없어
가려다가 다시 머무네.
나는 취하고 그도 절로 그치니
취해도 근심은 어째서 넘치나.
돌아가는 길에 마음 어두운데
지는 해는 산모퉁이에 있네.
대 숲에 인가가 있으니
쉬려고 잠시 머물까 하네.
노인이 내가 온 걸 기뻐하여
나를 제후라고 부르네.
내가 아니라고 알려주니
고개 숙여 웃으며 머리를 흔드네.
간사한 맺힌 마음 사라진 지 오래건만
여전히 갈매기는 내려오지 않네.
농부마저 나를 외면하니
나 늙은이 그 뉘와 놀가나.
日晩頗欲歸, 主人苦見留.
我非不能飮, 老病怯觥籌.
人意不可違, 欲去且復休.
我醉彼自止, 醉亦何足愁.
歸路意昏昏, 落日在嶺陬.
竹裏有人家, 欲憩聊一投.
有叟喜我至, 呼我爲君侯.
告以我非是, 俯笑仍掉頭.
機心久已盡, 猶有不下鷗.
田父亦外我, 我老誰與游.(≪江湖集≫ 권5)

이 시는 乾道 4년(1168)에 지었다. 앞 8구는 시인과 친구와의
음주하며 遊樂하는 장면이고, 9구 이하의 시구들은 시인과 田父의 交
談하는 정황을 읊으며 탈속의 심경을 토로하고 있다.

본 시화의 요지에 대해서 丁福保의 《歷代詩話續編目錄提要》에
보면,

제목은 시화라고 하였으나 문을 논하는 말이 곧 시에 많고, 또 자못
해학과 잡사를 언급하고 있으니 무릇 송인 시화는 흔히 이러하다.
그러나 그 문을 논하고 시를 논한 글이 이치에 맞는 것이 실로 많은
데, 다만 진부하고 속된 어사를 좋은 시구라고 한 것은 하나의 단점
이다. 무릇 양만리 시 자체도 이런 단점이 있기에 시를 논함도 이러
하다.
題曰詩話, 而論文之語乃多于詩, 又頗及諧謔雜事, 蓋宋人詩話往往如
是也. 然其論文論詩之語, 中理者實多, 惟好以腐語俚語標爲佳句, 是
其一失. 蓋萬里詩自有此病, 故論詩亦爾也.

라고 기술하여 본 시화의 장단점을 지적하고 있다. 양만리는 江西詩
派에서 시를 배웠지만, 결국은 그 틀에서 벗어나 '自然'을 본받는 창
작 태도로 나아가 새로이 '誠齋體'를 세웠으나, '換骨奪胎', '煉字', '用
事', '活法'과 같은 江西詩派의 시론의 영향을 완전히 탈피하지는 못
하였다. 단지 강서시파가 힘써서 옛것을 본받으려고 한 데 반해서
양만리는 '自得'(스스로 터득함)과 '師心'(자기 주관을 가지고 독창을
높이 여기면서 모방을 배척함)을 강조했다는 것이 다르다.

그리고 양만리는, 「시는 이미 다 표현했지만, 맛이 바야흐로 오래
도록 이어지니, 곧 좋은 것 중의 좋은 것이다.(詩已盡而味方永, 乃善
之善者也.)」라고 한 것처럼, '味外之味' 즉 시에 담긴 의취가 시어로
표현된 의미보다 더 깊은 여운을 남기는 흥취를 중시하였다. 따라서
「좋은 시는 시의 뜻이 깊고 길어서 그윽하기 그지없다.(意味深長, 悠
然無窮.)」라 하고, 五言古詩는 「시구가 우아하고 담백하며 시의 맛
이 깊고 길다.(句雅淡而味深長者.)」라고 하여 陶潛(도연명), 杜甫, 柳
宗元, 白居易의 시는 모두 '一唱三嘆'할만한 千古의 絶唱이라고 서술
하고 있다.

그는 '味'(시의 내용)를 중히 여기면서 '形'(시의 묘사, 형식)에 빠지지 말 것을 강조하고, '風致'(시의 흥취)를 숭상하고 '體貌'(시어 표현)를 가벼이 여기라고 주장하였다. 이것은 '風味'를 버리고 '形似'를 논하는 江西詩派의 단점을 지적한 것이다. 이런 논시법은 嚴羽의 시론과 가까우며 후에 청대 袁枚의 性靈說에 영향을 준다. 이러한 시론적 관점에서 양만리는 본 시화에서 어떻게 자신의 논시 견해를 제시하고 있는지를 원문들을 통하여 살펴보기로 한다.

(1) 각 시인은 그 자체로 독창적인 시 형식 즉 시어 구사와 시의 표현에 있어서의 독자적인 경지를 창조한 '시체'를 지니고 있어야 함을 강조한 예문을 본다.

「나에게 묻기를 무슨 생각으로 푸른 산에 머무나 하니, 웃으며 대답 않으나 마음은 절로 한가롭네. 복사꽃이 흐르는 물 따라 아득히 가니, 따로이 천지간에 속세가 아니네.」 또 「서로 따라서 멀리 적성산을 찾으니, 서른여섯 구비 물이 휘돌아 흐르네. 한 가닥 시냇물에 어울러 드는 온갖 꽃이 밝고, 온 골짜기 다 건너니 솔바람소리 들리네.」 이것은 이백의 시체이다. 「기린 그림 위에 기러기 날아가고, 궁궐 드나드는 곳에 황금이 둘러 있네.」 또 「희게 썩은 뼈 부서진 채 용호가 죽어 있고, 검게 그늘이 드리우며 번개 비 내리네.」 또 「잘 다스린 뛰어난 일로 천지를 회복하고, 훈련된 강한 병사 귀신을 감동케 하네.」 또 「염예퇴를 지나는 길에 두 가닥 다북쑥 같은 귀밑털 이 몸, 하늘이 창랑에 드리우는데 낚시하는 쪽배 한 척.」 이것은 두보의 시체이다.

「問余何意栖碧山, 笑而不答心自閑. 桃花流水杳然去, 別有天地非人間.」 又「相隨遙遙訪赤城, 三十六曲水回縈. 一溪和入千花明, 萬壑度盡松風聲.」 此李太白詩體也.「麒麟圖畵鴻鴈行, 紫極出入黃金印.」 又「白摧朽骨龍虎死, 黑入太陰雷雨垂.」 又「指揮能事回天地, 訓練强兵動鬼神.」 又「路經灩澦雙蓬鬢, 天入滄浪一釣舟.」 此杜子美詩體也.

송대 嚴羽는 ≪滄浪詩話≫ 〈詩體〉에서 '以人而論' 즉 '사람에 따라

서 그 시를 논함'이 시체를 구분하는 기준이 된다고 서술하고 있다. 字가 太白인 李白의 시 형식과 풍격을 '李太白詩體', '太白體'라 한다. 元稹의 〈杜工部墓系銘序〉에 李白(이태백)을 서술하기를,

> 당시 산동인 이백도 기이한 글로 칭찬 받으니 그 당시 사람들이 '이두'라 일컬었다. 내가 보건대, 그 시가 장대하고 거칠 것 없어 얽매이길 벗어버렸으니 사물 묘사와 악부 가시는 진실로 두보와 어깨를 견준다.
> 時山東人李白亦以奇文取稱, 時人謂之李杜. 予觀其壯浪縱恣, 擺去拘束, 模寫物象及樂府歌詩, 誠亦差肩于子美矣.

라 하고 黃庭堅은 〈題李白詩草後〉에서 李白을 평하기를,

> 내가 평하건대, 이백 시는 마치 황제가 동정호 들판에서 음악을 펼치는데 처음도 끝도 없이 오랜 법도에서 벗어나니, 묵객이나 독서인이 모의할 수 없다.
> 余評李白詩如黃帝張樂於洞庭之野, 無首無尾, 不主故常, 非墨工槧人所可擬議.

라고 하여 이백의 詩題가 광활하고 내용이 풍부함을 역설하고 있다. 이백은 때로는 정치 폐단을 침놓듯 찌르고, 사회의 어두움을 드러내고, 때로는 국사에 관심을 두고, 민생의 질고를 동정하며, 때로는 자연 풍광을 묘회하고, 조국의 장려한 강산을 예찬하고, 때론 우의를 가송하고, 애정을 묘사하기도 하였다. 그리고 이상이 실현되지 못하는 불만을 펴기도 하고, 자유 추구와 權貴 멸시의 반항 정신을 토로하기도 하였다. 작시에 있어서 강렬한 자아표현의 주관적 색채를 가지고, 감정 표달 방식이 분출하는 폭발력을 지니고 있어서 순간적이고 얽매일 수 없는 창작력을 발휘하였다. 그래서 元稹이 「장대하고 거칠 것 없어 얽매이길 벗어버림(壯浪縱恣, 擺去拘束)」이라 하고, 黃庭堅이 「처음도 끝도 없이 오랜 법도에서 벗어남(無首無尾, 不主故

常)」이라고 하였다.

이백 시의 언어는 자연스럽고 밝고 맑아 음절이 조화롭고 아름답고 조금도 거침이 없으니, 예컨대 「맑은 물에 연꽃이 나오니, 천연스러워 꾸밈이 없네(淸水出芙蓉, 天然去雕飾.)」(〈經亂離後天恩流夜郎憶舊游書懷贈江夏韋太守良宰〉) 구 같은 것이다. 체재는 다양하여서, 오언고시는 형상이 생동하고, 詞意가 세밀하면서 아름다워서 침울한 중에 유창하고 굳세고 호방한 기세를 보여준다. 칠언고시는 기세가 웅대하고 의상이 飛動하며, 구식이 자유분방하다. 그래서 ≪唐宋詩醇≫(권6)에서,

> 자주 비바람이 다투어 날리고, 물고기와 용이 수없이 변화를 일으키듯 하여, 마치 큰 강에 바람이 없는데도 물결이 절로 솟고, 흰 구름이 하늘에 떠서 바람 따라 변하고 사라지는 것 같아서, 진실로 괴기하고 위대한 것이라 말할 수 있다.
> 往往風雨爭飛, 魚龍百變, 又如大江無風, 波浪自涌, 白雲從空, 隨風變滅, 誠可謂怪偉奇絶者矣.

라고 이백 시에 적절한 평을 하고 있다. 絶句는 어사가 近親하나 담긴 詩意는 원대하여 함축미가 深遠하고 淸新하고 俊逸한 韻致가 넘친다. 그래서 청대 沈德潛이 첨언하기를,

> 칠언절구는 표현된 시어는 가까운데, 담긴 정감은 먼 것과, 머금고 토해냄이 드러나지 않음을 귀히 여기나니, 단지 눈앞의 경치나 일상 말에도 현에서 드러나지 않는 소리가 깃들어 있어서, 사람의 마음을 심원하게 하니, 이백이 그런 걸 지니고 있다.
> 七言絶句以語近情遙, 含吐不露爲貴, 只眼前景, 口頭語, 而有弦外音, 使人神遠, 太白有焉.(≪唐詩別裁≫ 권20)

라고 칠언절구 풍격의 최고 경지를 규정하고 그 경지에 도달한 시인으로 이백을 지칭하였다. 반면에 율시는 수량이 비교적 적으니, 율격에 엄격한 시 형식에 매이지 않은 이백 시의 특성과 상관된다. 그

는 詩歌體 중에서 장편 七古와 칠절에 뛰어나서 명대 王世貞은 「오 칠언 절구에 있어서 이백(이태백)이 신의 경지이며, 칠언가행은 성 인의 경지이다.(五七言絶太白神矣, 七言歌行聖矣.)」(≪藝苑卮言≫ 권 4)라 하였다. 그는 民歌에 정통하여 악부시의 성취가 특별히 탁월하 니 명대 胡震亨은 이백 악부시를 논하기를,

> 이백은 악부시에 가장 깊다. 옛 시제를 하나도 모의한 것이 없으니 본의를 쓴다거나 번안하여 따로 새로운 뜻을 내는 경우에, 화합해도 따로 떼어놓은 듯하고 따로 떼어놓으면서 실지로는 화합하니 옛것을 모의하는 묘미를 정말 다하였다.
> 太白于樂府最深. 古題無一拂擬, 或用本意, 或翻案另出新意, 合而若 離, 離而實合, 曲盡擬古之妙.(≪唐音癸籤≫ 권9)

라고 최상의 평가를 하고 있다. 두보는, 「붓을 쓰면 비바람이 놀라 고, 시를 지으면 귀신이 흐느낀다.(筆落驚風雨, 詩成泣鬼神.)」(〈寄李十 二白二十韻〉)라고 하여 이백의 선명한 개성과 짙은 詩味, 神奇한 경 계와 탁월한 작시 기교 등을 극찬하였다.

少陵體는 두보의 시체인데, 두보가 長安 城南 少陵 부근에 거주하 며 자칭 '少陵野老'라 하여 세칭 '杜少陵'이라 하였다. 元稹은 〈杜工部 墓系銘序〉에서,

> 두보에 있어서 무릇 소위 위로는 ≪시경≫과 ≪초사≫의 풍소를 가까 이하고, 아래로는 심전기와 송지문을 잇고, 예부터는 소무와 이릉을 옆에 두며, 기상이 조비와 유정을 닮고, 안연지와 사령운의 고고함 을 지니며, 서릉과 유신의 유려함을 섞어서 고금의 체세를 다 얻었 으니, 모든 사람이 다 (두보를) 독보적으로 본받는다.
> 至于子美, 蓋所謂上薄風騷, 下該沈宋, 古傍蘇李, 氣奮曹劉, 掩顔謝 之孤高, 雜徐庾之流麗, 盡得古今之體勢, 而兼人人之所獨專矣.

라 하니, 직접적으로 현실을 묘사하고 내심의 감수를 통하여 그가 겪은 사회상을 깊이 반영하여 현실주의 색채가 풍부하다. 그러므로

「필력을 다한 것이 마치 사마천의 본기와 열전 같다.(窮極筆力, 如 太史公紀傳.)」(葉夢得 ≪石林詩話≫ 卷上)라고 할 수 있으니, 세칭 '詩史'라 일컬어진다. 그의 시는 敍事가 精細하고 眞切하며, 서정은 만 감이 교차하고 반복적으로 영탄하면서 사실을 정감에 기탁하고 정감 을 경물에 융합하니, 객관적인 묘사 속에 주관적 감정을 담고자 하였 다. 작시태도는 시의 뜻 표현에 있어서 기교와 연단을 중시하며 깊은 고민을 강조하였다. 그리고 시어는 정밀하고 중후하며 格律은 공교롭 고 매우 신중하다. 체재에 있어서, 五古는 時事를 시에 담아 壯闊하고 詩興의 변화를 자연스럽게 묘사하고, 七古는 애국우민의 정이 넘친다. 五律은 간결하면서 응집되고 침착하면서 절실하여 胡應麟은 이르기를,

> 기상이 우뚝 빼어나고 규모가 넓고 멀어서 그 정신이 경계에 어울려 변화무쌍하니 시작과 끝을 미루어 알 수 없다.
> 氣象巍峨, 規模宏遠, 當其神來境詣, 錯綜變化, 不可端倪.(≪詩藪≫ 內編 권4)

라고 평하고 있다. 七律은 풍격이 頓挫하고 온후하고 미려하여서 청 대 高步瀛은 평하기를,

> 종횡으로 변화하여 우주를 덮고 고금을 품으려 하니 또한 당대로만 한정할 수 있는 것이 아니다.
> 橫縱變化, 直欲函蓋宇宙, 包括古今, 又非唐代所能限.(≪唐宋詩擧要≫ 권5)

라고 하였다. 그의 시는 풍격이 다양하며 명쾌하면서 雄渾하고, 質朴하 면서 비장하여 沈鬱頓挫(침울하면서 기세가 꺾임)를 위주로 한다고 할 수 있으니, 嚴羽는 「이백은 두보의 침울한 풍격을 지어낼 수 없 다.(太白不能爲子美之沈鬱.)」(≪滄浪詩話≫ 詩評)라고 결론짓고 있다.
　　한편 양만리 시에 있어서도 嚴羽에 의해서 나름의 '楊誠齋體'라는 칭호를 얻었으니, 엄우는 詩話〈自注〉에서,

그가 배운 분은 왕안석과 진사도이며, 나중에는 당인에게서 절구를 배워서 이미 제가의 체재를 다 버리고 따로이 독자적인 체재를 내었으니 무릇 스스로 서술함이 이러하다.

其所學半山, 後山, 最後亦學絶句于唐人, 已而盡棄諸家之體, 而別出機杼, 蓋自序如此.

라고 하니 위에서 '別出機杼'(따로이 독자적인 체재를 내다)란 의미는 양만리 자신이 「전해지는 시파와 종파를 나는 부끄러이 여기니, 작가는 자기 나름의 하나의 풍류가 있어야 한다. 황정견과 진사도 울타리 아래서 안주하는 것을 그만두고, 도잠(도연명)과 사령운이 걸어간 길 앞에서 다시 머리를 드러낸다.(傳派傳宗我替羞, 作家各自一風流. 黃陳籬下休安脚, 陶謝行前更出頭.)」(《跋徐恭仲省幹近詩》)라고 서술한 글에서 확인되니, 양성재체를 창출한 동기를 〈自序〉에서 밝히고 있다.

나는 어려서 지은 시 천여 편이 있었는데 소흥 임오년 7월에 다 태워버렸으니 대개 강서체들이다. 이제 남아 있는 ≪강호집≫이란 것은 무릇 진사도, 왕안석, 그리고 당인을 배운 것이다.

予少作有詩千餘篇, 至紹興壬午七月皆焚之, 大槪江西體也. 今所存曰江湖集者, 蓋學後山及半山及唐人者也.(≪誠齋江湖集≫ 序)

나의 시는 처음에 강서 여러 군자를 배웠고 또 진사도의 다섯 자 율시를 배웠고, 또 왕안석 어른의 일곱 자 절구를 배웠고, 당인에게선 절구를 배웠다. 배울수록 더욱 힘들고 지을수록 더욱 부족했다. … 무술 삼조 시절에 상고하여 관공 일이 적어지니 이때부터 곧 시를 지어서 문득 잠에서 깨어난 듯하여 이에 당인과 왕안석, 진사도 등 강서 여러 군자를 떠나서 모두 감히 배우지 않게 된 후, 마음이 흔쾌해졌다.

予之詩始學江西諸君子, 旣又學後山五字律, 旣又學半山老人七字絶句, 旣乃學絶句於唐人. 學之愈力, 作之愈寡. … 戊戌三朝時節賜告, 少公事, 是日卽作詩, 忽若有寤, 於是辭謝唐人及王陳江西諸君子, 皆不敢學而後欣如也.(≪誠齋荊溪集≫ 序)

위의 두 〈自序〉가 嚴羽가 말한 '自序如此'에 해당한다. 양만리 시는 애국 감정의 敍寫와 민생질고의 반영을 작시의 바탕으로 삼았고, 아울러 자연경물의 묘사에도 탁월하였다. 나중에 그의 시에 대한 칭찬과 폄하도 적지 않았으니, 陸游는 「문장은 정해진 가치가 있고 의론은 지극히 공평하여 사사로움이 없다. 나는 양만리를 모르니 이런 평은 천하가 같다.(文章有定價, 議論有至公. 我不知誠齋, 此評天下同.)」(〈謝王子林判院惠詩編〉)라고 하여 동시대인으로서 평가하였고, 청대 陳訏(진후)는 「양만리는 우뚝 속된 것을 벗어났고 기백도 매우 뛰어나다.(楊誠齋矯矯拔俗, 魄力又足以勝之.)」(≪宋十五家詩選≫〈誠齋詩選評語〉)라 하여 시가 脫俗的이며 기력이 넘친다고 칭찬한 반면, 청대 葉燮(섭섭)은 「송나라 사람으로 시를 많이 지은 사람은 양만리와 주필대를 능가할 수 없는데, 이 두 사람이 지은 시는 거의 한 수 한 구라도 고를 만한 것이 없다.(宋人富于詩者, 莫過楊萬里周必大, 此兩人所作, 幾無一首一句可採.)」(≪原詩≫〈外編〉)라 혹평하였다. 그러나 양성재체를 객관적으로 평가한다면, 그의 시가 '自樹一旗'(스스로 一家를 이룸)하여 송시 발전에 공헌한 점을 높이 평가하면서도, 제재가 세미하고, 작풍이 다소 세속에 흐르는 면을 지적할 수 있다.

(2) 古人의 詩句를 습용하되, 시구의 의미는 이용하지 않고 독자적인 詩意를 표현한 시의 예를 들면서 소위 '換骨奪胎'의 경지를 이룬 시구의 예문을 본다.

유신의 〈월시〉에 이르기를, 「강을 건너니 달빛이 축축하지 않네.」 두보가 이르기를, 「강에 드니 두꺼비가 잠기지 않네.」 당나라 사람이 이르기를, 「대숲 뜰을 지나니 스님의 말 들리네.」 또 「허튼 삶 속에 한 나절이 한가롭네.」 소식이 이르기를, 「다소곳이 지난밤 한밤에 비 내렸는데, 또 허튼 삶 속에 종일 서늘하네.」 두보가 이백을 꿈꾼 시에 이르기를, 「지는 달빛이 지붕에 가득하여, 얼굴에 비추었나 하네.」 황정견의 〈대자리시〉에 이르기를, 「지는 해 강 물결에 비추니, 마치

얼굴에 비비는 듯하네.」 한유가 이르기를, 「어찌 새벽까지 들리는 말,
마침 고향 얘기인가 하네.」 여거인이 이르기를, 「어찌 오늘 밤에 내
리는 비, 마침 파초를 적시는가.」 하였다. 모두 고인의 시구를 쓰고
있지만 그 시구의 뜻은 쓰지 않고 있어서, 옛것을 새것으로 삼은 것
이니 환골탈태한 경우이다.

庾信月詩云:「渡河光不濕.」 杜云:「入河蟾不沒.」 唐人云:「竹院逢僧話.」
又得「浮生半日閒.」 坡云:「殷勤昨夜三更雨, 又得浮生盡日涼.」 杜夢
李白云:「落月滿屋梁, 猶疑照顔色.」 山谷簟詩云:「落日映江波, 依稀
比顔色.」 退之云:「如何連曉語, 秪是說家鄕.」 呂居仁云:「如何今夜雨,
秪是滴芭蕉.」 皆用古人句律, 而不用其句意, 以故爲新, 奪胎換骨.

작시에서 '換骨奪胎'는 위 글에서 「고인의 시구를 쓰고 있지만 그
시구의 뜻은 쓰지 않고 있어서, 옛것을 새 것으로 삼은 것이다.(用
古人句律, 而不用其句意, 以故爲新.)」라 풀이한 것을 의미하니, '以
故爲新'(옛것으로 새것을 삼다)이 핵심적인 해석이다. 이 시학 개념
은 송대 江西詩派의 일종의 창작 주장으로서 송대 釋惠洪의 ≪冷齋
夜話≫(권1)에 황정견의 말을 기재하고 있다.

시의 뜻은 무궁하나 사람의 재능은 한계가 있다. 유한한 재능으로
무궁한 뜻을 따라간다는 것은 도잠(도연명)이나 두보라도 공교함을
터득하지 못한다. 그러나 그 뜻을 바꾸지 않으면서 그 시어를 지어
내는 것을 환골법이라 한다. 사람의 그 뜻을 살펴서 그것을 표현해
내는 것을 탈태법이라 한다.

詩意無窮, 而人之才有限. 以有限之才, 追無窮之意, 雖淵明少陵, 不
得工也. 然不易其意而造其語, 謂之換骨法; 窺人其意而形容之, 謂之
奪胎法.

'奪胎'와 '換骨'로 前人의 구사와 시의를 학습하는 문제를 지적한
것인데, 전인의 어사를 師法하는 것에 중점을 둔 '點鐵成金'과는 다
르다. 말하자면, 換骨法으로 지은 시는 그 句法結構가 전인의 작품과
기본적으로 서로 비슷하고 句數도 대개 접근한다. 그러니까 換骨은

전인의 詩意를 취하면, 시구도 연용하거나 縮減할 수 있다. 奪胎法으로 지은 시는 원래 작품에서 기본적으로 形容을 擴充하고 아울러 구법의 결구상 크게 변화할 수 있고 句數도 늘릴 수 있다. 이 이론은 강서시파에서 소위 點鐵成金法이 전인을 지나치게 표절하는 병폐를 개선하기 위해서 제안한 이론이다. 그러나 이 이론 또한 전인을 모방하는 한계를 온전히 탈피해서 독창적인 문학을 창작하는 데는 미흡하기 때문에 논란을 이어왔다. 이 이론이 지향한 순수한 창작의식인 '以故爲新'의 취지를 견지한다면 중요한 중국시학개념으로 평가될 수 있을 것이다.

(3) 田園시인 東晋 陶潛(도연명)의 〈九日閑居〉를 후세 杜甫와 陳師道가 어떻게 작시에 襲用하였는지를 시구를 통하여 고증하고 있는 예문을 본다.

> 도잠, 두보, 진사도 세 사람은 '구일시'를 지었는데 무릇 서로 비슷하다. 두보는 이르기를, 「댓잎과 사람이 따로가 아니고, 국화는 이제부터 피지 않으리.」 구는 도잠의 소위 「먼지 낀 술잔은 텅 빈 술독 부끄럽고, 찬 국화는 헛되이 절로 꽃을 피네.」 구와 비슷하다. 진사도가 이르기를, 「인간사는 절로 생기니 오늘 생각나고, 국화는 다만 피는데 작년의 향기라네.」 이것은 도잠의 소위 「해와 달은 시절 따라서 이르고, 세상 사람들 그 이름 좋아하네.」 구와 비슷하다.
> 淵明子美無己三人作九日詩, 大槪相似. 子美云:「竹葉於人旣無分, 菊花從此不須開.」淵明所謂「塵爵恥虛罍, 寒華徒自榮.」也. 無己云:「人事自生今日意, 寒花祇作去年香.」此淵明所謂日月依辰至, 擧俗愛其名也.

도잠의 九日詩는 〈九日閑居〉로서 그 시를 본다.

> 인생은 짧고 생각은 늘 많으니
> 나 이 사람 오래 살기를 즐기네.
> 해와 달은 시절 따라서 이르고

세상 사람들 그 이름 좋아하네.
이슬 차고 따뜻한 바람 고요하고
공기 맑고 하늘 기상은 밝네.
떠난 제비 그림자도 남기지 않고
돌아온 기러기 소리 은은하네.
술은 온갖 근심 덜어주고
국화는 늙는 나이 억제하네.
초가집 선비는 어떠한가
공연히 기우는 계절 운행 보네.
먼지 낀 술잔은 텅 빈 술독 부끄럽고
찬 국화는 헛되이 절로 꽃을 피네.
옷깃 여미어 홀로 한가히 노래하니
아득히 깊은 정 일어나네.
은거하며 진실로 즐거움 많으니
오래 머물며 어찌 이룬 것이 없겠는가.
世短意常多, 斯人樂久生.
日月依辰至, 擧俗愛其名.
露淒暄風息, 氣澈天象明.
往燕無遺影, 來雁有餘聲.
酒能祛百慮, 菊爲制頹齡.
如何蓬廬士, 空視時運傾.
塵爵恥虛罍, 寒華徒自榮.
斂襟獨閑謠, 緬焉起深情.
棲遲固多娛, 淹留豈無成.(≪全漢三國晋六朝詩≫ 全晋詩 권6)

도잠은 詩序에서 시를 짓게 된 심정을 쓰기를,

나는 한가로이 지내며 중양절 이름을 좋아하고, 가을 국화가 뜰에
가득 찼는데 술을 마련할 수 없으니 공연히 중양절 국화 보면서 마
음을 글에 부친다.
余閑居, 愛重九之名, 秋菊盈園, 而持醪靡由, 空服九華, 寄懷於言.

라고 貧居하며 自樂하는 심경을 토로하고 있다. 위 시에 대해서 본
시화에서는 杜甫〈九日五首〉중 첫 수 제2연이 도잠의 시 제7연구를
습용하고, 陳師道는 도잠의 시 제2연구를 습용하였다고 고증하는데,
시의상 절대적인 습용이 아니고 意趣를 참용한 정도라고 할 것이다.
다음에 두보 시〈九日五首〉(其一)를 본다.

　　중양절에 홀로 술잔의 술 마시고
　　병 안고 일어나 강가 누대에 오르네.
　　죽엽청 술 나와 이미 연분이 없으니
　　국화꽃 이제부터 피어도 기쁨이 없네.
　　외진 타향에 해가 지니 검은 원숭이 울고
　　고향에는 서리 내리기 전에 흰 기러기 오네.
　　형제들 쓸쓸히 각각 어디에 있나
　　전쟁과 노쇠함 다 초조케 하네.
　　重陽獨酌杯中酒, 抱病起登江上臺.
　　竹葉於人旣無分, 菊花從此不須開.
　　殊方日落玄猿哭, 舊國霜前白雁來.
　　弟妹蕭條各何在, 干戈衰謝兩相催.(≪杜詩詳注≫ 권20)

두보가 大歷 2년(767), 夔州(기주)에서 지은 시이다. 이 해 9월
吐蕃이 邠州(빈주), 靈州를 침입하니, 京師에 戒嚴을 내려 重陽節 가
절에 群盜를 대하는 사회혼란이 전개되었다. 형제는 흩어져 소식도
없는데 獨酌하는 심회 속에 제2연에서 '人無分'은 같이 마실(同飮)
사람이 없음을 한스러워하고, '不須開'는 같이 볼(同看) 사람이 없는 고
독을 한스러워한다. 이로써 두보 시가 도잠 시의 흥취를 본받은 점이
보인다. 그리고 陳師道 시구는 시절 감각과 국화 애호 정서를 도잠
의 시구에서 습용한 점을 인정한다. 참고로 두보 시에서 九日 즉 重
陽節을 시제로 한 작품이 11제인데[1], 그중에〈九日藍田崔氏莊〉(상

―――――――――――――

1) 杜甫 九日 詩題 :〈九日曲江〉,〈九日寄岑參〉,〈九日登梓州城〉,〈九日藍田崔氏

동 권6)에 대해서 송대 陳師道의 ≪後山詩話≫에서 「두보의 구일시는 그 문장이 고아하고 광달하여서 옛사람에 뒤지지 않는다.(杜子美 九日詩, 其文雅曠達, 不減昔人.)」라고 평하고 있는데, 침울하면서 기세가 꺾이고 비애와 상심한 풍격을 보여주니 그 시를 본다.

> 늙으면서 가을을 슬퍼하여 애써 마음을 열고서
> 흥이 나니 오늘 그대와 같이 기뻐하네.
> 부끄럽기는 짧은 머리로 관이 날리나니
> 곱게 웃으며 옆사람에게 관을 고쳐 달라 하네.
> 남수는 멀리 뭇 냇물 따라서 흘러내리고
> 옥산의 높은 두 봉우리는 차가워라.
> 내년 이 모임에 건강할 자 누구리오
> 술에 취해 수유를 붙잡고 가만히 바라보네.
> 老去悲秋强自寬, 興來今日盡君歡.
> 羞將短髮還吹帽, 笑倩旁人爲正冠.
> 藍水遠從千澗落, 玉山高幷兩峰寒.
> 明年此會誰知健, 醉把茱萸仔細看.

이 시는 重陽節에 崔興宗의 별장에서 회포를 토로한 것이다. 이 시의 제3연에 대해서 楊萬里는 ≪誠齋詩話≫에서 평하여, 「시인이 이 경지에 이르면, 필력이 많이 쇠약한데, 지금 마침 웅걸하여 빼어나서 한 편의 정신을 불러일으키니 절로 필력이 산을 뽑을 만하지 않으면, 이 경지에 이르지 못한다.(詩人至此, 筆力多衰, 今方且雄傑挺拔, 喚起一篇精神, 自非筆力拔山, 不至於此.)」라고 하고, 제4연에 대해서는 「의미가 깊고 길어서, 아득히 그지없다.(意味深長, 悠然無窮矣.)」라고 평가하고 있어 본문에서 「律詩絶唱」이란 표현에 합당하다.

陳師道의 字는 無己, 號는 後山居士로 彭城人이다. 관직은 秘書省正字를 지냈고, 蘇門六君子의 한 사람이며 江西詩派 主宗者의 한

莊〉, 〈九日奉寄嚴大夫〉, 〈九日〉, 〈九日諸人集於林〉, 〈九日楊奉先會崔明府〉, 〈雲安九日鄭十八攜酒陪諸公宴〉, 〈九日五首〉 등.

사람이다. 문집은 ≪後山居士文集≫, ≪後山詩話≫가 있다. 명대 方回는 「고금의 시인은 당연히 두보・황정견・진사도・진여의 등 4가를 일조삼종으로 삼는다.(古今詩人, 當以老杜山谷後山簡齋四家爲一祖三宗.)」(≪瀛奎律髓≫ 卷26)라고 하여 진여의와 함께 강서파의 삼종의 하나로 지칭하고 있다. 그의 시는 寒士生活의 고통과 불우를 묘사하여 苦吟을 숭상하였다. ≪滄浪詩話≫〈詩體〉에서는 그의 시를 두고 「진사도(진후산)는 본래 두보를 배웠으나, 그 어사가 닮은 것은 단지 몇 편뿐이며 다른 혹시 닮은 것도 완전하지 않으니, 그 나머지는 곧 그 진사도 자신의 것에 바탕을 두고 있을 따름이다.(後山本學杜, 其語似之者但數篇, 他或似而不全, 又其他則本其自體耳.)」라고 하여 진사도 시의 독창성을 강조하였고, 魏慶之는 ≪詩人玉屑≫(권2)에서 「진사도의 『으슥한 연못에서 홀로 울고, 깊은 숲에서 외로이 향기롭다』 같은 구는 고요하면서 절로 아름다우니 감상을 바랄 것이 없다.(後山如九皐獨唳, 深林孤芳, 冲寂自姸, 不求識賞.)」라고 평하고 있다. 그리고 명대 李東陽은 ≪懷麓堂詩話≫(제82조)에서 진사도 시를 논하기를,

> 진사도의 시는 고시의 의취가 뛰어나다. 예컨대, 「바람 탄 돛은 빨라서 눈에 휙 지나고, 강은 공허하였는데 한 해가 저물도다.」 구는 흥취가 풍부하지만 다 그렇다고 할 수는 없다. 역시 살보다 뼈가 더 드러난 것처럼 시의 흥치보다는 격식이나 어사에 치우친 경우가 아닐까?
> 陳無己詩, 綽有古意. 如「風帆目力短, 江空歲年晚.」, 興致藹然, 然不能皆然也. 無乃亦骨勝肉[2]乎?

라고 하였고, ≪四庫全書總目提要≫(권154)에서는 그의 시를 형식별로 특징을 평하기를,

---

2) 骨勝肉 : 骨은 格式과 語彙 등, 肉은 시의 興致.

그 오언고시는 맹교와 가도 사이를 출입하여 의취가 고고하고 초탈하여 거의 따라 오를 수 없다. 생소한 점은 아직 강서의 기습을 벗지 못한 것이다. 칠언고시는 자못 한유를 배웠고 또한 간혹 황정견을 닮았으나 곧은 것이 가슴 아프다. … 오언율시의 아름다운 곳은 두보에 가까우나, 간혹 편벽되고 난삽한 데 빠져 있다. 칠언율시는 풍골이 뜻이 커서 매이지 않으나 간혹 너무 통쾌하고 기진한다. 오칠언절구는 순전히 두보의 감흥을 주는 격조를 지니고 있으나 商의 가락인 중성에 맞지 않다.

其五言古詩出入郊島之間, 意所孤詣, 殆不可攀. 而生硬之處, 則未脫江西之習. 七言古詩頗學韓愈, 亦間似黃庭堅, 而頗傷謇直. … 五言律詩佳處往往逼杜甫, 而間失之僻澀. 七言律詩風骨磊落, 而間失之太快太盡. 五七言絶句純爲杜甫遣興之格, 未合中聲.

라고 하여 비교적 상세하게 진사도 시에 대한 장단점을 지적하고 있다. 위에서 '古意'란 고시의 특성을 말하고, 홍치를 논한 것은 당대 杜甫와 韓愈의 풍격을 본받은 점을 지칭한다. 위의 이동양의 시화에서 인용한 진사도의 〈送蘇公知杭州〉 시구에 대해서 송대 任淵은 ≪後山詩注≫(권2)에서,

바람 탄 돛은 더욱 멀어지니, 눈으로 미리 전송하지 못함이 한스럽다. 사람은 가고 강은 공허하니 아득히 절로 실의하였는데 내 나이 이미 늙어 저무니, 다시 보지 못할가 두렵다. 그 현명함을 아끼면서 이별을 아쉬워하는 마음이 절실하다고 말할 수 있다.

風帆愈遠, 恨目力不能送之. 人去江空, 恍然自失, 吾之年歲日已遲暮, 懼其不復再見也. 其愛賢惜別之意可謂切矣.

라고 주석하고 있다.

(4) 양만리는 蘇軾의 〈汲江煎茶〉 시를 자구별로 분석하여 시의 묘미를 밝히고 있으니 다음에 본다.

소식의 차 끓이는 시에 이르기를, 「흐르는 물을 떠서 타오르는 불에 끓여야 하니, 몸소 낚시터에 가서 깊이 맑은 물 긷네.」하였다. 제2구 7자는 다섯 뜻이 있으니, 물이 맑다가 첫째이고, 깊은 곳의 맑은 물이 둘째이고, 돌 아래의 물에 진흙이 없음이 셋째이며, 돌이 낚시하는 돌이지 평범한 돌이 아님이 넷째이며, 소식이 스스로 물 긷는 것이지 하인에게 시키는 게 아님이 다섯째이다. 「큰 표주박에는 달을 담아서 물독에 담고, 작은 국자로 강물을 갈라서 밤에 병에 담네.」는 맑고 아름다운 물을 묘사함이 지극하다. '分江' 두 자 이것은 더욱 표현하기 어려운 것이다. 「눈 같은 하얀 거품 일며 차가 뒤집혀 끓으니, 솔바람같이 쪼르륵 소리 내며 차를 따르네.」이 도치시킨 어사도 더욱 시가의 묘법이니, 곧 두보의 「붉은 벼 알을 앵무새가 많이 쪼고, 푸른 오동나무 가지에 늙은 봉황이 깃드네.」이다. 「빈 창자여서 석 잔을 어느새 마시고서, 누워서 산성의 시각 종소리 듣고 있네.」또한 노동의 방법을 뒤집어놓았으니, 노동이 일곱 잔까지 마셨다. 소식은 석 잔을 거침없이 마시고 '산성 물시계가 일정치 않네'라 하였는데 '長短' 두 글자는 무궁한 맛을 지니고 있다.

東坡煎茶詩云:「活水還將活火烹, 自臨釣石汲深淸.」第二句七字而具五意, 水淸, 一也, 深處淸, 二也, 石下之水, 非有泥土, 三也, 石乃釣石, 非尋常之石, 四也, 東坡自汲, 非遣卒奴, 五也.「大瓢貯月歸春甕, 小杓分江入夜瓶.」其狀水之淸美極矣. 分江二字, 此尤難下.「雪乳已翻煎處脚, 松風仍作瀉時聲.」此倒語也尤爲詩家妙法, 卽少陵「紅稻啄餘鸚鵡粒, 碧梧棲老鳳凰枝」也.「枯腸未易禁三椀, 臥聽山城長短更.」又翻却盧仝公案, 仝喫到七椀. 坡不禁三椀, '山城更漏無定', 長短二字, 有無窮之味.

소식은 儋州(담주 : 해남도)에서 유배생활하면서, 아침에 일어나서 머리 빗기, 오후에 창가에 앉아서 낮잠 자기, 밤에는 누워서 발 씻기 등 나름 유유자적하며 은거의 樂을 느끼며 자신의 문학 창작에 열중하였다. 위 시에서 閑寂하게 강물을 길어서 차 끓이는 정감을 소박하게 읊었다. 양만리는 시화에서, 「몸소 낚시터에 가서 깊이 맑은 물 긷네.(自臨釣石汲深淸.)」 구를 자세하게 분석하고 있는데, 그 심도가 情景交融的 관념을 보인다. 그리고 제2연에서는 표주박을 이용해서 물 긷는 것을 마치 물에 비친 달을 항아리에 비유하고, 국자에 떠 담는 물은 강물을 갈라놓는 것처럼 상상한 장면은 소식다운 정서의 표출이다. 제3연의 차 끓이는 상황을 묘사한 부분은 실지 광경 그대로를 연상시킬 만큼 섬세하다. 시어 배치도 倒語的 어법을 강구하여 더욱 운치가 넘치는데, 倒語 구법에 대해서 명대 李東陽의 ≪懷麓堂詩話≫(제114조) 다음 글을 통하여 보충 설명한다.

> 시에서 시어의 도치, 시구의 도치법을 쓰면 곧 웅건하게 느낀다. 예를 들면 두보 시 「발에 바람이 불어 절로 고리에 걸리네」, 「창가에 바람 불어 책 두루마리가 펴지네」, 「바람이 부니 원앙이 물가 가까이 숨네」 구는 風자를 모두 도치하고 있다. 「강에 바람이 쉭쉭 불어 가을 돛이 어지럽네」 구는 더욱 생동하는 중요한 문구이다.
> 詩用倒字倒句法, 乃覺勁健. 如杜詩「風簾自上鉤」, 「風窗展書卷」, 「風鴛藏近渚」, 風字皆倒用. 至「風江颯颯亂帆秋」, 尤爲警策.

시어와 시구의 倒置는 작시에서 다용되는 구법으로 시 묘사에 勁健한 맛을 준다고 이동양은 기록하고 있는데, 이것은 시의 용운과 밀접한 관계가 있다고 하겠다. 청대 兪樾은 倒句의 사용에 대해서 「시인의 어사는 반드시 운을 써야 하는데, 도구에 더욱 많다.(詩人之詞必用韻, 故倒句尤多.)」(≪古書疑義擧例≫)라고 한 바, 이동양은 작시의 음악성을 중시하였기에 용운과 어구 도치법의 운용과 연관시키고 있다 할 것이다. 인용한 4개의 詩句 전부 杜甫 시로서 「風簾」구는 〈月〉, 「風窗」구는 〈水閣朝霽奉簡嚴雲安〉, 「風鴛」구는 〈朝雨〉, 「風江」구는 〈簡吳郎司法〉 시이다. 소식의 시 말연에서 시인은 차를 마시면서 한밤의 城樓 시각 종소리에 유배생활의 비감을 토로한다. 양만리는 소식의 이 시 말연을 중당시대 大歷十才子의 한 사람인 盧仝의 〈走筆謝孟諫議寄新茶〉의 「첫 잔에 목과 입술 축이고, 둘째 잔

에 고민을 깨뜨리네.(一碗喉吻潤, 兩碗破苦悶.)」구에서 착상한 것으로 서술하고 있다.3)

(5) 양만리는 시화 속에 逸話를 통해 笑話도 간간이 기술하고 있어서 시론 외적인 다음 글에서 그 시인의 성품을 알 수 있게 한다.

소식은 담소하며 유머를 잘하는데, 윤주를 지나다가 태수가 성대한 모임에 향연을 베풀어 마시고 흩어지는데, 여러 기녀가 황정견의 차 노래를 불러 이르기를, 「다만 춘초(백미꽃) 술 한 잔으로 멋진 손님 녹이네.」라 하니 소식이 정색하며 이르기를, 「춘초 술 마시리라.」하였다. 여러 기녀가 소식 뒤에 서서 소식의 의자에 기대어 있다가 크게 웃다가 넘어지니, 의자가 마침내 부서져서 소식이 땅에 쓰러지니, 빈객들이 한바탕 웃고 흩어졌다. 촉 사람 이규의 말에서 보다.
東坡談笑善謔, 過潤州, 太守高會以饗之, 飲散, 諸妓歌魯直茶詞云: 「唯有一盃春草, 解留連佳客.」坡正色曰:「却留我喫草.」諸妓立東坡後, 憑東坡胡床者, 大笑絶倒, 胡床遂折, 東坡墮地, 賓客一笑而散. 見蜀人李珪說.

여기서 소식의 천진난만한 성품을 읽을 수 있다. 그 천부적인 재능이 곧 순전한 정신세계와 융화하여 대문호의 반열에 오를 수 있었을 것이다. 소식은 神宗 熙寧 4년(1071)에서 동 7년까지 杭州에 있으면서 지방관으로서 常州와 潤州(지금의 江蘇, 鎭江)에서 발생한 재난을 구휼하기 위해 활동하였고, 臨安과 於潛(오잠)에서는 메뚜기 잡는 일을 감독하였다. 그런 중에 윤주태수의 연회에서 시문을 창화하는 광경을 기록하고 있다.
본 시화는 원래 ≪誠齋集≫에 있었는데 별도로 떼어 낸 것이며, ≪四庫全書≫에는 실려 있고 ≪歷代詩話續編≫에 재록되어 있다.

---

3) 조규백 역 ≪蘇東坡評傳≫ p.246-247

≪全唐詩話≫ - 尤袤

　尤袤(우무, 1127-1194). 자는 延之, 호는 遂初居士로, 常州 無錫 (지금의 江蘇省 無錫)人이다. 紹興 18년(1148)에 진사에 합격하였고, 泰興縣令, 江東提刑 등을 지냈으며, 禮部尙書兼侍讀까지 올랐다. 성품이 강직하여 조정에서 諫言하고 원칙을 지키면서 아부하지 않았다. 시는 楊萬里, 范成大, 陸游 등과 齊名하여 南宋四大家로 칭한다. 작품은 많이 산실되었고 淸代에 이르러 ≪梁溪遺稿≫가 편집되고 ≪遂初堂書目≫이 있다. 그의 시 〈題米元暉瀟湘圖二首〉를 본다.

　　만 리 멀리 강과 하늘이 닿는 곳 아득한데
　　마을에 안개 낀 나무가 희미하네.
　　다만 외로운 거룻배에 빗소리 아니라면
　　황홀하게 몸이 소수 상수에 떠있는 듯.
　　萬里江天杳靄, 一村煙樹微茫.
　　只欠孤篷聽雨, 恍如身在瀟湘.

　　맑고 맑은 새벽 산에 안개 가로놓이고
　　아득히 먼 강물과 모래톱 보이네.
　　어찌 푸른 도롱이와 삿갓 걸치고
　　떠있는 집들이 왔다 갔다 하는가.
　　淡淡曉山橫霧, 茫茫遠水平沙.
　　安得綠蓑靑笠, 往來泛宅浮家.(≪宋詩紀事≫ 권47)

　이 六言體 시는 米友仁(자 元暉)이 그린 〈瀟湘白雲圖〉에 題詩한 시로서 미우인의 대표작으로 평가하는 水墨畵인데, 우무 외에 謝伋, 洪邁, 朱敦儒, 朱熹 등 남송 명인의 題跋이 있다. 우무는 이 그림에

跋文과 題詩를 孝宗 淳熙 8년(1181)에 붙였다. 위의 두 시는 서로 긴밀하게 결합된 整體로서 두 시의 결구가 상동하니, 각시의 앞 두 구는 그림 속 경물을 객관적으로 묘사하고 뒤 두 구는 시인이 그림을 보는 주관적인 감수를 표현하고 있다.

본 시화의 撰者 성명이 분명치 않았는데 우무의 〈自序〉 末에 「함순 신미년(1171) 중양절에 수초당 우무가 쓰다.(咸淳辛未重陽日遂初堂書.)」라고 한 바, 저자를 확인할 수 있으며, 명대 正德 丁卯(1506)의 秦中刻本에 安惟學의 序와 江晟의 後序가 있는데 거기에 尤袤의 작이라 하고, 그 후에 正德 丁丑(1517) 鮑繼文의 重刻本에도 동일하다. 본 시화는 ≪四庫存目提要≫에서도 計有功의 ≪唐詩紀事≫와 매우 유사하다고 할 만큼, 범례 용어도 그대로 썼다. 다만 ≪唐詩紀事≫에서는 李白(이태백)과 杜甫를 자주 언급하였는데, 본 시화는 이백과 두보를 전혀 언급하지 않았다는 것이 다를 뿐이다. 이런 점은 청대 黃培芳이 편집한 ≪唐賢三昧集≫에 이백과 두보의 시가 없다는 점과 같다. 〈毛晋汲古閣書跋〉에 보면,

우연히 수초 주인의 ≪전당시화≫를 살펴보니 약 3백여 명인데 약간의 흠이 있어서, 3백년간의 풍격 모음에 아쉬운 것이 없을 수 없지만, 세 번 개요를 바꾼 것을 이미 자세히 보여준다.
偶簡遂初主人全唐詩話, 約三百餘家, 雖片羽點班, 于三百年風會不能無憾, 然而三變梗槪, 已具見矣.

라 하여 본 시화의 구성을 설명하고 ≪高儒百川書志≫에서는,

≪전당시화≫ 세 권은 송대 우문간공이 연령별 제왕, 명사, 방외, 규수 등 320인을 다 기술하여 각각 그 기발하여 놀랄 만한 말을 끌어넣고 그 사실을 주워 모았으니, 당인의 정밀한 힘이 거의 여기에 다 드러나 있다. 한 시대의 시사로서 지금 드물게 전해진다.
全唐詩話三卷. 宋尤文簡公盡甲子帝王·名士·方外·閨秀三百二十人, 各鉤其警語, 摭其事實, 唐人精力, 殆盡于此. 一代詩史也, 今時罕傳.

라고 하여 본 시화의 내용 특성과 시화의 가치를 설명하고 있다. 본 시화 6권에 기재된 당시인은 모두 322인이니 ≪全唐詩≫에 수록된 2,300여 명의 48,900여 수에 비하면 나름대로 상당한 시인들을 거론하고 있다. 초당대에 文章四友, 初唐四傑 등 걸출한 시인들을 균형 있게 거론하지 않거나, 특히 이백과 두보를 의도적으로 배제한 경우는 본 시화의 객관성을 의심케 하는 내용 선정이라 할 것이다.

본 시화는 시대별 인물별로 목차를 설정하고 있으니, 권별로 구성 내용을 본다.

* 권1: 太宗, 高宗, 中宗, 玄宗, 文宗, 宣宗, 昭宗 등 황제 7인과 武后, 徐賢妃 등 2인 왕비 그리고 虞世南, 魏徵, 王勃, 蘇味道 등 初唐文人, 王維, 李嘉祐, 王昌齡 등 성당문인 등 54인. 단 初唐四傑인 楊炯과 盧照隣, 文章四友인 杜審言, 吳中四士는 제외.
* 권2: 성당문인 韋應物, 劉長卿 등과 중당문인 戎昱, 戴叔倫, 錢起, 韓翃, 孟郊, 韓愈 등 53인.
* 권3: 중당문인 劉禹錫, 賈島, 王建, 李賀, 柳宗元, 白居易, 李德裕 등 56인.
* 권4: 중당문인 姚合, 項斯 등과 만당문인 張祜, 馬戴, 李群玉, 杜牧, 溫庭筠, 許渾, 段成式 등 55인.
* 권5: 중당시인 薛能과 만당시인 陳韜玉, 高騈, 皮日休, 杜荀鶴, 羅隱, 鄭谷, 吳融 등 52인.
* 권6: 만당문인 周樸, 孫魴 8인과 詩僧 靈澈, 靈一, 淸江, 皎然, 無可, 貫休, 齊己 등 29인 그리고 여류문인과 궁인, 기녀 薛媛과 魚玄機 15인 등 총 52인.

위 시인들의 기록은 대부분 생평과 일화이어서 시론적 가치는 적어도 시풍의 배경을 이해하는 데 필요한 자료라고 할 수 있다. 則天武后의 시에 대해서「무릇 태후의 시문은 모두 원만경과 최융 등이 지었다.(凡太后之詩文, 皆元萬頃崔融輩爲之.)」는 고증의 예가 된다. 한편 성당대 시인이며 도잠(도연명)의 후손인 陶峴1)은 開元 말년에 崑山(지금의 江蘇에 속함)에서 江湖에 노닐며 자칭 '麋鹿野人'이라 하고 謝靈運을 흠모하는 삶을 영위하였는데 그에 관한 다음 글은 황당하여 믿을 수 없으니,

서새산 아래에 이르러 배를 길상사에 정박하니 강물이 깊고 검은 것을 보고 반드시 괴물이 있겠다고 말하고서 칼을 주어 마가에게 내려가서 잡아오라 명하였다. 한참 뒤에 찢어지고 갈라진 지체가 물위에 떠오르니, 도현은 눈물을 흘리며 노를 저어 돌아가서 시를 지어 스스로 써놓고 다시는 강호에서 유람하지 않았다.
至西塞山下, 泊舟吉祥佛寺, 見江水深黑, 謂必有怪物, 投劍命摩訶下取. 久之, 支體磔裂, 浮于水上, 峴流涕回棹, 賦詩自敍, 不復游江湖矣.

라고 하니 일화이기는 하지만 도현의 작시 동기를 설명하는 자료로서는 석연치 않은 설화 같은 글이다. 우무는 그의 시화 原序 말단에 본 시화를 짓게 된 意志와 내용 서술의 방향을 간명하게 밝히고 있으니,

당대 정관 이래로 육조시대 성운 병폐가 아직 있지만, 시가의 멋이 웅장하고 심오하여 옛 뜻이 넘친다. 개원과 원화 시기의 시문이 흥성하여 마침내 시경의 풍아를 따를 만하고 회창 시기 이후에는 화미함을 드러냈다. 자주 세상의 변화를 살피는 사람은 이에 느끼는 것이 있을지라. 어찌 시뿐이라고 말하겠는가.
唐自貞觀來, 雖尙有六朝聲病, 而氣韻雄深, 駸駸古意. 開元元和之盛, 遂可追配風雅, 迨會昌而後, 刻露華靡盡矣. 往往觀世變者於此有感焉. 徒詩云乎哉.

---

1) 陶峴 : 開元 연간에 崑山에 거주하며 유람하였는데, 배 세 척을 마련하여 한 척은 자신이 타고, 한 척은 賓客을 태우고, 다른 한 척은 飮饌을 싣고, 孟雲卿 등과 山水를 탐방함. 自號를 '水仙'이라 함. ≪樂錄≫ 8章을 지음.

라고 하여 본 시화에 시 자체보다는 시인의 창작계기 등에 중점을 두려 하였음을 알 수 있으니, 우무는 計有功의 ≪唐詩紀事≫나 辛文房의 ≪唐才子傳≫처럼 당시에 대한 가치와 영향을 다분히 의식한 편찬의도가 있었다. 우무는 논시의 측면에서 劉長卿 시를 평하기를, 「죄를 지어 세상 풍상에 괴로우나 천지의 인자함을 온전히 누리네. 마음 상하면서도 원망하지 않으니 풍아를 족히 표현하고 있다.(得罪風霜苦, 全生天地仁, 傷而不怨, 亦足以發揮風雅矣.)」라고 하여 시의 詩敎的 특성과 복고적 풍격을 찬미하였고, 錢起의 시에 대해서는 「제나라 송나라의 부허함을 고치고, 양나라 진나라의 화려함을 깎아버리고, 우뚝 홀로 서니 함께 견줄 자가 없다.(革齊宋之浮游, 削梁陳之靡曼, 迥然獨立, 莫之與京.)」라고 평하여 六朝의 騈儷體를 탈피하고 고풍을 회복하였다고 칭찬하기도 하였다.

본 시화의 방대한 내용 중에서 필자의 主見에 의거하여, 권별로 관심 가는 시인을 선정해서 그 생평과 시풍을 집중적으로 살펴보기로 한다.

1. 高宗과 金眞德

태평공주는 측천무후의 딸로서 무후가 딸 중에 그녀를 더 사랑하였다. 고종 황제가 설소를 간택하여 혼례를 치르는데 만년현을 빌려서 결혼예식장으로 했는데, 문이 막혀 황후의 수레가 들어갈 수 없자 유사가 담을 헐고 들어갔다. …
太平公主, 武后所生, 后愛之傾諸女. 帝擇薛紹尙之, 假萬年縣爲婚館, 門隘不能容翟車, 有司毁垣以入. …(≪全唐詩話≫ 권1)

당대 제3황제 高宗은 李治(628-683)인데, 자는 爲善으로, 太宗의 제9자이며 始封은 晋王이다. 貞觀 17년(643), 황태자가 되고 동 23년에 즉위하여 王皇后를 폐위하고 武曌(무조)를 세워 皇后로 삼아 조정을 함께 장악하였다. 弘元 원년에 졸하니 재위 34년이다. 시호는 天皇大帝, 廟號는 高宗이다. 시문에 능하고 正書를 잘하였으며 ≪全唐詩≫(권2)에 시 8수가 수록되어 있다. 고종의 시는 전형적인 齊梁風을 지니고 있다. 그의 시 〈謁大慈恩寺〉를 본다.

> 일궁은 만 길을 열고
> 월전은 8천 척 솟아 있네.
> 꽃 덮개는 둥근 그림자 날리고
> 깃발 무지개는 굽은 그늘을 끄네.
> 고운 노을은 멀리 장막을 두르고
> 수많은 진주는 촘촘히 수풀을 덮었네.
> 고요한 안개구름 밖에는
> 초연히 세상 밖의 마음이로다.
> 日宮開萬仞, 月殿聳千尋.
> 花蓋飛團影, 幡虹曳曲陰.
> 綺霞遙籠帳, 叢珠細網林.
> 寥廓煙雲表, 超然物外心.

초당의 齊梁風 시로서 상징적이며 은유적인 묘사법을 강구하고 있다. 제1연은 해와 달의 운행을 日宮과 月殿으로 비유하고, 제2연 은 寺院의 경치를 묘사하며, 제3연은 노을을 마치 장막을 두른 것 처럼 착상하며 珍珠는 수풀에 내린 맑은 이슬로 풀이된다. 말연에 서 大慈恩寺에서 탈속하여 참선하는 승려의 자태를 표현하고 있다. 고종은 신라와 연합하여 고구려와 백제를 멸망시키고 통일신라를 세 우게 하여, 眞德女王이 高宗 황제 즉위를 축하하는 축시 〈太平詩〉 (≪全唐詩≫ 권797)가 있다. 이 시는 신라와 당의 문학교류에 중요 자료가 되니 시기로 眞德 太和 4년(650, 高宗 永徽 元年)이며 작시 동기는 ≪三國史記≫에서 기록하기를,

6월에 사신을 당나라에 보내려는데, 백제의 무리를 격파한 일을 아 뢰니, 왕이 천에다 오언 〈태평송〉을 지어 김춘추의 아들 법민을 보 내 당 황제에게 바쳤다.

六月遣使大唐, 告破百濟之衆, 王織錦作五言太平頌, 遣春秋子法敏以
獻唐皇帝.(《本紀》五)

라 하고, ≪全唐詩≫ 注에 기술하기를,

영휘 원년에 김진덕이 백제의 무리를 대파하고 천에다 오언의 〈태평
시〉를 지어서 그 동생의 아들 법민을 보내어 바쳤다.
永徽元年眞德大破百濟之衆, 織錦作五言太平詩, 遣其弟之子法敏以獻.

라고 하여 唐과의 교분을 위한 외교적 의미를 지녔음을 말하였다. 眞
德女王의 시를 다음에 본다.

대당이 건국의 대업을 여시어
우뚝 황제의 길 창성하시라.
전쟁을 그치사 오랑캐 평정하시고
문물을 닦아 백왕을 이으셨도다.
온 하늘이 숭고한 비 베푸사
모든 사물 다스려 밝은 이치 지녔어라.
깊으신 인덕은 해와 달과 조화 이루고
길운을 다루시어 평강을 힘쓰시네.
나부끼는 깃발 이미 빛나시니
징과 북 어찌도 요란하신가.
오랑캐 중에 명령을 어기는 자
잘리고 뒤집혀 큰 재앙 입으리라.
온화한 바람이 우주와 어울리어
멀리 앞서거니 상서로운 기운을 드리네.
사계절은 임금의 덕과 같이하고
일월과 오성은 만방을 살피시네.
산악의 정기가 재상을 내리사 보필케 하고
황제는 충신을 두루 쓰시도다.
삼황오제께서 모두 한결같은 덕으로
우리 황실 당나라 길이 밝히소서.

大唐開鴻業, 巍巍皇猷昌.
止戈戎衣定, 修文繼百王.
統天崇雨施, 理物體含章.
深仁諧日月, 撫運邁時康.
幡旗旣赫赫, 鉦鼓何鍠鍠.
外夷違命者, 翦覆被大殃.
和風凝宇宙, 遐邇競呈祥.
四時調玉燭, 七曜巡萬方.
維嶽降宰輔, 維帝用忠良.
三五咸一德, 昭我皇家唐.(이 시에 대해서는 ≪唐詩紀事≫ 해제 참조)

위 〈太平詩〉에서 '大唐', '鴻業', '巍巍', '皇猷', '繼百王', '崇雨', '含章', '深仁諧日月', '和風', '呈祥', '幡旗赫赫', '鉦鼓鍠鍠', '玉燭', '七曜', '宰輔', '忠良', 그리고 말연의 어구가 상관에 대한 尊仰의 표현인데, 이 시의 작시가 원래 奉制的 성격을 지닌 것과 함께 풍격 또한 초당 (618-712)적이라 하겠다. 초당이라면 시의 풍격상 承齊梁派와 反齊梁派가 양립하여 전자는 화미한 궁체시를 추종하여 初唐四傑, 上官儀, 沈佺期, 宋之問 등이 성률과 대우에 역점을 두어 근체시의 완성을 주도하였고, 후자는 隱逸, 復古, 純樸, 淸淨을 주장하여 王績, 寒山, 陳子昂 등이 주류를 형성하고 있었는데, 당시의 궁실을 중심한 귀족층은 전자를 애호하여 〈太平詩〉에서 보는 숭고하고 웅장한 내용과 浮華한 표현은 李奎報의 '高古雄渾'(고아하며 예스럽고 웅혼함) 이란 평어와 상통한다고 보겠다.[2] 비록 이 시에 대한 高宗의 답시가 없지만, 이 시가 한국 漢詩史的 가치를 지니며 신라가 삼국통일을 이루는 데 唐의 참여를 촉진시킨 매체가 되었을 것이다. 진덕여왕의 시가 高宗의 시와 장중하면서 精美한 면에서 상통한다.

---

[2] 宮室에서 齊梁派를 愛好한 출처를 ≪唐詩紀事≫(卷1)와 ≪全唐詩話≫(卷1)에서 보고, ≪唐詩紀事≫에 「太宗帝嘗作宮體詩…」구와 高宗의 〈過溫湯詩〉를 例證으로 본다. 李奎報는 ≪白雲小說≫에서 「新羅眞德女王太平詩, 載於唐詩類記, 其詩高古雄渾, 比始唐諸作, 可相上下.」라 함.

2. 王維와 詩友 裴迪

안록산이 응벽지에서 큰 연회를 여니 이원의 제자들이 탄식하며 흐
느껴 눈물 흘렸다. 악공 뇌해청이 악기를 던지고 서쪽을 향해 크게
통곡하니 적들이 시마전에서 사지를 찢어 죽였다. 왕유는 때마침 보
리사에 구금되었는데 시를 지어 이르기를, 「온 백성이 상심하여 들판
에 연기 나니, 백관은 언제나 다시 천자를 뵈올 건가. 가을 홰나무는
깊은 궁궐에 낙엽 지는데, 응벽지에서는 관현악이 울려 퍼지네.」 하
였다. 후에 죄를 이 시로 면하게 되었다.
祿山大會凝碧池, 梨園弟子獻欷泣下. 樂工雷海清擲樂器, 西向大慟, 賊
支解于試馬殿. 維時拘於菩提寺, 有詩曰:「萬戶傷心生野烟, 百官何日
再朝天. 秋槐落葉深宮裏, 凝碧池頭奏管弦.」 後有罪, 以此詩獲免.(≪全
唐詩話≫ 권1)

왕유는 자가 摩詰로 太原 祁(지금의 山西 祁縣)人이다. 부친 處廉
이 汾州司馬로 있을 때에, 蒲(지금의 山西 永濟縣) 지방으로 이사
하여 河東人이 되었다. 모친 崔氏의 영향으로 佛家에 귀의하였고 開
元 18년(730)에 부인이 죽은 후부터는 大德道光禪師를[3] 따르며 坐
禪과 念佛에 심취하였는데, ≪舊唐書≫〈王維本傳〉에 보면, 「형제가
모두 부처를 받들어 항상 소찬을 들면서 마늘, 파 등과 고기류를
먹지 않고 만년에는 재실에 오래 머물며 채색 옷을 입지 않았다.(兄弟
俱奉佛, 居常疏食, 不茹葷血. 晩年長齋, 不衣文彩.)」라 하고 이어서,

장안에서 날마다 10여 명의 명승과 식사하며 현담으로 낙을 삼았고,
재실에 아무것도 없이 오직 차와 약 도구만 두고 탁자와 침상만 두
었다. 퇴관 이후로는 분향하며 홀로 서서 선시를 암송하는 것을 일

---

3) ≪王右丞集箋注≫(卷25)〈大薦福寺大德道光禪師塔名〉:「禪師, 韓進光, 本姓
李, 縣州巴西人.」이라 하고 「春秋五十二夏, 以大唐開元二十七年五月二十三日
入般涅槃.」이라 함.

삼았다.

在京師日飯十數名僧, 以玄談爲樂, 齋中無所有, 唯茶鐺藥臼, 經案繩
床而已. 退朝以後, 焚香獨立, 以禪誦爲事.

라고 한 것으로 보아 만년의 心法을 알 수 있다. 肅宗 乾元 원년
(758)부터 장안 교외에 있는 輞水의 藍田別墅에서 안일하게 만년을
마쳤다. 관직을 보면, 玄宗 개원 9년(721)에 장원 급제하고 동년에
太樂丞에서부터 시작하여, 개원 22년에는 張九齡에 의해 右拾遺로
발탁되고, 개원 25년에는 監察御史로서 崔希逸의 幕中에서 복무하고,
개원 28년에는 殿中侍御史를 지내고, 현종 天寶 원년(742)부터 천
보 3년 사이에 左補闕, 庫部員外郎, 庫部郎中 등을 역임하고, 천보
11년에는 文部郎中을, 건원 원년에는 太子中允, 太子中庶人, 中書舍
人, 給事中을 거쳐서, 이듬해인 건원 2년(759)에는 尙書右丞(正四
品下)을 역임하였다.

　왕유의 생졸년에 대해서는 두 가지 설이 있는데, ≪舊唐書≫ 〈王維
傳〉에는 건원 2년 7월 졸이라 하고, ≪新唐書≫에는 上元 初(760)
卒이라 하였으나, 청대 趙殿成은 그의 전주본(≪王右丞集箋注≫ 권18)
에서 肅宗에게 올린 〈동생 왕진이 새로이 좌산기상시를 제수 받은
것에 감사하는 글(謝弟縉新授左散騎常侍狀)〉 말미에 「상원 2년 5월
4일 통의대부상서우승 신 왕유 올림(上元二年五月四日通議大夫守尙書右丞
臣王維狀進)」이라 하였으니, 이로써 武后 大足 원년(長安 元年 701)에
출생하여 숙종 상원 2년(761)에 사망한 연대가 정확하다고 하겠다.

　王維의 詩友 중에 裴廸[4]은 가장 친근한 교유를 맺은 사이이다.
≪唐詩品彙≫ 〈裴廸傳〉에 보면, 배적은 關中人으로 생년은 현종 개
원 4년(716)이며 졸년은 상세하지 않다. 왕유보다 15세 연하이며 天
寶亂 前(755)에 王維, 崔興宗을 따라 終南山에[5] 같이 머물렀다. 그러

---

4) ≪全唐詩≫ 권129 : 「裴廸, 關中人. 初與王維, 崔興宗隱居終南山, 日以詩倡和,
　天寶後, 出士, 任蜀州刺史, 與杜甫李頎等友善, 嘗爲尙書省郎, 詩二十九首.」

니까 왕·배의 친밀한 우정은 종남산에 은거할 때 이루어진 것이다. 이 시교 시기는 長安에서의 開元 28년이라고[6] 본다. 왕유의 시문에 배적에게 보낸 시가 9수, 書信이 하나 있는데, 이것은 왕유의 友人 중에 가장 많은 수이다. 왕·배의 교왕이 단순한 吟詠과 寫作만의 교제에 머무르지 않고, 李頎(이기)나 王昌齡의 詩交처럼, 사상을 배경으로 한 詩畫의 예술창작상의 흥취도[7] 서로 나눈 데 있다는 것을 알 수 있다. 왕유의 〈贈裴十廸〉 시를 보자.

> 전원 풍경 해 저물녘 유달리 아름다운데
> 그대에게 새로운 시 한 수 지어 보내노라.
> 風景日夕佳, 與君賦新詩.(≪王右丞集箋注≫ 권2)

이 시는 왕·배 양인이 「시로써 벗을 삼는 것(以詩爲友)」을 말해 주고, 〈山中與裴透才廸書〉에 보면,

> 이때에 홀로 앉으니 노소 하인이 조용하고 지난 일을 많이 생각하여 손을 잡고 시를 지으며 가파른 길 걷고 맑은 물가로 나간다.
> 此時獨坐, 僮僕靜默. 多思曩者, 携手賦詩, 步仄徑, 臨淸流也.(상동 권15)

라 하여 시세계에서 의기상합된 감흥 상태를 말하고 있다. 왕·배 양인은 항상 교왕하기 가까운 거리를 두고 終南山에 은거하고 있었던 것같다. 그리고 〈黎拾遺昕裴廸見過秋夜對雨之作〉 시를 보면,

> 귀뚜라미 울음소리 재촉하나니
> 가벼운 옷차림으로 나섰으나 겹옷으로 바꿔야겠네.

---

5) ≪唐才子傳≫ 卷2, 〈王維傳〉:「有別墅在藍田縣南輞川, 亭館相望. 嘗自寫其景物奇勝, 田與文士丘圓. 裴廸. 崔興宗, 遊覽賦詩, 琴樽自樂.」

6) 明 顧元緯의 ≪王維年譜≫ 및 莊申의 ≪王維研究≫ 참조.

7) 王維의 〈春與裴廸過新昌里訪呂逸人〉 시의 新昌里에 崇眞觀이 있고 ≪全唐詩≫ 권 129 王縉의 〈王昌齡·裴廸遊靑龍寺曇壁上人兄院集上和兄維〉 시의 靑龍寺도 新昌里에 있으므로 王·裴 二人이 道佛에 같이 출입했음을 보여준다.

促織鳴已急, 輕衣行向重.(상동 권7)

라 하였고, 〈登裴迪秀才小臺作〉 시에서는,

> 멀리서도 알 수 있나니, 저 먼 숲가에서
> 이 처마 근처가 보이지 않겠네.
> 반가운 손님들 달구경하러 많이들 오리니
> 문지기 아이야, 문을 걸지 말거라.
> 遙知遠林際, 不見此簷間.
> 好客多乘月, 應門莫上關.(상동 권9)

라고 하였다. 위의 시에서 가벼운 옷(輕衣)으로 나들이한다든가, '應門莫上關'이라는 말은 그 양인 관계가 서로 가까움을 말한다. 다음에 〈山中與裴秀才迪書〉를 본다.

> 섣달이 가까운데 날씨가 화창하여 산을 넘을 만하다. ⋯ 문득 산중에 돌아가 감배사에서 쉬었다.
> 近臘月下, 景氣和暢. 故山殊可過. ⋯ 輒便往山中, 憩感配寺.(상동 권 15)

섣달에 배적을 방문하러 산길을 건너가도 추위를 염려하지 않을 정도로 근거리임을 밝히고 있다.

한편, 安祿山의 亂 중의 왕·배의 교유는 특이한데, 그 고사를 통해 교유관계를 고찰하고자 한다. 안록산이 玄宗을 따라 피신하지 못한 신하를 모아 노는 가운데, 전승의 연회를 궁내에서 열었을 때, 악공들이 현종 시대의 태평성세와 자유를 그리며 통곡한 일이[8] 있다. 왕유는 菩提寺(보리사)에 감금된 신세로, 배적의 방문을 받고 이 소식을 전해 듣고 칠언절구 1수를 지어 그 소회를 토로하였다.

> 온 백성이 상심하여 들판에 연기 나니
> 백관은 언제나 다시 천자를 뵈올 건가.

---

8) 劉維崇 ≪王維評傳≫ 〈生平篇〉 참조.

가을 홰나무는 깊은 궁궐에 낙엽 지는데
응벽지에서는 음악이 울려 퍼지네.
萬戶傷心生野煙, 百官何日再朝天.
秋槐葉落深宮裏, 凝碧池頭奏管弦.(상동 권14)

이 시의 史證은 《新唐書》〈王維傳〉과 이 시의 제목인 「보리사에
구금되어 있을 때였다. 배적이 찾아와 상면하던 중 역적들이 응벽지
가에서 풍악을 울리고 시중하는 이들은 노래를 부르고 있다는 말을
하면서 일시에 눈물을 흘렸다. 이에 몰래 구호(읊조림, 口吟)를 지어
배적에게 읊어 주며(菩提寺禁. 裴廸來相看說, 逆賊等凝碧池上作音樂,
供奉人等擧聲時便一時淚下. 私成口號. 誦示裴廸.)」라는 긴 시제에 잘
나타나 있다. 여기서 배적이 일신의 안위를 돌보지 않고 평상과 같이
보리사로 왕유를 탐방한 사실은, 양자의 불변의 우정을 입증한다. 숙
종이 至德 2년(757) 9월에 장안을 수복하고 치죄할 때 왕유도 연계
되어 중죄로 다스려지게 되며, 동생인 刑部侍郎 王縉이 奏書를 올려
바로 「온 백성이 상심하여 들판에 연기 난다.(萬戶傷心生野煙.)」라는 시
구를 제시하며 무죄를 상소한 결과, 구명되고 오히려 애국충정을 기
리어 右丞으로 관직이 오른 왕유 생평상의 기사가 있다. 왕·배 양인
의 교유 자료 중에 상호 和唱한 시가 비교적 풍부한데, 왕유의 《輞川
集》과 배적의 和詩 20수 絶句가9) 그 대표적인 예다. 〈輞川集序〉를
본다.

나의 별장은 망천산곡에 있는데 그 노니는 곳이 맹성요, 화자강 …
등이 있는바 배적과 한가하게 각자 절구를 짓노라.
余別業在輞川山谷, 其遊止有孟城坳, 華子岡 … 等, 與裴廸閑暇, 各賦
絶句云爾.(상동 권13)

여기서 藍田에서 양자가 작시하는 심태는 '閑暇'하다. 망천 생활을

9) 《王右丞集箋注》 卷13과 《全唐詩》 卷129,〈裴廸詩〉卷에 수록.

시작할 때는 숙종 乾元 원년(758)인 왕유가 57세 때이다. 40세의 배적과 조용히 한거하며 吟詠과 長嘯(장소:긴 휘파람, 일종의 丹田 호흡)를 낙으로 삼는 가운데 깊어진 왕·배의 교유는 왕유의 최후, 최고, 最深의 생을 다한 우의의 표현이었다. 왕유의 〈椒園〉 시를 보자.

> 계피 향기 술잔으로 천자를 맞이하고
> 두약을 꺾어 아름다운 님에게 드리네.
> 초란장을 옥으로 빛나는 제단에 바치어
> 운중군이 하강하시기를 바라네.
> 桂尊迎帝子, 杜若贈佳人.
> 椒漿尊瑤席, 欲下雲中君.(상동 권13)

여기에서 화창한 경물과 자신의 순수한 심정을 묘사하였다. 배적의 같은 시제의 시를 본다.

> 붉은 자수 의상을 덮고 있고
> 띠 향기 지나가는 나그네에게 남아 있네.
> 기꺼이 제단에 사용하리니
> 원컨대 그대 꺾어서 내려주소서.
> 丹刿冒人衣, 茅香留過客.
> 幸勘調鼎用, 願君垂採摘.(상동 권13)

이 시의 말연은 영물이 아니고 자기 비유이다. 왕·배의 정분이 평범한 관계를 초탈한 坐忘의 세계까지 승화된 감흥을 준다. 隱者로서 생을 다해 가는 왕유를 잊지 못하며 배적이 蜀州刺史로 임명되어 갈 때, 배적은 그의 〈輞口遇雨憶終南山因獻王維〉(《全唐詩》 권129)에서 다음과 같이 토로하였다.

> 장맛비에 온 하늘 어두컴컴하고
> 모래톱에는 떠도는 광채 사라졌네.
> 망천수는 유유히 흐르는데
> 종남산은 또 어디에 있느뇨.

積雨晦空曲, 平沙滅浮彩.
輞水去悠悠, 南山復何在.

　이 시는 배적이 망천의 추억을 그리워한 것인데, 輞水는 유유히 흐르는데, 南山은 또 어디 있느냐며, 속세를 완전히 작별하는 老後의 왕유를 생각하는 심회를 표현하고 있다. 이해에(761) 왕유가 서거하므로, 왕유와 배적과의 교유는 종결을 고하게 되었다.

　안록산의 난으로 인한 왕유의 만년 삶은 비록 면죄를 받아 右丞이란 높은 직책을 맡은 관변생활을 영위하였지만, 가정적으로 홀아비이며 불심이 더욱 깊어지는 환경과 정치적으로 질고를 겪은 상심으로 인하여, 현실로부터 초탈과 은둔의식이 짙어졌다. 그리하여 그의 중만년(726-761)의 교우관계에 등장하는 인물도 이런 의식과 연관되니, 주요 시인으로 孟浩然과 殷遙를 들 수 있다. 먼저 孟浩然10)과의 관계에서 ≪舊唐書≫(권190下) 〈文苑傳〉의 孟浩然傳을 본다.

　일찍이 태학에서 시회를 열었는데 (맹호연이 시를 읊자) 모두 탄복할 뿐 감히 대항하지 못했다. 장구령과 왕유는 평소 그를 칭찬하던 터였는데 한번은 왕유가 사적으로 그를 집무실로 초청하였다. 그런데 잠시 후 현종이 당도하자 맹호연은 상 밑에 숨었다. 왕유가 사실대로 대답하자 황제는 즐거워하면서 「짐은 그대에 대해 들어서 알고 있었으나 아직 만나지 못했을 뿐이네. 어찌 두려워 숨으시오?」하고는 맹호연을 불러 나오게 했다. 황제는 맹호연에게 그의 시에 대해 묻자 맹호연은 두 번 절을 올리면서 자신의 시를 읊었는데, 『재능 없다고 현명한 군주에게서 버림받았네』라는 시구에 이르러 황제가 「경이 벼슬을 구하지 않았던 것이지, 짐이 일찍이 버리지 않았거늘 어째서 나를 무고하느냐?」고 하면서 쫓아서 돌려보냈다.

　嘗於太學賦詩, 一座嗟伏, 無敢抗. 張九齡·王維雅稱道之. 維私邀入

---

10) ≪唐才子傳≫ 卷2, 〈孟浩然傳〉:「浩然, 襄陽人, 少好節義, 詩工五言, 隱鹿門山, 卽漢龐公棲隱處也. 四十遊京師諸名士間.」陸·馮合著 ≪中國詩史≫ p.429:「武后永昌 元年(689) 生, 玄宗 開元 28年(740) 卒.」

內署, 俄而玄宗至, 浩然匿牀下, 維以實對. 帝喜曰;『朕聞其人而未見也, 何懼而匿』詔浩然出. 帝問其詩, 浩然再拜, 自誦所爲. 至『不才明主棄』之句, 帝曰: 卿不求仕, 而朕未嘗棄卿卿, 奈何誣我. 因放還.

위 문장에서 왕유와 맹호연이 관련된 시기를 두 가지 생각할 수 있으니, 하나는 왕유가 長安으로 복귀한 연대이고, 다른 하나는 왕유와 맹호연의 詩交 연대이다. 왕유는 開元 9년(721)에 과거 급제하여 동년에 太樂丞을 제수하고 개원 10년 전후에 濟州로 피폄되었다가, 그 후에 개원 15년에 관직에 복귀하니, 맹호연이 京師로 나오던 개원 16년 이후가 두 문인의 실질적인 교유 시작으로 본다. 왕유와 맹호연이 교유한 후의 장안에서의 교유사정은 추정하기 어렵고, 단지 맹호연이 玄宗 앞에서 「不才明主棄」라 한 죄로 즉시 경사를 떠나 고향인 襄陽으로 환향할 때11) 왕유가 〈送孟六歸襄陽〉(≪王右丞集箋注≫ 권15)을 지어 歸田園을 위로한 일만 확인할 수 있다.

> 문을 닫고 밖에 나서지 않고
> 오랫동안 세상과 소원하게 지내네.
> 이를 뛰어난 방책으로 삼을지니
> 그대에게 권하건대 옛집으로 돌아가기를.
> 전원의 집에서 술 취해 노래하고
> 웃으며 고인의 책이나 읽으시오.
> 마침 일생에 할 만한 일이려니
> 수고로이 사마상여처럼 〈자허부〉를 바치진 마세요.
> 杜門不欲出, 久與世情疎.
> 以此爲長策, 勸君歸舊廬.
> 醉歌田舍酒, 笑讀古人書.
> 好是一生事, 無勞獻子虛.

---

11) 楊蔭深, ≪王維與孟浩然≫(商務印書舘)에 귀향할 때 洛陽만 경유했다 하는데, 陳胎焮의 〈孟浩然事蹟考〉(『文史』 四期, 中華書局)에 長安 → 洛陽 → 唐城 → 蔡陽 → 襄陽의 노정이라 함.

맹호연이 양양으로 돌아간 후 12년간 왕유를 서로 만나지 못하다
가 病故하였는데, 개원 28년 맹호연이 작고한 그해에 왕유가 殿中侍
御史로 襄州 일대의 선거 사무를 주관 차, 양양에 가서 亡友를 애도
하며 〈哭孟浩然〉시(상동 권20)를 지었다.

옛 친구를 만나 볼 수 없는데
한수는 날로 동쪽으로 흐르네.
양양의 노인을 물으니
채주의 강산은 공허하기만 하네.
故人不可見, 漢水日東流.
借問襄陽老, 江山空蔡州.

이 시에서 본래 깊지 않았던 友情이어서인지, 哀悼詩로서의 감동
은 주지 않고 있다. 다음으로 殷遙(709-748)와의 관계는 《唐才子
傳》(권3) 〈殷遙傳〉을 보면,

은요는 단양 사람이다. 천보 연간(742-756)에 일찍이 충왕부 창조
참군이란 벼슬을 지냈다. 왕유와 교유하면서 함께 참선을 흠모한 탓
에 고상하고 소원한 취향을 지녔으며, 구름이 떠오르는 높은 산에
있는 굴에 기거하려는 생각을 많이 하였다. 그러나 애달프게도 집안
이 빈한하여 그가 사망했어도 장사조차 지낼 수 없었다. 하나 있는
딸은 불과 10세였는데 매일 애통하게 아버지를 그리워하자 가엾게
여겨 재물을 보태주어 석루산에 그의 유골을 매장해 주었다.
遙, 丹陽人, 天寶間嘗仕爲忠王府倉曹參君. 與王維結交, 同慕禪寂, 志
趣高疎, 多雲岫之想. 而苦家貧, 死不能葬. 一女纔十歲, 日哀於親愛, 憐
之與賻贈, 埋骨石樓山中.

라고 하여 왕유와의 結交는 禪寂과 高疎를 같이하는 상호동질적인 요
소를 지니고 있는 것으로 표현하고 있다. 왕유와 은요와의 교유는
아마도 개원 16년에 왕유가 숭산에서 장안으로 돌아온 후에 맺어진
것으로 간주된다. 왕유와 은요의 교유내용으로 〈哭殷遙〉(일명 〈送殷

四葬〉, 상동 권14) 시를 본다.

　　그대를 석루산으로 이장하여 보내고
　　소나무 잣나무 울창한 곳 빈객들 말머리를 돌리네.
　　유골을 매장한 곳은 흰 구름 오래도록 떠있을 뿐
　　다만 시냇물이 세상을 향해 흐르도다.
　　送君返葬石樓山, 松柏蒼蒼賓馭還.
　　埋骨白雲長已矣, 空餘流水向人間.

　　그리고 고체시 형식의 〈哭殷遙〉(상동 권5)를 보자.

　　인생이 얼마나 되겠는가
　　결국은 아무것도 없는(죽음) 세계로 돌아가네.
　　그대가 죽은 것을 생각하니
　　만사가 마음을 상하게 하네.
　　인자하신 모친은 아직 살아계시고
　　하나 남은 딸자식은 이제 겨우 열 살.
　　드넓고 추운 교외에서
　　쓸쓸히 통곡 소리 들려오네.
　　뜬구름은 아득한데
　　나는 새가 울지를 못하누나.
　　길 가는 나 어찌나 적막한지
　　대낮인데도 처량하기만 하네.
　　생각컨대 예전에 그대가 살아있었을 때
　　내게 물어서 불교의 생사가 따로 없는 이치를 깨쳤었지.
　　그대가 요절하지 않기를 바랐는데
　　이제 그대 이룬 것이 없구나.
　　옛 벗들이 각기 애도의 말 하지만
　　이 또한 그대 생애에는 미치지 못하네.
　　그대를 등지는 것이 같은 길이 아니어서
　　통곡하며 사립문으로 돌아가네.

人生能幾何, 畢究歸無似,
念君等爲死, 萬事傷人情.
慈母未及葬, 一女歲十齡,
決溝寒郊外, 蕭條聞哭聲.
浮雲爲蒼茫, 飛鳥不能鳴.
行人何寂寞, 白日自凄清.
憶昔君在時, 問我學無生.
勸君苦不早, 今君無所成.
故人各有贈, 又不及生平.
負爾非一途, 痛哭返柴荊.

　이상의 두 시에서 은요의 생평을 서술한 내용은 없으나, 제7연의
「憶昔君在時, 問我學無生.」 구는 은요가 평생 佛家에 관심을 갖고 왕
유와 상면할 때마다 佛理를 물어 깨쳤던 것을 나타내고 있다. 釋家
의 輪廻說에 의하면, 인간의 과거·현재·미래 三世를 설정한 위에 「신
은 항상 멸하지 않는 것을 알면 거칠고 누추한 것을 도야하고 신명을
닦아서, 곧 생이 없는 불멸의 경지에 이르고 불리를 터득하게 된다.
(識神常不滅, 陶冶粗鄙, 澡鍊神明, 乃致無生而得佛理.)」(劉維崇 ≪王
維評傳≫)라고 한 바같이 '無生'이란 "마음을 맑게 하여 생각을 바르
게 정함(淨心定思)"과 "악을 버리고 선으로 나감(棄惡就善)"이라는
坐禪의 하나로서, 불가의 형이상학적인 훈련이다. 왕유가 불가에 귀
의한 개원 16년 이후, 만년의 임종까지 '無生'을 극력 추구하였으니,
동생인 王縉이 兵部侍郎으로 있으면서 왕유 사후에 집성한 ≪王右
丞集≫을 肅宗에게 헌납할 때 드린 〈進王右丞集表〉를 보면, 「만년
에 이르러 더욱 불도에 정진하여 빈 방에 단정히 앉아서 이 무생을
생각하였다.(至於晚年, 彌加進道, 端坐虛室, 念玆無生.)」라고 하여 형
인 왕유의 만년생활은 역시 '無生'의 경지로 일관한 것을 설명하고 있
으며, 왕유 시에서도 그런 면이 자주 보인다. 〈謁璿上人〉(상동 권3)
일단을 보면,

일심을 법문의 요체를 듣는 것에 두고
불생불멸의 이치를 중생들에게 장려하기를 원하노라.
一心在法要, 願以無生獎.

하였고, 〈登辨覺寺〉(상동 권3) 시에서는,

연초를 깔고 책상다리하고 앉으니
무성히 자란 소나무 숲에 범패 소리 울리네.
고요하고 드높은 속세 밖인 이곳에서 지내면서
세상을 관조하면서 불생불멸의 이치를 터득하리.
軟草承趺坐, 長松響梵聲.
空居法雲外, 觀世得無生.

라고 하였으며, 또 〈與蘇盧二員外期遊方丈寺而蘇不至, 因有是作詩〉(상
동 권9) 시에서는,

듣기로는 그대를 불러서
절에서 묵기로 약속했다 하더이다.
어찌 알았으리오, 오지 못함이
도리어 불생불멸의 이치를 터득케 해 줄 줄을.
聞道邀同舍, 相期宿化城.
安知不來往, 翻以得無生.

라고 하여 왕유가 사상적 비중 속에 '無生'의 진리를 터득함을 알
수 있다. 은요가 연장자인 왕유를 따르며 교유를 두터이 한 것은 佛
理를 매개체로 이루어졌다는 점을 알 수 있다. 왕유와 은요의 교유
는 불가의 종교적 관계라고 설명할 수 있다.

3. 李嘉祐 시의 낭만과 古淡

고중무가 이르기를, 「이가우는 원주인으로 조정에서 문장을 떨쳐서

크게 향기로운 명예를 얻었으니 당대 중흥기의 고명한 인사이다. 전기와 함께 따로 한 시체를 이루어, 자주 제량풍을 보여서 시풍이 기려하니 무릇 오균과 하손에 필적한다.『들판 나루에 꽃이 다투어 피고, 봄 연못에는 물이 어지러이 흐르네.』,『아침노을이 맑은데 비가 내려, 젖은 기운이 새벽에 추위를 느끼네.』구는 문필의 으뜸이다. 또『참선하는 마음 인욕을 초월하고, 범어는 다라니경에 묻네.』구는 허순이 다시 태어나고 손작이 다시 나와서 깊이 생각하여 필력을 다해도 이 경지에 이르지 못할 것이다.』라고 하였다.

高仲武云:「嘉祐, 袁州人. 振藻天朝, 大收芳譽, 中興高流也. 與錢郞別爲一體, 往往涉于齊梁, 綺靡婉麗, 蓋吳均何遜之敵也. 至於『野渡花爭發, 春塘水亂流.』,『朝霞晴作雨, 濕氣曉生寒』, 文筆之冠冕也. 又『禪心超忍辱, 梵語問多羅.』設使許詢更生, 孫綽復出, 窮思極筆, 未到此境.」
(≪全唐詩話≫ 권1)

위 본 시화의 문장은 당대 高仲武의 ≪中興間氣集≫에서 우무가 인용하여 기록한 것이다. 李嘉祐(718-?)는 대력 연간(766-779)에 활동한 대력십재자의 한 사람으로 분류하기도 한다.(王世貞 ≪分甘餘話≫ 권3) 이가우에 대해서 新舊唐書에는 평전이 없고, 당말 姚合의 ≪極玄集≫(卷下)에서,

자는 후일이며, 원주인이고 천보 7년에 진사되고 대력 연간에 천주자사가 되었다.
字後一, 袁州人, 天寶七載進士, 大歷中泉州刺史.

라고 기재한 것이 최조의 사적이며 辛文房의 ≪唐才子傳≫(권3)의 기록이 비교적 상세한 바, 그 부분을 본다.

이가우는 자가 후일이며 조주인이다. 천보 7년에 진사에 급제하여 비서정자가 되나 죄로 남황에 폄적 갔다가 얼마 안 되어 칙조에 의해 파양재가 되고 다시 강음령이 되었다. 후에 태주와 원주자사가 되었다. 시 짓기를 잘하여 기려하며 완미하니 전기와 별도로 한 체제

를 이루어 왕왕 제량체를 드러내니 당시 사람들이 오균과 하손에 필적할 만하다고 하였다. 절로 조정에 떨치니 크게 향기로운 명예를 거두고 풍류를 중흥시켰다. 문집이 있어서 지금 전해진다.

嘉祐, 字後一, 趙州人, 天寶七年, 擧榜進士, 爲秘書正字, 以罪謫南荒, 未幾何, 有詔量移爲鄱陽宰, 又爲江陰令. 後遷台袁二州刺史. 善爲詩, 綺麗婉摩, 與錢郎別爲一體, 往往涉於齊梁, 時風人擬爲吳均何遜之敵, 自振藻天朝, 太收芳譽, 中興風流也. 有集今傳.

이가우 시는 140수에 달하며(≪全唐詩≫ 권206-207과 ≪全唐詩續拾≫), 상기의 시제별 분석을 통하여 볼 때, 교유가 빈번하여 송별과 贈酬, 唱和類, 그리고 영회와 산수전원을 중심 소재로 한 歸田園과 隱遁의 흥취를 담은 작풍을 제시하고 있다. 명대 楊愼은 ≪升庵詩話≫(권5)에서 이가우 시를 논하기를,

이가우의 〈왕사인죽루〉 시에 「의젓한 벼슬아치 한가로이 제후를 비웃으며, 서강에서 대나무를 가지고 높은 누대에 오른다. 남풍에 부들부채 쓰지 않고, 모시모자로 한가로이 갈매기와 마주하여 잠드네.」라 하니 긴 여름의 경치가 맑고 고우며 시원하여 읽으면 정신을 상쾌하게 해준다.

李嘉祐王舍人竹樓「傲吏身閒笑五侯, 西江取竹起高樓. 南風不用蒲葵扇, 紗帽閒眠對水鷗.」長夏之景, 淸麗瀟洒, 讀之使人神爽.

라고 하여 이가우 시의 淸麗하면서 神爽한 면을 상찬하기도 하였지만, 일반적으로는 고중무가 ≪中興間氣集≫에서 거론한 평가를 따라서, 尤袤가 논한 「흔히 제량풍의 기려하고 화려함을 지니고 있어서, 대개 오균과 하손에 필적한다.(往往涉于齊梁綺靡婉麗, 蓋吳均何遜之敵也.)」(본 시화 원문)라는 중평을 따르는 경향이 있으나, 필자의 견해로는 양신의 평이 더욱 적절하여 마치 성당의 이가우가 아닌가 할만큼 낭만적이며 은일적인 풍모가 드러나 있음도 간과할 수 없다. 이가우는 중당대 시인이지만 그의 시에는 초성당대의 풍격까지 골고루

포함하고 있다는 점이 특이하다. 초당의 齊梁風과 성당의 낭만풍, 그리고 중당의 古淡風 등 상호 이질적인 요소들이 그의 시에 공존한다는 의미이다.

4. 韓翃의 詩友 관계

≪남부신서≫에 이르기를, 「승평공주 댁의 즉석에서는 이단이 시회에서 1등하였다. 유주자사로 가는 왕재상을 전송하는 자리에서는 한굉이 시회에서 1등하였다. 강회순찰사로 가는 유재상을 전송하는 자리에선 전기가 시회에서 1등하였다.」라고 하였다.
南部新書云: 升平公主宅卽席, 李端擅場. 送王相之幽鎭, 翃擅場. 送劉相巡江淮, 錢起擅場.(≪全唐詩話≫ 권2)

大歷十才子로 지칭되는 李端과 錢起, 그리고 韓翃12)은 각각 대력시기를 풍미하던 시인들이니, 여기서 한굉과 전기의 교유를 살펴보기로 한다. 한굉의 시에 대해서 명대의 楊愼은 평하기를,

당나라 사람은 한굉의 시를 평하기를, 비흥은 유장경보다 깊고 시의 절주는 황보염만 못하다고 하였다.
唐人評韓翃詩, 謂比興深於劉長卿, 筋節減於皇甫冉.(≪升庵詩話≫ 권14)

라고 하여 比興의 구사가 탁월함을 지적하였으며 청대 沈炳巽(심병손)도 이르기를,

내가 말하노니, 한굉의 시는 비흥에 있어 유장경에 못지않다.
余謂君平之詩比興不減于長卿.(≪續唐詩話≫ 권33)

---

12) 韓翃: 生卒年 不明. 字 君平으로 南陽人이다. 天寶 13년 진사 급제하고, 檢校金部員外郞, 知制誥, 中書舍人을 역임함. ≪韓翃詩集≫, ≪全唐詩≫ 卷243-245에 시 수록.

라고 하여 양신에 동조하고 있다. 그리고 한굉 시의 비현실성은 사회 고발 의식의 부족이 지적되고 있는 한편, 시의 낭만성을 인정한다. 劉克莊이 지적한 바,

끄집어 낼 수 있는 것은 단지 고요하면서 간결한 면이 되겠다.
可摘出者殊廖寂簡短.(≪後村詩話≫ 권13)

라고 하였고 명대 徐獻忠은 이르기를,

한굉의 의기는 맑고 고우며, 재능과 성정은 모두 빼어나다.
君平意氣淸華, 才情俱秀.(≪唐詩品≫)

라고 한 것은 모두 한굉 시의 淸麗함을 높이 평한 것이다. 德宗의 총애를 받는 계기가 되어 관직을 받은 〈寒食〉(≪全唐詩≫ 권245) 시를 보자.

봄날 성내에 곳곳마다 꽃잎 날리는데
한식날 동풍에 궁내의 버들잎이 비스듬히 돋는구나.
날이 저무니 한대의 궁궐에 밀랍 촛불이 밝은데
가벼운 연기가 한대의 다섯 제후 집에 흩어지누나.
春城無處不飛花, 寒食東風御柳斜.
日暮漢宮傳蠟燭, 輕煙散入五侯家.

이 시에서 앞 2구는 표현이 매우 미려하여 덕종의 환심을 사고 中書舍人을 제수 받는 계기가 되었다. 제1구를 보면, 바람 따라 지는 꽃잎들의 모습이 가식 없이 그려져 있다. 그리고 제2구에서는 버들을 꽃 위에 반영시키어 바람으로 버들에 입혀서 봄경치의 맛을 한결 짙게 풍기고 있다. 그러면서 한대 궁전의 한식 시절에 보이는 경물과 함께 안락한 성세의 면모가 엿보인다. 그기에 당대를 말하면서도, 당대에는 쓰이지 않던 蜜蠟(밀랍 : 꿀벌 찌꺼기로 만든 촛불 재료)을 시어로 쓰고(제3구) 있다. 이 밀랍 대신에 진한대에는 人魚 기

름으로 만들었다는 고사를 상기한다면 정치풍토의 사치와 민생의 탈취를 상상케 한다.13) 일설에는 閩越王이 漢高帝에게 蜜燭을 바쳤다는 말도 있으나(≪西京雜記≫), 이 또한 근거가 약하다고 보아서, 한굉이 시어로 만들어 쓴 造語라고도 할 수 있다. 한굉이 조어하지 않으면 안 될만큼 세태의 심각성을 인식하였으리라 본다. 이것이 제4구에 가서 그 촛불의 향기가 권세가에게 퍼져 나간다고 표현한 이유이다. 사치와 방탕의 기풍이 궁궐은 물론, 신하들에게까지 만연하고 있다. 漢末의 桓帝 때에 單超, 徐璜, 貝瑗, 左琯, 唐衡 등 五侯家를 典故로 인용하여 당대의 肅宗 이후의 宦官의 득세와 폐단을 풍자하고 있다. 王翼雲이,

> 당나라는 숙종대 이래로 환관들의 권세가 성하여 정치가 혼란하기가 한대에 비길 만하니, 따라서 이 시는 이를 풍자한 것이다.
> 唐自肅代以來, 宦者權盛, 政之衰亂侔於漢, 故此詩寓諷刺焉.(≪古唐詩合解≫ 寒食詩條)

라고 인술한 것은 한굉의 시에 보이는 한 개성이라고 할 수 있다. 한편, 혼탁한 사회를 보고 그 현상을 자연경관에서 착상하여 道仙的인 묘사를 구사하면서 함축미까지 가미시킨 풍자시 〈經月巖山〉(상동 권243)을 본다.

> 수레를 몰아 민월 땅을 지나니
> 산길이 요양 서쪽에 나 있구나.
> 선산의 푸른빛 그림 같아
> 대순 솟듯 암수 무지개 이는구나.
> 뭇 봉우리는 시종 같고
> 뭇 언덕은 아이들 같구나.

---

13) ≪澹園詩話≫ : 「唐時宮內用蠟不用燈, 故韓翃有日暮漢宮傳蠟燭句.」 洪亮吉의 ≪北江詩話≫ : 「唐韓翃詩, 日暮漢宮傳蠟燭, 然燭之用蠟究不知起於何時.」 ≪史記≫ : 「始皇冢中以人魚膏爲燭. 是古燭炬之外, 或亦以膏爲之, 亦稱爲脂膏是矣.」

驅車過閩越, 路山饒陽西.

仙山翠如畫, 簇簇生虹蜺.

群峰若侍從, 衆阜如嬰提.(一段)

높은 산과 작은 언덕은 서로 머금었다 토해 내고
산정과 산굴은 서로 따라 어울리네.
그중에 달무리가 가득한데
밝고 맑기가 둥근 옥 같구나.
옥황상제께서 느긋이 노닐다가
여기에 오시면 정신이 아찔하시리라.

巖巒互呑吐, 嶺岫相追携.

中有月輪滿, 皎潔如圓珪.

玉皇恣遊覽, 到此神應迷.(二段)

항아는 노을 치마 끌고서
나와 함께 오르려 하네.
오르고 올라 하늘 위에 높이 뜨니
옥거울(달)이 휘날리는 사다리(구름)에 걸렸구나.
서왕모 계신 옥 연못이 얼마나 먼가!
난새와 학이 안개 속에 둥지 친다.
머리 돌려 세상을 내려다보니
이슬 아래 춥고도 쓸쓸하구나.

嫦娥曳霞帔, 引我同攀躋.

騰騰上天牛, 玉鏡懸飛梯.

瑤池何稍稍, 鸞鶴煙中棲.

回頭望塵世, 露下寒凄凄.(三段)

이 시에서 보듯이, 어느 한 곳에도 풍자적인 기미가 눈에 띄지
않는다. 너무도 함축적이다. 이 시의 序를 보아도,

신주 서쪽 30리 밖에 산 이름이 선인성이 있고, 성 위에 월암산이 있
다. 그 모양이 빼어나서 산 입구가 보름달 모습과 같거늘 내가 일 때

문에 그 아래를 지나다가 잠시 이 시를 짓는다.

信州西三十里, 山名仙人城, 城上有月巖山. 其狀秀拔, 中有山門, 如滿月之狀, 余因役過其下, 聊賦是詩.

라고만 했을 뿐 이 시가 무엇을 빗대어 서술하려 하였는지를 간파할 수 없다. 그러나 劉開揚은 이 시를 이백(이태백)의 〈古風〉제19수에 비교하여 혼탁한 사회상을 비유하였음을 주장하였다.14) 이것은 한굉의 시에 있어서 매우 중시해야 할 표현법이다. 외관상으로는 이 시가 도가풍의 탈속미로만 의식될 수 있지만, 필자의 소견으로도 劉開揚의 입장에 동감한다. 이 시는 한 편의 仙詩로 묘사되어 있으나 실은 심각한 사회현실에 대한 隱喩가 담겨 있다. 일단은 매우 현실적 감각으로 있는 대로, 보는 대로 자기의식을 담지 않았다. 閩越과 饒陽은 남과 북의 지역이니 나라 전체를 포용하는 표현이며, 자연에 주어진 미의 대상을 江西省의 上饒縣에 있는 '월암산'을 표적으로 하여 대신케 하였다. 한 폭의 그림이요, 비 갠 후의 오색 무지개 지는 찬란한 대자연의 美를 지닌 나라이건만, 시인의 눈에 보이는 산천의 자태가 높은 것은 상층 지배계급이며, 낮은 것은 가련한 백성 피지배층으로 부각된다. 그러므로, 하나는 侍從이요, 다른 하나는 아이들이다.

2단에 가서는 그 높고 낮은 산들이 가지런하다기보다는 서로 물고 먹히고 쫓고 잡히는 관계로 묘사된다. 사회가 무질서하고 혼란되어 그 정경은 너무도 어긋난다. 시인의 눈에 보이는 높고 낮은 산들이 당시 사회의 모순처럼 자리 잡혀 있다. 한굉이 중서사인으로 있을 당시인 덕종 초엽(784년 전후)은 측신들이 발호해서, 朱泚(주체)와 李懷光이 국호를 '漢元天皇'이라 하여 덕종이 梁州로 몽진하고(興

---

14) 劉開揚의 ≪唐詩通論≫(木鐸出版社, 1983) P.141에서 詩를 인용하고 「這首詩很像李白的古風五十九首的第十九首, 前後用對比的手法, 只是這首的結句不同於李白的指斥安史亂軍, 而是槪括地表現社會的混濁, 所以寫得含蓄不露.」라 함.

元 元年 784), 吐蕃과 回紇 등이 내침하여(貞元 元年 786) 민심이 극도로 배반되고 사회의 기강이 문란하니, 시인은 월암산에 올랐지만, 우국의 시름을 떨칠 수 없었으리라. 산을 보아도 얽혀 있게만 보였으리라. 그러나 그 위에 떠있는 둥근 보름달을 바라볼 때, 희망의 대상으로 설정한 것이 달이요, 사회의 정화와 신세계의 도래를 동시에 선계에서 구하려 했음을 알 수 있다. 따라서 3단에 이르러 시인이 처한 세계를 초월하려 했기에 嫦娥(항아 : 달의 異稱)와 瑤池(요지 : 崑崙山에 있는 仙境)를 동경하고, 선인이 타고 다니는 봉황과 학을 추구하면서 사회의 유토피아가 도래하기를 희구한다. 그러므로 시인이 보는 사회현상은 더욱 춥고 쓸쓸할 뿐이라는 강렬한 비판적 의식이 표현될 수 있었을 것이다.

이 같은 시풍을 지닌 한굉이 錢起(722-780)와 어떤 교유관계를 지니고 있었겠는가. 전기가 한굉을 처음 만난 것은 대력십재자에 병칭되기 전인 長安에서였다. 그 시기는 불명하지만 至德 2년(757)에 장안을 수복하였을 때 전기와 한굉은 그곳에 있었다.[15] 그러나 시교의 흔적은 대력 3년(768) 王縉이 幽州로 부임할 때 두 사람은 합석하여 同題의 송별시를 바친다. 전기는 〈送王相公赴范陽〉(≪錢考功集≫ 권7)을, 한굉은 〈奉送王相公縉幽州巡邊〉을 각각 지었으니, 당대 李肇(이조)의 ≪國史補≫에서는,

> 왕상공이 유주와 명주로 가는 것을 송별하는데 한굉이 시회에 1등하고, 유상공이 강회로 순행하는 것을 송별하는데 전기가 시회에 1등하였다.
> 送王相公之鎭幽明也, 韓翃擅場. 送劉相公之巡江淮, 錢起擅場. (卷上)

라고 부기하고 있다. 그리고 또 냉조양을 전송하는 자리에 양인은 합석했으니, 전기는 〈送冷朝陽擢第後歸〉(상동)를, 한굉은 〈送冷朝陽

---

15) 傅璇琮의 ≪唐代詩人叢考≫ p.431

還上元〉을 각각 남기고 있다. 양인이 직접 교유한 예를 들면, 전기는 〈同王銷起居程浩郞中韓翃舍人題安國寺用上人院〉(상동 권237)에서 탈속의 심기를 표현하면서 한굉과의 우의 어린 관계를 토로하고 있다.

> 빛나는 눈동자의 스님 진원공
> 줄곧 앉으신 품 선비로구나.
> 불심에 맺힌 자태 가다듬어서
> 참선의 마음 그 어이 재능을 다칠 건가.
> 날 새도록 화로 향기 그치지 않고
> 밝으면 층계에 드린 빛에 마음을 비우네.
> 미친 사람 선방에서 바쁜 일 없건만
> 오로지 흰 눈과 어울려 웃는구나.
> 慧眼沙門眞遠公, 經行宴坐有儒風.
> 香緣不絶潛裾會, 禪想寧好藻思通.
> 曙後爐煙生不滅, 晴來階色幷歸空.
> 狂夫入室無餘事, 唯與天花一笑同.

양인이 禪境의 정분을 같이하고 있음을 볼 수 있다. 이것은 바로 한굉의 시심이기도 하다. 한굉은 〈褚主簿宅會畢庶子錢員外郞使君〉(상동 권243)에서 전기와 회동한 정회를 쓰고 있다.

> 항아리 여니 섣달에 빚은 술 무르익으니
> 주인장 마음도 흥건하겠지.
> 석양은 성근 댓가지에 걸쳐 있고
> 희끗하게 날리는 눈발 하늘에 어지럽다.
> 선성의 나으리라 더욱 기쁘니
> 조정에서 사조 시인의 흥취를 함께하기를.
> 開甕臘酒熟, 主人心賞同.
> 斜陽疏竹上, 殘雪亂天中.
> 更喜宣城印, 朝廷與謝公.

양인의 관계는 물질이나 出仕를 통한 교왕이 아니라, 순수한 정신적 · 文人的 흥취에서 맺어진 우정이었음을 알 수 있다.

5. 渤海人 高駢의 시

고변이 촉을 다스릴 시기에 남조가 침략하여 성 40리에 걸쳐 축조하니 조정에서 상을 내렸지만, 자신을 견고하게 보호한다고 의심했다. 어느 날 음악 연주를 듣고 자리 이동이 있을 줄 알고서 〈풍쟁〉을 시제로 자신의 생각을 기탁하기를, 「밤이 고요하고 현 소리는 푸른 하늘에 울리니, 궁음과 상음이 멋지게 바람 따라 들려오네. 어렴풋이 곡조가 들리는 듯하더니, 다시 다른 곡조로 옮겨 가네.」라고 하였는데, 열흘 후에 임명장이 와서 저궁으로 자리를 옮겼다.

駢鎭蜀日, 以南詔侵暴, 築羅城四十里, 朝廷雖加恩賞, 亦疑其固護. 或一日, 聞奏樂聲響, 知有改移, 乃題風箏寄意曰:「夜靜弦聲響碧空, 宮商信任往來風. 依稀似曲才堪聽, 又被移將別調中.」旬日報道, 移鎭渚宮.(≪全唐詩話≫ 권5)

고변은 만당의 군인이며 정치가로 문학도 출중하여 그 시가 ≪全唐詩≫(卷598)에 단독 1권으로 수록되어 있다. 高適을 발해인으로 단정하는 데는 객관성이 부족하여 단지 그의 풍격만을 시평을 통하여 소개하는 선에서 머물렀는데 비해,[16] 고변은 그 조부 高崇文이 엄연한 발해인이란 사실을 ≪新唐書≫(卷170) 列傳 第95에 「고숭문의 자는 숭문이며 그 선조가 발해에서 유주로 옮겨가서 7세대 동안 달리 이거하지 않았고 개원 연간에 다시 그 가문을 드러냈다.(高崇文字崇文, 其先自渤海徙幽州, 七世不異居, 開元中, 再表其閭.)」라고 하여 본래 발해인임을 明記하고 있다.[17] 그래서 고변은 중국자료에 직

---

16) 필자는 중당대 문호 高適이 발해인이며, 그러므로 한국 漢詩에 넣을 것을 주장.(2014년 10월 중국 蘇州大學 중국唐代文學學會 국제학술대회에서 〈≪全唐詩≫所載渤海人詩考〉 발표)

접 발해인으로 기술하지 않았다 해도 조부와 함께 渤海郡王에 봉해지는 사실로 분명히 발해인으로 확정한다. 고변에 대해서는 《新唐書》(卷224) 〈列傳〉 제149下 叛臣下에 기술하기를,

고변의 자는 천리이며 남평군왕 숭문의 손자이다. 집안이 대대로 금위를 맡았고 어려서 자못 다듬고 삼가며 의지를 굽혀 문학을 하여 여러 선비와 교제하고 곧게 치도를 말하니 양군의 사람들이 더욱 그를 칭찬하여 높였다. 주숙명을 섬겨 사마가 되었다. 두 마리 수리가 함께 날거늘 고변이 말하기를, 「나는 귀하니 그것들을 마땅히 적중시킨다.」라 하고 한 발에 두 마리 수리를 관통시키니 뭇사람이 크게 놀라서 '낙조시어'라고 불렀다. … 위소도에게 조서를 내려 고변에게 제도염철전운사를 맡게 하고 시중 관직을 더하며 백 호를 더 주어 발해군왕에 봉하였다.
高駢字千里, 南平郡王崇文孫也. 家世禁衛, 幼頗修飭, 折節爲文學, 與諸儒交, 踁踁譚治道, 兩軍中人更稱譽之. 事朱叔明爲司馬. 有二鵰並飛, 駢曰; 我且貴, 當中之. 一發貫二鵰焉, 衆大驚, 號落鵰侍御. … 詔韋昭度領諸道鹽鐵轉運使, 加駢侍中, 增實戶一百, 封渤海郡王.

라고 하여 高崇文의 손자이며 문학을 기호하고 선비와 교제하며 渤海郡王에 봉해진 것을 알 수 있다. 그의 막부에 대시인인 羅隱을 위시하여 顧雲, 그리고 崔致遠까지 종사케 하면서 문인과의 교류를 원활히 하였다. 이런 그의 시풍에 대해서 본 시화(권5)에 「驕傲不平」(교만하여 고르지 않음)이라든가, 《升庵詩話》(권10)에는 「高調」(높은 격조)라는 단구로 평하고 있다. 그의 시를 주제별로 분류하면 다음과 같다.

① 詠懷: 〈言懷〉, 〈遺興1〉, 〈遺興2〉, 〈閨怨〉, 〈寓懷〉, 〈殘春遺興〉, 〈寫懷〉2首

---

17) 高駢이 渤海人이라는 점을 기록한 자료로 千寬宇의 《人物로 본 韓國古代史》 p.381에 「고변은 渤海系로 高崇文 - 高承簡 - 高駢의 三代가 모두 節度使를 歷任하였다.」라고 서술됨.

② 寄贈 :〈寄鄂杜李逯良處士〉,〈和王昭符進士贈洞庭趙先生〉,〈依韻
奉酬李廸〉,〈贈歌者〉 2首,〈渭川秋望寄右軍王特進〉,〈對花呈幕
中〉,〈寄題羅符別業〉

③ 脫俗 :〈步虛詞〉,〈訪隱者不遇〉,〈筇竹杖寄僧〉

④ 送別 :〈留別彰德軍從事范校書〉,〈安南送曹別勅歸朝〉

⑤ 季節 :〈送春〉,〈山亭夏日〉,〈池上送春〉,〈邊方春興〉,〈海翻〉

⑥ 友情 :〈宴犒蕃軍有感〉,〈春日招賓〉,〈塗次內黃馬病寄僧舍呈諸友
人〉,〈聞河中王鐸加都統〉

⑦ 古跡 :〈南海神祠〉,〈湘妃廟〉,〈馬嵬驛〉,〈太公廟〉

⑧ 遊覽 :〈入蜀〉,〈蜀路感懷〉,〈過天威徑〉,〈赴西川途經虢縣作〉,〈錦
城寫望〉,〈平流園席上〉

⑨ 邊塞 :〈塞上曲〉 2首,〈廣陵宴次戲簡幕賓〉,〈赴安南卻寄台司〉,
〈南征敍懷〉,〈邊城聽角〉

⑩ 詠物 :〈對雪〉,〈風箏〉

이상의 시 분류를 통하여 高駢의 시는 영회와 寄贈, 그리고 유람
과 邊塞詩에 치중되어 있음을 볼 수 있다. 그리고 체제상으로는 5
언율시 1수, 7언율시 6수, 5언절구 5수, 그리고 나머지는 모두 7
언절구로 구성되어 있어서 만당의 절구 단편의 유행과 상관된다. 위
의 주제별 분류시에서 중요한 주제를 선별하여 그 성격을 살피기로
한다.

(1) 영회시로 〈遣興〉을 본다.

술잔 잡고 술을 사랑하지 않고
낚싯대 쥐고 고기잡이하지 않네.
오직 혜강의 밤놀이가
마치 내 마음의 게으름과 같도다.
把盞非憐酒, 持竿不爲魚.
唯應嵆叔夜, 似我性慵疏.(≪全唐詩≫ 권598)

이 시는 삶에 있어서 인위적인 형식을 벗어나서 竹林七賢의 한 사람인 嵇康처럼 無爲自然의 경지를 추구하고 싶은 흥취를 담고 있다. 이어서 〈寫懷〉 2수를 본다.

고기잡이 낚싯대로 소일하고 술로 수심을 잊으니
한번 취해 잊으니 만사가 그만이라.
오히려 한팽이 한 왕실 일으킨 것 한스러워하니
공을 이루고 오호에서 놀지 않음이라.
漁竿消日酒消愁, 一醉忘情萬事休.
却恨韓彭興漢室, 功成不向五湖遊.(其一, 상동)

꽃이 서원에 가득하고 달은 연못에 가득한데
생황으로 노래하니 고운 배 흔들대며 가네.
이제 몰래 이 마음과 약속하니
軍旗는 움직이지 않고 酒旗만 휘날리네.
花滿西園月滿池, 笙歌搖曳畫船移.
如今暗與心相約, 不動征旗動酒旗.(其二, 상동)

위에서 제1수는 자연의 순리에 따라 살면서 세상일을 잊는 것이 상책인데 옛날 한팽이 나라를 일구는 功이 있으나 자연에 노니는 일만 못하다는 초탈적 의식을 보여주고, 제2수는 군인으로서 국방의 책임이 크지만 世慾을 탈피하려는 坐忘의 염원도 있었기에 酒旗만 휘날리고 싶은 마음을 나타내고 있다.

(2) 기증시로 〈寄鄂杜李遼良處士〉를 본다.

잠시 은거하여 세상일 잊으려니
쉬면서 꿈에나 중성에 들 수 있네.
연못가에서 글을 써서 선배를 본받아
좌우명으로 삼아 후생에 본보기로 삼네.
시 짓는 모임의 나그네 저녁에 진나루로 돌아가고
술 취해 지내는 별천지의 어부 날 맑은데 미피로 떠나네.

봄이 와도 산중의 소식은 없으니
종일토록 아무도 없고 곁에 냇물만 흐르네.
小隱堪忘世上情, 可能休夢入重城.
池邊寫字師前輩, 座右題銘律後生.
吟社客歸秦渡晚, 醉鄕漁去渼陂晴.
春來不得山中信, 盡日無人傍水行.(상동)

시인은 잠시 세상일을 떨치고 산중에 홀로 깊은 사색을 모색하고
싶어 한다. 시도 짓고 술을 마시면서 산수를 벗하고 싶어 한다. 다음
에 〈對花呈幕中〉을 보기로 한다.

해당화가 봄 가지에 막 피니
먼저 칠언시를 읊는다.
오늘 꽃 아래에서 술 마시니
자주 절도사 깃발을 거두지 말라.
海棠初發去春枝, 首唱曾題七字詩.
今日能來花下飮, 不辭頻把使頭旗.(상동)

봄에 시를 읊으면서 자연을 벗 삼으며 軍務를 일시적이나마 잊고
싶은 심정으로 지은 시다. 고변은 부단히 현실과 이상을 동시에 추구
하는 번민이 많은 시인이다.

(3)遊覽詩로 〈過天威徑〉을 본다.

이리와 늑대 굴에 아침하늘이 막혔는데
전장의 말이 쉬며 우니 장기 어린 산에 안개 자욱하네.
귀로가 험준한데 이제는 평탄하니
한 가닥 천리 길이 곧기가 현 같네.
豺狼坑盡卻朝天, 戰馬休嘶瘴嶺煙.
歸路嶮巇今坦蕩, 一條千里直如弦.(상동)

변방 戰場의 행군에는 험난한 길이 대부분이다. 그러나 天威徑 길

은 평탄하여 행진도 편하고 마음도 홀가분하다. 시인은 맡은 소임이 순탄하기를 기원하고 있다. 이어서 〈錦城寫望〉을 본다.

촉강의 물결 그림자 푸르게 흐르는데
사방을 보니 안개 낀 꽃이 군 누대를 감싸네.
금성에 인가는 얼마 안 되는데
봄이 와서 나무 끝에 걸려 있구나.
蜀江波影碧悠悠, 四望煙花匝郡樓.
不曾人家多少錦, 春來盡挂樹梢頭.(상동)

경물에 대한 전형적인 묘사이다. 景中有情이며 情景交融이다. 그러나 시인은 四川의 錦城 지방을 지나면서 엄습하는 고독감을 제2연에서 보여준다.

(4) 邊塞詩로서 〈塞上曲〉 2수를 본다.

두 해 동안 변방 수자리에 전쟁이 끊기니
하만곡 한 가락에 온갖 한이 새롭네.
이제부터 봉림의 관문 밖의 일에
누가 고심할지 모르겠네.
二年邊戍絶煙塵, 一曲河灣萬恨新.
從此鳳林關外事, 不知誰是苦心人.(其一, 상동)

언덕 위의 정벌 간 사람 언덕 아래 넋이 되니
죽든 살든 같이 한나라 장군을 한하네.
만 리 사막의 고통을 모르고서
헛되이 평화의 횃불 올리며 구름에 드네.
隴上征夫隴下魂, 死生同恨漢將軍.
不知萬里沙場苦, 空擧平安火入雲.(其二, 상동)

제1수는 변방의 고생을 단적으로 묘사하고, 제2수는 처절한 전쟁터의 실상을 보여주면서 평화가 오기를 바라고 있다.

(5) 季節詩로서 〈邊方春興〉을 본다.

풀빛이 길게 있고 경계가 길게 새로운데
고요하게 낚싯대 잡고 물가에 있네.
왕의 군사 되어 몸은 이미 늙었는데
고생은 누구를 위한 것인지 모르겠네.
草色長在境長新, 寂寞持竿一水濱.
及得王師身已老, 不知辛苦爲何人.(상동)

이 시는 邊塞詩로 분류할 수 있으나, 변방에서 봄날의 정경을 부각시킨 면에서 계절 감각이 두드러진다. 그러나 우국심이 짙게 배어 있다.

(6) 영물시로서 〈對雪〉을 본다.

여섯 모 눈꽃이 날아 창가에 들 때
앉아서 푸른 대나무 보니 옥 가지로 변하네.
이제 높은 누대에 올라 바라보니
세상의 나쁜 길을 다 덮었네.
六出飛花入戶時, 坐看靑竹變瓊枝.
如今好上高樓望, 蓋盡人間惡路岐.(상동)

이 시의 제1연은 눈 내리는 광경을 섬세하고 사실적으로 묘사하였는데, 靑竹을 瓊枝로 보는 시인의 관찰이 영물시의 寄興法을 활용한 면에서 탁월하다. 그리하여 그 興托이 세속으로부터 초탈한 심회로 승화된다. 그리고 본 시화의 문장에 이미 인용된 〈風箏〉을 보자.

밤이 고요하고 현 소리는 푸른 하늘에 울리니
궁음과 상음이 멋지게 바람 따라 들려오네.
어렴풋이 곡조가 들리는 듯하더니
다시 다른 곡조로 옮겨 가네.
夜靜弦聲響碧空, 宮商信任往來風.

依稀似曲才堪聽, 又被移將別調中.(상동)

이 시는 직설이며 사실이다. 그 속에 시인의 심경이 은일낭만적으로 표출된다. 시인은 항상 현실의 辛苦를 초탈의 승화된 의식으로 淨化하고 나아가서는 삶의 가치를 그 속에서 갈구하고 있다. 그래서 그의 시가 만당에 있으면서 오히려 '高調'라든가 '驕傲不平'(교만하여 고르지 않음)이라는 평가를 받고 있다고 할 것이다.

6. 詩僧 貫休, 齊己, 無可과 新羅人

본 시화 권6에 31인의 詩僧을 기재하고 있다. 대개 성당기의 인물 이후18)에 法照, 無可(835년 전후 在世), 貫休, 齊己 등의 승려가 신라와 교류한 송별시가 있다. 그중에 貫休와 齊己는 각각 4수와 2수의 시를 남겼다. 여기에서는 4인의 詩僧에 관한 부분을 살펴본다. 이에 앞서 ≪全唐詩≫에 유일하게 수록된 新羅僧 地藏(705-803)의 〈送童子下山〉(≪全唐詩≫ 권806)을 보기로 한다.

텅 빈 문이 적막한데 자네가 고향이 그립다고
구름 덮인 방에서 이별하고 구화산을 내려가는군.
대 난간에서 죽마 즐겨 타고
금 땅에서 금모래 모으며 게으름 피웠지.
냇가 아래 술병 띄워 쉬며 달 부르며
옹이에 차 끓이면서 마냥 꽃 희롱했소.
잘 가오, 눈물일랑 흘리지 마오
노승이 벗하니 안개 낀 노을 자욱하오.
空門寂寞汝思家, 禮別雲房下九華.
愛向竹欄騎竹馬, 懶於金地聚金沙.

---

18) 地藏의 入唐 시기는 〈全唐詩小序〉에 「至德初航海, 居九華山.」이라 하니, 至德初(756-757)가 확실하면 성당기에 해당함. ≪唐詩紀事≫ 卷73에도 「至德初, 落髮航海, 隱於池之九華山.」라 함.

添瓶澗底休招月, 烹茗甌中罷弄花.
好去不須頻下淚, 老僧相伴有煙霞.

地藏의 시에는 脫俗入禪의 경계를 표출하고 있다. 신라와 唐의 僧侶 교류는 晚唐에 빈번하여서 신라인보다는 당인의 시가 전래되는 것이 많다.

(1) 貫休

성은 강씨이고 자는 덕은, 무주 난계인이다. 전류가 오월 국왕을 자칭하니, 관휴가 시를 지어 전하기를, 「귀해진 몸 자유롭지 않으니, 몇 년 고생하며 숲 언덕 밟았는가. 집 가득히 3천 객이 꽃에 취하고, 한 칼에 14주가 서릿발에 차다. 노래자의 옷에 궁궐 비단 좁고, 사령운 시에 비단 노을 부끄럽네. 훗날에 이름 능연각에 오르면, 어찌 당시의 만호후가 부럽겠는가.」하였다.

姓姜氏, 字德隱, 婺州蘭溪人. 錢鏐自稱吳越國王, 休以詩投之曰:「貴逼身來不自由, 幾年勤苦踏林丘. 滿堂花醉三千客, 一劍霜寒十四州. 萊子衣裳宮錦窄, 謝公篇詠綺霞羞. 他年名上凌烟閣, 豈羨當時萬戶侯.」(《全唐詩話》 권6)

관휴(832-913)는 姓이 姜氏이며 字는 德隱으로 婺州 蘭溪人이다. 그의 시는 강개하고 매구가 「오직 부처 공양을 다할 뿐이다.(只堪供養佛.)」(《唐詩紀事》 卷75)라 하여서, 禪的인 감회시에 능하였다. 그러므로 孫光憲은 《白蓮集》 序에서 「관휴 선사만이 빼어난 기상이 어울려 이루어 있고, 경계와 의취가 탁월하고 특이하여 거의 짝하기 어렵다.(唯貫休禪師骨氣混成, 境意卓異, 殆難儔敵.)」라고 평하였고, 《唐才子傳》(권10)에서는 그 시풍을 강조하여 평하기를,

관휴의 한 가닥 곧은 기상은 나라 안에서 짝할 이 없으니 의기가 높고 트여 있으며 학문이 세밀하여, 하늘이 영민한 재주를 주고 붓에서는 예리한 기상을 토해내어 악부고시는 당대의 으뜸이다. 비록 우뚝하고 기이함을 숭상하지만 매양 신의 도움을 얻으니 다른 사람이 거

의 다 그 아래 있다. 옛날에 이르기를 용의 모습으로 발로 차니 당나
귀가 감당 못한다고 하니 과연 스님 중의 한 호걸이다.

休一條直氣, 海內無雙, 意度高疏, 學問從脞, 天賦敏速之才, 筆吐猛
銳之氣, 樂府古律, 當時所宗. 雖尙崛奇, 每得神助, 餘人走下風者多矣.
昔謂龍象蹴蹋, 非驢所堪. 果僧中之一豪也.

라고 하여 관휴의 품성과 문학이 출중하였음을 알 수 있다. 관휴가
신라인에게 준 시가 다수 전해지니 그의 시풍을 충분히 알 수 있다.
관휴의 〈送人歸新羅〉(《全唐詩》 권806)를 보면,

> 어젯밤 서풍 일더니
> 그대를 고향에 보내는구려.
> 쌓인 수심 땅끝까지 달하는데
> 해를 보며 부상에 오르네.
> 신기루 나니 날이 개이고
> 밀물은 어지러이 흘러가네.
> 昨夜西風起, 送君歸故鄕.
> 積愁窮地角, 見日上扶桑.
> 蜃氣生初霽, 潮痕匝亂流.

라고 하니, 《近體秋陽》에서 「시의 뜻이 곧고 엄정하며 어사의 정감
이 거침이 없다.(詩志貞嚴, 而語情縱逸.)」라고 한 평가가 매우 적절
하다. 다음의 〈送新羅人及第歸〉(상동)를 보자.

> 계수나무 향기 거문고의 운치 함께하며
> 먼 고향 길에 큰 자라 거느리네.
> 자리를 걸고 날 듯 밤을 달리겠다고 말 마오
> 바람 없으면 몇 년 걸린다고 말하리다.
> 옷 위의 햇빛은 진정 불이고
> 섬 가의 고기 뼈는 배보다 더 크네.
> 고향에 갔다가 꼭 왕의 사신으로 와서 만나세

당서를 지어 한 편을 부치네.
捧桂香和紫琴煙, 遠鄉程徹巨鼇邊.
莫言掛席飛速夜, 見說無風卽數年.
衣上日光眞是火, 島傍魚骨大於船.
到鄉必遇來王使, 與作唐書寄一篇.

　위의 시는 ≪唐音癸籤≫에서 「奇思奇句」라고 평한 것처럼 기괴하
면서 호방하다. '桂香'은 과거 급제하여 성공한 것을 의미하고, '紫琴'
은 벼슬하여 열락하는 처지를 비유한다. '掛席'이 벼슬을 그만두고 귀
국하는 입장을 비유한다면, 제4구는 시인의 이별하기 어려운 심정을
토로한다. 제3연은 신라인의 출세와 성공을 기원하는 표현이다. 관
휴의 新羅僧을 전송하는 시 〈送新羅僧歸本國〉(상동)을 본다.

　　한 몸을 잊고 지극한 가르침을 구하다가
　　구하여 얻어서 동쪽으로 돌아가네.
　　언덕을 떠나서 하늘을 타고 가니
　　평생 의지할 데 없도다.
　　달은 도깨비불을 뽑아내고
　　돛대는 큰 붕새 타고 나네.
　　고향 돌아간 후를 생각하니
　　응당 자줏빛 가사를 입고 있으리라.
　　忘身求至敎, 求得却東歸.
　　離岸乘空去, 終年無所依.
　　月衝陰火出, 帆拶大鵬飛.
　　想得還鄕後, 多應著紫衣.

　이 시는 같이 구도하던 신라승이 得道하고 귀국하는 것을 전송하
면서 축원한 시이다. 친숙하였기에 제2연에서 의지할 데 없도록 허
전함을 토로한다. 그리고 제3연에서 歸路가 순풍하기를 바라고 말연
에서는 수도생활이 평탄하기를 기원한다. 제3연의 묘사는 ≪唐詩歸≫

에서 「매우 철저하고 가지런함(至徹而渾)」이라고 평한 것에 어긋남
이 없다. 다음에 〈送新羅衲僧〉(상동)을 본다.

부상의 나뭇가지에 참된 기운이 기이하니
옛사람이 사자(불보살)라고 불렀네.
스님의 육환쇠 지팡이는 가벼이 흔들거리고
만 길 구름은 높이 하늘에 얼키설키 떠가네.
베개 위에는 이미 고향의 꿈이 없는데
주머니에는 아직 돌비석을 지니고 있네.
너무 부끄럽고 편치 않구나 권세를 따라간 일들이
마침 바람이 맑으니 무사할 것이네.
扶桑枝西眞氣奇, 古人呼爲師子兒.
六還金錫輕擺撼, 萬仞雲嶠空參差.
枕上已無鄕國夢, 囊中猶挈石頭碑.
多慙不便隨高步, 正是風淸無事時.

이 시도 제1, 2연은 參禪的이고 기상이 高邁하다. 말연은 시인의
반성과 귀로의 태평을 축원하고 있다.

(2) 齊己

〈등축융봉〉에 이르기를, 「원숭이와 새들은 모두 오지 않고, 나는 몸이
뜨려 하네. 사방은 빈 푸른 하늘이고, 절정은 마침 맑은 가을이네.
우주는 어디가 끝인가, 중국과 오랑캐가 작은 물로 보인다. 단 서쪽
에 홀로 서 있으니, 석양이 신주를 돌아가네.」 하였다.

登祝融峰云:「猿鳥共不到, 我來身欲浮. 四邊空碧落, 絶頂正淸秋. 宇
宙知何極, 華夷見細流. 壇西獨立人, 斜日轉神州.」(≪全唐詩話≫ 권6)

관휴의 제자 齊己(860?-937?) 또한 신라인과 相交가 적지 않으
니 姓은 胡요 名은 得生인데, 袁州 지방에서 대문인 鄭谷과 시우가
되어19) 시풍 또한 서로 상통하였다. 정곡의 시에 대한 시평들을 보

---

19) 詩話總龜:「僧齊己往袁州謁鄭谷, 獻詩曰; 高名喧省闥, 雅頌出吾唐. … 谷覽之

면 歐陽修는 ≪六一詩話≫에서 서술하기를,

> 그 시가 매우 뜻이 있고 아름다운 구가 많지만, 그 격조가 그리 높지
> 않다. 알기 쉬우서 사람들이 많이 아이들에게 가르쳐주고, 나 또한
> 어릴 때 외우곤 하였다.
> 其詩極有意思, 亦多佳句, 但其格不甚高. 以其易曉, 人家多以敎小兒,
> 余爲兒時猶誦之.

라고 하여 정곡의 시가 격조는 높지 않으나 이해하기 쉬우므로 小兒
의 교육용으로 적당하다고 하였다. 그 근거는 송대 童宗說이 ≪雲臺
編≫ 서문에서 정곡의 시를 평하여 심오하지는 않으나 도리에 합당한
뜻을 담고 있다고 한 데에서 확인할 수 있다.[20] 그리고 송대 周紫芝
는 ≪竹坡詩話≫에서 평하기를,

> 정곡의 구름 시에서 「강가에 저녁이 되니 그림이 드리운 듯하고 어
> 부가 도롱이를 걸치고 돌아가네.」 구 같은 것은 누구나 모두 기려하
> 고 절묘하다고 여기나, 그 기상의 천하고 속된 것을 모른다.
> 鄭谷雲詩如「江上晚來堪畵處. 漁人披得一蓑歸.」之句, 人皆以爲奇絶,
> 而不知其氣象之淺俗也.

라고 하여 奇絶하지만 淺俗한 면이 있다 하였고, 중당의 韓愈風에 白話
的 俗味가 있다 하였다. 한편 정곡의 시가 속되지 않고 淸明하다는 평
이 있으니 辛文房의 ≪唐才子傳≫(권9)을 보면,

> 정곡의 시는 맑고 곱고 밝으며 속되지 않고 절실하여 설능과 이빈에
> 게 상찬 받았다.
> 谷詩淸婉明白, 不俚而切, 爲薛能, 李頻所賞.

라고 하였으며, 명대 嚴嵩의 ≪雲臺編≫ 序文을 보면,

云; 請改一字, 方得相見. 經數日再謁, 稱已改得詩, 云; 別掃着僧床. 谷嘉賞,
結爲詩友.」

20)「論其格, 雖若不甚高, 要其煆煉句意, 鮮有不合于道.」라 함.

무릇 시를 짓는 원칙은 말하기가 어려우니 자연의 경치가 빼어나지 않으면 영험한 지혜를 드러낼 수 없고, 공부가 깊이 들지 않으면 미묘한 이치를 지어낼 수 없는 것이다. 내가 정곡 작품을 읽으면 정밀하게 새긴 것이 세련되어서 때때로 달이 안개구름 속에 드러나듯한 상념에 들어서 긴 밤에 조용히 읊곤 한다.

夫詩之道難言矣, 非天景勝奇, 無以發靈智, 非功夫深到, 無以造微蹟. 余讀都官之作, 精刻洗鍊, 時有月露烟雲之思, 永夜靜吟.

라고 하여 시의 淸麗한 면을 강조하고 있다. 齊己의 시풍도 이에 비견할 만하니 ≪五朝詩善鳴集≫의 평에 「제기의 정신과 역량은 작고 큰 것 다 지니고 있어서 지니지 않은 것이 없다.(己公精神力量, 細大不捐, 無所不有.)」라고 하여 그 시인으로서의 재능을 평가하였고, 孫光憲의 ≪白蓮集≫ 序에는, 「스님의 취향은 고독하고 정결함을 취하여서, 사운이 맑고 윤택하고 평담하면서 뜻이 원대하고 차고 높다. (師趣尙孤潔, 詞韻淸潤, 平淡而意遠, 冷峭而.)」라 하고, ≪唐音癸籤≫에서도, 「제기의 시는 맑고 윤택하고 평담하며, 또 고원하고 냉초하다.(齊己詩淸潤平淡, 亦復高遠冷峭.)」라고 하여 정곡의 풍격과 같이 한 면을 확인할 수 있다. 齊己의 시는 이처럼 속되지 않고 淸明한 禪風을 추구하여 신라승에게 준 다음 시들은 그 풍격을 강하게 제시한다. 〈送僧歸日本〉(≪全唐詩≫ 권826)을 본다.

해는 동쪽에서 나와 서쪽에서 노니는데
한 탁발로 한가로이 구주를 편력했네.
오히려 계림의 본사사 그리워서
돌아가려고 바닷바람이 가을이기를 기다리네.
日東來向日西遊, 一鉢閑尋徧九州.
却憶桂林本師寺, 欲歸還待海風秋.

여기서 제1연은 승려의 求法旅程을, 제2연에서는 고향을 잊지 못하여 여름장마와 태풍이 지나 바다가 잠잠할 가을 시기를 기다리는

상황을 사실적으로 각각 묘사하였는데 이것이야말로 시가 平淡하면
서 意遠한 깊은 우정을 알게 한다. 그래서 이 시는 ≪唐詩評選≫에서
「정감을 가까이 느끼면서 어사는 절로 멀다.(近情語自遠.)」라는 평가
를 하고 있다. 〈送高麗二僧南遊〉(상동)를 보기로 한다.

> 동쪽 해 뜨는 고향에서 떠나온 지 오래인데
> 중국의 신령한 불교 고적을 두루 찾으려 했네.
> 어느 푸른 산에서 어른을 만날가
> 밝히 대사의 마음을 알겠노라.
> 日邊鄉井別年深, 中國靈蹤欲徧尋.
> 何處碧山逢長老, 分明認取祖師心.

이 시는 직설적인 표현과 간설적인 意趣가 전후 연구로 묘사되어
시의 초탈의식이 더욱 돋보인다. 그래서 ≪唐詩矩≫에서, 「시 전체
가 직접적으로 서술한 격식이다. 시를 처음 시작하는 기법이 온통
준엄하며 울려서, 만당에서 다시 흔히 얻을 수 없다. … 마침 처사의
인품이 말하지 않아도 절로 드러나서 시의 뜻이 남보다 열 배는 높
다.(全篇直敍格. 起法渾峭而響, 在晚唐亦不多得. … 方處士之人品不言
而自見, 筆意高人十倍.)」라고 한 평구와 의미가 상통하니 시의 묘사
가 평범한 듯하나 담긴 뜻은 言外的이다.

(3) 無可

〈동일기승우〉에 이르기를, 「신발 거두어 찬 대숲에 들어가, 편안히
참선하니 물시계 소리 흘러가네. 높은 삼나무에는 시든 잎 지고, 깊
은 우물에는 언 흔적 나네. 인경 멈추니 솔가지 흔들리고, 등불 거니
눈 내린 지붕이 밝다. 어떻게 하면 내 벗을 불러서, 달을 타고 천상
으로 갈가나.」하였다.

冬日寄僧友云:「斂屨入寒竹, 安禪過漏聲. 高杉殘葉落, 深井凍痕生. 罷
磬松枝動, 懸燈雪屋明. 何當招我友, 乘月上方行.」(≪全唐詩話≫ 권6)

무가의 俗姓은 賈로 范陽(지금의 河北 涿縣)人이며 賈島의 從弟

이다. 出家하여 賈島와 靑龍寺에 동거하고 후에 越州, 湖州, 廬山 등을 유력하였다. 姚合과 교왕이 밀접하여 酬唱詩도 적지 않다. 그리고 張籍, 馬戴, 喩鳧 등과 友善하여21) 그의 시가 ≪全唐詩≫(권813)에 2권이 수록되어 있다. 그의 시풍을 張爲의 ≪詩人主客圖≫에서 「청기하면서 아정한 주인으로 室下에 들다(淸奇雅正主 入室下)」로 분류하였다. 그의 시에 대한 평가는 대개 그의 형 가도와 같이 古淡한 시파로 분류하는 경향이 있으니 ≪唐音癸簽≫에서 「무가의 시는 종형인 가도와 격조가 같아서, 때로는 웅대한 시구를 써내어 세차게 불이 일어난다.(無可詩與兄島同調, 亦時出雄句, 咄咄火攻.)」라고 평하고, ≪載酒園詩話又編≫에서는 「무가의 시는 마치 가을 시내의 흐르는 샘물같아서, 물결이 일지 않아도 절로 맑고 시원하여 기쁘다.(無可詩如秋澗流泉, 雖波濤不興, 亦自淸冷可悅.)」라고 하여 賈島派의 시풍으로 평가하고 있는데, 가도와는 달리 詩僧이므로 탈속의 경지를 더욱 추구한 면을 보게 된다. 그의 〈送朴山人歸日本〉을 본다.

　바다가 개이고 저녁 돛을 펴서 가니
　응당 고향 소식이 아직 없겠네.
　물은 황야 밖에 넘쳐 출렁이고
　사람은 달무리 가리키며 돌아가네.
　고향 그리며 바람 탄 지 오래되어
　하늘 따라 외론 섬에 오네.
　중국의 사신이라면
　서찰이 더욱 아득하리라.
　海霽晚帆開, 應無鄕信催.
　水從荒外積, 人指月邊廻.
　望國乘風久, 浮天絶島來.
　儻因華夏使, 書札轉悠哉.(≪全唐詩≫ 권813)

---

21) 無可의 生平관계는 ≪唐才子傳≫(卷6)과 ≪中國文學家大辭典≫ 唐五代卷 p.69 참조.

시제에서 '일본으로 귀향'한다는 것은 대상이 朴山人인 점을 보아 日本은 신라를 의미한다. 이 시 제1연에 대해서 ≪唐詩歸≫의 「깊은 사실을 묘사함이 섬세하다(寫幽事入細)」라든가, 제2, 3연에 대해 ≪瀛奎律髓≫의 「천하의 청고함을 다한다(極天下之淸苦)」라고 평가한 것과 일치한다.

(4) 法照

법조는 南梁(지금의 陝西 漢中)人으로 淨土宗 승려이다. 大歷 2년(767), 衡州 雲峰寺에 머물렀고 동 5년 4월에는 五臺山 佛光寺에 가서 文殊, 普賢 등을 만나 佛法을 연수하였다. ≪淨土五會念佛略法事儀贊≫, ≪淨土五會念佛頌經觀行儀≫ 등이 ≪大正藏≫에 수록되어 있고, ≪全唐詩≫(권810)에 시 3수가 실려 있는데 그중에 신라인에게 주는 송별시가 2수이다. 〈送無著歸新羅〉를 보자.

그대 만 리 귀향길에 서니
불법의 인연을 헤아리기 어려워라.
산을 찾느라 많은 승복 해졌으니
바다 건너니 술잔이 가벼워라.
밤의 잠자리는 구름 빛에 의지하고
새벽의 집은 물소리에 임해 있네.
어느 해나 불경을 들고서
중국 성내에 올 수 있을가.
萬里歸鄉路, 隨緣不算程.
尋山百衲敝, 過海一杯輕.
夜宿依雲色, 晨齋就水聲.
何年持貝上, 却到漢家城.

법조는 성중당대의 승려로 신라 승려가 入唐하여 求法修道하는 중에 교분하며 문학을 교류하였는데, 이 시는 淡白하면서 순간적인 감정이 아닌 깊은 우정을 표출하고 있다.

본 시화는 ≪歷代詩話≫에 수록되어 널리 보급되었고, 시화의 권수는 매우 질서가 없어서, 2권, 3권, 5권 등인 것이 있으며, 10권인 것도 있다. 명청대에는 ≪全唐詩話≫ 판본이 여러 종류 통용되었었는데, 명말의 ≪津體秘書≫본이 가장 믿을 만하다. 청대에는 孫濤가 다시 교정한 것 이외에 ≪全唐詩話續編≫ 2권을 다시 편집하여 丁福保의 ≪淸詩話≫에 실려 있다.

≪淸邃閣論詩≫ - 朱熹

朱熹(주희, 1130-1200). 자는 元晦, 호는 晦庵(회암), 때로는 자
칭 雲谷, 또는 호를 晦翁이라 하고 만년에 滄洲精舍를 짓고 호를 滄
洲病叟 혹은 遯翁(둔옹)이라 하였다. 徽州 婺源人으로 관직은 寶文
閣待制에 이르렀다. 주희는 道學으로 저명하고 저작도 매우 많아서
청대 李光地 등이 ≪朱子全書≫를 지었고, 그 후에 朱玉도 ≪朱子文
集大全類編≫을 편찬하였는데, 본 시화는 그 가운데에 들어 있다.
주희는 도학가로서 작시에 대해서 본래 부정적 관념이 있어서, 시를
짓는 것은 무익하고 학문하는 시간을 낭비한다고 주장하였으나,1)
실지로 많은 시를 지었으니, 1,300여 수(≪全宋詩≫ 권2384-2394)나
현재 전해진다. 그의 시를 주제별로 분류하면, 대개 說理, 述懷, 敍
事, 交遊, 訓蒙 등으로 구분하는데, 이 중에 설리와 훈몽시를 살펴보
면, 먼저 설리시의 평가 기준은 개념화된 어사를 사용하는 理語, 형상
화한 哲理의 정취인 理趣, 情思를 가리고 표현한 '理障'이란 용어를 써
서 표현한다. 다음에 그의 〈杜門〉(≪全宋詩≫ 권2386) 시를 본다.

> 문 닫고 곧은 마음 지키면서
> 본 심정 기르니 편안하고 아늑하네.
> 고요히 숲 정원 닫혔는데
> 마음 텅 비어 이 세상 어디인가.
> 보슬비 갓 나온 대숲 적시고
> 산들바람 그윽한 죽순 살랑이네.
> 애오라지 오언 시구 지어서

---

1) ≪朱子語類≫ 권140 論文 下 참조.

읊고 나니 산 꽃 지누나.
느긋이 뉘와 기약할가
넓은 마음 그에 맡겨 보노라.
杜門守貞操, 養素安沖漠.
寂寂閟林園, 心空境無作.
細雨被新筠, 微風動幽簹.
聊成五字句, 吟罷山花落.
浩然與誰期, 放情遺所託.

　이 시는 속세의 名利를 떠나 '空'의 경지를 추구하려는 의식이 짙
게 표현되니, 道家的 仙사상과 함께 초탈적 경지를 希願한다. 그리
고 주희의 훈몽시로 〈曾點〉(상동)을 보자.

　봄옷 처음 만들어 입고 아름다운 경치 아련한데
　흐르는 물 따라 걸으며 맑은 잔물결 즐기네.
　느린 곡조 조용히 읊으며 저녁에 돌아오니
　언뜻 산들바람이 얼굴을 스쳐가네.
　春服初成麗景遲, 步隨流水玩淸漪.
　微吟緩節歸來晚, 一任輕風拂面吹.

　이 시는 ≪論語≫〈先進篇〉에서 孔子가 제자인 子路, 曾晳, 冉有,
公西華와 대화하는 장면을 소재로 지어졌다. 이 시의 제재가 된 부
분을 인용하면 다음과 같다.

　「증석아 너는 어떻게 생각하느냐?」 증석이 타던 거문고를 늦추면서
쨍 소리내며 거문고를 내려놓고 일어서서, 대답하여 말하였다. 「저는
세 사람의 좋은 대답과는 다릅니다.」 선생님께서 말씀하셨다. 「무엇
을 걱정하느냐? 각각 자신의 뜻을 말해 보아라.」 대답하기를, 「늦봄
에 봄옷을 만들어 입고, 젊은이 대여섯 명과 아이 예닐곱 명을 불러
서 기수 가에서 씻고, 무우에서 바람을 쐬면서 노래 부르다가 돌아올
것입니다.」 하였다. 선생님께서 한숨 쉬며 탄식하여 말씀하셨다. 「나

는 증석의 말에 찬동한다.」

「點, 爾何如?」鼓瑟希, 鏗爾, 舍瑟而作. 對曰:「異乎三子者之撰.」子曰:「何傷乎? 亦各言其志也.」曰:「莫春者, 春服旣成, 冠者五六人, 童子六七人, 浴乎沂, 風乎舞雩, 詠而歸.」夫子喟然歎曰:「吾與點也.」

위에서 '點'은 曾晳의 이름으로 曾參의 부친이며 공자의 제자이다. 공자는 제자들의 의견을 듣고 그 '그릇'(器) 됨을 살피고 교화하고자 한 것이다.

한편 명대 李東陽의 ≪懷麓堂詩話≫(제29조)를 보면 주희 시를 독특하게 평하고 있어서 여기에 덧붙인다.

주희는 고시에 깊이가 있으니, 그것은 한위를 본받아서, 글자마다 시구마다, 평측과 성조의 고하에 이르기까지 본받아 닮았다. 뜻을 따르고 흥취를 기탁한 것은, 곧 ≪시경≫ 3백 편에서 얻은 것이 많다. 그가 지은 ≪시전≫을 보면, 간결하면서 정밀하여 거의 아쉬움이 없으니 이것으로 알 수 있다. 감흥이 있는 작품은 대개 경서와 사서의 사리를 가지고 시에 넣어 읊었으니, 어찌 후세 시인들의 부류로 논할 수 있겠는가?

晦翁深於古詩, 其效漢魏, 至字字句句, 平側高下, 亦相依倣. 命意託興, 則得之≪三百篇≫者爲多. 觀所著≪詩傳≫, 簡當精密, 殆無遺憾, 是可見已. 感興之作2), 蓋以經史事理, 播之吟詠, 豈可以後世詩家者流例論哉?

주희는 文이 道를 해친다고 주장하여 문학작품의 예술 가치를 폄하하면서, 그의 시는 '詩言志'와 '性情感發'을 중시하여 浮華한 시풍을 반대하였다. 주희의 시풍은 淸新하고 簡淡하여 청대 吳之振은 그의 시를 평하기를, 「비록 시에 뜻을 두지 않았지만, 중용과 조화가 일

---

2) 感興之作 : 朱熹詩 1300여 편 중 상당수가 經書와 史書의 내용을 담아서 性情을 표현함.

관되고 만물을 다 품으면서 본뜨지 않고, 자연스럽게 소리가 펼쳐 나오니, 옅은 학식으로는 엿볼 수 없다.(雖不役志於詩, 而中和條貫, 渾涵萬有, 無事模鑴, 自然聲振, 非淺學之所能窺.)」(≪宋詩鈔≫〈文公集〉)라고 하였다. 이동양은 위의 글에서 朱熹 시의 장점에 대해서 대개 네 가지 면에서 거론하고 있다.

첫째는 고시가 漢魏를 본받은 점인데, 이것은 주희의 시가 嚴羽가 말한 漢魏晋代와 성당의 시를 '第一義'(≪滄浪詩話≫〈詩辨〉)라고 하여 중국시의 본보기로 평가한 것과 연관시켜서 보아야 한다. 한 위대의 고시와 악부를 본받은 주희의 시는 정통성을 지닌다는 의미이다. 둘째로 ≪詩經≫의 比興法을 많이 사용하고 있는 점이다. ≪시경≫의 六義에서 比賦興은 작법으로서, ≪시경≫을 주석한 주희는 ≪시경≫의 '託物寓情'(사물에 기탁하여 시인의 심정을 담음)의 특성을 시에 적용하고 있다. 그래서 이동양은 「命意託興」(위 인용문)이라는 용어를 써서 주희 시의 比興 작법을 강조하였다. 셋째는 ≪詩集傳≫ 저술의 정신으로 시를 창작한 점이다. ≪詩集傳≫의 내용을 보면, 그 詩旨의 詮解가 박학하고 일관성이 있으며, 창신한 견해가 많고, 변석이 精細하여서 송대 ≪시경≫ 연구의 대표작이다. 주희가 ≪詩集傳≫ 序에서 ≪시경≫을 통하여 정신수양을 닦는 덕성을 기를 수 있다고 밝혔으니, 그 서문의 일단을 보면,

> 오직 〈주남〉과 〈소남〉만이 직접 문왕의 교화를 입음으로써 덕을 이루었으니, 누구나 다 그 성정의 바름을 얻기 때문에, 그 말로 드러난 것이 즐거우면서도 지나치지 않고, 슬프면서도 상심에 이르지 않으니, 이로써 두 편은 〈국풍〉 시의 정도가 된다.
> 惟周南召南親被文王之化以成德, 而人皆有以得其性情之正, 故其發於言者, 樂而不過於淫, 哀而不及於傷, 是以二篇獨爲風詩之正經.

라고 하여 ≪시경≫에서 〈周南〉과 〈召南〉을 國風詩의 기준으로 삼고 있음을 확인할 수 있다. 또 같은 서문에서 ≪시경≫을 익히는 목적

을 기술하기를,

> 이에 장구로써 총괄하고, 훈고로써 기록하며, 풍자로써 노래하며, 함
> 양으로써 행하여, 성정의 은밀한 중에 살피고, 언행의 요긴한 바탕
> 으로 살피면, 수신하고 제가하며 천하를 고르게 하는 도리를 곧 또
> 한 다른 데서 구하지 않고 여기서 얻게 될 것이다.
> 於是乎章句以綱之, 訓詁以紀之, 諷詠以昌之, 涵濡以體之, 察之性情
> 隱微之間, 審之言行樞機之始, 則修身及家, 平均天下之道, 其亦不待
> 他求而得之於此矣.

라고 하여 ≪시경≫을 알아야 하는 이유를 밝히고 있어서 그의 시창
작의 기본정신으로 삼은 것을 알 수 있다. 넷째는 性情 위주의 감흥
시가 經書와 史書의 이치를 바탕으로 창작되었다는 점이다. 그의 감
흥시는 1,300여 수의 시에서 대다수를 차지하는데, 時勢를 感憂하여
애국정신이 넘치는 시로서 〈次子有聞捷韻〉을 들 수 있고, 자신의 삶
을 '怡然自得'(기뻐하며 스스로 터득함)하는 시로서 〈曾點〉이 있고,
〈觀書有感〉 같은 시는 意境이 감미롭고 깊어서 理趣가 넘치는 흥취
를 보여준다.

　주희에게는 많은 논시문이 있지만 오히려 시화류는 거의 없다고 하
겠다. 郭紹虞의 ≪宋詩話考≫(中卷之下)의 書題 하단에 이 시화에 대
해, 「한 권으로 주희가 지었고 그 후손 주옥이 편집하여 남아 있다.
≪회암시설≫ 한 권을 첨부하고 있는데 그의 제자 진문울 등이 기록
하여 남아 있다.(一卷, 朱熹撰, 其後裔玉輯, 存. 附晦庵詩說一卷, 其
弟子陳文蔚等錄, 存.)」라고 기재하고 있다. 주희의 어록 채집과 구
성과정에 대해서 곽소우가 기술한 내용을 요약하면, 이 책 서두에 '文
公曰' 석 자로 시작되어서, 그 당시의 어록에서 나온 것임을 알겠으
나 편차가 그 당시의 여러 책과 다르다. ≪朱子語錄≫은 그 문하 제
자의 기록과 전후 편찬자가 너무 많다. ≪四庫總目提要≫에 의하면
≪朱子語類≫ 조에서 '初'라 한 것은 주자와 문인이 문답한 말로서 문

인이 각자 기록하여 편찬한 것이다. 嘉定 乙亥년(1215)에 李道傳이 饒德明 등 32인이 기록한 것을 편집하여 43권을 만들고, 또 張洽의 기록 한 권을 더하여 池州에서 각인하고 '池錄'이라 하였다. 嘉熙 戊戌년(1238) 이도전의 동생 性傳이 黃榦 등 42인이 기록한 것을 수집하여 46권을 만들어 饒州에서 간행하고 '饒錄'이라 하였다. 淳祐 己酉년(1249)에 蔡抗이 楊方 등 232인의 기록을 모아서 26권을 만들어 요주에서 간행하고 '饒後錄'이라 하였다. 咸淳 乙丑년(1265)에 吳堅이 세 기록 외에 나머지 29가를 채집하고 미간행 된 4가를 증입하여 建安에서 20권을 만들어 '建錄'이라 하였다. 당시 어록이 많은 것을 알 수 있으나 시화와는 무관하다. ≪四庫全書總目提要≫에 이르기를,

그 분류 편집한 것은 가정 기묘년에 황사의가 편집한 것이 무릇 140권이고 사공이 미주에서 간행했다고 말한 것을 '촉본'이라 한다. 순우 임자년에 왕필이 40권을 속편하여 휘주에서 간행하니 '휘본'이라 한다. 여러 본들이 이미 서로 들고남이 있고 그 후에도 번각이 일치하지 않으며 틀리고 어긋남이 매우 많으니, 여정덕이 모아서 편집하여 중복된 1,150조를 산제해서 26문으로 나누니 자못 깨끗이 정리되어 보기 쉽다.

其分類編輯者, 則嘉定己卯黃士毅所編凡百四十卷, 史公說刊於眉州, 曰蜀本. 又淳祐壬子王佖續編四十卷, 刊於徽州, 曰徽本. 諸本旣互有出入, 其後又翻刻不一, 譌舛滋多, 黎靖德乃裒而編之, 刪除重複一千一百五十餘條, 分爲二十六門, 頗淸整易觀.

라고 하였다. 그러나 전서가 140권이 있고 그중에 논시문 부분이 매우 많다. 청대 張伯行이 다시 어록을 重訂하여 ≪朱子語類輯略≫이라 칭하니 무릇 8권이고 그중에 논문 한 항목이 있으나 따로 成書하지 않았다. 따로 성서한 것으로는 陳文蔚 등이 기록한 ≪晦庵詩說≫이 있으니 한 권으로 지금은 ≪談藝珠叢≫本이 있다. 다음에 본 시화에서 중요한 논시문 몇 단을 살펴본다.

* 작시에 여러 구로 마음을 담는 건 괜찮지만 많이 지어서는 안 되니 무릇 몰입해 버릴까 해서다. 세상일에 맞지 않을 때 평담을 스스로 즐기니 어찌 시구를 생각하지 않을 수 있겠는가. 그 참된 맛이 넘치게 되면 오히려 평범하게 시 읊기를 좋아하는 사람과 달라진다.

作詩間以數句適懷亦不妨, 但不用多作, 蓋便是陷溺爾. 當其不應事時, 平淡自攝, 豈不勝如思量詩句. 至其眞味發溢, 又却與尋常好吟者不同.

시를 짓는 데 시인의 심리상태가 平淡을 추구하는 詩心이어야 한다. '詩窮而後工' 즉 시를 짓는 데 작시상 최고의 심적 평정과 최선의 창작 열의가 조화되어야 시의 眞味가 흘러넘치는 경지에 이를 수 있다.

* 고시는 모름지기 서진 이전을 봐야 하니, 예컨대 악부 작품들은 모두 좋다. 두보의 기주 이전 시는 좋은데, 기주 이후 시는 절로 규모를 드러내니 배울 만하지 않다. 소식과 황정견은 단지 지금 사람 시로서 소식의 재주는 호방하지만, 한 번에 말을 다해서 여운 있는 뜻이 없다.

古詩須看西晉以前, 如樂府諸作皆佳. 杜陵夔州以前詩佳, 夔州以後自出規模, 不可學. 蘇黃只是今人詩, 蘇才豪, 然一衰說盡, 無餘意.

시에서 중시되는 점은 '餘意'이다. '比賦興'에서 賦가 직설적이라면 比興은 비유와 은유적 표현이다. 악부시는 민간의 애환을 은유적으로 묘사하고 두보의 夔州(기주) 이전 시는 삶의 희로애락을 진솔하게 표현하였지만, 기주 이후의 시는 전란과 고초 속에서 현실적인 애환을 직설적으로 표출하였기에 '言外' 즉 시의 여운 있는 흥취가 부족하다.

* 이백(이태백) 시는 다 호방하지 않고 온화하며 느긋한 것도 있으니, 예컨대 첫 편 「〈대아〉의 시구를 짓지 않다」 같은 것은 상당히 느긋하다. 도연명 시를 사람들이 모두 평담하다고 말하는데, 내가 보건대 그는 절로 호방하나, 호방하면서 그 본 모습을 드러내는 것을 느끼지 못하니, 이 〈영형가〉 시 한 편은, 평담한 사람이 어떻게 이런

언어를 표현해낼 수 있겠는가.

李太白詩, 不專豪放, 亦有雍容和緩底, 如首篇「大雅句不作」, 多少和緩. 陶淵明詩, 人皆說是平淡, 據某看, 他自豪放, 但豪放來得不覺其露出本相者, 是〈詠荊軻〉一篇, 平淡底人, 如何說得這樣言語出來.

위의 평문은 매우 비판적이지만 주희만의 객관적 안목이 보인다. 이백(이태백) 시의 호탕하고 즉흥적 감흥 표현, 그러나 주희는 이백 시에서 '雍容'과 '和緩' 즉 온화함과 은근함도 느낀 것이다. 그리고 전원시인 陶潛(도연명)의 시풍을 '平淡' 일변도로 평가하는 관점에서, 과감하게 시의 호방성을 거론하면서 그의 〈詠荊軻〉시(《陶淵明詩箋注》 권4)를 예로 들고 있다. 도잠은 당시의 정치 사회에 혐오를 느껴 그 분노를 비유적으로 빌려서 이 시를 지었는데, 그의 다른 시와 구별되는 호방성을 보여주니, 다음에 본다.

연단은 무사를 잘 양성하였으니
그 뜻이 강포한 영씨에 보복하는 데 있네.
뛰어난 용사들 불러 모았는데
늦게야 형가를 얻었다네.
군자는 지기를 위해 죽거늘
칼 잡고 연나라 서울 나섰네.
백마는 넓은 이랑에서 우는데
비분강개하며 우리 출정을 전송하네.
뻣뻣한 머리털은 높은 갓에 닿고
용맹한 기상은 긴 갓끈을 치네.
역수 가에서 송별 술 마시니
사방에 영웅들이 줄지어 앉았네.
점리는 슬프게 축을 치고
송의는 소리 높여 노래 부르네.
쓸쓸하게 슬픈 바람 일어나고
맑고 깨끗하게 찬 물결 이네.

상조 음악에 눈물 더욱 흐르고
우조 연주에 장사가 놀라네.
공은 가면 돌아오지 못할 줄 아시니
장차 후세의 이름 남기리라.
수레에 오르니 언제 돌아볼가나
날듯 달리는 수레 진왕궁에 들어가네.
신속하게 만리를 건너 달리고
구불대며 천 개 성을 지나가네.
지도를 다 익히고 일을 펴나가니
호탕한 주인이 때마침 허둥대네.
아깝도다 검술이 성글어서
뛰어난 공적 마침내 이루지 못했네.
그 사람 이미 죽었지만
천년 지나도 마음에 남아 있네.
燕丹善養士, 志在報强嬴.
招集百夫良, 歲暮得荊卿.
君子死知己, 提劍出燕京.
素驥鳴廣陌, 慷慨送我行.
雄髮指危冠, 猛氣衝長纓.
飮餞易水上, 四座列群英.
漸離擊悲筑, 宋意唱高聲.
蕭蕭哀風逝, 淡淡寒波生.
商音更流涕, 羽奏壯士驚.
公知去不歸, 且有後世名.
登車何時顧, 飛蓋入秦庭.
凌厲越萬里, 逶迤過千城.
圖窮事自至, 豪主正怔營.
惜哉劍術疎, 奇功遂不成.
其人雖已沒, 千載有餘情.

荊軻는 전국시대 刺客으로 燕나라 太子 丹의 의뢰로 秦始皇(기원전 247-210) 嬴政(영정)을 암살하려다 실패하였다. 시에서 漸離는 高漸離로 진시황 앞에서 筑을 타면서 鉛으로 왕을 죽이려 하였는데, 점리와 宋意가 易水 가(지금의 河北 易縣)에서 축을 타고 노래하였다고 한다. 형가가 출정할 때 樊於期(번어기)3)의 목과 연나라 督亢(독항) 지방의 지도를 지참하여 칼을 써서 진시황 암살을 시도하였으나, 실패하고 살해되었다.

* 두보 시는 초년에는 매우 정세하고 만년에는 거슬러서 그럴듯하지 않았는데 다만 곳곳에 한 운으로 압운하려 해서, 예컨대 진주에서 촉으로 들어갈 시기의 시들은 분명히 그림 같으니 그런 시는 적다. 이백 시는 법도가 없는 건 아니어서 법도 중에서 한가하니 대개 시에 있어서 성인의 경지에 이른 사람이다. 〈고풍〉 두 권은 다분히 진자앙을 본받아서 온전히 그 시구를 활용하고 있다. 이백이 진자앙과 시대가 멀지 않으니 그 존경하고 사모함이 이러하였다.

杜詩初年甚精細, 晚年橫逆不可當, 只意到處便押一箇韻. 如自秦州入蜀諸詩, 分明如畵, 乃其少作也. 李太白詩, 非無法度, 乃從容於法度之中, 蓋聖於詩者也. 〈古風〉兩卷, 多效陳子昂, 亦有全用其句處. 太白去子昂不遠, 其尊慕之如此.

이백(이태백) 시를 두보 시보다 우위에 놓고 논조를 펴고 있다. 이백은 두보에 비해서 시율 적용에 있어서 비교적 변격을 많이 사용하였으나 나름의 법도를 지켰으니, 그 예로 〈月下獨酌〉(《全唐詩》 권 182)을 본다.

꽃 사이에 술 한 병 놓고
홀로 마시려니 가까이 할 벗이 없네.
술잔 들어 밝은 달 오라 하고
그림자를 마주하니 세 사람이 되었네.

---

3) 樊於期 : 戰國시대 秦나라의 武將. 나중에 燕나라로 망명하여 자기의 목을 荊軻에게 내주어 진시황을 찌르게 하였음.

달은 벌써 마시지 못하고
그림자는 내 몸만 따르네.
잠시 달을 벗 삼고 그림자도 거느리고
한껏 즐기나니 모름지기 봄이로다.
내가 노래하면 달은 배회하고
내가 춤추면 그림자는 흔들대네.
깨어선 서로 같이 기뻐하다가
술 취한 후에는 각자 흩어지네.
영원히 한없이 놀기로 하고
저 멀고 먼 은하수에서 만나보세.
花間一壺酒, 獨酌無相親.
擧杯邀明月, 對影成三人.
月旣不解飮, 影徒隨我身.
暫伴月將影, 行樂須及春.
我歌月徘徊, 我舞影零亂.
醒時同交歡, 醉後各分散.
永結無情遊, 相期邈雲漢.

　이백은 '酒聖'이라 할만큼 술과 관련된 유명한 시들이 적지 않으니, 술을 통한 자연과 하나 되는 흥취를 보여준다. 이 시는 달 아래에서 홀로 술 마시면서 자신의 심령을 독백한 시이다. 풍부한 상상력이 조화된 탈속적인 의식이 넘친다. 자신과 달, 그리고 자신의 그림자가 합하여 3인이 된다는 시인의 표현은 더욱 외로운 심경의 反語이다. 청대 沈德潛은 ≪唐詩別裁≫에서 「시가 입에서 나오면, 하늘의 소리(바람소리 등)보다 더 순수하니, 이런 시는 누구도 배우기 쉽지 않다.(脫口而出, 純乎天籟, 此種詩, 人不易學.)」라고 평가하였다.

　* 두보의 「어두운데 날아가는 반딧불이 절로 비추네」라는 말은 기교롭다; 위응물이 이르기를, 「찬 비 내리는 어둡고 깊은 밤에, 떠도는 반딧불이 높은 누각 건너가네.」라고 하였다. 이런 경치는 상상할 수 있

으나 거칠 것이 없다고, 즉 자재하다고 말하겠다. 따라서 ≪국사보≫
에는 위응물의 사람됨이 고결하여, 적게 먹고 욕망 없이 지내며, 가
는 곳마다 땅을 쓸고 분향하고 누각 닫고 앉아지내니, 그의 시에서
한 글자도 일부러 짓지 않고 곧 자재해 지으니, 그 기상은 도에 가깝
고 뜻은 늘 그것을 아꼈다. 묻기를, 「도잠과 비교해서 어떤가?」 말
하기를, 「도잠은 오히려 힘이 있으나 어사가 건전하고 뜻이 한가한데,
은둔자들은 흔히 성품과 기개를 지닌 사람이어서 그리하는데, 도잠
은 하고 싶어도 못하는 사람으로 명예를 좋아하였다. 위응물은 자재
하여 그의 시는 어느 곳에 매이지 않고 넘어져 모든 것을 다 떨쳐 버
리는 느낌이 있다. 진송시대 시는 매우 한가하고 담백한데, 두보 등의
시는 늘 바쁜 느낌이다.」 하였다. 도잠이 이르기를, 「몸이 피곤하여
도, 마음은 항상 한가롭다.」라 하니 ≪예기≫의 「몸이 힘들어도 마음
은 한가하다」라 한 그것이다.

杜子美「暗飛螢自照」語, 只是巧; 韋蘇州云: 「寒雨暗深更, 流螢度高
閣.」 此景色可想, 但則是自在說了. 因言≪國史補≫稱韋爲人高潔, 鮮
食寡欲, 所至之處, 掃地焚香, 閉閣而坐, 其詩無一字做作, 直是自在,
其氣象近道, 意常愛之. 問: 比陶如何? 曰: 陶却是有力, 但語健而意
閑, 隱者多是帶性負氣之人爲之, 陶欲有爲而不能者也, 又好名. 韋則
自在, 其詩則有作不着處, 便倒塌了底. 晋宋間詩多閑淡, 杜工部等詩
常忙了. 陶云: 「身有餘勞, 心有常閑,」 乃禮記身勞而心閑則爲之也.

이 글에서 주희는 성당대 韋應物[4]을 도잠(도연명)이나 두보보다
도 더 높이 평가하고 있다. 위응물 시를 높이 평가하는 점은 '自在'에
있다는 것이다. 그러나 위응물을 도잠과 두보와 비교한 것도 지나치
지만, 그들보다 오히려 우위로 평가한 점은 주희의 편벽된 의식이라
할 것이다. 원대 方回는 주희 시를 '高古淸勁'[5]하다고 하였고, 현대 학
자인 吳戰壘는 주희의 〈齋居感興〉 시를 평하여 ≪周易≫ 〈繫辭〉의 뜻

---

4) 韋應物(737?-792?): 京兆(지금의 陝西 西安)人. 蘇州刺史를 지내서 韋蘇州
   라 함. ≪韋應物集≫이 있다.
5) 方回 ≪瀛奎律髓≫ 권20.

을 부연하여 추상적으로 설교하는 내용이어서 詩味가 없다고 한 점6)
은 유의할 만하다. 그리고 명대 李東陽은 ≪懷麓堂詩話≫에서 도잠을
터득하기 위해서 먼저 韋應物과 柳宗元을 배워야 한다고 서술하고 있
으니, 다음을 본다.

> 도잠 시는 질박하고 온후하여 옛것에 가까워서 읽을수록 더욱 그 오
> 묘함을 알게 된다. 위응물은 조금 평이한 데 빠져 있고, 유종원은 지
> 나치게 세밀하고 기교가 있다. 세상에서 '도위'라고 부르고 또 '위유'
> 라고 부르는데, 다만 그것을 모아서 말한 것이다. 단지 도잠을 배우
> 는 사람들에게 말하노니, 모름지기 위응물과 유종원부터 들어가는
> 것이 곧 정도이다.
> 陶詩質厚近古, 愈讀而愈見其妙. 韋應物稍失之平易, 柳子厚則過於精刻.
> 世稱陶韋, 又稱韋柳, 特槪言之. 惟謂學陶者, 須自韋柳而入, 乃爲正耳.

도잠의 시를 '質厚'하다고 평한 것은 시풍을 요약한 표현이다. 전
원의 풍광을 주제로 한 시에서 삶의 근원이 무엇이고 참된 가치가 무
엇인지를 담백하게 표출하고 있기 때문이다. 梁代 鍾嶸의 ≪詩品≫(卷
中)에서,

> 문체가 간결하고 깨끗하여 거의 장황한 말이 없다. 진실한 뜻이 참
> 으로 예스럽고, 어사가 아름답고 상쾌하다. 늘 그의 글을 보면, 그
> 사람의 덕성을 생각한다. 세상에서 그 질박하고 곧은 것을 탄복한
> 다. 「기뻐 말하며 봄 술을 마시네.」구나, 「해가 저무는데 하늘에는
> 구름이 없네.」구에 이르러서는 풍격이 맑고 고와서 그 단지 전원의
> 말이라고만 할 것인가? 고금의 은일시인의 으뜸이다.
> 文體省靜, 殆無長語. 篤意眞古, 辭興婉惬. 每觀其文, 想其人德. 世歎
> 其質直. 至於「歡言酌春酒」,「日暮天無雲」, 風華淸靡, 其直爲田家語
> 耶? 古今隱逸詩人之宗也.

라고 하여 도잠의 진면목을 평가하고 있고, 蘇軾은 ≪東坡詩話≫에서

---

6) 吳戰壘 ≪中國詩學≫ p.114.

「메마르면서 담백한 것을 귀히 여긴다 함은 그 겉은 메마르지만 속은 기름져서, 담백한 듯하면서 사실은 아름다운 것을 말하는 것이니 도잠과 유종원(유자후) 같은 유파가 이런 것이다.(所貴乎枯淡者, 謂其外枯而中膏, 似澹而實美, 淵明子厚之流是也.)」라고 하여 이동양의 평가를 先導하였다. 송대 楊萬里는 ≪誠齋詩話≫에서 「오언고시에서 구가 우아하고 담백하면서 맛이 깊은 자는 도잠과 유종원이다.(五言古詩, 句雅淡而味深長者, 陶淵明柳子厚也.)」라고 유종원이 도잠을 계승한 시인으로 평가하였다.

韋應物은 盛唐시인으로 王維詩派로 분류하는데, 晚唐의 司空圖는 이미 「왕유와 위응물은 맑고 정치하여 격조가 그 속에 있다.(王右丞韋蘇州澄澹精致, 格在其中.)」(〈與李生論詩書〉)라고 하였고, 송대 陳師道는 그의 시를 도잠에게서 배웠다고 하면서 「왕유와 위응물은 모두 도잠에게 배웠으나, 자신의 독자적인 풍격을 터득하였다.(右丞蘇州皆學於陶, 得其自在.)」(≪後山詩話≫)라고 하였고, 원대 倪瓚(예찬)은 「위응물과 유종원은 시가 담백하며 조용하고 한가로워서 모두 도잠의 의취를 얻었다.(韋柳沖淡蕭散, 皆得陶之旨趣.)」(≪淸閟閣遺稿≫ 권12)라고 하여 유종원과 함께 그들의 시가 도잠에게서 연원하였다고 평한다.

> * 고인의 시에는 살아 있는 시구가 있는데 오늘날의 시에는 살아 있는 시구가 없고 단지 직설만이 있을 뿐이어서, 이런 시는 하루에 시 백 수 짓는 것도 할 수 있다. 예컨대 진여의 시에서 「흩날리는 구름이 푸른 벽에 엇갈리고, 보슬비는 푸른 솔을 적신다.」 「따스한 햇빛 버들가지에 감돌고, 짙은 그늘은 해당화에 취하네.」 같은 것이다.
> 古人詩中有句, 今人詩更無句, 只是一直說將去, 這般詩一日作百首也得. 如陳簡齋詩「亂雲交翠壁, 細雨濕靑松.」「暖日薰楊柳, 濃陰醉海棠.」

주희가 도학자적 안목으로 시를 평가한 경우를 이 글에서 엿볼 수 있다. ≪시경≫의 詩敎的 관점에서 보면 위의 글이 적용된다. 직설적인 표현은 교화적이지 않다는 논리이기 때문이다. 단순한 자연 경물의 묘사만으로는 좋은 시라 할 수 없다는 이론이다.

송대 陳與義(1090-1139)는 성리학이 발달한 시기에 드물게 보는 서정시인이고 낭만시인이다. 그래서 오히려 송시에서 높이 평가되는데, 주희가 폄하한 것은 시기적으로 진여의와 멀지 않고, 진여의 시에 대한 온당한 평가를 하지 못한 데 있을 것이다. 그러나 진여의 시는 北宋 말기 詩風에 중요한 위치를 차지한다. 따라서 여기서 진여의 시에 대해서 깊이 살펴보고자 한다.

陳與義는 字가 去非, 號는 簡齋居士로 洛陽人이다. 관직은 參知政事를 지내고 江西詩派 주종자의 한 사람이며 ≪簡齋集≫이 있다. 그의 율시는 두보를 배워서 聲調가 밝고 침착하다. 고시는 黃庭堅과 陳師道의 영향을 받았다고 본다. 진여의는 같은 시파의 황정견과 진사도보다 나이가 적은데, 이들 두 시인을 매우 추앙하였다. 진여의는 황정견에 대해서,

> 소식의 재주는 위대하니 따라서 필묵의 밖에서 종횡으로 행하고, 그 운용이 그지없다. 황정견은 의취 운용이 깊어서 입맛에 잘 맞으며 그 추구함이 더욱 원대하다.
> 東坡賦才也大, 故解縱繩墨之外, 而用之不窮. 山谷措意也深, 故游泳口味之餘, 而索之益遠.[7]

라고 하여 황정견을 蘇軾의 대열에 놓고 필수적인 학습대상으로 삼았으니, 그의 창작에서 위의 두 시인으로부터 다음과 같은 몇 가지 점을 영향 받고 있다. 먼저 진여의는 句法을 중시하고 있다. 그의 구법은 간결하니, 羅大經은 그 구법을 두고 이르기를,

> 진사도와 황정견 이후의 시인으로는 진여의를 능가하는 자가 없으니, 그의 시는 간결하고 고담한 데로부터 화려하고 섬세함을 드러낸다.

---

7) 晦齋 ≪簡齋詩集≫ 引陳與義集 卷首

自陳黃之後, 詩人無逾陳簡齋, 其詩由簡古而發穠纖.8)

라고 하여 그 구법의 연원이 위의 두 시인에게서 근원하고 있음을 밝히고 있다.

다음으로 진여의는 영물에 있어서 '形似'보다는 '神似'를 중히 여기는 경향을 보이는데, 이것은 영물시가 지닌 특성상 당연한 작시의 식이니, 진여의의 〈和張規臣水墨梅〉(《簡齋詩集》 권3) 제3수를 보기로 한다.

    고운 강남의 만옥비(매화를 지칭)여
    헤어지고 몇 번이나 봄이 돌아왔는지.
    서울에서 만난 때에 예와 같건만
    다만 검은 먼지가 흰 옷에 물들가 한하노라.
    粲粲江南萬玉妃, 別來幾度見春歸.
    相逢京洛渾依舊, 唯恨緇塵染素衣.

매화는 순백색이어서 수묵을 쓸 경우에 그 색채를 적절히 묘사하기에 어려운데도, 진여의는 이러한 난점을 詩情으로 승화시키고 있다. 이 시는 꽃을 의인화하였으니, '萬玉妃'는 韓愈의 〈辛卯年雪〉 시중의 「흰 무지개가 먼저 길을 열고, 만옥비가 이어서 따르네.(白霓先啓途, 從以萬玉妃.)」구를 활용한 것으로, 진여의는 흰 매화로 비유하였으며, 말구에서는 속세에 혼탁해질까 하는 자신의 심정을 매화의 결백에 풍유하고 있다.

다음으로 진여의는 시의 예술풍격 면에서 진사도의 영향을 비교적 많이 받았으니, 그의 〈風雨〉(상동) 시를 보자.

    가을 저녁에 비바람 치니
    오동잎이 창가에 놀라 나부끼네.
    시름없이 낙엽은 가까이 지고

---

8) 《鶴林玉露》 卷4

마음 가득히 가을의 소리 나도다.
객은 진정 힘이 없거늘
꿈속에서 파도가 성을 흔든다.
깨어나니 아무것도 안 보이는데
초승달만 깊은 밤을 비추고 있다.
風雨破秋夕, 梧葉窓前驚.
不愁黃落近, 滿意作秋聲.
客子定無力, 夢中波撼城.
覺來俱不見, 微月照殘更.

이 시의 立意가 자못 깊고 구법이 새로워서 진사도의 풍격을 지니고 있으니, 이것은 청대 紀昀(기윤)이 ≪瀛奎律隨≫(권16)에서 「이 시는 후산 진사도에 매우 가깝다.(此詩逼近後山)」라고 평한 것과 상통한다. 그리고 진여의도 杜甫를 배워서 송나라가 南渡하기 전에는 두 시인을 통하여 두보의 영향권에 있었음은 당연하다. 〈雨〉(상동) 시를 보면 그 흔적을 알 수 있다.

강가 모래밭에 봄비가 살랑대는데
띠풀 처마의 낡은 관가가 있다.
어느새 꽃에 눈물이 맺혔는데
만 리 떠난 객은 난간에 기대어 있네.
해질녘에 장미는 비에 젖어 무겁고
누대 높이 앉은 제비 추위에 떤다.
아깝구나, 도연명과 사령운의 재주로도
전혀 이 시름을 떨치지 못함이.
沙岸殘春雨, 茅檐古鎭官.
一時花帶淚, 萬里客憑欄.
日晚薔薇重, 樓高燕子寒.
惜無陶謝手, 盡力破憂端.

이 시의 자구 중 상당수가 杜詩에 근거를 두고 있고, 풍격도 비교적 침울하다. 제3구는 두보의 〈春望〉시 「어려운 때를 느껴서 꽃도 눈물 흘린다(感時花濺淚)」에서 이미지를 본받고 있다.9) 그러나 진여의의 젊은 날의 시가에는 그 흔적이 비교적 적은 편이다. 그 구체적인 영향관계를 보면, 먼저 침울한 풍격을 들겠다. 진여의가 南渡 이후에 시에서 우국애민적인 의식을 많이 표출하고 있음은 이와 무관하지 않다. 예컨대 〈感事〉(상동 권4) 시를 보면,

전란을 어찌 말로 다 하리오
전쟁은 아직 끝나지 않았다오.
귀하신 공경들 왼쪽으로 옷섶을 하는데(오랑캐 복식)
장강과 한수는 예대로 동으로 흘러간다.
바람이 황룡부에 끊겨 있고(소식이 없음)
구름은 백로주로 옮겨가누나.(군주의 피난)
어찌하면 나라의 운명을 평강케 하고
무엇으로 임금의 근심을 덜어 드릴까.
세상일 헤아리기 어렵지 않으나
나의 인생은 본디 절로 유랑신세인 것을.
국화 어지러이 사방 들에 피었는데
가을에 시 짓는 마음 누구를 위해서인가.
喪亂那堪說, 干戈竟未休.
公卿危左袵, 江漢故東流.
風斷黃龍府, 雲移白鷺洲.
云何舒國步, 持底副君憂.
世事非難料, 吾生本自浮.
菊花紛四野, 作意爲誰秋.

라고 하여, 시인은 답답하고 심란한 감정으로 나랏일을 생각한다. 첫 4구에서 시국의 위기를 묘사하면서 다음으로 제5구와 제6구의 두

---

9) 《陳與義集》卷13의 胡穉 箋注에는 이 구를 杜甫의 〈秋興〉시 「叢菊兩開他日淚」 구에서 인용한 것이라 하나, 莫礪鋒은 《江西詩派研究》 p.159에서 〈春望〉의 시구에서 본받음이 타당하다고 하였다.

구로 그 당시의 물결치고 구름 짙게 드리운 형세를 국사에 암시하였고, 그 다음 두 구에서 시인의 보국의식과 그 일의 어려움에서 오는 근심을 토로하고 있다. 그리고 나중에는 초목의 무정한 자태로써 시인 자신의 침울한 심정을 襯托(츤탁 : 가까이 의탁함)하였다. 송대 劉克莊이 이 시를, 「자못 두보에 가깝다(頗逼老杜)」(≪後村詩話前集≫ 卷3)라고 평한 것은 바로 두보의 영향을 의미한다. 그리고 칠언율시의 구법으로, 명대 胡應麟은 이 점을 지적하여,

> 송대에 시 짓는 자로 나는 두 사람을 얻었다. 매요신의 오언시는 맑으면서 짙고 평이하면서 원대하다. 진여의의 칠언시는 웅혼하면서 화려하고 장중하면서 온화하다. 매요신은 왕유의 의취를 많이 얻었고, 진여의는 두보의 구를 많이 얻었다.
> 宋之爲律者, 吾得二人: 梅堯臣之五言, 淡而濃, 平而遠. 陳去非之七言, 渾而麗, 壯而和. 梅多得右丞意, 陳多得工部句.(≪詩藪≫ 〈外編〉 권5)

라고 하였다. 여기서 진여의의 칠언율시는 두보 시의 영향이 매우 큰 것을 확인할 수 있다. 진여의의 〈登岳陽樓〉(상동) 2수 중에 제1수를 보자.

> 동정호 동쪽과 장강 서쪽의 누각에는
> 발과 깃발이 고요하고 석양이 느슨히 드리우네.
> 오 땅과 촉 땅이 갈린 곳에 올라
> 호수의 산기슭을 배회하니 날이 저무네.
> 만 리 떠나 노닐며 멀리 바라보니
> 세 해의 숱한 고생 끝에 다시 높은 데 기대네.
> 백발로 지난 모진 풍상을 위로하니
> 고목들이 푸른 물결처럼 출렁대어 한없이 슬프게 하네.
> 洞庭之東江水西, 簾旗不動夕陽遲.
> 登臨吳蜀橫分地, 徙倚湖山欲暮時.
> 萬里來游還望遠, 三年多難更憑危.
> 白頭弔古風霜裏, 老木蒼波無限悲.

이 시에 대해서 명대 方回는 평하기를, 「시의 의경이 넓고 깊어 진정 두보에 가깝다.(意境宏深, 眞逼老杜.)」(≪瀛奎律隨≫ 卷1)라고 하여 시의 의취가 넓고 깊은 것은 두보에게서 본받았음을 알 수 있다. 제1구의 '之'자는 성조의 미묘함을 뚜렷하게 보여주는 것으로 두보에 가까우며, 제3연은 두보의 〈登高〉 시 「만 리 길 슬픈 가을에 늘 나그네 되고, 백년 인생에 병도 많은데 홀로 누대에 오르네.(萬里悲秋常作客, 百年多病獨登臺.)」(≪杜詩詳注≫ 권20) 구와 흥취와 묘사법에서 완전히 일치한다.

한편 칠언절구에서 時事의 내용을 주제로 활용하였으니, 이것은 진여의 시의 리얼리즘적인 성격과 연관된다. 그리고 황정견을 이어서 성공적으로 시에 응용한 경우에 해당하니 예컨대, 〈春寒〉(상동) 시를 본다.

> 2월의 파릉은 날마다 바람이 불어
> 봄추위 가지 않아 초가의 이 몸이 떤다.
> 해당화는 연지빛 붉은 꽃 아깝지 않은지
> 외로이 보슬비 내리는 속에 서있구나.
> 二月巴陵日日風, 春寒未了怯園公.
> 海棠不惜臙脂花, 獨立濛濛細雨中.

이 시는 高宗 建炎 3년(1129) 2월에 지은 것이다. 당시에 南宋의 조정은 풍전등화 같은 위기에 놓여 있었다. 金兵이 靑州, 徐州를 연파하고 楚州를 진격하여 장강 이북을 장악하는 세력을 확보하니 고종은 揚州에서 鎭江으로, 그리고 다시 杭州로 피난을 갔다. 이때 시인은 岳州(지금의 호남성 岳陽)에 피난 중으로 巴陵도 이곳에 있다. 이해 정월에 악주에는 대화재가 발생하여 진여의는 군수 王接의 후원인 君子亭에 잠시 머물렀기에 자칭 園公이라고 하였다. 시사성을 지닌 詩心을 짧은 시에 표현하는 능력이 두보를 닮았다. 진여의 시에 대한 일반적인 평가는 다양하여 송대 劉克莊은 ≪後村詩話≫에서,

진여의가 나오면서 비로소 두보를 스승으로 삼았다. 간결하며 엄격한 것으로 번다하며 꾸민 것을 쓸어내고, 웅혼한 것으로 지나친 기교를 바꾸었으니, 그 품격을 매기면 당연히 여러 작가 중에 으뜸이다.

及簡齋出, 始以老杜爲師. 以簡嚴掃繁縟, 以雄渾代尖巧, 第其品格, 當在諸家之上.(前集 권2)

라고 하여 그 시가 衒學的이라든가 수사적이 아닌 담백하고 힘이 있는 맛을 주고 있음을 강조하였으며, 명대 胡應麟은 ≪詩藪≫에서,

진여의의 「봄이 오는데 밤에 눈이 아직 남아 있고, 술을 다 마시니 매화도 지는구나.」 구는 오히려 자연스러워 당시의 맛이 있으니 그러나 흔히 얻을 수 없다.

去非春生殘雪夜, 酒盡落梅時. 却自然有唐味, 然不多得.(〈外編〉 권5)

라고 하여 송대의 당시풍을 지닌 은일낭만적인 맛을 풍겨준다고 적절한 평가를 하였다. 그리고 紀昀은 ≪四庫全書總目提要≫(≪四庫全書≫ 권156 集部 別集類)에서 진여의 시를 총괄하여 평하였다.

그 시가 황정견에서 근원하였으나, 천성이 매우 고매하고 변화에 공교하며 풍격이 높고 사고가 깊고 진지하여 우뚝 자신의 길을 열 수 있었다. ≪영규율수≫는 두보를 일조로 삼고 황정견, 진사도 및 진여의를 삼종으로 삼으니 이것은 진실로 한 가문에 관한 지론이다. 그러나 강서파 중에서 말하면, 황정견의 아래며 진사도의 위로서, 실로 높이 한 자리를 차지하기에 부끄러움이 없다.

其詩雖源出豫章, 而天分絶高, 工於變化, 風格遒上, 思力沈摯, 能卓然自闢蹊徑. 瀛奎律髓以杜甫爲一祖, 以黃庭堅陳師道及與義爲三宗, 是固一家門戶之論. 然就江西派中言之, 則庭堅之下, 師道之上, 實高置一席無愧也.

이러한 각도에서 진여의 시를 종합하여 그 성격을 구분한다면, 대개 시의 사실적인 현실감각과 情景交融的인 성정의 승화에 의한 비

장과 雄渾한 意氣, 그리고 현실로부터의 은둔적 의식 등으로 특징 지을 수 있겠다.

첫째로 정치참여의 희구와 우국애민의 심기를 본다. 靖康難은 진 여의의 시 창작 생애를 자연스럽게 구별하고 있으니, 그 이전은 徽宗 의 賞識(칭찬)과 拔擢(발탁)에 의해 정치에 발을 들여놓았지만 시의 내용상 다른 강서파 시인처럼 贈酬(증수 : 시를 써서 주고받음)와 경 물 유람, 그리고 개인적인 감회 등을 그 소재로 많이 삼았으니 이것 은 개인의 정감세계를 표현한 경우가 된다. 그의 〈夜雨〉(상동 권2) 시를 보자.

해 가도록 문을 닫고 모든 일 멀리하고
이 몸은 오직 푸른 이끼에 누워 지내네.
매미 소리 아직 가을바람 일기에는 이르니
나뭇잎이 온통 울며 밤비가 내린다.
바둑으로 헛된 세상 이치를 알 만하니
등불은 응당 좋은 시 지으라고 켜져 있겠지.
홀로 송옥의 비가를 읊을 마음 없으니
다만 서늘한 느낌에 기꺼이 술잔 들겠노라.
經歲柴門百事乖, 此身只合臥蒼苔.
蟬聲未足秋風起, 木葉俱鳴夜雨來.
棋局可觀浮世理, 燈火應爲好詩開.
獨無宋玉悲歌念, 但喜新涼入酒杯.

이 시는 다소 침잠된 기분을 자아내지만 전체가 제1구의 시문에 초점을 맞추어서 그 다음 구들을 시각적인 棋局, 燈火, 酒杯 등과 청 각적인 蟬聲, 木葉 등으로 연결되어 심리적인 내적 自省의식이 드 러난다. 그리하여 그의 晩年에는 관직에 대한 관심과 자존심을 중 시한 시를 썼음을 알 수 있다. 그러나 이것이 진여의 시를 품평하 는 대상은 못되고, 단지 그의 삶에서 청년시절의 靑雲의 꿈을 잠시 가진 정도로 평가하는 것이 타당할 것이다. 그런 시인의 마음은 金

兵의 亂入으로 발생한 靖康難으로 인해서 사라진 문자 그대로 하나의 꿈에 지나지 않았기 때문이다.

둘째는 영물과 낭만 속의 悲感이다. 진여의 시에서 경물을 묘사한 것은 정치나 전쟁, 그리고 비감 등을 간접적으로 풍유하고자 한 의도가 짙지만 그 자체의 성격상 순수하게 평가한다면 시인의 시로 표현된 하나의 시의 高雅美와 自然美의 감상으로 한정시켜서 의미 부여하는 것이 한결 부드럽다. 그렇다면 시인의 詠物로 인한 정감의 興托을 먼저 살펴야 할 것이다. 즉 영물시를 말함인데 원래 영물시는 「정감을 기탁하여 풍자를 담음(寄情寓諷)」을 바탕으로 하는 바, ≪詠物詩提要≫에서 이르기를,

> 옛날 굴원은 〈귤송〉을 짓고 순자는 〈잠부〉를 지었는데, 영물의 작품은 여기에서 싹텄다. … 당시는 사물의 모양을 숭상하고 송시는 의론을 삽입하는데, 기탁된 정감과 붙여진 풍유가 그 가운데서 끝없이 흘러나오니 이것이 그 큰 대강이다.
> 昔者屈原頌橘, 荀況賦蠶, 詠物之作, 萌芽于是. …唐尙形容, 宋參議論, 而寄情寓諷, 旁見側出于其中, 此其大較也. (≪四庫全書總目提要≫集部 5)

라고 하여 영물 작품의 근본적인 착상의식을 피력하였으며, 영물시를 짓는 의도는 시를 통하여 比興의 諷諭를 하는 데 있음을 청대 李重華는 다음과 같이 기술하였다.

> 영물이라는 체재는 제재로 말하면 부요, 시를 짓는 까닭으로 말하면 흥이요, 비이다.
> 詠物一體, 就題言之, 則賦也, 就所以作詩言之, 卽興也, 比也. (≪貞一齋詩說≫)

영물시의 작법에 대해서 구체적으로 어떻게 표현해야 할 것인가에 대해서 원대의 楊載는 다음과 같이 기술하였는데 이는 전대의 작품에서 보이는 공통점과 후대의 작법의 기준을 제시한 것으로 본다.

영물시는 사물에 기탁하여 뜻을 펼치고, 두 구에 맞춰 사물의 형상을 노래하고 물상을 그대로 그려야 하나, 지나친 조탁과 기교는 피해야 한다. 제1연은 직설한 제목과 합치해야 하고 사물의 출처를 명백히 해야 한다. 제2연은 영물의 본체와 합치해야 하고, 제3연은 사물을 말하는 작용과 합치해야 하는데, 뜻을 말하기도 하고, 의론하기도 하고, 인사를 말하기도 하고, 고사를 사용하기도 하며, 외물을 구체적으로 실증하기도 한다. 제4연은 제목 외의 것으로 뜻을 표현하거나 혹은 본의로 그것을 결속한다.

詠物之詩, 要托物以伸意, 要二句詠狀寫生, 忌極雕巧. 第一聯須合直說題目, 明白物之出處方是. 第二聯合詠物之體, 第三聯合說物之用, 或說意, 或議論, 或說人事, 或用事, 或將外物體證. 第四聯取題外生意, 或就本意結之.(≪詩法家數≫ 1권)

이 작법은 매우 세밀하게 묘사되어 있어서 시의 독창과 주관을 제약할 수 있지만, 그 본의는 순수한 영물시란 사물을 순수하게 묘사하되, 「마음을 둠(寓懷)」을 지녀야 함을 알 수 있다. 이와 같은 기본적인 기법을 충분히 구사했느냐의 여부를 논하기보다는 진여의 시에서의 영물 성격은 송시라고 하기에는 너무나 담백하다는 것이다. 진여의가 29세 때 지은 다음 〈和張矩臣水墨梅〉(상동)는 그 眞面을 잘 보여주는 시라 할 것이니, 매화는 순백색인데 水墨으로 매화를 그리면 색채를 描繪하기 쉽지 않다. 그러나 시인은 이런 결점을 詩情으로 승화시키고 있다. 여기에 興寄가 심오하고 격조가 고원한 면을 부각하였다.

기교 어린 화필로 무염의 추함을 바꾸지 못하거늘
이 꽃의 운치는 더욱 맑고 곱도다.
백색을 흑색으로 바꿀 수 있다 해도
의연히 매화의 격조는 복사와 오얏보다 높도다.
巧畫無鹽醜不除, 此花風韻更淸姝.
從敎變白能爲黑, 桃李依然是僕奴.(제1수)

이 시는 桃李의 속된 요염성을 가져다가 墨梅의 청아함에 襯托(츤탁)한 것이다. 기교만으로 누추함을 덮기에는 불가능하다. 시에 나오는 '無鹽'은 전설상의 齊나라 醜女 이름이다. 본래 검은 마음을 가식하고 호도한다고 해서 맑아질 수 없다. 水墨의 소박하고 순수한 필법이나 매화의 고결함과 고고함은 변하지 않는 법이다. 한편, 진여의 시에서 비(雨)에 관한 영물시가 적지 않은데, 〈雨〉(상동) 시를 다음에 본다.

쓸쓸히 열흘이나 비가 내리니
해신 축융을 조용히 보내노라.
제비는 세월 따라 돌아갈 꿈을 꾸고
오동나무는 어제 저녁의 모습이 아니로다.
찬 기운이 뼈에 스며들자
사방 주변의 일들이 다 어긋나네.(빈궁과 실의에 빠짐)
성대히 번화한 곳에
서풍이 객의 옷깃을 스치네.
蕭蕭十日雨, 穩送祝融歸.
燕子經年夢, 梧桐昨暮非.
一涼恩到骨, 四壁事多違.
袞袞繁華地, 西風吹客衣.

胡穉(호서)의 ≪簡齋先生年譜≫에 보면, 「정화 8년 무술에 서울에 머물며 비에 관한 시를 지었다. 『성대히 번화한 곳에, 서풍이 객의 옷깃을 스치네.』 10월에 벽옹록을 제수 받았다.(政和八年戊戌, 留京師, 有雨詩云: 袞袞繁華地, 西風吹客衣. 至十月, 除辟雍錄.10))」라 한 바, 이 시는 관직을 얻기 직전인 여름에 지은 것임을 알 수 있다. 이어서 영물을 통하여 정치적인 포부를 감추지 않은 것으로 〈牡丹〉(상동)을 보기로 한다.

---

10) 辟雍 : 周代의 天子의 都城에 설립한 大學. 주위의 형상이 璧(옥)과 같이 둥글고 물이 둘려 있음.

오랑캐가 먼지 일며 국경에 내침하고부터
10년을 유랑하며 이수와 낙수에 선 길이 아득하네.
청돈의 시냇가에 늙고 실의에 찬 객이
동풍에 홀로 서서 모란을 본다.
一自胡塵入漢關, 十年伊洛路漫漫.
青墩溪畔龍鍾客, 獨立東風看牡丹.

이 시는 시인의 대표적인 영물시로서, 청대 薛雪은 ≪一瓢詩話≫
에서 작시의 요령을 이르기를,

> 시에는 제재에서 써내는 것이 있고 제재 외에서 써내는 것이 있다.
> 허한 곳에서 실하게 써내는 것이 있고 실한 곳에서 허하게 써내는
> 것이 있다. 이쪽에서 저쪽을 써내는 것이 있고 저쪽에서 이쪽을 써
> 내는 것이 있다. 제재 앞에서 끌어내는 것이 있고 제재 뒤에서 이어
> 가는 것이 있으니, 풍운이 변환하여 그 자태가 하나같지 않다.
> 詩有從題中寫出, 有從題外寫入: 有從虛處實寫, 實處虛寫: 有從此寫彼,
> 有從彼寫此: 有從題前搖曳而來, 題後迤邐而去, 風雲變幻, 不一其態.

라고 하여 시의 다양한 작법상의 오묘한 情感의 寫出 기법들을 나열
하고 있다. 위 시를 보면 자연히 당대 岑參의 〈逢入京使〉 시 「옛 뜰
에서 동쪽을 보니 길이 아득한데, 늙은 몸 두 옷소매에 눈물이 마르
지 않네.(故園東望路漫漫, 雙袖龍鍾淚不乾.)」를 상기하게 한다. 이 시
는 紹興 6년(1136) 봄, 당시에 시인은 浙江성 桐鄉현 北青墩에서
우거하며 우국의 감개를 모란을 詩題로 하여 기탁하였다.
    제1연은 金兵이 汴京에 든 것을 묘사한 것으로 '一自'는 口語로서
격분된 정감을 보여주며 그 후로 10년 간 이어지는 전란의 고통을
말한다. 靖康 원년(1126)에 金兵이 침입하고 이듬해에 북송은 끝나
며 유랑생활이 시작되어 강호를 표류한 지 어언 10년이다. 伊洛은
伊河로서 洛河의 지류이며, 낙하는 또 黃河의 지류이니 여기서는 시
인의 고향인 洛陽을 지칭한다. 그리고 '路漫漫'은 두 가지 의미를 지

니니, 하나는 10년 간 평안히 고향 한 번 못 가는 처지를, 다른 하나는 나라가 기울고 천지가 혼란한데, 마음에는 의기가 식지 않았음을 각각 보여준다. 그러니까 시인의 思鄕의 심회와 亡國의 고통을 겸한 부분이다. 그래서 호서는 「그 담긴 뜻이 깊고 숨겨 있어서, 기린의 뿔을 드러내지 않는다.(其用意深隱, 不露麟角.)」(≪簡齋詩箋≫ 又敍)라고 하였다. 제2연에서는 나이는 많지 않지만 몸은 쇠하고 병이 많아서 우거하는 신세인데도 어기가 평정하고 여유가 넘친다. 낙양의 모란은 천하의 으뜸이지만 가볼 수는 없거늘, 타지에서 보는 모란으로 하여 시인의 정감은 남다를 것이다. 독립은 외지의 고독감을 의미하며 「東風看牡丹」구는 한 폭의 그림 같으나 실은 타향의 모란을 보는 슬픈 감정이 함축되었다. 진여의는 영물에 있어서 고아하고 간결한 白描 기법을 구사하면서 그 담은 의취는 애련한 유랑신세, 전란의 비애, 고독한 심사 등 다양한 내용을 담고 있다. 송시에서 蘇軾 시의 흥취가 많이 드러난 풍격을 보여준다고 평가해도 좋을 것이다.

셋째는 <u>雄渾한 기상과 淸遠한 흥취이다.</u> 기풍이나 기세가 호방하다거나 호탕하다고 하면 일종의 호연지기적인 이미지를 줄 수 있다. 어느 모로 보아도 그의 시는 호방이나 호탕하고는 거리가 있다. 젊은 시절 잠시 雄志가 있었다고 하나 진여의의 경우에는 의연함과 초연함이 깃든 雄渾(웅혼 : 힘이 있고 원숙함)이 더 강하다. 그러므로 이 웅혼은 초탈적인 의식의 전단계라 할 것이다. 청대 紀昀(기윤)이 진여의가 지은 〈寄德升大光〉 시에 대해서 「가볍고 쉬운 듯하나 필력이 매우 깊고 크다.(看似率易, 而筆力極爲雄闊.)」(≪瀛奎律髓彙評≫ 권42)라고 평한 부분은 이 시의 말 4구를 보자.

  같이 태극을 얘기하는 것 뜻 없는 건 아니니
  백성들의 서로 다른 바탕을 하나로 묶을 수 있네.
  외려 자양산의 천 길 언덕에 기대어
  먼 동쪽 하늘에 나는 고니를 본다.

共談太極非無意, 能繫蒼生本不同.
却倚紫陽千丈嶺, 遙瞻黃鵠九宵東.(상동)

　이 시의 배경을 보아서 기윤이 평한 웅혼은 호방이나 대범이 아니라 자신의 세상일에 대한 無關的 의식이며 초월적인 정서를 의미한다고 본다. 그 당시에 德升 李擢과 大光 席益은 高宗의 특별사면으로 建炎 4년에 등용되지만, 진여의는 병을 이유로 사양한 처지였기 때문에 더욱 그러하다. 기윤이 평한 다른 시의 예를 하나 더 보면 더욱 분명해질 것이다. 〈觀江漲〉(상동)의 전 4구를 본다.

　넘치는 강물 가까이 보니 근심을 씻을 만한데
　지팡이 기대어 강가에 서니 땅이 뜨누나.
　겹겹 파도는 외로이 뜬 해를 휘감아 버리고
　양쪽 나루터에 하늘을 가로 휘말아 흘러가네.
　漲江臨眺足銷憂, 倚杖江邊地欲浮.
　疊浪倂翻孤日去, 兩津橫捲半天流.

　이 시에 대해서 기윤이 역시 「웅활함이 시제에 맞다.(雄闊稱題)」라고 한 것도 자연 현상을 사실대로 묘사한 것이고, 오히려 거부할 수 없는 자연의 조화에 하나된 자연동화적인 탈속의식이 엿보인다. 이 같은 웅혼한 자연현상에 대한 시인의 이해와 포용 의식은 자연스럽게 淸遠하면서도 현실로부터 초월적인 無欲과 神理의 정감을 추구하게 하는 작품세계를 보여준다. 다음에 〈淸明〉(제2수)을 본다.

　땅을 휘감아 도는 바람에 저자의 소리 사라졌는데
　병든 사내는 청명절에 바르게 앉아 있네.
　저녁에 발을 걷어 보노라니
　버들가지는 산들바람에 온갖 애교 부린다.
　卷地風抛市井聲, 病夫危坐了淸明.
　一簾晚日看收盡, 楊柳微風百媚生.

이 시는 淸明 가절의 정황을 즐겁고 한가로운 마음으로 자연과의 同樂을 노래하였다. 시인은 평소 자세가 엄격하여 함부로 웃는 일도 없는 청결하고 단정한 사람이다. 나들이하여 賞春客과 더불어 어울리지 않는다. 어려서 몸이 약하고 병이 많아서 외출은 하지 않고 바르게 앉아서 이 節氣를 보냈다. 그러나 내심에는 계절 감각이 충일하고 자연에 대한 애착이 강렬하며 그로 인한 희열이 넘친다. 제2연은 곧 자연과 그 속에 묻혀 사는 삶에 대한 애착을 묘사하였다. 지는 해를 보며 발을 거두는 소탈한 수줍음과 버들가지가 산들바람에 살랑대는 미세한 자태를 보고 온갖 애교가 우러나는 擬人化的인 詩想은 진정 성당인에 못지않다. 그래서 청대 潘德興는 이 시에 대해서「당대 사람의 정감과 기상에 비해 조금도 부족하지 않다.(與唐人聲情氣息不隔累黍.)」(≪養一齋詩話≫)라고 칭찬한 것은 매우 합당한 평가이다.

후손 朱玉이 ≪朱子文集大全類編≫을 편찬하면서 본 시화를 그 속에 附記하였다. 현재 ≪談藝珠叢≫本이 있다. 郭紹虞는 ≪宋詩話考≫(中卷之下)에 ≪淸邃閣論詩≫ 명칭으로 수록하여 고찰하면서,「오기창의 ≪주자저술고≫에서 일실된 책으로 보았는데, ≪청수각논시≫라고 별도로 간행한 것은 그럴듯하지 않다.(吳其昌≪朱子著述考≫疑爲佚書, 且以爲卽≪淸邃閣論詩≫而別行者, 非是.)」라고 부연하고 있다.

≪白石道人詩說≫ - 姜夔

姜夔(강기, 1155-1221). 자는 堯章, 自號는 白石洞天 가까이 살
아서 白石道人이라 하는데, 饒州 鄱陽(파양 : 지금의 江西 鄱陽)人이
다. 저서로는 ≪白石道人歌曲≫, ≪白石道人詩集≫, ≪絳帖平≫, ≪集
古印譜≫, ≪續書譜≫, ≪琴瑟考古圓≫, ≪禊帖偏旁考≫, ≪張循王遺
事≫ 등이 있다. 南宋 江湖詩派의 劉克莊, 戴復古 등과 대표적 문인
으로서 쇠락해가는 국운을 멀리하여 은둔생활을 추구하였다. 강기는
여러 차례 과거에 응시하여 낙방하니 종신토록 出仕하지 않고 蕭德
藻에게 시를 배워서 范成大, 楊萬里, 尤袤(우무) 등과 唱和하였다.
그는 송사 격률파의 대가로서 詞의 경계가 淸空하고 음률에 정통하
였으며 새로운 곡조를 구사하였다. 〈揚州慢〉, 〈疏影暗香〉 등의 詞로
한 시대를 풍미하여 후인은 그를 '南渡一人'이라 칭하였다. 시풍은
黃庭堅體를 따르고 후에는 晚唐 특히 陸龜蒙을 추종하였다. 다음에
그의 은일낭만적인 풍격의 시를 본다.

> 가는 풀 모래에 묻히고 눈이 반이나 녹아 있고
> 오나라 궁궐에는 안개 차고 물이 아득하네.
> 매화는 대숲에 가려 보는 이 없는데
> 한밤에 향기 풍겨 석교를 지나네.
> 細草穿沙雪半銷, 吳宮烟冷水沼沼.
> 梅花竹裏無人見, 一夜吹香過石橋.(〈除夜自石湖歸苕溪〉 제1수, ≪宋
> 詩大觀≫)

> 멀리 바람 맞으며 님을 생각하니
> 억새꽃 단풍잎에 이별의 소리 맺혔네.

밤 깊어 피리 불며 배 떠나가니
삼십륙 물굽이에 홀로 달이 밝구나.
渺渺臨風思美人, 荻花楓葉帶離聲.
夜深吹笛移船去, 三十六灣獨月明.(〈過湘陰寄千巖〉상동)

강기는 詞家로서 명성을 얻으니 그의 詞風을 「들판의 구름이 외로이 날아서, 머물다가 흘러가서 자취가 없다.(野雲孤飛, 去留無蹟.)」라고 높이 평하니, 그의 사는 '雅詞'의 표본으로 평가된다. 그래서 張炎은 ≪詞源≫에서 「청공할 뿐 아니라, 초사풍과 시경풍은 읽는 사람으로 하여금 정신을 가벼이 날아가게 한다.(不惟淸空, 又且騷雅, 讀之使人神觀飛越.)」라 하여 사의 典雅함을 칭찬하였다. 그의 詞 80여 수 중에는 버들과 매화를 읊은 것이 3분의 1이나 되니, 사에 나타나는 意象에서 그의 생활기호와 예술적 정취를 엿볼 수 있다. 버들(柳)은 '머묾'(留)이요, 매화(梅)는 '高雅'와 '淸高'의 상징이기 때문이다. 〈淡黃柳〉(≪宋詞三百首≫) 일단을 본다.

텅 빈 성에 새벽 뿔피리 소리
수양버들 이랑에 불어오네.
말 위에 홑옷에 찬 기운 서글퍼라.
노랗고 연푸른 버들을 보노라니
모두 강남에서 전에 보던 것이라네.
空城曉角, 吹入垂楊陌.
馬上單衣寒惻惻.
看盡鵝黃嫩綠, 都是江南舊相識.

다음에 강기의 〈揚州慢〉(상동)을 본다.

회수 동쪽 이름난 도시의 죽서정 아름다운 곳에
안장을 풀고 잠시 여정을 쉬네.
십리 길에 봄바람 부는데
도처에 냉이와 보리가 파랗구나.

오랑캐 말이 장강을 엿보고 지나간 후에

황폐한 지대의 높은 나무만 남아서

전쟁 얘기 말하기 싫어하네.

황혼이 질 때에 맑은 뿔피리가 추위를 불어와서

온통 텅 빈 고성에 휘몰아치네.

두목이 즐겨 노닐던 곳

이제 다시 온다면 모름지기 놀라리라.

육두구를 읊은 사가 공교하고

청루에서 좋은 꿈을 노래한 그가

깊은 정을 지어내기 어려우리라.

이십사교 다리가 여전히 있는데

물결이 출렁대고 찬 달빛이 말이 없구나.

다리 옆 붉은 작약 생각하니

누구 위해서 해마다 피어 있는가.

淮左名都, 竹西佳處, 解鞍少駐初程.

過春風十里, 盡薺麥青青.

自胡馬窺江去後, 廢池喬木, 猶厭言兵.

漸黃昏清角吹寒, 都在空城.

杜郎俊賞, 算而今重到須驚.

縱豆蔲詞工, 青樓夢好, 難賦深情.

二十四橋仍在, 波心蕩冷月無聲.

念橋邊紅藥, 年年知爲誰生.

이 사는 淳熙 3년에 지었는데 金軍이 남침한 지 16년이 지난 揚州의 경치는 쓸쓸하기 그지없었다. 강기는 詞注에서 기록하기를,

내가 양주를 지나는데 밤눈이 처음 개이고 냉이와 보리가 두루 보였다. 양주 성에 들어서니 사방이 쓸쓸하고 찬 물은 절로 푸르고 저녁빛이 차차 일어나니 수자리 뿔피리 소리가 슬프게 울렸다. 내 마음이 슬퍼져서 금석의 감개가 일어나 절로 이 곡조를 생각하였다.
余過維揚, 夜雪初霽, 薺麥彌望. 入其城, 則四顧蕭條, 寒水自碧, 暮色

漸起, 戍角悲吟; 余懷愴然, 感慨今昔, 因自度此曲.

라고 작사의 심회를 토로하였다. 강기는 시인으로보다 사가로서 명성
을 더 떨쳤다.

다른 시화와 비교할 때, 본 시화의 위상을 郭紹虞는 ≪宋詩話考≫
(上卷)에서 다음과 같이 기술하고 있다.

이 책 〈자서〉에 이르기를, 순희 병오(1186)에 이것을 남악 운밀봉
의 한 노인에게서 얻었다고 하였다. 그 어사를 서술함이 진실로 대
언하지 못하였다. 그러나 이 책의 시를 논함이 평상의 길을 벗어나
서 당시 시화 중에선 확실히 독자적인 깃발을 들 만하니, 강서시론
이 한 세대를 풍미한 후에 ≪창랑시화≫가 아직 유행하기 이전에 시
화 중에서, 당시의 시론 전변의 자취를 살피려는 자들에게 당연히
이 책을 추천한다. 강기가 소덕조에게서 배웠다 해도 동시대의 선배
범성대, 우무, 양만리 등에게 도움을 청했었다. ≪시설≫에 말한 것
이 양만리에게서 배운 것이 많은데 단지 강기가 더 보태어 논리를
펴놓았을 뿐이다. 이 책이 ≪시설≫이라 칭하고 '시화'라 칭하지 않
은 것도 이론에 중시하여 일반 시화의 고사 서술이나 고거 위주인
것과 구별한 것이다.
此書自序謂淳熙丙午得之於南嶽雲密峰頭一老翁. 但此書論詩, 脫盡恒蹊,
在當時詩話中, 亦確能獨樹一幟, 於江西詩論披靡一世之後, 滄浪詩話
尙未流行以前, 欲於詩話中窺當時詩論轉變之迹者, 當推此書矣. 堯章
雖從蕭千嚴學, 顧又請益於同時前輩范成大尤袤楊萬里等. 詩說所言, 當
以得之楊氏者爲多, 特堯章更加以發揮耳. 此書稱詩說而不稱詩話, 亦
表示重在理論, 與一般詩話之述故事尙考據者有別.

이 같은 본 시화의 비교 우위적 가치를 생각하며 그 주요 내용을
보면, 시의 풍격, 예술적 구상 그리고 작시에서의 기교에 대하여 논
하고 있다. 논시의 요점은 자연과 함축을 표방하고, 「시에는 네 가
지 高妙함이 있어야 하는데, 하나는 '이치'가 고묘해야 하고, 둘째는
'뜻'이 고묘해야 하고, 셋째는 '생각'이 고묘해야 하고, 넷째는 '자연스

러움'이 고묘해야 한다.(詩有四種高妙, 一曰理高妙, 二曰意高妙, 三曰
想高妙, 四曰自然高妙.)」라고 하였는데, 이 가운데 '自然高妙'가 가장
지극한 것이라고 했다. 이로부터 강기는 雕琢, 敷衍, 崎險의 폐단을
배제하고 字句에 구속받지 않으면서 意格에서 시작하여 침착과 통쾌
로 시 자체에 氣象, 體面, 血脈, 韻度 등을 지니게 하여 시의 경지
가 자연의 高妙에 이르도록 지향하였다. 이와 연관하여 意境의 含蓄
味를 추구하여 '시어의 함축을 귀히 함'(語句含蓄)과 '표현과 내용의
다함이 없음'(詞意俱不盡)을 주장하고 '구절에 여유로운 맛이 있음'(句
中有餘味)과 '시 전체의 운치 넘치는 뜻이 담긴'(篇中有餘意) 시가
가장 뛰어난 작품이라고 추천하였다. 이 논리는 본 시화의 일관된
관점이니, 그래서 「성정을 읊는 것은 도장 찍는 듯해야 하고, 예의
에 그치면서 함양을 귀히 해야 한다.(吟詠情性, 如印泥, 止乎禮義, 貴
涵養也.)」는 견해로 자연과 함축의 논리를 구현하는 비유로 제시하
였다.

　　이런 예술적 의식에 근거하여 강기는 ≪詩經≫의 '찬미와 풍자, 경
계와 원망이 다 흔적이 없음'(美刺箴怨皆無迹), 도잠(도연명)의 '한
산하고 장엄하며 담백하면서 풍부함'(散而莊, 澹而腴) 그리고 두보의
風雅頌을 '홀로 겸한'(獨兼之) 면을 모두 추숭하고 있다. 이런 '自然
高妙'의 시론은 위로는 司空圖, 梅堯臣, 蘇軾, 楊萬里 등에서 이어
받아서 아래로는 嚴羽의 興趣說과 王士禎의 神韻說로 계승되는 영향
을 주었다. 강기는 자연고묘설을 주창하면서 자연스럽게 因襲과 模
寫를 반대하고 독창성을 강조하였으니, 「일가의 말은 자체로 일가의
풍미가 있다.(一家之語, 自有一家之風味.)」라는 논리를 내세웠다. 따
라서 ≪四庫全書總目提要≫에서 강기를 평하기를, 「그 학문이 깊은
생각과 홀로 얻어낸 것을 바탕으로 삼는다.(其學蓋以精思獨造爲宗.)」
라고 하였다. 그리고 시화에서는 詩法을 강조하여 작시상의 병폐와
잘잘못을 지적하여, 「시의 병폐를 모르고서 어찌 시를 지을 수 있
다고 하는가? 시법을 모르고서 어찌 그 병폐를 안다고 하는가?(不知

詩病, 何由能詩? 不知詩法, 何由知病?)」라고 하였으며,

> 말하기 어려운 것은 말 한마디로 다하고, 말하기 쉬운 것은 곧 방심
> 해서 지나치지 말아야 한다. 편벽된 사실은 실지로 사용하고, 익숙한
> 사실은 공허하게 써야 하고, 사리를 설명하는 것은 간략하게 하고, 사
> 실을 설명하는 것은 원활하게 해야 하며, 경치를 설명하는 것은 미묘
> 하게 해야 한다. 많이 보면 저절로 알고, 많이 지으면 저절로 좋아진다.
> 難說處一語而盡, 易說處莫便放過. 僻事實用, 熟事虛用; 說理要簡切,
> 說事要圓活, 說景要微妙. 多看自知, 多作自好矣.

라고 하여 작시의 典故 사용 기준을 제시하고 창작의 기본자세인 많
이 읽고 많이 짓는 수련과정의 필수성을 제시하니, 多讀과 多作, 그리
고 多思의 '詩家三昧'를 강조한 것이다. 강기는 자신이 학습한 江西
詩派의 시론에서 진일보한 논리를 전개하여 '自然高妙論'이란 새로운
입론을 제시하였기에 郭紹虞는 이 점을 특기하여 다음과 같이 江西
派 이론과의 차별을 서술하고 있다.

> 이 책의 논시는 또한 시법과 시병을 중시한다. 예컨대 「시의 병폐를
> 모르면 어떻게 시에 능할 수 있겠는가. 시법을 살피지 않고서 어떻
> 게 시의 병폐를 알겠는가.」라 한 것은 여전히 강서시인의 입술을 벗
> 어나지 못한 것 같다. 그러나 저 소위 병폐는 「각 시인은 각각 하나
> 의 병폐를 지니고 있다.」는 것을 일컫는 것으로 시를 배우는 자는 남
> 의 잘못을 배우지 말고 한 층 더 나아갈 것을 지시하고 있다. 또 이
> 르기를, 「다듬는 것은 기를 상하고 덧붙이는 것은 골격을 드러낸다.
> 낮아서 정교하지 않은 것은 다듬지 않은 잘못이고, 졸렬하여 곡진함
> 이 없는 것은 덧붙이지 않은 잘못이다.」라 한 것은 모든 것이 다 자
> 연으로 돌아간다는 것이다. 저 소위 법은 장법과 구법의 구분이 있다.
> 큰 장편의 배치에서 「처음과 끝이 균형을 이루고 가운데가 가득 차
> 야 한다.」라 한 것은 장법의 표준이 된다. 「구의 뜻이 깊고 원대하려
> 하고, 구의 음조가 맑고 예스럽고 온화하려 한다.」는 것은 구법의 표
> 준이 된다. 자구에서 공교함을 찾으려고 시안을 말하고 용자를 말하

는 것은 또 한 차원 높이는 것이다. 논점이 강서파와 같으나 논조는
강서파를 초월해 있다.

是書論詩亦重詩法與詩病. 如云:「不知詩病, 何由能詩; 不觀詩法, 何
由知病.」似仍不脫江西詩人之口吻. 但彼所謂病, 謂「名家者各有一病」,
指示學詩者勿學人之疵, 則勘進一層矣. 又謂「雕刻傷氣, 敷衍露骨. 若
鄙而不精巧, 是不雕刻之過; 拙而無委曲, 是不敷衍之過」, 則面面俱到,
歸於自然矣. 彼所謂法, 有章法句法之分. 大篇之布置以「首尾停勻, 腰
腹肥滿」, 爲章法之標準; 以「句意欲深欲遠, 句調欲淸欲古欲和」爲句法
之標準. 則與求工於句字, 講詩眼講用字又高一着矣. 論點同於江西, 論
調則超於江西矣.(≪宋詩話考≫ 上卷)

詩法과 詩病을 논시의 중점으로 하여 그간의 시론 장단점을 파악
하고, 작시 묘사상의 수사적이고 규율적인 면보다 시인의 감흥을 자
연스레 유로케 함을 高妙의 경지로 추구하는 논조가 강서시파와 차
별된다는 점을 지적한다. 그리고 그런 구체적인 차별의 예증을 통
하여, 黃庭堅과 蘇軾의 논시 관점을 비교하여 곽소우는 강기가 강서
시파와 차별화는 물론 탈피하여 나름의 독자적인 시론을 확립시킨 점
을 서술하니, 다음에 인용하기로 한다.

곧 깨달음을 논하고 활용하는 법을 논함이 또한 강서파 시인과 다르
다. ≪시설≫에서 일컫기를, 「문장은 문장의 묘사로 공교해지고 문
장의 묘사로 오묘해지지 않는다. 그러나 문장의 묘사를 버리면 오묘함
이 없어지니 가장 좋은 것은 스스로 깨우치는 것이다.」라 하니 이것
이 소위 깨달음이다. 여본중의 ≪동몽시훈≫에서 소위 「깨달아 들어감
은 반드시 공부하는 데서 오는 것이니, 요행으로 얻어질 수 없다.」라
는 논설과는 다르다. 무릇 소위 오묘함이란 소식의 「입에서 일상 말
이 나오면 법도가 옛 궤도를 벗어난다. 사람의 말이 오묘한 곳이 아
니나, 오묘한 곳이 그곳에 있다.」라는 오묘함이 곧 소위 깨달음이니
이 妙處를 깨달을 따름이다. 소식과 황정견 시 풍격이 다르다: 황정
견은 공교함에 중시하여 강서시인의 논시는 늘 공교 속에 깨달음을

찾는다. 소식은 오묘함에 중시하여 그 뜻이 잘 드러나 보이지 않는다. 강기는 무릇 양만리의 여파를 이어서 소식의 설리를 끌어다가 강서시풍을 바꾸려 하였다. 강기의 ≪시설≫에서 또 일컫기를, 「문득 사실을 서술하면서 가끔 이치를 말하는 사람은 활용하는 법을 터득한 사람이다.」라 하였다. 이 소위 강기의 활용하는 법은 여본중의 〈하균보집서〉의 「소위 활용하는 법이란 규율이 갖추어져서 규율 밖으로 드러나, 변화불측하면서도 규율에 어긋나지 않는 것이다.」라는 논설과는 다른 것이다. 강기의 소위 활용하는 법은 소식의 「법도가 옛 궤도를 벗어난다.」는 논리를 바탕으로 하여 더 보태어 발표한 것이다. 「법도가 옛 궤도를 벗어난다.」는 말은 가슴속에 본래 정해진 규범 없이 사물에 따라서 시의 묘사를 하고 글이 이루어지고, 법도가 서면 이것이 바로 최고의 묘이니 양만리의 소위 시에서의 신묘함에 가까워지는 것이다. ≪시설≫은 또 말하기를, 「시의 뜻(내용)이 격에서 벗어나려면 먼저 격을 얻어야 하고, 격이 내용을 벗어나려면 먼저 뜻을 얻어야 한다.」라 하니 먼저 격을 얻는 것은 공교해지기 때문이며, 먼저 내용을 얻는 것은 오묘해지기 때문이다. 이것이 바로 소식과 황정견의 차별로서, 양만리와 강기가 바로 이런 분별점에서부터 강서시풍을 개혁한 것이니, 그러므로 무릇 배워서 답습하지 않음으로 해서, 새로운 이론을 터득한 경우라 할 것이다.

卽論悟論活法, 亦每與江西詩人不同. 詩說謂「文以文而工, 不以文而妙. 然舍文無妙, 勝處要自悟」. 此所謂悟, 與呂本中童蒙詩訓所謂「悟入必自工夫中來, 非僥倖可得」之說不同. 蓋其所謂妙, 本於東坡所謂「衝口出常言, 法度去前軌. 人言非妙處, 妙處在於是」之妙, 則所謂悟, 亦卽悟此妙處而已. 蘇黃詩風格不同: 黃重在工, 故江西詩人之論詩每於工中求悟; 蘇重在妙, 而其義則罕見闡發. 姜氏蓋承楊萬里之餘緒, 欲援蘇說以革江西詩風者也. 詩說又謂「乍敍事而間以理言, 得活法者也.」 此所謂活法, 亦與呂本中夏均父集序「所謂活法者, 規矩備具而能出於規矩之外, 變化不測, 而亦不背於規矩」之說不同. 姜氏所謂活法, 仍是本於東坡「法度去前軌」之說而加以發揮者.「法度去前軌」, 則胸中本無法執, 隨物賦形, 文成法立, 此正妙之極處, 而近於誠齋之所謂神於詩者. 詩說又云:

「意出於格, 先得格也; 格出於意, 先得意也.」先得格者, 所以爲工, 先
得意者, 所以爲妙. 此正蘇黃之別, 而誠齋與姜氏正從此等分別處以革江
西詩風者, 故均以不學爲學. (≪宋詩話考≫ 上卷)

위에서 곽소우는 강기의 活法이 呂本中의 활법 이론과 다르다고 하
였는데, 그러면 활법을 최초로 주창한 呂本中의 〈夏均父集序〉를 보
기로 한다.

시를 배우려면 당연히 활법을 알아야 한다. 소위 활법이란 규율이
갖추어져서 규율 밖으로 드러나, 변화불측하면서도 규율에 어긋나지
않는 것이다. 이 도리는 대개 정한 법이 있으면서 없기도 하고, 정한
법이 없으면서도 있기도 하다. 이것을 아는 사람과는 함께 활법을
말할 수 있다. 사조는 말하기를, 「좋은 시는 흘러가듯 굴러가듯 둥글
고 아름답기 탄환 같다.」라고 하였으니 이것이 참된 활법이다. 근세
에 오직 예장 황정견만이 먼저 전대 작품의 폐단을 변화시켰고, 그
후에 배우는 사람들이 취향을 알게 되어 정신을 다하고 지혜를 다하
여 두루 본받아서 거의 변화불측한 경지에 이르렀다. 그러나 나의
구차하고 천박한 논리는 모두 한위 이래로 문장에 뜻을 둔 사람의
법도이고, 문장에 뜻이 없는 사람들의 법도는 아니다.
學詩當識活法. 所謂活法者, 規矩備具而能出於規矩之外, 變化不測, 而
亦不背於規矩. 是道也, 蓋有定法而無定法, 無定法而有定法. 知是
者, 則可以與語活法矣. 謝玄暉有言: 好詩流轉圓美如彈丸. 此眞活法也.
近世惟豫章黃公, 首變前作之弊, 而後學者知所趣向, 畢精盡知, 左規右
矩, 庶幾至於變化不測. 然余區區淺末之論, 皆漢魏以來有意於文者之
法, 而非無意於文者之法也.

여본중이 제기한 '活法'은 그 법이 없으면서 법이 있다는 논리로 보
면, 변증법적 요소가 있지만, 그는 고인을 모의하는 '奪胎換骨'이나
'點鐵成金'의 기조 하에 주창한 활법이므로, 일종의 전인을 모의하고
인습하는 과정을 탈피하지 못한 이론이다. 그런 면에서 강기가 주창
한 活法은 당대 司空圖와 송대 嚴羽의 시론 중간 단계로서 創新한

논리로 평가된다. 강기는 시화 말미에 「≪시설≫을 지은 것은 시에 능한 사람을 위한 것이 아니고 시에 능치 못한 자를 위해서 지은 것으로, 시에 능하도록 해서 나의 ≪시설≫을 다 이해할 수 있다면 이 또한 시에 능한 사람을 위해서 지은 것이 되겠다.(詩說之作, 非爲能詩者作也, 爲不能詩者作, 而使之能詩, 能詩而後能盡我之說, 是亦爲能詩者作也.)」라고 하여 본 시화를 저술한 이유와 목적을 겸허하게 표현하고 있다.

다음에 본 시화의 원문에서 위의 총괄적인 내용과 중복되지 않는 문장을 인용하여 그 시론적 의미를 살펴보기로 한다.

1.≪詩經≫의 〈關雎〉

기쁜 말은 날카롭고, 노한 말은 어긋나고, 슬픈 말은 상심하고, 즐거운 말은 거칠고, 사랑의 말은 맺히고, 미움의 말은 끊어지고, 욕심의 말은 자질구레하다. 즐거우면서 지나치지 않고, 슬프면서도 상심하지 않는 것은 오직 〈관저〉뿐이다.
喜詞銳, 怒詞戾, 哀詞傷, 樂詞荒, 愛詞結, 惡詞絶, 欲詞屑. 樂而不淫, 哀而不傷, 其惟關雎乎.

시는 儒家 경전의 하나인 ≪시경≫을 말한다. ≪시경≫은 周代의 16 제후국의 음악 가사를 風雅頌으로 분류하여 305편을 수록한 시집이다. 기록에 의하면 孔子가 3천여 편 중에서 刪詩(산시 : 시를 골라 냄)했다는 설이 있다. ≪시경≫ 이전에도 전해지는 시들이 있지만 완전한 시집으로는 ≪시경≫이 처음이고, ≪논어≫에서 孔子는 ≪시경≫을 「담긴 내용이 사악함이 없다(思無邪)」라고 평하고 있다. ≪시경≫에 수록된 시는 ≪楚辭≫와 함께 중국문학의 두 기둥이 되어서 문학 장르와 그에 속한 작품이 오늘날까지 형성되고 축적되었다. 따라서 시라 하면 ≪시경≫을, ≪시경≫이라 하면 시를 의미하게 되었다. 시는 文과 구별하여 시를 제외한 韻이 없는 문체를 총칭하여 왔다. 그러나 좁은 의미로는 文을 산문체의 글에 국한시키는 것이 합당하다. 장르개념상 산문, 소설과 희곡이 있고 소위 有韻文 즉 韻이 있는 산문인 辭賦類의 작품이 있기 때문이다. 시는 운율을 동반하므로 음악과 불가분의 관계가 있다. 음악 소리(樂聲)와 사람 소리(人聲)는 동일한 근원을 지니고 있으므로 그 조화에 의해 다양한 감정표출이 가능하다. 같은 뿌리인 시와 음악이 구분되면서 음률의 有無 여부에 따라 詩와 文으로 나뉘고, 지금은 다양한 문학 장르로 세분화되었다. 그러므로 중국문학의 시초를 시에 두는 것이다.

공자는 ≪시경≫의 시를 '시를 통한 교화' 즉 詩敎的 차원에서 중시하여 '溫柔敦厚'를 교화의 바탕으로 삼았다. 孔子는 제자들에게 ≪시경≫의 시를 배울 것을 권면하고 있으니 ≪논어≫〈陽貨〉에 이르기를 「여러분은 왜 시를 배우지 않느냐? 시는 마음을 불러일으킬 수 있고, 사물의 득실을 살필 수 있고, 교우와 처세의 방법을 밝혀 줄 수 있고, 원망하면서도 성내지 않는 살핌을 얻게 할 수 있다. 가까이는 부모를 모시고 멀리는 임금을 섬기게 되며, 새와 짐승, 초목의 이름을 많이 알게 된다.(小子何莫學夫詩? 詩可以興, 可以觀, 可以群, 可以怨. 邇之事父, 遠之事君, 多識於鳥獸草木之名.)」라고 하여 ≪詩經≫의 효용성을 밝히 설명하고 있다. ≪시경≫〈周南 關雎〉는 ≪시경≫의 제1편으로 〈毛詩序〉에 이 시는 后妃의 덕을 歌詠한 것이라 하고, 朱熹는 「주나라 문왕이 성덕을 지니고 또 성스러운 여인 사를 배필로 삼았다. 궁중 사람이 처음부터 그녀의 유한하고 정결한 덕을 보고서 이 시를 지었다.(周之文王生有聖德, 又得聖女姒以爲之配. 宮中之人, 于其始至, 見其有幽閒貞靜之德, 故作是詩.)」(≪詩集傳≫)라고 기술하였다. 〈關雎〉시 3장의 제1장은 징경새(雎鳩)가 물섬에서 우는 것으로 주인공의 아름다운 애정을 표현하고, 제2장에서는 주인공의 애타는 相思를 「輾轉反側」(이리 뒤척 저리 뒤척이며 잠 못 이룸)이라고 묘사하고, 제3장은 「琴瑟友之, 鐘鼓樂之.」(거문고와 가야금으로 벗하고, 종과 북으로 즐기네.)로 비유하여, 주인공의 원망과 열락을 묘사하고 있다. 孔子는 ≪논어≫ 〈八佾〉에서 「즐거우면서 지나치지 않고 슬프면서도 상심하지 않다.(樂而不淫, 哀而不傷.)」라고 이 시를 극찬하였다.

2. 시의 함축미

시는 함축을 귀히 여기니, 소식이 말하기를, 「말은 다했으나 그 담긴 뜻은 그지없는 것이 천하의 최고의 말이다.」라고 하였다. 황정견이 이에 대해 더욱 신중히 하였다. 〈청묘〉의 슬 악기는 한 번 노래하고 세 번 감탄하게 되니 깊도다. 후에 시를 배우는 자들이 이를 힘쓰지 않을 수 있겠는가? 만일 구절에서 운치 있는 글자가 없고 문장에서 빼어난 어사가 없다면 좋은 것이 아니다. 구절에서 운치 있는 글자가 있으며, 문장에서 운치 있는 뜻이 있으면 가장 좋은 것이다.
詩貴含蓄, 東坡云: 言有盡而意無窮者, 天下之至言也. 山谷尤謹於此. 清廟之瑟, 一唱三歎, 遠矣哉. 後之學詩者, 可不務乎? 若句中無餘字, 篇中無長語, 非善之善者也. 句中有餘味, 篇中有餘意, 善之善者也.

시의 함축은 蘇軾이 말한 '言有盡而意無窮'으로 의미가 분명해진다. 그러므로 명대 李東陽은 '詩貴意'라는 말로 함축의 요체를 다음과 같이 밝히고 있다.

시는 지닌 뜻, 즉 이미지를 귀히 여기며, 그 뜻은 원대함을 귀히 여기고 비근함을 귀히 여기지 않으며, 담백함을 귀히 여기고 농염함을 귀히 여기지 않는다. 농염하면서 비근한 것은 알기 쉬우나, 담백하면서 원대한 것은 알기 어렵다. 예컨대, 두보의 「발을 고리에 거니 자던 백로가 일어나고, 알약을 먹는데 꾀꼬리가 이리저리 날며 우네.」, 「이름도 통하지 않고 너무도 거친데, 은 항아리를 가져다가 술을 찾아 맛보네.」, 「진흙을 물어 거문고와 책에 이리저리 더럽히고, 더구나 날아가는 벌레마저 나에게 달라붙네.」, 이백의 「복사꽃 진 냇물이 아득

히 흘러가니, 별다른 천지이며 인간세상이 아니네.」, 왕유의 「되비치
는 햇빛이 깊은 숲에 깃들고, 다시 푸른 이끼 위에 비추네.」 등은 모
두 담백하면서 더욱 농염하고, 비근하면서 더욱 원대하여 이해하는
자와는 말할 수 있으나, 속인들과는 말하기 어렵다. 왕안석이 이것을
터득하여 말하기를, 「앉아서 푸른 이끼 빛을 보니, 나의 옷 위로 올
라오려 하네.」 우집이 그것을 터득하여 말하기를, 「맑은 강에 이르
지 못하여 키를 돌리고 북을 치며, 뱃머리에서 술잔을 씻으니 모래
위의 물새가 우네.」 또 말하기를, 「수를 놓은 발 사이로 미인이 때때
로 바라보고, 층계 앞의 푸른 풀에는 떨어진 꽃이 많네.」 양유정이
그것을 터득하여 말하기를, 「남쪽 높은 봉우리에 구름이 일고 북쪽
높은 곳에는 비 내리니, 구름과 비가 서로 어울려 나를 수심에 차게
하네.」라고 하였다. 이 시구들은 문을 닫고 수레를 만드는 것처럼 남
몰래 공을 들여 창작해서, 문 밖을 나서니 수레바퀴에 맞는 것처럼
시의 격식이 맞고 의취가 뛰어나다고 말할 수 있다.

詩貴意, 意貴遠不貴近, 貴淡不貴濃. 濃而近者易識, 淡而遠者難知. 如
杜子美「鉤簾宿鷺起, 丸藥流鶯囀.」[1]「不通姓字粗豪甚, 指點銀瓶索酒
嘗.」[2]「銜泥點涴琴書內, 更接飛蟲打著人.」[3], 李太白「桃花流水杳然
去, 別有天地非人間.」[4] 王摩詰「返景入深林, 復照靑苔上.」[5], 皆淡而
愈濃, 近而愈遠, 可與知者道, 難與俗人言. 王介甫得之曰:「坐看蒼苔
色, 欲上人衣來.」[6] 虞伯生得之曰:「不及淸江轉柁鼓, 洗盞船頭沙鳥鳴.」[7]
曰:「繡簾美人時共看, 堦前靑草落花多.」[8] 楊廉夫得之曰:「南高峰雲

---

1) 鉤簾句 : 杜甫의 〈水閣朝霽奉簡雲安嚴明府〉

2) 不通句 : 두보의 〈少年行〉

3) 銜泥句 : 두보의 〈絶句漫興〉 九首의 其三

4) 桃花句 : 李白의 〈山中問答〉

5) 返景句 : 王維의 〈鹿柴〉

6) 坐看句 : 王維의 〈書事〉인데 誤記.

7) 虞伯生 : 虞集(1272-1348), 字는 伯生, 號는 道園, 시호는 文靖. 독서실 이
   름을 邵菴(소암)이라 하여 邵菴선생이라 칭한다. 관직은 奎章閣侍書學士를
   지내고 ≪道園學古錄≫이 있음. 不及句는 虞集의 〈次韻竹枝歌答袁伯長〉

8) 繡簾句 : 虞集의 〈子昻人馬圖〉

北高雨, 雲雨相隨惱殺儂.」9) 可謂閉戶造車, 出門合轍者矣.(≪懷麓堂詩話≫ 제3조)

이동양은 시의 淡遠 풍격과 시의 意趣, 興趣, 性情에 대해서 논하였다. 본문의 '意'는 시의 의미와 境象을 의미하며 이동양은 시의 의취에서 近과 濃을 배척하기보다는 「淡而愈濃, 近而愈遠」 즉 담백하면서 더욱 농염하고 가까우면서 더욱 원대한 풍격을 주장하였다. 시에서 '近'이란 눈앞의 경치와 신변의 일이 진실하고 자연스러운 면이며, '遠'이란 境象이 幽深하고 深遠하여 「言有盡而意無窮」 즉 표현은 다하였으나 담긴 의취는 그지없는 경지를 말한다. 그리고 '淡'은 세상일에 담백하여 초탈한 情趣이며, '濃'이란 경상이 현란하여 풍만한 모습이다. 이동양의 논지는 위의 풍격이 각기 달리 작용하는 것이 아니라 서로 조화되어야 좋은 시라는 것이다. 이 논리는 청대의 袁枚가 「시문이 현란하면 평담으로 돌아간다.(詩文絢爛歸入平淡)」(≪續詩品≫)라고 한 논거와, 方東樹가 「현란이 극에 달하면 평담으로 돌아간다.(絢爛之極, 歸於平淡.)」(≪昭昧詹言≫ 卷14)라고 한 이론과 연결되어서 청대 시론의 정립에 영향을 주었다.

본문에서 淡遠한 흥취를 지닌 시구의 예로 성당의 두보와 이백, 왕유, 그리고 원대의 양유정과 우집의 시구를 들고 있는데, 그 객관적 논점의 예를 찾아보면 두보의 「鉤簾」 구에 대해서 송대 葉少蘊이 「시의 의취가 고아하고 기묘하다.(用意高妙.)」(≪石林詩話≫ 卷上)라고 하였고, 왕유의 「返景」 구에 대해서는 명대 高棅이 「말은 없는데 그림의 뜻이 있다.(無言而有畫意.)」(≪唐詩品彙≫ 卷39)라 하고, 이백(이태백)의 「桃花」 구에 대해서는 청대 潘德興가 「똑같이 담원한 오묘함을 지녀서 평어가 깊어서 사람들로 하여금 아득히 꿈꾸듯 하게 한다.(同一淡遠之妙, 評語幽深, 令人昏然如夢.)」(≪養一齋詩話≫ 권4)

---

9) 楊廉夫 : 楊維禎(1296-1370). 字 廉夫, 號 鐵崖. 저서로 ≪東維子文集≫, ≪鐵崖先生古樂府≫가 있다. 南高句는 양유정의 〈西湖竹枝歌〉九首의 其四.

라고 평가하고 있다.

3. 시의 語辭와 意趣의 조화 - 結句 중시

시 한 수의 핵심은 마지막 구에 있으니 마치 달리는 말을 절단하듯
해야 한다. 詩語와 詩意가 다 극진한 것은 마치 강가에 임하여 장수
를 보내는 듯한 것이 그것이며, 시의(내용)가 극진하나 시어(표현)가
극진하지 않은 것은 회오리바람이 일어나는 듯한 것이 그것이다. 시
어는 극진하였는데, 시의가 극진하지 않은 것은 섬계에 돌아오는 배
가 그것이고, 시어와 시의가 다 극진하지 않은 것은 초나라 득도자
온백설자 같은 것이 그것이다. 소위 시어와 시의 모두 극진한 것은
급류 속에서 뒤를 단절한다는 말이니, 어사를 다하고 이치를 극진히
한다는 말은 아니다.
一篇全在尾句, 如截奔馬. 詞意俱盡, 如臨水送將歸是已, 意盡詞不盡,
如搏扶搖是已. 詞盡意不盡, 剡溪歸棹是已, 詞意俱不盡, 溫伯雪子是
已. 所謂詞意俱盡者, 急流中截後語, 非謂詞窮理盡者也.

시의 시어와 시의가 交融되어야 좋은 시를 지을 수 있다는 논리
로서 작시에 '以意循辭'(시인의 뜻이 어사[시어]에 끌려감)하지 말고
'以辭達意'(어사로 시인의 뜻을 잘 표현함)해야 함과 같은 맥락으로
이해한다. 이동양은 ≪懷麓堂詩話≫(제11조)에서 그 내용을 설명하였
다.

시를 짓는 데 있어서 시인의 뜻(생각, 감정)이 시의 어사에 따르게
해서는 안 되고, 모름지기 어사로써 뜻을 잘 표현하도록 해야 한다.
어사로 뜻을 잘 표현할 수 있으면, 노래하고 읊을 수 있으니 곧 전해
질 수 있다. 왕유의 「양관으로 가니 옛 친구가 없네」 구는 성당 이전
에는 말한 적이 없다. 이 어사가 나오자마자, 일시에 퍼져서 읊어지
는 것으로도 부족하여 세 번 반복하는 삼첩곡으로 노래하기까지에
이르렀다. 후에 이별을 노래하는 자가 수많은 말을 하였어도 거의

그 뜻 외의 더 뛰어난 표현을 할 수 없었다. 반드시 이와 같아야 비로소 뜻을 잘 표현한다고 말할 수 있을 것이다.

作詩不可以意循辭, 而須以辭達意. 辭能達意, 可歌可詠, 則可以傳. 王摩詰「陽關無故人」10)之句, 盛唐以前所未道. 此辭一出, 一時傳誦不足, 至爲三疊11)歌之. 後之詠別者, 千言萬語, 殆不能出其意之外. 必如是, 方可謂之達耳.

시인의 뜻을 정확히 표현하는 능력이 중요하고, 시를 묘사하는 데 치우쳐서는 좋은 시라고 할 수 없다. '以辭達意'해야 한다는 것이다. '辭達'이란 말은 ≪論語≫〈衛靈公〉의 「선생님이 말씀하셨다. 어사를 잘 표현할 따름이다.(子曰 : 辭達而已矣.)」에서 연원한다. 漢代 孔安國은 이 말을 풀이하기를 「무릇 일은 사실보다 더 좋은 것이 없으니 어사를 잘 표현하기만 하면 족하고, 문장에 있어 꾸미는 말을 하지 않는다.(凡事莫過於實, 辭達則足矣, 不煩文艶之辭.)」(≪論語注疏≫)라고 하여 작자의 뜻을 글로 잘 묘사하는 것이 '辭達'의 본의임을 알 수 있다. 그래서 ≪儀禮≫〈聘禮〉에 「말이 많으면 꾸미게 되고, 적으면 표현을 잘 못한다. 말은 단지 표현하여 뜻이 잘 드러나면 족하다.(辭多則史, 少則不達. 辭苟足以達, 義之至也.)」라고 그 효용의 적절성을 밝히고 있다. 이 말이 시대를 거치면서 대개 두 가지 논리로 집약되는데, 그 하나는 어사와 내용 즉 辭와 意의 비중을 동등하게 두는 설이다. 명대 謝榛의 말을 빌리면,

무릇 뜻을 세우고 어사를 쓰는데 그 둘을 다 공교롭게 구사하기가 아주 쉽지 않다. 어사에는 짧고 긴 것이 있고, 뜻에는 크고 작은 것이 있으니, 모름지기 끌어당겨서 단단히 하고, 묶어서 굳게 하여 어

---

10) 陽關句: 王維의〈送元二使安西〉제4구(≪王右丞集箋注≫ 卷14)

11) 三疊(삼첩): 옛 연주법. 시의 어느 句를 세 번 반복하여 노래하는 법. 王維의〈送元二使安西〉詩는 제4구「西出陽關無故人」구를 세 번 반복하여 唱하므로 일명 '陽關三疊曲'이라 한다.

사를 졸렬하게 하고 뜻이 어긋나게 해서는 안 된다. …무릇 어사가 짧고 뜻이 많으면 때때로 깊고 어두운 데로 빠지고, 뜻이 적고 어사가 길면, 때때로 지루하게 늘어지게 된다. 명가는 이런 두 가지 병폐가 없다.

凡立意措辭, 欲其兩工, 殊不易得. 辭有短長, 意有大小, 須搆而堅, 束而勁, 勿令辭拙意妨. …夫辭短意多, 或失之深晦; 意少辭長, 或失之敷演. 名家無此二病. (≪詩家直說≫ 권3)

라고 하여 그 병용을 강조하고 있다. 그리고 다른 하나는 意가 위주이고, 辭는 보조적인 역할을 한다는 설이다. 즉 「의취가 주가 되고, 어사는 보조가 된다(以意爲主, 辭爲輔.)」는 것이다. 金代 趙秉文은 이 점을 서술하기를,

문장은 뜻을 표현함이 근본이 되니, 어사로는 뜻을 잘 표현할 뿐이다. 옛사람은 헛되이 꾸미는 것을 바라지 않고 사실을 보고 글로 표현하여 자기 마음에 말하고자 하는 것을 표현했을 따름이다.

文以意爲主, 辭以達意而已. 古之人不尙虛飾, 目事遣詞, 形吾心之所欲言者耳. (≪閑閑老人滏水文集≫ 권15)

라고 하였고, 金代 周昂은 보다 더 강조하기를,

문장에서 뜻을 주인으로 삼고 어사는 일꾼으로 삼으니, 주인이 강하고 일꾼이 약하면, 순종치 않는 것이 없게 된다. 지금 사람들은 왕왕 교만하여져서 날뛰어서 제지하기 어렵게 되고, 심한 것은 오히려 그 주인을 부리니, 비록 어사가 아무리 기교로워도, 어찌 글이 바르게 되겠는가?

文章以意爲主, 以言語爲役, 主强而役弱, 則無令不從. 今人往往驕其所役, 至跋扈難制, 甚者反役其主, 雖極辭語之工, 而豈文之正哉. (元脫脫 ≪金史≫ 권126〈周昂傳〉)

라고 하였는데 이동양이 후자의 입장에 서서 논리를 전개한 배경은 송대에 江西詩派를 중심으로 典故와 奇語를 많이 사용하는 작법이 유

행하여 난해하고 工巧한 창작의식을 당대로 복고시키고자 하는 데 있었다고 본다.

4. 陶潛(도연명) 시의 散澹(산담 : 한산하고 깨끗함)

도잠은 천부적 자질이 이미 높고 조예가 심원하여, 그 시가 산일하고 장엄하고 담백하면서 살져서 결코 한단의 걸음을 받아들이지 않는다. 陶淵明天資旣高, 趣詣又遠, 故其詩散而莊, 澹而腴, 斷不容作邯鄲步也.

도잠은 東晉의 田園詩人으로 山水詩人 謝靈運과 함께 중국시 사상 후대에 가장 많은 영향을 준 문인이다. 윗글에서 '邯鄲步'는 남의 것을 모방하려다가 실패한 경우를 비유한 것으로, ≪莊子≫〈秋水篇〉에 「그대는 수릉의 자제들이 한단에서 걸음걸이 배운 얘기를 듣지 못했는가? 걸음걸이를 배우지 못하고 또 본래 걸음도 잃어 기어서 돌아왔을 따름이다.(子獨不聞壽陵餘子之學行於邯鄲? 未得步能, 又失其故行矣, 直匍匐而歸耳.)」라는 고사에서 연유하였다. 도잠은 田園의 風光을 주제로 한 시에서 삶의 근원이 무엇이고 참된 가치가 무엇인지를 '散澹'하게 표출하고 있다. 梁代 鍾嶸의 ≪詩品≫(卷中)에서 「문체가 간결하고 깨끗하여 거의 장황한 말이 없다. 진실한 뜻이 참으로 예스럽고, 어사가 아름답고 상쾌하다. 늘 그의 글을 보면, 그 사람의 덕성을 생각한다. 세상에서 그 질박하고 곧은 것을 탄복한다. 『기뻐 말하며 봄술을 마시네』구나, 『해가 저무는데 하늘에는 구름이 없네』구에 이르러서는 풍격이 맑고 고와서 그 단지 전원의 말이라고만 할 것인가? 고금의 은일시인의 으뜸이다.(文體省靜, 殆無長語. 篤意眞古, 辭興婉愜. 每觀其文, 想其人德. 世歎其質直. 至於『歡言酌春酒』, 『日暮天無雲』, 風華淸靡, 其直爲田家語耶? 古今隱逸詩人之宗也.)」라고 하여 도잠의 진면목을 평가하고 있다.

蘇軾은 ≪東坡詩話≫에서 「메마르면서 담백한 것을 귀히 여긴다함은 그 겉은 메마르지만 속은 기름져서, 담백한 듯하면서 사실은 아름다운 것을 말하는 것이니, 도잠과 유종원(유자후) 같은 유파가 이것이다.(所貴乎枯淡者, 謂其外枯而中膏, 似詹而實美, 淵明子厚之流是也.)」라고 하였고, 송대 楊萬里는 ≪誠齋詩話≫에서 「오언고시에서 구가 우아하고 담백하면서 맛이 깊은 자는 도잠과 유종원이다.(五言古詩, 句雅淡而味深長者, 陶淵明柳子厚也.)」라고 유종원이 도잠을 계승한 시인으로 평가하였다. 도잠의 〈歸園田居〉(제1수)(≪陶淵明詩箋注≫ 권2)를 본다.

젊어서는 속된 것이 없어서
천성이 본래 산언덕을 좋아했네.
먼지그물에 잘못 떨어져서
어느 덧 30년이 지났네.
갇힌 새가 옛 숲을 그리워하고
연못의 물고기는 옛 못을 생각하네.
남녘 들에서 황무지를 개간하여
옹졸한 마음으로 전원으로 돌아가네.
네모난 땅 10여 이랑에
8, 9칸 초가집이라.
느릅나무 버드나무 뒤 처마에 그늘지고
복사와 오얏나무가 마루 앞에 서있네.
아득히 멀리 마을이 있고
아련히 집 마을의 연기 오르네.
개는 깊은 골목에서 짖고
닭은 뽕나무 가지에서 우네.
집 뜰에 티끌 없고
텅 빈 방에는 한가로움이 넘치네.
오래 새장에 갇혔다가
다시 자연으로 돌아왔네.

少無適俗韻, 性本愛丘山.
誤落塵網中, 一去三十年.
羈鳥戀舊林, 池魚思故淵.
開荒南野際, 守拙歸園田.
方宅十餘畝, 草屋八九間.
榆柳蔭後簷, 桃李羅堂前.
曖曖遠人村, 依依墟里煙.
狗吠深巷中, 鷄鳴桑樹巓.
戶庭無塵雜, 虛室有餘閒.
久在樊籠裏, 復得返自然.

　이 시는 6수로 구성되어 있는데 오랫동안 벼슬 등 세상살이에 매여 살다가 자연으로 돌아가며 허무한 욕망을 깊이 반성하며 전원생활을 만족하게 여겨서 지은 것이다. 元代 陳繹曾이 말한 「마음에 정성된 뜻이 있고, 몸은 한가하고 안일한 중에 있으니, 정감이 참되고 경치가 참되며, 일이 참되고 뜻이 참되다.(心存忠義, 身處閑逸, 情眞景眞, 事眞意眞.)」(≪詩譜≫)라고 心的 경지를 적절히 표현하고 있다. 62세에 삶을 반추하며 담백하게 지은 〈形影神〉의 〈神釋〉(상동)을 보자.

　　자연의 조화는 사사로움이 없으니
　　만물이 스스로 무성하게 드러나네.
　　사람이 하늘·땅·사람 삼재 중에 있는 것은
　　나로 인한 것이 어찌 아니겠는가.
　　그대들과 서로 다른 것이지만
　　나면서부터 서로 의지하며 살았소.
　　가까이 맺어 선과 악을 같이했으니
　　어찌 서로 말하며 지내지 않으리?
　　세 분 황제 큰 성인께서는
　　지금은 어디에 계신가?
　　팽조는 오래 살기 좋아했지만

머물고 싶어도 더는 못하였다오.
늙든 젊든 한 번 죽기는 같거늘
똑똑하다 어리석다 따질 것 없소.
날마다 술에 취해 잊을 수도 있겠지만
그건 목숨 재촉하는 짓이 아닐까?
선한 일은 늘 기쁜 것이나
누가 그대 위해 기려 주겠오.
깊은 시름은 우리네 삶 아프게 하니
그저 운명에 맡겨서 사는 게 마땅하네.
세상 조화 속에 물결치는 대로 살지니
기뻐하지도 두려워하지도 말지라.
응당 다할 목숨, 그냥 버려둘 것이니
홀로 다시 많이 근심하지 마시오.
大鈞無私力, 萬物自森著.
人爲三才中, 豈不以我故.
與君雖異物, 生而相依附.
結託善惡同, 安得不相語.
三皇大聖人, 今復在何處.
彭祖愛永年, 欲留不得住.
老少同一死, 賢愚無復數.
日醉或能忘, 將非促齡具.
立善常所欣, 誰當爲汝譽.
甚念傷吾生, 正宜委運去.
縱浪大化中, 不喜亦不懼.
應盡便須盡, 無復獨多慮. (≪陶淵明詩箋注≫ 권2)

　　이 시야말로 楊萬里가 평한 「시구가 우아하고 담백하면서 맛이 깊은(句雅淡而味深長)」 도잠(도연명)만의 오언고시의 특성이라고 본다.
　　본 시화는 一稱 ≪姜氏詩說≫이라 하며 강기의 詞集이나 詩集 뒤에 부기되어 있다. 각종 叢書에 列入되어 있으니, ≪學海類編≫, ≪歷

代詩話≫, ≪詩話樓瑣刻≫, ≪詩觸叢書≫, ≪談藝珠叢≫, ≪詩法萃編≫, ≪學詩津逮≫, ≪楡園叢刻≫, ≪南宋群賢小集≫, ≪娛園叢書≫, ≪螢雪軒叢書≫, ≪藝圃搜奇≫, ≪一瓻(치)筆存≫ 등 여러 본이 있다.

≪草堂詩話≫ - 蔡夢弼

蔡夢弼(채몽필, 생졸년 불명). 자는 傳卿으로, 建安(지금의 福建 建甌) 人이다.

채몽필은 일찍이 ≪杜工部草堂詩箋≫ 40권과 補遺 10권을 짓고, 본 시화를 그 말미에 덧붙여 刻印하였다가 후에 단행본으로 낸 것으로, ≪杜工部草堂詩箋≫에 寧宗 嘉泰 甲子(1204) 〈自跋〉이 있는 점에서 成書 시기를 알 수 있다. 시화는 ≪苕溪漁隱叢話≫를 발판으로 해서, 송인의 시화 어록과 문집, 필기 중에서 杜甫를 논한 부분과 제가의 논설을 편집하고 자신의 辨正을 부기하고 있다. 서명에서 보듯이, 이 시화는 말미에 〈杜氏系譜〉를 부기하고 두보의 생평사적과 두보 시의 사상예술을 광범하게 서술하고 있다. 그중에는 탁견이 풍부하고 나름의 곡해도 있지만, 두보와 그 작품 연구의 성취를 반영하고 있다. 송대에 杜甫 詩를 크게 추숭하여 제가의 품평이 넘쳐났는데, 시화에서 방대한 분량의 역대 杜詩 評文을 수록하고 있어서 남송 시기까지의 杜詩評 상황을 살펴 볼 수 있게 하였다.

본 시화에는 다른 문집이나 시화류에서 인용하면서 작자의 논리를 전개하는 방식을 취하고 있는데, 郭紹虞도 이 점에 대해서 다음과 같이 기술하고 있다.

책 속에 여러 책을 고른 것 중에 최후의 것은 ≪경계시화≫이니 그 책 작성이 당연히 영종 시기인 것을 알 수 있다. ≪시전≫에 가태 갑자(1204)의 〈자발〉이 있어서 이 책이 아마도 또한 동시기일 것이다. 또 책 속에 인용한 ≪산곡시화≫, ≪진소유시화≫, ≪왕언보시화≫는 옛사람이 두루 이 책들을 언급하지 않았는데 어찌하여 마음대로 이름을 세워서 당시에 스스로 편집하여 별도 책을 낼 수 있었을가.
書中所採諸書, 最後者爲≪庚溪詩話≫, 知其成書當在寧宗時. ≪詩箋≫
有嘉泰甲子自跋, 此書殆亦同時. 又書中所引≪山谷詩話≫, ≪秦少游詩
話≫, ≪王彦輔詩話≫, 昔人均不言此書, 豈隨意立名, 抑當時自有輯出
別行者耶?(≪宋詩話考≫ 卷上)

본 시화는 내용 구성상 ≪茗溪漁隱叢話≫의 예를 따르고 있다. 송
인 시화나 문집과 필기에서 두보를 논한 문장을 편집하고 專家의 시
화체로 저술하였다. 자신의 입론을 내세우지 않고 제가의 설을 제시
하고 간혹 변증을 가하고 편말에는 〈杜氏譜系〉를 부기하고 있다. 작
자가 전인의 두보 시에 대한 저술에서 인용한 예를 들면 다음과 같
다.

* 黃徹 ≪碧溪詩話≫: 人心廣大, 導夫求穴之螻蟻輩.
마음이 넓고 크며 구멍을 찾는 개미떼를 인도한다.

* 陳巖肖 ≪庚溪詩話≫: 其窮也, 未嘗無志于國與民; 其達也, 未嘗不
抗其易退之節.
그의 궁극적인 뜻은 나라와 백성에 두지 않은 적이 없다; 그의 표현
은 쉽게 변하는 절개에 항거하지 않은 적이 없다.

* 王得臣 ≪王彦輔詩話≫: 千匯萬狀, 茹古涵今, 無有涯涘. 非特意語
天出, 尤工于用字, 故卓然爲一代冠, 而歷世千百, 膾炙人口.
모든 실상을 다 모으고 고금을 다 품어서 가이없다. 뜻과 어사가 자
연스레 표현될 뿐만 아니라, 글자 이용이 더욱 기교로워서 우뚝 한
세대의 으뜸이니 오랜 세월이 지나도 인구에 회자한다.

* 葉夢得 ≪石林詩話≫: 緣情體物, 自有天然工巧, 而不見刻削之痕.
성정에 따르고 사물을 체득하여 절로 자연스러운 기교를 지니고 있
으며 깎아낸 흔적이 안 보인다.

* 范溫 ≪潛溪詩眼≫: 模寫景物, 意自親切. 窮理盡性, 移脫造化.

경물을 그려내는 데 뜻이 절로 간절하게 배어 있고, 이지와 성정을 다 드러내어 조화의 경지를 초탈하였다.

이와 같이 전인의 문장을 통하여 작자 자신의 주관적인 견해를 객관적인 근거로 제시하고자 한 서술법은 나름대로 상당한 동의를 구할 수 있었다. 한편 본 시화는 형식에 편향된 점이 있으니, 用字와 用語, 그리고 用事에 있어선 江西詩派 문인에 견강부회하여 단점을 미화시킨 느낌마저 든다. 예컨대 두보를 칭하여 「시법이 두심언에서 나왔고, 구법은 유신에게서 나왔다.(詩法出審言, 句法出庾信.)」(陳師道 ≪後山詩話≫)라든가, 「율시의 배치와 법도는 전적으로 심전기를 배웠다.(律詩布置法度, 全學沈佺期.)」(范溫 ≪潛溪詩眼≫), 심지어 「글자 하나라도 내원이 없는 것이 없다.(無一字無來處)」(黃庭堅 〈答洪駒父書〉)라 하고, 「고인의 진부한 말을 가져다가 글로 쓰더라도, 마치 영단 한 알 같으니, 쇠를 다듬어서 금을 만든다.(雖取古人陳言入翰墨, 如靈丹一粒, 點鐵成金.)」(黃庭堅 〈答洪駒父書〉) 등 전대의 논조를 여과 없이 인용하면서, 전인을 모의하고 표절해서 마치 조탁의 시풍을 일삼는 것 같은 성향을 보이는 점은 참고해야 한다.

이 같은 본 시화의 기본 논리를 감안하면서 丁福保의 ≪續歷代詩話≫ 소재 ≪杜工部草堂詩話≫ 2권 〈名儒嘉話凡二百餘條〉(본문 명칭)에서 원문들을 인용하여 그 시론을 살펴보기로 한다.

1. 중국시의 집대성자 杜甫

회해 秦觀이 논리를 펴서 말하였다. 「두보는 시에 있어서, 실지로 여러 유파의 장점을 모아서 그 시대에 알맞을 따름이다. 옛날 소무와 이릉의 시는 높은 오묘함에 뛰어나고, 조식과 유정의 시는 호방하고 준일함에 뛰어나고, 도잠(도연명)과 완적의 시는 담백함에 뛰어나고, 사령운과 포조의 시는 우뚝하고 결백함에 뛰어나고, 서릉과 유신의 시는 미려함에 뛰어나다. 이에 두보는 높은 오묘함의 격조를 다하고 호방하고 준일함의 기개를 다하며, 담백함의 취향을 지니고 우뚝하고 결백함의 자세를 겸하고 미려함의 모습을 갖추었으니 제가의 작품이 따라가지 못한다. 그러나 제가의 장점을 모으지 않고 두보도 이에 홀로 다 갖출 수 없으니, 어찌 그 시대에 알맞지 못하기 때문이라 하겠는가. 맹자는 말하기를, 『백이는 성인으로 청백한 사람이다. 이윤은 성인으로 책임을 다한 사람이다. 유하혜는 성인으로 화합한 사람이다. 공자는 성인으로 때에 맞춘 사람이니, 공자는 소위 모아서 크게 이룬 것이다. 아아, 두보도 시를 모아서 크게 이룬 것이다.』라 하였다.」

淮海秦少游進論曰: 杜子美之於詩, 實積衆流之長, 適當其時而已. 昔蘇武李陵之詩, 長於高妙, 曹植劉公幹之詩, 長於豪逸, 陶潛阮籍之詩, 長於冲澹, 謝靈運鮑照之詩, 長於峻潔, 徐陵庾信之詩, 長於藻麗. 於是子美窮高妙之格, 極豪逸之氣, 包冲澹之趣, 兼峻潔之姿, 備藻麗之態, 而諸家之作, 所不及焉. 然不集諸家之長, 子美亦不能獨之於斯也, 豈非適當其時故耶. 孟子曰: 伯夷, 聖之淸者也. 伊尹, 聖之任者也. 柳下惠, 聖之和者也. 孔子, 聖之時者也, 孔子之所謂集大成. 嗚呼, 子美亦集詩之大成歟. (≪草堂詩話≫ 권1)

두보를 시가의 집대성이라고 평가하는 근거는 다양한 격식과 풍격을 포괄하는 詩聖다운 詩格을 지니고 있기 때문이다. 중당대의 元稹은 이미 杜甫를 존숭하여 〈唐故工部員外郎杜君墓係銘並序〉(≪元稹集≫ 권56)에서 논하기를,

두보에 이르러서, 대개 소위 위로는 〈국풍〉과 〈이소〉를 가까이하고 아래로는 심전기와 송지문을 두루 갖추었으며, 예로 소무와 이릉을 옆에 두고, 기풍은 조식과 유정을 머금고, 안연지와 사령운의 고고함을 덮었으며, 서릉과 유신의 유려함을 섞어서 고금의 체세를 다 얻고 지금 사람의 독창적인 것을 겸비하였다.

至於子美, 蓋所謂上薄風騷, 下該沈宋, 古傍蘇李, 氣呑曹劉, 掩顔謝之孤高, 雜徐庾之流麗, 盡得古今之體勢, 而兼今人之所獨專矣.

라고 하여 두보 시를 시대를 아우르는 詩史的 위상에 놓았고, 嚴羽
는 두보 시를 직접 시의 집대성자라고 평가하여 ≪滄浪詩話≫ 〈시평〉
에서 논하기를,

> 두보의 시는 한위대를 본받고 육조에서 제재를 얻어 그 자신만이 터
> 득한 오묘한 경지에 이르러서, 전대 사람들 것을 소위 집대성한 사람
> 이다.
>
> 少陵詩, 憲章漢魏, 而取材於六朝, 至其自得之妙, 則前輩所謂集大成
> 者也.

라고 하였다. 그리고 명대의 張宇初도 「집대성한 사람은 반드시 소릉
두씨라고 말할 것이다.(集大成者, 必曰少陵杜氏.)」(≪峴泉集≫ 卷2 雲
溪詩集序)라고 다시 강조하고 있다. 이같이 두보 시는 집대성자로서
의 위대한 풍격을 지녔기에 중국문학의 詩聖으로 평가받고, 고금동
서의 詩家 중 詩家로 추앙된다. 명대 胡應麟은 ≪詩藪≫(〈內編〉 권
4)에서 집약된 결론을 내리고 있으니,

> 성당시의 맛은 수려하고 웅혼하다. 두보 시는 정련한가 하면 거칠기
> 도 하며, 큰가 하면 세밀하기도 하며, 기교로운가 하면 졸렬하기도
> 하며, 신선한가 하면 진부하기도 하며, 기험한가 하면 평이하기도 하
> 며, 얕은가 하면 깊기도 하며, 짙은가 하면 담백하기도 하며, 살진가
> 하면 메마르기도 하여, 다 갖추지 않은 것이 없으니, 그 격조에 다
> 맞아서 진실로 성당의 다른 시인들과 크게 구별된다. 그 능히 전의
> 사람들의 시 풍격을 여기에 다 모을 수 있으니, 비로소 후세의 시인
> 들의 풍격도 여기에 다 들어 있다. 또한 언사의 이치가 경서에 가까
> 우며, 사실의 서술이 역사를 담고 있으니, 더욱 시인이 우러러 바라
> 본다.
>
> 盛唐一昧秀麗雄渾. 杜則精粗, 鉅細, 巧拙, 新陳, 險易, 淺深, 濃淡,
> 肥瘦, 靡不畢具, 參其格調, 實與盛唐大別. 其能會萃前人在此, 濫觴
> 後世亦在此. 且言理近經, 敍事兼史, 尤詩家絶覩.

라고 하여 두보만이 시를 통하여 인간과 자연의 진면목을 입체적으로 투사하고 있다는 점을 지적하고 있다.

2. 杜甫 시의 風格類

≪둔재한람≫에 이르기를, 「두보의 시는 희비와 교만이 있고, 시에 기복이 있고, 빠르고 느리고 자유자재하여 시에 표현하지 못한 것이 없다. 그러므로 그의 시는 평담하고 간이한 것이 있고, 미려하고 정세한 것이 있으며, 엄중하고 위무 당당하여 마치 삼군의 장수 같은 것이 있으며, 세차게 내달림이 물에 떠가는 수레와 같다.」고 하였다. 遯齋閒覽曰: 杜子美之詩, 悲懼驕泰, 發斂抑揚, 疾徐縱橫, 無施不可. 故其詩有平淡簡易者, 有綿麗精確者, 有嚴重威武若三軍之帥者, 有奮迅馳驟若泛駕.(≪草堂詩話≫ 권1)

위에서 두보 시 풍격의 다양성을 나열하고 있는데, 이런 풍격 논리가 후대에 더욱 구체적이고 세밀하게 분류 제시되었으니, 다음에 역대 평가내용을 통하여 두보 시의 풍격 종류를 풍격 용어, 인용 시제, 역대 시평의 순으로 열거한다.

1) 淸絶 :〈吹笛〉. 元代 方回 ≪瀛奎律髓≫(卷12): 「의분에 흥분하고 비애하고 원망하니 이것은 일종의 풍격이다.(慷慨悲怨, 是一種風味.)」 청대 仇兆鰲(구조오) ≪杜詩詳注≫(卷17): 「이 시는 매구마다 처량하고 원대하여 사물을 읊은 것이 빼어난 작품이다.(此詩句句凄遠, 詠物絶調.)」

2) 富貴 :〈奉和賈舍人早朝大明宮〉. 명대 陸時雍 ≪唐詩鏡≫(권26): 「경물이 조화를 이루고 궁궐이 엄숙하고 온화한 것이 여기에 비추어 드러난다.(景色融和, 宮宇肅穆, 於此照出.)」

3) 高古:〈詠懷古跡〉五首의 제5수. 명대 唐元竑 ≪杜詩攟(군)≫(권3):「논리가 이미 탁월하고 시의 격조가 빼어나서 절로 명구로서,

세상이 다같이 말하는 것이다. 나는 말하노니 이 시는 논단으로서 단순한 시가 아니라 할 것이다.(議論旣卓, 格力矯然, 自是名句, 世所同諷. 吾謂此詩論斷, 非詩也.)」

4) 華麗:〈題省中壁〉.《唐詩鏡》(권26):「3, 4구는 필체가 노련하고 고매하고 또 절경을 맑게 비추어 주니, 이것은 황금 말 타고 옥집에 사는 귀한 사람의 말이다.(三四筆老而高, 且淸映絶色, 是金馬玉堂人語.)」

5) 斬截:〈返照〉. 송대 孫奕(손혁)《示兒編》(권10):「모두 칠언 전체 구가 잘 다듬어져 있다.(皆練得七言全句好也.)」

6) 奇怪:〈送李八秘書赴杜相公幕〉.《杜詩詳注》(권19):「첫 구의 시어가 경쾌하고 수려하며 이어지는 시구는 용맹하고 웅건하며, 3, 4구는 더욱 기험하다.(起語輕秀, 接句猛健, 三四更奇險.)」

7) 瀏亮:〈暮春〉.《杜詩詳注》(권18):「초 땅의 하늘, 무협에서 손바닥을 모두는 마음이 절로 우러난다.(楚天, 巫峽, 不免合掌.)

8) 委曲:〈送路六侍御入朝〉.《御選唐宋詩醇》(권16):「교묘하게 도치법을 사용하여 앞의 4구가 참으로 대단한 섬세하고 다양한 변화를 지니고 있다.(妙用倒敍法, 前四句藏多少曲折.)」

9) 俊逸:〈十二月一日〉三首의 제3수.《御選唐宋詩醇》(권16):「겨울에 지은 시인데 제비, 꾀꼬리, 복숭아, 버드나무 등의 어구가 있으니 대개 그 사실을 뒤바꾸어서 말하고 있다.(詩作於冬, 而有燕子, 黃鸝, 桃, 柳之句, 蓋逆道其事.)」

10) 溫潤:〈小寒食舟中作〉. 명대 楊愼《丹鉛餘錄》(권19):「비록 두 구의 글자를 사용하였지만, 웅장미려함이 배나 되니 환골탈태의 오묘함을 얻었다고 말할 수 있다.(雖用二句之字, 而壯麗倍之, 可謂得奪胎之妙矣.)」

11) 感慨:〈秋興八首〉의 제4수.《杜詩詳注》(권17):「제4장은 장안을 회상하며 떠돌며 난리에 상심한 것을 탄식한다. 위 4구는 조정의 변화를 가슴 아파하고, 아래 구들은 변방의 침략을 근심하고 있

다.(四章回憶長安, 歎其洊經喪亂也. 上四傷朝局之變遷, 下是憂邊境之侵逼.)」

12) 激烈:〈閣夜〉. 송대 胡仔 ≪苕溪漁隱叢話≫(권10):「이후에 적막하여 들리는 것이 없다.(爾後寂廖無聞焉.)」송대 葉少蘊 ≪石林詩話≫(卷下):「칠언시는 기상이 웅혼하기가 어려운데, 시구 중에 힘이 있고 서서히 표현된 어사 밖의 의취를 잃지 않고 있다.(七言難於氣象雄渾, 句中有力, 而紆徐不失言外之意.)」

13) 蕭散:〈秋興八首〉의 제3수. 청대 吳景旭 ≪歷代詩話≫(권40):「이것은 모두 기연의 두 구의 뜻에 맞고, 또 무료한 감흥을 기탁하고 있다.(此皆應起聯二句之意, 而亦託興於無聊.)」

14) 沈著:〈登高〉. 명대 胡應麟 ≪詩藪≫(권5):「두보의 바람이 세고 하늘이 높다는 이 시 56자는 마치 바다 밑의 산호처럼 가늘면서 굳어 이름하기 어렵고 너무 깊어서 헤아릴 수 없으니, 밝은 빛이 만길이요, 강대한 힘이 넘쳐서 만 균이나 되는 것 같다.(杜風急天高一章五十六字, 如海底珊瑚, 瘦勁難名, 沈深莫測, 而精光萬丈, 力量萬鈞.)」

15) 精鍊:〈暮歸〉. ≪瀛奎律髓≫(권15):「절로 일종의 골격이 있는 풍조이며, 또 일종의 비장하며 애처로운 풍격이 있다.(自是一種骨格風調, 又是一種悲壯哀慘.)」≪唐詩鏡≫(권26):「3, 4구는 어사가 ≪초사≫〈이소〉의 의취가 들어 있다.(三四語入騷意.)」

16) 慘戚:〈洗兵馬〉. 명대 王嗣奭 ≪杜臆≫(권3):「안록산의 반란이 3년이 지나고, 피난하여 고향을 떠난 지 또한 3년이어서, 그러므로 3년의 피리 속에 관산에 달이 뜨고라고 말하였으니, 슬퍼진다.(祿山反經三年矣, 避亂離鄉者亦三年, 故云三年笛裏關山月, 悲之也.)」≪杜詩詳注≫(補注 卷下):「『3년의 피리 속에 관산에 달이 뜨고, 온 나라 병사 앞 초목에 바람 부네.』구는 웅대하면서 비장하다.(三年笛裏關山月, 萬國兵前草木風, 雄亮悲壯.)」

17) 忠厚:〈承聞河北諸道節度入朝歡喜口號絶句〉十二首의 제2수. 송대 郭知達 ≪九家集注杜詩≫(권28):「이 시에서 여러 절도사의 충성

심을 본다.(此篇望諸節度之忠孝也.)」, ≪集千家注杜工部詩集≫(권16): 「감동하여 읊는 마음이 충성되고 아름답다.(感諷忠婉.)」

18) 神妙: 〈秋興八首〉의 제7수. 명대 楊愼 ≪升庵集≫(권57): 「이 시를 읽으면 황량한 안개 낀 들판의 풀의 비애감이 표현된 어사 밖에 드러난다.(讀之則荒煙野草之悲見於言外矣.)」

19) 雄壯: 〈古柏行〉. ≪集千家注杜工部詩集≫(권14): 「시의 원기가 여기에 있다.(詩之元氣在此.)」

20) 老辣: 〈望嶽〉. ≪杜詩詳注≫(권6): 「능히 속된 것을 아름답게 할 수 있으며, 구법이 더욱 높이 빼어나서 진정으로 아름답고 가치 있는 어사를 구사하는 기교를 지니고 있다.(能化俗爲姸, 而句法更覺森挺, 眞有擲米丹砂之巧.)」

3. 律詩의 扇對格

호자의 ≪초계어은총화≫에 이르기를, 「율시에는 선대격이 있어서, 제1구와 제3구가 대를 이루고, 제2구와 제4구가 대를 이루니, 예컨대 소릉 두보의 〈곡태주정사호소소감〉 시에 이르기를, 『죄를 지어 태주로 가니, 위태로운 때에 뛰어난 선비 버렸네. 초막으로 관직을 옮긴 후에, 곡식이 귀하여 굶어 죽었다네.』 동파 소식의 〈화울고대〉 시에 이르기를, 『문득 만나서 거마로 모시고, 향기로운 사조주를 찾네. 처량하게 고향을 바라보며, 중선루에서 시를 짓노라.』 같은 것이 그러하다.」라고 하였다.
茗溪胡元任叢話曰: 律詩有扇對格, 第一與第三句對, 第二與第四句對, 如少陵哭台州鄭司戶蘇少監詩云: 「得罪台州去, 時危棄碩儒. 移官蓬閣後, 穀貴歿潛夫.」東坡蘇子瞻和鬱孤臺詩云: 「邂逅陪車馬, 尋芳謝朓州. 凄涼望鄕國, 得句仲宣樓」之類是也.(≪草堂詩話≫ 권1)

扇對는 일명 隔句對, 開門對라고도 하며, 제1구와 제3구가 대를 이루고, 제2구와 제4구가 대를 이룬다. 예를 들면, 蘇軾의 「재작년에 집의 냇물이 동쪽으로 흐르니, 고개 돌리니 석양이 아름답네. 작년에 집의 냇물이 서쪽으로 흐르니, 얼굴에 촉촉하게 봄바람에 비 내리네.(前年家水東, 回首夕陽麗. 去年家水西, 濕面春風雨.)」의 제1, 3구에서 '前年'對'去年', '家水'對'家水' '東'對'西,' 제2, 4구에서 '回首'對'濕面', '夕陽'對'春風', '麗'對'雨'가 각각 대우를 이룬다. 채몽필이 胡仔의 시화를 인용하여 거론한 '선대격'은 시의 대구에서 중요한 대구법이다. 예시로 제시된 두보의 시구는 〈哭台州鄭司戶蘇少監〉3수(≪杜詩詳注≫ 권14) 중에서 제1수의 제9구에서 제12구이다.

> 죄를 지어 태주로 가니
> 위태로운 때에 뛰어난 선비 버렸네.
> 초막으로 관직을 옮긴 후에
> 곡식이 귀하여 굶어 죽었다네.
> 통곡하여 탄식을 어찌 다하리오
> 한을 품은 이 그대여.
> 得罪台州去, 時危棄碩儒.
> 移官蓬閣後, 穀貴歿潛夫.
> 流慟嗟何及, 銜寃有是夫.

여기서 제9구의 '得罪', '台州', '去'와 제11구의 '移官', '蓬閣', '後'가 대칭적으로 선대를 이루고, 제10구의 '時危', '棄', '碩儒'와 제12구의 '穀貴', '歿', '潛夫'가 대칭적으로 선대를 이루고 있다. 시제에서 鄭司戶는 鄭虔이고, 蘇少監은 蘇源明으로서 두보가 당대 八賢臣을 애도한 〈八哀詩〉에서 애도한 현신들 王思禮, 李光弼, 嚴武, 李璡, 李邕, 張九齡과 함께 거명되어 있다.

4. 初盛唐詩의 思潮

당시가 흥성하여 육조의 진나라와 수나라의 유풍을 이어받아서 부허하고 화미함을 서로 뽐내어 이치를 받들지 않게 되었다. 개원 연간에 시의 수식을 버리고 부허하고 화려함을 뽑아내어 조금 우아하고 바르게 다듬게 되었다. 비록 시구와 편장을 잘 묘사하였다 해도 사람마다 이미 각자의 개념을 지녀서 각각 장점을 다투니 마치 갓 끓인 국과 막 익은 술이 맛이 옅은 것과 같다.

唐興, 承陳隋之遺風, 浮靡相矜, 莫崇理致. 開元之間, 去雕篆, 黜浮華, 稍裁以雅正. 雖綺句繪章, 人旣一槪, 各爭所長, 如太羹元酒者, 薄滋味.

초당과 성당 開元 연간의 시 사조를 서술하고 있다. 중국문학의 장르 개념상 어느 왕조와 그에 속한 문학체제가 상호 밀접한 연관성을 가지고 문학의 발전과 쇠미의 고리가 연결되는 경향을 본다. 시대의 정치와 사회변화, 그리고 사상의 흐름에 따라서 그에 부합하는 문학 장르로 특성지어진다. 그러나 시의 시대별 풍격 차별이 발생하더라도, 내적인 근본 도리와 성정은 시대에 구애받지 않는다. 시를 예로 들면, 漢代 시와 魏晋 시가 고시와 악부를 중심으로 발달하고, 육조 시가 騈文의 영향으로 美辭麗句를 추구하였으며, 당시와 송시가 성정의 표현상 차이가 있고, 원대에는 시의 詞曲化 현상을 보이지만, 근본적인 맥락은 불변하고 있음을 입증한다. 이런 풍격적 관점에서 명대 張綸은 ≪林泉隨筆≫에서,

무릇 ≪시경≫ 3백 편과 ≪초사≫ 〈이소〉 이후부터 한위진을 거쳐서 당대에 이르기까지 시의 체재가 크게 갖추어져서 화평하고 청려하여 풍아의 남긴 뜻을 지니고 있다. 또 만당과 오대, 그리고 송대를 거치면서 작자가 흔히 어사가 이치를 이기지 못하게 되니 당의 음절이 이에 변하게 되었다. 원대 사람은 송대 풍격을 변화시켰으나, 지나치게 공교로우니 소위 기풍이 그러한 것은 우연한 일이 아니다.

夫自三百篇, 楚騷之後, 歷漢魏晋以至於唐, 而詩體大備, 和平淸麗, 有風雅之遺意. 又歷晚唐五季及宋, 作者往往辭不勝理, 而唐之音節於此焉變矣. 元人雖變宋習, 而又過於工巧, 所謂運氣使然, 非偶爾也.

라고 하였다. 이처럼 당시는 초당대에 육조의 齊梁風의 사조 하에 묘

사 위주의 수사에 집중된 풍격에서, 성당 전후에 沈佺期와 宋之問, 그리고 시 개혁을 주도한 張九齡과 陳子昻 등의 성정위주의 시의를 중시하는 시풍을 조성하면서 중국시 사상 가장 위대한 詩聖 杜甫, 詩仙 李白(이태백), 詩佛 王維 등 시인이 나오게 되었다. 당시의 시 대구분은 지금까지는 명대의 高棅이 분류한 初唐, 盛唐, 中唐, 晩唐 등 사분법을 따르고 있다.(≪唐詩品彙≫ 序) 고병도 송대의 嚴羽가 분류한 5분법(≪滄浪詩話≫에서 唐初體, 盛唐體, 大歷體, 元和體, 晩 唐體)을 근거로 하여 나누어 그 시기의 시풍과 활동한 시인들을 체 계화시켰다는 데에서 그 구분의 의미를 줄 수 있다.

그러나 어느 시대의 한 시인의 풍격이 반드시 자기가 살던 시기의 풍격에 속하는 것으로 일률적인 평가를 하는 편협성에 대해서는 다 시 깊이 생각해 보아야 한다. 더구나 문학이라는 時空에 구애받지 않는 정신세계를 창조하는 면에 있어서는 더 말할 나위가 없다. 그 래서 錢鍾書도 일찍이 陸游가 송대에 살았지만 어느 한 곳에 송시 의 맛이 있느냐며, 살기는 송대인이지만 唐詩의 맛을 지녔다고 하여 문학시기의 구분에 대해 비판적인 견해를 피력하기도 하였다.(≪談藝 錄≫)

초당 시기(618-712)의 시를 보면, 육조와 수대의 유미주의적 인 齊梁風이 계승되었지만, 시의 새로운 형식과 기교가 규율화 되고 이전의 고체시의 틀에서 새로운 시체가 완성되었다. 上官儀 등의 궁정시인과 王勃 등의 初唐四傑, 그리고 崔融 등의 文章四友가 형 식미와 음률을 중시하여 내용보다는 격률에 여전히 치중하였기에, 그에 따라 沈佺期와 宋之問에 의해서 근체시가 완성되었다. 그러나 이 시기에도 체재의 중시를 반대하고 성정을 시의 요소로 강조하던 反齊梁風의 시를 중시하던 陳子昻과 張九齡 같은 시개혁론자들도 등 장하였다. 이들 반제량풍의 시인들은 그 이후에 성당시풍을 활짝 여는 시문학상의 중요한 역할을 하게 된다.

중요한 작가로는 율시 완성에 큰 공헌을 한 上官儀를 비롯하여 제량풍을 따랐지만 독자적인 초당시를 주도한 初唐四傑인 王勃, 楊炯, 盧照隣, 駱賓王이 있었고, 초당 후기에 유미풍을 계승하면서 율시의 완성에 적극적인 역할을 하였던 문장사우인 崔融, 李嶠, 蘇味道, 杜審言 등을 들 수 있다. 그리고 같은 노선을 지킨 율시의 완성자인 심전기와 송지문은 여러 문인의 도움 속에 오언율시를 먼저 완성하고 칠언율시와 절구를 체계화하여 오늘의 漢詩라는 체재의 틀을 만들었다.

한편, 형식보다는 내용을 중시할 것을 주장하던 반제량풍의 시인들의 활약도 적지 않아서, 초기에는 王績, 王梵志, 寒山 등 은둔시인들이 있었으며, 특히 시에 성정의 興寄를 중시하여 제량풍을 극력 반대한 진자앙이나 장구령 등은 성당시풍의 조성에 길잡이라는 시대적 의미에서 중요한 위치에 있었다.

다음으로 성당 시기의 시(713-765)인데, 성당대는 정치 · 경제의 안정과 번영을 누리면서도 安祿山의 난 등 국내외적으로 난리도 많았다. 이 시기에 특기할 것은 玄宗과 楊貴妃의 애정으로 나타나는 여러 가지 부작용으로 백성에 대한 세금 과중, 기강의 문란, 군벌의 발호 등의 현상이 일어나서 성세의 풍기가 무너지고 민생의 질고가 극심해지니, 시인의 마음과 현실 또한 이율배반적인 처지에 빠지게 되어 자연히 시도 성정 위주의 낭만적이며 자연추구의 은일사상이 깃들어 갔다. 거기에다 초당 말기에 일어난 시 개혁정신이 이어지면서 진자앙, 장구령에 뒤이어 賀知章과 張說(장열) 등이 그 뜻을 계승하여 성당시의 문을 열게 되자, 개성에 따라서 여러 파의 시풍이 서로 조화를 이루는 당시의 황금기를 맞게 되었다.

이 시기에는 王維와 孟浩然을 중심한 자연시파가 나와서 산수전원을 주제로 하여 자연을 노래하며 은거적인 의식 속에 현실 문제를 떠난 초월적인 시 세계를 추구하였다. 이런 유파에 속했던 시인으로는 韋應物, 綦毋潛, 裵廸 등을 들 수 있다. 그리고 이 시기에는 잦은 전쟁이 있었는데, 당시의 문인들에게는 나라가 혼란하여 민심이

어지러운 까닭에 非戰 사상이 팽배해 있었다. 따라서 高適이나 岑參 같은 시인들은 邊塞시파로 구분되어 전쟁에 대한 갖가지 소재를 작품 속에 다루어 현실적이고 진취적인 면을 보여주었다. 그러나 그들 역시 자연을 노래하는 낭만성을 공유하고 있었다.

이 시기에 있어서 무엇보다 중요한 시인들은 바로 李白(이태백)과 杜甫이다. 낭만시인으로서의 이백과 사실주의 시인으로서의 두보는 당시가 낳은 詩仙이요 詩聖이다. 이백은 여러 가지 시형을 구사하는 데에 그의 뛰어난 詩才를 발휘하여서 자유분방하게 시의 감흥을 토로하였다. 두보가 그의 시를 「붓이 떨어지니 비바람이 놀라고, 시를 지으니 귀신이 흐느끼네.(筆落驚風雨, 詩成泣鬼神.)」(〈寄李十二白二十韻〉)라고 읊은 것으로도 이백의 기품을 알 수 있다. 천재 시인은 그의 창작기교와 시의 정취를 가장 즉흥적이고 담백하게 승화시킨 것이다. 두보는 이백에 비해 율격에 엄정하였다. 즉흥이 아니라 많은 각고의 노력에 의해 入神의 경지에 든 완전한 시를 창조해내었다. 그의 시는 그의 삶이요, 사회상 그 자체였으며 살아있는 모습 그대로였기에, 하나하나가 바로 '詩史'였다. 1,400여 수의 그의 시는 하나같이 형식과 내용이 잘 다듬어져 있어서 후세의 만인에게 사표가 된다.

5. 李白(이태백)과 杜甫 시의 優劣論

보양 정경서 〈이경〉에 이르기를, 「이백은 시 중에 용이어서 높이 올라서 얽매이지 않는다. 두보는 기린이 영유에서 노닐고 봉황이 조양에서 우니, 절로 세상의 상서로운 사물이다. 두 문호의 위상은 거의 우열을 가릴 수 없다.」라고 하였다.
莆陽鄭景書〈離經〉曰: 李謫仙, 詩中龍也, 矯矯焉不受約束. 杜子美則麟游靈囿, 鳳鳴朝陽, 自是人間瑞物. 二豪所得, 殆不可以優劣論也.(≪草堂詩話≫ 권2)

李白과 杜甫 시의 우열 논리는 천여 년을 두고 끊임없이 제기되고 있지만, 그 결론은 相互尊重의 칭찬으로 매듭지어 왔으니 어쩌면 당연한 귀결이라 하겠다. 李杜優劣論을 처음 제기한 시인은 중당대 白居易와 元稹이라 할 것이니, 백거이는 〈與元九書〉에서 상호의 장점을 서술하기를,

시에서 호방한 것으로 세상에서 이백과 두보를 부른다. 이백의 시는 재기 있고 기특하여 사람이 따라가지 못한다. 그 풍아와 비흥의 면을 찾아보면 열에서 하나도 없다. 두보 시는 가장 많아서 전해지는 것이 천여 수나 된다. 고금을 다 꿰뚫어 포괄하여서 격률을 자세히 다듬고 공교하고 잘 지은 점에서 또한 이백보다 뛰어나다.
詩之豪者, 世稱李杜. 李之作, 才矣奇矣, 人不逮矣. 索其風雅比興, 十無一焉. 杜詩最多, 可傳者千餘首. 至於貫穿今古, 覼縷格律, 盡工盡善, 又過於李.(≪白居易集≫ 권28)

라고 하였으며, 원진은 〈唐檢校工部員外郎杜郡墓係銘幷序〉에서 역시 두 시인의 풍격을 비교하기를,

진실로 생각하건대 할 수 없는 것을 할 수 있고, 하지 않으면 안 되는 것을 안해도 되는 것을 한 사람으로 시인이 있고부터 두보만한 사람이 아직 없다고 하겠다. 이 시기에 산동인 이백도 기이한 문장으로 칭찬을 받아서 당시 사람들은 李杜라고 하였다. 내가 보건대 그 장대한 물결이 출렁이는 기풍은 구속을 벗어나서 사물을 묘사한 것과 악부시는 진실로 또한 두보에 비해 뛰어나다. 두보 시는 처음과 끝을 묘사해 나가는 데 있어서 성운을 다듬고 수많은 말을 순서 있게 나열하고 지어내면서 어사의 기세가 호탕하고 뛰어나며 풍조가 맑고 심원하고 율격에 잘 대응하고 용렬함을 벗어버린 점에서는 이백이 아직은 그 울타리를 넘을 수 없을 것이니, 하물며 집안 즉 두보 시의 깊은 경지에 이를 수 있겠는가?
苟以爲能所不能, 無可無不可, 則詩人以來, 未有如子美者. 是時山東人李白, 亦以奇文取稱, 時人謂之李杜. 余觀其壯浪縱恣, 擺去拘束, 模

寫物象及樂府歌詩, 誠亦差肩於子美矣. 至若鋪陳終始, 排比聲韻, 大
或千言, 次猶數百, 辭氣豪邁而風調淸深, 屬對律切而脫棄凡近, 則李
白尙不能歷其藩翰, 況堂奧乎?(仇兆鰲 ≪杜詩詳注≫ 附編)

라고 하여 두보를 이백보다 다소 우위에 놓으려 하였다. 그리고 韓愈
는 〈調張籍〉(≪韓愈集≫ 권5)에서,

> 이백과 두보의 문장이 있는 곳에는
> 찬란한 빛이 만 장만큼 길도다.
> 여러 아이들이 어리석은 줄 모르고
> 어찌 구실 삼아 헐뜯고 아프게 하나?
> 하루살이가 큰 나무를 흔들고 있으니
> 가소롭게도 스스로를 헤아리지 못하도다.
> 李杜文章在, 光焰萬丈長.
> 不知群兒愚, 那用故謗傷.
> 蚍蜉撼大木, 可笑不自量.

라고 하여 李杜優劣을 논하기를 자제하려 하였다. 그러나 그 후에도
송원대는 물론 명청대에도 부단히 논쟁이 있어 왔다. 송대 蘇轍은
杜甫優位論(≪欒城集≫ 권8)을, 송대 劉攽은 李白優位論(≪中山詩
話≫)을, 그리고 黃庭堅은 두보우위론(≪豫章黃先生文集≫ 권26)을
각각 주장하였으며, 嚴羽는 양자 對等論을 제기하여,

> 이백과 두보 두 사람은 정말 우열을 따지지 못한다. 이백에게는 한
> 둘의 오묘한 곳이 있어 두보가 말할 수 없으며, 두보에게도 한둘의
> 오묘한 곳이 있어 이백이 지어낼 수 없다.
> 李杜二公, 正不當優劣. 太白有一二妙處, 子美不能道. 子美有一二妙
> 處, 太白不能作.)」(≪滄浪詩話≫ 〈詩評〉)

라고 하여 李杜衡平論을 제기도 하였다. 다음에 참고로 송대 張戒의
李杜優劣論과 청대 反神韻論者 趙執信의 李杜詩觀을 각각 살펴보기
로 한다.

북송에서 남송 사이의 과도기를 살았던 張戒(?-1160)는 자는 定夫로, 絳郡人이다. 《歲寒堂詩話》를 통하여, 吳可의 《藏海詩話》의 平淡에 의한 사조를 기반으로 하는 소위 「두보를 기본으로 삼고 소식과 황정견을 활용으로 한다.(以杜爲體, 以蘇黃爲用.)」(《藏海詩話》제23조)의 시관과 嚴羽의 《滄浪詩話》의 詩禪一致의 사상을 창출하게 하는 과정을 개관할 수 있다. 그리고 李東陽의 《懷麓堂詩話》와 王士禎의 神韻說, 그리고 청대 沈德潛의 格調說로 맥락을 잇게 한 근거를 지니고 있다.

장계는 송대의 시풍을 문제 삼아서 陶潛(도연명)과 杜甫를 철저히 추숭하고 특히 시의 근간을 《시경》의 詩敎로까지 소급하는 데 역점을 두었는데, 이것은 그의 시화의 기본논점이며 시화의 주된 기준이 된다. 이 기준으로 시화는 시종일관 전개되고 중만당대의 유미적인 풍조와 송대 시단의 성정을 망각한 허식주의적인 풍토를 통박하였다. 시화 卷上 36조의 시론이 두보와 비교차원에서 품평하고, 卷下 33조가 오직 두보 시를 논평하고 있음은 결코 우연이 아니니, 곧 장계의 치밀한 시 개혁정신과 연관시켜서 이해하는 것이 온당하다.

장계는 李杜 시의 상호 비교에 대해서 매우 신중하다. 장계 자신은 李杜의 우열을 가릴 수 없다면서, 「이백(이태백)과 두보에 관해서는 더욱 가벼이 논할 수 없다.(至于李杜, 尤不可輕議.)」(제2조)라 하여 우위비교를 기피하려 하였다. 그래서 장계는 「한위대 이후부터 시는 조식에 이르러 묘오해지고, 이백과 두보에 이르러 완성되었다.(自漢魏以來, 詩妙于子建, 成于李杜.)」(제10조)라고 하여 성취도를 대등하게 보고, 또 「조탁하는 나쁜 습관이 다 깨끗하게 되어야 비로소 조식과 유정, 그리고 이백과 두보의 시를 논할 수 있다.(鑴刻之習氣淨盡, 始可以論曹劉李杜詩.)」(제10조)라고 하여 예술기법상의 가치도 동등하게 평가하였다.

이처럼 장계는 중국시가의 정통적 사조 입장에서 李杜 관계를 제시하였다. 시화 제1조 서두에서,

건안칠자와 도잠, 완적 이전에는 시가 오로지 마음의 뜻을 드러내는 것이었고, 반악과 육기 이후에는 오로지 영물만을 일삼았다. 이 두 가지를 겸한 사람은 이백과 두보이다.

建安陶阮以前, 詩專以言志: 潘陸以後, 詩專以詠物: 兼有之者, 李杜也.

라고 하여 시화의 주된 내용에 李杜를 그 대상으로 포함시키려 하였다. 다음에 李杜 양인에 대한 풍격상의 특징을 장계가 거론한 평구를 열거한다. 먼저 이백 부분을 본다.

① 재능은 따라갈 수 없는 사람이 있느니, 이백과 한유가 그러하다.
才子有不可及者, 李太白韓退之是也.(제4조)
② 이백의 「흰 치아 끝내 드러내지 않고, 고운 마음 공허히 절로 얻도다.」 구는 모두 ≪시경≫의 〈국풍〉에 부끄럽지 않다.
李太白云: 皓齒終不發, 芳心空自得. 皆無愧于國風矣.(제6조)

여기서 ①은 천부적인 재질의 우수성을, ②는 ≪시경≫의 전통적인 시풍을 계승함을 높이 평가하였다. 그리고 두보 부분을 보자.

① 두보의 시는 오로지 재기가 뛰어나다.
杜子美詩, 專以氣勝.(제1조)
② 세상 사람들은 두보 시를 다분히 거칠고 속되다고 보는데 거칠고 속된 어구가 시구 중에 쓰기가 가장 어려우니, 거칠고 속되지 않으니 곧 고아하고 고담한 것의 극치이다.
世徒見子美詩多麤俗, 不知麤俗語在詩句中最難, 非麤俗, 乃高古之極也.(상동)
③ 두보의 시는 …웅혼한 자태가 걸출하다.
子美之詩, …雄姿傑出.(상동)
④ 시는 고사를 널리 사용하는 바, …두보에게서 극에 달하였다.
詩以用事爲博, …而極于杜子美.(제3조)
⑤ 의기를 따를 수 없는 자로서 두보가 그러하다.
意氣不可及者, 杜子美是也.(제4조)
⑥ 고원한 맛을 다하는 모습과 기쁘고 놀라운 흥취는 초탈하고 탈속

하여 따를 수가 없다.

窮高極遠之狀, 可喜可愕之趣, 超軼絶塵而不可及也.(제9조)

⑦ 그 사어가 곱고 우아하며 그 의취는 미묘하고 절도가 있어서 진정
시인의 맛을 얻은 자라고 말할 수 있다.

其詞婉而雅, 其意微而有禮, 眞可謂得詩人之旨者.(제13조)

⑧ 오직 두보만은 그렇지 않으니, 산림에 있으면 산림 그대로이며,
묘당에 있으면 묘당 그대로이고, 교묘한 데면 교묘하고, 졸렬한 데
면 졸렬하고, 기이한 데면 기이하고, 속된 데면 속되고, 풀기도 하고
거두기도 하며, 새롭기도 하고 낡기도 하여서, 모든 사물과 모든 사
실과 모든 의취가 시 아닌 것이 없다.

惟杜子美則不然, 在山林則山林, 在廊廟則廊廟, 遇巧則巧, 遇拙則拙,
遇奇則奇, 遇俗則俗, 或放或收, 或新或舊, 一切物, 一切事, 一切意,
無非詩者.(제35조)

⑨ 건안칠자와 육조, 그리고 당대와 근세의 여러 시인 중에 思無邪한
자는 오직 도잠과 두보뿐이며, 나머지는 모두 뜻이 사악에 떨어짐을
면치 못한다.

自建安七子六朝有唐及近世諸人, 思無邪者, 惟陶淵明杜子美耳, 餘皆
不免落思邪也.(제36조)

　　이런 기준이 청대 시론에서 그 농도가 자못 짙게 나타나서, 沈德
潛의 格調說에 대해 吳雷發이 ≪說詩菅蒯≫에서 性靈說을 유도하는
反格調와 反文學退化說을 주창하게 되고, 청대 시학의 대맥인 王士
禎의 神韻說에 정면으로 반론을 제기한 趙執信의 「시에 그 사람이
들어 있다는 설(有人之說)」 등은 가장 대표적인 문학이론의 논쟁이라
할 것이다. 심덕잠과 王士禎 두 대가의 이론에 맹종하면서 ≪시경≫
의 '溫柔敦厚'적인 詩敎에 기본을 둔 심덕잠과, 司空圖와 嚴羽의 성
정 위주에 바탕을 둔 왕사정의 주장을 가장 온전한 이론으로 수용
하려는 그 당시의 풍토에서 과감한 반론을 전개시킨 오뇌발과 조집
신은 등한시되고 비중이 卑下되어 지금까지 많은 청대 시학 자료에
서 거의 그에 대한 이론을 찾아내려는 관심을 보이지 않았던 것이

사실이다.

조집신은 ≪談龍錄≫을 통해서 왕사정의 門下에서 나왔으면서도 虞山詩派의 馮班이나 吳喬의 '以實求詩'(사실로 시를 지음)에 동참하였다. 그런 조집신의 李白(이태백)과 杜甫 시에 대한 견해는 그의 시화 제17, 18조 두 항목에 한정하고 있다. 시화에서 이백과 두보의 시를 형성한 연원관계를 밝히고, 송말과 명대를 거치면서 지나친 정감 위주에 흐르면서 俗情에 경도되는 조집신 당시의 시단을 비판하고 있는데 제17조를 본다.

> 이백은 완적과 사령운, 사조를 추숭하고, 두보는 조식과 가까이하며 도잠, 사령운, 유신, 포조, 음갱, 하손 등을 칭찬하였으며, 초당사걸을 가벼이 여기지 않았으니, 그 어찌 문호의 기세에 대한 견식이 있어서 그러하겠는가. 오직 달고 쓴 것을 깊이 알고 있음이다. 송대에 이르러 비로소 전인에게 지나친 성정론이 있게 되었으나 명대 사람이 일체를 버리려 한 것에 미치지 못한다. 지금은 곧 속정의 습관에 빠져서 옳고 그름이 없다. 후인이 다시 후인을 두려워하면 어떻게 될 것인가?
> 靑蓮推阮公, 二謝, 少陵親陳王, 稱陶謝庾鮑陰何, 不薄楊王盧駱, 彼豈有門戶聲氣之見而然, 惟深知甘苦耳. 至宋代始於前輩有過情之論, 未若明人之動欲掃棄一切也. 今則直汨沒於俗情積習中, 非有是非矣. 後人復畏後人, 將於何底乎.

위에서 이백의 시풍은 竹林七賢의 하나인 阮籍의 詠懷詩와 謝靈運의 산수시, 그리고 謝朓의 綺麗한 묘사법에서 형성되었고, 杜甫는 曹植의 조탁과 면려의 자세와 陶潛(도연명)의 전원과 歸自然 의식, 그리고 육조의 사실주의 작가인 庾信과 鮑照의 고뇌, 나아가서 초당대의 律絶의 형식 정착에 각각 힘입은 것이 크다는 것을 강조하고 있다. 그러므로 이백과 두보의 시가 본보기가 된 이유는 전대의 명시인들을 철저히 표본 삼는 정신과 부단한 성취의욕이 작용한 것을 확인할 수 있다. 특히 명청대에 이르러 시풍의 정도를 잃고 세속화된 것을 개탄하고 있다. 그리고 이백과 두보의 상호존중의식을 인정하는 다음 제18조를 보자.

청신하고 준일함은 두보가 중히 여기는 것이다. 시의 정취가 신묘하고 빼어나면 수식하지 않아도 된다. 그러나 이 시를 바르게 평가하는 立詩의 표준으로 보지 않고 있다. 훗날 이백을 칭찬한 것을 보면 말하기를, 「붓이 떨어지니 비바람이 놀라고, 시를 지으니 귀신이 흐느끼네.」라 하고 그 스스로 자랑하여 말하기를, 「말이 사람을 놀라게 하지 않으면 죽어도 쉬지 않는다.」라 하니 곧 그 유신과 포조 제현에게도 모두 약간씩 들어 있다.
淸新俊逸, 杜老所重. 要是氣味神采, 非可塗飾而至. 然亦非以此立詩之標準. 觀其他日稱李, 又云:「筆落驚風雨, 詩成泣鬼神.」其自詡亦云:「語不驚人死不休.」則其於庾鮑諸賢, 咸有分寸在.

명대 楊愼의 《升庵詩話》에서 庾信 시를 「두보는 그(유신)의 시를 일컬어 淸新하다고 하였다.(杜子美稱之曰淸新.)」라고 평한 데에서 조집신은 '淸新俊逸'을 두보의 시 평가기준으로 서술하고 있는데 가당하다. 이 점에 있어서 조집신은 이백 시에도 적용하였으니 두보와 이백을 상호 존중한 것으로 본다.

6. 杜甫 詩와 韓愈 文의 관계

《문슬신화》에 이르기를, 「『한유는 문으로 시를 삼고, 두보는 시로 문을 삼는다.』라는 말이 세상에 놀이삼아 전해진다. 그러나 문에는 절로 시가 있어야 하고, 시에는 절로 문이 있어야 상생하는 도리이다. 문에 시가 있으면 어구가 정확하고, 시에 문이 있으면, 사조가 유창해진다. 사조가 말하기를, 『좋은 시는 원만하고 아름다워서 둥글기가 탄알 같다.』 하니 이것이 소위 시 속에 문이 있다는 것이다. 당자서가 이르기를, 『고문은 비록 변려체를 쓰지 않더라도 산구 속에 성조가 숨겨 있어서 세차게 내달려도 절주가 있다.』 하니 이것이 소위

문 속에 시가 있는 것이다. 두보가 기주로 간 후의 시를 보면, 간이
하면서 순수하여 도끼로 판 흔적이 없으니 진실로 탄알 같은 것이다.」
라고 하였다.

捫蝨新話云: 韓以文爲詩, 杜以詩爲文, 世傳以爲戱. 然文中要自有詩,
詩中要自有文, 亦相生法也. 文中有詩, 則句語精確, 詩中有文, 則詞調
流暢. 謝玄暉曰: 好詩圓美流轉如彈丸也. 此所謂詩中有文也. 唐子西曰:
古文雖不用偶儷, 而散句之中, 暗有聲調, 步驟馳騁, 亦有節奏. 此所
謂文中有詩也. 觀子美到夔州以後詩, 簡易純熟, 無斧鑿痕, 信是如彈
丸矣.(≪草堂詩話≫ 권1)

　시는 有韻文이며, 문은 無韻文이라고 구분한다. 산문체이면서 韻
이 있는 辭賦나, 碑銘文 등을 지금은 시로 분류하지 않는다. 蕭統이
편찬한 ≪文選≫에는 楚辭, 漢賦 등을 시로 구분하고 근래에도 陸
侃如의 ≪中國詩史≫에 楚辭를 시에 列入하고 있다. 그러나 엄격히
말해서 辭賦類는 장르개념상 산문으로 분류하든지 별도로 중국문학
의 특성상 '辭賦'라는 장르를 설정하여 분류해도 가능하다. 陳師道가
≪後山詩話≫에서 말한 「한유는 문으로 시를 삼고, 두보는 시로 문
을 삼는다.(韓以文爲詩, 杜以詩爲文.)」라는 글의 의미는 한유는 특히
산문에 능하고 두보는 특히 시에 능하였는데, 결국 두 문호가 시문
에 모두 특출한 점을 역설한 것으로 풀이할 수도 있다.
　진사도는 더 설명하기를, 「황정견이 말하기를, 두보의 시 기법이며,
한유의 문 기법이다. 시문은 각각 체재가 있으니, 한유는 문으로 시
를 삼고, 두보는 시로 문을 삼아서 따라서 기교를 부리지 않을 따름
이다.(黃魯直云: 杜之詩法, 韓之文法也. 詩文各有體, 韓以文爲詩, 杜以
詩爲文, 故不工爾.)」라고 하여 시문의 相生을 제시하였다. 송대 陳善
이 ≪捫蝨新話≫에서 위와 같이 거론한 것에서 시와 문이 형식은 다
르나 창작의 원리와 정신은 동질적이며 상호보완적이라는 점을 알 수
있다. 송대 고문운동이 최고조에 달하여 문장의 先秦과 漢魏시대로
의 복고운동이 완성단계에 있었으므로 명대에 尊唐사상이 일어나 시

의 사조가 송시풍을 경시하는 시기에 이런 시문의 논쟁이 가능했다
고 본다.

　그리하여 명대의 胡應麟은 시문의 특성을 말하기를, 「시와 문은
전혀 다르다. 문은 전아와 실질을 숭상하고, 시는 청공함을 숭상하며,
시는 풍채를 주로 하고, 문은 도리를 앞세운다.(詩與文體迥然不類. 文
尙典實, 詩尙淸空, 詩主風神, 文先道理.)」(≪詩藪≫〈外編〉권1)라고
하여 시와 문의 차이점을 두려 하였고, 청대에는 宋方鳳이 「당인의 시
는 시를 문으로 하여, 흥취를 기탁함이 깊고 어사가 아름답다. 송대
의 시는 문으로 시를 삼아서 기세가 웅혼하고 정밀하고 실질을 높
인다.(唐人之詩, 以詩爲文, 故寄興深, 裁語婉. 宋朝之詩, 以文爲詩, 故
氣渾雄, 事精實.)」(≪存雅堂遺稿≫ 권3 仇仁父詩序)라고 하여 시대
별로 구분하여 상생론을 제기하기도 하였다.

　본 시화는 ≪杜工部草堂詩箋≫에 덧붙여 刻印한 것으로, ≪古逸
叢書≫본, ≪後知不足齋叢書≫本이 있고 단행본으로는 청대 杜氏方
氏 간본이 있다. 총서에 열입된 것은 ≪歷代詩話續編≫본이 있다.

≪後村詩話≫ - 劉克莊

劉克莊(유극장, 1187-1269). 자가 潛夫, 호는 後村居士로서 莆田 (지금의 福建省 莆田縣)人이다. 寧宗 嘉定 17년(1224) 建陽令으로 있을 때 〈落梅〉시가 재상 史彌遠을 풍자하였다고 하여 罷官되어 10년 간 閑居하였다. 理宗 端平 원년(1234) 福建安撫使 眞德秀 帥府의 參議가 되고 후에 진덕수가 入朝하니 樞密院 編修에 피임되고, 淳祐 6년(1246)에 진사출신 자격을 받아서, 中書舍人, 工部尙書, 龍圖閣學士를 지냈으며, 시호는 文定이다. 저서로는 ≪後村先生大全集≫ 196권이 있고 ≪宋史翼≫, ≪宋詩鈔≫ 등에 傳이 있다. 유극장은 南宋 후기 명성 높은 애국시인이며 江湖派의 중요 작가이다. 그의 시는 처음에는 永嘉四靈의 영향을 받아서 만당을 배우고 姚合, 賈島, 許渾 등 시인의 풍격을 추종하였고 李賀도 배워서 자못 靈動精妙 (환상적이며 심묘함)한 풍격을 선호하였다. 그 후에 陸游를 추숭하여 육유의 '奇對'와 '好對偶'를 학습하고 故實 사용을 즐겨하여 詩味는 부족하였다. 詞도 뛰어나서 詞風이 辛棄疾에 가깝다. 그의 시 〈題忠勇廟〉를 본다.

선비는 온몸 바쳐서
오직 나라 지키느라 죽기를 가벼이 하였네.
장순은 수염을 늘려 노하고
선진은 얼굴이 생기 넘치는 것 같았네.
단도로 오히려 적의 목을 베고
빈 쇠뇌로 또한 성을 물리쳤도다.
새로운 사당에 피리와 북소리 성대하니

사람들이 이 신명을 존경하네.
士客全軀命, 惟侯視死輕.
張巡鬚盡怒, 先軫面如生.
短刀猶梟寇, 空弮尙背城.
新祠簫鼓盛, 人敬此神明.(≪宋詩紀事≫ 권66)

시제에 나오는 忠勇廟에 대해서 ≪隨隱漫錄≫에서 다음과 같이 기
록하고 있다.

소정 경인 봄에 오랑캐가 초 땅에 침입하여 조태수가 달아나니, 전
사 비장 호빈이 약한 병졸 2백 명을 이끌고 시가전을 하여 화살이
다하고 칼이 부러지니 쌍철 채찍으로 바꾸어서 더욱 많이 죽이고서
죽었다. 앉아서 쌍채찍을 잡고 연일 쓰러지지 않았다. 백성이 그 힘
에 의지하여 많이 도망가지 않았다. 태수 왕야가 조정에 알려서 무
절대부를 증수하고 묘액을 충용이라 내렸다.
紹定庚寅春, 汀寇入譙, 趙守竄, 殿司裨將胡斌領弱卒二百巷戰, 矢盡
刀折, 易雙鐵鞭, 所殺尤衆, 死焉. 坐執雙鞭, 屢日不僵. 民賴其力, 多
獲竄免. 守臣王埜聞于朝, 贈武節大夫, 贈廟額忠勇.

다음에는 유극장이 재상 史彌遠을 풍자했다고 알려진 〈落梅〉(상동)
를 본다.

매화 한 잎이 애를 끊으니
고른 돌계단에도 담장에도 쌓이네.
흩날리기 지나는 객처럼 언덕 넘어가고
떨어지기 시인처럼 상수로 날아가네.
어지러이 이끼에 깔려 셀 수 없고
옷소매에 붙어 오래 향기 그윽하네.
동풍이 꽃자루 마구 잡아 흔드니
오히려 고고하게 내세우지 않을가 꺼리네.
一片能敎一斷腸, 可堪平砌更堆牆.
飄如遷客來過嶺, 墜似騷人去赴湘.

亂點莓苔多莫數, 偶黏衣袖久猶香.
東風謬掌花權柄, 卻忌孤高不主張.

유극장은 詞家로서도 명성을 얻었으니 그의 〈木蘭花〉를 본다.

해마다 말을 달려 장안 저자로 가니
객사가 집 같고 집이 객사 같네.
녹이 낀 동전으로 술을 바꾸어 날마다 할 일 없으니
붉은 촛불에 조롱박 도박하느라 밤에 잠 못 드네.
비단 짜는 아낙네가 베틀에서 회문시를 쉬이 짓는데
미인의 마음을 얻기 어렵구나.
남아로 서북에서 중원을 다스릴지니
수서교 가의 미인 눈물 짓지 말지라.
年年躍馬長安市, 客舍似家家似寄.
靑錢換酒日無何, 紅燭葫蘆宵不寐.
易挑錦婦機中字, 難得玉人心下事.
男兒西北有神州, 莫滴水西橋畔淚.(≪宋詞三百首≫)

이 詞는 '戱林推'로서 자신의 悲懷를 기탁하였다.
본 시화에 대해서 명대 許學夷는 ≪詩源辯體≫에서 그 특성을 다음과 같이 서술하였다.

유극장의 ≪후촌시화≫는 여러 사람과 좀 다르니 그 속에 기사를 적고 간간이 다른 의논을 섞어놓았지만, 또한 시교에 관한 것이 있다. 그러나 그 논리가 낮은 것은 여전히 송인이고 의논이 높은 것은 영향을 받았으니, 소식을 존중하고 황정견을 비하한 그 의견은 송대 제가를 한 단계 능가한다.
劉後村詩話, 與諸家稍異, 中雖亦紀事, 間雜他議論, 然亦有關于詩敎. 但其論卑者仍爲宋人, 高者得于影響, 至其尊蘇卑黃, 其意見超宋諸家一等.

이 시화는 전집 2권, 후집 2권, 속집 4권, 신집 6권 등 모두 14

권으로 구성되고 600조에 달하는 방대한 분량이다. 전집은 단행본으로 있고, 그 나머지는 문집에 편입되어 있다. 본 시화의 張鈞衡〈跋文〉의 일단을 보면,

　　그 시파는 양만리에 가까워서 자못 청신하여 독자적인 점이 있으니, 그 논시의 지론이 공평하면서 요점을 집어내고 광박하여 더욱 풍부하며 사람의 정신을 깨우쳐주어서 읽는 사람으로 하여금 깊은 맛을 느끼게 한다. 전, 후, 속, 신 4집으로 나뉘어서 전후집은 각 두 권, 속집은 두 권, 별집 여섯 권이다. 전후집은 60세에서 70세 사이에 지은 것이고, 별집 네 권은 곧 유극장이 노년에 귀향 후에 지은 것이니 그때 나이 80세에 가까웠고, 신집은 곧 오로지 당시의 경구만을 수록하니 함순 무진 선생의 나이 이미 82세였다.
　　其詩派近楊誠齋, 頗有淸新獨到之處, 故其論詩持論公平搜采, 廣博尤足, 啓人神悟, 耐人尋味. 分前後續新四集, 前後集各二卷, 續集兩卷, 別集六卷. 前後集六十歲至七十歲所作, 別集四卷乃後村告老歸後所作, 時年近八十, 新集乃專錄唐詩之警句, 歲在咸淳戊辰先生已八十二矣.

라고 하여 그 저술 시기가 각각 달라서, 전후집은 60세에서 70세 (1247-1257), 속집은 80세(1266), 신집은 82세(1268)에 지은 것이다. 내용상으로는 전후 그리고 속집은 漢魏 이하 唐宋人의 시를 주로 논술하고, 신집은 唐人의 시구를 상세히 논하여 시의 우열과 史事, 고증까지 다루고 있다. 이런 본 시화에서 어떤 評詩 기준으로 서술하였는지를, 郭紹虞는 ≪宋詩話考≫(上卷)에서 다음과 같이 서술하고 있는데, 매우 적절하게 분석된 논리라 본다.

　　유극장은 장계문의 권서에서 이르기를 「문장은 너무 맑으면 안 되니 너무 맑으면 말라 보인다. '인의가 있는 사람은 그 말이 온화하다' 하니 메마른 적이 없다. 너무 우뚝해선 안 되니 너무 우뚝하면 홀로 서게 되니 '덕은 외롭지 않고 반드시 이웃이 있다' 하니, 홀로 된 적이 없다. 맑고 우뚝함이 그지없으면 그 그윽함은 반드시 사물을 끊는 지경에 이르고 그 원대함은 반드시 세상 은둔에 이르게 된다.」라 하

였으니, 유극장의 시문을 논함이 진실로 속세를 이탈함을 고고함으로 삼아서 은둔자의 행위와 같이하지 않는다. 왕원도의 시 서에 또 이르기를, 「시는 가벼이 맑음을 귀히 여기고 짙게 흐림을 싫어한다. 왕원도 시는 마치 사람이 몸을 단련하여 정수리에 뛰어올라서 천하의 가벼움을 다하는 것과 같다. 그리고 사람이 곡식을 끊고 익힌 음식을 먹지 않아서 천하의 맑음을 가하는 것과 같으니, 거의 만사를 버리고 내심에서 찾으며 속세를 떠나서 홀로 선다. 그렇지만, 고시는 마치 인륜 형정의 위대함과 조수 초목의 미미함을 다 지닌 것처럼 결코 사물을 버리지 않는다. ≪시경≫에서 임금에게 〈고반〉, 그리고 부모에겐 〈소변〉이 있듯이 삼가 차마 버리지 못하니 결코 속세를 떠나서는 안 된다.」라 하니 이런 의논이 시화에는 보이지 않지만, 시를 평하는 표준이 대개 여기에 절충되어 있는 것을 진실로 은은하게 볼 수 있다.

後村於張季文卷序云:「文字不可過淸也, 過淸則肯乎癯, ‘仁義之人其言藹如’, 未嘗癯也; 不可過峻也, 過峻則立乎獨, ‘德不孤必有隣’, 未嘗獨也. 淸峻不已, 其幽必至於絶物, 其遠必至於遁世.」可知後村之論詩文, 固非以離脫塵世爲高, 類於隱逸者之所爲矣. 其序王元度詩又云:「詩貴輕淸, 惡重濁. 王君詩如人鍊形, 跳出頂門, 極天下之輕; 如人絶粒. 不食煙火, 極天下之淸, 殆欲遺萬事而求其內, 離一世而立於獨矣. 雖然, 古詩如人倫刑政之大, 鳥獸草木之微, 莫不該備, 非必遺事也; 考槃於君, 小弁於親, 惓惓而不忍舍, 非必離世也.」此類議論雖不見詩話中, 然而評詩標準大率折衷乎是, 固隱隱可見也.

이 시화는 시를 평하는 데에 ‘氣骨’을 중시하여, 시가는 마땅히 ≪시경≫〈國風〉, ≪楚辭≫ 그리고 建安과 黃初 연간의 시가 전통을 계승하여야, “시대의 사건에 느끼고 아파하며(感時傷事)”, 현실을 반영하여 세상의 風敎와 백성에게 도리를 세우는 데에 도움이 되어, 雄渾하고 峻嚴하며, 굳센 풍격을 갖게 된다고 하였다. 陳子昂, 李白(이태백), 杜甫, 梅堯臣 등을 추중하여, 진자앙과 이백은 齊梁風의 폐단을 탈피하여 黃初와 建安의 풍격을 회복하였다고 평가하고, 두보는 건안과 황초의 기골을 갖추어서 그의 시가 〈國風〉과 상통하여 '太史公紀傳'과 비교할 만하다고 하였다. 그리고 매요신에 대해서는 송시의 開山祖師이며 風雅의 기맥을 계승하였다고 하였다.

유극장은 육조의 섬약한 기골을 비평하여「기골이 기름기를 벗지 못하다.(氣骨不脫脂粉.)」라 하고, 또「천하에 기교와 미려를 다하여서 건안과 황초 시대와는 거리가 멀다.(極天下之工巧組麗, 而去建安黃初遠矣.)」라고 혹평하였다. 그리고 시의 '創新'을 중시하고 '蹈襲'과 '相犯'을 반대하였다. 그는 작가별 평가에서 진자앙과 이백을「글방의 한계를 탈바꿈하였다(蟬蛻翰墨畦徑.)」, 柳宗元을「온 세상이 원화체를 취하고, 한유는 해학과 속됨을 면치 못하는데 홀로 일가의 말을 할 수 있다.(當擧世爲元和體, 韓愈猶未免諧俗而, 獨能爲一家之言.)」라고 찬미하고, 孟郊를「홀로 고담하여 세속인의 길을 거치지 않는 어사를 취한다.(獨爲一種古淡, 不經人道之語.)」라고 하여 시폐를 교정한 시인으로 긍정적 평가를 하였다. 그는 창작과 감상에 있어서 매우 정교한 의견을 냈다. 그것은 내용과 형식을 함께 고려하여 조화에 주력해야 한다는 것이다. 즉 '吟詠性情'(사람의 정서를 읊음)을 本意로 하며, 사상내용과 사회현실에 대한 공용성을 우선으로 하고, 뜻은 새롭게 하고 이치는 오래가게 하며(意新而理長), 예전 시인들의 구법을 잘 배워 用事를 잘하고, 대우도 예술 표현 방면에 주력해야 한다고 하였다.

다음에 방대한 분량의 본 시화 내용을 개관하기 쉽게 各集, 各卷別로 요지를 개조식으로 분류하여 제시한다.(판본은 臺灣 廣文書局 ≪古今詩話叢編≫ ≪後村詩話≫ 上下, 1971년 9월 初版)

≪後村詩話前集≫
권1: 屈原 〈九章〉은 詩經 國風에서 기원. 四言詩의 기원. 曹植 〈贈白馬王彪〉와 그 영향. 嵇康 〈幽憤詩〉. 五言詩 蘇武와 李陵에서 시작. 陶淵明과 蘇軾의 和陶詩. 謝靈運과 江淹의 〈擬古詩〉. 敍事詩 〈孔雀

東南飛〉와 〈木蘭辭〉의 작자와 古意. 陳子昂의 시 개혁. 李白의 〈古風〉. 劉禹錫, 元稹, 劉長卿 七言詩. 薛能 시 貶下. 李杜의 脈絡.

권2: 宋詩에 관한 평가가 다수: 歐陽修, 蘇軾 歌行詩. 王安石의 〈挽裕陵〉. 元祐 後 시인. 崔德府, 江端友, 陸游 好對偶. 楊萬里의 〈挽張魏公〉.

≪後村詩話後集≫
권1: 盧綸, 李益의 五言絶句. 賈島와 孟郊의 交友. 李商隱 〈蝨賦〉. 劉駕의 〈古意〉. 司空圖 〈與李生論詩略〉. 韓愈와 그 제자. 孟郊 시의 平淡閑雅. 王安石의 ≪選唐百家詩≫. 劉叉의 韓愈 嘲弄. 郎士元 시. 唐 樂府 시인으로서 劉駕. 鄭谷의 佳句. 五言詩의 難工.

권2: 杜甫 〈八哀詩〉. 杜甫와 房琯의 교유. 杜甫는 詩家 宗祖. 杜甫와 李白 시의 無韻. 盧藏用의 ≪陳子昂集≫ 序. 陳子昂의 漢魏 風骨과 李白의 〈古風〉66수. 陶淵明과 韋應物은 異世同一機. 高適과 岑參과 杜甫의 관계. 李杜의 상관성. 柳宗元과 劉禹錫 시 비교. 項斯의 시. 耿湋의 佳句. 陳與義 시평. 張文潛의 〈詠淮陰侯〉. 辛棄疾 시. 孫季蕃 詞.

≪後村詩話續集≫
권1: 古今의 시 典故 고증: 卜商, 晋文公, 孔子燕居, 君子避三段, 羅敷, 朱熹 〈感興詩〉. 楊萬里의 許由 논리. 秦觀 一生 百憂. 石曼卿 〈紅梅詩〉. 陶淵明 〈述酒詩〉. 姜夔의 平聲 〈滿江紅〉.

권2: 李華 시 문(〈弔古戰場〉)보다 못함. 駱賓王의 詠物詩. 두보의 初唐四傑 등 齊梁體 輕視. 盧仝과 劉叉의 시. 陸游 少時의 學習. 韓偓의 詞. 薛能과 鄭谷 시 不深. 溫庭筠의 〈蘇武廟〉. 李商隱 시의 用事. 王安石의 〈擬寒山〉.

권3: 漢魏晋代 文集과 작가론 위주이며 初唐 문인. ≪揚雄集≫ 6권 43편. ≪劉子政集≫ 2권. 枚皐 文章. 李嶠, 楊炯, 駱賓王, 唐儉 등.

권4: 無名 文人 陶弼商, 李雁湖, 徐淵子, 王元澤 등과 무명 문집 ≪王逢源集≫ 등. 五言絶句, 七言絶句, 六言詩, 長短句 등.

≪後村詩話新集≫

권1: 초당의 陳子昂과 李白, 杜甫의 시에 대한 詩評과 考證, 用事 등 분석.

권2: 杜甫 시의 補遺 부분으로 작가는「此一篇專爲杜陵補遺」라고 기재.

권3: 각 시인의 五言詩 인용 분석. 孟浩然 시구를 위시하여 韋應物 絶句, 岑參〈送人落第〉, 高適 오언시, 李益〈古促曲〉, 元結〈雪中懷孟武昌〉, 王維 오언, 劉長卿〈送秦系〉, 張籍 오언, 盧仝〈寄男抱孫〉 등

권4: 中晩唐 시인의 五七言詩 인용과 시평: 張祜〈金山寺〉, 錢起〈海川〉, 郎士元〈送李騎曹〉, 孟郊 오언, 賈島 오언, 姚合 오언, 溫庭筠 오언, 李商隱〈西掖玩月〉, 薛能〈春日寓懷〉, 秦系 오언, 方干 오언, 羅隱〈題方干詩〉, 劉叉〈自問〉 등

권5: 韓愈〈古賦〉, 劉禹錫〈八陣圖〉, 杜牧 오언 등 이 세 문인의 작품을 집중적으로 인용 분석.

권6: 白居易〈原上草〉, 元稹〈榴花〉, 李賀〈感諷〉, 戴叔倫〈贈李山人唐〉, 楊巨源〈獻聖壽〉, 皇甫曾〈送人往荊州〉, 皮日休〈旅舍除夜〉, 杜荀鶴〈春宮怨〉, 李涉〈山中無奈何〉, 朱慶餘〈上江州李使君〉, 韓翃〈寄武陵李少府〉, 嚴維〈酬劉員外〉, 曹松〈送方干〉, 盧象〈雜詩〉, 鮑溶 오언, 鮑防〈雜感〉, 司空圖〈山中〉, 項斯〈送華陰隱者〉, 儲光羲〈野田黃雀〉, 楊衡〈哭李象〉, 李端〈贈空洽〉, 劉商〈醉後口號〉 등 시들을 구체적이고 논리적으로 장문으로 분석 서술.

이상 본 시화 전체의 권별 내용 요지를 바탕으로 시론적 가치를 인증할 만한 예문들을 살펴보기로 한다.

1. 四言詩

사언시는 조조 부자와 왕찬, 육기 이후에 오직 도잠이 최고이니 〈정운〉, 〈영목〉 등 시는 거의 건안 풍격을 능가하였다.
四言曹氏父子王仲宣陸士衡後, 惟陶公最高, 停雲榮木等篇, 殆突過建安矣.(《後村詩話前集》 권1)

　사언시는 詩經體에서 기원하여 曹操, 曹丕, 曹植 '三曹'의 문학에서 정착되고 陸機의 〈文賦〉를 통하여 이론으로 정립되었다. 그리하여 東晉 陶潛(도연명)이 사언시의 精華라 할 〈停雲〉와 〈榮木〉 등을 창작하게 된 과정을 기술한 부분이다. 유극장이 도잠이 建安 문학의 수준을 넘어섰다고 서술한 것은 建安(漢代 獻帝 연호, 196-219) 시대에 三曹를 위시하여 孔融, 陳琳, 王粲, 劉楨, 阮瑀, 徐幹, 應瑒 등 建安七子의 문학이 중국 시의 전대를 아우르고 후세에 큰 영향을 주었는데, 도잠이 신기원을 개척했다는 의미이다.
　曹操(155-220)의 〈短歌行〉, 曹丕(187-226)의 〈燕歌行〉, 曹植(192-232)의 〈白馬篇〉을 위시한 많은 작품이 사언시를 토대로 창출되었고, 건안칠자 중에서 王粲은 〈七哀詩〉, 〈登樓賦〉 등으로 후세에 사표가 되기도 하였다. 그리고 진대 陸機(261-303)는 四六의 대우법을 사용하여 〈演連珠〉 50수를 짓기도 하여 騈儷體(변려체)의 기원을 주도하기도 하였다. 이런 시대적 문학 사조를 이어서 출현한 동진의 도잠은 謝靈運(385-433)과 함께 후대 당송 시단의 祖宗으로 추앙된 시인이다. 다음에 曹操의 〈短歌行〉과 도잠의 〈停雲〉 4수 중 제 1, 4수를 보기로 한다.

　술을 마시며 노래하니
　인생이 얼마인가.
　아침 이슬 같으니

지난날 고생도 많았네.
슬퍼하며 탄식하니
근심 어린 생각 잊기 어렵네.
어떻게 근심을 풀 건가
오직 술뿐이네.
젊은 그대여
내 마음 아득히 모르러니
단지 그대 때문에
지금까지 깊은 생각에 잠겼네.
사슴은 울어대며
들판의 쑥풀 먹네.
나는 좋은 손님 있으니
가야금 타고 생황 부네.
밝기가 달 같으니
언제나 거둘 수 있을가.
근심이 마음에서 우러나서
끊을 수 없네.
밭고랑을 이리저리 건너서
달려가서 위로해 주었네.
고생하던 일 얘기하면서
마음에 옛 사랑 생각하네.
달 밝고 별 드문데
까막까치 남쪽으로 날아가네.
나무를 세 바퀴 맴돌다가
어느 가지에 기대어 있나.
산 높은 것 싫지 않고
바다 깊은 것 싫지 않네.
주공이 음식 토하며 백성 위하면
천하 마음 돌아오리라.
對酒當歌, 人生幾何.

譬如朝露, 去日苦多.
慨當以慷, 憂思難忘.
何以解憂, 唯有杜康.
青青子衿, 悠悠我心.
但爲君故, 沈吟至今.
呦呦鹿鳴, 食野之苹.
我有嘉賓, 鼓瑟吹笙.
明明如月, 何時可掇.
憂從中來, 不可斷絶.
越陌度阡, 枉用相存.
契闊談讌, 心念舊恩.
月明星稀, 烏鵲南飛.
繞樹三匝, 何枝可依.
山不厭高, 海不厭深.
周公吐哺, 天下歸心.(〈短歌行〉≪全漢三國晋六朝詩≫ 全三國詩 권1)

뭉게 지어 멈춘 구름
부슬부슬 때 맞춰서 오네.
사방이 다 어두운데
평평한 길이 막혀 있네.
조용히 동쪽 난간에 기대어서
홀로 봄 술을 마시네.
좋은 벗이 아득히 멀리 있어
머리 긁으며 서성대네.
靄靄停雲, 濛濛時雨.
八表同昏, 平路伊阻.
靜寄東軒, 春醪獨撫.
良朋悠邈, 搔首延佇.(〈停雲〉제1수, ≪全漢三國魏晋六朝詩≫ 全晋詩
권6)

휠휠 날던 새가
나의 정원 나뭇가지에 쉬네.
날개를 접고 한가히 앉아서
좋은 소리로 화답하네.
어찌 다른 이 없으랴만
그대 생각 정말 많이 나네.
그리워도 만날 수 없으니
한을 품고 어찌하리오.
翩翩飛鳥, 息我庭柯.
斂翮閒止, 好聲相和.
豈無他人, 念之實名.
願言不獲, 抱恨如何.(〈停雲〉제4수, 상동)

2. 〈焦仲卿妻詩〉와 〈木蘭辭〉

〈초중경처시〉는 육조 사람이 지은 것이고, 〈목란시〉는 당나라 사람
이 지은 것이다. 악부에서 오직 이 두 편만이 서사체로 지은 것으로
처음부터 끝까지 어사가 질박하고 세속적이지만 옛 뜻을 담고 있다.
焦仲卿妻詩六朝人所作也, 木蘭詩唐人所作. 樂府惟此二篇作敍事體,
有始有卒, 雖詞多質俚, 然有古意.(≪後村詩話前集≫ 권1)

위 두 시의 작자와 작시 시기가 불명한데, 유극장은 각각 漢代와
六朝 시기의 작품으로 분류되어오던 학설을 육조와 당대 작으로 서
술하고 있는 점이 특이하다. 이 두 시는 敍事樂府로서는 가장 장편
이면서 실명성의 서사시이다. 시어와 시 구성이 白話語와 會話體 형
식을 강구하고 있어서 詞語가 질박하고 俗되지만 古意를 지니고 있
다고 하였다. 〈焦仲卿妻詩〉의 原題는 〈古詩爲焦仲卿妻作〉(≪全漢三
國晋南北朝詩≫ 全漢詩 권4)이라 하나, 대개 시의 첫 구를 따서 詩
題를 〈孔雀東南飛〉라고 한다. 이 시는 東漢末 建安(196-219) 시기

에 廬江府 관리 焦仲卿과 그 처 劉蘭之를 주인공으로 하여, 姑婦 갈등을 주제로 서술되어 있는데, 시의 일단을 보기로 한다.

공작새가 동남쪽에 날아서
5리 밖에서 배회하네.
열세 살에 비단 짤 수 있었고
열네 살에 옷 재단 배웠네.
열다섯에는 공후를 타고
열여섯에는 시서를 외웠네.
열일곱 살에 님의 아내가 되어서
마음속에 늘 슬프고 괴로웠네.
님은 이미 군부의 관리가 되어
절개 지키며 마음을 바꾸지 않았네.
천한 소첩은 빈 방을 지키면서
서로 만나는 날이 드물었네.
닭이 울면 베틀에 들어가 짜고
밤마다 쉬지를 못하였네.
……
어머니가 남편에게 이르기를
어찌하여 생각이 그리 좁은가.
이 며느리는 예절이 없어서
언행이 제멋대로라네.
내 마음에 오래 분노를 품는데
너는 어찌하여 자유로운가.
동쪽 집에 현숙한 여인이 있는데
스스로 이름이 진나부라 하네.
……
나의 운명이 오늘 끊어지니
넋은 떠나가고 몸은 오래 남네.
치마를 잡고 실 버선을 벗어서
몸을 일으켜서 맑은 연못에 들어가네.

남편이 이 사실을 듣고서
마음에 길이 이별을 알게 되네.
뜰 나무 아래에서 배회하다가
스스로 동남쪽 나뭇가지에 걸었네.
양가가 합장하기를 바라니
화산 옆에 합장하였네.
동쪽 서쪽에 소나무 측백나무 심고
좌우로는 오동나무 심었네.
가지마다 서로 무성하게 덮고
잎마다 서로 통하게 되었네.
그 속에 한 쌍의 새가 나니
스스로 이름하여 원앙이라 하네.
머리 들어 서로 쳐다보며 우는데
밤마다 새벽까지 운다네.
행인들이 발걸음 멈추고 듣고
과부들이 서서 방황하네.
후세 사람들에게 아뢰노니
경계하여 삼가 잊지 마소서.
孔雀東南飛, 五里一徘徊.
十三能織素, 十四學裁衣.
十五彈箜篌, 十六誦詩書.
十七爲君婦, 心中常悲苦.
君旣爲府吏, 守節情不移.
賤妾留空房, 相見長日稀.
鷄鳴入機織, 夜夜不得息.
……

阿母謂府吏, 何乃太區區.
此婦無禮節, 擧動自專由.
吾意久懷忿, 汝豈得自由.
東家有賢女, 自名秦羅敷.

......
我命絶今日, 魂去尸長留,
攬裙脱絲履, 舉身赴清池.
府吏聞此事, 心知長別離.
徘徊庭樹下, 自掛東南枝.
兩家求合葬, 合葬華山傍.
東西值松柏, 左右種梧桐.
枝枝相覆蓋, 葉葉相交通.
中有雙飛鳥, 自名爲鴛鴦.
仰頭相向鳴, 夜夜達五更.
行人駐足聽, 寡婦起彷徨.
多謝後世人, 戒之愼勿忘.

　漢代 악부시가 대개 單形이고 등장인물의 성격이 미흡하며 구성
이 단조롭고 생활의 일부를 발췌한 형식인데, 이 시는 圖式的인 허구
의 산물이 아니고 특정 개인의 신변 사건을 소재로 하여 인물 묘사
가 정치하고 생동하는 인물 형상을 그려놓았다. 劉蘭之의 경우, 애
정에 대한 至高한 신앙과 봉건 가장에 대한 투철한 인식이 있고, 焦
仲卿은 나약하지만 충직하고 아내에 대한 두터운 애정, 그리고 시
어머니의 전횡과 유난지 오빠의 성급하고 타산적인 작태 등이 조화
있게 시를 구성하고 있다. 작품 구성에 있어서 사건의 인과관계가
합리적인데, 사건의 두 부분을 보면 하나는 蘭之와 仲卿의 모순 충
돌, 그리고 다른 하나는 두 남녀의 진실 되고 순수한 애정이다. 이
두 부분이 진밀하게 교차하며 시 내용의 줄거리를 형성하고 있다. 이
시는 중국 서사 악부시로서의 정채로운 대화와 적절한 구성, 질박
하고 자연스런 풍격, 그리고 독창성과 과감성을 지닌 명작이라 할 수
있다.
　〈木蘭辭〉가 최초로 수록된 문헌은 陳代 釋智匠의 ≪古今樂錄≫이
며, 唐代 ≪古文苑≫과 송대 郭茂倩의 ≪樂府詩集≫(권25) 橫吹曲

辭에 전후 2편이 수록된 바, 전편은 대략 北魏시대에 나온 北朝民歌로서 雜言敍事長詩이다. 다음에 〈木蘭辭〉의 일단을 보기로 한다.

덜거덕덜거덕
목란이 집에서 베를 짜네.
베틀 소리는 들리지 않고
오직 여인의 탄식만 들리네.
그녀에게 무엇을 생각하고
무엇을 그리는가 물으니
어젯밤 군대 통지를 보니
군주가 크게 병사를 소집하는 것이네.
군대 서류가 열두 권인데
권마다 아버지 이름이 있네.
……
아침에 황하를 떠나가서
저녁에 흑산 가에 이르네.
부모가 딸 부르는 소린 들리지 않고
다만 연산의 오랑캐 말 우는 소리만 들리네.
만 리 길 오랑캐 터에 나아가니
관산을 날듯이 건너가네.
북방의 찬 기운 쇠 딱따기에 느껴오고
찬 빛은 쇠 갑옷에 비치네.
장군은 백번 싸우다 죽고
장사는 10년 만에 돌아오네.
돌아와 천자를 뵈니
천자는 밝은 당상에 앉아 있네.
세운 공적 열두 단계 오르고
상훈이 천백이나 되네.
군주가 바라는 바를 물으나
목란은 상서랑을 마다하네.
……

같이 행군하길 12년인데
목란이 여자인 줄 몰랐네.
唧唧復唧卽, 木蘭當戶織.
不聞機杼聲, 唯聞女歎息.
問女何所思, 問女何所憶.
昨夜見軍帖, 可汗大點兵.
軍書十二卷, 卷卷有爺名.
……

旦辭黃河去, 暮至黑山頭.
不聞爺孃喚女聲, 但聞燕山胡騎鳴啾啾.
萬里赴戎機, 關山度若飛.
朔氣傳金柝, 寒光照鐵衣.
將軍百戰死, 壯士十年歸.
歸來見天子, 天子坐明堂.
策勳十二轉, 賞賜百千强.
可汗問所欲, 木蘭不用尙書郞.
……

同行十二年, 不知木蘭是女郞.

이 시에 대해서 송대 何汶은 《竹莊詩話》(권2)에서 「이 시를 지은 사람은 어사의 뜻이 높고 예스러워, 거의 그전의 사람과 상대할 만하다.(作是詩者, 詞意高古, 殆與其前人相當.)」라고 시의 高古함을 높이 평하였고, 명대 胡應麟은 《詩藪》(〈內編〉卷1)에서 「잡언체의 풍부함이 목란사에서 극에 이른다.(雜言之贍, 極於木蘭.)」라고 평가하고 있다.

3. 崔顥의 〈黃鶴樓〉와 李白(이태백)의 〈登金陵鳳凰臺〉

옛사람이 이백이 황학루를 지나간 일을 잘 알고 있는데, 「눈앞의 경치 말로 할 수 없는데, 최호가 지은 시 머리 위에 있네.」라는 시구가

있으니 금릉에 이르러 마침내 봉황대 시를 지어서 그것을 본떴다. 이
제 두 시를 보니 정말 서로 비등할 만하다.

古人服善太白過黃鶴樓, 有「眼前有景道不得. 崔顥題詩在上頭」之句, 至
金陵遂爲鳳凰臺詩以擬之, 今觀二詩眞赤手棊也.(≪後村詩話前集≫ 권1)

崔顥(704?-754)는 開元 11년(723)에 진사 급제하고 天寶 연간
에 尙書司勳員外郎을 지냈다. 그의 젊은 시절 시는 詩意가 浮艷(부
허하고 미려함)하고 경박하였으나, 만년에 풍골이 凜然(늠연 : 위풍이
있어 의젓함)하였다. 〈황학루〉는 武昌에서 유람하다가 黃鶴樓에 올
라서 감개 어린 심정으로 지은 시이다. 전설에 의하면 이백이 황학
루에 올라서 시제로 지으려다가 최호의 이 시를 보고 「눈앞의 경치
말로 할 수 없는데, 최호가 지은 시 머리 위에 있네.(眼前有景道不
得, 崔顥題詩在上頭.)」라고 自嘆하며 붓을 내려놓았다고 한다. 다음
에 〈황학루〉 시를 본다.

옛사람 이미 황학을 타고 떠나고
이곳에 공허히 황학루만 남았네.
황학은 떠나가서 다시 돌아오지 않고
흰 구름이 천년 두고 공허히 아득히 떠있네.
맑은 강물에 한양의 나무 뚜렷하고
향기론 풀은 앵무주에 무성하네.
해 저무니 고향은 어디인가
안개 낀 강가에 서니 수심에 차누나.
昔人已乘黃鶴去, 此地空餘黃鶴樓.
黃鶴一去不復返, 白雲千載空悠悠.
晴川歷歷漢陽樹, 芳草萋萋鸚鵡洲.
日暮鄕關何處是, 煙波江上使人愁.(≪全唐詩≫ 권130)

이 시의 운율은 고시 격식의 율시 형식이다. 전 4구는 合律이 안
되고 후 4구는 合律이 된다. 제3연의 「晴天歷歷漢陽樹」 구는 '平平

仄仄仄平仄'으로 '陽'자가 '孤平'이며 대구 「芳草萋萋鸚鵡洲」 구는 '平仄平平平仄平'으로 '鵡'자가 본래 仄聲이어야 하는데 平聲으로 改用하여 拗救하고 있다. 이 시는 '悠悠, 歷歷, 萋萋' 등의 疊字를 사용하였고, '黃鶴'자도 세 번 보이며 '人, 去, 空'자도 두 번이나 보인다. 제2연은 대우가 아닌 것 같으나 제3연은 오히려 對仗이 工巧하다. 下平聲 尤韻으로 押韻하여 韻脚이 '樓, 悠, 洲, 愁'이며 首句는 入韻하지 않고 있다.

　李白(이태백)의 〈登金陵鳳凰臺〉는 〈黃鶴樓〉와 함께 천고의 絕唱으로서 장구가 〈黃鶴樓〉와 相似하고 기세와 韻脚도 상동하다.

　　봉황대 위에서 봉황이 놀다가
　　봉황은 떠나가고 누대 텅 비었는데 강물 절로 흐르네.
　　오나라 궁궐 화초는 깊은 오솔길 파묻고
　　진대의 고관들은 옛 언덕이 되었네.
　　세 산은 반쯤 푸른 하늘 밖에 드리워 있고
　　두 강물은 백로주로 갈라져 흐르네.
　　항상 뜬구름이 해를 가릴 수 있거늘
　　장안이 안 보이니 수심에 차누나.
　　鳳凰臺上鳳凰遊, 鳳去臺空江自流.
　　吳宮花草埋幽徑, 晋代衣冠成古丘.
　　三山半落青天外, 二水中分白鷺洲.
　　總爲浮雲能蔽日, 長安不見使人愁.(상동 권164)

　이 시는 七律 平起格 정식으로 '失對'와 '失黏' 현상으로 '拗對'와 '拗黏'이라 칭한다. 위 시처럼 下平聲 尤韻으로 押韻하고 韻脚은 '遊, 流, 丘, 洲, 愁'이며 首句에 入韻하고 있다. 이 시에 대해서 원대 方回는 ≪瀛奎律髓≫에서 분석하기를,

　　이백의 이 시는 최호의 〈황학루〉와 비슷하니 격률과 기세를 논하기 쉽지 않다. 이 시는 봉황대를 명칭으로 하여 봉황대를 읊어서 단지

처음 어사 두 구로 이미 그 뜻을 다 표현하였다. 아래 여섯 구는 곧 누대에 올라가서 관망하는 것이다. 제3, 4구는 고인을 보지 못함을 생각하고, 제5-8구는 지금의 경치를 읊으면서 왕도를 볼 수 없음을 탄식하고 있다. 누대에 올라서 바라보며 감회가 깊다. 금릉의 건국 도읍은 오나라부터 시작하여, 삼산과 이수, 백로주 모두가 금릉의 산수명이다. 금릉은 북쪽으로 중원 당나라 도읍 장안을 바라볼 수 있으므로 이백은 '뜬구름이 가리다', '장안이 안 보인다' 구로 수심을 표현하였다.

太白此詩, 與崔顥黃鶴樓相似, 格律氣勢未易甲乙. 此詩以鳳凰臺爲名, 而詠鳳凰臺, 不過起語兩句已盡之矣. 下六句乃登臺而觀望之也. 三四懷古人之不見也. 五六七八, 詠今日之景, 而慨帝都之不可見也. 登臺而望, 所感深矣. 金陵建都自吳始, 三山二水白鷺洲, 皆金陵山水名. 金陵可以北望中原唐都長安, 故太白以浮雲遮蔽, 不見長安爲愁焉.

라고 상세히 시를 평가하여 〈黃鶴樓〉와 연관시키고 있고, 명대 高步瀛의 《唐宋詩擧要》에서는 위 두 시를 비교하여 서술하기를, 「이백의 이 시는 전적으로 최호의 황학루를 본뜬 것으로, 끝내 최호의 시의 초탈하고 오묘한 경지를 따르지 못하는데, 다만 결구의 뜻 표현은 뛰어난 것 같다.(太白此詩全摹崔顥黃鶴樓, 而終不及崔詩之超妙, 惟結句用意似勝.)」라고 하였다.

4. 韓愈의 제자들 李翶, 張籍, 皇甫湜

이고, 장적, 황보식 모두 한유의 제자들이며 이고의 처는 또한 한회의 딸이기도 하다. 그러므로 한유는 그들을 이름 불렀으니, 예컨대 이를테면 이고의 〈관강도〉에도 이르기를 「장적 황보식 너희들」이라든가, 이고의 한유 제문에는 곧 「형, 스승, 제자, 고모」라고 칭하였고, 형과 처의 아버지들을 물론 그러하였다. 장적 시에 이르기를, 「이후의 배우는 사람은 때론 '한장'(한유와 장적)이라고 호칭하리니 서로 맞선다는 뜻이 있네.」라 하였다. 황보식이 묘비를 지어 이르기를

「공(한유)께서 병들어 나 황보식에게 깨우쳐 이르시기를 『죽어서 내
몸이 세월 따라 사라지지 않게 할 수 있는 사람은 오직 자네만이 나
퇴지를 이을 수 있다고 생각하니, 곧 황보식에 의지하여 전하노라.』」
라 하였다. 근세에 황정견을 추앙하고 소식에 짝한다는 말이 이와 같
은 것이다.
　李翺張籍皇甫湜皆韓門弟子, 翺妻又會女也. 故退之皆名呼之, 如云李
翺觀江濤又云: 籍湜輩然, 翺祭退之文乃稱爲兄師弟子姑, 勿論兄妻之
諸父可乎. 籍詩云:「而後之學者, 或號爲韓張, 有抗衡之意.」湜作墓碑
云: 公疾諭湜曰: 死能令我躬不隨世磨滅者, 惟子以爲屬退之, 乃賴湜而
傳耶. 近世推黃配蘇亦類此.(≪後村詩話前集≫ 권1)

　韓愈의 제자들은 중당 문단을 주도하였는데, 그중에 李翺, 張籍,
그리고 皇甫湜, 韋處厚 등은 상호 교유관계가 돈독하였다. 황보식
을 중심으로 이들의 詩交를 보기로 한다. 이고(774-836)[1]와 황보식
관계를 보면, 황보식은 〈朝陽樓記〉(≪皇甫持正文集≫ 권5)에서,

　자신을 굽혀서 높은 자를 섬기지 않으며, 마음을 가까운 데 두어 멀
　리 있는 자를 낮게 여기지 않는다.
　不己屈以事高, 不心望以卑遠.

라고 이고를 칭찬하였는데, 이것은 元和 3년(808)에 이고가 韶州에
가서 朝陽樓를 중수하자 황보식이 그에 관한 記文을 쓴 데에서 기인
한다. 이러한 이고에 대한 평가는 황보식의 〈答李生第一書〉(상동 권
4)에 보면 더욱 분명하니,

　뜻이 새로우면 평상보다 특이하고, 평상보다 특이하면 괴이해지며,
　어사가 고아하면 출중해지고, 출중해지면 기이해진다.
　意新則異於常, 異於常則怪矣, 詞高則出於衆, 出於衆則奇矣.

---

1) 李翺 : 자는 習之, 陳留(지금의 河南 開封)人이다. 郞州刺史, 徐州刺史, 中書
　舍人, 刑部侍郞, 山南東道節度使 등을 역임함.

라고 하여 양인의 지조가 상합하고 있음을 알 수 있다. 이고도 7수의 시를 남기고 있는데, 그의 시가 歸田的이며 초탈적인 면을 보여주어 황보식의 3수의 시와 풍격 면에서 상통한다. 먼저 이고의 〈戲贈詩〉(≪全唐詩≫ 권369)를 보자.

> 현군은 벽돌 도랑을 좋아하여
> 도랑물을 돌며 느긋이 노닐었지.
> 나의 성품이 들판을 즐겨하여
> 땅을 파서 도랑을 만들었네.
> 양쪽 언덕에는 향기론 풀을 심으니
> 가운데는 맑은 물이 출렁인다네.
> 바라는 바가 벌써 같지 않으니
> 벽돌 구멍을 스스로 고쳐봄이 좋으리.
> 이제 뒷사람이 본다면
> 경계의 흥취 누구든 그윽하리라.
> 縣君好磚渠, 繞水恣行游.
> 鄙性樂疏野, 鑿地便成溝.
> 兩岸值芳草, 中央漾清流.
> 所尙旣不同, 磚鑿可首修.
> 從他後人見, 境趣誰爲幽.

이 시에서 이고가 자연을 아끼고 그 정취를 깊이 알고 있는 것을 보게 되고, 이고의 〈拜禹歌〉(상동 권369)에서는,

> 천지의 무궁함을 생각하니
> 인생이 늘 수고하는 것이 슬프구나.
> 이미 떠난 이는 내 따르지 못하겠고
> 후에 올 사람 내 아직 듣지 못하노라.
> 그만이다, 그만이다.
> 惟天地之無窮兮, 哀生人之常勤.
> 往者吾不及兮, 來者吾不聞.

已而, 已而.

라고 하여 삶의 무상과 허무를 聖王의 묘당에 서서 직설적으로 서술하고 있다. 이 시의 幷序에, 「정원 15년(799) 6월 29일. 농서 이고가 우왕 묘당 아래에서 경배하니, 빈객 계단에서 올라가 북쪽에서 곧게 서서 감히 탄식 못하고, 감히 축원 못하고, 감히 기원 못하고 물러나, 또 경배하고, 다시 예를 행하고서, 울면서 돌아서서 노래하여 읊었다.(貞元十五年六月二十九日. 隴西李翺敬拜於禹之堂下, 自賓階昇, 北固立, 弗敢歎, 弗敢祝, 弗敢祈, 退, 復敬, 再行, 哭而歸, 且歌曰.)」라고 하여 작시 상황을 서술하고 있다. 이고는 스승인 韓愈의 姪婿로서 문학적인 근원을 두고 儒道의 仁義를 강조하였으니, 그의 〈答朱載言書〉에 「뜻이 깊으면 생각이 원대하고, 생각이 원대하면 이치가 바르게 되며, 이치가 바르게 되면 기개가 곧아지고, 기개가 곧아지면 어사가 풍성하고, 어사가 풍성하면 문체가 공교해진다.(義深則意遠, 意遠則理辯, 理辯則氣直, 氣直則辭盛, 辭盛則文工.)」라고 하였다.

그리고 한유와 皇甫湜의 관계를 보면, 황보식의 벗 韋處厚가 황보식을 재상에게 직접 추천한 상서 내용에서 황보식의 인품과 문학을 엿볼 수 있다.

이전의 진사 황보식을 살펴보건대, 나이 32세에 학문은 고전을 통달하고, 문사는 인문에 뛰어나며, 진부한 장구를 벗어 버리고, 사소한 가지와 잎 같은 것을 잘라 버리고서, 백가의 경지에 드나들며 널리 읽었습니다. 이런 것들은 꺾어버리고서 정도로 돌아가고 육의의 주머니에 넣어서 힘차게 내달리며, 이것을 읊으며 雅에 맞았습니다. 진실로 그의 지조를 지켜서 시끄러운 비방에 두려워하지 않고, 그 딛고 선 곳을 다져서 떠들썩한 명예에 이끌리지 않으며, 맹자가 양주와 묵자의 마음을 배척하고, 양웅이 공자와 안회의 뜻을 받든 것처럼 하였으니, 의연히 그 위치에 서있습니다.

竊見前進士皇甫湜, 年三十二, 學窮古訓, 詞秀人文, 脫落章句, 簡斥枝

葉, 遊百氏而旁覽. 折之以歸正, 囊六義以疾馳, 諷之以合雅. 苟堅其
持操, 不恐於囂囂之訕, 修其踐立, 不誘於籍籍之譽, 孟軻黜楊墨之心,
揚雄尊孔顏之志, 形手旣立.(〈上宰相薦皇甫湜書〉《全唐文》 권52)

여기서 황보식이 유가적 입장을 취하고 지조와 의지가 굳건한 점
을 높이 사고 있음을 알 수 있다. 한유와 황보식의 관계에서 스승인
한유는 문학상으로 지대한 영향을 주었으니, 《四庫全書總目提要》에
의하면,

그의 문장은 이고와 함께 한유에게서 나왔는데, 이고는 한유의 순박
한 면을, 황보식은 한유의 기험한 면을 얻었다.
其文學李翱同出韓愈, 翱得愈之醇, 而湜得愈之奇崛.

라고 하여 황보식 문학의 연원과 풍격을 밝혀주고 있다. 황보식이 陸
渾尉를 지낼 때, 한유가 쓴 長詩가 있으니 시 전반과 말미 부분을
인용한다.

황보식이 고분혼에 관리가 되니
그때가 겨울이라 샘이 말랐네.
산이 미친 듯 계곡이 거칠게 서로 토하고 삼켜대며
바람이 성이 나서 쉬지 않고 어찌도 춤을 추는지!
부딪쳐 비벼서 불을 내어 절로 불타니
타는 소리 한밤중에 들판을 놀라게 하네.
하늘이 뛰고 땅이 거세어 천지가 뒤집어지고
환하게 빛나서 낭떠러지 끝까지 비치네.
……
황보식이 지은 시 잠자듯 어두워 보이나
말이 세차게 표현되어 진정 불붙는 듯하네.
나와 더불어 더욱 기괴하고 번다하니
아쉬운들 혀끝을 잡아맬 수 없다.
皇甫湜官古賁渾, 時當玄冬澤乾源.
山狂谷很相吐呑, 風怒不休何軒軒.

擺磨出火以自燔, 有聲夜中驚莫原.
天跳地激顚乾坤, 赫赫上照窮崖垠.
……
皇甫作詩止睡昏, 辭誇出眞遂上焚.
要余和增怪又煩, 雖欲悔舌不可捫.(〈陸渾山火和皇甫湜用其韻〉) ≪全
唐詩≫ 권336)

한유의 이 시는 造語가 崎險하지만 담겨진 뜻은 양인의 정분을 담
고 있으며, 말 4구는 특히 시풍이 상통하는 공감이 넘친다. 원화 8
년, 황보식이 받은 한유의 〈寄皇甫湜〉(≪全唐詩≫ 권338) 시는 제자
에 대한 깊은 정과 신뢰를 담고 있다.

문을 두드리니 낮잠에서 놀라 깨었거늘
누군가 물어보니 목주의 관리더라.
손에는 한 통의 편지 쥐었거늘
그 위에 황보의 글이 있더라.
편지 뜯어 침상 머리에 놓으니
흐르는 눈물이 사방에 드리우네.
혼미하여 베개를 의지하고서
멍하니 꿈속에서나 서로 만나지기를.
敲門驚晝睡, 問報睦州吏.
手把一封書, 上有皇甫字.
拆書放牀頭, 涕與淚垂四.
昏昏還就枕, 惘惘夢相値.

한유는 원화 13년 황보식이 호북의 公安에 窮居하고 있을 때, 蟲魚
를 가지고 小人을 풍자한 〈讀皇甫湜公安園池詩書其後〉(상동)를 지
어 황보식의 의기를 더욱 권면하고 있다.

(전략)
황보식도 공안현에서 고난을 겪으니

스스로 그 한가함을 한가롭게 여기지 못하네.
평생을 지혜와 생각을 바로 펴지 못하고
똥 흙속에 갇혔도다.
똥 흙은 너무 더러우니 어찌 좋고 않고가 있으리오.
진실로 둘 다 잊음만 못하니
단지 평미레 하나로 헤아릴지라.
내가 연못이 하나 있는데
부들이 그 가운데 자라네.
벌레와 물고기가 오르내리며 입질하며
밤낮으로 한가하지 않다네.
내가 처음에 가 보고는
그 후에 다시는 보지 않았네.
볼수록 내 마음이 어지러워져서
두루 보지 않음만 못하다네.
벼슬에 등용되면 뭇사람을 건져내고
버려지면 공자와 안연을 본받으리라.
백년이 얼마인가!
군자도 한가로이 지낼 것이 아니네.
(前略)
湜也困公安, 不自閒其間.
窮年枉智思, 掎摭糞壤間.
糞壤多汚穢, 豈有臧不臧.
誠不如兩忘, 但以一槪量.
我有一池水, 蒲葦生其間.
蟲魚沸相嚼, 日夜不得閒.
我初往觀之, 其後益不觀.
觀之亂我意, 不如不觀完.
用將濟諸人, 捨得業孔顏.
百年能幾時, 君子不可閒.

이 시는 황보식이 뜻을 펴지 못하고 역경에 처하여 있어도 초월하

여 마음으로 평미레로 재듯이 공평한 덕성을 지닐 것을 권면하면서,
한편 한유는 한 연못으로 자신을 비유하여 부들이 나고 벌레와 물고
기가 성하여서 볼수록 마음을 어지럽히고 감당하지 못한 것을 속세의
사정을 보는 듯함을 비유하여 진술하면서 황보식의 입장을 이해하
려고 하였다. 스승 韓愈는 이같이 여러 수의 시가 있는데, 皇甫湜은
단지 세 수만을 남기고 있어서 아쉬움이 남는다. 따라서 필자의 고찰
을 통하여 황보식의 시 세 수를 중심으로 그의 시세계를 살펴보고
자 한다.

皇甫湜의 생평에 대해서 晁公武의 ≪郡齋讀書志≫에서는,

당대의 황보식은 지정으로 목주인인데, 원화 원년(806)에 진사가 되
고 공부낭중에 올랐다.
唐皇甫湜持正也,睦州人, 元和元年進士, 仕至工部郎中.

라고 하고, ≪登科記考≫(권16)에도,

황보식의 자는 지정으로 목주 신안인이다. 원화 원년에 진사 급제하
였다.
皇甫湜字持正, 睦州新安人, 元和元年擢進士第.

라고 한 데에서, 황보식이 진사 급제와 동시에 관계에 진출한 시기
가 그의 나이 30세부터인 것을 알 수 있다. 그리고 五代 高彦休의
≪唐闕史≫에 보면,

황보식 낭중은 기상이 있고 강직하여서 글을 씀도 고전적이며 우아
하여, 재능을 믿고 오기를 지니고 있었으며 성품이 매우 조급하였다.
皇甫郎中湜氣貌剛質, 爲文古雅, 恃才傲物, 性復褊急.

라 하여 그의 성품과 풍격을 유추할 수 있다. 황보식의 시에 대해
서 計有功은 「그 표현된 말이 괴이하고 헐고 욕하기를 즐겨한다.(其
語怪而好譏罵也.)」(≪唐詩紀事≫ 권35)라고 평하였는데, 그 학문의

바탕을 한유의 영향으로 儒家 사상에 두었기에, 그의 시도 문학적인 가치보다는 도덕적인 效用과 詩語의 驅使에서 평가함이 타당하다. 다음에 그의 시 세 수를 먼저 인용한 후에 각 시를 분석한다.

(가) 〈題浯溪石〉(≪全唐詩≫ 권369)
원결의 문장에 있어서
단지 안타까운 것은 번다한 표현이네.
그러나 아름다운 묘사에 뛰어나니
함축과 간결이 넘쳐난다.
마음과 글이 서로 어우러지고
시구의 표현이 특이하다.
여러 문인들 중에서
창을 뽑듯 날카로운 글로 한 대열 이루네.
중용의 언행이 매우 넉넉하고
순수하고 아름다움은 가히 덮을 만하네.
진자앙의 〈감우〉 시는 아름다우나
그대의 우아한 식견만 하겠는가!
한유는 온전하여 입신에 드니
윗대로 천년 두고 짝할 만하네.
이백과 두보는 재능이 넘치니
누가 더 높고 낮은지를 잴 수 없네.
문장과 기상에 있어서
사물을 대함이 더할 수 없이 웅대하다.
선왕의 길이 황폐하지 않았으니
어찌 우리들을 우러러 보지 않으리.
돌병풍을 따라서 걸어가노라니
냇물 입구에는 흰 여울물이 솟아오른다.
나는 누가 알아 줄 것인가 생각하면서
누구를 기다리듯 배회하고 있노라.
次山有文章, 可愰只在碎.

然長於指敍, 約潔有餘態.
心語適相應, 出句多分外.
於諸作者間, 拔戟成一隊.
中行雖富劇, 粹美若可蓋.
子昂感遇佳, 未若君雅裁.
退之全而神, 上興千載對.
李杜才海翻, 高下非可槪.
文興一氣間, 爲物莫與大.
先王路不荒, 豈不仰吾輩.
石屛立衙衙, 溪口揚素瀨.
我思何人知, 徒倚如有待.

(나) 〈石佛谷〉(상동)
천천히 태행산 북쪽으로 가면
천리 뻗은 돌 한 덩어리 서 있네.
평평한 배에 계곡이 있는데
깊고 넓기가 수백 척이라.
토승은 어떤 분이신가?
시들은 풀같이 머리털이 희네.
침소에는 몸이 겨우 들어갈 작은 감실이 있고
발과 무릎에는 수도의 흔적이 남아 있네.
석가여래의 신령한 모습 새겨져서
곱게 북쪽 벽에 기대어 있네.
꽃자리에는 오색구름이 받쳐 주고
부처님 양미간의 흰 털은 천지 사방에 솟아 있네.
문인이 머물러 서술한다면
세상일 분별해 낼 수 있으리라.
새의 발자국 교묘하게 가지런히 나눠 있고
용의 몸은 너무도 야위어 있네.
메마른 소나무 사이에는 그루터기의 싹이 돋고
맹수는 거침없이 날뛰어 오르네.

장구벌레 먹느라고 멋대로 다니고
드리워진 이슬은 방울져 맺혀 있네.
오묘한 조화의 재주는 고금을 꿰뚫었으니
그 궁벽한 바위를 누가 아껴줄 것인가.
선사께 의탁하오니 불경 널리 읊으셔서
속세의 먼지가 쌓이지 않게 하소서.

澶漫太行北, 千里一塊石.
平腹有墾谷, 深廣數百尺.
土僧何爲者, 老草毛髮白.
寢處容身龕, 足膝隱成跡.
金仙琢靈象, 相好倚北壁.
花座五雲扶, 玉毫六虛射.
文人留紀述, 時事可辨析.
鳥跡巧均分, 龍骸極癯瘠.
枯松間槎櫱, 猛獸恣騰擲.
蛞蝸蟲食縱, 懸垂露凝滴.
精藝貫古今, 窮巖誰愛惜.
託師禪誦餘, 勿使塵埃積.

(다) 〈出世篇〉(상동)
대장부로 태어났도다.
굴레의 그물을 끊고, 진흙탕을 벗어났네.
사방에 대고 외쳐대며 떠들어도 모난 데가 없네.
깊은 연못에 파묻히고 가벼이 위로 떠올라서
용을 타고 푸른 구름을 걸치고 두루 떠다니며 천하를 유람하네.
태산을 지나, 대해를 건너서, 한바탕 길게 탄식하네.
서쪽에서 달 거울을 만져보고, 동쪽에선 해 구슬을 건드리네.
위로는 하늘의 문에 도달하여, 곧장 천제가 거하는 곳에 이르렀네.
뭇 신선들이 맞이하여 하늘의 큰길을 꽉 채웠네.
봉황새가 황금 수레를 찬란하게 인도하네.
그 우는 소리 요란하게 온 하늘에 가득 차네.

음식을 먹고 마시는데 부엌이 빛나고
먹어도 배부르지 않아 한없이 먹어도
남에게 추하지도 않고 어리석지도 않게 하네.
아침마다 옥황상제를 가까이하며, 밤마다 천녀를 모시네.
모신 이가 천백이나 되니 마음이 온화하고 편안하네.
홀연히 자신도 모르게
몸이 갈라지고 녹아서 (만물을) 기름지게 하는 이슬이 빛나니
흥건히 무색인데 자리를 적시도다.
문득 흩어져서, 가벼이 허무의 상태에 들어갔네.
모여서 다시 치고, 친 지 오래되어 소생하였네.
정신이 태양 같아지며, 돌연히 맑은 도읍을 비추네.
몸의 사지가 옥돌로 되고, 오장은 고운 옥이 되네.
얼굴은 연꽃 같고, 이마는 우락 더껑이 되네.(불법의 묘리 터득)
천지와 서로 시종을 같이하니
호탕하게 기뻐하고 즐거워지네.
인간 세상을 내려다보니
어지러이 똥 묻은 파리와 구더기로다.
出當爲大丈夫.
斷羈羅, 出泥塗.
四散號呶, 俶擾無隅.
埋之深淵, 飄然上浮, 騎龍披靑雲, 汎覽遊八區.
經太山, 絶大海, 一長吁.
西摩月鏡, 東弄日珠.
上括天之門, 直指帝所居.
群仙來迎塞天衢.
鳳凰鸞鳥燦金輿.
音聲嘈嘈兩太虛.
旨飮食兮照庖廚, 食之不飫飫不盡, 使人不陋復不愚.
旦旦狎玉皇, 夜夜御天姝.
當御者幾人, 百千爲番, 宛宛舒舒.

忽不自知, 支渚體化膏露明, 湛然無色茵席濡.

俄而散漫, 斐然虛無.

翁然復搏, 搏久而蘇, 精神如太陽, 霍然照清都.

四肢爲琅玕, 五臟爲璠璵.

顔如芙蓉, 頂爲醍醐.

與天地相終始, 浩漫爲歡娛.

下顧人間, 溷糞蠅蛆.

위의 작품들에서 공통된 특징을 볼 수 있다. 첫째는 한유의 영향을 받아서 소위 '以識爲主' 즉 지식 위주의 현학적인 풍격을 보여준다. 황보식은 풍부한 학식을 중시하였으니, 그는 文에 대한 관점을 말하기를,

> 글씨는 천 두루마리를 쓰지 않고는 그 조화를 말할 수 없고, 문장은 백대를 통하지 않고는 그 독창적인 변화를 말할 수 없다.
> 書不千軸, 不可以語化, 文不百代, 不可以語變.(〈諭業〉 ≪皇甫持正文集≫ 권1)

라고 하여 연박한 학문을 요구하고 있다. 이러한 의식은 그의 〈출세편〉에서 두드러지는데, 형식에 구애받지 않고 文의 내용에 중점을 두어서 글의 우열을 형식(격식)에 두지 않고 내용의 安當性과 文理에 두려고 하였다. 그 때문에 〈출세편〉은 시이면서도 散文詩로 표현되어 그만의 독특한 경계에 들어가 있다. 詩賦나 散文의 장르 개념을 탈피하여 모든 글은 文章이라는 개념으로 폭을 넓혔기 때문이다. 그의 〈答李生第二書〉(상동 권4)의 일단을 보면 더욱 분명해진다.

> 곧 시부는 문장이 아닌가? 시부가 문장이 아니라면 ≪시경≫ 3백 편은 태워 버려도 된다는 말인데, 분량이 적다고 문장이 아니라면, 탕 임금의 소반의 명문은 무엇이란 말인가?
> 直詩賦不是文章邪? 如詩賦非文章, 三百篇可燒矣. 如少非文章, 湯之盤銘是何物也.

황보식이 보는 문장은 곧 문학이란 의미와 상통하지는 않지만 학식의 폭을 중시한 것을 알 수 있다. 그리고 시어가 난해하고 기험한 묘법을 강구하고 있는 것도 학식의 심도를 제시하는 수단으로 보고 있다. 그는 평범한 묘사를 우수한 문장으로 보지 않았다. 그의 〈答李生第一書〉(상동 권4)에 보면,

> 무릇 생각이 새로우면 평상보다 특이하고, 평상보다 특이하면 곧 괴이해진다. 사어가 고아하면 출중해지고, 출중해지면 기이해진다. 호랑이나 표범의 무늬는 개나 양보다 빛나지 않을 수 없으며, 봉황새의 우는 소리는 까막까치보다 옥같이 울리지 않을 수 없다.
> 夫意新則異於常, 異於常則怪矣. 詞高則出象, 出象則奇矣. 虎豹之文, 不得不炳於犬羊; 鸞鳳之音, 不得不鏘於烏鵲.

라고 하여 문의 奇崛함이 타당한 것을 강조하였다. '奇' 자체에 대한 의미에 대해서도 이르기를,

> 무릇 '기이'하다고 하면 바름이 아닌 것이다. 그러나 바름을 해치지는 않는다. '기이'하다고 하면 정상이 아닌 것이니, 정상이 아닌 것은 정상과 같지 않다는 말이며, 정상과 같지 않다고 말하면 그것은 곧 정상보다 빼어나다는 것이다.
> 夫謂之奇, 則非正矣, 然亦無傷於正也. 謂之奇, 即非常矣, 非常者謂不如常也, 謂不如常者, 乃出於常也. (〈答李生第二書〉 상동 권4)

라고 하여 여기서의 '奇'는 최고의 수준을 내포하는 표현으로 해석된다. 따라서 시에 있어서도 묘사와 시어의 난해함 즉 '奇'는 곧 표현의 극치를 향한 시도이며 그 결과라고 풀이한다.

둘째로는 修飾과 比喩라고 하겠다. 황보식은 수식이란 문장이 가지는 필수요건으로 보았고, 그것은 「그림 그리는 일은 흰 바탕이 마련된 후에 한다(繪事後素)」(≪論語≫ 〈八佾〉)와 같은 작용을 갖는다고 보았다. 그래서 〈答李生第二書〉(상동)에서 다음과 같이 그 의미를 피

력하고 있다.

> 무릇 「그림 그리는 일은 흰 바탕이 마련된 후에 한다.」는 것은 문식
> 을 일컫는 말이다. 어찌 간결만이 있을 것인가? 성인의 문식은 따라
> 가기 어려워서, ≪춘추≫를 지으시니 자유와 자하 같은 이들이 글자
> 한 자도 손댈 수 없었다.
> 夫繪事後素, 既謂之文, 豈苟簡而已哉. 聖人之文, 其難及也, 作春秋,
> 游夏之徒, 不能措一詞.

수식은 단순한 묘사의 수단에 그치지 않고 사리와 정감을 표현하
는 요소라는 것이다. 그리고 비유는 同類로는 불가하고 異類에서만
가능하므로 묘사상에 필수적이라고 하였다. 〈答李生第二書〉(상동)에
서,

> 사물과 문학은 서로 같지 않으니 이것이 비유이다. 무릇 비유는 반
> 드시 동류가 아닌 것으로 해야 하니, 활로써 활을 비유할 수 있겠는
> 가?
> 物與文學不相侔, 比喩也. 凡喩必以非類, 豈可以彈喩彈乎.

라고 한 것으로 바로 그러한 관점의 표현이라고 할 수 있다. 위의
시에 있어서 (가)는 오계석을 통하여 자신의 맑은 심태를 비유하는
데 元結, 陳子昂, 李白, 杜甫, 韓愈 등의 작품세계를 자신의 심정에
비유하여서 불굴의 의지를 표출시킨다. 그리고 (나)와 (다)에서는 초
탈의식의 표현을 동물과 비유하여 대비시키고 수식의 방법이 誇張
과 放曠의 틀을 벗어나지 않고 있다. 은일적인 정서란 찾을 수 없
는 시들이다. 초탈의식의 표현이 이와 같은 시는 성당은 물론, 어느
시인에게서도 보기 드문 독특한 묘사법이라 할 것이니, 이 모두가
황보식의 평범하지 않은 소위 비범한 사상에서 나온 결과물이다.

셋째로 세 수의 시가 공통적으로 현실의 비판과 그로부터의 초월
의식을 표출해준다. (가)의 말 4구, (나)의 7-10구, 말 2구, 그리

고 (다)의 말 6구 등은 모두 탈속의 심기를 표현한다. 관로가 여의치 않고 사회현실이 맑지 않으니, 복고적 希願과 함께 현실비평적 의미를 담은 것이라고 본다. 이것은 청대 薛雪이 ≪一瓢詩話≫에서,

> 시를 짓는 것은 반드시 먼저 시의 바탕이 있어야 하니, 흉금이 곧 그것이다. 흉금이 있은 후에 그 성정과 지혜를 담을 수 있으며, 그에 따라 시정이 일어나고, 그에 따라서 시흥이 더해진다.
> 詩作必先有詩之基, 胸襟是也. 有胸襟然後, 能載其性情智慧, 隨遇發生, 隨生卽盛.

라고 한 것같이, 황보식은 간직한 깊은 심지가 있는 가운데 고고한 시어를 구사하고 있다.

그러면 시 자체에 대해서 구체적인 특성을 살펴보도록 한다. (가)를 보면, 이 시는 먼저 논시시의 특성을 지니고 있다. 元結에 대해서는 그의 문장을 '간결함(約潔)'이라고 하였는데, 명대 楊愼의 ≪升庵詩話≫에서 원결에 대하여,

> 원결은 기이함을 좋아하니, 문장 표현에 기이함을 좋아하면, 이것이 하나의 병폐이기는 한데, 기이함을 좋아하는 것이 지나치면 오히려 기이하지 않게 된다.
> 元次山好奇, 文章好奇, 自是一病, 好奇之過, 反不奇矣.(상동 권2)

라고 한 것으로 작법상 황보식과 상통하므로 같은 맥락에서 평가할 수 있지만, 원결의 시를 볼 때에는,

> 그의 시는 졸박한 것이 너무 심하다.
> 其詩朴拙處過甚.(≪石洲詩話≫ 권1)

> 오언고시를 지음에 있어, 오히려 옹졸할지언정 공교함이 없고, 소박할지언정 화미함이 없고, 생경할지언정 숙달됨이 없다.
> 作五言古, 寧拙毋巧, 寧樸毋華, 寧生毋熟.(≪峴傭說詩≫)

라고 한 평가와 상통한다. 그리고 진자앙에 대해서는 〈感遇〉 시를 「그
대의 고아함만 못하다.(未若君雅裁.)」라 한 것은 곧 「풍골이 우뚝하
다.(風骨峻上.)」(≪石洲詩話≫ 권1)와 같은 의미이다. 한유를 「온전
하면서 신기롭다.(全而神.)」라 함은 최고의 상찬이며, 이백(이태백)
과 두보를 동등하게 평가하며 역시 그들의 才藝를 인정하고 있다. 그
리고 (가)에서 심태의 고결함이 풍자적으로 드러나서 말 2구의 방황
하듯 自適하는 묘사를 볼 수 있다. 詩題 또한 자연물을 대상으로
하였지만, 내용과는 不一한 것이 비흥법의 하나이며 현실에 대한 불
만의 표현이기도 하다. 이것은 청대 趙翼이 중당시를 두고 말한 바,

> '기경'이란 어구 사이에서 기험함을 다툼과 같은 것이니, 마음을 흔
> 들어 놓고 눈을 놀라게 하여, 감히 가까이 보지 못하게 하니, 시에
> 담긴 의미가 적어지려 한다.
> 奇警者, 猶第在詞句間爭難鬪險, 使人蕩心駭目, 不敢逼視, 而意味或
> 少焉.(≪甌北詩話≫)

라 하여 '奇警'을 풀이하였는데, 황보식의 (가)는 이 경우에 해당된다
할 것이다. 이것은 황보식의 시문에서 공통된 성격이라고 본다. 따라
서 洪邁는 ≪容齋隨筆≫에서 (가)를 놓고,

> 이 시를 맛보면 당인의 문장을 논함에 있어서, 풍격상 별로 취할 것
> 이 없다.
> 味此詩, 及論唐人文章耳, 風格殊無可采也.

라고 短評을 달았지만, 작가 자신의 심경을 代言하고 있음을 注視하
지 않은 평이다. (나)는 일종의 禪詩이다. 시인의 특성대로 조어와
현학적 표현이 짙을 뿐, 제4연, 그리고 제8연 이하는 강렬한 탈속
의 의취가 넘친다. (다)는 잡체시로서 3·4·5·6·7언이 혼용되고
운율 또한 일치하지 않아서 소위 散文詩라고 할 수 있다. 그 구성
을 보면 다음과 같다.

6 · 3344 · 4455 · 3334455 · 777777 · 555 ·44477 · 44445555
· 446544

　(다)는 44구의 잡언구식이다. 시의 押韻을 보면 上平聲 虞韻을
위주로 하고 上平聲 魚韻과 協韻하여 詞 형식의 산문시이면서도 一
韻到底를 강구하고 있다. 虞韻으로는 '夫, 塗, 隅, 區, 吁, 珠, 衢,
愚, 姝, 濡, 無, 都, 娛' 등이며 魚韻으로는 '輿, 舒, 虛, 居, 　輿,
蛆' 등으로 각각 用韻하고 있다. 詞에 가까운 편법을 썼으니 내용과
함께 自在하고 自嘲하는 현실비판과 초탈의식을 동반하고 있다. 이
시는 姜夔가 작시의 비결을 「묘사상 어려운 점을 한마디 말로 표현
해내고, 평이한 점은 창신하고 속되지 않게 그려내는 것이다.(難說
處一語而盡, 易說處莫便放過.)」(≪白石詩說≫)라고 한 서술과는 상합
하지 않지만 방임의 변격을 강구한 특이한 시라고 할 수 있다.
　황보식은 산문가로 한유 문하에 출입하였지만, 시 세 수만을 남
겼기에 시인으로서는 명분이 설 수 없었다. 그러나 그와 교우간의
증답시를 통하여 산실된 자작시가 적지 않은 것을 확인할 수 있다.
그러나 현존하는 시가 거의 없기 때문에 심지어 시작 능력이 없는
것으로 혹평을 받기도 하였다. 예컨대, 劉貢父의 「황보식은 시를 못
짓는다.(持正不能詩.)」(≪中山詩話≫)라든가, 아니면 어느 시인의 아
류로 취급당해 온 것은2) 그 예라 할 수 있다. 남아 있는 세 수의
시만으로 황보식의 풍격이니 특징을 논하기에는 불충분하지만, 주
어진 시만으로 중당대의 조류를 지니고 있으며 한유의 맥락에 넣어
서 다룰 수 있음을 확인하게 된다.

---

2) 清代 翁方綱 ≪石洲詩話≫ : 「韓門諸君子, 除張文昌另一種自當別論. 皇甫持正
· 李習之 · 崔斯立皆不以詩名.」

5. 溫庭筠의 오언시

온정균의 오언시에 이르기를, 「닭 우는 소리 나는데 초가집에 달이 떠 있고, 인적이 드문데 나무다리에는 서리가 내리네.」 또 이르기를, 「과일이 떨어지니 원숭이 지나는 걸 보고, 잎이 마르니 노루 지나가는 소리 들리네.」 또 이르기를, 「양 치는데 저 밖에 불놀이 소리 나고, 숲 속 과일을 빗속에 줍네.」 또 이르기를 「부평초 주우니 부평초에 뿌리가 없고, 연꽃 따니 연꽃에 열매 있네.」 하였다. …
溫飛卿五言云:「雞聲茅店月, 人跡板橋霜.」又云:「果落見猨過, 葉乾聞鹿行.」又云:「牧羊燒外鳴, 林果雨中拾.」又云:「拾萍萍無根, 釆蓮蓮有子.」…(《後村詩話新集》권4)

溫庭筠(813-870)은 字는 飛卿이며, 山西 祁縣人이다. 만년에 겨우 國子助敎를 지냈지만, 그의 文才는 曹植에 비길 만하여 만당의 유미시풍의 극치를 보였다. 詩詞에 모두 특출하고 화려한 애정시는 있으나 민간의 질고를 노래한 시가 없는 것은 李商隱과 다른 면이다. 그의 〈商山早行〉 시 2구를 인용하여 시의 음악성을 서술하고 있다.

새벽에 일어나 길 가는 목탁을 두드리니
나그네 가는 길에 고향 생각 슬프네.
닭 우는 소리 나는데 초가집에 달이 떠있고
인적이 드문데 나무다리에는 서리가 내리네.
떡갈나무 잎이 산길에 떨어지고
탱자나무 꽃은 역의 담에 밝게 피었네.
두릉의 꿈을 생각하노라니
오리와 기러기가 온통 연못에 날아도네.
晨起動征鐸, 客行悲故鄉.
雞聲茅店月, 人跡板橋霜.
槲葉落山路, 枳花明驛牆.

因思杜陵夢, 鳧雁滿廻塘.(≪全唐詩≫ 권581)

위의 시를 보면 제2연에서 동사나 형용사, 부사 등 일체의 수식어를 사용하지 않고 단지 名詞語의 나열만 있다. '雞聲-茅店-月, 人跡-板橋-霜'에서 각 구가 세 단어의 명사로 구성하여 시구를 이해하는 데 독자의 첨언을 필요로 한다. 송대 歐陽修는 이 시구에 대해서 평하기를, 「나는 일찍이 당인의 시를 좋아하니, 이르기를『닭 우는 소리 나는데 초가집에 달이 떠있고, 인적이 드문데 나무다리에는 서리가 내리네.』구는 곧 하늘이 찬 세모에 바람은 쓸쓸하고 나뭇잎지는데, 여행의 근심이 몸소 그것을 겪는 것 같다. … 시의 기교는 마치 화공의 세심한 붓과 같다. 이것으로 문장과 조화가 기교를 다툼이 가한 것을 알겠다.(余嘗愛唐人詩云:雞聲茅店月, 人跡板橋霜, 則天寒歲暮, 風淒木落, 覊旅之愁, 如身履之. …詩之爲巧, 猶畫工小筆爾. 以此知文章與造化爭巧, 可也.)」(≪歐陽文忠公文集≫ 권130 試筆)라고 극찬하였다. 청대 王士禎은 이르기를, 「이것은 만당시이면서도 초당의 기세를 지니고 있어서 격조가 가장 높다.(此晚唐而有初唐氣格者, 最爲高調.)」(≪古夫于亭雜錄≫ 권5 溫庭筠詩)라고 평가하였다.

그리고 이 시는 '意象'이 넘친다는 점으로 일찍이 劉勰이 처음으로 거론한 용어로서 문학예술의 가치와 관련된 시의 심미의식이다. 시구의 여섯 단어가 모두 아침 행로의 경물이니, 새벽에 닭이 울고(雞聲), 달이 아직 떠있고(月), 이른 아침에 인적이 드물고(人跡), 새벽에 해뜨기 전이니 서리가(霜) 내려 있는 광경이 시제와 상통한다. 이 모두가 처량한 감정과 여정의 객수를 충분히 토로하는 비범한 이미지를 구성하고 있다.

6. 陳與義 시 來源(영향관계)

진여의의 묘지는 장거산이 쓴 것이다. 묘지에 칭송하기를 「공의 시

는 사물을 체득하고 흥취를 기탁하니 맑고 깊고 초탈하며 구비 감돌
아 환히 트이며 고고하여 가로지르니, 도잠과 사령운, 위응물과 유
종원 사이를 위아래로 넘나든다.」라 하였다.
陳簡齋墓誌, 張巨山筆也. 稱公詩體物寓興, 淸邃超特, 紆餘閎肆, 高
擧橫絶, 上下陶謝韋柳之間.(≪後村詩話後集≫ 권2)

陳與義(1090-1139)는 자가 去非, 호는 簡齋로, 洛陽人이며, 政
和 3년(1113)에 上舍甲科에 등제하여 參知政事를 지냈다. 그의 시
는 江西派에서 나오고 위로는 杜甫를, 아래로는 蘇軾과 黃庭堅을 祖
宗으로 일가를 이루었다. 송 왕실이 南渡하면서 戰亂을 겪었기에 詩
風이 悲壯蒼涼(슬프고 장엄하고 처량함)하였다. 원대 方回는 '一祖三
宗'이라 하여 杜甫를 一祖로 하고 黃庭堅, 陳師道와 함께 三宗으로
추숭하였다. 진여의는 같은 시파의 황정견과 진사도보다 나이가 어
린데, 이들 두 시인을 매우 추앙하였다. 진여의는 황정견에 대해서,

소식의 재주는 위대하니 따라서 필묵의 밖에서 종횡으로 행하고, 그
운용이 그지없다. 황정견은 의취 운용이 깊어서 입맛에 잘 맞으며
그 추구함이 더욱 원대하다.
東坡賦才也大, 故解縱繩墨之外, 而用之不窮. 山谷措意也深, 故游泳
口味之餘, 而索之益遠.(晦齋 ≪簡齋詩集≫ 引陳與義集 卷首)

라고 하여 황정견을 소식의 대열에 놓았으며 진사도에 대해서는,

본조 시인의 시로서 읽지 않을 수 없는 것을 말한다면 진사도이다.
本朝詩人之詩言不可不讀者, 陳無已也.(≪徐度却掃編≫ 卷中)

라고 하여 필수적인 학습대상으로 삼았으니 그의 창작에서 위의 두
시인으로부터 다음과 같은 몇 가지 점을 영향 받고 있다. 먼저 진
여의는 구법을 중시하고 있다. 진여의의 구법은 간결하니, 羅大經은
그 구법을 두고 이르기를,

진사도와 황정견 이후의 시인으로는 진여의를 능가하는 자가 없으니, 그의 시는 간결하고 고담한 데로부터 화려하고 섬세함을 드러낸다.

自陳黃之後, 詩人無逾陳簡齋, 其詩由簡古而發穠纖.(≪鶴林玉露≫ 권4)

라고 하여 그 구법의 연원이 위의 두 시인에게서 근원하고 있음을 밝히고 있다.

진여의는 시의 예술풍격 면에서 진사도의 영향을 비교적 많이 받았으니, 그의 〈風雨〉(≪簡齋詩集≫ 권3) 시를 보자.

가을 저녁에 비바람 치니
오동잎이 창가에 놀라 나부끼네.
시름없이 낙엽은 가까이 지고
마음 가득히 가을의 소리 나도다.
객은 진정 힘이 없거늘
꿈속에서 파도가 성을 흔든다.
깨어나니 아무것도 안 보이는데
초승달만 깊은 밤을 비추고 있다.

風雨破秋夕, 梧葉窓前驚.
不愁黃落近, 滿意作秋聲.
客子定無力, 夢中波撼城.
覺來俱不見, 微月照殘更.

이 시의 立意가 자못 깊고 구법이 새로워서 진사도의 풍격을 지니고 있으니, 이것은 청대 紀昀이 ≪瀛奎律隨≫(권16)에서 「이 시는 후산 진사도에 매우 가깝다.(此詩逼近後山.)」라고 평한 것과 상통한다. 그리고 진여의도 杜甫를 배워서 송나라가 南渡하기 전에는 역시 두 시인을 통하여 두보의 영향권 안에 있었음은 당연하다. 〈雨〉(상동) 시를 보면 그 흔적을 알 수 있다.

강가 모래밭에 봄비가 살랑대는데
띠풀 처마의 낡은 관가를 지킨다.
어느새 꽃에 눈물이 맺혔는데
만 리 떠난 객은 난간에 기대어 있네.
해질녘에 장미는 비에 젖어 무겁고
누대 높이 앉은 제비 추위에 떤다.
아깝구나, 도잠과 사령운의 재주로도
전혀 이 시름을 떨치지 못함이.
沙岸殘春雨, 茅簷古鎭官.
一時花帶淚, 萬里客憑欄.
日晚薔薇重, 樓高燕子寒.
惜無陶謝手, 盡力破憂端.

이 시의 자구 중 상당수가 杜詩에 근거를 두고 있고, 풍격도 비교
적 침울하다. 제3구는 두보의 〈春望〉「어려운 때를 느껴서 꽃도 눈
물 흘린다(感時花濺淚)」에서 이미지를 본받고 있다.3) 진여의 시에
두보가 영향을 준 관계를 구체적으로 보면, 먼저 침울한 풍격을 들
수 있다. 진여의가 南渡 이후에 시에서 憂國愛民的인 의식을 많이
표출하고 있음은 이와 전혀 무관하지 않으니 〈感事〉(상동) 시를 본다.

전란을 어찌 말로 다 하리오.
전쟁은 아직 끝나지 않았다오.
귀하신 공경들 왼쪽으로 옷섶을 하는데(오랑캐 복식)
장강과 한수는 예대로 동으로 흘러간다.
바람이 황룡부에 끊겨 있고(소식이 없음)
구름은 백로주로 옮겨가누나.(군주의 피난)
어찌하면 나라의 운명을 평강케 하고

---

3) 《陳與義集》 卷13의 胡稚 箋注에는 이 구를 杜甫 〈秋興〉 시의 「叢菊兩開他
日淚」 구에서 인용한 것이라 하나, 莫礪鋒은 《江西詩派研究》 p.159에서
〈春望〉의 시구에서 본받음이 타당하다고 하였다.

무엇으로 임금의 근심을 덜어 드릴까.
세상일 헤아리기 어렵지 않으나
나의 인생은 본디 절로 유랑신세인 것을.
국화 어지러이 사방 들에 피었는데
가을에 시 짓는 마음 누구를 위해서인가.
喪亂那堪說, 干戈竟未休.
公卿危左袒, 江漢故東流.
風斷黃龍府, 雲移白鷺洲.
云何舒國步, 持底副君憂.
世事非難料, 吾生本自浮.
菊花紛四野, 作意爲誰秋.

시인은 답답하고 심란한 감정으로 나랏일을 생각한다. 제1구에서
제4구에서는 시국의 위기를 묘사하면서, 제5구와 제6구의 두 구로
그 당시의 물결치고 구름 짙게 드리운 형세를 국사에 암시하였고,
그 다음 두 구에서 시인의 보국의식과 그 일의 어려움에서 오는 근
심을 토로하고 있다. 그리고 마지막 구에서 초목의 무정한 자태로
써 시인 자신의 침울한 심정을 襯托하였다. 劉克莊은 이 시를 두고
서, 「자못 두보에 가깝다(頗逼老杜)」(≪後村詩話前集≫ 권3)라고 평
한 것은 바로 두보의 영향을 의미한다. 그리고 칠언율시의 구법을
들겠으니, 명대 胡應麟은 다음과 같이 말하였다.

송대에 시 짓는 자로 나는 두 사람을 얻었다. 매요신의 오언시는 맑
으면서 짙고 평이하면서 원대하다. 진여의의 칠언시는 웅혼하면서
화려하고 장중하면서 온화하다. 매요신은 왕유의 의취를 많이 얻었
고, 진여의는 두보의 구를 많이 얻었다.
宋之爲律者, 吾得二人: 梅堯臣之五言, 淡而濃, 平而遠. 陳去非之七言,
渾而麗, 壯而和. 梅多得右丞意, 陳多得工部句.(≪詩藪≫ 〈外編〉 권5)

여기서 진여의의 칠언율시는 두보 시의 영향이 매우 큰 것을 확
인하게 된다. 진여의의 〈登岳陽樓〉 2수 중에 제1수를 보자.

동정호 동쪽과 장강 서쪽의 누각에는
발과 깃발이 고요하고 석양이 느슨히 드리워 있다.
오 땅과 촉 땅이 갈린 곳에 올라
호수의 산기슭을 배회하니 날이 저물려 한다.
만 리 떠나 노닐며 멀리 바라보니
3년의 숱한 고생 끝에 다시 높은 데 기대노라.
백발로 지난 모진 풍상을 위로하니
고목들이 푸른 물결처럼 출렁대어 한없이 슬프게 한다.
洞庭之東江水西, 簾旗不動夕陽遲.
登臨吳蜀橫分地, 徙倚湖山欲暮時.
萬里來游還望遠, 三年多難更憑危.
白頭弔古風霜裏, 老木蒼波無限悲.(상동)

이 시에 대해서 청대 紀昀은, 「시의 의경이 넓고 깊어 진정 두보
에 가깝다.(意境宏深, 眞逼老杜.)」(≪瀛奎律髓≫ 卷1)라고 평하여 시
의 의취가 넓고 깊은 것을 두보에게서 본받았음을 알 수 있다. 제1
구의 '之'자는 성조의 미묘함을 뚜렷하게 보여주는 것으로 두보에 가
까우며, 제3연은 두보의 〈登高〉「만 리 길 슬픈 가을에 늘상 나그
네 되고, 백년 인생에 병도 많은데 홀로 누대에 오르네.(萬里悲秋常
作客, 百年多病獨登臺.)」(≪杜詩詳注≫ 권20) 구와 흥취와 묘사법에
서 완전히 일치하고 있다.

유극장의 시론은 嚴羽(엄창랑)의 詩禪一致說에 반대론을 주창했
다고 평가하는데, 실지로는 극히 일부분에 이견을 표현했을 뿐, 상
당 부분 오히려 상통하는 점이 크다. 이 논점에 대해서 郭紹虞가
서술한 부분은 참고할 만하니, 다음에 본다.

영향이 미치는 곳에 풍기가 넘치니 이에 후촌집 중에 늘 詩와 禪 관
계를 반대하는 설이 있지만, 실지로 유극장이 엄우와 다른 것은 단
이것 하나일 뿐이며 이 이외에는 서로 같은 점이 있다. 예컨대 〈죽계
시 서〉에 이르기를, 「당대 문인은 다 시에 능하니 유종원은 더욱 높

고 한유는 아직 본바탕은 아니다. 송대에 이르러 문인이 많고 시인
은 적다. 3백 년 간 사람들이 각각 문집이 있고 문집에는 나름의 시
가 있고, 시는 각각 자신의 체제가 있어서 때론 이치를 높이고, 때론
재력을 뽐내며, 때론 널리 분별하기 잘하지만, 모두 문장에 운을 달
았을 뿐이지 시는 아니다. 두세 명의 큰 선비와 10여 명의 큰 작가
에서도 다 이런 병폐를 면치 못하고 있다.」라고 하였는데, 이 말은
엄우의 소위 「재학으로 시를 짓고, 의론으로 시를 짓는다.」라는 것
과 무엇이 다른가. 또한 예컨대 〈한은군시서〉에 일컫기를, 「책을 자
료 삼아서 시를 지으면 진부하게 되고, 책을 던져버리고 시를 지으면
상스러워진다.」라고 하였는데, 엄우의 소위 「시에는 별다른 재력이
있으니 책과는 상관하지 않는다. 시에는 별다른 흥취가 있으니 이치와
는 상관하지 않는다. 그러나 많이 독서하고 많이 궁리하지 않으면
시의 최고 경지에 이를 수 없다.」라 하니 또한 무엇이 다른 것인가.
유극장은 〈중제시〉에 서문을 써서 칭찬하였다. 「그 시가 질박함으로
기려를 이기고, 고아함으로 음란한 소리를 물리치고, 정숙함으로 조
급을 다스렸으니, 높은 곳에는 늘 지름길을 찾을 수 없는 것이거늘
먹줄을 치고 깎아내지 않아도 저절로 맞춰진다.」 그 소위 '찾아갈 수
있는 지름길이 없는 것'이 곧 엄우의 '자취를 찾을 수 없다'는 설에
해당한다. 소위 '먹줄을 치고 깎아내지 않아도 저절로 맞춰진다는 것'
이 곧 엄우가 '본바탕을 잘 행한다'는 뜻에 해당한다. 곧 엄우의 禪으
로 詩를 논하고 詩를 비유한다는 말을 유극장도 무시한 적이 없다.
且影響所及, 蔚成風氣, 於是後村集中每有反對詩禪之說, 實則後村於
滄浪不同者, 僅此一點, 此外則正有相同之處. 如〈竹溪詩序〉云:「唐文
人皆能詩, 柳尤高, 韓尙非本色. 迨本朝, 則文人多, 詩人少. 三百年間
雖人各有集, 集各有詩, 詩各自爲體, 或尙理致, 或負材力, 或逞辨博,
要皆文之有韻者爾, 非詩也. 自二三鉅儒及十數大作家, 俱未免此病.」此
語與滄浪所謂「以才學爲詩, 以議論爲詩.」者何以異. 又如〈韓隱君詩序〉
謂「資書以爲詩失之腐, 捐書以爲詩失之野.」, 與滄浪所謂「詩有別材, 非
關書也. 詩有別趣, 非關理也. 然非多讀書多窮理, 則不能極其至.」又
何以異. 後村序〈仲弟詩〉稱「其以質勝綺, 以雅絀哇, 以靜治躁, 高處往

往無蹊逕可尋, 不繩削而自合.」其所謂無蹊逕可尋, 卽滄浪無迹可求之
說也. 所謂不繩削而自合, 亦卽滄浪當行本色之義也. 卽以禪論詩喩詩之
語, 後村亦未嘗無之.(≪宋詩話考≫ 卷上)

　이같이 유극장도 기본적으로는 嚴羽의 興趣說을 인정하되, 參禪
的 시심 상태라는 종교 편향적인 시론에 대한 견해를 견제하려는 의
도가 있었음을 알 수 있다.
　본 시화의 판본은 ≪說郛≫본이 있는데, 완정하지 못하다. 단행
권은 2권만이 있는데 전집이다. 44권의 완정한 판본은 ≪後村大全
集≫, ≪適園叢書≫, ≪四庫全書≫본이 있다.

≪江西詩派小序≫ - 劉克莊

劉克莊(유극장)의 생평과 그의 시와 시론에 대한 내용은 앞서 ≪後村詩話≫에서 상세하게 기술하였기에 참조한다.

본 시화의 내용 서술에 앞서, 북송 후기에 구성된 詩歌流派인 소위 '江西詩派'란 무엇인가에 대해서 개관하고자 한다. 呂本中이 ≪江西詩社宗派圖≫를 지어서 黃庭堅을 시파의 宗으로 삼고 그 아래에 陳師道 등 25인을 열거하였으니, 呂本中의 序를 보면 다음과 같다.

> 황정견이 시를 지어 크게 드러나서 명성을 떨치게 되자 후학자가 함께 지어서 화창하여 천고의 비결을 다 드러나니 더 남을 게 없다. 그 이름을 기록하여 강서종파라 하니 그 원류가 다 황정견에게서 나왔다. 종파의 조종은 황정견이며 그 다음은 진사도, 반대림, 사일, 홍붕, 홍추, 요절, 조가, 서부, 임민수, 홍염, 왕혁, 이순, 한구, 이팽, 조충지, 강단우, 양부, 사과, 하예, 임민공, 반대관, 왕직방, 선권, 고하 등 무릇 25인이며 여본중은 그중 한 사람이다.
>
> 歌詩至於豫章, 始大出而力振之, 後學者同作並和, 盡發千古之秘, 亡餘蘊矣. 錄其名字曰江西宗派, 其源流皆出豫章也. 宗派之祖曰山谷, 其次陳師道, 潘大臨, 謝逸, 洪朋, 洪芻, 饒節, 祖可, 徐俯, 林敏修, 洪炎, 汪革, 李錞, 韓駒, 李彭, 晁沖之, 江端友, 楊符, 謝邁, 夏倪, 林敏功, 潘大觀, 王直方, 善權, 高荷, 凡二十五人, 居仁其一也.

그 외에 기록에서 명단의 출입이 있으니, 후에 ≪雲麓漫鈔≫에는 江端本 대신 江端友로, 胡仔의 ≪苕溪漁隱叢話前集≫(권48)에는 呂本中 대신 何顗(하의)와 江端友 대신 江端本을, 그리고 洪朋을 徐俯 뒤에 열거하고, ≪小學紺珠≫에는 江端友 대신 江端本을 열거하고, ≪豫章志≫에는 呂本中을 제외되고 何顒(하옹)이 열입되어 있다. 이들 시인이 모두 江西人이 아니지만, 黃庭堅이 江西人이며 대다수가 江西人이었기 때문에 '江西詩派'라고 명명한 것이다. 이 시파의 시인은 대개 杜甫를 본받았으니, 원대 方回의 ≪瀛奎律髓≫에서 제기한 '一祖三宗說' 즉 杜甫를 初祖로 하고 黃庭堅, 陳師道, 陳與義를 三宗으로 추앙하고 그리고 呂本中과 曾幾를 각각 第四, 第五宗으로 추대하기도 하였다. 후인에 의해서 열입된 강서시파에는 曾紘(증굉), 曾思, 趙蕃, 韓淲(한호) 등이 있다. 이들 중에 陳師道, 陳與義, 呂本中, 曾幾 외에는 시인으로서 성취도가 그리 높지 않다. 그 당시 열악한 정치 환경이 사대부의 화를 당함을 두려워하는 심리를 조성하여, 시가도 사회에서 개인으로, 外物에서 內心으로, 그리고 생활에서 書本으로 각각 전향하였다. 시단은 西崑體의 기려한 시풍에 불만이 일어나 黃庭堅이 개성을 高揚하고 俗된 것을 반대하고 奇險한 것을 숭상하여 문단의 호응을 얻게 되었다. 그리하여 師承과 교유관계를 통하여 상호 切磋하면서 江西詩派가 형성되었다. 황정견은 〈答洪駒父書〉에서 시파의 강령을 기술하기를,

> 스스로 글을 짓는 것은 가장 어려우니 두보가 시를 짓고 한유가 문을 짓는 데, 한 글자라도 근거가 없는 것은 없으니 무릇 후인이 독서를 적게 하면서 한유와 두보가 이런 말을 스스로 지었다고 말한다. 옛날에 문장을 잘 짓는 사람은 진정 만물을 도야하여, 비록 고인의 진부한 말을 취해서 필적으로 남긴다 해도 영단 한 알처럼, 쇠를 다듬어 금을 만들 듯이 지어내는 것이다.
> 自作語最難, 老杜作詩, 退之作文, 無一字無來處, 蓋後人讀書少, 故謂韓杜自作此語耳. 古之能爲文章者, 眞能陶冶萬物, 雖取古人之陳言入于翰墨, 如靈丹一粒, 點鐵成金也.

라고 하여 '點鐵成金'을 주장하고 '換骨奪胎', 그리고 '以俗爲雅(속된것으로 고아함을 삼음)'와 '以故爲新(옛것으로 새것을 삼음)'을 작시

의 기본 의식으로 삼아서 전인의 유산을 계승하여 立意와 造句를 추구하고 언어단련의 수법을 강구하여 작시에 적용할 것을 강조하였다. 그러나 書本 지식상의 수법에 치중하면 현실생활을 소재로 한 면을 소홀하게 되고 借鑒으로 創造를 대체하게 되니, 단지 字句上의 교묘한 借用으로 유폐가 매우 크게 되었다. 따라서 金代 王若盧는 '點鐵成金'과 '奪胎換骨' 설을 「표절이 매우 교활한 것(特剽竊之點者)」(≪滹南詩話≫ 권3)이라고 비판하였다. 이 중에는 '民生疾苦'와 '感時憂國'의 작품으로 黃庭堅의 〈遺民嘆〉, 〈上大蒙籠〉, 陳師道의 〈田家〉, 陳與義의 〈傷春〉 외에는 대개 자신의 遭遇와 內心의 감수를 주로 반영하는 데 주력하였다. 시 묘사도 構思가 기특하고 立意가 바르지 않고 어사 활용과 시구 묘사를 중시하고 典故 운용의 기교만을 추구하며 拗救(요구 : 시의 平仄 운용이 불규칙한 곳을 서로 보완함)를 조성하고 險韻으로 押韻하여 시의 산문화 경향을 보였다. 후세에 南宋 시단의 楊萬里, 范成大, 陸游, 姜夔(강기) 등도 그 조류를 따랐고, 원대 劉宸翁(유신옹), 方回도 그 餘響을 받았으며, 청대 同光體 시인에게서도 그 유풍을 볼 수 있다.

본 시화는 한 권으로 19조에 걸쳐서 黃庭堅을 위시한 24인의 江西派 시인들의 평문을 담고 있다. 呂本中이 지은 ≪江西詩社宗派圖≫와 ≪序記≫는 黃庭堅을 조종으로 삼고 위에 열거한 陳師道 등 25인을 주요인물로 삼아서 江西詩派의 형성과 발전을 기술하여 그 위상을 확고히 하였다. 그를 이어서 禪門宗派의 高下 等分이나 ≪江西詩派詩集≫ 그리고 ≪江西續宗派詩≫의 편집이 이루어졌다. 유극장은 이에 의거하여 서문을 지었는데 다만 呂本中의 ≪序記≫와 달라서, 이 序는 성씨 배열과 순서 변화뿐 아니라 논시를 위주로 서술하고 있다. 다음에 呂本中의 ≪序記≫에 배열한 江西宗派의 명단과, 유극장의 ≪江西詩派小序≫에 열거한 명단과 그 순서를 보기로 한다.

＊呂本中 ≪序記≫: 宗派의 祖는 黃庭堅, 그 다음으로 陳師道, 潘

大臨, 謝逸, 洪朋, 洪芻, 饒節, 祖可, 徐俯, 林敏修, 洪炎, 汪革, 李
錞, 韓駒, 李彭, 晁沖之, 江端友, 楊符, 謝薖, 夏倪, 林敏功, 潘大
觀, 王直方, 善權, 高荷, 呂本中 25인

　　* 劉克莊 ≪江西詩派小序≫: 黃庭堅를 首로 하고, 次로 陳師道, 韓
駒, 徐俯, 潘大臨, 洪朋, 洪芻, 洪炎, 夏倪, 謝逸, 謝薖, 林敏修, 林
敏功, 晁沖之, 汪革, 李彭, 如璧, 祖可, 善權, 高荷, 江端本, 李錞, 楊
符, 呂本中 24인과 何顒, 潘大觀, 王直方을 추가하여 총 27인

　본 小序가 呂本中의 ≪序記≫와 다른 점에 대해서 郭紹虞의 견해
를(≪宋詩話考≫ 上卷) 중심으로 여섯 가지로 정리할 수 있다.

　1) 여본중의 ≪序記≫는 성명만 기술하고 평론이 없으므로 시화가
아닌 반면, 유극장의 ≪江西詩派小序≫는 여러 사람의 시에 대하여
서 논급하고 있으므로, 유극장 자신이 시화라는 개념으로 지은 것
이 아니지만, 후인들이 시화총서에 열입한 것은 사리에 어긋나지 않
다.

　2) 시파의 시인 명단의 차이 문제인데, ≪雲麓漫鈔≫와 ≪小學紺珠≫
에 실린 여본중 ≪序記≫에는 何顒이 없고, ≪豫章志≫에는 何顒이
있고 何顒는 없으며 呂本中도 25인 중에 없다. 유극장의 ≪江西詩派
小序≫ 말미의 〈總序〉를 보면,

　　여본중이 강서종파를 지으니 황정견부터 무릇 26인인데 하옹과 반
　　대관은 성명만 있고 시는 없다.
　　呂紫微作江西宗派, 自山谷而下凡二十六人, 內何人表顒, 潘仲達大觀,
　　有姓名而無詩.

라고 하여 그 차이점을 알 수 있다.

　3) 유극장의 ≪江西詩派小序≫ 次序에 黃庭堅을 처음, 陳師道, 韓駒,
徐俯 등 순서로 24인을 배열하고 추가로 何顒, 潘大觀, 王直方 등 총
27인을 열거하였는데, 그중에 여본중을 말미에 배치한 것은 혹시 유

극장의 의지가 아닌가 한다.

　4) 유극장의 ≪江西詩派小序≫〈總序〉에 이르기를, 「동시에 증기는 공인이고, 또 여본중과 시로 왕래하였는데 종파에 들지 않았으니, 여본중의 선정 의도가 무엇인지 모르겠다.(同時與曾文靖乃贛人, 又與紫微公以詩往還而不入派, 不知紫微公去取之意云何.)」라고 하였는데, 강서시파이면서도 동참하는 데 의견이 분분하였고, 아울러 불참 의사를 지닌 시인도 있었으니 ≪雲麓漫鈔≫에 보면,

> 논하는 자들이 진사도의 시는 고아하고 예스러워서 그 풍격이 사라지지 않게 하는데 종파를 만들 필요가 없다고 여겼다. 예컨대 서부는 일찍이 불평하여 이르기를, 「내가 그들 사이에 끼어야 하나?」라 하고, 한구는 「나는 스스로 고인을 배웠다.」라고 하였다.
> 議者以爲陳無已爲詩高古, 使其未死, 未必甘爲宗派. 若徐師川則固嘗不平曰: 吾乃居行間乎? 韓子蒼云: 我自學古人.

라고 하여 여본중의 宗派圖에서 시인 성명 거취 문제에 불만을 품은 분위기가 있었던 것으로 보인다.

　5) 유극장의 ≪江西詩派小序≫에 江端本에 대해 기술하기를,

> (강단본은) 자아 강단우의 동생이다. 강단우의 시는 많으면서 공교한데, 형을 버리고 동생을 취한 것은 이해할 수 없다. 강단우는 스스로 일가를 이루었는데 어찌하여 한구처럼 종사에 넣으려 하지 않았을까?
> 子我弟也. 子我詩多而工, 舍兄而取弟, 亦不可曉. 豈子我自爲家, 不肯入社如韓子蒼耶?

라 하니 子之 江端本은 子我 江端友의 동생으로, ≪雲麓漫鈔≫에 기술된 여본중의 ≪序記≫에는 '江端友子我'라 하니 江端本은 없고, 다만 胡仔의 ≪茗溪漁隱叢話≫에는 江端本은 있고 江端友는 없으니 유극장이 胡仔의 기록을 택한 것으로 본다.

6) 유극장의 ≪江西詩派小序≫에 高荷를 기술하기를, 「(고하)문집 중에는 건전한 어사가 많이 나오는데 여본중이 여러 사람들 뒤에 놓은 것은 어째서인가?(集中健語層出, 紫微公乃以殿諸人, 何也?)」라고 하여 명단 나열 순서에 대해서 의문을 제기하고 있다. 이에 대해서 ≪雲麓漫鈔≫에는 「고하는 또 아래에 처하는 것을 부끄럽게 여겼다. (均父又以在下爲恥.)」라 하고, ≪茗溪漁隱叢話≫에서는 「여본중이 지은 이 종파도는 시인 선택이 정확하지 않고 논리가 공평하지 않다.(居仁此圖之作, 選擇弗精, 議論不公.)」라고 하여 불신감을 토로하였다. 유극장이 ≪江西詩派小序≫에서 여본중의 기록과 달리 次序를 변경하여 韓駒와 徐俯를 陳師道 뒤에 배열한 것은 나름의 이유가 있다 하겠다. 이런 두 序의 불일치점을 이해하면서 '시론적' 내용만을 시인별로 살펴보기로 한다.

(1) 黃庭堅(1045-1105)

…황정견이 조금 후에 나와서 백가의 시 율격의 장점을 모아 세우고, 역대 체제의 변화를 다 살피고 기서를 수집하고 기이한 소문을 깊이 파고들어서 고율을 지어 스스로 일가를 이루었다. 비록 자구 하나라도 경박하게 지어내지 않으니, 마침내 송대 시가의 종조가 되었다. 선학에 있어서는 달마에 비교할 만하니 쉽지 않은 논리이다. …
…豫章稍後出, 會稡百家句律之長, 究極歷代體製之變, 蒐獵奇書, 穿穴異聞, 作爲古律, 自成一家. 雖隻字半句, 不輕出, 遂爲本朝詩家宗祖. 在禪學中比得達磨, 不易之論也. …

황정견의 생평과 문학에 대한 내용은 앞서 ≪黃山谷詩話≫ 해제에서 설명하였다. 여기서는 유극장이 서술한 부분만을 살펴보면, 황정견의 대문호로서의 자질과 업적을 칭찬하고, 시어 하나라도 소홀히 하지 않고 불교 교리에 정통하다는 이미 알려진 사실을 다시 강조하였다.

(2) 陳師道(1053-1102)

진사도의 문학 성취는 너무 높으니 그 의논에 있어 글자 하나 빌리
지 않았는데도 스스로 말하기를, 자기 시는 황정견을 사사받았다고
한다. 혹자는 말하기를, 「황정견과 진사도는 명성이 가지런한데, 어
떻게 그를 사사받았겠는가.」 한다. 나는 말하니, 「활쏘기에 화살 하나
를 겨루고, 바둑에서 돌 하나를 겨루듯이 오직 시도 그러하다. 진사
도의 위상은 황정견에 멀지 않으니 스승으로 모실 수 있다. 예컨대
동시대의 진관과 조보지 등 여러 사람들은 이런 말을 할 수 없다.」
後山樹立甚高, 其議論不以一字假借, 然自言其詩師豫章公. 或曰: 黃陳
齊名, 何師之有. 余曰: 射較一鏃, 弈角一著, 惟詩亦然. 後山地位去豫
章不遠, 故能師之, 若同時秦晁諸人, 則不能爲此言矣.

陳師道의 생평과 그의 시론에 관해서는 앞서 ≪後山詩話≫에서 기
술하였기에 유극장의 小序 본문에 한해서 살펴보기로 한다. 陳師道도
황정견과 대등한 위치의 대문호로서 自謙하여 황정견을 師事하였다
고 스스로 말하고 있어서, 여기에서는 그의 인품을 더욱 추숭하고 있
다. 그야말로 강서시파의 리더로서의 자질과 능력을 겸비한 점을 간
접적으로 밝히고 있다.

(3) 韓駒(?-1135)

한구는 촉인으로 소식에게 배워서 황정견과는 만나지 않았는데 여본
중이 억지로 종파에 넣어서 한구는 별로 즐거워하지 않았다. 그의
시는 갈고 담금질하고 자르고 꺾어내는 공력이 있다. 종신토록 고치
고 다듬길 그치지 않으니 이미 써서 남에게 준 지 몇 년이 되어도 따
라가 가져다가 다시 한두 자 고친 것도 있어서 지은 작품이 적지만
훌륭하다.
子蒼蜀人, 學出蘇氏, 與豫章不相接, 呂公强之入派, 子蒼殊不樂. 其詩
有磨淬剪截之功. 終身改竄不已, 有已寫寄人數年, 而追取更易一兩字
者, 故所作少而善.

韓駒는 字가 子蒼이며, 蜀 仙井監人이다. 政和 초년에 진사를 하사받아서 秘書省 正字를 제수하고, 洪州分寧知縣과 著作郎을 역임하였다. 宣和 연간에 中書舍人 겸 權直學士院을 지내고 高宗이 즉위하여 知江州를 거쳐서 撫州에서 졸하였다. 어려서 蘇轍에게 稱許받고 그의 논시는 禪悟를 위주로 하였으며, 저서로 ≪陵陽集≫이 있다. 그는 江西人이 아닌 蜀人으로 강서시파의 한 사람으로, 吳可와 같은 노선을 주장한 소위 詩禪 연관의 시론을 제기한 문인이다. 그의 시 〈題楊妃上馬圖〉를 본다.

군왕의 수레 장생전으로 순행하려니
누각 앞에 말 세우고 양귀비 기다리네.
오히려 군왕을 찾아서 휙 돌아보고
황금 안장에 느릿느릿 오르네.
翠華欲幸長生殿, 立馬樓前待貴妃.
尙覓君王一回顧, 金鞍欲上故遲遲.(≪宋詩紀事≫ 권33)

(4) 徐俯(?-1140)

황정견의 생질이지만 스스로 일가를 이루었는데, 위수 북쪽에 높이 서있는 나무처럼 남의 눈을 끄는 것 같지 않으나 한 세대를 깔보아서 같은 시대의 사람들이 그를 높이 받들지 않았으니, 문집 속의 시들이 다 좋다 할 수 없다. 전에 전하기를 황정견이 서부의 〈쌍묘시〉를 보고 홍씨 형제들에게 정진하라고 권면하였다 하는데, 지금은 〈쌍묘시〉가 남아 있지 않으니 그의 시가 사라진 것도 많다.
豫章之甥, 然自爲一家, 不似渭陽高自標樹, 藐視一世, 同時諸人, 多推下之, 然集中不能皆善. 舊傳豫章見師川雙廟詩, 勉諸洪進步, 今雙廟詩不存, 則其詩零落亦多矣.

徐俯는 자가 師川이며, 洪州 分寧人이다. 부친 禧가 죽는 사건으로 通直郎을 제수 받고, 紹興 초년에 進士 출신을 하사받아서 端明殿學士, 簽書樞密院事, 權參知政事를 역임하였고, 저서에 ≪東湖集≫이

있다. 서부의 시에 대해서 ≪豫章詩話≫에 황정견의 말을 인용하여 평하기를,

황정견이 일찍이 이르기를, 「홍추가 서부의 〈상남장시〉를 가지고 왔거늘, 시의 기상이 매우 웅대하여 필력이 전혀 어린 서생 같지 않았다. 뜻과 행실, 독서 모두 노련하여 사리를 밝게 깨달아 알았다. 여러 번 숙독하고서 기뻐서 잠을 못 이루었다. 이 외삼촌은 나이 들고 기력이 열악하여 다 배우지 못하는데 서부는 뜻이 날로 새로운 공력이 있다.」 하였다.
山谷嘗曰: 洪駒父攜師川上藍莊詩來, 詞氣甚壯, 筆力絶不類年少書生. 意其行己讀書, 皆當老成解事. 熟讀數過, 爲之喜而不寐. 老舅年衰力劣, 不足學, 師川有意日新之功.

라 하여 서부의 천재적 재능을 상찬하고 시가 古風을 추구함을 높이 평가하고 있다. 그리고 ≪雪浪日記≫에서, 「『좋은 나무는 겨울에 시들지 않고, 가로 놓인 연못은 봄에 더욱 푸르네.』 이것은 서부의 시로서 자못 평담하면서 수식한 기미가 없다.(佳樹冬不凋, 橫塘春更綠. 此徐師川詩, 頗平淡無雕鐫氣.)」라고 평하였다. 그의 〈春日游湖上〉시를 본다.

제비 한 쌍이 날아서 자꾸 돌고
언덕 가에는 복사꽃이 물에 잠겨서 피네.
봄비에 다리 끊겨 건너지 못하니
작은 쪽배가 버들 그늘 헤쳐서 나오네.
雙飛燕子幾時回, 夾岸桃花蘸水開.
春雨斷橋人不渡, 小舟撑出柳陰來.(≪宋詩紀事≫ 권33)

(5) 潘大臨

소식과 장뢰가 전후 간에 황주로 폄적 가서 모두 반대림과 교유하였다. 그의 시에 스스로 「두보를 사사하였다.」라고 말하지만, 뜻이 비

어 있고 실지로 시 짓는 능력이 없다. 나는 전에 시를 읽고 시가 매우 거친 것이 단점이라 여겼는데, 후에 하예가 반대림의 시를 읽고 쓴 글을 보니 역시 매우 거칠다는 평이 있다.

東坡文潛先後謫黃州, 皆與邠老游. 其詩自云: 師老杜, 然有空意無實力. 余舊讀之, 病其深蕪, 後見夏均父讀邠老詩亦有深蕪之評.

潘大臨은 자가 邠老(빈로)로 齊安人이며, 저서로 ≪柯山集≫이 있다. ≪潘子眞詩話≫에 이르기를,

반대림은 소식에게서 시법을 배웠고, 근래에는 홍추와 서부 벗들과 잘 지낸다. 황정견은 일찍이 칭찬하여 이르기를,「천하의 남다른 재주」라고 하였다.

邠老得句法于東坡, 頃與洪駒父徐師川洎予友善. 山谷嘗稱之曰: 天下異才也.

라고 하여 반대림의 文才가 탁월함을 알 수 있다. 다음에 그의 〈江間作〉(其一)을 본다.

백조가 흩날리는 안개 속에 사라지고
산들바람은 배에 거슬러 불어오네.
강은 번구에서 돌아 흐르고
산은 무창에서 이어지네.
해와 달은 영원히 걸려있고
하늘과 땅은 흘러가는 냇물 나누이네.
나부는 남두성 밖에 있고
검부는 옛 강가에 있네
白鳥沒飛煙, 微風逆上船.
江從樊口轉, 山自武昌連.
日月懸終古, 乾坤別逝川.
羅浮南斗外, 黔府古河邊. (≪宋詩紀事≫ 권33)

(6) 三洪 : 洪朋, 洪芻, 洪炎

삼홍과 서부 모두 황정견의 생질이다. 홍붕의 뛰어난 시구는 자주
이전 사람들이 말하지 못했던 것인데 그러나 일찍 죽어서 많이 보지 못
한 것이 아쉽다. 홍추의 시는 더욱 공교하여 홍붕과 매선관에서 노
닐며 홍추가 시를 지어 그 마지막 구절에 이르기를, 「원컨대 용 비늘
로 둘러서, 매미 껍질 벗기는 것 배우지 말지라.」 …홍염이 남도 후에
방랑아가 되어서 서부가 부른다는 말을 듣고 홍추를 그리는 시를 지
어 이르기를, 「기뻐 백학을 만나서 화표로 돌아오니, 다시 황룡이 우
연을 벗어나는 걸 생각하네.」 하였다. 그러나 서부가 끝내 큰 파도
밖에서 홍추에게 돌아갈 수 없었다.
三洪與徐師川, 皆豫章之甥. 龜父警句, 往往前人所未道, 然早卒, 惜
不多見. 駒父詩尤工, 初與龜父游梅仙觀, 龜父有詩, 卒章云: 願爲龍鱗
嬰, 勿學蟬骨蛻. …玉父南渡後, 爲少蓬, 聞師川召, 有懷駒父詩云: 欣
逢白鶴歸華表, 更想黃龍出羽淵. 然師川卒不能返駒父於鯨波之外.

三洪 중에서 洪芻는 앞서 ≪洪駒父詩話≫에서 자세한 인적 사항과
시적 관점을 설명하였으므로, 洪朋과 洪炎에 대해서 보기로 한다.
洪朋은 자가 龜父로 南昌人이며, 黃庭堅의 생질로서 진사에 낙제하
였고, 문집으로 ≪淸非集≫이 있다. ≪王直方詩話≫에서 그의 시를 평
하기를,

홍부은 일찍이 시에서, 「방울 소리에 불계가 엄정하네.」라고 하였는
데, 황정견이 고쳐서, 「방울 소리 절간에서 울리네.」라 하였다. 홍붕
은 그간에 시를 지었는데, 「하루아침에 달팽이 뿔이 싫어져서, 만 리
멀리 붕새 등에 타네.」 하였다. 한 연은 가장 절묘하니 황정견도 일찍
이 이 시구를 상찬하였다.
洪龜父嘗有詩云: 琅玕嚴佛界. 山谷改云: 琅璫鳴佛屋. 龜父前後作詩,
唯有一朝厭蝸角, 萬里騎鵬背. 一聯最爲妙絶, 山谷亦嘗歎賞此句.

라 하였으니, 그의 〈獨步懷元中〉 시를 본다.

맑게 서산에 해 지는데
깊이 성북 마을로 들어가네.
방울소리 절간에서 울리고
승검초와 타래붓꽃은 절간 담에 오르네.
때 맞춰 오는 비 굶주린 배 달래고
저녁 바람은 병든 마음 맑게 하네.
아득히 먼 강에서 님 그리며
뉘와 함께 할 말을 잊을 건가.
淨盡西山日, 深行城北村.
琅璫鳴佛屋, 薜荔上僧垣.
時雨慰枵腹, 夕風淸病魂.
所思渺江水, 誰與共忘言.(《宋詩紀事》 권33)

　洪炎은 자가 玉父로, 元祐 말년에 등제하고 南渡 후에 祕書少監
을 지냈으며, 문집으로 《西渡集》이 있다. 그의 시 〈山中聞杜鵑〉을
본다.

산속에서 2월에 두견새 소리 들리는데
온갖 풀 향기 다투다가 벌써 시들었네.
녹음이 져서 향기론 바람 안 불고
두견새 울어대며 한 맺힌 소리 내네.
북쪽 창에 등불 옮겨서 삼경인데
남산 높은 숲에서 때마침 새소리 나네.
돌아간다 하나 너도 돌아갈 곳 없거늘
어찌 말 많이 해서 내 마음 아프게 하나.
山中二月聞杜鵑, 百草爭芳已消歇.
綠陰初不待薰風, 啼鳥區區自流血.
北窓移燈欲三更, 南山高林時一聲.
言歸汝亦無歸處, 何用多言傷我情.(《宋詩大觀》)

　이 시에 대해서 錢鍾書는 《宋詩選注》에서 「금나라 병사가 송을

침략하니, 홍염이 난리를 피했을 때 지은 것이다.(是金兵侵宋, 洪炎
逃難時所作.)」라고 하였으니 대개 建炎 3년(1129) 전후에 지은 시
로 본다.

(7) 夏倪

하예의 문집 중에 예컨대 '의도잠'이나 '의위응물' 오언시는 문채가 빛
나고 진솔하며, 율시의 용사와 시구 조탁이 얽매인 규칙을 크게 벗어
나서, 어사는 가까우나 담긴 뜻은 원대하여 풍유적인 맛을 느낄 수
있다. 무릇 시에 공력을 들여서 소위 글에 뜻이 담기지 않은 글을 나
무랐다. 그러나 여러 자손들과는 소원하여 그의 시에 이르기를, 「당
당한 문장공이여, 이룬 일이 얼마나 우뚝한가.」 하였다. 맹자는 이르
기를, 「효자 자손은 백세라도 바꿀 수 없다.」라 하니 하예가 바꾸려
하겠는가. 그 뜻이 또한 슬플 뿐이다.
均父集中, 如擬陶韋五言, 亹亹逼眞, 律詩用事琢句, 超出繩墨, 言近
旨遠, 可以諷味. 蓋用功於詩, 而非所謂無意於文之文. 然疎之諸孫, 故
其詩云:「堂堂文莊公, 事業何崢嶸.」孟子曰:「孝子慈孫, 百世不能改.」
均父欲改之乎. 其志亦可悲已.

夏倪는 자가 均父이며, 蘄州人으로 英公의 손자이다. 宣和 중에
蘄州監酒를 지내고 문집으로는 《遠游堂集》이 있다. 《江西宗派圖
錄》에 그의 文詞를 평하여 「하예의 문사는 풍성한 기풍이 있어서 동
년배가 따라가지 못한다.(均父文詞富贍, 儕輩不及.)」라고 하였다. 다음
에 그의 칠언절구 〈跋聚蟻圖〉를 본다.

어지러이 개미들이 주위를 맴도는 것 같은 인생
어울려 고상한 사람과 한바탕 환하게 웃어보세.
지체 없이 덧없는 어두운 벼슬살이 그만두고야
몸이 큰 홰나무에 기댄 걸 알겠네.
紛然蟲臂蟻爭環, 爭與高人一解顔.
不待南柯昏宦畢, 始知身寄大槐間.(《宋詩紀事》 권33)

(8) 二謝 : 謝逸(?-1113), 謝邁

여본중은 사일 시를 평하여 사령운 같다고 하고, 사과 시를 사조 같
다고 하였다. 내 생각으로는 사령운은 글자 하나라도 백 번 다듬어서
꾸며냈고, 사조는 더욱 아름답고 조밀하였다. 사일 시는 경쾌하여 여
운이 있으나 공교하고 치밀함이 부족하고, 사과는 고심하여 지어냄에
차가 있어서 사조와 맞는 것이 적다.
呂紫微評無逸詩似康樂, 幼槃詩似元暉. 按康樂一字百鍊乃出冶, 元暉
尤麗密. 無逸輕快有餘而欠工緻, 幼槃差苦思, 其合元暉者亦少.

謝逸은 자가 無逸이며, 自號가 溪堂으로, 撫州 臨川(지금의 江西
撫州)人이다. 博學하여 文辭가 工巧하여 황정견에게 상찬 받았으며 蝴
蝶詩 3백여 수를 지어서 '謝蝴蝶'이라고 칭한다. 문집으로 ≪溪堂集≫
과 ≪溪堂詞≫가 있다. 그의 시 〈寄隱居士〉를 본다.

선생의 관상에 봉후를 바라지 않아
은거하며 다만 그윽한 숲과 연못을 벗하네.
집 장서가 침 묻은 몇 천 권인데
손수 고치고 공부하기 30년이네.
알지니 세상에 누구든 그대 중히 여기거늘
초가집에 고고히 지내니 이젠 백발이네.
양양의 노인처럼 절개 홀로 애써 지켜서
오직 방덕공처럼 마을에는 들어가지 않기를.
先生骨相不封侯, 卜居但得林塘幽.
家藏玉唾幾千卷, 手校韋編三十秋.
相知四海孰青眼, 高臥一庵今白頭.
襄陽耆舊節獨苦, 只有龐公不入州.(≪宋詩大觀≫)

세상 명예와 부귀를 마다하고 은거한 친구를 기리어 지은 시이
다. 시에서 '青眼'은 對人을 중시하는 것을 비유한 말로서, ≪晋書≫
〈阮籍傳〉에 「완적이 또 청안시하고 백안시하는 것을 잘하여 비속한

선비를 보면 백안시하여 대하고, 혜강이 와서 만나면 중히 대하였다.(籍又能爲靑白眼, 見鄙俗之士, 以白眼對之. 稽康來見, 對以靑眼.)」라 하니 여기에서 用語하였다. 말연의 '襄陽耆舊(양양기구)'는 晉代 習鑿齒(습착치)의 저서에 ≪襄陽耆舊傳≫이 있는데, 高士를 많이 수록하고 있다.

謝邁는 자가 幼槃이며 謝逸의 從弟로서 시문이 역시 사일처럼 工巧하다. 문집으로 ≪竹友集≫과 ≪竹友詞≫가 있다. 그의 시 〈夏日游南湖〉를 보자.

> 누룩 균 묻은 치마는 풀과 푸르기를 다투고
> 코끼리 코 같은 대나무 통은 옥잔보다 좋구나.
> 아쉽기는, 작은 쪽배에 두 상앗대 가로놓았는데
> 막수 미인을 전송하는 이 없다네.
> 麴塵裙與草爭綠, 象鼻箇勝璟作杯.
> 可惜小舟橫兩槳, 無人催送莫愁來.(≪宋詩大觀≫)

詩題의 '南湖'는 지금의 江西 撫州市 부근이다. 시에서 '麴塵(국진)'은 누룩에 생기는 균으로 淡黃色을 띠고 있다. '莫愁'는 六朝 樂府 〈莫愁樂〉에 「막수는 어디 있나, 막수는 석성 서쪽에 있네. 거룻배에 두 상앗대 저으며, 막수 여인 서둘러 전송하네.(莫愁在何處, 莫愁石城西. 艇子打雙槳, 催送莫愁來.)」라 한 데서 후세에 '莫愁'를 美女의 대칭으로 인용한다.

(9) 二林: 林敏修, 林敏功

임민수와 임민공 두 사람의 시는 매우 적으니 증단백이 지은 ≪고은소전≫에 이르기를, 「시문 120권이 있었는데 지금 남은 것은 열 중에 한둘이 없고, 형제가 다 은둔한 군자이니 시만이 중한 것은 아니다.」 하였다.

二林詩極少, 曾端伯作高隱小傳云:「有詩文百二十卷, 今所存十無一二, 兄弟皆隱君子, 不但以詩重.」

林敏修는 자가 子來이며, 敏功의 동생으로 문집으로 ≪無思集≫
이 있으며, ≪宋詩紀事≫(권33)에 그의 시 〈閻立本畫醉道士圖〉, 〈文
湖州作山水橫軸吳希全家藏其子誠伯求蘇養直賦詩語特奇妙遂用其韻同
賦〉, 〈張牧之竹溪〉 등 장편시가 실려 있다.

林敏功은 자가 子仁이며, 蘄春人으로 문집에 ≪高隱集≫이 있다.
그의 인품과 수신을 알 수 있는 ≪尙友錄≫의 기록을 보기로 한다.

임민공이 열여섯 살에 향시에 참여하여 낙제하고 귀향하고서 20년이
나 두문불출하였다. 원부 말년에 조칙으로 불렀으나 부임하지 않았
다. 동생 민수와 이웃에 살면서 늙도록 문자로 서로 사귀고, 민수도
종신토록 진사에 나가지 않아서 세칭 '이림'이라고 하였다. 정화 중
에 임진이 군을 다스리니 먼저 말하기를, 「우리 문종에 숨은 군자가
있어서 교외로 나가서 만나보았다. 조정에 돌아가 그 숨은 덕을 천
거하여 고은처사란 호칭을 하사하고, 그 문중에 선행을 표창하였다.」
라고 하였다. 임민공이 君恩에 감사하는 上書에 이르기를, 「빼어난
분들을 모시고 노닐기 어려우니, 어찌 감히 망령되이 고상한 일에 뜻
을 두겠습니까. 소 거적 같은 남루한 옷 걸치고 누워서 아침을 기다
리니, 너무도 추운데, 흰 머리 긁으며 감회를 느끼면서 늙어가겠습니
다.」라 하였다.
子仁十六年, 預鄕薦, 下第歸, 杜門不出者二十年. 元符末, 詔徵不赴.
與弟敏修居比隣, 終老以文字相友善, 敏修亦終身不擧進士, 世號二林.
政和中, 林震爲郡, 首謂「吾宗有隱君子, 出郊見之. 還朝, 擧其隱德, 賜
號高隱處士, 旌表其門.」 子仁謝表云:「自是難陪英俊之遊, 何敢妄意
高尙之事. 臥牛衣而待旦, 寒如之何, 搔鶴髮而興懷, 老其將至..」

이런 二林의 은일낭만적인 행적을 가늠할 수 있는 임민공의 영물
시 〈子瞻畫扇〉을 본다.

스승은 강호의 나그네
붓끝으로 아득한 저 세계 담네.
많은 산봉우리는 저녁 비를 머금어 있고

늙은 나무는 서리가 맺혀 있네.
가까이 옆에 절이 서 있는데
날 어두워지니 기러기는 길 잃네.
죽고 사는 거 조화 따라 다하니
이 마음 홀로 잊기 어려워라.
夫子江湖客, 毫端託渺茫.
欑峰埋暮雨, 古樹困天霜.
偪側餘僧舍, 冥濛失雁行.
死生隨化盡, 此意獨難忘.(≪宋詩紀事≫ 권33)

(10) 晁沖之

조충지는 이미 의연히 뜻을 숲과 시내의 넓고 먼 데(자연) 두어 사
물을 묘사하기를 흥취로 표현하여, 깊고 우아하며 맑고 밝아서, 일
찍이 처연하고 분개하며 격렬하고 수심 어린 소리(시)를 낸(지은) 적
이 없었다. 그 소리가 어둡고 밝으며, 사라지고 자라며, 쓰고 버리
며, 얻고 잃는 걸 표현함에 있어서 일찍이 편안하면서 즐겁지 않은 적
이 없다.
叔用旣已油然棲志林澗曠遠之中, 遇事寫物, 形於興屬, 淵雅疎亮, 未
嘗爲悽怨危憤激烈愁苦之音. 其於晦明消長用舍得失之際, 未嘗不安而
樂之也.

晁沖之는 자가 叔用이며, 濟州 巨野(지금의 山東)人으로 晁補之의
從弟이다. 承務郎을 제수 받았고 陳師道를 師從하였고 紹聖 연간에
具茨山(구자산)에 은거하였다. 문집에 ≪晁具茨先生詩集≫이 있다. 다
음에 그의 〈春日〉(其一)을 보자.

남아로서 늙어도 기개는 무지개 같으니
짧은 귀밑털이 성근 다북쑥 같아도 어찌 싫어하리.
복사꽃에게 붉은색 빌리고 싶지만
봄바람 향해 웃는 것이 달갑지 않네.
男兒更老氣如虹, 短鬢何嫌似斷蓬.

欲問桃花借顏色, 未甘着笑向春風.(≪宋詩紀事≫ 권33)

이 시는 그의 만년 작이다. 늙은 몸이지만 기상은 무지개처럼 찬
란하고 귀밑털이 희어 다북쑥 같아도 개의치 않으니 노년이 싫지 않
다. 이 절구시가 淸新하고 雋永(준영 : 매우 뛰어남)하여 경물 묘사
가 그림 같고, 담긴 詩意가 婉轉(완전 : 변화가 있고 아름다움)하여
일종의 스스로 남의 嘲笑를 변명하는 풍취를 준다.

(11) 汪革

여본중이 부리에 거하고, 왕혁은 교관으로서 형양에게서 배웠기에 여
본중은 더욱 왕혁을 추존하였다. 그의 시에 이르기를, 「부귀는 공중
의 꽃이며, 문장은 나무 위의 혹이네. 진실한 곳 알려는데, 오직 화엄
의 경지만 있을 뿐이네.」라 하였다. 무릇 여씨 가세는 본래 선을 담
론하기 좋아하였으니 여본중과 왕혁 모두 선학을 받들었다.
呂榮陽居符離, 信民爲教官, 從榮陽學, 故紫微公尤推尊信民. 其詩云:
「富貴空中華, 文章木上癭. 要知眞實地, 惟有華嚴境.」蓋呂氏家世本喜
談禪, 而紫微與信民皆尙禪學.

汪革은 자가 信民이며, 紹聖 4년 禮部試에 1등하고 長沙分教를 거
쳐 宿州教授를 지냈고, 후에 楚州教官으로 졸하였다. 문집으로 ≪靑
溪集≫이 있다. 다음에 그의 〈和呂居仁春日〉을 본다.

편안히 글방에 앉아 할 일 하나 없으니
지내는 관리 생활 쓸쓸하기 사마상여 같네.
그저 막걸리 안하기로 바람 앞에서 약속하였는데
많은 꽃 안 보이니 비 온 후에 듬성하네.
晏坐黌堂一事無, 居官蕭散似相如.
偶違濁酒風前約, 不見繁英雨後疎.(≪宋詩紀事≫ 권33)

(12) 李彭

소식과 황정견, 장뢰 등 여러 사람들과 모두 더불어 왕래하며 자못

책을 많이 읽어서 알고 기억력이 좋았으나, 시체는 형식에 얽매어서
변화가 적다.
東坡山谷文潛諸公, 皆與往還, 頗博覽强記, 然詩體拘狹少變化.

　李彭은 자가 商老이며, 南康郡 建昌人으로 문집에 ≪日涉園集≫이
있다. ≪江西宗派圖錄≫에서 여본중이 기술하기를, 「이팽의 시문은 풍
성하고 웅대해서 후생들이 쉽게 이를 수 없다.(商老詩文富瞻宏博, 非
後生容易可到.)」라고 하여 그의 시문을 화려하면서 宏大한 풍격으
로 평가하고 있다. 다음에 그의 시 〈春日懷秦髥〉을 본다.

　　산 비 쓸쓸히 내리고 날이 개이니
　　뜰에 경물이 청명절 다가오네.
　　꽃도 말 알아 듣듯 웃으며 맞고
　　이름 모를 풀은 멋대로 돋아나네.
　　늦은 계절에 점점 봄 농사 게으른데
　　병든 몸 오히려 술독 기울이기 두려워라.
　　잠 깬 후에 옛 친구가 무척이나 생각나니
　　서울에서도 꾀꼬리 소리 들리겠지.
　　山雨蕭蕭作快晴, 郊園物物近淸明.
　　花如解語迎人笑, 草不知名隨意生.
　　晚節漸于春事懶, 病軀却怕酒壺傾.
　　睡餘苦憶舊交友, 應在日邊聽流鶯.(≪宋詩大觀≫)

　이 시는 친구를 懷念하는 마음을 담고 있다. 제2연의 '花如解語'
는 五代 王仁裕의 ≪開元天寶遺事≫에 기재된 「현종 가을 8월에 태
액지에 많은 연잎 속에 흰 연꽃 몇 가지가 활짝 피었다. 임금이 인
척들과 연회를 열고 관상하니 좌우 사람들이 모두 오래 감탄하며 부
러워하였다. 임금이 양귀비를 가리키며 좌우 사람들에게 일러 말하였
다. 『양귀비는 내 말을 알아듣는 꽃과 같다.』(明皇秋八月, 太液地有千
葉白蓮數枝盛開. 帝與貴戚宴賞焉, 左右皆嘆羨久之. 帝指貴妃, 示于左

右曰: '爭如我解語花.')」라고 한 典故를 활용하였고, 제4연의 '日邊'은 天子의 國都를 지칭한다. 江西詩派가 형식적으로 추구하는 '化熟爲 生'(깊이 무르익어서 나옴)과 '點鐵成金'(쇠를 다듬어서 금을 만듦)의 구체적인 체현이라 하겠다.

(13) 三僧 : 如璧, 祖可, 善權

삼승 중에 여벽의 시는 경쾌하기가 사일 같아서 역시 공교함이 부족 하고, 조가는 독서를 잘하여 시의 소재가 푸성귀나 죽순같이 거칠고 순 박한 기풍이 거의 없으니, 시승 중에 뛰어난 사람이다. 선권은 조가 와 서로 비슷하다.
三僧中如璧詩, 輕快似謝無逸亦欠工, 祖可煦讀書, 詩料多無蔬筍氣, 僧 中一角麟也. 善權與可相上下.

詩僧 3인이 강서시파에 속한 경우인데, 여벽은 본래 撫州 士人 饒 節로서 字가 德操이며 후에 승려가 되었다. 문집에 ≪倚松老人集≫ 이 있다. ≪宋詩紀事≫(권92)의 기록에 의하면, 「여벽이 어려서 일 찍이 증자선에게 투서하여 신법 시비를 논하다가 맞지 않아서 머리 깎고 이름을 바꾸었다.(如璧少時曾投書于曾子宣, 論新法是非, 不合, 乃祝髮更名.)」라 하여 승려로 出家한 사연을 적고 있다. 그의 시는 輕快하지만 工巧가 부족하다고 평한 점을 감안하면서 다음 〈偶成〉 시를 본다.

소나무 아래 사립문이 대낮에 닫혀 있고
다만 나비만이 쌍쌍이 날아오네.
꿀벌 두 다리 크기가 누에만 한데
마침 산 앞에는 꽃이 또 피네.
松下柴門晝不開, 只有蝴蝶雙飛來.
蜜蜂兩脾大如繭, 應是山前花又開.(≪宋詩紀事≫ 권92)

祖可는 자가 正平이며, 丹陽人으로 蘇伯固의 아들이고 養直의 동생이다. 廬山에 거주하였는데, 악질에 걸려서 '癩可'라고 불렀다. 문집에 ≪東溪集≫과 ≪瀑泉集≫이 있다. 그의 시 〈絶句〉를 본다.

앉아서 보니 띠풀 집 나뭇잎에 가을이 깃들고
작은 산 계수나무 숲에는 새소리 그윽하네.
가파른 산에 밤새 비온 줄 몰랐더니
맑은 새벽 돌 섶 녹나무 꽃이 어지러이 흘러가네.
坐見茅齋一葉秋, 小山叢桂鳥聲幽.
不知疊嶂夜來雨, 淸曉石楠花亂流.(≪宋詩紀事≫ 권92)

善權은 字가 巽中이며 靖安 高氏의 아들이다. 인물이 淸癯(청구 : 청백하고 메마름)하여 '瘦權'(수권 : 여윈 권)이라 하였고, 落魄하여 술을 즐겼다. 문집에 ≪眞隱集≫이 있다. ≪西淸詩話≫에 「선권의 시는 청담하다.(權詩得之淸淡.)」라 하였다. 그의 〈送墨梅與王性之〉(其二)를 본다.

눈 아래 봄빛이 언덕 가를 감돌고
눈 속에 성근 그림자 잔잔한 호수에 드리우네.
마침 모름지기 왕유에게 보낼지니
〈망천연우도〉 그림을 마주하여 보노라.
眼底春光回隴首, 雪中疏影落平湖.
正須送與王摩詰, 對看輞川煙雨圖.(≪宋詩紀事≫ 권92)

江西宗派에 詩僧을 포함시킨 경우는 다소 의외이다. 詩僧이나 道禪 시인의 일반적인 시풍을 추가로 살펴보면, 위진 육조는 물론이거니와 당대만 해도 王梵志, 寒山, 拾得을 위시하여 수많은 시승이 출현하였다. 그들의 시풍이 시대에 관계없이 불교와 도교 즉 '道禪'이라는 종교적 일치성을 지녀서 歸自然과 俗世超脫, 그리고 낭만은 일로 歸一하고 있다. 따라서 강서시파의 본령과 상통하는 점보다 相差된 풍격을 보여준다는 점에서 '意外'라고 하였다. 유극장이 강서종파에 속한 삼승의 시를 높이 평가하지 않은 이유일 것이다. 詩僧이나 道禪을 추구하는 시인에게는 나름의 고유한 풍격을 보이니, 명대 李東陽은 '詩中有僧'이란 관점에서 다음과 같이 서술하고 있다.

시 속에 스님이 있으니, 다만 그 그윽하고 고요하고 고아하고 담백함만 취하여 경치를 꾸밀 수 있다. 신선이 있으면, 다만 그 맑고 깨끗하고 초탈함을 취하여 먼지와 찌꺼기를 떨쳐버릴 수 있다. 만일 스님을 말하면서 헛된 환상에 빠지고, 신선을 말하면서 괴이하고 허황된 것에 미혹되면, 결국 반드시 없어서는 안 될 것으로 생각하여, 곧 어리석은 사람 앞에서 꿈 이야기를 하는 것일 따름이다.
詩中有僧, 但取其幽寂雅澹, 可以裝點景致. 有仙, 但取其瀟灑超脫, 可以擺落塵滓. 若言僧而泥於空幻, 言仙而惑於怪誕, 遂以爲必不可無者, 乃癡人前說夢耳.(≪懷麓堂詩話≫)

禪詩와 仙詩는 모두 은일낭만을 바탕으로 하여 초탈과 合自然을 추구함이 그 장점이며 차별성이 있다. 그러나 僧詩가 空幻하고 仙詩가 虛誕에 빠지면 그 참된 가치를 상실하는 것이어서 中和의 美를 잃게 됨을 경계하고 있다. 종교적 숭고한 의식에서 나온 시의 고유성을 유지하기가 쉽지 않음을 강조하였다. 위의 「癡人前說夢」구는 黃庭堅이 陶潛(도연명)의 〈責子〉시에 대한 후평에서, 「도잠의 시를 보면, 그 사람됨이 단아하고 고상하며 자상하고 해학적이어서 볼만하다고 생각한다. 속인은 곧 말하기를 도잠의 여러 아들이 모두 신통치 않아서 도잠이 근심하여 시에 표현하였다고 하는데, 어리석은 사람 앞에서는 꿈 얘기를 못하겠다고 말할 수 있다.(觀陶淵明之詩, 想見其人豈弟慈祥, 戲謔可觀也. 俗人便謂淵明諸子皆不肖, 而淵明愁歎見於詩, 可謂癡人前不得說夢也.)」(≪豫章黃先生文集≫ 권26)라고 기록한 바, 이동양은 그 문구를 인용하고 있다.

이런 논점에서 佛家의 禪과 道家의 仙을 동시에 추구한 詩佛 王維 시의 경우를 보면, 왕유는 仙과 禪의 경지에서 脫俗을 추구한다. 仙으로 보면 왕유는 開元 11년에서 동 14년 사이에(726) 濟州로의

貶官 이후 河南 崇山에 은거할 때, 도가사상의 영향을 받아 시에 '長嘯', '鍊丹' 등의 도가 특유의 시어를 구사하면서 의식의 허무를 토로하였다. 〈竹里館〉(≪王右丞集箋注≫ 권13) 제1연을 보면,

> 홀로 깊은 대숲에 앉아서
> 거문고 타며 또 길게 휘파람을 부네.
> 獨坐幽篁裏, 彈琴復長嘯.

라는 구와, 〈自大散以往深林蹬道盤曲四十五里至黃牛嶺見黃花〉(상동 권4) 제4연을 보면,

> 조용히 깊은 시내에서 말하고
> 높은 산마루에서 길게 휘파람 부네.
> 靜言深溪裏, 長嘯高山頭.

라는 구에서 각각 '長嘯'의 시어를 택하고 있다. 長嘯(장소 : 긴 휘파람)는 도가에 있어 '致不死'[1] 즉 장생을 의미하는 것으로 도가 철학의 중요한 기본관념의 하나이다. 禪은 神韻說을 대언한다고 하겠으니, 詩와 禪의 관계에 대해서 명대 胡應麟은 서술하기를,

> 엄우의 선으로 시를 비유하는 이치는 아름답다. 선은 곧 한 번 깨우친 후에는 만법이 공이니, 노래하고 노하여 소리 질러도 이치에 맞지 않는 것이 없다. 시도 곧 한 번 깨우친 후에는 만상을 가만히 깨우치게 되니, 신음과 기침만 해도 천진한 도리에 합당한다. 선은 필히 깊은 지경을 이룬 후에 깨달을 수 있고, 시는 깨달은 후에라도 여전히 모름지기 깊은 지경을 이루어 나가야 한다.
> 嚴氏以禪喩詩, 旨哉, 禪則一悟之後, 萬法皆空, 棒唱怒呵, 無非至理 : 詩則一悟之後, 萬象冥會, 呻吟咳唾, 動觸天眞. 禪必深造而後能悟,

---

1) 唐人 孫廣, ≪嘯旨≫(商務印書叢集成 第1660種) : 「夫氣激於喉中而濁, 謂之言, 激於舌而淸, 謂之嘯, 言之濁, 可以通人事, 達性情, 嘯之淸, 可以感鬼神, 致不死, 蓋出其言善, 千里應之, 出其嘯善, 萬靈受職, 斯古之學道者哉.」

詩雖悟後, 仍須深造.(≪詩藪≫〈內編〉권3)

라고 하여 시와 禪을 불가분의 관계로 놓고, 시는 悟를 얻은 후에 深造가 요구되는데, 禪이 필수적인 관념의 힘이 된다고 하였다. 송대 魏慶之의 다음 글을 보면,

시도는 불법과 같아서 대승과 소승으로 나뉘며, 불도에 어긋난 사마 같은 이단은 오직 아는 자만이 이것을 말할 수 있다.
詩道如佛法, 當分大乘小乘, 邪魔外道, 惟知者可以語此.(≪詩人玉屑≫ 卷5〈陵陽室中語迷韓駒〉)

라고 하여 嚴羽 이후의 중국 시론의 근간이 될 만큼 시와 禪의 연결 고리를 부각시키고 있음을 볼 수 있다. 그만큼 王維 시와 禪과의 연관은 중요하게 다루어진다. 청대 王士禎은 서술하기를,

엄우가 선으로 시를 비유하는데, 나는 그 설을 깊이 새기며 오언시는 더욱 그에 가깝다. 왕유와 배적의 〈망천절구〉 같은 것은 글자마다 참선에 들어가 있다.
嚴滄浪以禪喩詩, 余深契其說, 而五言尤爲近之. 如王裴輞川絶句, 字字入禪.(≪帶經堂詩話≫ 권3)

라 하여 왕유의 〈輞川絶句〉를 入禪하는 시의 대표로 비유하였는데, 이는 왕유가 모친 崔氏(博陵人)에게서 信佛의 영향을 받은 바 큰 데 근거한다. 그의 〈胡居士臥病遺米因贈〉(≪王右丞集箋注≫ 권3) 일단을 본다.

地水火風의 큰 근원을 보면
타고난 천성은 어디에 있는가.
망령된 생각이 진실로 없으니
이 몸에 어찌 길흉이 있겠는가.
色과 聲은 나그네 인생에게 무엇이며
세상 만상을 다시 누가 지키는가.

헛되이 연꽃의 눈은 말하면서
어찌 냇버들 곁가지는 싫어하는가.
이미 향적반은 배불리 먹으면서
성문주에는 취하지 않는다.
사물의 있고 없는 마음 끊고서
생사의 변화무쌍한 환상과 꿈은 받아들인다.
병들면 곧 실상 즉 실지의 현상인데
공허함을 추구하며 미친 듯 달린다.
참된 법도 하나 없고
나쁜 법도 하나도 없다.
……

了觀四大因, 根性何所有.
妄界苟不生, 是身孰休咎.
色聲何謂客, 陰界復誰守.
徒言蓮花目, 豈惡楊枝肘.
旣飽香積飯, 不醉聲聞酒.
有無斷常見, 生滅幻夢受.
卽病卽實相, 趨空定狂走.
無有一法眞, 無有一法垢.
……

시 전체가 佛語로 작시되었을 뿐 아니라 인류의 三界火宅에서 괴로워하는 육체의 그 구성요소인 四大因 즉 地水火風이 집합된 상태에서 '苦'를 해탈하여 覺得하는 세계인 忘我의 열반을 상상케 한다. 諦念이 체득되며 不入俗(세속의 처지에 빠지지 않음)의 자세가 파악되어 '無苦集滅道'(삶의 고뇌와 죽음을 극복함)의 수행이 된다. 또한 〈謁璿上人〉(상동 권3)에서 말 4구를 보면,

바야흐로 스님의 부처의 법력을 드러내니
겸허하게 득도하신 저 스님의 모습을 세상에 보이네.

한 마음이 오직 불법의 근본 진리에 있으니
원컨대 죽고 사는 번뇌를 초월한 이치로 중생을 권면하기를.
方將見神韻, 陋彼示天壤.
一心在法要, 願以無生獎.

라 하여 皮相의 見을 떠난 眞相의 觀으로 '空'과 '色' 경계를 초월하여 왕유의 璿上人(선상인)과의 神交의 경지를 표출하고 있다. 이것은 '詩禪相喩'(시와 선의 경지가 서로 비유됨) 시의 예로, 魏慶之는 「시를 배움이 온전히 참선을 배우는 것 같음(學詩渾似學參禪)」(≪詩人玉屑≫ 卷1)이라고 한 바와 같이 禪義와 詩教가 관련이 있으면서 분별되어 있어 神韻의 표현에서 시와 禪의 상호 역학적 상관성이 있음을 알 수 있다.

(14) 高荷

황정견의 가르침을 친히 받고 널리 식견이 많으니 〈맥성시〉 같은 것은 험운으로 압운했어도 대개 막힌 모습이 없고, 문집 중에 좋은 시어가 겹겹이 나오는데 여본중이 여러 사람 뒤에 놓은 것은 어째서인가, 앞으로 올려도 좋을 것이다.
親見山谷經指授, 記覽多如麥城詩, 押險韻略無窘態, 集中健語層出, 紫微公乃以殿諸人何也, 可升.

高荷는 자가 子勉이며 自號가 還還先生으로 荊南(지금의 湖北 江陵)人이다. 元祐 연간에 太學生을 지내고 만년에는 童貫[2]의 客人이 되었다가 蘭州通判으로 생애를 마쳤다. 그의 시에 대해서 그의 문집 황정견의 跋文에서,

고하의 작시는 두보를 표준으로 삼아서 용사 하나라도 군영의 명령처럼 하고, 글자 하나라도 관문의 열쇠처럼 배열하며, 박학한 지식으

---

2) 童貫 : 開封人으로 字는 道輔. 徽宗 때 用兵에 監軍으로 활약하고, 慶陽郡王에 封해졌다.

로 시를 지어 나가고, 행실도 온화하고 공손하게 하였으니 천하의 선
비이다.
子勉作詩, 以杜子美爲標準, 用一事如軍中之令, 置一字如關門之鍵, 而
充之以博學, 行之以溫恭, 天下士也.

라고 극찬하였으며, 유극장은 小序에서 「문집 중에 좋은 시어가 겹겹
이 나온다.(集中健語層出.)」라고 평하였으니, 그의 〈蠟梅〉를 본다.

적은 녹인 밀랍 눈물로 (매화를) 비슷하게 만드니
많이 태우는 용연 향기도 이만은 못하네.
다만 두렵기는 봄바람에 사연이 있을지니
밤에 몇 알의 편지 꽃을 피울 건지.
少鎔蠟淚裝應似, 多爇龍涎臭不如.
只恐春風有機事, 夜來開破幾丸書.(《宋詩大觀》)

이 시는 영물시로 '龍涎'은 香名으로서 향고래(香鯨)의 병든 胃의
分泌物에서 얻는 것이라고 한다. 古人이 蜜蠟으로 서신을 알처럼 封
하여 기밀을 전달하였던 데서, 蠟梅의 꽃떨기를 蠟丸 形似로 표현하
였다.

(15) 江端本

자아 강단우의 동생이다. 강단우의 시는 많으면서 공교한데, 형을 버
리고 동생을 취한 것은 이해할 수 없다. 강단우는 스스로 일가를 이
루었는데 어찌하여 한구처럼 종사에 넣으려 하지 않았을까?
子我弟也. 子我詩多而工, 舍兄而取弟, 亦不可曉. 豈子我自爲家, 不
肯入社如韓子蒼耶.

字가 子之인 江端本에 대한 자료는 없고 형인 江端友(?-1130)를
보면, 字는 子我이며 陳留(지금의 河南 開封 東南 陳留城)人이다. 靖
康 초에 진사 하사받고 諸王宮敎授를 지내고, 太常少卿에 이르렀다.
宣仁의 비방을 변호하는 상서를 올렸다가 유배당하였고, 渡江하여 桐

廬(동려)의 鸕鶿源(노자원)에 寓居하였다. 문집으로 ≪七里先生自然庵集≫이 있다. 강단우의 시 〈牛酥行〉(≪宋詩紀事≫ 권33)을 본다.

나그네여 나그네여 장안의 관리 되어
우유 백 근을 손수 달이네.
밤낮 안 가리고 소부댁으로 말 달리니
먼지 날리며 수레가 댁에 당도하네.
문지기가 불러 대며 내릴 필요 없다 하며
벌써 누가 먼저 머물러 있다 하네.
많아서 이것보다 배가 넘는다 하며
흐뭇한 얼굴로 돌아보며 기뻐하네.
어제 아침에 바친 것이 두 번째지만
맑게 옻칠한 통이 곱고 단단하네.
이제 그대가 늦게 온 데다 수량도 적으니
푸른 종이에 이름 붙여서 앞에 내놓기 어렵네.
갖고 돌아가자니 요동 돼지 부끄러워서
내년에는 소시장에나 찾아가야겠네.
有客有客官長安, 牛酥百斤手自煎.
倍道奔馳少師府, 望塵且欲迎歸軒.
守闇呼語不必出, 已有人居第一先.
其多乃復倍於此, 台顏顧視初怡然.
昨朝所獻雖第二, 桶以淳漆麗且堅.
今君來遲數又少, 靑紙封題難勝前.
持歸定慚遼東豕,3) 努力明年趁頭市.

이 시는 사실에 의거하여 지은 시로서 徽宗의 총혜를 입어 西京(洛陽)留守의 太監 梁師가 우유 백 근을 進獻한 사실을 풍자하여 지었다. 양사는 휘종 때 蔡京, 童貫 등 六賊의 한 사람으로, 당시의 통치

---

3) 遼東豕 : 요동의 돼지가 머리 흰 새끼를 낳으니, 이상히 여겨서 임금께 바치려고 河東에 갔더니 그곳 돼지가 모두 희므로 부끄러서 돌아왔다는 故事. 식견이 좁아서 혼자 잘난 체하지만 남이 보기에 별것 아님을 비유.

계층의 부패상을 고발한 시라 할 것이다.

(16) 李錞

서부, 반대림 등과 같은 시대이다.
與徐師川, 潘邠老諸人同時.

李錞은 자가 希聲으로, 秘書丞을 지냈다. 그의 〈題宗室公震四時景〉
(≪宋詩紀事≫ 권33) 중에서 〈春景〉과 〈夏景〉을 다음에 본다.

구강이 오호와 이어져 있어야
편지 만 리 멀리 하늘에 띄울 수 있네.
산 살구와 들 복사꽃 시들어진 곳에
새벽바람 부는데 한식이 뚜렷하구나.
九江應共五湖連, 尺素能開萬里天.
山杏野桃零落處, 分明寒食曉風前.(〈春景〉)

우거져 그늘진 여러 나무가 물가 모래에 비치고
삼복더위에 멀리 강과 하늘이 절로 한 집 같네.
쪽배 불러서 구름 비단을 건너려 하니
연꽃이 평평하게 놓인 밝은 거울이네.
繁陰雜樹映汀沙, 三伏江天自一家.
欲喚扁舟渡雲錦, 平鋪明鏡是荷花.(〈夏景〉)

(17) 楊符

「벼슬길 관리 일마다 나쁘고, 전원의 집은 일마다 좋도다.」는 당나라
시인만큼 득의만만한 시이다.
吏道官官惡, 田家事事賢. 唐人得意語也.

楊符의 자는 信祖이며, 시집이 있다고 하나 ≪宋詩紀事≫(권33)에
는 위의 시구만 유극장의 ≪後村詩話≫에서 수집한 것으로 기재되
어 있다.

(18) 呂本中(1084-1145)

여본중이 ≪하균보집≫ 서문을 지어서 이르기를, 「시를 배우려면 당연히 활법을 알아야 한다. 소위 활법이란 규율이 갖추어져서 규율 밖으로 드러나, 변화불측하면서도 규율에 어긋나지 않는 것이다. 이 도리는 대개 정한 법이 있으면서 없기도 하고, 정한 법이 없으면서도 있기도 하다. 이것을 아는 사람과는 함께 활법을 말할 수 있다. 사조는 말하기를, 『좋은 시는 흘러가듯 굴러가듯 둥글고, 아름답기 탄환 같다.』라고 하였으니 이것이 참된 활법이다. 근세에 오직 예장 황정견만이 먼저 전대 작품의 폐단을 변화시켰고, 그 후에 배우는 사람들이 취향을 알게 되어 정신을 다하고 지혜를 다하여 두루 본받아서 거의 변화불측한 경지에 이르렀다. 그러나 나의 구차하고 천박한 논리는 모두 한위 이래로 문장에 뜻을 둔 사람의 법도이고, 문장에 뜻이 없는 사람들의 법도는 아니다. 공자가 말하였다. 『시에 흥취를 느낀다.』 또 말하였다. 『시는 사람의 마음을 불러일으키고, 정교의 득실을 살피고, 교우와 처세의 방법을 밝히고, 원망하면서도 성내지 않는 살핌을 얻게 할 수 있다. 가까이는 부모를 모시고, 멀리는 임금을 섬기며, 새와 짐승, 초목의 이름을 많이 알게 된다.』 지금 시 짓는 사람은 과연 그 시를 읽고서 사람들에게 그 선한 마음을 일으키게 할 수 있는가? 과연 사람들로 하여금 감정을 불러일으키고 밝히며 더불어 살피고 원망하게 할 수 있는가? 과연 사람들로 하여금 부모와 임금을 섬기고 조수와 초목의 이름의 이치를 알 수 있게 할 수 있겠는가? 시를 지어서 사람들에게 이렇게 할 수 없다면 차라리 짓지 말라. 나의 벗 하예는 어질고 문장이 있어서 그의 시는 무릇 소위 시의 규율을 다 갖추고 있으면서 규율 밖으로 벗어나서 변화불측하거늘, 후에 더욱 선생을 추종하여 노닐었고 성인의 시를 말하는 까닭을 들어서 그 오묘함을 터득하였다. 소위 문장에 뜻이 없는 문장은 문장에 뜻을 둔 문장이 아니다.』라 하였다. 나는 일찍이 이 서문은 천하의 지극히 당연한 말이라고 생각하였다. 인용한 사조의 『좋은 시는 흘러가듯 굴러가듯 둥글고, 아름답기 탄환 같다.』고 한 말을 가지고, 나는 사조의 시를 살펴보건대, 마치 비단 짜는 공인이 비단을 베틀에서 짜고, 옥인이 옥을 다듬는 것처럼 천하의 기묘한 능력을 다하여 그런 후에 흘러가듯 굴러가듯 둥글고, 아름다워질 수 있다고 느낀다. 근래 시를 배우는 사람들은 자주 탄환의 비유를 오인하여 쉽게 취하는데, 따라서 육유의 시에 이르기를, 「탄환 이론을 마침 잘못 받아들이네.」라 하고, 또 주희도 이르기를, 「여본중의 시를 논함이 글자마다 메아리가 울리게 하려는데, 만년의 시가 벙어리 같다.」고 하였다. 그러니 여본중의 시를 알고자 하는 사람은 ≪하균보집≫ 서문을 보면 탄환이란 말이 쉽게 되는 것이 아님을 알게 될 것이고 주희의 말로도 징험이 되니, 소위 '글자마다의 메아리'란 말을 안다면, 진실로 물러나 게으름을 피울 수 없는 것이다.

紫微公作夏均父集序云:「學詩當識活法, 所謂活法者, 規矩備具, 而能出於規矩之外, 變化不測, 而亦不背於規矩也. 蓋有定法而無定法, 無定法而有定法, 知是者則可以與語活法矣. 謝元暉有言, 好詩流轉圓美如彈丸, 此眞活法也. 近世爲豫章黃公首變前作之弊, 而後學者知所趣向, 畢精盡知, 左規右矩, 庶幾至於變化不測. 然余區區淺末之論, 皆漢魏以來有意於文者之法, 而非無意於文者之法也. 子曰: 興於詩. 又曰: 詩可以興, 可以觀, 可以群, 可以怨. 邇之事父, 遠之事君, 多識於鳥獸草木之名. 今之爲詩者, 讀之果可以使人興起其爲善之心乎. 果可以使人興觀群怨乎. 果可以使人知事父事君而能識鳥獸草木之名之理乎. 爲之而不能使人如是, 則如勿作. 吾友夏均父賢而有文章, 其於詩蓋得所謂規矩備具, 而出於規矩之外, 變化不測者, 後更多從先生長者游, 聞聖人之所以言詩者而得其要妙, 所謂無意於文之文, 而非有意於文之文也.」余嘗以爲此序天下之至言也. 所引謝宣城好詩流轉圓美如彈丸之語. 余以宣城詩攷之, 如錦工機錦, 玉人琢玉, 極天下巧妙, 窮巧極妙, 然後能流轉圓美. 近時學者, 往往誤認彈丸之喩, 而趣於易, 故放翁詩云:「彈丸之論方誤入.」又朱文公云:「紫微論詩欲字字響, 其晩年詩多啞了.」, 然則欲知紫微詩者, 以均父集序觀之, 則知彈丸之語, 非主於易, 又以文公之語驗之, 則所謂字字響者, 果不可以退惰矣.

여본중에 대한 생평과 문학이론은 앞서 ≪紫微詩話≫ 해제에서 상세하게 기술하였다. 소위 活法이란 시의 독창성과 시 흥취의 활성화가 있어야 생명이 있는 시를 지을 수 있다는 것이다. 이것은 朱熹가 말한 '字字響'과 일맥상통한다. 유극장은 江湖派에 연관되지만 宗派門戶에 대한 편견 없이, 객관적인 견해를 서술하고자 하였다. 강서시파에 대해서도 「(논리가) 지나치게 파고든다(破于穿鑿)」라든가 「너무 참신하다(溢爲尖新)」라는 불만을 토로하면서도 「(시를 짓는 데) 연단이 정밀하고 성정이 심원하다(鍛鍊精而情性遠)」라고 칭찬하였다. 본 소서에서 강서시파의 장점을 긍정적으로 평가하여 특히 山谷條에서는 宋詩 源流를 분류하고 시파의 형성 원인에 대해 정밀하게 분석하고 黃庭堅의 지위와 영향을 높이 평가하고, 여본중의 ≪江西詩社宗派圖≫ 序記의 편견과 표방도 거론하고 있다. 따라서 이 小序는 입론이 정당하고 칭찬과 비판이 공평하여 유극장의 시론의 초점을 이해할 수 있다.

본 시화는 원래 ≪後村大全集≫ 95권 중에 있다. 鮑廷博이 ≪知不足齋叢書≫를 편집할 때에 본 시화 부분을 張泰來의 ≪江西詩派宗社圖錄≫에 부기하였는데, 丁福保가 별도로 편집하여 ≪歷代詩話續編≫에 列入하여 問世케 되었다.

趙與虤(조여현, 생졸년 불명). 자는 威伯이며, 涿州(지금의 河北 涿縣)人이다. 宋 太祖의 10세손으로 대략 송대 寧宗(1195-1224) 이후에 생존하였다. 저서로는 ≪娛書堂詩話≫가 있다. 그의 시론은 '鑄意'(시의 뜻을 녹여 만듦)를 중시하여 시란 '奇意'·'深意'·'新意'를 지녀야 하며, 시 표현상의 '工巧'함을 강조하여 「시구의 뜻이 다 공교하다(句意皆工)」라 하였고, 시의 예술경계는 '淸拔'과 '高妙'를 추숭하였다. 그의 시론은 江西派에 근거하지만, 나름의 독자적인 노선을 추구하였다.

본 시화는 上下卷으로 상권에 34개조, 하권에 34개조 총 68개조로 구성되어 있다. 구성 내용을 보면, 상권에 晩唐 시인 許渾의 〈題孫處士居〉에서 「高歌懷地肺」 구의 '地肺'에 대한 주석으로부터 시작하여 古樂府와 당대 羅隱, 任濤 등 외에는 전부 송대 문인의 시에 관한 고증 위주로 서술되어 있다. 그리고 하권에서도 六朝 陶弘景, 唐 太宗, 陸龜蒙, 劉言史 등 외에는 또한 전부 송대 관계 문장들로 구성되어 있어서 중국시 전반적인 내용 서술이 없는 시화라 할 것이다. 論詩와 評詩語 외에, 用語와 用事의 출처와 先人 軼事에 편중되어 있으나 고증도 서술되어 있어서 ≪四庫全書總目提要≫에서 본 시화를 평하기를 「잡다한 것에 빠진 점이 있으나, 그 담긴 내용의 요점은 버릴 수 없다.(失于蕪雜則有之, 要其精華不可棄.)」라고 한 바, 남송 시화 중에서는 비교적 가작에 속한다.

만당 羅隱의 〈繡〉 시와 趙彦若의 〈剪綵花〉 시를 평하여 「시의 뜻을 지어냄이 다 기이하다(鑄意俱奇)」라 하고, 李光 시를 평하기를, 「아름다우면서 깊은 뜻을 지닌다(婉而有深意)」라 하고, 戴復古의 〈詠釣臺〉시를 평하기를, 「새로운 뜻이 좋다(新意可喜)」라고 각각 평하고 있으니, 그 요지는 시의 '思致'를 통하여 시인의 '意度'를 파악한다는 데 있다. 그리고 시의 '形容' 즉 시의 예술표현의 기교를 중시하여 시는 '奇意', '深意', '新意'가 있다고 보았다. 그리고 「句意皆工」(시구의 뜻이 다 공교함)한 시라야 '警句'를 지어내고, 아울러 '好詩'라고 평가하였다.

시화에서 論詩가 用事 출처와 造語 내역에 편중되어 기술된 점이 있고, 그 술어 사용도 江西詩派의 영향을 많이 받고 있다. 그리하여 ≪四庫全書總目提要≫에는 본 시화의 논시는 「강서파에서 기원하고 아울러 강호종파에 영향을 주었다.(源出江西, 而兼涉于江湖宗派.)」라고 하였으니, 이것은 시의 사상과 표현의 상호조화를 주장한 것으로, 강서시파의 詩法과 句律의 엄격한 적용과 用事와 押韻의 기교를 중시한 풍조를 다소 수정한 시론이라 하겠다. 그리하여 ≪四庫全書提要≫에서, 「대개 송대와 원대를 이어가면서 시파가 변화할 시기에 시를 배우는 자들은, 황정견과 진사도의 여운을 버리고 '청신'한 풍조로 바꾸려 하였다.(殆當宋元之交, 詩派將變之時, 學者方厭棄黃陳餘唾而欲矯以淸新.)」라고 기술하였다.

다음에 시화 문장 중에서 상권의 古樂府와 만당 羅隱의 詠物詩, 그리고 당대 任濤, 하권의 陶弘景과 歐陽修와 蘇軾, 吳沆 등 시에 대한 評文을 살펴보기로 한다.

(1) 古樂府

고악부에 이르기를, 「애타게 잠방이(궁과) 걸치고, 한가로이 홰나무에 기대네.」≪냉재시화≫에 이르기를, 「'궁과'는 한나라 때 말로서 지금 '당과'(잠방이)이다.」그러나 출처가 자세하지 않다. 서한 상관 후전에 의하면, 「궁인 사령은 모두 '궁과'를 걸치고 허리띠를 많이 둘렀다.」하였다. 복건이 말하였다. 「'궁과'에는 앞뒤 배자가 있어서 서로 통하지 않는다.」 안사고가 말하였다. 「곧 지금의 잠방이이다.」
古樂府云:「愛惜加窮袴, 防閑託守宮.」 冷齋詩話云:「窮袴漢時語, 今
襠袴也.」 然未詳所出. 按西漢上官后傳:「宮人使令皆爲窮袴多其帶服.」
服虔曰:「窮袴有前後襠, 不得交通也.」 師古曰:「卽今之裩襠袴也..」(上
卷)

위 예문은 고증의 예로서 본 시화의 작자는 고사나 사실에 대한
고증에 대해서 상당히 심혈을 기울이고 그 객관적인 근거를 찾아서
입증하는 데 주력하고 있다.

(2) 陶弘景의 聯句

도홍경이 화산에 은거하는데 양나라 고조가 묻기를, 「산속에 무엇이
있는가?」 하니 도홍경이 시로 답하기를, 「산속에 무엇이 있냐구요?
산마루에 흰 구름이 많아요. 다만 홀로 즐길 뿐이니, 그대에게 가져
다 줄 수 없어요.」라 하였다. 진여의는 일찍이 이것을 본떠서 이르기
를, 「돌화로에 깊이 불을 지피고, 책걸상에 되는 대로 기대 있네. 다만
절로 즐길 뿐이니, 장부에게 부칠 수 없도다.」 하였다.
陶弘景隱居華山, 梁高祖問曰:「山中何所有.」 弘景以詩答曰:「山中何
所有, 嶺上多白雲. 只可自怡悅, 不堪持贈君.」 陳簡齋嘗倣之云:「石爐
深炷火, 撩亂一榻書. 只可自怡悅, 不堪寄張扶.」(下卷)

陶弘景(452-536)은 자가 通明으로, 華陽에 은거하여 만년에 自稱
'華陽眞逸'이라 하였다. 南朝 齊梁의 도사로서 葛洪 이후에 최고의 鍊
丹家이다. 492년 南京 남쪽 九曲山(茅山)에 칩거하여 도교에 정진
하여 도교 '茅山派'의 開祖가 되었다. '怡雲'(구름을 즐긴다)이란 말
을 만든 도사로 ≪眞誥≫와 ≪登眞隱訣≫ 등 道敎 저서와 ≪本草經
集注≫와 ≪名醫別錄≫ 등 醫書를 지었다. 송대 陳與義가 도홍경의
시에서 「只可自怡悅(오직 절로 즐길 뿐이네)」 구를 직접 모의하여 지
은 시 또한 매우 초탈적이다.

(3) 羅隱의 영물시 〈繡〉

당대 나은의 〈수〉 시에 이르기를, 「꽃은 옥 손가락을 따라서 봄빛을
더하고, 새는 금바늘 쫓아서 깃털이 자라네.」 하였다. …담긴 뜻이 다
기이하고 모두 뛰어난 시구이다.
唐羅隱繡詩云:「花隨玉指添春色, 鳥逐金針長羽毛.」…鑄意俱奇, 皆警
句也.(上卷)

羅隱(833-909)의 〈繡〉(≪全唐詩≫ 권656) 전체를 본다.

한 조각 비단실 (세 글자가 빠져 있음)
깊은 방 서실에서 여인이 수고하네.
꽃은 옥 손가락을 따라서 봄빛을 더하고
새는 금바늘 쫓아서 깃털이 자라네.
촉 지방 비단은 과장되어 명성이 절로 귀하고
월 지방 비단은 헛소문으로 값이 높네.
수실로 원앙 이불 지어낼지니
붉은 잎가지마다 칼끝같이 섬세하네.
一片絲羅(三字缺), 洞房西室女工勞.
花隨玉指添春色, 鳥逐金針長羽毛.
蜀錦謾誇聲自貴, 越綾虛說價功高.
可中用作鴛鴦被, 紅葉枝枝不礙刀.

만당 古淡派 시인이며 韓國漢文學의 鼻祖인 崔致遠에게 문학적 영
향을 준 羅隱의 생평이 ≪舊唐書≫와 ≪新唐書≫에는 기술되어 있지
않고, 辛文房의 ≪唐才子傳≫(傳璇琮 主編의 ≪唐才子傳校箋≫ 中華書
局 1990), 計有功의 ≪唐詩紀事≫(王仲鏞 著 ≪唐詩紀事校箋≫ 巴
蜀書社 1992), 雍文華의 ≪羅隱集≫ 부록(中華書局 1983) 등과 보
조자료로는 ≪羅隱集≫ 부록의 〈生平傳記〉 부분에서 ≪吳越備史≫의
〈羅隱傳〉, ≪北夢瑣言≫(권6과 권17), ≪舊五代史≫(〈羅隱傳〉), ≪新
五代史≫(권67), ≪唐摭言≫(권3), ≪五代史補≫(권1), ≪宣和書譜≫

(권11과 권14), ≪硏北雜誌≫(권하), ≪西湖遊覽志餘≫(권11·12·24) 등에서 일화 중심의 자료들을 확인할 수 있다.

그의 생평에 있어 비교적 상세히 기술하고 있는 辛文房의 ≪唐才子傳≫(권9)의 일단을 다음에 본다.

나은의 자는 소간이며, 전당인이다. 어려서부터 영민하고 문장을 잘 지었으며 시작이 더욱 뛰어나서 호연의 기품을 길렀다. 건부 초년에 진사에 오르고 과거에는 누차 낙방하였다. 광명 연간에 난리를 만나서 고향으로 돌아갔는데, 그 당시에 전상보가 동남절도사로서 받들어 중히 여기니, 나은이 그에 의지하려 하여 배알하고 시를 지어 바치니, 권수의 〈과하구〉에, 「하나의 예형이 받아들이지 않고, 황조를 생각하다가 영웅을 속였도다.」 하였다. 전류는 보고 크게 기뻐하여 글을 써 청하였다. 「중선은 멀리 유형주에 의탁하니 대개 난세 때문이요, 부자께서 즐거이 노사구가 된 것은 단지 고향 때문이네.」 나은이 말하기를, 「이에 떠나지 않겠다.」하여 드디어 장서기가 되었다. 성품이 단순오만하며 담론이 고상하고 활달하여 모든 사람 입에 오르내리고 해학을 좋아하며 감성이 즉흥적이다. …

隱字昭諫, 錢唐人也. 少英敏, 善屬文, 詩筆尤俊拔, 養浩然之氣. 乾符初擧進士, 累不第. 廣明中, 遇亂歸鄕里, 時錢尙父鎭東南, 節錢崇重, 隱欲依焉, 進謁投素作, 卷首過夏口云;「一箇禰衡容不得, 思量黃祖謾英雄.」鏐得之大喜遇, 以書辟曰;「仲宣遠託劉荊州, 蓋因亂世; 夫子樂爲魯司寇, 祇爲故鄕.」隱曰; 是不可去矣. 遂爲掌書記. 性簡傲, 高談闊論, 滿座風生. 好諧謔, 感遇輒發. …

여기에서 나은에 관한 다음 몇 가지 인적 사항을 정리할 수 있다.

1) 출신 성분 : 나은의 출신지가 錢唐(杭州)이라 하였는데, 餘杭(≪唐詩紀事≫ 권69)은 '錢唐'의 異名임에는 이의가 없고 '新城'이라는 데 이설로 된다. 혹은 '新登'이라고도 한다.1) 이 이설을 傅璇琮의

---

1) ≪吳越備史≫〈羅隱傳〉;「羅隱, 字昭諫, 新登人也.」, ≪十國春秋≫ 卷12;〈十國地理表〉下新登條;「舊爲新城, 吳越天寶元年梁避廟諱敕改新登縣.」(今浙江省富

校箋本도 「≪당재자전≫에 전당인이라 하였는데, 근거가 있지만 틀린 것이다.(才子傳作錢唐人, 雖有所本, 仍誤.)」라 하여 後說을 믿고 있으나, '錢唐'의 근거는 ≪北夢瑣言≫ 권6, ≪舊五代史≫ 본전, ≪舊唐書≫ 권161 羅弘信傳, ≪宣和書譜≫ 권11, ≪郡齋讀書志≫ 권16 등에 모두 전설로 기록되어 있어, 여기서는 墓誌의 믿을 만한 기록에도 불구하고 辛文房의 기록을 따르고자 한다. 나은의 생평 연대에 대해서는 지금까지 당대 沈崧(심숭)의 〈羅給事墓誌〉(雍文華 ≪羅隱集≫ 부록)에,

> 개평 3년 봄에 앓아 눕고, 그해 겨울 12월 13일에 서궐사에서 사망하니 향년 77세이다.
> 以開平三年春寢疾, 冬十二月十三一發於西闕舍, 享年七十七歲.

라고 하니, 이것으로 산출하면 나은의 생년은 文宗 太和 7년(833)이며 졸년은 吳越 錢鏐王 천보 2년(909, 後梁 太祖 開平 3년)에 해당한다.

   2) 성격과 외모 : 나은의 성격은 浩然之氣가 있고 준일하여 詩才가 발군하며 서법에 정통하여 특히 행서에 전형 필법을 강구하였지만,[2] 오만하고 남을 경시하고 과감한 면이 있었으며 괴팍하여 자존심이 강한 면모를 보인다. 그러나 편벽한 면 외에도 권력지향적인 공명심이 적지 않아서 錢鏐에 의거하는 변심을 읽을 수 있다. 그의 우인 沈崧은 墓誌에서,

> 우리 임금 만나 절개 곧은 인물로 기록되고, 그것으로 고관에 이르렀으니, 살아 있을 때나 죽을 때나 은총이 가해져 자손들이 의탁할 수 있게 되었도다. 들과 밭이 부의로 내려지고 경건한 마음이 시종

陽縣西南). 謝先模 〈羅隱籍貫考辨〉(江西師範大學報, 1985年 第四期)에는 역시 나은의 출신을 '新登'으로 본다. 이 설에 대해서 沈崧의 〈羅給事墓誌〉의 「家本新城, 地臨浙水, 惟彼秀色, 鍾乎夫子.」라 한 동년배의 기록에 근거하기 때문이다.

2) ≪宣和書譜≫ 권11 〈行書〉 5 : 「隱雖不以書顯名, 作行書尤有唐人典型. …」

표해지니 선비들도 그 때에 영달한 사람이라 말하였도다. 이미 우리 임금께서 왕 된 귀감을 밝히시지 않았다면, 어찌 부군이 다재다능함을 펼 수 있었겠는가?

及遇我王, 錄爲上介, 致之大僚, 存沒加恩, 翼燕可託. 原田賵贈, 式表初終, 儒士於時, 亦謂達矣. 向非我王之支明王鑒, 豈展府君之多藝多才.(上同)

라고 하여 志操와 氣稟이 높은 면으로 나은을 평가하였다.

3) 관직 관계 : 나은은 낙방한 후 생애의 전기에는 鄭畋(정전)3)과 高騈(고변),4) 후기에는 錢鏐(전류)5)와 羅紹威6) 등 4인의 은전을 받은 것을 알 수 있다. 재상인 정전과는 그 딸과의 사건으로 시명이 알려졌고, 고변과는 顧雲과 대조적으로 불경죄로 소외당하였으나, 정의를 세울 수 있었다. 이들 양인 밑에서는 관직을 얻지 못하였고, 전류 밑에서는 掌書記를 위시하여 節度判官, 鹽鐵發運使, 著作郎, 司勳郎中을 지냈으며, 宗家인 나소위를 만나서 비록 연만하였지만 給事中에 천거되어(開平 2년, 908) 그로서는 최고의 지위에 올랐다.

4) 시문집의 판본 : 나은의 시문집에 대해서는 현존하는 것으로 그의 시집인 ≪甲乙集≫ 10권과 ≪讒書≫ 5권, ≪廣陵妖亂志≫, 그리고 ≪兩同書≫ 등이 있으며, 이상에 들어 있지 않은 시문들을 수집 정리하여, 雍文華는 ≪羅隱集≫(중화서국 1983)이라는 命題로 校輯해 내었다. 이 문집은 상기의 시문집을 포함하여 시에 있어서 ≪全唐詩≫(권654-665)의 490수 외에 산존한 逸詩가 수집되어 있으며, 1992년 출간된 孫望의 ≪全唐詩補逸≫과 童養年의 ≪全唐詩續補

---

3) 정전에 대해서는 ≪舊唐書≫ 권178, ≪新唐書≫ 권185.

4) 고변에 대해서는 ≪舊唐書≫ 권182. 나은도 〈淮南高騈所造迎仙樓〉 시가 있음. ≪唐才子傳≫ 권9.

5) 전류와 유관한 나은의 글로서 〈錢氏九州廟碑記〉·〈代武肅王錢鏐謝賜鐵卷表〉·〈錢氏大宗譜列傳〉 등이 있음.(≪羅隱集≫ 雜著)

6) 나소위에 대해서는 ≪舊唐書≫ 권181. ≪新唐書≫ 권210. ≪舊五代史≫ 권14. ≪新五代史≫ 권39. ≪唐詩紀事≫ 권61. 나은이 준 시 〈贈紹威〉가 있음.

遺》, 그리고 陳尙君의 《全唐詩續拾》(이상은 《全唐詩補編》에 합집. 중화서국)에 보충된 21수에서 8수가 이미 소개된 것을 확인할 수 있다.

다음으로 그의 영물시의 풍자적 특성을 첨가하여 개관해본다. 나은의 영물시는 체재상 7언체를 위주로 하는데 그 표현방법이 대개 '先詠物'(먼저 사물을 읊음)하고 '後寓懷'(뒤에 감회를 담음)하고 있다. 〈白角篦〉를 본다.

> 하얗기는 옥과 같고 매끄럽기는 이끼 같으니
> 빗을 빗고 거울 짝하여 먼지를 털도다.
> 이것을 끝이 뾰족한 물건이라 마라
> 언제나 나쁜 머리카락을 단정히 하네.
> 白似瓊瑤滑似苔, 隨梳伴鏡拂塵埃.
> 莫言此箇尖頭物, 幾度撩人惡髮來.

시각과 감각의 기관을 가지고 색채미를 가하여 옥이나 이끼에 비유하고, 거기에 섬세한 관찰력으로 실용적 공능성을 강조하고 있다. 이와 더불어 세상사에 대한 비유로서 〈詠香〉을 본다.

> 향수의 좋은 재료는 측백보다 귀한데
> 박산의 화로 따뜻하여 옥루는 봄이로다.
> 그대 아껴서 꺼릴 것 없으니
> 그 향내 맘껏 마시며 시름 젖은 몸 잊고져.
> 香水良材食柏珍, 博山爐煖玉樓春.
> 憐君亦是無端物, 貪作馨香忘却身.

향의 그윽함을 통하여 속세의 신세가 가려지고 헛되고 덧없음을 意趣 속에 담고 있다. 그리고 〈蜂〉을 보면,

> 평지와 산꼭대기는 말할 나위 없고
> 끝없는 경치마저 다 차지하였구나.
> 온갖 꽃 찾아다녀 꿀 만들고 나면

누굴 위해 고생하고 누굴 위해 달콤한가.

不論平地與山尖, 無限風光盡被占.

探得百花成蜜後, 爲誰辛苦爲誰甛.

라고 하였다. 여기서도 꿀벌이 하는 일을 인간사의 허무에 비견하려하고 있다. 말구의 누구를 위해서 고생하고, 또 달콤하게 하는지를 自問 형식으로 표현하면서 벌을 민생에 비유하였다. 이러한 기법은 초당대의 李嶠의 영물시에서 볼 수 있는 것으로,7) 나은에게 있어서는 만당의 작이라 할 수 없을 만큼 고차원의 묘사를 강구하고 있다. 나은의 영물시에서 하나 더 특기할 일반특성으로 과거에 대한 懷古와 思念을 시에 기탁하는 점을 들 수 있다. 이것은 일종의 삶의 비애와 애도의 발로인 동시에 내적 의식의 섬세한 감흥을 사물을 빌리는 형식을 통하여 유로하고 있다.

(4) 任濤 詩 一聯

당대 임도는 고안인으로, 시명이 일찍 드러났으니, 「이슬이 동글게 맺힌 모래톱에 학이 날고, 사람은 낚싯배에 누워 흘러가네.」 구가 있다.

唐任濤, 高安人, 詩名早著, 有「露團沙鶴起, 人臥釣船流」之句.(上卷)

任濤는 생졸년 불명으로 洪州 高安(지금의 江西에 속함)人이다. 咸通 12년 落第하고 귀향하였다. 江西觀察使 李隲(이척)이 그 재능을 賞讚하여 鄕里의 잡역을 면제하였는데 鄕民의 비난을 받기도 하였다. 許裳과 張喬 등과 함께 '咸通十哲'이라 칭한다. ≪全唐詩≫(卷795)에 위 시구가 전해질 따름이다. 임도의 시가 다 逸失되었어도, 그가 '咸通十哲'의 一人으로 지칭된다는 면에서 중시되니, 이 詩派는 '淸眞雅正'을 위주로 하여 姚合을 추숭하며, 풍물을 통하여 성정을 興託하는 풍격을 보여준다. 그러므로 중당대의 사회현실을 음송하

---

7) 졸저 ≪中國初唐詩論≫(푸른사상 2003) 참조.

는 白居易, 元稹 등의 寫實派와는 다른 만당 염세론적 조류 과정에
서 파생된 詩派라 할 것이다. 이들 '함통십철'에 대해서 ≪唐詩紀事≫
(권70)를 보면,

> 건주 이빈이 경조부 참군이 되어 경조의 해시를 주관하였는데 그때
> 임도와 허상, 장교, 유탄지, 극연, 오한, 장빈, 주요, 정곡, 이서원,
> 온헌, 이창부를 10철이라 하니 이 해가 함통 말년이다.
> 李建州頻爲京兆府參軍, 主京兆解試, 時任濤與許裳張喬兪坦之劇燕吳
> 罕張蠙周繇鄭谷李栖遠溫獻李昌符, 謂之十哲, 是歲咸通末也.

라고 하였는데, 함통십철은 사실상 12인으로 그중에 鄭谷이 가장 뛰
어나고, 다음으로 張喬, 許裳, 張蠙, 李昌符, 그 다음으로는 周繇,
溫獻, 兪坦之가 있고 劇燕, 任濤, 吳罕, 李栖遠 등은 완전한 시작이
남아있지 않은 상태이다. 따라서 여기서도 시 2구만을 기재한 것으
로 보인다.

(5) 唐代 哀悼詩

> 당나라 제도에 원통한 자가 소릉 아래에서 통곡하는 일이 있어서 이
> 동이 〈책야헌렴시〉에 이르기를, 「공은 이때가 여의치 않다고 하여, 소
> 릉에서 통곡하며 일생을 마치네.」라 하였다. 육유도 시구에 이르기
> 를, 「분개가 쌓여 때때로 역수가를 부르고, 외로이 충성하려 해도 길
> 이 없어서 소릉에서 우네.」 하였다.
> 唐制, 有冤者哭昭陵下, 故李洞策夜獻簾詩云:「公道此時如不得, 昭陵
> 痛哭一生休.」 陸務觀亦有句云:「積憤有時歌易水, 孤忠無路哭昭陵.」(上
> 卷)

위의 문장은 원통한 자의 호소를 주제로 하였지만, 겸하여 哀悼
와 연관하여 애도시를 부연 설명하고자 한다. 輓詩(만시)는 본래 起
源이 〈虞殯(우빈)〉이라 하고 莊子의 〈緋謳(불구)〉가 있다 하며 漢代
에 〈薤露(해로)〉, 〈蒿里(호리)〉 등까지 소급되나, 진정한 의미의 輓

歌는 唐代부터 시작되었다고 한다. 명대 李東陽의 ≪懷麓堂詩話≫
(제85조)에 보면,

> 만시는 당대에 비로소 성행하였는데, 그러나 따라서 우는 자가 없는
> 것은 아니었다. 축수시는 송대에 비로소 성행하여 점차 관리와 친구
> 간에 퍼졌는데, 또한 함께 말하지 않는 자가 없었다. 근래에는 사대
> 부의 자손들이 조부와 부친에 대해 쓰는 것은 물론이거니와, 인척과
> 고향 사람들까지도 서로 청하여 부탁해서 책으로 만들고 있다. 그
> 언사가 서로 답습하고 있어서, 진부하여 싫증이 나니, 예스런 깊은
> 뜻이 없다.
> 輓詩始盛於唐, 然非無從而涕者. 壽詩始盛於宋, 漸施於官長故舊之間, 亦
> 莫有未同而言者也. 近時士大夫子孫之於父祖者弗論, 至於姻戚鄉黨, 轉
> 相徵乞, 動成卷帙. 其辭亦互爲蹈襲, 陳俗可厭, 無復有古意矣.

라고 하여 輓歌가 당대에 매우 성행하였다고 하는데, 그 연원은 고대
로 소급된다. 그런데 祝壽詩는 송대에 비로소 성행하였다는 근거가
있다. 輓歌의 기원에 대해서 명대 章懋(장무)의 ≪楓山語錄≫을 보면,

> 만시는 어떻게 시작되었는가? 그것은 고대 우빈의 노래를 본받은 것
> 인가? 대개 장송하는 사람들이 노래하면서 영구를 실은 수레를 끌고
> 가는 것이니 곧 장주의 소위 상여 줄을 끌며 부르는 노래이다. 한나
> 라의 전횡이 죽으니, 아전이 감히 울지 못하고 다만 영구를 따라가며
> 슬픔을 호소하며 노래하니 그 후에 전승되어서 마침내 〈해로가〉로 왕
> 공과 귀인을 장송하고, 〈호리가〉로 대부와 서민을 장송하게 되었다.
> 輓詩何始乎? 其倣諸古虞殯之歌乎? 蓋送葬者歌以輓柩, 卽莊周氏之所
> 謂紼謳者也. 漢田橫死, 吏不敢哭, 但隨柩敍哀以爲歌, 厥後相承, 遂
> 以薤露送王公貴人, 蒿里送大夫士庶.

라 하여 그 역사가 오랜 것으로 본다. 명대에는 만가가 크게 성행
하면서 형식에 치우쳐 진심으로 애곡하는 풍조가 퇴색하였다고 이동
양은 지적하였다. 이 점을 명대 張寧은 〈三忠二節輓詩序〉(≪方洲集≫

권16)에서 다음과 같이 기록하고 있다.

> 내가 일찍이 요즘 만시가 많은 것을 걱정하니 대개 남의 자손을 위
> 하여 조부를 찬양하는 글로서 공허한 말로 서로 높여서 위아래가 하
> 나가 되니, 주는 사람은 정성 어린 말을 하지 않게 되고, 받는 사람은
> 덕이 되지 않으며, 보는 사람은 경중을 생각하지 않게 되었다.
> 余嘗患今世多輓詩, 大率爲人子孫, 表揚祖父之文, 具空言相高, 上下
> 一致, 與之者非衷言, 受之者無德譽, 見之者不以爲輕重.

이같이 輓歌의 풍토가 형식에 지나지 않으니 그 比重도 약해지고
진심이 없는 虛言을 늘어놓는 글로 변하게 된 상황을 지적하고 있
다. 대조적으로 壽詩의 실질적인 기원에 대해서는 명대 徐燉(서발)
이 「당대에는 축수시가 없고 송대에 비로소 시작되었다.(唐無壽詩, 有
之自宋始.)」(≪徐氏筆精≫ 권4)라고 기록하여 그 시기가 송대로 보
고 있지만, 송대 郭茂倩의 ≪樂府詩集≫(권13)에는 張華의 〈晋四廂樂
歌王公上壽詩〉가 실려 있고, 송대 計有功의 ≪唐詩紀事≫(권31)에는 張
叔良, 崔琮, 李竦(이송)이 〈長至日上公壽詩〉를 지었다는 기록이 있는
것으로 보아 기원이 晋代와 唐代까지 소급된다고 본다.

(6) 歐陽修와 蘇軾 시의 표현력

> 구양수 시에 「산 물가에서 돛대 돌려 아련히 뒤로 가며, 밤 강에 북두
> 성 보며 동서를 분별하네.」 하였고, 소식도 이르기를, 「산수 경치가
> 사람을 비추어 아련히 뒤로 지나가니, 다만 외로운 탑 찾아서 동서를
> 가려보네.」 하였다. 몸이 산수에서 노니 진실로 이런 이치가 있게 된
> 다. 두 분은 시의 묘사표현에 뛰어나다.
> 歐陽文忠詩: 「山浦轉帆迷向背, 夜江看斗辨西東.」 東坡亦云: 「山水照
> 人迷向背, 只尋孤塔認西東.」 身游山水間, 果有玆理. 二公善於形容矣.
> (下卷)

歐陽修와 蘇軾은 송대 문학을 대표하는 대문호로, 여기에서는 李

東陽의 두 문호에 대한 평가를 소개하여 상호 비교하고자 한다. 이
동양은 ≪懷麓堂詩話≫에서 구양수의 시에 대해서 논하기를,

구양수는 시를 짓는 데 깊이가 있는 것에 스스로 높이 인정하였다.
그의 사조를 살피면 그 시의 격조보다 깊다. 그러나 당시와 비교해
보면, 닮은 점이 있느냐의 여부는 역시 집 담장과 울타리의 사이에
있는 것처럼 본령을 따라가지 못할 따름이다. 매요신이 말하기를, 「구
양수는 한유를 닮으려 했고, 더구나 나를 맹교와 닮은 것으로 본다.」
라고 하였다. 지금 매요신과 맹교를 비교하면, 마치 구양수와 한유
의 관계같이 보인다. 어떤 이는 말하기를, 「매요신의 시는 사람들이
애송하지 않는다.」라고 하는데, 저 맹교의 시가 또한 어찌 일찍이 사
람들에게 애송되지 않은 적이 있었는가?
歐陽永叔深於爲詩, 高自許與. 觀其思致, 視格調爲深. 然校之唐詩, 似
與不似, 亦門牆藩籬之間耳. 梅聖兪云 :「永叔要做韓退之, 硬把我做孟
郊.」今觀梅之於孟, 猶歐之於韓也. 或謂「梅詩到人不愛處」, 彼孟之詩,
亦曷嘗使人不愛哉? (제79조)

라고 하여 歐陽修의 시단에서의 위상을 당시와 비교하여 평하고 있
다. 송대 葉夢得의 ≪石林詩話≫(卷上)에는 구양수의 시를 다음과 같
이 평하고 있다.

구양문충공의 시는 서곤체를 바로잡아서 오로지 氣格을 주로 삼았
다. 그러므로 그 언사가 매우 평이하고 소탈하여 율시의 의취가 표
현되기만 하면 비록 어사가 이치에 맞지 않아도 또한 다시 묻지 않
았다.
歐陽文忠公詩始矯崑體, 專以氣格爲主. 故其言多平易疏暢, 律詩意所
到處, 雖語有不倫, 亦不復問.

구양수가 宋詩風을 주도했다 해도 당시와 비교하면 단지 울타리에
멈춰 있다고 한 것은 역시 嚴羽의 第一義와 第二義라는 시론 기준과
연관하게 된다.

위의 이동양의 문장에서의 梅堯臣(1002-1060)은 字가 聖兪이며 宣城人으로서 太常博士, 尙書都官員外郞을 지낸 송대 초기의 문인이다. 그의 시론은 ≪詩經≫과 〈離騷〉의 사상을 계승하여 平淡含蓄을 추구하고 소박하고 淸切한 어사를 구사하였다. 구양수와 교류하여 상호 영향을 주었는데, 본문에서 매요신 자신은 孟郊, 구양수는 韓愈와 비교한 부분은 ≪朱子語類≫(권137)의 「매요신이 말하기를 구양수 그는 스스로 한유를 닮으려 하고, 오히려 나를 맹교에 비교하려 하였다.(梅聖兪說: 歐陽永叔他自要做韓退之, 却將我來比孟郊.)」에서 인용하였다.

孟郊(751-814)는 字가 東野로 韓愈, 李翶, 張籍 등과 詩友이며 송대 魏泰의 詩評에 의하면 「맹교의 시는 거칠고 부드럽지 않고 궁벽하여 다듬어 꾸미지 않으니 정말 애써 읊어서 지었다.(孟郊詩蹇澁窮僻, 琢削不假, 眞苦吟而成.)」(≪臨漢隱居詩話≫)라고 하였고, 嚴羽는 「맹교의 시는 초췌하고 메마르며, 그 기세가 촉박하여 넓지 못하다.(孟郊之詩, 憔悴枯槁, 其氣局促不伸.)」(≪滄浪詩話≫〈詩評〉)라고 하였다. 매요신 자신이 맹교가 되고 구양수는 한유가 되기를 소망하였겠지만, 송시는 송시일 뿐, 당시를 따를 수 없다는 명대 시단의 일반적인 관점을 제시하였다고 본다.

매요신 시가 人口에 애송되지 않았다는 기록은 송대 邵博의 ≪聞見後錄≫(권19)에서 逸話로 전해지는데, 「조이도가 나에게 묻기를, 『매요신 시는 황정견과 어떠합니까?』 하니 내가 말하기를, 『황정견 시는 사람에 애송되는데, 매요신의 시는 애송되지 않는다.』 하니 조이도가 힐끗 웃었다.(晁以道問予: 『梅二詩何如黃九?』 予曰: 『魯直詩到人愛處, 聖兪詩到人不愛處.』 以道爲一笑.)」라고 하였다.

다음에는 蘇軾에 대한 이동양의 평문을 본다.

소식의 재능은 매우 높아서, 소철은 그를 칭찬하여 말하기를, 「문장이 있은 이후로 소식 만한 사람이 없다.」라고 하였으니 그 말이 비록 과장되다고 해도, 그 재기를 논하자면 진실로 그를 능가할 사람이 아직 없다. 다만 그의 시가 직설적이며 함축미가 적은 점에 상심하고, 섬세하면서 함축적인 의취가 부족하여서 이 때문에 고인에 미치지 못한다는 비판이 있다. 그 시의 장점을 가져다가 고인의 단점과 비교하면, 또한 어찌 단지 옛것만이겠는가?

蘇子瞻才甚高, 子由稱之曰:「自有文章, 未有如子瞻者.」其辭雖夸, 然論其才氣, 實未有過之者也. 獨其詩傷於快直, 少委曲沈著之意, 以此有不逮古人之誚. 然取其詩之重者, 與古人之輕者而比之, 亦奚翅古若耶.
(상동 제93조)

蘇軾 시는 그 동생 蘇轍의 칭찬처럼 천하 문장 중의 문장인 점은 근 천년이 지난 지금까지도 아무도 부인하지 못한다. 그러나 이동양은 茶陵詩派의 영수이며 절대 당시 추종자로서, 소식의 문학을 존중하면서도 李白이나 杜甫, 더 소급해서 陶淵明이나 謝靈運에 비견하고 싶지 않았을 것이다. 그리고 소식이라 해서 장점만 있는 것이 아니므로,「직설적이며 함축미가 적은 점에 상심하고, 섬세하면서 함축적인 의취가 부족하다(傷於快直, 少委曲沈著.)」라는 평어를 가하였다. 그 후에 여러 문인이 이동양의 논리를 추종하였으니, 명대 安磐은「나의 어리석은 생각으로 직설적이며 경솔한 점에 상심한다고 말한 것은 진실로 그러하다. 그러나 소식은 고사를 쓰기 좋아하였으니 심한 것은 매구마다 고사를 가하고 있다.(愚謂傷快直率易固然, 但坡翁好用事, 甚者句句以事襯貼.)」(≪頤山詩話≫)라 하고, 청대 施補華는「소식의 재능은 매우 위대하나, 지나친 단점이 있으니 함축미가 적은 것이다.(東坡才思甚大, 而有好盡之病, 少含蓄也.)」(≪峴傭說詩≫)라고 평한 점은 우연이 아니라고 할 것이다.

(7) 吳沆 詩

환계 오항은 〈관확시〉에 이르기를,「새로 뜬 달이 빛나며 떠오르고, 누런 구름은 점점 거두어들이네.」라 하니 그 묘사가 너무 공교롭다.

環溪吳沆觀穫詩有云:「新月輝輝動, 黃雲漸漸收.」形容甚工.(卷下)

≪環溪詩話≫를 지은 吳沆(1116-1172)은 자가 德遠, 호는 無莫居士로, 撫州 崇仁(지금의 江西에 속함)人이다. 紹興 16년(1146)에 저술한 것이 廟堂에 관련되어 파직하고 귀향하여 環溪에 은거하였다. 후에 門下 제자들이 사사로이 시호를 '文通先生'이라 하였다. 그는 시에 자부심이 강해서 조년의 學詩 과정에 대해서,

> 누구는 어려서 성정이 허정하여 세상일을 일삼지 않고 도잠(도연명)을 사모하였다. 성장하면서 지기가 점차 활발해지며 표일하면서 李白(이태백)을 사모하였다. 어사와 풍격이 크게 유쾌하기 그지없어서 중당시인 노동을 사모하였으나, 매우 지나치다고 느껴서 점차 순정한 면으로 돌아가면서 백거이를 사모하였다.
>
> 某方其幼也, 情性虛靜, 無事營爲, 則慕淵明. 及其少長, 志氣稍動, 務爲飄逸, 則慕太白. 辭色一縱, 非大快無已也, 則慕盧仝. 覺其狂甚, 稍歸純正, 則慕樂天.

라고 하여 성장기의 學詩 성향을 서술하였다. 시화 첫머리의 謝諤(사악)의 〈環溪居士文通先生行實〉에 吳沆의 인품과 글이 일치함을 다음과 같이 쓰고 있다.

> 육상산이 일찍이 말하였다.「그의 글을 보면, 그 사람을 알 수 있다.」복재가 말하였다.「글과 행실이 다 전하여 녹슬지 않다.」시호는 환계거사, 문통선생이다. 군현에서 본받아 다 그를 제사 드린다.
>
> 陸象山嘗曰: 觀其文, 可知其人. 復齋云: 文與行當並傳不朽. 諡環溪居士, 文通先生. 郡縣學皆祠之.

다음에 그의 오언절구 〈春遊吟〉을 본다.

> 새는 경치 속에 지저귀고
> 사람은 풀빛 속에 지나가네.
> 연못가에서 서로 흩어졌다가
> 꽃 아래에서 다시 서로 만나네.

鳥語煙光裏, 人行草色中.
池邊各分散, 花下復相逢.(≪宋詩紀事≫ 권40)

이 시에 대해서 ≪環溪詩話≫에서, 「이대제가 말하였다. 『이것은 소
위 시 속에 그림이 있다.』(李待制云: 此所謂詩中有畵.)」하였다. 또 다
른 시 〈首夏〉를 본다.

장맛비에 물기 축축이 젖고
뜬구름은 멈춘 그늘이 없네.
제비는 고운 집에 날아 고요한데
꾀꼬리 지저귀는 푸른 창은 깊어가네.
積雨有餘潤, 游雲無定陰.
燕飛華屋靜, 鶯囀碧窓深.(상동)

이 시에 대해서 ≪環溪詩話≫에서 「이 시는 매우 부귀한 기상이
넘친다.(此詩殊有富貴氣象.)」라고 평하였다.
판본은 ≪四庫全書總目≫에 ≪天一閣藏本≫에 의거하여 1권이 있
다 하나, 丁福保의 ≪歷代詩話續編≫에 上下 2권, 그리고 ≪說郛≫
에는 10권이 있다 하나, 6칙만 수록되어 있다. 정복보 편집본도 顧
修의 ≪讀畵齋叢書≫에서 수집하여 정리된 것이다.

≪滄浪詩話≫ - 嚴羽

　　嚴羽(엄우). 字는 儀卿, 호는 滄浪逋客이며 福建 邵武人이다. 그
의 출생년은 孝宗 淳熙 14년(1187) 전후로 보고 졸년은 理宗 말
년(1267) 전후로 추정하지만, 확실치 않다. 그의 〈庚寅紀亂〉(≪滄
浪吟集≫ 권2)에서 경인란이 紹定 3년(1230)에 발생한 사실로 보
아서 엄우가 이 시기에 살았으며, 또 그의 〈有感六首〉(권2)의 제3수
「양양은 고향 땅이니, 머리 돌리니 슬픔에 잠기네.(襄陽根本地, 回首
一悲傷.)」구에서 襄陽은 몽고가 양양에 침입한 사건(1235)을 말
하고, 제5수의 「남은 인생 산천에 뜻을 두어, 늙어 한 어부가 되리
라.(殘生江海去, 老作一漁翁.)」구는 엄우가 노년이 된 사실을 묘사
하고 있는 바, 남송 말까지 생존해 있었음은 의심의 여지가 없다.
이런 불명한 그의 생애는 바로 그의 유랑성과 관계한다고 할 수 있
다. 교유한 시인은 엄우와 더불어 '三嚴'이라 불리는 嚴參, 嚴仁, 그
리고 上官偉長 등이 있고, 특히 시로써 교류한 李賈와 戴復古 등을
들 수 있다. 이가에 대해 엄우가 ≪滄浪詩話≫ 부록의 答書에서,

> 일찍이 이가를 뵙고 고금인의 시를 논하였는데 나의 변석이 치밀함
> 을 보고 매양 격찬하였다. 따라서 내가 말했으되, 「나의 논시는 마치
> 나타태자가 뼈를 쪼개 아버지께 드리고, 살을 쪼개 어머니께 드린
> 것과 같다.」하니 이가가 매우 그렇다고 여기더라.
> 嘗謁李友山論古今人詩, 見僕辨析毫芒, 每相激賞. 因謂之曰 ; 「吾論詩,
> 若那吒太子析骨還父, 析肉還母.」友山深以爲然.

라고 하여 시론상의 대화자로서 매우 우정이 깊었음을 보여주는데,
友山은 李賈의 號이다. 福建 邵武人인 엄우가 浙江 天台人인 江湖派

시인 대복고와의 친교도 논시를 통한 관계가 깊었음을 알 수 있다. 戴復古의 〈論詩十絶題〉에서,

> 소무태수 왕자문이 날마다 이가, 엄우와 함께 선배 한두 분의 시와 만당시를 보는데 〈논시십절〉이 있기에 자문이 그걸 보고 별로 고매한 논지가 없다고 말하나, 또한 시인의 소학지침이 될 만하다.
> 昭武太守王子文, 日與李賈, 嚴羽共觀前輩一兩家詩及晩唐詩, 因有論詩十絶. 子文見之, 謂無甚高論, 亦可作詩家小學須知.(≪石屛集≫ 권5)

라 하니, 시론에 대한 견해가 합치하였음을 알 수 있다. 이런 생평과 교유를 볼 때, 엄우 자신이 148수(≪滄浪吟集≫)의 시와 시화를 남기면서, 정의를 중시하고 주관과 자신이 넘쳐 있으면서 '崇古' 특히 盛唐 위주의 고집을 견지해 왔으며, 더구나 뛰어난 분석력은 일품이라 하겠다. 그의 시 〈和上官偉長蕪城晚眺〉를 본다.

> 잡초 무성한 옛 성가퀴가 저녁에 쓸쓸한데
> 높은 데 기대어서 돌아가고픈 마음 은근히 사라지지 않네.
> 경구의 찬 안개 속 까마귀는 저 밖으로 사라지고
> 역양의 가을빛에 기러기 멀리 날아가네.
> 맑은 강에 나뭇잎 지니 비인가 의심하고
> 어두운 물가에 바람 잦으니 조수가 밀려오네.
> 실의에 찬 이때 때때로 멀리 바라보니
> 강남 강북으로 난 길이 멀리 아득하네.
> 平蕪古堞暮蕭條, 歸思憑高黯未消.
> 京口寒烟鴉外滅, 歷陽秋色雁邊遙.
> 晴江木落長疑雨, 暗浦風多欲上潮.
> 惆悵此時頻極目, 江南江北路迢迢.(≪滄浪吟集≫ 권1)

본 시화는 다음과 같이 다섯 부문으로 나누어져 있다. 〈詩辨〉에서는 시가 창작과 감상비평의 기본적인 이론을 말하여서 전체의 강령이라고 할 수 있고, 〈詩體〉에서는 역대 시가의 체제 특징과 변천

그리고 분류를 기술하였고, 〈詩法〉에서는 시가 창작의 구체적인 법칙을 언급하였고, 〈詩評〉에서는 역대 시인들과 시작에 대해 평하였고, 〈考證〉에서는 역대 시인과 시작의 시대, 출처, 진위, 오류에 대해서 고증하였다.

엄우가 말하는 '妙悟'는 특수한 심미적 능력과 예술 창조의 재능을 말하는데, 시를 배워 '妙悟'에 이른다는 것은 바로 사물에 대한 궁리와 깊은 이해를 통해서 정신적으로 완전히 깨닫게 되는 단계를 말한다. 그래서 「대체로 선도는 오직 묘오에 달려 있고, 시도 역시 묘오에 달려 있다.(大抵禪道惟在妙悟, 詩道亦在妙悟)」라고 하였다. 엄우는 시를 평할 때, '興趣'를 기준으로 하였다. '興'은 시인들이 바깥 사물에 대해 느껴서 생겨나는 감정을 말하며, '趣'는 시가의 韻味로서 '情趣'라고 할 수 있다. 엄우는 '興'과 '趣'를 결합하여 하나의 개념으로 들었으니, 이것이 바로 그의 시가이론의 핵심이다. 엄우는 시가에 있어서 '吟詠性情'이 시가의 본질이며, 그래서 당시를 평하여, 「전쟁에 나가고, 폄적 당하고, 여행을 떠나고, 이별하는 작품이 많은데, 자주 사람의 마음을 감동시켜 크게 움직이게 할 수 있다.(多是征戍遷謫行旅離別之作, 往往能感動激發人意.)」라고 여겼다.

시화에서 시의 풍격을 '高', '古', '深', '遠', '長', '雄渾', '飄逸', '悲壯', '凄婉' 등 9개로 나누어 설명하고, 「시의 극치는 하나인데, 그것은 입신이다. 시를 지어 입신의 경지에 들면 지극하고도 다한 것이니, 더 이상 보탤 것이 없다.(詩之極致有一, 曰入神. 詩而入神, 至矣, 盡矣, 蔑以加矣.)」라고 하였으니, 入神의 경지는 작가에게는 '意象'과 '興趣'의 방면에서 신묘한 경지에 드는 것을 말하고, 독자의 입장에서는 작품 중에서 얻어지는 심미적 향수와 감동의 효과라고 할 수 있다. 본 시화에서 가장 중요한 부분인 〈詩辨〉에 서술된 중요 내용을 체계적으로 살펴보기로 한다.

1. 시의 창작정신론

송인 시론은 唐보다 더욱 발달하여 명대 李東陽은,

> 당나라 사람들은 시법을 말하지 않았고, 시법은 거의 송대에서 나왔
> 는데, 송인들이 시에 있어서 터득한 바가 별로 없다.
> 唐人不言詩法, 詩法多出宋, 而宋人於詩無所得.(≪懷麓堂詩話≫)

라 하고, 청대 吳喬는 보다 분명히 밝히기를,

> 당인은 시에 있어 공교로우며 시화는 적지만, 송인은 시가 공교롭지
> 않지만 시화가 많으니, 시의 가치를 논함은 항상 시의 자구 자체에
> 있음이다.
> 唐人工於詩而詩話少, 宋人不工詩而詩話多, 所說常在字句間.(≪圍爐
> 詩話≫)

라고 하여 시화, 즉 시론이 송대에 성행하면서도 시 자체에 대한 평
가는 전대를 뛰어넘지 못한 것으로 보고 있다. 송인의 시론도 量에
비해 質에 있어 만족하지 못한 점은 인정해야 할 것이다. 그러나
엄우의 시론은 예외라 할 것이니, 그의 〈詩辨〉에서 개진한 「선으로
시를 비유함(以禪喩詩)」의 논거는 명대의 이동양을 거쳐 청대에 王
士禎의 전후 여러 문인에게 절대적인 영향과 시론 정립의 표본이
되었다. 엄우의 在世가 남송 말인 만큼 當代에는 그 영향이 적으나,
魏慶之가 ≪詩人玉屑≫(권1, 2)에서 〈詩辨〉, 〈詩法〉, 〈詩評〉, 〈詩體〉
등으로 分編하여 수록하고 「한가로우면서 절박하지 않다(優游而不迫
切)」라고 評詩한 점으로 보아 첫 번째로 영향 받았다고 하겠다. 원
대는 戴表元의 '唐音說'(≪剡源集≫ 9 〈洪潛甫詩序〉)이 엄우에 접근
하고, 명대에 와서 초에는 貝瓊(≪淸江集≫), 高棅의 '意以達其情論'(뜻
으로 그 성정을 표달하는 논리)(≪鳧藻集≫), '四唐說'의 주창자인 高

楝(고씨는 엄우의 唐詩 五期分인 唐初, 盛唐, 大歷, 元和, 晚唐을 四期로 분류) 등이 滄浪派이며, 李東陽과 前七子, 後七子의 李攀龍 (沈德潛은 ≪明詩別裁≫에서 '有神無跡'이라 함) 등은 정통파이다. 청 대에는 王士禎, 吳喬, 趙執信(조씨는 ≪談龍錄≫ 自序에서 '詩以言志'를 주장하여 袁枚의 先聲이 됨), 曹雪芹(≪紅樓夢≫ 37回에서 '含蓄 渾厚', '風流別致' 등을 言表), 袁枚, 王國維 등이 친창랑파의 핵심인 물이다. 이런 후대 영향이 큰 엄우의 〈시변〉에서 시의 창작정신을 어 떻게 논리화했는지를 「시도를 묘오에 둔 점」, 그리고 興趣와 入神 등의 각도에서 살펴본다.

(1) 妙悟의 詩道 : 엄우는 시를 논하는 데 있어 '妙悟'를 위주로 하 면서 매우 주관적인 유심론에 몰입한 인상을 준다는 평도 있지만,[1] 이것은 시 자체의 숭고한 달관적 정신세계를 제언하려는 데에 엄우 의 논점이 있다고 본다. 엄우가 묘오론을 편 구문을 다음에 본다.

①선가류에는 소대의 승이 있고 남북의 종이 있으며 정사의 도가 있 으니, ②학습자는 모름지기 최상의 승을 따라 바른 법안을 갖추어 제일의를 깨달아야 한다.[2] ③소승선이라면 성문승과 벽지승 따위인 데 모두 바르지 않다. ④시를 논함은 선을 논함과 같으니 한위진과 성당의 시가 즉 제일의이다. ⑤대력 이후의 시는 즉 소승선이어서 이미 제이의로 떨어져 있다.[3] 만당의 시는 즉 성문과 벽지승류이다. ⑥한위진과 성당의 시를 배운 자는 임제종 무리와 같고, 대력 이후의 시를 배운 자는 조동종 무리와 같다. ⑦대개 선도는 묘오에 있으니

---

1) 黃海章은 엄우를 「他論詩以妙悟爲主, 墮于主觀唯心論的窠臼.」(≪中國文學批 評簡史≫ p.144)라 함.
2) 第一義는 불법의 第一義諦로서, ≪傳燈錄≫ 卷9에 「心卽是法, 法卽是心, 不 可將心更求於心, 歷千萬劫無得日, 不如當下無心, 便是本法. …故佛言, 我於阿 耨菩提實無所得, 恐人不信, 故引五眼所見, 五語所言, 眞實不虛, 詩第一義諦.」 라 함.
3) 第二義란 불법의 第一義諦에서 따온 제일의와 대칭하여 쓴 말인데, 여기서는 대력 이후의 묘오하지 못한 시, 즉 소위 一知半解之悟를 지칭하는 용어임.

시도 또한 묘오에 있는 것이다. 또한 맹호연의 학력이 한유보다 매우 떨어지지만, 그 시만은 퇴지 위에 빼어난 것은 오직 묘오를 맛보기 때문이다. 오직 오(悟, 깨달음)는 곧 마땅히 갈 길이요 본색이 되는 것이다. ⑧ 그러나 오는 얕고 깊음이 있고 한계가 있음에 따라 투철한 오와, 단지 알아서 반쯤 깨우쳐지는 오가 있다.4) ⑨ 한위는 존귀하니 오를 가식하지 않는다. 사령운에서 성당 여러 문인에 이르기까지는 투철한 오이다. 나머지는 오를 지녔다 해도 모두 제일의가 못된다. 내가 그를 비평해서 거짓되지 않고 변언해도 망령되지 않는다. 천하에는 버릴 사람과 버릴 수 없는 말이 있으니 시도란 이와 같은 것이다.(번호는 편의상 필자가 부가한 것임)

① 禪家者流, 乘有小大, 宗有南北, 道有邪正. ② 學者須從最上乘, 具正法眼, 悟第一義也. ③ 若小乘禪, 聲聞辟支果, 皆非正也. ④ 論詩如論禪, 漢魏晉與盛唐之詩, 則第一義也. ⑤ 大歷以還之詩, 則小乘禪也, 已落第二義也. 晚唐之詩, 則聲聞辟支果也. ⑥ 學漢魏晉與盛唐詩者, 臨濟下也. 學大歷以還之詩者曹洞下也. ⑦ 大抵禪道惟在妙悟, 詩道亦在妙悟. 且孟襄陽學力下韓退之遠甚, 而其詩獨出退之之上者, 一味妙悟而已. 惟悟乃爲當行, 乃爲本色. ⑧ 然悟有淺深, 有分限, 有透徹之悟, 有但得一知半解之悟. ⑨ 漢魏尚矣. 不假悟也. 謝靈運至盛唐諸公, 透徹之悟也, 他雖有悟者, 皆非第一義也. 吾評之非僭也, 辯之非妄也. 天下有可廢之人, 無可廢之言, 詩道如是也.

윗글에서 묘오론의 몇 가지 특성을 찾을 수 있는데, 엄우가 시를 禪에 비유한 「시를 논함은 선을 논함과 같음(論詩如論禪)」 및 「시의 도는 묘오에 있음(詩道在妙悟)」을 들 수 있으니, 다음에 상세히 서술하고자 한다.

---

4) 엄우의 透徹之悟는 皎然의 ≪詩式≫에서 근원하니 ≪詩式≫의 「兩重意以上皆文外之旨, 若遇高手如康樂公, 覽而察之, 但見情性, 不觀文字, 皆詣道之極也.」에서 문자를 떠난 정성의 극을 파악하는 것을 엄우는 透徹之悟라 표현한 것 같다. 許學夷는 透徹之悟의 의미를 다음과 같이 밝혔다. 「初唐沈宋律詩, 造詣雖鈍, 而化機尚淺, 亦非透徹之悟. 惟盛唐諸公領會神情, 不做形迹, 渾然而就, 如僚之於丸, 秋之於弈, 孔孫之於劍舞, 此方是透徹之悟也.」(≪詩源辯體≫)

첫째는 「시를 논함은 선을 논함과 같음」과 「시의 도는 묘오에 있음」이다. 엄우가 시의 정신세계를 선의 경지에 비유한 것은 본 시화의 서두에 거론되었다. 만당의 司空圖를 추숭하고 江西派 시인에게서 단서를 받아 구체화시킨 이론이기는 해도 엄우에 이르러 이론으로 정립시켰다고 하겠다. 엄우의 〈答出繼叔臨安吳景仙書〉의 첫머리에서 강서시파를 비판하려는 의도에서 본 시화를 지었다고 하나, 실은 그 시파의 영향을 입은 바 적지 않으니, 예컨대 韓駒(江西派)의 「시도는 불도와 같으니, 대승과 소승 사마외도로 나눈다.(詩道如佛道, 分大乘小乘邪魔外道.5))」라든가 〈贈伯魚詩〉의 「시를 배움은 응당 처음으로 선을 배움과 같아서, 깨달음이 없을 때 여러 방책에 두루 참여하다가 하루아침에 정법안을 깨우치게 되면 손 가는 대로 집어내면 모두 시가 된다.(學詩當如初學禪, 未悟且遍參諸方. 一朝悟罷正法眼, 信手帖出皆成章.)」라고 한 데에서 알 수 있다. 위 본 시화 인용문의 ①과 ②는 禪家의 상하류 구별과 禪理의 정점을 추구할 것을 밝히고, ④에서 시와 선의 동일 논리를 강조하고 있다. 禪이 철학적·종교적 신비성을 지녔다면, 시는 문학영역으로 성정의 표출에 근거하여 서로 속성이 다르지만 감각의 직관을 중시하는 면에서는 상통한다. 이런 관계를 郭紹虞는 다음과 같이 논증하고 있다.

선으로 시를 조정하는데 곧 선의와 시교가 관련이 있으면서 분별이 있다. 단지 그 다른 것을 보면 선은 그 자체가 선이며 시는 그 자체가 시이어서, 각기 경지에 들지 않음을 볼 수 있으니 당연히 같이 논하기는 어렵다. 예컨대 그 통함을 보면 시교와 선의가 같지 않음이 얼음과 석탄, 물과 젖과 같은데도 보는 데 아무렇지 않아서 모순이 없다.

以禪衡詩, 則禪義與詩教, 有關聯也有分別. 僅見其異, 則禪自禪而詩

---

5) 邪魔外道 : 불교용어로 邪魔는 佛道에 어그러진 견해를 품어 菩提道(보리도)에 장애가 되는 자를 말하고, 外道는 불교용어로 佛法 이외의 教法으로서 異端邪說을 말함.

自詩, 可以看作各不相入, 當然難以幷論. 如見其通, 則詩敎禪義非同
氷炭而類水乳, 也不妨看作, 更無矛盾.(≪滄浪詩話校釋≫〈詩辨〉)

선과 시는 그 자체일 뿐 相入하거나 幷論되기 어려워서 얼음과
연탄(氷炭)이나 물과 젖(水乳)같이 다르나, 모순 없이 입론상의 지
평이 가능한 것은 직관 때문이다. 禪은 梵語로는 '禪那'의 簡稱으로
뜻은 '思惟修'(깊이 생각하며 심신을 닦음) 또는 '淨慮'(맑게 생각함)
이며 '頓'(문득 깨달아서 佛果를 얻음)과 '漸'(점차로 깨달음)으로 대
별되는데, '漸修'는 調身(수도하는 데 正坐하여 몸을 고르게 함), 調
息(정좌하여 숨을 고르게 함), 調心(마음을 고르게 함) 등 순서에 의
해 수도하며 '頓敎'(華嚴·天台·淨土 등의 敎)는 宗門禪이라 하여 人
心에 頓悟(별안간 깨달음)하여 成佛을 추구한다. 선의 목적은 '證悟'
즉 佛道를 수행하여 진리를 깨달음에 있는 것이지 '理悟' 즉 진리를
깨달음에 논리적인 것에 있지 않으니, 그 전체의 意境을 다음 佛典에
서 밝히고 있다.

진여법계는 자신도 없고 남도 없어서 서로 어울리려면 오직 둘이 아
님을 말함이니, 둘이 아니고 모두 같으니 포용하지 않음이 없다. …
극히 작은 것은 큰 것과 같아 경계를 잊어 끊고, 극히 큰 것은 작은
것과 같아서 가를 보지 못하니, 있음은 곧 없음이요 없음은 곧 있음
이다.
眞如法界, 無自無他. 要言相應, 惟言不二, 不二皆同, 無不包容. …極
小同大, 忘絶境界, 極大同小, 不見邊表, 有卽是無, 無卽是有.(≪三祖
中峯和尙信心銘≫)

이것은 三祖僧 璨의 글로서 法界의 '自性之妙體'에 대한 경계를 설
명하고 있다. 시는 心地에 연유하여 성정을 묘사할 때, 그 詩道는
바로 心得의 妙悟에 있는 것이며, 이는 佛徒가 道得의 묘오에 있는
것과 같다. 엄우가 ②에서 '第一義'를 悟得하기 위해서는 '最上乘'을
따라야만 가능하다 하고 ④에서 漢魏晋과 盛唐詩風을 그 예로 들었

는데, 여기에서 감성이 도달할 수 있는 정신의 승화가 시와 선의 상
통점으로 해명될 수 있다. 엄우가 시의 고차원적 의식세계를 추구하
기 위해서는 '禪'을 차입하여 비교해야 하였으니, 청대 袁枚가 말한
바,

> 백운선사가 게를 지어 말하기를, 「파리는 빛을 찾기 좋아해서 종이
> 위를 뚫는데, 밝게 뚫을 수 없으니 얼마나 어려운가. 문득 부딪쳐서
> 길을 찾아 나올 때에, 비로소 평생 눈에 빛이 가득 차는 걸 느끼네.」
> 라고 하였다. 설두선사가 게를 지어 말하였다. 「토끼 하나가 몸을 옆
> 으로 하여 길에 나가니, 솔개가 보고 곧 사로잡았네. 후에 사냥개가
> 영험이 없어서, 헛되이 마른 참죽나무 옛터를 찾네.」 두 偈頌이 선어
> 이지만 자못 시를 짓는 주지에 맞는다.
> 白雲禪師作偈曰;「蠅愛尋光紙上鑽, 不能透處幾多難. 忽然撞著來時路,
> 始覺平生被眼滿.」 雪竇禪師作偈曰;「一兎橫身當全路, 蒼鷹見便生擒.
> 後來獵犬無靈性, 空向枯椿舊處尋.」 二偈雖禪語, 頗合作詩之旨.(≪隨
> 園詩話≫ 권4)

라고 한 데서 詩學과 禪學이 융합한 실증을 들고 있다.6) 이런 시에
선을 차입한 논리를 근본적으로 부정한 일파도 있었으니, 엄우와 동
시대의 劉克莊은 ≪後村大全≫에서,

> 선가는 달마로 비조를 삼는다는 말을 설명하여 말하였다. 「문자에 의
> 해 教를 세우지 않으니, 진여는 마음에서 마음으로 전해진다. 시가
> 선이 될 수 없는 것은 선이 시가 될 수 없는 것과 같다.」
> 禪家以達磨爲祖, 其說曰;「不立文字. 詩之不可爲禪, 猶禪之不可爲詩
> 也.」(권99)

---

6) 청대의 張晉은 袁枚의 말을 뒷받침하여 다음과 같이 禪, 詩의 관계를 피력하
였다. 「少陵云:『妙取筌蹄棄, 高宜百萬層.』 又云:『意愜關飛動, 篇終接混茫.』 放
翁云:『詩忌參死句, 滄浪借禪喩詩.』 謂如羚羊掛角, 香象渡河, 有神韻可味, 無
迹象可尋. 司空圖謂超以象外, 得其環中, 皆言詩之超詣也. 隨園謂詩不必首首如
是, 要不可不知此種意境.」(≪達觀堂詩話≫)

라 하여 詩禪의 본질은 다르다고 하였고, 청대 李重華는, 「시교는 공자에게서 논증한 것이거늘, 어쩐 이유로 불교의 일로 떨어뜨리는가(詩敎自尼父論定, 何緣墮入佛事.)」(≪貞一齋詩說≫)라 하여 詩敎의 원대성을 불교에 두려 함을 통박하였으며, 潘德輿는 「시는 곧 인생의 용사이거늘, 선은 무엇인가(詩乃人生用事, 禪何爲者.)」(≪養一齋詩話≫)라 하여 시의 用世觀을 내세워 禪과 무관함을 강조하였다. 그러나 시 세계에의 고결과 작시를 위한 영육간의 刻苦를 참선하는 승니의 수도정신과 비교한 것은 시의 차원을 提高하기 위해서도 인정할 만했으며, 시풍의 외식보다는 내실을 위해서 더욱 호소력이 있었다고 하겠다.

엄우가 그의 시화에서 핵심의 하나로 내세운 것이 ⑦의 「선도는 오직 묘오에 있고, 시도도 묘오에 있다.(禪道惟在妙悟, 詩道亦在妙悟.)」는 논리인데, 이것은 앞의 내용을 구체화한 것이라 하겠다. 엄우는 孟浩然을 韓愈보다 시의 묘오란 면에서 시의 가치를 높게 본다고 예로 들면서 이 점을 부각시켰다.7) 그의 〈시변〉에 '묘오'와 관련된 부분은 ⑧과 「들 여우가 다른 길로 가는 경우로서 禪學을 닦아 證悟하지 못하였는데 증오하였다고 태만하게 되면, 그 참된 이치를 가려서, 좋은 처방을 찾을 수 없으니 끝내 깨닫지 못한다.(野狐外道, 蒙蔽其眞識, 不可救藥, 終不悟也.)」구, 「가슴속에 뜸 들여 오래되면 자연히 깨달아 든다.(醞釀胸中, 久之自然悟入.)」구, 그리고 「그 오묘한 곳을 꿰뚫어 영롱하여 모아놓을 수 없다.(其妙處透徹玲瓏, 不

---

7) 엄우의 '妙悟' 이전에 문학에 사용된 대표적인 예로는 僧肇의 〈肇論〉에 「玄道在於妙悟, 妙悟在於卽眞.」(卷6)이라 하여 묘오를 「妙契自然」으로 썼고, ≪文心雕龍≫ 〈神思〉의 「寂然凝慮, 思接千載. 悄焉動容, 視通萬里. …故思理爲妙, 神與物遊.」구는 물상과 심상의 교회에서 문사의 고묘를 밝힌 것이니 묘오설의 선성이 되며, 司空圖의 ≪二十四詩品≫에서는 「不著一字, 盡得風流.」가 엄우의 「超以象外, 得其環中.」과 상동하다. 송대에는 소식의 〈送參寥師一詩〉에서 「欲令詩語妙, 無厭空且靜. 靜故了群動, 空故納萬境.」이라 하여 空·靜을 강조한 점, 江西派 陳師道의 〈答秦少章〉에서 「學詩如學禪, 時至骨自換.」이라 하여 悟境을 인지하였다.(張健의 ≪滄浪詩話硏究≫ p.20 이하 참조)

可湊泊.)」구 등이 되겠는데, '시도'가 '묘오'에 있다는 논법은 다음 인용문에서 그 의미를 대신할 수 있다. 즉 명대 胡應麟이 ≪詩藪≫에서,

> 선은 필히 깊이 수련되고 난 후에 깨달을 수 있고, 시는 깨달은 후에야 이어 모름지기 깊이 만들어진다.
> 禪必深造而後能悟, 詩雖悟後, 仍須深造.(〈內編〉 권2)

라 하여 '悟'는 시가 거쳐야 할 한 가지 필수적인 과정으로 보고, 선의 지경이 '悟'라면 시는 그 이상의 상태에 몰입한 차원까지 상승해야 한다는 시의 경계를 밝혔고, 錢鍾書도 「도를 배우고 시를 배우는데, 깨닫지 않고서는 진전하지 못한다.(學道學詩, 非悟不進.)」(≪談藝錄≫)라고 하여 悟를 통한 '시 배움'을 역설하였다. 여기서 '妙悟'란 바로 시 창작 경지의 배양인 것을 알 수 있고 이 배양이 성숙되고 알차게 되면 곧 투철한 '悟得'(깨달아 얻음)이다.

둘째는 「悟에는 얕고 깊음이 있음(悟有淺深)」이다. 이 말은 위 인용문 ⑧의 「悟에는 얕고 깊음이 있고, 한계가 있다.(悟有淺深, 有分限.)」에서 나온 구로서, 묘오의 얕고 깊음의 등급을 표현하는 것이요, 詩境의 차별을 뜻한다. 엄우가 〈시변〉에서 제시한 '悟'의 분류는 (a)오로지 묘오를 맛봄(一味妙悟), (b)투철한 悟(透徹之悟), (c)완전치 않으나 반은 아는 悟(一知半解之悟), (d)悟를 가식하지 않음(不假悟) 등인데,8) (a)와 (b), (d)는 엄우의 소위 최상승인 '제일의'이며, (c)는 '제이의'가 되겠다. 엄우는 위의 ⑨에서 「한위는 존귀하니 悟를 가식하지 않는다(漢魏尙矣, 不假悟也.)」라 하고, 「사령운에서 성당 여러 문인에 이르기까지는 투철한 悟이다.(謝靈運至盛唐諸公, 透徹之悟也.)」라 한 데서 한위와 사령운 및 성당 여러 문인이 '제일의', 大歷 이후 및 만당을 '제이의'로 차등을 두었다.

이 내용을 도표화하면 다음과 같다.

---

8) 不假悟에 대해서 許學夷는 「漢魏天成, 本不假悟, 六朝刻雕綺靡, 又不可以言悟.」(≪詩源辯體≫ 卷17)라고 함.

<悟의 差等>

悟＼義	第一義	第二義	第二義 이하
오로지 묘오를 맛봄 (一味妙悟)	맹호연의 학력이 한유보다 매우 떨어지지만, 그 시만은 한유 위에 빼어난 것은 오직 묘오를 맛보기 때문이다.		
悟를 가식하지 않음 (不假悟)	한위는 존귀하니 悟를 가식하지 않는다		
투철한 悟 (透徹之悟)	사령운에서 성당 여러 문인에 이르기까지는 투철한 悟이다.		
완전치 않으나 반은 아는 悟 (一知半解之悟)		대력 이후의 시는 즉 소승선이어서 이미 제이의로 떨어져 있다.	만당의 시는 즉 성문과 벽지승류이다.

이상의 등급에서 원문의 용어와 결부하여 몇 가지 부연한다면, 우선 '제일의'와 '透徹之悟'를 동일하게 놓은 것을 郭紹虞는 「이후의 격조 물결은 곧 엄우의 제일의설이며, 신운파가 엄우에게서 취한 것은 역시 투철한 悟에 있다.(此後格調波卽滄浪第一義之說, 而神韻派所取於滄浪者, 又在透徹之悟.)」(≪滄浪詩話校釋≫)라 하여 후세 입론에 영향을 주었다고 하였다. 그리고 「一知半解之悟」는 의미상 작시의 배양과 시의(시의 사상) 및 시 소재의 결핍을 말한다고 하겠으며, 특히 만당시를 '小乘禪'보다 낮은 '聲聞辟支果'에 속하는 것으로 품평하였으니,9) (c)에 속한 것은 소승선의 대력시와 성문벽지과의 만당시

라는 해석이 된다.

(2) 興趣와 入神 : 묘오가 시의 절경에 드는 禪的 정신세계라면 여기서의 '홍취'와 '입신'은 엄우에 있어서는, 「시어로 묘사는 다하였는데, 그 담긴 뜻은 그지없이 깊다(言有盡而意無窮)」의 경계이며 시적 극치를 말한다. '홍취'에 대한 그의 논지는 다음과 같다.

무릇 시에는 특별한 재질이 있는데 독서와는 관계없으며, 시에는 특별한 의취가 있는데 이치와는 관계없다. 그러나 많이 독서하고 많이 궁리하지 않으면, 그 지극한 경지에 이를 수 없다. 이른바 이치의 길을 거치지 않고 말의 통발에 빠지지 않는 것이 으뜸이다. 시라는 것은 성정을 읊어 노래하는 것이다. 성당의 제가의 시가 오직 홍취에 들어 영양이 뿔을 나무에 걸어 자취를 찾을 수 없는 것 같다(초탈하여 자유분방한 시의 경지에 있는 것이다). 고로 그 묘처는 투철하고 영롱하여 모아 머물게 할 수 없으니 마치 공중의 소리, 얼굴의 색, 물속의 달, 거울 속의 모습 같아 말로는 다 표현했으나 그 뜻은 무궁한 것이다. 근대의 제가들은 즉 기묘한 어구를 따져 시의를 얻으려 하여 문자로 시를 짓고, 재학으로 시를 지으며, 의논으로 시를 지으려 하니, 어찌 공교하지 않으랴만은 끝내 옛사람의 시만 못하다.
夫詩有別材, 非關書也. 詩有別趣, 非關理也. 然非多讀書, 多窮理, 則不能極其至. 所謂不涉理路, 不落言筌者, 上也. 詩者, 吟詠情性也. 盛唐諸人, 惟在興趣. 羚羊掛角, 無迹可求. 故其妙處, 透徹玲瓏, 不可湊泊. 如空中之音, 相中之色, 水中之月, 鏡中之象, 言有盡而意無窮. 近代諸公乃作奇特解會, 遂以文字爲詩, 以才學爲詩, 以議論爲詩. 夫豈不工, 終非古人之詩也.

엄우 자신의 시는 과연 그의 시론과 부합하게 '홍취'를 닮았는지에 대해 李東陽은 이르기를,

---

9) 郭紹虞의 교석 : 「辟支 · 聲聞僅求自度, 故稱小乘. 辟支, 梵語獨覺之義, 謂幷無師承, 獨自悟道也. 聲聞, 謂由誦經聽法而悟道者.」

엄우의, 「빈숲에 낙엽 지니 비인가 하고, 포구에 바람이 많아서 밀물이 들려 한다.」는 정말 당시구라 할 만하다.

嚴滄浪「空林木落長疑雨, 別浦風多欲上潮.」眞唐句也. (《懷麓堂詩話》)

라 하여 '近唐하다'라 하여 魏晉과 盛唐 시풍의 전수자로 추숭한 것으로 보아서, 엄우의 시가 그 논지와 근접함을 알 수 있다. 흥취에 대해 엄우는 「영양이 뿔을 걸다(羚羊掛角)」와 「공중의 소리, 얼굴의 색, 물속의 달, 거울 속의 모습(空中之音, 相中之色, 水中之月, 鏡中之象)」 등으로 비유하였는데, 흥취의 의미가 六朝시대 劉勰의 《文心雕龍》 〈隱秀〉의 '隱(감추어 드러나지 않음)'과 상통하고, 또 〈物色〉의 '入興'과 상통하여 함축적이며 미감의 감각을 제시한다. 엄우가 비유한 「영양이 뿔을 걸다」 구는 그 자체가 영양이 밤에 잘 때 뿔을 나뭇가지에 걸어 자취를 알 수 없게 하여 몸을 지키는 습성을 인용하여, 초탈하면서 자유분방한 시세계와 결부시키는 예로 삼았고, 이에 앞서 「시란 성정을 읊는 것이다.(詩者, 吟詠情性也.)」라 하여 소위 〈毛詩序〉의 「뜻을 드러내는 바, 마음에 두면 뜻이 되고, 말로 나타내면 시가 된다. 성정이 속에서 움직여 말로 드러낸다.(志之所之也, 在心爲志, 發言爲詩. 情動於中而形於言.)」 구의 근본 시정과 일치시켜 시의 최상이요 최고의 가치임을 강조하였다.

엄우는 시의 창작은 단순히 「독서를 많이 함(多讀書)」과 「궁리를 많이 함(多窮理)」만으로는 이룰 수 없다고 하였다. 흥취는 묘오의 과정을 거쳐서 인간 감성을 통해 나오는 현상이어서, 「영양이 뿔을 걸면 찾을 자취가 없다.(羚羊掛角, 無跡可求.)」의 문구는 있으되 그 이상의 시정이 내포되어 있는 운치를 유발하게 되고, 그 묘경의 감흥은 「투철하고 영롱하여 머물 수 없다.(透徹玲瓏, 不可湊泊.)」와 같은 환몽의 시세계를 추구하게 되어 「공중의 소리, 얼굴의 색, 물속의 달, 거울 속의 모습」과 같은 경지를 낳게 된다는 것이다. 이에 대해 王士禎은 이르기를,

엄우의 소위 거울 속의 모습, 물속의 달, 공중의 소리, 얼굴의 색은
모두 선리로 시를 비유한 것이다.

嚴儀卿所謂如鏡中象, 水中月, 空中音, 相中色, 皆以禪理喩詩.(≪師
友詩傳錄≫)

라고 해서 그 경지는 즉 仙界의 詩興으로 묘사하여 엄우의 '興趣說'
의 맥을 합리적으로 보았다. 이 논법이 '神韻說'을 낳았으나, 청대 馮
班는 엄우의 위의 구를 「단지 뜬 빛이 그림자를 빼앗다(止是浮光掠
影)」라고 하여 당대 劉禹錫이 말한 「홍취가 모습 밖에 있다(興在象
外)」의 표현과는 다르다고 하였고,10) 또 郭紹虞는 유심주의적 예술
관을 표현한 데 불과하다고 하여 禪趣에 경도되어 있는 논리로 보았
는데,11) 그러나 엄우가 입신의 득도자로서 李白, 杜甫를 추종한 것
을 보면 논법이 그 당시의 논리주의자인 江西, 江湖派를 향한 반항
적인 의도가 있었다고 본다. 엄우의 홍취설은 엄격히 다룬 시의 형
식과 시의 내용의 美를 합일시켜 시풍의 격조를 높였다고 할 것이
다. 홍취설은 송시의 '성당으로 돌아감(歸盛唐)'을 주창한 당시로는
혁신적 이론이며, 아울러 시론의 정립을 향한 포석임을 알 수 있다.
　다음 엄우의 〈입신〉론은 시 경지의 극치를 서술하고 있다.

시의 극치는 하나 있으니 바로 입신이라 하겠다. 시로써 입신하면
지극하고 다한 것이니 더 보탤 것이 없다. 오직 이백과 두보만이 이
경지를 터득하였으니 다른 이들은 그 터득함이 무릇 모자란다.

---

10) 馮班은 「滄浪論詩, 止是浮光掠影, 如有所見, 其實脚跟未曾點也. 故云就唐之
詩如空中之言, 相中之色, 水中之月, 鏡中之象. 種種比喩殊不如劉夢得云『興在
象外』一語妙絶.」(≪嚴氏糾謬≫)이라고 이견을 보임.

11) 郭紹虞의 교석본 p.36 참조. 선취에 대해서 보면, 李重華는, 「阮亭三昧集,
謂五言有入禪絶境, 七言則句法要健, 不得以禪求之. 余謂王摩詰七言何嘗無入禪
處? 此係性所近耳. 況五言至境, 亦不得專以入禪爲妙.」(≪貞一齋詩說≫)라 하
여 入禪妙境을 시에 비유하고, 吳喬는, 「子瞻曰:『詩以奇趣爲宗, 反常合道爲
趣』此語最善, 無奇趣何以爲詩? 反常而不合道, 是謂亂談, 不反常而合道, 則文
章也.」(≪圍爐詩話≫ 卷1)라고 함.

詩之極致有一, 曰入神, 詩而入神, 至矣, 盡矣, 滅以加矣. 惟李杜得
之, 他人得之蓋寡也.

　이 입신은 용어상으로는 선경의 삼매와 상통하겠고 흥취의 1단계
높은 시격을 의미한다고 할 수 있다.[12] '入神'이란 말의 어원은 ≪周
易≫〈繫辭 下〉의「精義入神」이라 한 데서 나왔는데, ≪문심조룡≫〈神
思〉에 '神遠'이라 한 것이 엄우의 뜻과 상통한다. 시에서의 '입신의 경
지(入神之境)'를 묘사한 예로는 청대 翁方綱이 당대 王維의 시를 지칭
한 것을 들 수 있다.

　왕유의 오언시는 입신하여 현상 밖에 있으니 말할 필요가 없다. 이「옛
벗은 보이지 않으니, 평릉 동쪽이 적막하다.」에 이르러서는 악부를
취하여 뜻을 나타내지 않음이 없다.
　右丞五言, 神超象外, 不必言矣. 至此「故人不可見, 寂寞平陵東.」, 未
嘗不取樂府以見意也..(≪石洲詩話≫ 권1)

　여기에서「입신하여 현상 밖에 있음(神超象外)」이 그 의미가 된다.
그리고 명대 陶明濬은 시의 입신의 의미를 설명하기를,

　입신 두 글자의 의미는 마음이 도에 통하면 입으로 말할 수 없고 자
신만이 지니니, 남이 따라 취할 수 없어 소위 남에게 법도가 될 수 있
고 남이 기교 부릴 수 없게 된다. 기교로운 자는 자못 입신하게 된
다. …진정 시에 능한 자는 빌려 조탁하지 않으며 고개 숙여 집은즉
바르니 그것을 마음에 취하고, 그것을 손에 부으면 도도하게 출렁이
며, 붓을 들면 종횡으로 나아가니, 이로부터 성령을 이루어 정감을 노
래하면 이치를 두루 드러낸다. 뭇 말을 다듬어 낸들 또 어찌 맺히는
바가 있겠는가? 이것을 입신이라 한다.

---

12) 입신과 흥취의 관계에 대해 張健은「他的興趣說和入神說之間, 根本沒有一必
　 然的內在關繫: 他時而如此設想, 時而如彼起意, 又幷列書之, 結果便互見扞格
　 了.」(≪창랑시화연구≫ p.33)라 하였는데, 엄우가 시화를 서술하는 순서와 체
　 계적인 논리가 미비하다는 것일 뿐, 매우 밀접하게 관계되어 있다.(필자의 의
　 견)

入神二字之義, 心通其道, 口不能言, 己所專有, 他人不得襲取, 所謂能
與人規矩, 不能使人巧. 巧者其極爲入神. …眞能詩者, 不假雕琢, 俯
拾卽是, 取之於心, 注之於手, 滔滔汨汨, 落筆縱橫, 從此導達性靈, 歌
詠情志, 涵暢乎理致, 斧藻於群言, 又何滯礙之有乎? 此之謂入神.(≪詩
說雜記≫ 권8)

라 하여 작시의 심경이 '탈속'과 '자신을 잊음'(忘我)에 든 극치임을 알
수 있다. 이 점에 대해 명대 許學夷는 ≪詩源辯體≫에서,

이백과 두보의 재력은 심대하여 그 조예가 극히 높으며 홍취가 극히
원대하다. 고로 그 5·7언고시는 체재에 변화가 많고 어사가 기위하
며 기품과 풍격이 크게 갖추어져서 다분히 입신한다.
李杜才力甚大而造詣極高, 意興極遠, 故其五七言古, 體多變化, 語多
奇偉, 而氣象風格大備, 多入於神矣.(권18)

라고 하니 허학이의 말에서 「조예가 극히 높다(造詣極高)」 구는 엄
우의 「以識爲主」와, 「홍취가 극히 원대하다(意興極遠)」 구는 '묘오'와
'홍취'를 각각 풀이한 것이며, 입신은 시심의 초탈성과 삼매경이라 함
이 타당하다. 이 입신에서 청대 王士禎이 神韻說을 주창하고 王維와
孟浩然을 추종하여 ≪唐賢三昧集≫까지 편찬한 사실은 중국시학의
大事이다.13) 단지 그 추종대상에서 엄우가 이백(이태백)과 두보를 택

---

13) 楊繩武는 「資政大夫經筵講官刑部尙書王公神道碑」(≪淸文錄≫ 55)에서 왕사정
   의 詩源을 밝히기를, 「公之詩旣爲天下所宗, 然而詩公止非一世之詩, 天下人人
   能道之, 公之功非一世之功也. 公之詩籠蓋百家, 囊括千載, 自漢魏六朝以及唐宋
   元明人, 無不有咀其精華, 探其堂奧, 而尤浸淫於陶孟王韋諸公, 有以得其象外之
   音, 意外之神, 不雕飾而工, 不鍾鑄而鍊極, 沈鬱排宕之氣, 而彌近自然, 盡滄刺
   絢爛之奇, 而不由人力. 嘗推本司空圖在酸鹹之外, 嚴滄浪以禪喩詩之旨, 而益伸
   其說, 蓋自來論詩者, 或尙風格, 或矜才調, 或崇法律, 而公則獨標神韻, 神韻得
   而風格才調法律三者悉擧諸此矣.」라 하고 ≪唐賢三昧集≫ 序에서 왕사정은 「嚴
   滄浪論詩運:盛唐諸人唯在興趣, 羚羊掛角, 無跡可求, 透徹玲瓏, 不可湊泊, 如空
   中之音, 相中之色, 水中之月, 鏡中之象, 言有盡而意無窮. 司空表聖論詩亦云: 妙
   在酸鹹之外. 康熙戊辰春杪自京師居宸翰堂, 日取開院天寶諸公篇什讀之, 于二家
   之言, 別有會心, 錄其尤雋永超詣者, 自王右丞而下四十二人, 爲唐賢三昧集.」라

한 데 반해 왕사정은 같은 성당의 왕유와 맹호연을 택한 노선이 다를 뿐이다.14) 문학상의 가치로 보아 이백과 두보를 왕유와 맹호연보다 우위에 두는 데는 이의가 없다. 그러나 엄우가 「타인은 터득함이 거의 적다.(他人得之蓋寡也)」라 하여 이백과 두보 외에는 '참선의 정신으로 시의 경계에 들어감(以禪入詩)'의 묘경을 인정하지 않은 점은, 「시를 논함은 선을 논함과 같다(論詩如論禪)」의 논지에서 볼 때 편견이 있다고 본다. 왕사정이 엄우와 같은 바탕에서 神韻을 편 데 비하여 추종대상을 달리하는 데 대해 곽소우는 말하기를,

> 엄우의 흥취설은 마침 왕사정의 소위 신운과 의미가 같은데, 어째서 엄우는 이백과 두보를 거론하면서 왕유와 맹호연을 종주로 삼지 않았는가? 이 점에 모순이 있는 것 같으나 실은 이것이 엄우의 논시 요지이다.
>
> 滄浪興趣之說, 正同於王士禎所謂神韻之義, 何以滄浪又標擧李杜, 而不宗主王孟叱? 此點似有矛盾, 實則也是滄浪論詩宗旨.(≪滄浪詩話校釋≫)

라 하여 왕사정을 옹호한 반면에, 錢鍾書는 이르기를,

> 엄우는 유독 신운으로 이백과 두보를 칭하고, 왕사정은 엄우를 사승하였는데, 단지 왕유와 위응물만을 알고 ≪당현삼매집≫을 지으면서 이백과 두보를 취하지 않았으니, 대개 엄우의 뜻을 잃은 것이다.
>
> 滄浪獨以神韻許李杜, 漁洋號爲師法滄浪, 乃僅知有王韋, 撰唐賢三昧集, 不取李杜, 蓋盟失滄浪之意矣.(≪談藝錄≫)

고 하여 자신과 양씨의 말에서 신운과 그 추숭자, 그리고 그 이유를 극명하고 있다.

14) 왕사정이 예시로써 왕유와 맹호연을 추숭하여 다음과 같이 말했다. 「嚴滄浪以禪喩詩, 全深契其說, 而五言尤爲近之. 如王維輞川絶句, 字字入禪. 他如『雨中山果落, 燈下草蟲鳴』, 『明月松間照, 淸泉石上流』, 及太白『谷下水精簾, 玲瓏望秋月』; 常建『松際露微月, 淸光猶爲君』, 浩然『樵字暗相失, 草蟲寒不聞』, 劉愼虛『時有落花至, 遠隨流水香』, 妙諦微言, 與世尊拈花, 迦葉微笑, 等無差別. 通其解者, 可語上乘.」(≪帶經堂詩話≫ 卷3)

라 하여 왕사정은 엄우의 진의를 터득하지 못한 것이라고 평가하고 있다. 엄우와 왕사정의 설이 각각 명확한 논지를 지닌 만큼 추종대상에 관한 시비를 가릴 수 없다 해도 왕유 같은 시인의 작품에서 역시 入神의 경지를 찾을 수는 있다.15) 왕유 시의 입신처는 脫俗과 忘我, 그리고 禪定으로 특색 지을 수 있으니, 〈終南別業〉(≪王右丞集箋注≫ 권3)을 보자.

> 중년에는 불도를 좋아하다가
> 만년에 종남산 가에 머물러라.
> 흥취가 나면 매양 홀로 왕래하고
> 즐거운 의취는 절로 알 뿐이라.
> 냇물 끝까지 올라가
> 앉아보나니 구름 뭉게뭉게
> 우연히 숲속의 노인 만나서
> 담소하며 돌아갈 줄 몰라라.
> 中歲頗好道, 晚家南山陲.
> 興來每獨往, 勝事空自知.
> 行到水窮處, 坐看雲起時.
> 偶然值林叟, 談笑無還期.

이 시는 은거의 의취를 묘사하였으니, 제1, 2구는 은거의 이유를, 제3, 4구는 속세와 無爭의 의식을 각각 표출하고 제5, 6구에 이르러서 사경과 禪機를 현시하면서 말구에서 구속되지 않은 심기를 그렸다. 이 시는 자연과 합일된 '忘我'의 선경을 표현하였으니 원대 胡仔는, 「그 시를 보면 먼지 낀 세계에서 벗어나, 만물의 밖에서 떠노는 것을 알게 된다.(觀其詩, 知蛻塵埃之中, 浮游萬物之表者也.)」(≪苕溪漁隱叢話≫ 前集)라고 극찬하고 있다. 다음에 왕유의 〈過香積寺〉(상동 권7)를 본다.

---

15) 졸저 ≪王維詩比較硏究≫의 〈王維詩與禪悟之關係〉 참조.(北京 京華出版社, 1999)

향적사가 어딘지 몰라
몇 리 구름 낀 봉우리에 들었네.
고목에는 길이 없는데
깊은 산 어디서 종 울리나.
샘 소리 오똘한 돌 위에 울고
햇빛 푸른 솔에 차가워라.
저물녘 빈 연못가에서
좌선하여 뭇 욕망을 떨치네.
不知香積寺, 數里入雲峰.
古木無人徑, 深山何處鐘.
泉聲咽危石, 日色冷青松.
薄暮空潭曲, 安禪制毒龍.

　이 시는 탈속과 선정의 경지를 묘사하였는데, 泉聲을 '咽', 石을 '危', 日色을 '冷', 松을 '青'이라고 묘사하는 관찰과 성정은 오묘하며, 말연은 바로 '앉아서 자신을 잊고 참선에 들어감(坐忘入禪)'의 높은 선경을 그려내어서 내적으로는 夢境을, 외적으로는 幻影을 보는 듯하니, 王維에게서 볼 수 있는 입신의 시정이라 하겠다. 엄우가 '入神極致'를 터득한 시인은 李白과 杜甫뿐이라는 내면에는 그들이 당대의 양대가라는 점에 기인되지 않았나 하고 추리해본다. 엄우의 〈시변〉은 한위진과 성당의 시에 위주한 '참선의 마음으로 시에 들어감(以禪入詩)'의 묘오와 흥취, 그리고 입신의 시세계를 주제로 평술되어 있다. 〈시변〉에서 「시를 논함은 선을 논함과 같다(論詩如論禪)」의 의미와 가치를 살펴보고, 시도의 요체인 묘오의 시와의 관계를 시도하였다.

　이런 묘오에서 터득된 경지에서 시의 흥취와 입신의 자취를 「영양이 뿔을 나뭇가지에 걸다(羚羊掛角)」에 비유한 것은 기특한 착상이라 하겠으니 후대의 시론에 지대한 영향을 주었으나, 이 논지의 수용을 정확히 분별하지 않으면 편견적 시법을 만들 가능성이 많은 논리상의 억지와 체계가 없음도 적지 않다. 청대 朱庭珍은 그 논점을

경계하기를,

> 근대 시인에서 엄우의 설을 종으로 하여 잘못하는 자는 메마른 가슴
> 을 잡고 아득한 깨달음을 구하려고 경치에 빠져서는, 토하고 삼키듯
> 이 읊고, 음미하여 스스로 고아하고 원대한 품격을 자랑함을 초탈로
> 여긴다. 그 말에 실체가 없어 허황한 악습에 떨어지는 것을 모르면
> 마침내 고칠 만한 약이 없다.
> 近代詩家, 宗嚴說而誤者, 挾枯寂之胸, 求渺冥之悟, 流連光景, 半吐
> 半呑, 自矜高格遠韻, 以爲超超玄著矣. 不知其言無物, 轉墜膚廓空滑
> 惡習, 終無藥可醫也. (≪筱園詩話≫ 권1)

라고 하여 공허하고 지나친 주관에 흐르기 쉬운 것을 경계하였다. 엄
우는 〈시변〉에서 송대의 시풍을 비판적으로 보고, 가식적인 그 당시
의 풍조를 반대하고 진정한 '성당시풍으로 돌아감'(歸盛唐)의 노선을
잡기 위해서 탄식과 통박을 서슴지 않았으니, 「아아, 정법안이 전해
지지 않음이 오래도다.(嗟乎, 正法眼之無傳久矣.)」라고 〈시변〉 말미에
서술하고 있다. 엄우 자신이 강서파의 영향을 받았으면서 그 파의
平淡과 功力은 인정하지만, 시의 高致가 결여되는 점을 불만족하게
여겼다. 엄우의 시론이 시대를 지나가면서 더욱 그 중요성을 더하는
이유는 형식보다는 심성을 중시하는 시 창작관에 있다고 보아야 할
것이다.

2. 시는 지식을 위주로 함(以識爲主)

엄우는 지식만으로 극복할 수 없는 詩境, 즉 선현의 지식을 바탕
으로 하여 禪境에 들어서는 단계까지를 선의 묘오에 비유하였는데,
그 근저로 「以識爲主」를 내세웠다.

무릇 시를 배우는 자는 선인의 정화를 위주로 할 것이다. 입문은 모
름지기 바르게 해야 하고, 입지는 모름지기 높아야 할 것이다. 한위

진과 성당을 사표로 삼아 개원 천보 이하의 인물을 따르지 않을 것
이다. 만일 스스로 물러나 굽히면, 곧 열등의 바르지 못한 詩想이 폐
부에 스며드는 것은 뜻을 세움이 높지 않기 때문이다. 행하여 미치
지 못함이 있으면, 더욱 공력을 가해야 한다. 길이 조금 어긋나면 달
릴수록 멀어져서 입문이 바르지 않게 된다. 따라서 그 윗것을 배우
려 해도 단지 그 중간만큼만 얻고, 그 중간을 배우려면 아랫것이 되고
만다고 말하는 것이다, 또 지혜가 스승보다 나으면 전수하기에 가할
것이나, 지혜가 스승과 같으면 스승의 덕을 반감한다고 말하는 것이
다. 공부는 모름지기 정수리로부터 아래로 해나가야지, 아래에서 위
로 해나가서는 안 된다. 먼저 ≪초사≫를 숙독하여 조석으로 풍영을
그 근본으로 할 것이며, 〈고시19수〉를 읽고, 악부 4편, 이릉, 소무
및 한위의 오언시를 모두 숙독해야 하며, 이백과 두보의 시집을 이리
저리 두루 보아 지금 사람들이 경서를 연구하듯 한 연후에 성당의 명
가를 널리 배워서 가슴에 잘 새겨 오래 간직하면 자연히 깨달아 들
게 된다. 그러면 비록 배움이 미치지 못해도 정도를 잃지 않는다. 이
것이 바로 정수리로부터 해 내려오는 것이니 이를 '향상일로'(위로
향하여 한 길로 나감)라 하고, '직절근원'(곧장 근원을 파악함)이라
하며, '돈문'(문득 도리를 깨달아서 경지에 이름)이라 하고, '단도직
입'(바로 본론에 들어감)이라 한다.

夫學詩者以識爲主, 入門須正, 立志須高. 以漢魏晋盛唐爲師, 不作開
元天寶以下人物. 若自退屈, 卽有下劣詩魔入其肺腑之間, 由立志之不
高也. 行有未至, 可加工力, 路頭一差, 愈鶩愈遠, 由入門之不正也. 故
曰, 學其上, 僅得其中, 學其中, 斯爲下矣. 又曰, 見過於師, 僅堪傳授,
見與師齊, 減師半德也. 工夫須從頂上做下, 不可從下做上. 先須熟讀
楚辭, 朝夕諷詠以爲之本: 及讀古詩十九首, 樂府四篇, 李陵蘇武漢魏
五言皆須熟讀, 卽以李杜二集枕藉觀之, 如今人之治經, 然後博取盛唐
名家, 醞釀胸中, 久之自然悟入. 雖學之不至, 亦不失正路. 此乃是從
頂上做來, 謂之向上一路, 謂之直截根源, 謂之頓門, 謂之單刀直入也.

엄우가 말한 '以識爲主'의 '識'은 선인의 정화이니 學詩에 있어 선

인의 문학세계를 잘 익혀야 한다는 것이다. 呂本中은, 「학시는 모름지기 ≪시경≫과 ≪초사≫, 한위간의 시를 위주로 해야만 고인의 좋은 곳을 보게 된다.(學詩須以三百篇楚辭及漢魏間人詩爲主, 方見古人好處.)」(≪童蒙詩訓≫)라고 하였고, 張戒는 말하기를,

> 그 처음에 따라 배우기만 하면 그 나중에는 어찌 능가할 수 있겠는가. 지붕 아래 지붕처럼 부질없는 일이니 더욱 그 작은 것을 보게 된다.(모방하여 원작에 미치지 못함) 후에 작자가 나와서 필히 이백과 두보와 어깨를 나란히 하려면 응당 한위 시부터 해내야 할 것이다. 其始也學之, 其終也豈能過之, 屋下架屋, 愈見其小. 後有作者出, 必欲與李杜爭衡, 當復從漢魏詩中出爾.(≪歲寒堂詩話≫ 卷上)

라고 하여 엄우가 학시는 「입문은 모름지기 바르게 해야 하고, 입지는 모름지기 높아야 할 것이다. 한위진과 성당을 사표로 삼아 개원천보 이하의 인물을 따르지 않을 것이다.(入門須正, 立志須高. 以漢魏晉盛唐爲師, 不作開元天寶以下人物.)」라고 한 主見을 보충하고 있다. 그러나 ≪시경≫까지 올라가지 않은 것은 엄우가 순수문학적인 풍격에 주안점을 두고 한 말이니, 그는 시의 근본에는 주의하지 않은 것 같다. 근본보다는 학시의 입지를 여하히 두느냐에 따라 수준이 결정되는 것으로 주장하여, 「열등의 바르지 못한 詩想이 폐부에 스며드는 것은 뜻을 세움이 높지 않기 때문이다.(有下劣詩魔入其肺腑之間, 由立志之不高也.)」라고 하였고, 「그 윗것을 배우려 해도 단지 그 중간만큼만 얻고, 그 중간을 배우려면 아랫것이 된다.(學其上, 僅得其中, 學其中, 斯爲下矣.)」라고 하여 학시의 기준을 제언하고자 하였다. 그는 이를 위해서, 「공부는 모름지기 정수리로부터 아래로 해나가야지 아래에서 위로 해나가서는 안 된다.(工夫須從頂上做下, 不可從下做上.)」의 견해를 엄격히 강조하여 다음과 같은 필수독서목(須讀之目)을 열거하였다.16)

---

16) 〈古詩十九首〉는 ≪文選≫ 권29에 수록되어 있고, 李陵은 ≪文選≫ 권29에

항목 \ 단계	1	2	3	4	5
필수독서목	楚辭	古詩十九首	樂府四篇	李陵 蘇武 漢魏 詩	李白 杜甫

엄우는 이와 같은 단계를 밟아 내려와 '向上一路'를 걸어서 頓門[17]에 이르면 묘오를 터득하는 詩境을 낳는다고 하여 學詩를 위한 각고를 중시하였다.

3. 시의 技巧論

엄우는 시의 用工(작시상의 기교)에 대해서는,

> 그 기교를 쓰는 데에 셋이 있으니, 이르기를 기결, 구법, 자안이다.
> 其用工有三, 曰起結, 曰句法, 曰字眼.

라 하여 시의 기교법에 起結과 句法, 字眼을 중시하였고, 또 시법을 말하는 중에서,

> 시의 법은 다섯이 있으니 가로되 체제, 격력, 기상, 흥취, 음절이다.
> 詩之法有五, 曰體製, 曰格力, 曰氣象, 曰興趣, 曰音節.

라고 하였는데, 여기서 체제는 시의 체재에 관한 것이고, 格力과 氣象은 비평, 興趣는 시의 원리에 관한 것이니, 음절만은 시의 기교에 주요한 항목이다. 따라서 엄우의 用工은 起結, 句法, 字眼, 音節로 구분

〈與蘇武詩三首〉, 그리고 ≪古文苑≫ 권8에 시 8수가 수록되어 있다. 蘇武는 ≪文選≫ 권29에 시 4수, ≪古文苑≫ 권8에 시 2수가 각각 수록되어 있으며 漢魏五言은 班固(〈詠懷詩〉)·張衡(〈同聲歌〉)·蔡邕(〈翠鳥歌〉) 등과 작자 미상의 서사시, 建安의 시와 三曹 전후의 작을 들겠다. 〈樂府四篇〉에 대해서는 胡才甫가 篆注에서 「樂府四篇, 不詳所指. 按樂府詩集無四篇之目, 又文選選錄樂府凡七篇, 均與此不合.」이라 하니 그 내용이 불명하다. 엄우의 이 단계는 그 시대의 그런 작품의 풍격과 문학적 시대특성을 지칭한 것이다.(필자의 의견)

17) 頓門은 頓悟之門. 불가에서는 '以速疾證悟妙果爲頓悟'.

된다.

　(1) 作詩의 起結 : 작시의 長處가 起句와 結句에 따라 좌우된다는 것은 주지의 사실이지만, 엄우는 이 점을 더욱 강조하였다. 그는 본 시화의 詩法에서 이르기를,

　대구는 잘 얻을 수 있지만 마지막 구는 잘 얻기 어렵고, 처음 구는 더욱 얻기 어렵다.
　對句好可得, 結句好難得, 發句好尤難得.

라고 하고, 또 이어서 기술하기를,

　시의 첫머리에 꺼릴 것은 의식적인 표현이며, 매듭의 귀히 여김은 현실을 벗어남이다.
　發端忌作擧止, 收拾貴在出場.

라 하여 엄우가 작시의 起結을 얼마나 중시하였는지 알 수 있다. 앞의 구에 대해 명대 謝榛은 부연하여, 「기구는 폭죽과 같아서 갑작스런 소리가 쉽게 터져 나오고, 결구는 종 치는 것과 같아서 맑은 음이 여운이 있어야 한다.(起句當如爆竹, 驟響易徹, 結句當如撞鍾, 淸音有餘.)」(≪四溟詩話≫ 卷1)라고 밝혔고, 명대 王世貞은 그 어려움을 강조하여, 「칠언율시에서 중간 2연은 어렵지 않은데, 난점은 발단과 결구에 있을 뿐이다.(七言律不難中二聯, 難在發端及結句耳.)」(≪藝苑巵言≫)라고 하였으며, 陳僅은 특히 結句의 難得을 강조하여, 「시작할 때는 북치며 기세 있어 절로 주체가 되다가 결구에 이르러 북소리가 쇠하고 힘이 다하니, 모름지기 위에서 의기가 나서 하나로 이어나가지 못하면 전체를 다 버리게 되니 그러므로 좋은 작품이 매우 적은 것이다.(入手時一鼓作氣, 可以自主, 至結句鼓衰力竭, 又須從上生意, 一有不屬, 全篇盡棄, 故好者尤尠.)」(≪竹林答問≫)라 하여 엄우의 입장을 뒷받침하고 있다. 이 점에 대해 陶明濬은 杜甫의 七律을 예시하여 부연하였고, 起句가 잘못되면서 시 전체가 난잡해진다고 하였으

니, 작시에서 起結의 用功은 시의 장단점의 根幹인 것을 공감한다.18)
'結句'에 대해서 毛先舒의 다음 해석은 큰 의미가 있다.

시의 첫머리에 꺼릴 것은 의식적인 표현인데 고아하고 웅혼함을 귀
히 여길 것이며, 매듭의 귀히 여김은 현실을 벗어남에 있으니 모름
지기 초원할 것이다.
發端忌作擧止, 貴高渾也, 收拾貴在出場, 須超遠也.(≪詩辨≫ 之卷三)

여기에서 '꺼릴 것'이란 「순수하게 써서 겉모양을 꾸미지 않음(不
裝模作樣)」의 뜻이니, 시작은 高渾하게, 종결은 超遠하게 작시해야
한다는 것이니 기결이 작시상 난득하지만, 풍모가 있어야 함을 강
조하였다.

(2) 作詩의 句法 : 엄우의 시론을 절대 추숭한 명대 陶明濬은 시의
구법은 시의 요소라고 하면서 각 體가 갖출 구법을 다음과 같이 밝
히고 있다.

오언고시의 구법은 우아와 담백을 귀히 여기고, 칠언고시의 구법은
침울과 웅혼을 귀히 여기고, 오언율시의 구법은 장엄과 둔중을 귀히
여기고, 칠언율시의 구법은 명징과 미려를 귀히 여기며, 오언절구의
구법은 초탈과 묘오를 귀히 여기며, 칠언절구의 구법은 유연과 발양
을 귀히 여긴다.
五古之句法貴乎雅淡, 七古之句法貴乎沈雄, 五律之句法貴乎壯重, 七
律之句法貴乎明麗, 五絶之句法貴乎超妙, 七絶之句法貴乎悠揚.(≪詩
說雜記≫ 권7)

---

18) 도명준은 두보를 예거하여 「少陵爲詩中之聖, 而七律尤爲秀出班行者. 其對句
往往參伍錯綜以見氣力, 屈盤幽奧, 才力奇特, 不盡如後人專講死對也. 其所以出
人頭地而卓乎不可及者, 則結句與起句, 一加點染, 全篇生色. 發句好者如『群山
萬壑赴荊門, 生長明妃尙有村』之類是也. 結句好者, 如『出師未捷身先死, 長使英
雄淚滿襟』者是也.」(≪詩說雜記≫ 권11)라 하고 기구에 대해 「詩旣難於起, 又
難於結. 若起不得法, 則雜亂浮泛, 一篇之中旣不得機勢, 雖善於承接亦難生色.」
(상동 권7)이라 함.

여기서 도명준의 논조가 한결같이 「雅淡, 沈雄, 壯重, 明麗, 超妙, 悠揚」 등 俗氣를 떨친 풍격을 주장하고 있어 엄우 시대의 일부 송시풍과는 다른 성향을 내세운 엄우를 지지하고 있으니, 엄우의 ≪滄浪詩話≫에 보이는 구법의 논리를 보기로 한다.

(A) 시를 배우는 데는 먼저 다섯 가지 속된 것을 제거해야 하니, 첫째는 속된 체재, 둘째는 속된 뜻, 셋째는 속된 시구, 넷째는 속된 글자, 다섯째는 속된 운율이다.
學詩先除五俗, 一曰俗體, 二曰俗意, 三曰俗句, 四曰俗字, 五曰俗韻.

(B) 꺼려서 피할 말이 있고 말의 단점이 있다. 말의 단점은 쉽게 제거되나, 꺼려서 피할 말은 제거하기 어렵다. 말의 단점은 고인들도 가지고 있으나, 꺼려서 피할 말만은 있어서는 안 될 것이다.
有語忌, 有語病. 語病易除, 語忌難除. 語病古人亦有之, 惟語忌則不可有.

(C) 자를 쓸 때 음향을 귀히 여길 것이며, 시구를 짓는 데는 원만을 귀히 여길 것이다.
下字貴響, 造語貴圓.

(D) 시의는 밝고 맑음을 귀히 여겨 신발 사이로 가려운 것을 긁는 것처럼 하지 말아야 하고, 시어는 청초를 귀히 여겨 진흙을 끌어다 물을 흐려서는 안 된다.
意貴透徹, 不可隔靴搔痒, 語貴脫洒, 不可拖泥帶水.

(E) 시어는 직설적인 것을 삼가고 시의 뜻은 천박을 삼가며, 시의 맥락은 노출을 삼가고, 시의 맛은 짧음을 삼간다. 음운은 산만과 이완을 삼가고, 또 촉박함도 삼간다.
語忌直, 意忌淺, 脈忌露, 味忌短. 音韻忌散緩, 亦忌迫促.

(F) 모름지기 살아있는 시구를 써야 하며 죽은 시구를 쓰지 말라.
須參活句, 勿參死句.

(A)의 俗句란 도명준이 말한 바, 「표절을 일삼으면 …옳은 것 같으나 그르니 썩은 기운이 종이에 차는 것이다.(沿襲剽竊, …似是而非, 腐氣滿紙者.)」(≪詩說雜記≫ 권9)와 같은 것이며, (B)의 語忌와 語病은 ≪文心雕龍≫〈章句篇〉의, 「구의 청아하고 영준함은 허망하지 않음을 바탕으로 한다.(句之淸英, 宗不妄也.)」와 뜻이 근접한데, 語忌는 命意의 편차이고 語病은 논리적 표현의 분명성 부족을 말한다고 하겠다. (C)의 「造語貴圓」에 대해서 도명준은 예증하기를, 「이백(이태백)과 두보를 시선과 시성이라 칭하는 이유는 그 시구의 원만함 때문이다.(李杜所以有詩仙詩聖之稱者, 爲其詩句之圓滿也.)」(상동 권9)라고 하여 엄우의 논지를 보충하여 句法의 요체를 지적하였다. (D)의 청초함(脫洒)은 이른바 먼지 없고(無塵) 세속적이 아닌 造語力을 말하고, 「진흙을 끌어다 물을 흐려서는 안 된다(不可拖泥帶水)」는 작시의 「부허한 어사를 잘라낸다(剪截浮詞)」(≪文心雕龍≫〈鎔裁〉)를 말하여 造語의 고결미를 강조한 것이다. (E)의 「忌直」은 (C)의 「貴圓」과 상통하는 것으로 도명준이, 「어사는 왜 직설을 꺼리는가? 시에 있어 문사를 넌지시 표현하고 시의를 부치니 미묘하면서 멀게 비유하면 표현은 매우 작으나 그 담은 뜻은 아주 크게 된다.(語何以忌直? 緣詩主文譎諫, 寓意微遠, 所稱甚小, 所指極大.)」(상동 권9)라고 밝히고 있다. (F)의 活句와 死句는 청대 馮班의 ≪嚴氏糾謬≫에서, 「선가의 소위 사구와 활구는, 시인의 소위 사구·활구와는 전혀 다르다.(禪家所謂死句活句, 與詩人所謂死句活句全不相同.)」라 하여 시의 詩句와 禪의 偈頌(게송)이 구별되어야 함을 지적한 것처럼, 엄우가 禪家에 의거하여 시세계를 비유한 점에 대해서 많은 오해를 면치 못했다.

그러나 숭고한 목표를 향한 정신수양적인 자세는 서로 상통한다는 그 근본 이치는 일치한다. 그래서 郭紹虞는, 「풍반은 숨은 듯 빼어난 어사를 활구로 여겼고, 오교의 ≪위로시화≫에서는 주제가 매우 절실하되 풍부하지 않고 기탁이 없는 것을 사구로 여겼다.(馮班以

隱秀之詞爲活句, 吳喬圍爐詩話以於題甚切而無豊致無寄託者爲死句.)」
(≪滄浪詩話校釋≫)라고 하여 活句는 '표현이 감추어진 듯 빼어나고'
(隱秀)하고, 死句는 '묘사가 풍부하지 않고'(無豊), '기탁이 없는 것'(無
寄託)이라고 하여 엄우의 구법이론을 풀이하고 있다.

(3) 作詩의 字眼 : 用字가 탈속하고 여운을 귀히 여겨야(貴響) 한다
는 요건을 말하는 것이니 도명준은 말하기를,

> 자구를 쓰는 법은 메아리를 귀히 여기니 그 소리가 있음을 말하고,
> 미려를 귀히 여기니 그 색채가 있음을 말하고, 절실을 귀히 여기니
> 한 글자라도 혼백을 실린다. 정밀을 귀히 여기니 확실히 밝은 구슬
> 같고 우뚝한 장성 같다.
> 下字之法, 貴乎響, 言其有聲也, 貴乎麗, 言其有色采, 貴乎切, 一字可
> 以追魂攝魄也. 貴乎精, 的然如明球, 屹然如長城也.(≪詩說雜記≫ 권
> 7)

라고 하여 '貴響'은 물론 '麗, 切, 精'도 用字에 필수적이며 여기에서
俗字의 사용도 극복할 수 있음을 알게 된다.

(4) 作詩의 音節 : 엄우는 이르기를, 「음운은 산만과 이완을 꺼리고,
또 촉박을 꺼린다.(音韻忌散緩, 亦忌迫促.)」라 하여 음절에 대해 절
주가 산만하면 시의 감동미가 파괴되고, 촉박하면 詩意가 호탕함이 부
족하게 되는 것을 우려하였다. 이는 ≪文心雕龍≫ 〈聲律〉에서, 「가
라앉으면 메아리가 나되 끊어지고, 날아오르면 소리가 가볍되 돌아온
다.(沈則響發而斷, 飛則聲颺而還.)」와 상통한다.

4. 시대별 詩品論

엄우는 본 시화 〈詩辨〉에서,

> 시의 품격은 아홉이 있으니, 고아, 고담, 심오, 원대, 장구, 웅혼, 표

일, 비장, 처완 등을 말한다.

詩之品有九, 曰高, 曰古, 曰深, 曰遠, 曰長, 曰雄渾, 曰飄逸, 曰悲壯, 曰凄婉.

라 하였는데, 이것은 엄우가 시를 평가하는 기준이며, 시의 특성을 논하는 요소가 된다. 엄우의 이 품류는 어디에서 기원하는지 불명하지만, 다음 도표에서 유협의 ≪文心雕龍≫〈體性〉의 八體, 皎然의 ≪詩式≫, 司空圖의 ≪二十四詩品≫, 齊己의 ≪風騷旨格≫ 등과 品類의 상관성을 비교할 수 있다.(≪詩式≫, ≪二十四詩品≫, ≪風騷旨格≫에 대해서는 제1편 唐·五代 詩話 解題 참조)

창랑시화	高	古	深	遠	長	雄渾	飄逸	悲壯	凄婉
문심조룡	典雅	典雅	深奧	深奧		壯麗		壯麗	
시식	高		思	遠	達	力	逸	悲	怨
이십사시품	高古	高古	沈着	自然	含蓄	雄渾	飄逸	悲慨	
풍소지격	高逸		兀坐	廻避		背非	抛擲	功勳	

위 표에서 ≪詩式≫과 ≪二十四詩品≫의 시론이 본 시화와 비교적 사승관계가 깊은 것을 알 수 있다. 엄우는 시의 9품에 입각해서 본 시화〈詩評〉에서 각 시대 各家의 시를 논하였는데 그의 〈시변〉에서는 시의 妙悟境을 논하면서 각 시대의 시 구분을 다음과 같이 하고 있다.

먼저 한위의 시를 가져다 잘 익히고, 다음에 진송의 시를 가져다 깊이 익히고, 다음에 남북조의 시를 가져다 익히고, 다음에 심전기, 송지문, 왕발, 양형, 낙빈왕, 진자앙 등의 시를 가져다 익히고, 다음에 개원 천보의 제가 시를 가져다 익히고, 다음에 특히 이백·두보의 시를 가져다 익히고, 또 대력십재자의 시를 가져다 익히고, 또 원화의 시를 가져다 익히고, 또 만당 시인의 시를 가져다 익히고, 또 본조 소식·황정견 이하의 제가 시를 가져다 잘 익히면, 그 참된 옳고 그름을 스스로 숨길 수 없다.

試取漢魏之詩而熟參之, 次取晋宋之詩而熟參之, 次取南北朝之詩而熟
參之, 次取沈宋王楊駱陳拾遺之詩而熟參之, 次取開元天寶諸家之詩而
熟參之, 次獨取李杜二公之詩而熟參之, 又取大歷十才子之詩而熟參之,
又取元和之詩而熟參之, 又盡取晚唐諸家之詩而熟參之, 又取本朝蘇黃
以下諸家之詩而熟參之, 其眞是非自有不能隱者.

여기서 엄우가 시의 원리론적 입장에서 각 시대를 특성별로 구분
하여서 漢魏詩, 晋宋詩, 南北朝詩, 沈佺期, 宋之問 등 초당시, 開元
天寶詩, 李杜詩, 大歷十才子詩, 元和詩, 晚唐詩, 蘇軾과 黃庭堅의 宋
詩 등으로 나누고 있다. 이 중에서 漢魏晋宋詩, 盛唐詩, 그리고 宋
詩 등을 살펴보고자 한다.

(1) 漢魏晋宋詩 : 엄우는 한위진과 성당의 시를 第一義라고 하여 최
고의 시로 평가하였다. 그리고 「한위진과 성당시를 배우는 자는 임
제하이다.(學漢魏晋與盛唐詩者, 臨濟下也.)」라고 하고, 「한위진과 성
당을 사표로 삼는다.(漢魏晋盛唐爲師.)」라고 하여 이 시대의 시를 반
드시 성당과 동일하게 놓고 있다. 엄우는 〈詩體〉에서 唐 이전의 시체
를 시대별로 建安體, 黃初體, 正始體, 太康體, 元嘉體, 永明體, 齊
梁體 등 7구분하며 작가별로는 蘇李體, 曹劉體, 陶體, 謝體, 徐庾體
등으로, 選體로는 柏梁體, 玉臺體 등 상당한 비중을 唐 이전에 둔 것
을 알 수 있으니, 시의 근원을 정리하고자 한 이유가 될 것이다. 엄
우가 〈詩評〉에서 이 시대의 작가를 평술한 것을 보면,

* 한위의 고시는 기상이 혼돈하여 시구로 지적해 내기 어렵다. 진대
이후에야 고운 시구가 있어 도잠(도연명)의 「동쪽 울타리 아래 국화
따며, 느긋이 남산을 바라보네.」와 사령운의 「연못에 봄풀이 나네.」
등을 들겠다. 사령운이 도잠을 따르지 못하는 것은 사령운의 시는
정밀 공교하고, 도잠의 시는 질박하고 자연스럽다는 것뿐이다.

漢魏古詩, 氣象混沌, 難以句摘, 晋以還方有佳句, 如淵明「採菊東籬下,

悠然見南山」,謝靈運「池塘生春草」之類. 謝所以不及陶者, 康樂之詩精
工, 淵明之詩質而自然耳.

* 사령운의 시는 어느 한 편이라도 아름답지 않은 것이 없다.
謝靈運詩, 無一篇不佳.

* 황초 이후에는 오직 완적의 영회시만이 매우 고고하여 건안 풍골을
지녔다. 진대 시인 중에는 도잠과 완적 외에 좌사가 한때 특출하며,
육기는 여러 문인의 아래에 둔다.
黃初之後, 惟阮籍詠懷之作, 極爲高古, 有建安風骨. 晋人舍陶淵明阮
嗣宗外, 惟左太冲高出一時, 陸士衡獨在諸公之下.

* 안연지는 포조만 못하고 포조는 사령운만 못하다.
顔不如鮑, 鮑不如謝.

* 사조의 시는 이미 전 작품이 당인과 같은 것이 있어 그 문집을 보
면 곧 알게 된다.
謝朓之詩, 已有全篇似唐人者, 當觀其集方知之.

라고 하여 漢魏보다는 晋을 높이 평하면서 陶潛(도연명)을 가장 높이
列位하고, 이어서 謝靈運, 다음은 鮑照, 다음은 顔延之를 일맥으로 보
고, 左思와 謝朓, 阮籍과 陸機를 支脈으로 하여 한위진송의 시품을 논
구하였다. 엄우의 논리는 시의 산수전원에 대한 주제를 중시하고 있
다 하겠다.

   (2) 盛唐詩 : 엄우는 성당시를 한위진 시와 동일하게 숭상해 왔으
니, 「확연하게 성당을 사표로 삼아야 할 것이다.(截然謂當以盛唐爲
法.)」(〈시변〉)라고 하여 성당시를 법도로 하고 있다. 특히 興趣를 논
하면서, 「성당시인은 오직 흥취에 마음을 둔다.(盛唐詩人惟在興趣.)」
라 하였으니, 엄우 시론의 근본은 성당시에서 연유한다고 해도 가
하다. 〈시변〉에서도 孟浩然이 韓愈만 학력이 못하나 시의 오묘한 맛
(妙悟之味) 때문에 홀로 뛰어나다고 하였으며, 「사령운에서 성당 여러

문인까지는 투철한 悟이다.(謝靈運至盛唐諸公, 透徹之悟也.)」와 「이제 이미 그 시체를 당시라고 주창한다.(今旣唱其體曰唐詩矣.)」구는 바로 엄우의 주력이 어디에 있는지 알 수 있는 부분이다. 그는 〈詩評〉에서 이 시기의 시풍을 다음과 같이 평술하고 있다.

* 성당인은 조잡한 듯하면서 조잡하지 않은 점이 있고, 졸렬한 듯하면서 졸렬하지 않은 점이 있다.
盛唐人有似粗而非粗處, 有似拙而非拙處.

* 당인은 의취와 흥취를 받들면서도 사리를 그 가운데 담고 있다.
唐人尙意興而理在其中.

이를 통해 엄우가 唐詩의 특성을 관통하였다는 점을 알 수 있다. 그의 〈시평〉에서 各家를 논한 것을 보건대, 먼저 李白(이태백)과 杜甫를 들 수 있는데, 李 · 杜 양인을 함께 品評한 것을 보면,

이백과 두보 두 사람은 정말 우열을 따지지 못한다. 이백에게는 한둘의 오묘한 곳이 있어 두보가 말할 수 없으며, 두보에게도 한둘의 오묘한 곳이 있어 이백이 지어낼 수 없다.
李杜二公, 正不當優劣. 太白有一二妙處, 子美不能道, 子美有一二妙處, 太白不能作.

라 하여 優劣을 가릴 수 없는 妙處를 각각 가지고 있다 하고, 보다 더 구체적으로 논술하기를,

두보는 이백의 표일함을 지어낼 수 없고, 이백은 두보의 침울함을 지어낼 수 없다. 이백의 〈몽유천모음〉, 〈원별리〉 등은 두보가 읊을 수 없고, 두보의 〈북정〉, 〈병거행〉, 〈수로별〉 등은 이백이 지을 수 없다. 시를 논하는 데 이백과 두보를 기준으로 하면, 천자를 양 옆에 끼고 제후를 호령하는 격이다.
子美不能爲太白之飄逸, 太白不能爲子美之沈鬱. 太白夢遊天姥吟遠別離等, 子美不能道, 子美北征兵車行垂老別等, 太白不能作. 論詩以李

杜爲準, 挾天子以令諸侯也.

라고 하여 李白을 飄逸, 杜甫를 沈鬱하다고 특징 지은 것은 이백이
속세에 초연한 기풍과, 杜甫가 사회의 고난을 읊은 義氣를 두고 한 말
이다. 엄우는 더욱 강하게 이들을 비교하여서,

> 두보의 시법은 손오와 같고, 이백의 시법은 이광과 같다. 두보는 절
> 제의 스승과 같다.
> 少陵詩法如孫吳, 太白詩法如李廣, 少陵如節制之師.

라 하여 두보의 시는 치밀하고 의지적인데, 이백의 시는 李廣처럼 재
기 있고 호방하여 杜詩는 배워서 가하지만 李詩는 「배워서 이를 수
있는 것이 아니다(非學可至)」라고 강조하는 부분이다.[19] 엄우는 더
구나 李杜 詩를, 「이백과 두보 두 분은 금 새매가 바다를 가르고, 향
코끼리가 강을 건너는 것과 같다.(李杜數公如金鵄擘海, 香象渡河.)」
(〈詩評〉)라 하여 '金鵄'와 '香象' 같은 佛語를 써서 비유한 것은 李杜
詩를 성당의 으뜸으로 보는 확신을 가졌음을 알 수 있다.[20]

(3) 宋詩 : 엄우가 〈詩辨〉에서 송대 시인에 대해 구체적으로 평술
한 부분을 다음에 본다.

> 송나라 초기의 시는 또한 당인을 본받았다. 왕우칭은 백거이를 배우
> 고, 양억과 유균은 이상은을 배웠으며, 성도는 위응물을, 구양수는
> 한유의 고시를 각각 배웠고, 매요신은 당인의 평담처를 배웠다. 소
> 식과 황정견에 이르러 비로소 창의를 작시하니 당인의 풍격이 변하

---

19) 黃培芳 ≪香石詩話≫:「人謂杜可學而不可學, 非也. 有法則皆可學. 嚴滄浪云
少陵詩法如孫吳, 太白詩法如李廣.」. 胡應麟 ≪詩藪≫:「李杜二家, 其才本無優
劣, 但學部體裁明密有法可尋, 青蓮興會標擧非學可至.」(〈外編〉卷4)

20) ≪華嚴經≫ 三十六:「譬如金翅鳥王, 飛行虛空, 安住虛空, 以清淨眼觀察大海龍
王宮殿 …」이라 하니 이는 필력이 웅장함을 비유하였고, ≪維摩經注釋≫:「香
象, 青香象也, 身出香風.」이라 하고, 胡才甫는 전주에서 「香象渡河, 亦喩文字
透徹之意..」라 하니 기상이 혼후함을 비유하였다.

게 되었다. 황정견의 용공은 매우 깊이 뿌리박혀, 그 후 그 법이 성행하니 강서종파라 칭하였다. 근세에 조사수와 옹권 등 영가사령이 오직 가도와 요합의 시를 좋아하여 차차 청고풍으로 나아가니, 강호 시인들이 그 체를 본받아 일시에 당송으로 일컬어졌다. 그러나 성문 벽지과에 열입될 뿐임을 알지 못하면서 어찌 성당 여러 문인의 대승 정법안이라 하는가. 아아! 정법안이 전하지 않은 지 오래도다.

國初之詩尙沿襲唐人, 王黃州學白樂天, 楊文公劉中山學李商隱, 盛文肅學韋蘇州, 歐陽公學韓退之古詩, 梅聖兪學唐人平澹處. 至東坡山谷詩自出己意以爲詩, 唐人之風變矣. 山谷用工尤爲深刻, 其後法席盛行, 海內稱爲江西宗派. 近世趙紫芝翁靈舒輩, 獨喜賈島姚合之詩, 稍稍復就淸苦之風, 江湖詩人多效其體, 一時自謂之唐宋, 不知止入聲聞辟支之果, 豈盛唐諸公大乘正法眼者哉. 嗟乎. 正法眼之無傳久矣.

엄우는 송대 초기의 시에 당풍을 답습하다가 蘇軾와 黃庭堅에 와서 송시의 특성이 나오고 江西와 永嘉, 그리고 江湖까지 시맥이 변천한 과정을 서술하였다. 이 중에서 강서에 대해, 「혹자는 그 묘처를 얻지 못하고 매양 시를 지으면서, 필히 성운은 변격을 쓰고 어사는 어렵게 하니 이를 강서격이라 할 것이다.(或未得其妙處, 每有所作, 必使聲韻拗捩, 詞語艱澁, 曰江西格也.)」(陳嚴肖 ≪庚溪詩話≫)라 했듯이, 강서파의 奇工과 難解를 반대하고, 永嘉가 賈島 등의 淸苦를 추숭한 데 대해 외식적인 지향을 반대하였다. 이것은 송대 范晞文이, 「영가사령에 당시를 주창하여 배우는 자는 그 오묘한 뜻을 틈내어 열어 넓히면서 도리어 그 잃음을 두려워한다.(四靈倡唐詩者, 學者闖其堂奧, 闢而廣之, 猶懼其失.)」(≪對床夜話≫)라 한 영가의 풍격 때문이었을 것이다.

엄우는 철저하게 한위진과 성당시를 시 품격상 최고의 경지에 놓고 자기의 입론을 전개하였으니 〈시변〉의 말구인, 「한위 이래를 근원으로 하되 확실히 성당을 사표로 삼아야 함을 말한다. 세상 군자에게 죄가 된다 해도 이 말은 취소하지 않는다.(推原漢魏以來, 而截然

謂當以盛唐爲法. 雖獲罪於世之君子, 不辭也.)」라고 한 말은 자신의 불변의 所信을 토로한 것이다.

본 시화는 항상 ≪滄浪詩集≫ 부록으로 각인되다가, 단행본으로 총서에 열입된 판본으로 ≪百川≫, ≪天都閣藏書≫, ≪津逮祕書≫, ≪歷代詩話≫, ≪詩函樓瑣刻≫, ≪詩觸叢書≫, ≪詩學指南≫, ≪淸芬堂叢書≫, ≪秘冊叢書≫, ≪說郛≫, ≪寶顔堂祕笈≫, ≪詩法萃編≫, ≪談藝珠叢≫, ≪螢雪軒叢書≫, ≪宋詩話七種≫, ≪學詩津逮≫ 등 本이 있다.

范晞文(범희문). 자는 景文, 호는 藥莊으로, 錢塘(지금의 浙江省 杭
州)人이다. 宋 太學生으로서 高菊磵, 姜夔 등과 교왕하였다. 度宗
咸淳 2년(1266)에 葉李, 蕭規 등과 權相 賈似道를 탄핵하는 상서
를 올렸다가 瓊州로 유배당하였는데, 元 世祖 때 程鉅夫의 추천으
로 趙孟頫(조맹부)와 함께 조정에 천거되어 江浙儒學提擧를 제수 받
았으나, 사양하고 응하지 않았다. 후에 아들 范拱이 無錫敎授가 되니,
무석에서 살다가 졸하였다. 厲鶚(여악)의 ≪絶妙好詞箋≫에 의하면, 범
희문이 程鉅夫의 추천으로 강절유학제거 직책을 수행하고 후에 長興
縣丞을 지냈다고 한다. 저서로는 ≪藥莊廢稿≫가 있다.

본 시화는 벗 馮去非의 序에 「경정 3년(1262) 10월, 내 벗 범
경문이 지은 책 한 편을 주었다.(景定三年十月, 予友范君景文授以所
著書一編.)」라고 한 것으로 성서 시기가 瓊州로 유배 가기 전인 남
송 말기인 것으로 본다. 본 시화에 대한 내용을 개괄적으로 서술한
≪四庫全書總目提要≫의 기록을 본다.

≪대상야어≫ 5권은 송대 범희문이 지었다. …시화는 경정 연간에
편성되었는데 모두 시를 논하는 글이다. …또한 빠지고 틀린 것이
없을 수 없다. 허혼을 중시하고 이상은을 배척한 것은 더욱 공평한
논리가 아니다. 그러나 남송 말년에 시도가 무너진 시기에 홀로 관
습이 된 괴리를 배격할 수 있었다. 예컨대, 「사령은 당시를 주창하는
사람들이다. 나아가서 그 공교함을 구하는 사람은 조자지이다. 그러
나 구안이 미진하다고 생각하는 것이니 무릇 그 입지가 높지 못한
것이 아쉽고 요합과 가도에서 멈추어 있다. 배우는 사람이 그 오묘

함을 틈내어 편벽되이 넓히니 그 상실됨을 두려워한다. 섬약하고 천이하여 온통 한소리로 외치며 단단하여 부술 수도 없으니 이것을 사령체라 한다. 그 심은 뿌리가 단단하고 그 물결이 방만하여 날로 쇠퇴해 가서 다시는 떨쳐 일어나지 못하니, 그걸 본받는 자는 오히려 더 (단점을) 쌓아가고 있다.」 하였다. 또 이르기를, 「지금 시로 이름 날리는 자는 사령이라 말하지 않고 만당이라 말한다. 문장은 때에 따라 고하가 있는데 만당은 어떤 때인가? 내 소견으로는, 진실로 강호 제가들이 물결을 따라서 근원을 탐토하면 자못 한위와 육조, 당인의 옛 법도를 탐색할 수 있을 것이며 시학이 많이 밝아질 것이다.」 하였다.

對床夜語五卷, 宋范晞文撰. …詩編成于景定中, 皆論詩之語 …亦不能無所舛訛. 其推重許渾而力排李商隱, 尤非公論. 然當南宋季年詩道陵夷之日, 獨能排習尙之乖. 如曰:「四靈, 倡唐詩者也. 就而求其工者, 趙紫芝也. 然具眼猶以爲未盡者, 蓋惜其立志未高, 而止于姚賈也. 學者闖其閫奧, 辟而廣之, 猶懼其失. 乃尖纖淺易, 萬喙一聲, 牢不可破, 曰此四靈體也. 其植根固, 其流波漫, 日就衰壞, 不復振起, 宗之者反所以累之也.」 又曰:「今之以詩鳴者, 不曰四靈, 則曰晚唐. 文章與時高下, 晚唐爲何時耶? 其所見實在江湖諸人上, 故沿波討源, 頗能探索漢魏六朝唐人舊法, 于詩學多所發明云.」

위의 문장에서 남송 말기 시 사조가 四靈體 등장으로 만당 시풍으로 흘러가는 문단 풍토를 개탄하여, 범희문이 만년에 지은 본 시화를 소개하며 그 요지를 적고 있다. 그래서 본 시화를 남송 말기에 저술된 대표적인 순수한 시화로 평가한다.

본 시화는 이전의 많은 시화와는 다르게, 기본적으로 閑雜한 문장이 없으며 고증과 箋釋을 중시하지 않고 있다. 본 시화 5권이 대개 時序를 차례로 하여 시구를 골라서 시적 논리를 펴고, 시 품평을 담고 있는 시론서라 할 것이다. 그리고 작자 자신의 이론체계가 형성되어 있지 않지만, 시야가 넓고 논조에 이론을 깊이 진술하고 있어서 송시 시화 중에서 우수한 저술로 평가된다. 본 시화는 四靈派와 그

들이 祖宗으로 삼는 晚唐詩를 특히 비판하여, 퇴폐한 시풍의 원인을
'四靈'에 둔 점을, 「입지가 높지 못한 것이 아쉽고 요합과 가도에서 멈
춘 것(立志未高, 而止于姚賈.)」과, 「문장은 때에 따라 고하가 있는데
만당은 어떤 때인가(文章與時高下, 晚唐爲何時耶.)」라는 데에서 찾
고 있다. 그러면서 범희문은 嚴羽의 妙悟說과 姜夔의 自悟說에 찬동
하여 대체로 글이라는 것의 좋고 나쁨은 그것을 깨달은 것의 깊고
낮음에 따라 결정된다고 주장하여,

> 무릇 문장의 높고 낮음은 그 깨달음의 깊고 옅음에 따라서 나타나니,
> 이런 이치를 간파한다면 오묘한 맛은 지름길 넘어 곧장 느껴져서 사
> 방이 막힘이 없게 되어, 그 사람이 곧 내가 되고 내가 곧 그 사람이
> 된다.
> 蓋文章之高下, 隨其所悟之深淺. 若看破此理, 一味妙悟. 則徑起直造,
> 四無窒碍, 在人卽我, 我卽在人也.(≪對床夜語≫ 권2)

라고 서술하고 있다. 그는 시인은 시의 연원을 파악하는 데 주력할
것을 주창하고 있다. 본 시화 제1권은 ≪詩經≫, ≪楚辭≫, 그리고
漢魏代 시를 중국시가의 전범으로 존숭하여 그에 대한 '領悟'를 서술
하고 있다. 그리하여 「시인은 근심이 깊고 생각이 원대한데, 서한시
대의 언어 같은 어사를 후세에는 스스로 지어내지 못하고 있다.(詩人
憂深思遠, 西漢言語自非後世可企.)」라고 평하고, 曹植, 劉楨, 王粲을,
「모두 그 사실을 직접 묘사하는 데 있어서, 지금 사람들은 힘을 다
하고 생각을 다해도 그 경지에 이르지 못한다.(皆直寫其事, 今人雖
畢力竭思, 不能到也.)」라 평하였다.

그러나 그의 領悟는 '諷興', '比興', '憂思'와, '發乎情止乎禮義'(정감
에서 나와서 예의에 멈춤)에 그쳐 있다. 그리고 李白(이태백)과 두보를
추숭하여 이백을 「법도가 가장 엄밀하다(法度最爲森嚴)」고 하였고,
두보의 체제에는 「없는 것이 없다(無所不有)」라고 하여 그들을 모범
으로 삼을 것을 강조하였다. 그리하여 그는 오언율시에 대해서, 「이

백과 두보 이후에 오언시는 유장경과 낭사원을 배워야 하고, 그 이하
는 십재자이다.(李杜之後, 五言當學劉長卿郎士元, 下此則十才子.)」(권
2)라고 하여 李杜 이후의 맥락을 설명하고, 칠언율시에 대해서는,

> 칠언율시는 매우 쉽지 않아서 당인으로 시명을 날린 작가는 문집 중
> 에서 단지 열에 한둘도 그 전해지는 것을 보지 못한다. 무릇 어기의
> 장단은 비천에 흐르기 쉽고, 사실은 알찬데 뜻이 빈 것이 거의 대부
> 분이다. 사물을 활용하면서 사물에 군더더기가 되지 않고 정감을 묘
> 사하면서 정감에 매이지 않는 점에 있어서, 이백과 두보 이후에 배워
> 야 할 사람은 허혼뿐이다.
> 七言律詩極不易, 唐人以詩名家者, 集中十僅一二且未見其可傳. 蓋語
> 長氣短者易流於卑, 而事實意虛者又幾乎塞. 用物而不爲物所贅, 寫情
> 而不爲情所牽, 李杜之後, 當學者許渾而已.(권2)

라고 하여 李杜 이후의 시맥이 부조화한 점을 지적하였으나 문장 말
미에 그 맥락을 온당하게 이어온 시인으로 許渾을 지정한 점은 만
당 시풍의 다양성으로 보아 객관적인 평가로 보기에는 어려운 문제
이다.(許渾 시에 대해서는 ≪優古堂詩話≫ 해제 참조) 그는 본 시화에서
각종 詩藝에 대한 논술에 나름의 견지를 담고 있으니 聯句, 生字,
雙字, 體制, 用韻, 用奇, 拗仰, 情景, 虛實 등이 그러하다. 그는 「정
감은 경물 없이 나오지 않고, 경물은 정감 없이 드러나지 않는다.(情無
景不生, 景無情不發.)」라 하여 좋은 시는 당연히 '情景兼融'해야 하고
「시는 뜻이 원대한 데에 있으니, 사어가 풍부한 것으로 한정되지 않
는다.(詩在意遠, 不以詞語豊約爲拘.)」라든가, 「다 표현되지 않은 뜻을 거
듭 함축하고 있다.(不盡之意, 反復包蓄.)」라 하여 시의 '言外之意'를
중시하고 있다.
  본 시화에서 각종 시 묘법의 견해를 제시한 문장을 다음에 본다.

> 煉字: 한 구의 뜻을 이 한 글자에 다 표현하는 데의 공교함(要一句
> 之意盡于此字上見工)(권1)

用字: 유유자재하여 깊은 의취에 몰입(自在而失于有意)(권1)
生字: 글자를 쓰면서 자연스러움(下得不覺)(권2)
死字: 허자를 쓰되 시의를 생동케 함(欲使之活)(권2)
用事: 조화 있게 사실을 활용하여 저절로 드러나게 함(融化斡旋, 如 自己出.)
雙字: 오언시에 활용하고 칠언시에는 어려우니 무릇 한 연 열 자가 좋음(用於五言, 視七言爲難, 蓋一聯十字耳.)(권2)

이런 시 창작상의 어구 구사의 논리를 서술한 위에 시화 내용 구성을 권별로 개괄해서 정리하면 다음과 같다.

*권1: ≪시경≫〈召南 羔羊〉인용.〈古詩十九首〉를 ≪시경≫과 竝稱.「詩人憂深思遠」의 예로 ≪시경≫「山有漆」구, 曹植의 樂府, 陸機의 시구 등 인용. 曹植〈七哀詩〉,〈公讌詩〉분석. 蔡琰〈胡笳十八拍〉. 謝惠連 시 句法. 曹丕 시의 換韻. ≪楚辭≫〈離騷〉와 江文通, 陸機 시의 상통점. 張衡, 王粲, 劉楨의 시구. 左思, 鮑照의〈詠史詩〉比較. 傅玄, 謝靈運, 薛道衡

*권2: 嚴羽 시론. 劉克莊 시론. 周伯弼 시론. 四靈의 만당풍. 시의 '情景兼融'. 두보 시의 '情景交融'. 오언율시의 拗救論. 活字와 死字 용법. 시의 俗語. 두보 시의 押韻. 시의 上下聯. 오언시의 雙字 용법. 「詩在意遠」. 시의 四實과 四虛. 칠언율시의 작법.

*권3: 이백(이태백)〈北上行〉. 두보 시의 「窮物理之變, 探造化之微」. 두보 시의 五言句法. 柳宗元. 高適〈九日詩〉. '好句易得'과 '好聯難得'. 韓偓〈落花詩〉. 시의 古人名 활용(點鬼簿). 許渾 五七言詩와 絶句. 吳融〈秋樹詩〉.

*권4: 唐人 絶句의 '有意相襲'과 '有句相襲'. 柳宗元의 五言絶句. 王昌齡〈從軍行〉. 岑參 시. 王維〈寄崔鄭二山人〉. 楊衡 시. 蘇渙의 變律詩. 高適 시. 杜甫〈入六弟宅詩〉와〈螢火詩〉,〈泉詩〉. 韓愈〈南山詩〉,〈紀夢詩〉와〈序孟東野詩〉. 孟郊〈長安道詩〉. 聯句法. 李商隱〈賈誼詩〉.

* 권5: 阮籍 〈詠懷〉. 左思 〈詠史〉. 羅隱 〈隴頭水〉. 宋玉 〈高唐賦〉.
常建 〈弔王將軍墓〉. 劉滄 〈咸陽〉. 劉灣 〈雲南行〉. 潘岳 〈悼亡〉. 白居
易 〈楊柳枝〉. 李商隱 〈柳枝詞〉. 劉長卿 〈湘中紀行十詩〉와 〈王昭君
歌〉. 鄭谷 〈鷦鴣詩〉. 張祜 〈公子詩〉. 李頻 〈詠太和公主還宮詩〉. 李贊
皇 〈桂花曲〉. 戎昱과 白居易 시 비교. 唐僧 澹交 〈寫眞詩〉과 皎然,
靈澈 시. 上官儀 시의 「情新因意勝, 意勝逐情新.」

이상의 개관에서 비교적 참신한 시론 내용을 서술한 평문을 권별
로 선별하여 다음에 분석하기로 한다.

1. ≪詩經≫ 〈召南 羔羊〉과 ≪楚辭≫ 〈離騷〉

「어린 양의 껍질에, 흰 비단실 다섯 줄 수놓네.」 시인이 제위에 있는
사람을 찬미하는 시이다. 「귀걸이가 빼어나 빛나서, 모이기 별과 같
네.」 또 「네 필 말이 이미 한가하고, 가벼운 수레에 봉황무늬 재갈 채
웠네.」 같은 것은 모두 복식을 빌려서 그 임금을 찬미하는 것이다.
예컨대 ≪초사≫에 「내 관을 우뚝 높이 쓰고, 나의 패물을 길게 늘어
뜨리도다.」 이것도 복식으로 스스로 찬미하는 것이다.
羔羊之皮, 素絲五紽. 詩人美在位者之詞也. 充耳秀瑩, 會弁如星. 又
駟馬旣閑, 輶車鸞鑣之類, 皆借服御以美其君也. 若楚辭高予冠之岌岌
兮, 長余佩之陸離, 是亦以服御自美也. (권1)

「羔羊之皮」 구는 ≪시경≫ 〈召南 羔羊〉의 제1장 첫 구로서 文王을
찬미하는 가사이다. 그 시를 본다.

어린 양의 껍질에
흰 비단실 다섯 줄 수놓네.
물러나 식사하러 관청에서 나오니
복식이 느긋하고 의젓하네.
羔羊之皮, 素絲五紽.
退食自公, 委蛇委蛇. (제1장)

어린 양의 가죽에
흰 비단실 다섯 솔기 수놓네.
느긋하고 의젓하니
관청에서 나와서 물러나 식사하네.
羔羊之革, 素絲五緎.
委蛇委蛇, 自公退食.(제2장)

어린 양의 혼솔에
흰 비단실 다섯 가닥 머리끈 수놓네.
느긋하고 의젓하니
물러나 식사하러 관청에서 나오네.
羔羊之縫, 素絲五總.
委蛇委蛇, 退食自公.(제3장)

이 시 작법은 賦로서 朱熹의 ≪詩集傳≫에, 「남국이 문왕의 정치에
교화되어, 왕위에 있는 분들 모두 절검하고 정직하니 그러므로 시
인이 그 의복에 도리가 있고 의젓하여 이처럼 자득한 것을 찬미한 것
이다.(南國化文王之政, 在位皆節儉正直, 故詩人美其衣服有常, 而從容
自得如此也.)」라고 주석하였다. ≪楚辭≫ 구절은 〈離騷〉의 시구이다.

2. 蔡琰의 〈胡笳十八拍〉

채염이 몸을 잃었지만 시가 매우 예스러우니 예컨대, 「죽지 않고 오
히려 살아서 돌아가니, 오랑캐 아들 안고 흐느껴 옷을 적시네. 한나
라 사신이 나를 맞으러 말 네 필 달려오니, 아이가 부르는 소리 누가
알리오. 나에게 생사 간에 이때를 만나니, 자식 위한 근심에 해도 빛
을 잃었네. 어찌하면 날개 얻어 너를 데리고 돌아갈까. 한 걸음마다
멀어지니 발을 옮기기 어려우니, 넋은 사라지고 그림자 끊어져 사랑
을 잃었네.」하였다. 이것은 아들과 헤어져 돌아가는 장면이다. 그때
에 그 고통을 겪고 어사를 마음에서 담아내어, 원망하고 노하며 슬

퍼하고 그리워하며 천년 지난 것이 마치 새로 지은 것 같아, 뛰어난
필력으로 지어내었으니 결코 차마 내어 버릴 수 없는 것이다. 유상
이 힘을 다해 본뜨려 하였으나 끝내 닮지 못했으니, 무릇 본뜨지 못
한 것이다.

蔡琰雖失身, 然詞甚古, 如不謂殘生兮却得旋歸. 撫抱胡兒兮泣下沾衣.
漢使迎我兮四牡騑騑. 胡兒號兮誰得知. 與我生死兮逢此時, 愁爲子兮
日無光輝. 焉得羽翼兮將汝歸. 一步一遠兮足難移, 魂消影絶兮恩愛遺.
此將歸別子也. 時身歷其苦, 詞宣乎心, 怨而怒, 哀而思, 千載如新, 使
經聖筆, 亦必不忍刪之也. 劉商雖極力擬之, 終不似, 蓋不當擬也.(권1)

蔡琰(170?-215?)은 자는 文姬이며, 陳留(지금의 河南 杞縣)人으
로 蔡邕의 딸이다. 16세에 河東 衛仲道와 결혼하고 사별 후, 初平
연간(190-193)에 匈奴의 포로가 되어 12년간 살면서 아들 둘을 낳
았다. 채옹에게 후사가 없으므로 曹操가 재물을 주고 귀가하게 하여
董祀와 재혼하였다. ≪後漢書≫ 권84에 전기가 있고 〈悲憤詩〉 2편이
수록되어 있다. 제1편은 五言詩로 채염의 생애와 심정을 진술하게
읊었으며, 제2편은 離騷體로 내용이 채염과 맞지 않아서 후인의 作
으로 본다. 朱熹의 ≪楚辭集注≫ 後語와 ≪樂府詩集≫에 〈胡笳十八
拍〉이 채염의 이름으로 수록되어 있는데, 정조가 슬프나, 문체와 用
韻이 당시풍이어서 후인의 위작으로 본다. 먼저 채염의 대표작이며
중국시사상 높은 가치를 지닌 장편 서사시 〈悲憤詩〉 제1편(≪全漢
三國魏晋六朝詩≫ 全漢詩 권3)의 일단을 본다.

한나라 말기에 나라 권세를 잃어서
동탁이 하늘의 도리를 어지럽게 하였네.
뜻이 임금을 죽일 걸 도모하여
먼저 여러 현량한 신하들을 해하였네.
핍박하여 옛 도읍을 옮기고
임금을 옹립하여 스스로 강하게 하였네.
나라에는 의병이 일어나서

함께 상서롭지 않은 무리 토벌하려 하였네.
……
자신은 스스로 풀려날 수 있지만
아이들은 다시 버려야 한다네.
천륜이 마음을 묶어주거늘
이별을 생각하니 만날 기약이 없네.
죽고 살아서 영원히 떨어지게 되니
차마 아들과 작별 인사 못하겠네.
아이는 앞에서 내 목을 껴안고
묻기를 엄마는 어디로 가려는가.
사람들 말하기를 엄마는 떠나야 한다 하니
어찌 다시 돌아올 때 있으리오.
엄마는 늘 인자하신데
지금은 어찌하여 너그럽지 않으신가.
나는 아직 어른이 아니거늘
어찌하여 돌아보지 않는가.
이 모습 보니 오장이 무너지고
아득히 정신이 나가며 미칠 듯하네.
흐느껴 부르며 손을 어루만지며
출발하면서 머뭇거려지네.
……
새사람에게 목숨을 의탁하니
마음 다하여 스스로 힘써 노력하리라.
떠돌아 헤어져서 비천한 몸 되었더니
늘 두렵기는 다시 버림 받을까 하네.
인생은 얼마나 되는 건가
근심을 품고 평생을 살리라.
漢季失權柄, 董卓亂天常.
志欲圖簒弒, 先害諸賢良.
逼迫遷舊邦, 擁主以自彊.

海內興義師, 欲共討不祥.
……

己得自解免, 當復棄兒子.
天屬綴人心, 念別無會期.
存亡永乖隔, 不忍與之辭.
兒前抱我頸, 問母欲何之.
人言母當去, 豈復有還時.
阿母常仁惻, 今何更不慈.
我尚未成人, 奈何不顧思.
見此崩五內, 恍惚生狂癡.
號泣手撫摩, 當發復回疑.
……

託命於新人, 竭心自勖厲.
流離成鄙賤, 常恐復捐廢.
人生幾何時, 懷憂終年歲.

　본 시화에 거론한 〈胡笳十八拍〉(상동)은 시의 제12拍으로서 다음
에 본다.

　　죽지 않고 오히려 살아서 돌아가니
　　오랑캐 아들 안고 흐느껴 옷을 적시네.
　　한나라 사신이 나를 맞으러 말 네 필 달려오니
　　실성하여 부르는 소리 누가 알리오.
　　나로서 생사를 걸고 이때를 만나니
　　근심이 아이 때문이니 해도 빛을 잃었네.
　　어찌하면 날개를 얻어 너를 데리고 돌아갈까
　　한 걸음마다 멀어지니 사랑이 끊어지네.
　　십삼 박에는 현이 급해지고 가락이 슬프니
　　간장이 갈라지니 남은 나를 모르네.
　　不謂殘生兮却得旋歸, 撫抱胡兒兮泣下沾衣.
　　漢使迎我兮四牡騑騑, 號失聲兮誰得知.

與我生死兮逢此時, 愁爲子兮日無光輝.
焉得羽翼兮將汝歸, 一步一遠兮恩愛遺.
十有三拍兮絃急調悲, 肝腸攪刺兮人莫我知.

이 시의 말 2구, 「13박에 이르러 현이 빨라지고 곡조가 슬퍼지며,
간장이 파이는 데 아무도 나를 몰라주네.(十有三拍兮絃急調悲, 肝腸
攪刺兮人莫我知.)」 외에 전체 시를 인용하고 있다. 제12수는 한나라
와 흉노 간에 화친이 이루어진 가운데 자신이 한나라로 살아 돌아가
는 기쁨을 묘사하면서, 아이들을 염려하고 있다. 이 악장은 시의 전
환 부분으로 이후는 귀환하여 아들과 이별하는 고통을 서술하였다. 중
당시인 劉商이 〈胡笳曲序〉를 지어 「후에 동생이 거문고로 〈호가곡〉
을 지어 18박으로 만들었다.(後董生以琴寫胡笳聲爲十八拍.)」라 하여
작자가 동생인 것을 알 수 있다.

劉商은 字가 子夏이며, 彭城人으로 채염의 이 시를 모의하여 〈大
胡笳十九拍〉(≪全唐詩≫ 권303)을 지었는데 본 시화에서는 그 평
가를 낮게 보았다. 참고로 이 시의 序頭인 제1박을 본다.

내가 태어나던 처음에는 아직 아무 일 없더니
내가 태어난 후에 한나라가 쇠퇴하였네.
하늘이 어질지 못해 난리가 나서
땅이 어질지 못해 나로 이때를 당하게 하네.
전쟁이 날마다 일어나서 길이 위험하고
백성과 병사는 유랑하여 함께 슬퍼하네.
연기와 먼지가 들판을 덮고 오랑캐가 들끓으니
뜻이 어긋나서 절개가 손상되었네.
다른 풍속을 대하니 나에게 맞지 않아서
오욕을 당하니 누구에게 호소하리오.
호가를 한 가락 부르고 거문고를 한 곡조 타니
마음에 울분과 원망이 차나 아는 이 없네.
我生之初尙無爲, 我生之後漢祚衰.

天不仁兮降亂離, 地不仁兮使我逢此時.
干戈日尋兮道路危, 民卒流亡兮共哀悲.
煙塵蔽野兮胡虜盛, 志意乖兮節義虧.
對殊俗兮非我宜, 遭惡辱兮當告誰.
笳一會兮琴一拍, 心憤怨兮無人知.

이 제1박은 시 전체의 序文에 해당하며 시 내용의 기조를 이룬다.
전쟁이 횡행하여 오랑캐가 침탈하는 난세에 자신의 節義가 훼손되고
侮辱을 당하는 상황을 묘사한다. 이런 상황 하에서 소외되고, 이해
하는 사람도 없어서 울분을 토로하는 심정을 보여준다.

3. 嚴羽의 禪道와 詩道

창랑 엄우가 이르기를, 「선도는 묘오에 있으니, 시도 또한 묘오에 있
다. 오직 오(깨달음)는 곧 마땅히 갈 길이요 본색이 된다. 그러나 오
는 얕고 깊음이 있고 한계가 있음에 따라 투철한 오와 단지 알아서
반쯤 깨우쳐지는 오가 있다. 한위는 존귀하니 오를 가식함이 아니
며, 사령운에서 성당 여러 문인에 이르기까지는 투철한 오이다. 나
머지는 오를 지녔다 해도 모두 제일의가 못된다.」 하였다. 백석 강기
도 이르기를, 「문은 문으로써 공교해지고, 문으로써 하지 않아도 오
묘해진다. 그러나 문을 버리면 오묘함이 없으니 성스런 곳이 절로
오묘해진다.」 하였다.
嚴滄浪羽云: 禪道惟在妙悟, 詩道亦在妙悟. 惟悟乃爲當行, 乃爲本色.
然悟有淺深, 有分限, 有透徹之悟, 有但得一知半解之悟. 漢魏尙矣, 不
假悟也. 陶謝至盛唐諸公, 透徹之悟也, 他雖有悟者, 皆非第一義也. 姜
白石夔亦有云: 文以文而工, 不以文而妙, 然舍文無妙, 聖處要自悟.(권2)

범희문은 嚴羽의 '妙悟論'을 중시하여 '領悟論'을 제시한 바, 이미
윗단에서 서술하였다. 따라서 이 글은 嚴羽와 姜夔의 두 문장을 인
용하여 자신의 시론을 재차 정립하고자 하였다. 엄우와 강기의 시론

요점은 ≪滄浪詩話≫와 ≪白石道人詩說≫ 해제에서 각각 상세히 서술하였기에 참고 바란다.

4. 四靈體

사령은 당시를 주창하는 사람들이다. 나아가서 그 공교함을 구하는 사람은 조자지이다. 그러나 구안이 미진하다고 생각하는 것이니 무릇 그 입지가 높지 못한 것이 아쉽고 요합과 가도에서 멈추어 있다. 배우는 사람이 그 오묘함을 틈내어 편벽되이 넓히니 그 상실됨을 두려워한다. 섬약하고 천이하여 온통 한소리로 외치며 단단하여 부술 수도 없으니 이것을 사령체라 한다. 그 심은 뿌리가 단단하고 그 물결이 방만하여 날로 쇠퇴해 가서 다시는 떨쳐 일어나지 못하니, 그걸 본받는 자는 오히려 더 (단점을) 쌓아가고 있다.

四靈倡唐詩者也, 就而求其工者, 趙紫芝也. 然具眼猶以爲未盡者, 蓋惜其立志未高, 而止于姚賈也. 學者闚其閫奧, 辟而廣之, 猶懼其失. 乃尖纖淺易, 萬喙一聲, 牢不可破, 曰此四靈體也. 其植根固, 其流波漫, 日就衰壞, 不復振起, 宗之者反所以累之也.(권2)

사령체는 晚唐 五代 西崑體 풍조를 추종하는 남송 말기 시풍으로서 범희문은 그 말세적 현상을 통박하고 있다.

5. 王維의 交遊: 霍子, 鄭公, 邱爲, 綦母潛, 孟浩然

왕유가 곽자와 정공 두 은자에게 부치는 시에 이르기를, 「정공은 산속 샘과 돌에서 한가로이 늙고, 곽자는 산언덕과 울타리에서 편안히 지내네. 약초 파는데 이중 값 안 부르고, 지은 책은 이미 만 자를 넘었네. 그늘에 쉬는데 나쁜 나무 없고, 물 마시는데 반드시 맑은 샘이어야지. 나 비천하여 현인을 논할 수 없으니, 이 사람들 결국 누가 논하리오.」라고 하였다. 이때는 왕유의 관직이 결코 높지 않았다. 구위를 전송하며 이르기를, 「그대를 추천할 수 없는 거 알지니, 나라에 바친 신하라 하기 부끄럽네.」 하였다. 말해도 되는데 말하지 않은 것이다. 기무잠이 낙제하고, 맹호연이 쫓겨 돌아간 것 어찌 왕유가 도모하고 추천하는 데 힘쓰지 않아서겠는가?

王維寄霍鄭二山人云:「鄭公老泉石, 霍子安邱樊. 賣藥不二價, 著書盈萬言. 息陰無惡木, 飮水必淸源. 予賤不及議, 斯人竟誰論.」 是時維官必未顯也. 送邱爲云:「知爾不能薦, 羞爲獻納臣.」 則可言而不言. 綦毋潛之落第, 孟浩然之斥還, 豈亦維謀之薦之不力也.(권4)

王維는 자가 摩詰, 太原人으로 詩佛이라 칭하는 은일낭만 시인이다. 왕유의 〈濟上四賢詠〉에서 〈鄭霍二山人〉의 중반 이후 시구를 인용하여 隱者인 霍子와 鄭公을 칭송하며 賢者의 능력을 활용하지 못하는 무능을 한탄하고 있다. 두 山人, 즉 은자는 어떤 인물인지 불명하다. 다음에 그 시 전체를 보기로 한다.

휘날리듯 의기양양한 고관들
권문귀족 문중에서 많이 나왔네.
다행히 선인의 유업 받아서
일찍이 성명한 군주 은혜 입었네.
어려서 배우지 못했지만
고기 먹고 화려한 수레 달리네.
어찌 숲속의 은사 적으랴만
천자에게 천거할 이 없었다네.
정공은 산속 샘과 돌에서 한가로이 늙고
곽자는 산언덕과 울타리에서 편안히 지내네.
약초 파는데 이중 값 안 부르고
지은 책은 이미 만 자를 넘었네.
그늘에 쉬는데 나쁜 나무 없고
물 마시는데 반드시 맑은 샘이어야지.
나 비천하여 현인을 논할 수 없으니
이 사람들 결국 누가 논하리오.

翩翩繁華子, 多出金張門.
幸有先人業, 早蒙明主恩.
童年且未學, 肉食驕華軒.
豈乏中林士, 無人獻至尊.
鄭公老泉石, 霍子安邱樊.
賣藥不二價, 著書盈萬言.
息陰無惡木, 飮水必淸源.
予賤不及議, 斯人竟誰論.(≪王右丞集箋注≫ 권5)

　　王維와 邱爲[1]의 교유에 관한 왕유 시로 〈送邱爲落第歸江東〉과
〈送邱爲往唐州〉(≪王右丞集箋注≫ 권8)가 있으니, 본 시화의 인용구
는 전자에 속한다.[2] 그 시구 「그대를 추천할 수 없는 거 알지니,
나라에 바친 신하라 하기 부끄럽네.(知爾不能薦, 羞爲獻納臣.)」에서
'獻納臣'은 왕유의 拾遺, 補闕, 給事中 등의 직책을 모두 칭한 말로
서, ≪舊唐書≫(권190下) 〈王維傳〉에, 「왕유는 우습유, 감찰어사, 좌
보궐을 거쳐서 천보 말년에 급사중이 되었다.(維歷右拾遺, 監察御史,
左補闕, 天寶末爲給事中.)」라 하였다. 이러한 관직을 거친 왕유가 구
위를 위로하면서, 구위를 천거하지 못하는 구차한 관직을 부끄럽게
여기는 심정으로, 두 사람의 10년간의 우의를 표현하고 있다. 왕유의
〈送邱爲往唐州〉를 본다.

　　완읍과 낙양 일대에는 바람 먼지 드센데
　　그대 이제 떠나가니 가는 길 고생이네.
　　〈사수시〉에 모든 근심 한수에 이어 있고

---

1) ≪唐才子傳≫ 卷2 〈邱爲傳〉:「爲, 嘉興人, 初累不第, 歸山讀書. 數年天寶初,
　　劉單榜進士, 王維甚稱許之, 嘗與唱和.」 聞一多 ≪唐詩大系≫ 및 陸侃如·馮沅
　　君 合著 ≪中國詩史≫에 生卒年을 武后 延載 元年(694)-德宗 貞元 元年
　　(789)이라 함.
2) 本詩:憐君不得意, 況復柳條春. 爲客黃金盡, 還家白髮新.
　　　　　五湖三畝宅, 萬里一歸人. 知爾不能薦, 羞爲獻納臣.

온 가족 수주 사람에게 맡겨 있도다.
홰나무 짙은 그늘 맑은 대낮에 드리워 있고
버들개지는 늦봄에 드날리누나.
조정의 대신들 나와서 전송하니
천자의 총애 받는 신하로다.
宛洛有風塵, 君行苦行辛.
四愁連漢水, 百口寄隨人.
槐色陰淸晝, 楊花惹暮春.
朝端肯相送, 天子繡衣臣.

　　≪新唐書≫(권39) 〈地理志〉에 唐州는 당대에 山南東道에 속했다
고 하니, 지금의 河南省 泌陽縣이다. 이 시에서 왕유는 京洛의 風塵
을 제기하고, 아울러 張衡의3) 〈四愁詩題〉를 인용하여 구위의 得志
하지 못한 것을 암시하고 있는데, 詩題의 ‘당주로 간다(往唐州)’는 구
위가 당주로 피폄 되어 송별한 시의를 분명히 하고 있다. 왕유와 구
위의 교유는 肅宗 上元 2년(761) 7월에 왕유가 사망하기까지 계속
되었던 것 같으니, 〈留別邱爲〉(상동 권3)를 본다.

　　말을 흰 구름 넘나드는 곳으로 돌리니
구비 돌아서 앞산이 나타나네.
오늘도 내일도
마음 한가하지 못함을 스스로 아노라.
친히 수고롭게도 그대가 직접 전송까지 하여 주니
꾀꼬리가 울고 꽃이 만발하는 봄에 돌아오고 싶네.
한 걸음 내딛을 때마다 한번 돌아보고
더디게 근방의 관문을 향하네.
歸鞍白雲外, 繚繞出前山.
今日又明日, 自知心不閑.

---

3) ≪文選≫ 卷29, 〈四愁詩 幷序〉：衡爲河間相時, 天下漸弊, 鬱鬱不得志, 爲四
愁詩.

親勞簪組送, 欲趁鶯花還.
一步一回首, 遲遲向近關.

이 시의 내용은 멀리 이별한 자에 대한 思慕의 묘사로서, 구위가 당주로 간 후 길이 잊지 못하는(永不忘) 情을 토로하고 있다.

왕유의 시 중에 기무잠4)과의 교유에 관한 자료는5) 적은 편이다. 왕유가 기무잠에게 지어준 시 3수가 모두 送別을 주제로 한다. 먼저 〈送綦毋潛落第還鄉〉6) 시를 보면, 기무잠이 개원 14년(726)에 과거 급제했는데, 이 詩題는 낙제하여 還鄉하는 송별시이므로 개원 14년 이전 작임이 확실하다. 또 왕유가 개원 12년 장안에서 濟州로 피폄되었으므로, 이 시가 제주로 가기 전인 長安에 있을 때 작임이 분명하다. 따라서 왕유와 기무잠과의 詩交는 장안에 거주할 시기인 개원 12년 전에 맺어졌다 할 수 있다. 그리고 〈送綦毋校書棄官還江東〉7) 시의 '棄官'한 일을 놓고, ≪新唐書≫(권43 〈職官志〉)에 보면 校書郎이란 직분이 秘書省과 著作局에 있었고, 관급은 正九品上이라고 기술하고 있다. 이 시에서의 校書란 직분은 微官인 만큼 기무잠의 棄

---

4) ≪唐才子傳≫ 卷2〈綦毋潛傳〉: 「潛, 字季通, 荊南人. 開元 14年, 嚴迪榜進士及第, 授宜壽尉, 遷右拾遺, 入集賢院待制, 復授校書, 終著作郎.」 生卒年은 ≪唐詩大系≫에 武后 如意 元年(692)에서 玄宗 天寶 8年(749)頃까지로 봄.

5) 趙殿成, ≪王右丞集箋注≫ 卷3의 〈送綦毋校書棄官還江東〉同 卷4의 〈別綦毋潛〉, 唐 殷璠 ≪河嶽英靈集≫ 卷上의 〈送綦毋潛落第還鄉〉등뿐이다.

6) 本詩 : 聖代無隱者, 英靈盡來歸. 遂令東山客, 不得顧採薇.
　　　既至君門遠, 孰云吾道非. 江淮度寒食, 京洛縫春衣.
　　　置酒臨長道, 同心與我違. 行當浮桂棹, 未幾拂荊扉.
　　　遠樹帶行客, 孤城當落暉. 吾謀適不用, 勿謂知音稀.

7) 本詩 : 明時久不遠, 棄置與君同. 天命無怨色, 人生有素風.
　　　念君拂衣去, 四海將安窮. 秋天萬里淨, 日暮澄江空.
　　　清夜何悠悠, 扣舷明月中. 和光魚鳥際, 澹爾兼葭叢.
　　　無庸客昭世, 衰髮日如蓬. 頑疏暗人事, 僻陋遠天聰.
　　　微物縱可採, 其誰爲至公. 餘亦從此去, 歸耕爲老農.

官은 혹 職官 불만에 기인한 것이 아닌가 한다. 기무잠이 후에 다시 장안으로 돌아와 右拾遺(從八品上)와 著作郎(從五品上) 등을 맡았고, 직관이 높아짐에 따라 환향하지 않았다.

　왕유는 10년 연상인 선배 시인 孟浩然을 궁궐 집무실로 초대하였는데, ≪舊唐書≫(권190 하) ⟨文苑傳⟩ 孟浩然傳에 그 상황을 기록하고 있으니, 그 일단을 본다.

> 일찍이 태학에서 시회를 열었는데 〔맹호연이 시를 읊자〕 모두 탄복할 뿐 감히 맞대어 응하지 못하였다. 장구령과 왕유는 평소 그를 칭찬하던 터였는데 한번은 왕유가 몰래 그를 집무실로 초청하였다. 그런데 잠시 후 현종이 당도하자 맹호연은 상 밑에 숨었다. 왕유가 사실대로 대답하자 황제는 기뻐하며 말하기를, 「짐은 그대에 대해 들어서 알고 있었으나 아직 만나지 못했을 뿐이네. 어찌 두려워 숨으시오?」라 하고는 맹호연을 불러 나오게 하였다. 황제는 맹호연에게 그의 시에 대해 묻자 맹호연은 두 번 절을 올리면서 자신의 시를 읊기를, 「재능 없다고 현명한 군주에게서 버림받았네.」라는 시구에 이르러 황제가 말하기를, 「경이 벼슬을 구하지 않았던 것이지 짐이 일찍이 버리지 않았거늘 어째서 나를 무고하느냐?」라고 하면서 쫓아서 돌려보냈다.
>
> 嘗於太學賦詩, 一座嗟伏, 無敢抗. 張九齡・王維雅稱道之, 維私邀入內署, 俄而玄宗至, 浩然匿牀下, 維以實對. 帝喜曰;「朕聞其人而未見也, 何懼而匿」詔浩然出. 帝問其詩, 浩然再拜, 自誦所爲. 至『不才明主棄』之句, 帝曰:「卿不求仕, 而朕未嘗棄卿卿, 奈何誣我」因放還.

　이 글에서 왕유와 맹호연과의 관련된 문제를 두 가지 생각할 수 있으니, 그 하나는 왕유가 長安으로 복귀한 연대와 다른 하나는 왕유와 맹호연의 시교 연대인 것이다. 왕유는 開元 9년(721)에 과거 급제하여 동년에 太樂丞을 제수하고 개원 10년 전후에 濟州로 피폄된다. 이어서 개원 15년에 관직에 나가고 嵩山(숭산)에 은거하다가 개원 22년 5월 이전에 張九齡이 中書令이 되어 왕유를 右拾遺에 발탁한다. 왕유가 장안으로 귀환한 연대는 장구령이 우습유로 기용한 개원 16년에서 개원 22년간이라고 추정해야 하는데, 王·孟의 시교 연대는 맹호연이 京師로 나오던 개원 16년으로 본다. 맹호연이 현종 앞에서 「不才明主棄」라 한 죄로 즉시 경사를 떠나 襄陽으로 환향할 때8) 왕유가 〈送孟六歸襄陽〉(≪王右丞集箋注≫ 권15)을 지어 歸田園을 위로하였다.

문을 닫고 밖에 나서지 않고
오랫동안 세상과 소원하게 지내네.
이를 뛰어난 방책으로 삼을지니
그대에게 권하건대 옛집으로 돌아가기를.
전원의 집에서 술 취해 노래하고
웃으며 고인의 책이나 읽으시오.
마침 일생에 할 만한 일이려니
수고로이 사마상여처럼 〈자허부〉를 바치진 마세요.
杜門不欲出, 久與世情疎.
以此爲長策, 勸君歸舊廬.
醉歌田舍酒, 笑讀古人書.
好是一生事, 無勞獻子虛.

6. 李商隱의 〈柳枝詞〉와 戀情詩

이상은은 따로 〈유지사〉가 있으니 그 서문을 음미해보면, 유지는 곧 이상은의 종형 양산의 이웃집 딸이다. …예컨대, 「옥으로 바둑판을 만드니, 가운데가 평평치 않네.」 또, 「어찌하여 호수 위를 바라보면, 다만 짝 이룬 원앙만 보이는가.」 구는 또한 끝내 만나지 못하는 마음을 안타까워하는 것이다.

---

8) 楊蔭深의 ≪王維與孟浩然≫(商務印書館)에 귀향할 때 洛陽만 경유하였다 하는데, 陳胎焮의 〈孟浩然事蹟考〉(≪文史≫ 4期, 中華書局)에 「長安→洛陽→唐城→蔡陽→襄陽」의 노정이라 함.

商隱別有柳枝詞, 味其序, 柳枝乃商隱從昆讓山隣家之女. …若「玉作彈棊局, 中心亦不平.」 又「如何湖上望, 只是見鴛鴦.」, 亦惜其不終遇之意.(권5)

이상은은 〈柳枝五首〉의 序文에서 柳枝를 다음과 같이 서술하고 있다.

유지는 낙양 마을의 처녀였다. 아버지는 부유하고 뛰어난 상인이었는데 풍랑으로 강호에서 죽었다. 그녀의 어머니는 다른 자식들은 아랑곳하지 않고 오직 유지만을 사랑하였다. 유지는 17세가 되었으나 화장하거나 머리를 매만지는 일에는 관심이 없고 또 화장도 제대로 않고 나가서 나뭇잎을 불어보고 꽃술을 깨물기도 했으며, 거문고를 잘 타고 퉁소를 잘 불었는데, 마치 바다의 풍랑과 파도를 연상케 하는 장엄한 곡조와, 사모하고 원망이 가득한 듯한 음악을 연주하였다. 사람들은 그녀의 집 부근에 살며 근 10년 동안 서로 알고 지내오면서 그녀가 몽환병을 앓고 있다고 의심하여 그녀와 결혼하려 하지 않았다. 내 종형인 양산은 유지의 집과는 비교적 가까운 거리에 살았다. 봄 그늘이 짙은 어느 날 양산은 유지의 남쪽 편에 있는 버드나무 아래에서 말을 내려 나의 〈연대〉 시를 읊었다. 유지가 듣고 놀라서 물었다. 「누가 이 시를 지었는지요? 님이신가요?」 양산이 대답하였다. 「이것은 우리 마을의 소년 당제가 쓴 것이오.」 유지는 손으로 자신의 긴 요대를 끊어 양산에게 매어주며 당제가 자신을 위해 시를 적어 주기를 청했다. 다음날 나는 말을 나란히 타고 그녀의 집이 있는 거리로 갔다. 유지는 두 갈래로 머리를 땋아 빗고 단정히 단장한 채 문 앞에 서있었는데, 봄바람에 옷깃이 날리고 있었다. 그녀가 나를 가리키며, 「당신이 당제신지요? 나흘 후 저는 이웃에 치마를 빨래하러 가는데 박산향에서 기다리겠으니 당신도 함께 가시지요.」라고 하여 나는 허락하였다. 마침 경사에 함께 가야 하는 친구가 장난으로 내 봇짐을 훔쳐가 더 이상 머물 수가 없게 되었다. 그해 눈이 오던 겨울날 양산이 와서, 「동방의 제후 댁으로 시집을 가버렸네.」라는 말을 하였다. 이듬해 양산은 다시 동쪽으로 가야 했기에 서로 희상에서 작별하였다. 이에 시를 지어 그 옛일을 기록해 둔다.

柳枝, 洛中里娘也. 父饒好賈, 風波死湖上. 其母不念他兒子, 獨念柳枝, 生十七年, 塗粧綰髻未嘗竟, 已復起去, 吹葉嚼蕊, 調絲吹管, 作天海風濤之曲幽憶怨斷之音. 居其傍與共家揖故往來者, 聞十年尙相與疑其醉眼夢物斷不娉. 余從昆讓山比柳枝居爲近, 他日春曾陰, 讓山下馬柳枝南柳下, 詠余燕臺詩. 柳枝驚問「誰人有此, 誰人爲是.」讓山謂曰:「此吾里中少年叔耳.」柳枝手斷長帶, 結讓山爲贈叔乞詩. 明日, 余比馬出其巷. 柳枝丫鬟畢粧, 抱立扇下, 風障一袖, 指曰「若叔是. 自後四日, 隣當去溅裙水上. 以博山香待與郎俱過.」余諾之. 會所友有偕當詣京師者, 戲盜余臥裝以先, 不果留. 雪中讓山至, 且曰「東諸侯取去矣.」明年讓山復東, 相背於戲上, 因寓詩以墨其故處云云. (≪玉谿生詩箋註≫ 권5)

이 〈柳枝〉 시는 35세인 武宗 會昌 6년의 작으로 제1수를 본다.

> 꽃술과 벌집에는
> 수벌과 암 나비가 산다네.
> 같은 때에 살면서도 처지는 다르니
> 어찌 또 그리워 할 수 있으리.
> 花房與蜜脾, 蜂雄蛺蝶雌.
> 同時不同類, 那復更相思.

여기서 배필이 없음을 스스로 밝힌 것이며 제2수를 보면,

> 본래 정향나무 꽃이
> 봄 가지에 맺혀서 비로소 나오네.
> 옥으로 바둑판을 만드니
> 가운데가 평평치 않네.
> 本是丁香樹, 春條結始生.
> 玉作彈棋局, 中心亦不平.

라고 하여, 어울릴 만한 사람이 없음을 한탄하며 제3수를 보면,

> 맛있는 오이 긴 덩굴에 매달려 있으니
> 푸른 옥이 얼음같이 찬 술에 있는 듯하네.

동릉의 오이 비록 오색찬란하지만
차마 그 향내를 맛볼 수는 없네.
嘉瓜引蔓長, 碧玉氷寒漿.
東陵雖五色, 不忍値牙香.

라고 하여 '嘉瓜'를 귀인에 비유했는데 차마 따먹지 못하는 마음, 즉
유지에 대한 연정의 억제를 묘사하고 있다. 제4수를 보자.

버들가지는 우물가에 휘어져 있고
연꽃잎은 물가에 말라 있네.
비단 비늘과 수놓은 깃털이
물과 땅에 흩어져 상처로 남았네.
柳枝井上蟠, 蓮葉浦中乾.
錦鱗與繡羽, 水陸有傷殘.

여기서는 閨房에서 은총 입지 못하는 신세에다, 멀리 遠行하는 운
명임을 그리고 있고, 제5수를 보면,

그림 병풍과 수놓은 휘장에
경물마다 절로 다 쌍쌍이네.
어찌하여 호수 위를 바라보면
다만 짝 이룬 원앙만 보이는가.
畫屛繡步障, 物物自成雙.
如何湖上望, 只是見鴛鴦.

라고 하여 여기서는 湖上에서 떨어져 그리워하며 단지 원앙만 바라
보는 신세를 自歎하고 있다. 참고로 朝鮮朝 李睟光(1563-1629)의
≪芝峯類說≫(권21)에 李商隱 시를 품평한 26개 조의 문장이 있는
데, 그 품평 내용이 중국의 각종 시평과 다른 나름의 탁월한 분석
을 가하고 있어서 韓中詩論 비교에 중요한 자료로 평가된다.9) 그중

---

9) 졸저 ≪淸詩話와 朝鮮詩話의 唐詩論≫(푸른사상, 2008): ≪芝峯類說≫ 卷12

에 제20조에 〈柳枝〉 제2수를 논술한 부분을 본다.

　「옥으로 바둑판을 만드니 가운데가 평평치 않네.」내 생각으로는 바둑 놀이는 한나라 성제 때에 시작되었다. 육유가 이르기를, 「옛 바둑판의 모양은 향로와 같았다.」라고 하니, 대개 그 가운데가 툭 튀어나왔다는 말이다.

　「玉作彈碁局, 中心亦不平.」按彈碁之戲始於漢成帝. 陸放翁云; 古彈碁局狀如香爐, 蓋謂其中隆起也.

　이 시에 대해서 청대 姚培謙은, 「다음 장 이 시는 짝하지 못하는 사람의 마음을 한탄하여 스스로 밝히는 것이다.(次章此以恨無作合之人自解.)」(≪李義山詩集箋注≫)라 하고, 청대 馮浩는, 「다음 장은 짝하지 못하여 헛되이 불평을 지니니 당연히 유지에게 말하는 것이다.(次章無從結合, 徒抱不平, 當皆就柳枝説.)」(≪玉谿生詩集箋注≫)라 하여 짝이 없음을 한탄하여 스스로 밝힌 것으로 제2연의 ‘中心不平’은 자기 內心의 불평을 비유한 것인데[10] 이수광은 단지 바둑의 기원과 바둑판의 모양을 풀이하고 있어, 이미 그 뜻을 이해하고 바둑에 관해서만 설명한 것인지를 가늠하기 어렵다. 이수광은 이상은의 기타 시에 대해서도 상당한 논리를 펴놓았으니 예컨대 시의 주제를 논하는 부분에서 제8조를 보자.

　이상은 시에 이르기를, 「석양이 한없이 좋은데, 단지 황혼이 가깝구나.」하였다. 양성재는 이 구는 당나라 운세가 쇠망함을 비유한 것이라고 하였다. 내 생각으론 단지 저녁 경치를 읊은 것일 뿐이라고 본다. 승려 무가 시에 말하였다. 「빗소리 들으며 추운 한밤이 다하고, 문을 여니 낙엽이 깊구나.」옛사람이 이르기를, 「이 시는 낙엽을 빗소리로 표현하였다.」고 하였다. 내 생각으로는 낙엽이 깊다는 곧 비 온

　〈文章部의 李商隱詩 評文 比較〉 참조.

10) 余恕誠 ≪李商隱詩歌集解≫ p.120 : 「三四以彈碁局之中心不平喩己內心之不平, 隱寓一慎字. 三四喩己而非喩柳枝, 可於亦字味出.」

후의 경치일 따름이다. 당나라 사람이 시를 짓는데 다분히 뜻이 있든 없든 간에 정감과 경치가 뚜렷하여 보는 자가 문득 뜻이 있다고 찾으면 아마도 너무 깊이 파고드는 점(천착)을 면치 못할 것이다. 예컨대, 「가느다란 빛이 높은 나무에 내리고, 멀리 들불은 가을 산에 든다.」 같은 것은 또한 눈앞의 경치로 보아서 어찌 나쁘겠는가?

李商隱詩曰;「夕陽無限好, 只是近黃昏.」 楊誠齋謂此句喩唐祚之將衰亡也. 余則以爲不過吟暮景耳. 僧無可詩曰;「聽雨寒更盡, 開門落葉深.」 古人謂「此詩以落葉爲雨聲.」 余則以爲落葉深, 乃雨後景耳. 唐人作詩多在有意無意間, 情景宛然, 而觀者輒以有意求之, 恐不免穿鑿. 他如「微陽下喬木, 遠燒入秋山.」, 亦以卽景看得何害.

이수광은 〈樂遊原〉 시의 제2연을 인용하여 宋代 楊萬里가 唐의 衰亡을 비유했다는 주제 설명을 부인하고 단지 저녁경치(暮景)를 묘사한 것으로 평하고 있다. 이 시를 보면,

저녁 무렵 마음이 편치 않아
수레 몰아 옛 언덕에 오르니
석양이 한없이 좋은데
단지 황혼이 가깝구나.
向晚意不適, 驅車登古原.
夕陽無限好, 只是近黃昏.(상동)

라고 하였다. 樂遊原은 長安 남쪽에 위치하여 漢唐代에 三月三日 삼짇날과 九月九日 重陽節에 祓禊하던 명승지의 하나이다. 이 시의 제1연은 단순히 답답한 심정으로 언덕에 올라가는 시인의 모습을 본다면, 제2연에 대한 해설은 대개 당 쇠퇴의 풍자와 노년에 대한 개탄 등으로 풀이하고 있다. 전자의 경우로 楊萬里의, 「이의산은 당의 쇠운을 걱정하여 석양이 한없이 좋은데, 그 어찌 황혼이 가까운가라 하였다.(李義山憂唐之衰運; 夕陽無限好, 其奈近黃昏.)」(≪誠齋詩話≫), 朱彝尊의, 「당가의 쇠퇴를 말한다(言値唐家衰晩也)」(≪李義山詩集輯

評≫) 등을 들 수 있고, 후자의 경우로는 姜炳章의, 「이것은 나이가 늙어감을 걱정한 것이다(此憂年華之遲暮也)」(≪選玉谿生詩補說≫), 施補華의, 「늙음을 탄식하는 뜻이 대단하다(歎老之意極矣)」(≪峴庸說詩≫), 그리고 章燮의, 「이것은 이공이 늙음을 슬퍼하는 글이다(此李公傷老之詞也)」(≪唐詩三百首注疏≫) 등을 들 수 있다.

그런데 이수광만은 위의 두 說보다는 邱燮友가, 「이것은 한 수의 경치를 묘사하고 감상에 젖은 시이다(這是一首賦景感傷的詩)」11)라고 평한 바와 같이 저녁풍경을 읊은 감상시로 평하고 있다. 이 시는 張采田이, 「양만리가 말하기를, 저물어가는 감흥과 깊이 빠진 아픔 등 느끼는 것이 어지러이 다가오니 이것은 좋은 글이라 말할 수 있으며, 시의 묘처에 있어 당의 쇠퇴를 걱정하는 것이라 한 것은 단지 한 가지 뜻일 뿐이다.(楊氏云; 遲暮之感, 沈淪之痛, 觸者紛來, 可謂此善狀, 詩妙處, 謂憂唐之衰者, 只一義耳.)」(≪玉谿生年譜會箋≫)라고 평한 것처럼 하나의 의미만으로 주제설명하기 어렵다고 보아 이수광의 견해도 참고할 만하다고 본다.

본 시화 판본은 明代 正德 16년(1521) 江陰 陳木刻 活字小本이 있다. 그리고 各家 書目 著錄으로는 明祁永璞, 淸盧文紹, 曾彬候 등 諸本이 있으나 지금은 볼 수 없다. ≪學海≫本, ≪知不足齋≫本, ≪螢雪軒≫本, ≪丁氏八千卷樓叢刊≫本, ≪武林往哲遺書≫本 및 ≪歷代詩話續編≫本이 있다.

---

11) 邱燮友 ≪新譯唐詩三百首≫ p.340(臺灣 三民書局, 1973)

方岳(방악, 생졸년 불명). 자는 元善, 호는 秋田으로 寧海(지금의 浙江에 속함)人이다. 南宋 理宗과 度宗 전후에 생존한 것으로 추정한다. 鄕里에서 詩名이 알려져서 본 시화 외에 ≪秋田集≫과 吳子良의 序도 있었다 하나 지금은 전해지지 않는다. 그의 시 〈感舊〉를 본다.

> 예전에 추운 냇가에서 달을 찾다가
> 서리 높이 낀 낮은 모서리에서 갓옷 걸쳤네.
> 냇가 스님은 해진 침상 꿰매다 나를 따라 깊은 곳에서
> 함께 매지 않은 어부의 쪽배 타고 놀았지.
> 낭떠러지 노목에는 어지러이 금빛 교룡이 놀고
> 또 개구리밥 바닷말 같은 것이 맑은 물에 잠겨 있었네.
> 수심 스며있는 풍상어린 학의 모습으로
> 오묘한 말 온 땅에 가득해도 담을 이 없구나.
> 昔年訪月寒溪頭, 霜高洒劣棱生裘.
> 溪僧輟寢從吾幽, 共移不繫漁父舟.
> 斷崖老木紛金虯, 又如蘋藻涵清流.
> 鶴骨浸煩風露憂, 妙語滿地無人收.(≪深雪偶談≫ 제5조, ≪宋詩紀事≫
> 권66)

이 시의 幷序를 보면 다음과 같다.

> 순우 초년에 스님 벗 자남이 일찍이 천축에서 시내 남쪽 언덕으로 돌아가 은거하였다. 나는 겨울 저녁에 낙엽을 밟으며 그를 찾아가니 작은 삽살개가 짖으며 맞이했는데, 그때 불등이 아직 있어서 빗장을 열고 들어가니 차를 끓이고 있었다. 이미 서로 벗하여 시냇가를 걷

다가 작은 쪽배를 상앗대질하여 배룡암에서 물결 따라 동쪽으로 가면서 소식과 황정견 시를 읊으며 오랜 시간을 배회하였다. 배를 놔두고 언덕에 올라가서 스님의 갖옷을 빌려서 추위를 막으며 돌아왔는데 손가락을 꼽아 보니 20년이나 되었다.

淳祐初, 僧友自南嘗從天竺歸隱溪之南岡. 余冬夕踏落葉訪之, 小厖迎吠, 時佛燈猶在, 啓關煮茗. 旣而侶行溪間, 篙小舟自拜龍巖順流東下, 誦坡谷詩, 徘徊久之. 舍舟登岸, 借僧裘禦寒而返, 傔指二十霜矣.(상동)

본 시화는 1권 15개 조로 구성되어 있으며 '性情'을 중시하여 '性情爲主'가 본 시화의 논시 주지이기도 하니 시화 제11조를 보면,

시는 성정에 바탕을 두지 않는 것이 없으니 시의 체제를 보면 시대를 따라 바뀌어서, 이로 인하여 성정이 때론 감추이고 때론 드러나며 있었다가 없어졌다 하니 (성정이) 깊은 것은 지나치게 되고 옅은 것은 미치지 못하게도 된다. 전에 소식이 말하기를, 「소무와 이릉의 천성, 조식과 유정의 자득, 도잠과 사령운의 초연 등은 진실로 이미 지극한 경지에 이르렀다. 이백과 두보는 뛰어난 절세의 자세로 옛 시인의 다 사라진 모습을 다 능가하였으나, 위진 이래의 고상한 풍격과 탈속미는 쇠퇴하여졌다.」라 하였다.

詩無不本於性情, 目詩之體隨代變更, 由是性情或隱或見, 若存若亡, 深者過之, 淺者不及也. 昔坡公云:「蘇李之天成, 曹劉之自得, 陶謝之超然, 固已至矣. 李杜以英偉絶世之姿, 凌跨白伐古之詩人盡廢, 然魏晋以來高風絶塵亦少衰矣..」

라 하여 시의 성정이 시대에 따라 비중상 기복이 있지만 소식이 말한 바 蘇武와 李陵의 天然性, 曹植과 劉楨의 從容自得, 陶潛(도연명)과 謝靈運의 超然性, 그리고 당대 李白(이태백)과 杜甫 시의 詩聖과 詩仙으로서의 思潮는 성정을 바탕으로 한 깊은 경지를 터득한 경우라는 것이다. 그래서 송대 '議論爲主'의 시 격조를 비판하여 제4조에서 서술하기를,

본조(송대)의 뭇 시인들은 의논을 좋아하여 당인이 성정을 위주로 하여 영특하게 시의 맛을 지니고서 뛰어나게 되는 것을 깊이 깨우치지 못하고 있다.

本朝諸公喜爲議論, 往往不深諭唐人主于性情, 使雋永有味, 然後爲勝.

라고 하여 송시와 당시의 차이점을 지적하며 시의 성정을 강조하였고, 당시의 '性情爲主'의 사조가 송시에서 '議論爲主'로 變風되면서 나타난 송대 시풍의 단점을 다음과 같이 지적하고 있다.

당시풍이 이미 성행하니 한 연 한 구라도 잘 들어서 청아하고 원활하며 흐르는 물처럼 빼어나며 머리를 끄덕거리게 뛰어노니 성정이 진실로 여기에 있는 것이다. 그러나 어사가 화려하면 성정이 쭉정이가 되고, 율격이 엄격하면 성정이 막히게 된다.

唐風旣昌, 一聯一句, 滿聽淸圓, 流液雋永, 首肯變踔, 性情信在是矣. 然詞藻勝則糟粕, 律度嚴則拘窘.(제11조)

방악은 역대 시인 중에서 東晋 陶潛과 中唐 賈島, 그리고 北宋 蘇軾을 추중하고 있으니, 도잠 시를 '辭近旨遠(어사는 사실적으로 묘사하되 담긴 뜻은 심원함)이라 하며 그 연원을 서술하기를,

내가 보건대, 도잠의 시학은 마침 경서에서 나왔기 때문에 시로 표현하면 저절로 〈영목〉 시의 위대함과 〈우서천〉 시의 탄식을 가려서 덮어버릴 수 없다. 〈빈사〉 시는 표주박의 낙도를 읊은 것이다.

以予觀之, 淵明之學正自經術中來, 故形於詩, 自不可掩榮木之奄, 憂逝川之嘆也. 貧士之詠簞瓢之樂也.(제1조)

라 하여 도잠 시의 高遠한 풍격을 극찬하였다. 그리고 본래 佛僧이었던 賈島(779-843) 시에 대해서는 그 立心을 寒苦한 출신지와 연관시켜서 苦淡한 시풍의 근원으로 보았고, 성정 표현에 있어서는 단순한 흥취 묘사에 멈추지 않고 사물의 이치를 體認하는 경지까지 승화된 작품을 보여준다고 다음에 품평하고 있다.

가도는 연(北京 지방)인으로 한고한 지역 출신이므로 마음 세움이
또한 그러하다. 진실로 기력을 다해서 성정을 덮으려 하지 않고 특
별히 사물의 이치를 문득 체인하려 하였으니 깊은 경우에는 신선의
근원에 조용히 들고 높은 경우에는 멀리 신령한 산에 올랐다. 고금
으로 인구에 회자하는 시 몇 구절은 진실로 하늘을 찌르듯 엄연히
홀로 우뚝하다.
賈閬仙燕人, 産寒苦地, 故立心亦然. 誠不欲以下氣力勢掩奪性情, 特
於事物理態毫忽體認, 深者寂入仙源, 峻者逈出靈嶽. 古今人口數聯固
於刮天之上, 冷然獨存矣.(제3조)

賈島는 字가 浪仙, 一名 閬仙으로 自稱 碣石山人이며 苦吟客이다.
早年에 無本이라는 승려로 지냈으나, 元和 연간에 洛陽에서 韓愈를
만나서 환속한 시인이다. 그의 시는 贈酬詩(증수시)가 많고 荒涼零
落(황폐하여 쓸쓸하고 쇠퇴함)한 경치를 잘 묘사하였으며 愁苦幽獨
(근심 걱정으로 고생하며 한적하여 외로움)한 정감을 표현하는 데 특
출하였다. 그래서 한유는 그의 시를, 「미친 어사가 멋대로 퍼져나가
다(狂詞肆滂葩)」(〈送無本師歸范陽〉)라 하고, 소식은 孟郊와 함께 거
지시인으로 평하여 '郊寒島瘦(맹교는 빈한하고, 가도는 말랐음)(〈祭柳
子玉文〉)라고 하였으며, 청대 李懷民은 가도를 '淸奇僻苦主(청렴하고
기이하며 궁벽한 주객)(《中晩唐詩人主客圖》)로 분류하기도 하였다.
가도 시의 영향은 매우 커서, 만당대 李洞, 馬戴, 方干, 唐求 등이
존숭하였고, 南宋 江湖派 시인들은 그 시를 애상하고 그 체식을 본
받기도 하였으니, 본 시화에서 방악이 가도를 이처럼 극찬한 이유를
엿볼 수 있다.
한편 蘇軾에 대해서는 송대인으로서는 거의 유일하게 찬예하고 있
으니, 소식을 중국 시맥을 잇는 정통적인 문호로 추숭하여 漢代 蘇
武와 李陵, 魏晋代의 曹植, 劉楨, 陶潛(도연명), 謝靈運, 이어서 唐
代의 李白(이태백), 杜甫의 맥락을 계승한 시인의 대열로 열거하고
있다. 그래서 소식의 역대 시맥 승계를 서술하기를,

소식은 본래 시에 정통하여 한, 위진, 당대를 관통하여서, 소무, 이 릉, 조식, 유정, 도잠, 사령운, 이백, 두보 등에 두루 출입하여서 깊이 살피고 음미하여 영오의 경지에 오르니 그 광대한 시세계를 이처럼 잘 조화할 수 있었다.

坡公本不以詩專門使非上干漢魏晉唐, 出入蘇李曹劉陶謝李杜, 潛窺沈玩, 實領懸悟, 能自信其折衷如是之的乎.(제11조)

라고 하여 송대 第一이며 李白과 杜甫를 계승한 유일한 시인이면서 후대에 절대적인 위상을 점할 인물로 평가하였다. 嚴羽의 '興趣'처럼, 방악의 시론은 '景趣'라는 용어를 통하여 그의 사물을 작시화하는 관점을 논할 수 있다. 여기서 '景趣'는 景物을 묘사하는 데는 모름지기 眞切한 체험에서 나와야 함을 의미하니 소위 '情景交融'이라 할 것이다. 그 예시로 黃庭堅의 〈中秋〉시와 蘇軾의 〈月夜與客飮酒杏花下〉 시를 각각 평한 부분을 보자.

황정견의 〈중추〉 시에 이르기를, 「찬 등나무 노목은 광채를 입고, 깊은 산 큰 연못은 용과 뱀이 깃드네.」 하였다. 무릇 본래 깊은 산과 큰 연못에는 정말 용과 뱀이 나오는 말이다. 용사에 진실로 근거가 있어서 경취가 좀 부족한 것 같으나, 좋은 시라 할 것이다. 소식의 〈월야여객음주행화하〉 시에, 「살구꽃이 발에 날리어 늦봄을 흩어 보내고, 밝은 달이 창호에 들어와 은자를 찾네. 옷자락 걷고 달 따라서 꽃 그림자 밟으니, 반짝 흐르는 물이 푸른 개구리밥 머금는 듯하네.」 하였는데, 흐르는 물과 푸른 개구리밥의 비유는 경취를 다 표현한 것이다. 전에 사람들은 이렇게 말한 적이 없다.

山谷中秋詩云:「寒藤老木被光景, 深山大澤皆龍蛇.」蓋本深山大澤實生龍蛇之語. 用事誠有據, 景趣似差乏爾, 然未失爲佳. 坡公月夜與客飮酒杏花下詩:「杏花飛簾散餘春, 明月入戶尋幽人. 褰衣步月踏花影, 炯如流水涵靑蘋.」流水靑蘋之喩, 景趣盡矣. 前人未嘗道也.(제5조)

이러한 '景趣'는 방악의 性情爲主의 시관에서 나온 이론이라 할 수 있다. 본 시화 15개 조 중에서 도잠의 〈飮酒〉시에 대한 방악의 관점과, 王維의 〈送元二使安西〉 시의 예술성 즉 詩中有畵的 평가를 보기로 한다.

1. 陶潛(도연명)의 〈飮酒〉 시와 范成大의 〈四時田園雜興〉

도잠의 〈음주〉 시에 이르기를, 「그대 천금같이 귀한 몸 지키지만, 죽어 떠나가면 그 보배 사라지네.」 하였다. 보배로 몸을 비유하였는데, 몸을 잃으면 보배는 없어진다. 소식이 말하기를, 「사람들은 도잠이 삶의 이치를 모른다고 말한다.」라 하는데 나는 믿지 않는다. 범성대의 〈사시전원잡흥〉 시는 사물을 체험함이 매우 절실하나 구절이 너무 先人에 의지하고 있어서 당인의 울타리에 억지로 넣을 수 있으나, 여전히 그 풍격이 답답하다.
淵明飮酒詩云:「客養千金軀, 臨化消其寶.」 以寶喩軀, 軀失則寶亡矣. 坡公云:「人言靖節不知道」, 吾不信也. 范石湖田園雜詩驗物切近, 但句律太憑, 力氣於唐人之藩, 尚窘步焉.(제2조)

陶潛은 字는 元亮, 淵明이며, 潯陽 柴桑(지금의 江西 九江縣)人이다. 위에 인용된 시구는 〈飮酒〉 시 20수 중 제11수 제5연이다. 41세 때 江州 祭酒(좨주)로 임직하고 있으면서 지은 이 시는 만고의 명시이며 후세 당송대 문호들에게 절대적인 영향을 준 시이다. 도잠은 이 시 서문에서 이르기를,

나는 한가하게 지내며 기쁜 일이 적고 밤조차 긴데, 우연히 이름난 술을 얻어 저녁마다 안 마신 적이 없었다. 그림자 돌아보며 홀로 술을 다 마시고 문득 다시 취하니 취한 후에 문득 시 제목을 붙여 스스로 즐겨하였다.
余閑居寡歡, 兼比夜已長, 偶有名酒, 無夕不飮. 顧影獨盡, 忽焉復醉, 旣醉之後, 輒題首句自娛.

라고 하여 작시의 취지를 밝히고 있다. 방악이 시화에서 도잠이야말

로 삶의 애환을 초탈한 경계를 터득한 시인으로 칭송한 이유를 알
수 있다. 다음에 〈飮酒〉 제11수(≪全漢三國晉六朝詩≫ 全晉詩 권6)
전체를 본다.

안연은 어질다고 칭찬하고
영계기는 도리가 있다고 말들 하네.
(안회는)공허하게 나이 채우지 못하였고
(영공은)늘 굶으면서 늙도록 살았네.
비록 죽은 후라도 이름 남겨도
한 평생이 메말라서 누추하였네.
죽은 후에 어찌 알겠는가
살면서 진실로 마음 편해야 하네.
그대 천금같이 귀한 몸 지키지만
죽어 떠나가면 그 보배 사라지네.
맨몸으로 묻혀도 어찌 꼭 나쁘겠는가
사람들은 깊은 뜻을 알아야 하리라.
顏生稱爲仁, 榮公言有道.
屢空不獲年, 長饑至於老.
雖留身後名, 一生亦枯槁.
死去何所知, 稱心固爲好.
客養千金軀, 臨化消其寶.
裸葬何必惡, 人當解意表.

한편 范成大(1126-1193)는 字가 致能, 號는 石湖居士로 平江
(江蘇 蘇州)人이다. 남송 전원시인으로 盛唐風에 가장 근접한 시인
으로 평가된다. 방악도 이 점에 대해서 동의하면서도 시의 묘사상
의 애석한 점을 지적한 것이다. 방악이 지적한 시는 곧 범성대 시
의 압권인 전원생활의 실상들을 노래한 〈四時田園雜興六十首〉이다.
이 시는 淳熙 13년(1186)에 石湖 주변 풍경을 그린 절구로서 계절
에 따라서 〈春日田園雜興十二絶句〉, 〈晚春田園雜興十二絶句〉, 〈夏日田

園雜興十二絕句〉, 〈秋日田園雜興十二絕句〉, 〈冬日田園雜興十二絕句〉
의 다섯 종류로 구분된다. 내용은 다양하여서 전원의 한적한 풍경
과 농촌의 순박한 人情, 그리고 고유 풍속과 농촌의 고통스러운 생
활상, 농민에 대한 관아의 착취와 수탈 등을 담고 있다. 그중에서 春
夏秋冬에 속하는 절구 각 한 수씩을 보기로 한다.

> 땅의 기름기 들려고 비가 자주 내리더니
> 온갖 풀과 꽃이 순간에 피었네.
> 집 뒤 거친 밭이 아직 잡초 푸르고
> 이웃집 죽순이 담장을 넘어오네.
> 土膏欲動雨頻催, 萬草千花一餉開.
> 舍後荒畦猶綠秀, 隣家鞭筍過牆來.(〈春日田園雜興十二絕句〉第2수)

> 낮에 나가 김매고 밤에는 삼베 짜니
> 마을의 남녀들이 각각 살림 잘하네.
> 어린애들 어려서 밭 못 갈고 베 못 짜도
> 뽕나무 그늘 옆에서 오이 파종 배우네.
> 晝出耘田夜績麻, 村莊兒女各當家.
> 童孫未解供耕織, 也傍桑陰學種瓜.(〈夏日田園雜興十二絕句〉第7수)

> 쌀 배가 가득 싣고 와서 창고를 여니
> 쌀 낱알이 진주처럼 희기가 서리 같네.
> 두 종으로 한 곡을 세금 낸 거 아깝지 않으니
> 아직도 싸라기 남아서 아이들 배 채우네.
> 租船滿載後開倉, 粒粒如珠白似霜.
> 不惜兩鍾輸一斛, 尙嬴糠麧飽兒郎.(〈秋日田園雜興十二絕句〉第9수)

> 누런 종이 없어지면 흰 종이가 재촉하니
> 검은 옷 관리가 교차로 마을에 오네.
> 나으리여 겨울이면 머리에 불나겠거늘
> 그대에게 동전 드리니 술 사오시오.
> 黃紙蠲租白紙催, 皁衣旁午下鄕來.

長官頭腦冬烘甚, 乞汝靑錢買酒廻.(〈冬日田園雜興十二絶句〉第11수)

방악이 范成大를 전원시인 陶潛(도연명)과 함께 병행해서 거론한 근거가 이 전원을 노래한 雜興詩의 성가에 기인하고 있음을 객관적으로 인정하면서 다만 말미에, 「당인의 울타리에 억지로 넣을 수 있으나, 그 풍격이 답답하다.(力氣於唐人之藩, 尙窘步焉.)」라고 평한 것은 방악의 단순한 尊唐的 관점에서 본 것인가 추론해본다.

2. 王維 시의 詩畫交融 ─ 朝鮮朝 申緯 시와 繪畫的 비교

「위성의 아침 비가 가벼운 먼지 적시고, 객사는 파릇파릇 버들잎 색이 새롭구나. 그대에 술 한 잔 더 권하노니, 서쪽 양관으로 떠나가면 벗은 없어라.」 이것은 왕유의 〈송원이사안서〉 시이다. 세상에 전하기를 〈양관도〉도 왕유가 손수 그린 것이라 하니, 마침내 시와 그림 두 편의 오묘한 송별시라 칭할 것이다.
渭城朝雨浥輕塵, 客舍靑靑柳色新. 勸君更進一杯酒, 西出陽關無故人. 此摩詰送元二使安西詩也. 世傳陽關圖亦摩詰手, 遂稱二妙惜別詩.(제 8조)

蘇軾은 王維 시를 평하기를, 「시 속에 그림이 있고, 그림 속에 시가 있다.(詩中有畫, 畫中有詩.)」(≪東坡志林≫)라고 하여 南宗 文人畫의 비조인 王維 시를 적절하게 품평하였다. 왕유의 〈送元二使安西〉는 일명 〈陽關三疊曲〉이라 칭하는데, 이 시를 '陽關圖'라는 그림과 연관시켜서 소위 '詩畫交融'의 감흥을 '二妙惜別詩'(시와 그림의 오묘한 조화를 이룬 송별시)라고 서술하고 있다. '二妙'란 '詩妙'와 '畫妙'의 조화를 의미한다.

참고로 韓中詩 비교 차원에서 본 시화의 말미에 王維 시와 朝鮮朝 申緯의 시를 회화적 기법으로 비교대조한 필자의 문장을 다음에 소개하면서 왕유 시의 회화미를 음미하고자 한다.

申緯(1769-1845)는 字가 漢叟, 本貫은 平山이다. 號는 紫霞인데, 滄江 金澤榮의 ≪紫霞詩集≫ 卷首 〈年譜〉에서 自號한 연유를 기술하고 있다.

시흥 자하산장에 거하니 자하는 곧 공의 선영 근처로서, 공이 어려서 일찍이 여기에서 독서하였기에 고로 자호로 취하였다.
幷居于始興紫霞山莊, 紫霞卽公先塋近地, 而公少嘗讀書於此, 故取以自號.

신위 나이 44세에 그의 작시 풍격을 개변하여 승화시키는 동기가 되는 일이 있었으니, 純祖 12년(1812) 7월, 書狀官 직분으로 陳奏兼奏請正使 李時秀와 副使 金銑을 수행하여 淸 燕京에 가서, 당시에 생존 중이던 覃溪 翁方綱 부자와의 교류를 맺은 일이다. 覃溪와 교류하면서 신위의 시학은 급변하여 學唐에서 學蘇로의 경향을 보이며 金澤榮이 편한 ≪紫霞詩集≫ 全6권에 43세 이전의 작품은 수록되어 있지 않고 있는 것으로 보아 신위 자신이 그 이전의 시를 자평하지 않은 것으로 본다. 그 후 그의 시명은 국내외에 발양되어 谷山府使, 春川府使, 江華留守, 平薪鎭僉使의 외직을 거치면서 특히 詩作이 많이 나왔으며, 말년의 참소와 병고 속에서도 초탈적인 작품을 쉬지 않고 지었다.

憲宗 11년(1845) 서울 長興坊에서 77세를 일기로 생애를 마칠 때까지, 저작으로 自選錄한 ≪警修堂集≫ 12책, ≪紫霞山人鈔≫ 2권 1책, ≪唐詩絶句選≫이 있고, 그리고 본론의 주된 저본이 되는 ≪紫霞詩集≫ 6권 2책은 그 제자인 김택영이 乙巳保護條約으로 인해 淸으로 망명 중에 신위 시만을 拔錄하여 光緒 33년 3월 하순(1907), 江蘇省 通州에서 당시 翰林院修撰 張謇의 지원을 받아 ≪警修堂集≫이라 하여 共印一千本을 간행하면서 그 속에 들어 있다. 동 시집에 실린 시의 수는 전3권 508수, 후3권 416수가 古今體로 연대순으로 총 924수가 수록되어 있다.

朝鮮 시학의 조류를 살펴보면, 壬辰亂(1592년)을 전후하여 그 이전에는 金時習, 徐居正, 金宗直, 李荇, 朴誾(박은) 등을 비롯하여 陶淵明과 杜甫의 시풍을 영향 받은 李滉을 거쳐서 李好閔, 車天輅, 崔慶昌, 白光勳 등이 문명을 날리고 三唐派인 李達과 李安訥, 權韠, 鄭斗卿 등 諸家는 魏晉과 盛唐의 풍격을 배워 은일자연적이며 낭만적 색채와 艶麗하면서도 엄격한 규율에 매인 시풍을 보였다. 英祖代에 이르러 풍기가 변화하여 奇峭한 풍조를 보이면서, 李用休, 李家煥, 李德懋, 柳得恭, 朴齊家, 李書九 등을 배출하였는데 이 중에 유득공과 박제가 등이 참신하고 예리한 시풍을 보였다.

위의 조류 속에서 신위는 제가의 장점을 터득하여 자신의 독특한 시상을 형성하였으니, 나중에 姜瑋, 李建昌, 黃玹, 金澤榮 등에게 영향을 주는 高峰의 신분이 되었다. 이러한 제가의 영향을 받은 이상으로 신위 시 형성과 깊이 관련된 시인으로는 蘇軾으로 소위 學蘇의 시관과 시법을 본받음은 물론, 당풍 특히 盛唐의 杜詩도 깊이 흡수하고 있다. 다음의 〈奉睿旨選全唐近體訖恭題後應命作〉(《紫霞詩集》 권6)을 보면,

신운으로 당시를 논해도 아마 다 못하리니
사실을 듣지 않고 어찌 참됨을 알리오.
왕유, 위응물, 한유, 두보 그 어느 것 버리기 어려우니
함께 문을 열어 두루 그 자취 밟으리라.
神韻論唐恐未臻, 罔聞實事詎知眞.
王韋韓杜難偏廢, 共是開門合轍人.

라고 하여, 신위가 王維, 韋應物, 韓愈, 杜甫 등을 모두 존숭하여 본받고 있음을 알 수 있다.

왕유 시의 근원은 道, 佛에서 자연주의와 낭만, 그리고 탈속성을 배웠으며 陶潛(도연명), 謝靈運의 산수를 테마로 한 은일하고 無垢한 자연에 대한 찬미를 따르면서, 특히 謝靈運의 회화 이론을 자신의

南宗畵論에 혼용하여 시에 도입한 시법과 新俊한 기법을 썼으니,

> 왕유는 청아하고 준일함을 지니면서 도잠과 사령운에 가깝다.
> 維持淸逸追逼陶謝.(≪王右丞集箋注≫ 卷末 詩評)

라고 한 것은 적절한 평구이다. 왕유 시에서 산수와 전원을 주제로
한 시는 '淳', '淡', '雅', '愁'의 특징을 보여주며, 그의 시의 회화성은
자연의 생명인 입체감과 渲淡(선담 : 묽은 먹물로 한 바림)을 중시하
여 精妙하고 幽寂한 맛을 더하고 있다. 한편 왕유 시로부터 신위가
시 창작의 새 생명을 찾는 데 힘쓴 점을 청대 王士禎을 私淑한 것
으로 보아 알 수 있다. 왕사정은 자신을 神韻派[1]에 열입시키고 그
파의 宗을 王維로 추숭한 연관성을 지니고 있다.[2] 거기에 신위의
〈後秋柳詩〉(≪紫霞詩集≫ 권2) 20수의 風韻이 왕사정 맛을 지니고 있
고, 또 〈東人論詩絶句〉(≪警修堂集≫ 11冊)가 왕사정의 〈論詩絶句〉
성조를 借用한 곳이 많다.[3] 신위 시의 精華는 국내외 명가의 장점을
소화하여 나름대로 창출한 데에 그 결정체가 있다고 하겠다.

신위 시의 원류와 함께 그의 시의 격조를 개관하면, 金澤榮이 신
위 시의 풍격을 ≪紫霞詩集≫ 序에서 다음과 같이 요약하고 있다.

> 빛나도다, 그 득오와 투철이여. 날래도다, 그 내달림이여. 요염할 때는
> 요염하고, 야할 때는 야하며, 환상적일 때는 환상적이고, 박실할 때는
> 박실하고, 졸렬할 때는 졸렬하고, 호탕할 때는 호탕하며, 평이할 때는
> 평이하고, 기험할 때는 기험할 수 있다. 만상을 마음대로 다루어 활동
> 하지 않음이 없어 눈앞에 무성하다. 독자로 하여금 눈이 아찔하고 마
> 음이 취하게 하여 마치 온갖 춤이 바야흐로 펼치는 듯하여, 세상에
> 드문 기재를 갖추고 일세의 지극한 변화를 다 지닌 조선 후기의 뛰

---

1) 蘇雪林 ≪唐詩槪論≫ 第九章 p.64 : 「王士禎主神韻說常以王孟一派詩爲證.」
2) 上仝書 〈漁洋詩話問答〉 : 「"問右丞鹿柴木蘭諸絶自極深遠, 不知向他題亦可用否
   答摩詰詩如曹洞禪, 不犯正位, 須參活句, 然鈍根人學渠不得.」
3) 졸저 ≪王維詩比較硏究≫ 제3편 제12장 p.241(北京 京華出版社, 1999)

어난 대가라고 일컫겠다.

瑩瑩乎其悟徹也, 焱焱乎其馳突也. 能艷能野, 能幻能實, 能拙能豪, 能平能險. 千情萬狀, 隨意牢籠, 無不活動, 森在目前. 使讀者目眩神醉, 如萬舞之方張, 可謂具曠世之奇才, 窮一代之極變, 而翩翩乎其衰晩之大家者矣.

위의 평어를 다음 〈西京次鄭知常韻〉(≪紫霞詩集≫ 권1)을 들어 생각해보기로 한다.

　　빠른 가락 술잔 재촉하여 이별의 시름 깊은데
　　술 마셔도 취하지 않고 노래마저 안 되네.
　　하늘은 강물을 서쪽으로 흘러가게 하니
　　님을 위해 동쪽으로 거슬러 흐르게 할 수 없네.
　　急管催觴離思多, 不成沈醉不成歌.
　　天生江水西流去, 不爲情人東倒波.

여기에서 이 시의 격조를 다음 왕유의 〈送元二使安西〉(≪王右丞集箋注≫ 권14)와 高麗 鄭知常의 시와 비교해본다.

　　위성의 아침 비가 가벼운 먼지 적시는데
　　객사의 푸른 버들 새롭도다.
　　그대에 권하노니 술 한 잔 더 들게나
　　서쪽 양관으로 떠나니 벗은 없구나.
　　渭城朝雨浥輕塵, 客舍靑靑柳色新.
　　勸君更進一杯酒, 西出陽關無故人.(왕유 시)

여기서 陽關格을 활용한 것인데 왕유 시의 성조에서 제3구 '一'자의 仄聲과 제4구 '無'자의 平聲의 '平仄'상의 拗救法을 사용하고 있다. 이 陽關格에서 평성을 지녀야 할 '一'이 측성으로, 측성을 지녀야 할 '無'자가 평성으로 되어 있다는 점이다. 이 변법을 鄭知常4)의

---

4) ≪高麗史≫ 卷127 列傳 第40 : 「知常初名之元, 少聰悟, 有能詩聲, 擢魁科,

〈送人〉과 비교해본다.

> 비 그친 긴 둑에 풀빛 짙은데
> 남포서 그대 보내며 슬픈 노래 간절하네.
> 대동강 물 언제 다하리오
> 이별의 눈물 해마다 푸른 물결 더하네.
> 雨歇長堤草色多, 送君南浦動悲歌.
> 大同江水何時盡, 別淚年年添綠波.(李齊賢 ≪櫟翁稗說後集≫)

위에서 제4구의 '添綠波'의 '添' 平聲이 왕유의 것처럼 仄聲 위치
에, 제3구의 '何' 仄聲이 平聲 위치에 각각 처해 있는 詩律法을 강
구하였다. 신위의 〈西京次鄭知常韻〉은 바로 위의 정지상 시를 차운
한 것으로 제3구의 '西'자가 平聲으로 仄聲處에 있으며, 제4구는 어
김없는 율법을 쓴 만큼 소위 '半陽關格'의 기교를 발휘한 것이다. 이
와 같은 왕유와 신위의 시를 연관시키는 연원적 근거 위에서 두 시
인의 繪畵的 기법을 비교하기로 한다.

(1) 시의 詩中有畵的 의미

화가로서의 왕유 畵法은 李思訓의 靑綠山水를 묘사함에 필격이 堅
勁하고 세밀하며 육조의 조탁을 습용한 데다, 南宗畵를 창출하여 먹
물을 묽게 바림하는 화법을 강구해서 자연의 생명을 시화에 부각하
여 文人畵의 전통을 확립하였다. 여기에 禪의 文學化를 가미하여 시
의 외적인 면에서 평면적 像을 입체화시키고, 내적으로는 시의 想을
심화시킨 것이다.5) 왕유의 화법은 그의 〈畵學秘訣〉에6) 상세히 기술

歷官至起居注. 人言富軾素與知常齊名, 於文字間積不平. 知常爲詩得晩唐體, 尤
工絶句, 詞語淸華, 韻格豪逸, 自成一家法.」

5) ≪王右丞集箋注≫ 卷末 畵錄:「南宗則王摩詰, 始用渲淡, 一變拘研之法. 又要
之摩詰所謂雲峰石迹, 廻出天氣, 筆意縱橫, 參乎造化者.」(≪容臺集≫)

6) ≪王右丞集箋注≫ 卷28 論畵의 〈畵學秘訣〉:「凡畵山水, 意在筆先. 丈山尺樹,
寸馬分人. 遠今無目, 遠樹無枝, 遠山無石. 隱隱如眉, 遠水無波, 高與雲齊. 此
是訣也.」

되어 있는데 단지, 「무릇 산수를 그리는 데, 뜻이 붓 앞에 있다.(凡畵山水, 意在筆先.)」란 구에서 그 畵意를 감지할 수 있다. 회화적인 기교를 도입한 왕유의 〈孟城坳〉(≪王右丞集箋注≫ 권13)를 보자.

맹성 입구에 새집을 지었더니
오랜 버드나무가 늘어져 있네.
올 사람 또 누구일까?
공연히 옛사람의 일이 슬퍼지네.
新家孟城口, 古木餘衰柳.
來者復爲誰, 空悲昔人有.

불과 20자 중에 시대의 명확성, 즉 과거, 현재, 미래의 변천을 표현하고 人事의 無常을 함축한 工巧의 극치를 보여준다. 이 같은 왕유의 기법이 신위 시에 활용된 면을 고찰해본다. 〈池亭〉(≪紫霞詩集≫ 권1)을 보자.

잠자리 푸른 눈을 이고 있고
붉은 옷깃 제비는 엇갈려 난다.
지는 해에 저녁 바람이 연못 집에 부니
물무늬 진 수풀 그림자가 창문에 어리네.
碧眼蜻蜓相戴, 紅襟燕子交飛.
落日晚風池館, 水紋林影窓扉.

위 4구에 회화에 필요한 色感(紅, 碧)과 함께 제1, 2구의 생동하는 자태, 그리고 제3, 4구의 濃淡, 遠近의 陪襯대비(짝이 되게 대비시킴)를 강구한 시의 화풍은, 「필묵이 세미하여 오묘한 경지에 든다고 할 수 있다.(筆墨可謂造微入妙.)」[7]라 한 왕유풍과 상통하며, 〈達雲古城〉(상동 권1)을 보면,

---

7) ≪王右丞集箋注≫ 卷之末 p.21

그윽한 곳 찾는 마음 어찌 그지 있겠나
서운한 마음에 여운이 담겨 있네.
어둑어둑 먼 경치 비쳐오니
지는 햇빛이 옛 성으로 지고 있네.
幽尋意何極, 怊悵有餘情.
遠色蒼然至, 落暉下古城.

라고 하여 위에서 제3, 4구가, 「보기 드문 정밀하고 오묘한 묘사를
다하고 있다.(靡不畢精妙罕見.)」[8]라 한 王維의 시평같이 신위 繪畵
의 平遠性과 神妙가 시에 표출되어 있다. 더구나 〈追私彛齋在兆藩時
題黃山所寄疎松短聱圖韻〉(상동 권6)의 전반부를 보면,

안개구름의 갖가지 형상이
모두 먹물 따라 이루어지네.
밭이랑 지름길 밟지 않고서도
문인이 교묘한 것 만들어 내네.
오롯한 열 손가락 사이에서
자연스럽게 나온 자태로다.
황산의 영험한 성품이
시와 그림에 일관되게 보이네.
풀어 펴면 그림이 되고
거두어 말면 시 되네.
참된 요체는 감추어 드러나지 않아
오묘한 깨달음을 나 홀로 안다네.
……
烟雲千萬態, 都是墨隨爲.
而不涉畦徑, 文人創巧思.
落落十指間, 天然出風姿.
黃山靈慧性, 詩畵一貫之.

---

8) 張彦遠 ≪歷代名畫記≫ 〈論山水樹石〉(臺灣 商務印書館)

渙宣則爲畵, 揫歛則爲詩.
眞諦秘不示, 妙悟心獨知.
......

라고 하였다. 이 시는 68세의 만년 작으로 완숙하지만, 신위의 畵的
혜안이 아니면 묘사하기 어렵다. 신위의 '詩中有畵'가 왕유처럼 신위
시의 예술특성이니, 詩情과 畵意의 밀접한 관계를 조화하여 시의 정
과 화의 意를 虛와 實에 비유하여서 畵의 顏料와 線을 시의 像으로
풍염하고 선명하게 사실화하였다. 위 시의 제9, 10구는 바로 詩畵一
致의 묘처이다. 詩와 畵가 상합된 의식세계는 共感覺의 상징성도 개
재되어 있다고 본다. 공감각은 자극에 따라 그에 상응하는 감각 외
에 동시에 일어나는 다른 영역의 감각이므로 개인적 경험에서 나오
는 현상이 된다. 시의 畵法은 특히 색채감각의 시에서 유출됨으로 인
해 시의 단순한 미적 감각 이상의 은유적 감각이 감지될 수 있다. 위
시의 표현법은 시각적 가치에서 悟境을 득한 의표가 觸覺的(추상적
개념) 변형으로 移感되는 것이다. 즉 제1, 2구가 그 예이다. 〈春望〉
(상동 권3) 제3, 4구를 본다.

언덕 따라서 푸른 백문동은 도탑고
흙을 뚫고 나온 붉은 속 작약이 돋아 있네.
沿坡綠面虋蕪厚, 冒土紅心芍藥抽.

위에서 色彩言語로 '綠'과 '紅'을 사용하여 春節이라는 대상을 독
립시키고, 그 두 자에서 시인의 '春'에 대한 고정의미를 부여하고 있
으며, 〈洗心齋〉(상동 권4) 제3, 4구를 보자.

방긋 웃는 노란 국화는 나처럼 시들어가고
다시 온 백조는 전 사람이 아님을 탄식하네.
一笑黃花如我老, 重來白鳥歎人非.

'黃花'의 황색은 '我老'의 代稱 의미이며, '白鳥'의 白色은 '人非'에 대

한 부정적 의미 즉 '人是'의 代語인데, 이것은 色彩 형용사를 통해 사물 관련에서 自我 관련으로 색채기능을 전환시킨 색채 상징이며 隱喩이다. 이러한 시어의 회화적 감각이 신위 시의 詩中有畵的 의미 해석에 중요한 요소이다.

(2) 시의 회화적 結構 – 왕유의 〈輞川詩〉와 신위의 〈淸平絶句〉 비교

회화의 구도 설정은 화가의 基本功이다. 화가는 다수의 跡象을 조합하여 한 완전한 整體를 구성한다. 왕유 시는 이 회화적 특색을 터득하였다. 〈渭川田家〉(《王右丞集箋注》 권3)를 본다.

석양이 아련히 비추니
저 골목으로 소와 양이 돌아오는 시골.
노인은 목동이 걱정되어
지팡이 짚고 사립문 앞에 기다린다.
꿩 우는 속에 보리는 이삭 패고
누에 허물 벗을 때 뽕잎이 드물다.
농부는 호미 메고 서서
이야기 나누며 떠드는 소리.
아 ! 이 한가로운 그들이 너무 부러워
쓸쓸히 식미가를 읊노라.
斜光照墟落, 窮巷牛羊歸.
野老念牧童, 倚仗候荊扉.
雉雊麥苗秀, 蠶眠桑葉稀.
田夫荷鋤立, 相見語依依.
卽此羨閑逸, 悵然歌式微.

말 2구는 이 시의 主旨가 되는 것으로 작자가 여기서 농촌의 閑逸을 묘사하여 관리의 바쁜 생활을 혐오하는 마음을 표현하고 있다. 시에서 '墟落', '牛羊', '牧童', '荊扉', '麥苗', '蠶眠桑葉', '田夫', '荷鋤' 등 여러 농촌생활의 하나하나의 跡象을 나열하고 제9구에서 '閑逸' 두 자

를 사용하여 모든 跡象을 꿰어 놓아 한 폭의 和諧롭고 구체적이며 생동적인 完整한 화면을 조성하였다. 이것은, 「그림의 구도가 빽빽하면서 필묵은 듬성하다.(位置緊而筆墨鬆.)」라 한 평어와 적합하다. 신위의 〈春盡日對雨〉(≪紫霞詩集≫ 권5)에서 이러한 기법을 볼 수 있다.

조화옹은 사사로움 없고 만물은 끝이 있나니
봄빛은 결국 뉘에 많이 비추일까.
정이 가는 것 제비와 꾀꼬리 화답하고
득의한 것은 도화와 행화로다.
술잔 들어 질병을 막으려 하나
몰아치는 비바람이 화사함 덜겠구나.
지난해 이러하고 올해 또 이러하니
인명과 꽃다움을 함께 스러짐에 맡기리라.
造化無私物有涯, 春光畢竟屬誰多.
關情燕語酬鶯語, 得意桃花殿杏花.
準備杯觴防疾病, 折除風雨損華奢.
去年如此今年又, 人壽芳菲任共磨.

이 시는 신위를 아끼던 文祖가 서거하자 江華留守를 사임하고 선영이 있는 紫霞山莊으로 들어간 후, 1831년 刑曹參判職 제수마저 병을 빌미로 사양하고, 다음해에 都承旨로 임명되고서도 심한 참소를 받는 말년 작인데 말 2구는 신위의 불우한 신세와 生의 行休를 절감한 묘회이다. 제6구까지는 시제에 부합하는 跡象 즉 '物有涯', '春光畢', '燕語', '桃花', '鶯語', '杏花', '風雨損華奢'를 나열하고 말구로써 시 전체를 관철하여 조화된 詩情과 畵意를 조성하였다.

신위의 〈清平山絶句〉16수(상동 권2)는 특히 組詩의 특징이 현저한데, 왕유의 〈輞川集〉20수(≪王右丞集箋注≫ 권13)와 회화적인 結構 특성을 비교 고찰할 수 있다. 왕유의 〈輞川詩〉는 唐 宋之問의 별장이었던 輞川別墅에서 은거하며 詩友 裴廸과 화창한 작품인데 天寶 연간의 安史之亂으로 왕유는 소극적인 半官半隱을 지향하면서, 〈망천시〉의 結構에서 산수경색에 대한 묘사를 통해 자신의 은거생활의 사상감정을 반영하였다. 왕유의 시 20수를 성격별로 다음과 같이 세 가지로 나눌 수 있다. 현실의 불만과 官場생활에의 염오를 표현한 (가)류로 〈柳浪〉, 〈漆園〉; 우미한 景色과 건강한 生活氣息을 묘사한 (나)류로 〈文杏館〉, 〈斤竹嶺〉, 〈木蘭柴〉, 〈茱萸沜〉, 〈臨湖亭〉, 〈南垞〉, 〈欹湖〉, 〈欒家瀨〉, 〈白石灘〉, 〈北垞〉; 현실도피의 고독한 심정, 淸冷한 경색, 神仙한 성향, 人生虛幻의 감상 등 소극적 색채가 농후한 (다)류로 〈孟城坳〉, 〈華子岡〉, 〈鹿柴〉, 〈宮槐陌〉, 〈金屑泉〉, 〈竹里館〉, 〈辛夷塢〉, 〈椒園〉 등으로 분류된다.

이상의 세 가지로 분류된 시는 서로 밀접한 內在聯繫를 지니고 있는데 결구상으로는 (가)를 線索으로 삼아 (나), (다)의 시를 관통하여 완정한 組詩를 형성하고 있다. 즉 매 시가 각각 한 화면을 구성해서 그것을 집결하여 한 폭의 화해한 전경을 이룬다. 이 〈망천시〉의 회화적 결구법상의 組詩 특색이 신위에게 활용된 예를 〈淸平山絶句〉(상동 권2)(1819 · 己卯年 51세)에서 고찰할 수 있다. 이 시를 지은 때는 신위가 谷山府使(1817-1819)를 사퇴하고 귀가하던 시기이다. 관직을 떠나 在野에 몸 둔 상황이 왕유의 〈망천시〉 작시와 상통한다. 이 역시 산수를 묘사하였는데, 그 16수를 〈망천시〉와 같은 분류방법으로 비교하면, (가)류는 不義에의 비판과 憂國을 대변한 〈極樂殿〉의 제3, 4구,

요승은 진정 목을 쳐야 하나니
불전 하나가 나라 하나를 없앴다네.
妖僧眞可斬, 一殿竭一國.

그리고 현실에의 혐오를 표현한 〈仙人國〉의 제3, 4구,

산 밖의 일 듣기 싫으니
자겸이 이제 나라를 보았네.
厭聞山外事, 資謙方睹國.

그리고 회고적으로 현실을 비유한 것으로 〈眞樂公重修文殊院碑〉의 제3, 4구,

　탄연 스님 또한 고려인이니
　어찌 빼어난 문장 능력 지니신가.
　坦然亦麗人, 豈有別機杼.

등을 들 수 있다.
　(나)류는 神靈하고 莊嚴한 경물을 묘사한 〈九松亭瀑布〉의 제3, 4구,

　신령한 경지는 아련하고 기괴한 변화 일어나
　한 폭포에서 문득 두 줄기 쏟아진다.
　靈境眩奇變, 一瀑忽雙注.

그리고 자연의 경치와 화합한 의식을 표현한 〈影池〉의 제3, 4구,

　그대와 이 물 마시며
　길이 뒤엎어진 이 모습을 벗어나리라.
　與君歃此水, 永離顚倒相.

아울러 입체적인 우미한 경색을 표현한 〈西川〉의,

　두 폭포가 층층 무지개에 걸려 있어
　처음은 하늘 문에서 새는가 의아했네.
　돌 뛰어넘어 긴 개천 건너가니
　문득 두 폭포 샘에 이르러라.
　雙瀑掛層虹, 初疑漏天門.
　跂石弄長川, 忽至雙瀑源.

늙은 삼나무(古杉)에 대한 섬세한 묘사인 〈千年古杉〉의 제3, 4구,

　진정 경사로운 구름을 헤치고 우뚝 솟아
　푸른빛 오랜 천추의 시간을 가로질렀네.

眞拂慶雲頂, 黛色橫千秋.

또한 우아한 경색을 묘사한 〈山頂花〉의 제1, 2구,

　누가 아주 험한 곳에 꽃을 심었는지
　어지러이 붉은 잎 지는 것이 비 오듯 하네.
　誰種絕險花, 雜紅隕如雨.

등을 들 수 있다.
　(다)류로는 〈淸平洞口〉 제3, 4구,

　신선이 무릇 여기를 경계로 하였는지
　시내 지나며 나 절로 의아스럽네.
　仙凡此爲界, 過溪吾自疑.

에서의 脫俗仙界, 그리고 〈瑞香院〉을 보면,

　고요한 서향원
　아마 그이가 계실 듯하오.
　매화 가지의 달은 새로운 듯
　세월은 기다리지 않네.
　廖廖瑞香院, 庶幾伊人在.
　梅梢月如新, 年代不相待.

라 하여 여기서 金時習에의 懷古와 生의 無常을 읽게 되며, 작자의
고독감을 묘사한 〈降仙閣〉의 제3, 4구를 본다.

　외진 전각 하나 우연히 남아 있어
　아직도 불당을 가리고 있네.
　孤閣偶不毀, 尙掩諸佛院.

　그리고 參禪의 은둔을 그린 〈松坡畫像〉을 본다.

　소나무 언덕에는 게송 하나 없고
　화승도 말 한마디 없도다.

말이야 또한 떨칠 수 있지만
어찌하여 그림에만 묻혀 사오.
松坡無一偈, 畵僧無一言.
言說尚可離, 安事生綃礬.

다음으로 孤高한 生의 窮極的인 비감을 표출한 〈古骨〉의,

나그네 집 한번 떠난 후에
가는 자취 뉘 매어 놓으리.
산승 끝내 아무 말 하지 않고
애틋이 그 벗은 허물 지키네.
傳舍一去後, 行踪誰可繫.
山僧竟無謂, 區區守其蛻.

그리고 인적이 뜸한 仙界인 〈仙洞〉의 제1, 2구,

한번 겹치고 또 한번 가리워져
이미 나그네의 가는 길 막혔구나.
一重又一掩, 已窮遊人躅.

懷古에 의한 무상을 노래한 〈懶翁鐵柱杖〉의 제3, 4구,

나옹은 본디 생불이신데
슬프다, 불제자여.
懶翁固生佛, 哀哉佛弟子.

등 7수가 묘사되어 있다. 여기에서 각 수의 시정이 畵意化한 연계를 유지하여서 線索인 (가)의 구조상에 (나)와 (다)의 직감과 비유, 회고의 色과 像을 첨가하여 (가), (나), (다)가 연결된 회화적 결구의 組詩를 이루었다.

(3) 시의 회화적 選材 - 관찰과 體會
시의 회화적 의미에서 시 구성에 요긴한 詩材의 선정에서 畵의 選材法을 어떻게 이입하고 있느냐 하는 문제가 또한 중요하다. 선

재 활용은 시의 煉意이겠으니 어떤 특징 있는 사물을 선택하여 融煉組合해서 일종의 흡인력 있는 의경을 표현함으로써 주제의 표달을 심화하는 것이다. 董其昌은 ≪畵眼≫에서, 「보아서 익혀지면, 자연히 마음이 전해지고, 마음을 전한 자의 심성이 드러나니 겉과 속이 서로 어울렸다가 잊었다가 하면서 마음의 기탁이 된다.(看得熟, 自然傳神, 傳神者心以形, 形與心手相湊而相忘, 神之所託也.)」라 하였는데 이러한 畵學上의 관찰과 체회의 공부를 시 이면에서 표현시키는 것이다. 이 시에서의 회화적 선재가 왕유 시론에서 어떻게 구사되고 있는지를 고찰하면서 아울러 신위 시에 도입하여 비교 분석한다. 왕유 시는 포착과 창조의 형상이 뛰어나서 자연의 景色 및 非景色 작품에서 모두 구사되고 있다. 景色 작품으로 〈使至塞上〉(≪王右丞集箋注≫ 권9)의 일단을 본다.

사막의 외론 연기 곧게 오르고
장강의 지는 해는 둥글구나.
大漠孤烟直, 長河落日圓.

위에서 塞外의 경색에 대한 묘사에서 황량한 화면과 호방한 시적 氣息이 융화되어 襯映作用을 하고 있다. '孤烟直'의 세밀한 관찰과 '落日圓'의 심묘한 體會는 즉 포착과 창조의 표징이다. 그리고 〈送別〉(상동 권3)의 일단을 보자.

먼 곳 나무에는 나그네가 서있고
외로운 성에는 지는 햇빛 드리운다.
遠樹帶行客, 孤城當落暉.

위의 구에서 '帶'와 '當'자는 畵中三昧에서 체득된 煉意의 표현이다. 왕유의 이런 면을 통하여 신위의 다음 〈抄秋文城江泛舟〉(≪紫霞詩集≫ 권1)의 일단을 보면,

나루터 넓어 뭇 개울이 모이고
서리 자욱하니 나무들 단풍이 밝아라.
쪽배가 진정 한 잎 조각 같거늘
이 몸도 흰 갈매기 쫓아서 가벼워라.
津闊諸溪合, 霜酣雜樹明.
小舟眞一葉, 身逐白鷗輕.

라고 하였다. 위의 전 2구는 像의 포착력을 다한 관찰이며, 후 2구
는 合自然的인 체회이다. 다음에 〈九松亭瀑布〉(상동 권2)를 본다.

신령한 경계가 아련히 기이한 변화 일으키고
한 줄기 폭포는 문득 두 가닥으로 쏟아진다.
靈境眩奇變, 一瀑忽雙注.

위의 구는 前句를 체회, 後句를 관찰로 하여 표현의 倒置를 하였
으며, 〈潘家莊〉(상동 권2)을 보자.

외딴 마을은 외다리에 가로놓이고
지는 해는 쌍 절구에 걸려 있네.
孤村橫一彴, 落日懸雙杵.

위의 구는 왕유의 〈使至塞上〉의 '孤'·'落' 2자와 일치하게 활용하
면서 어촌의 경물을 襯映하고 있다. 그리고 〈霖雨新晴岱瑞相過園亭〉
(상동 권6) 제9, 10구를 보면,

노니는 나비는 한가한 장막을 지나가고
먼 산 기운은 갓 머리 감은 듯하다.
遊蝶過閑幔, 遠黛增新沐.

라고 하여 정밀한 관찰력을 보여준다. 한편 非景色 작품으로 왕유의
〈少年行〉(《王右丞集箋注》 권14) 제1수를 예거한다.

신풍의 좋은 술이 많기도 한데
함양의 의협 소년도 많기도 하다.
의기가 맞아서 마냥 술 마시나니
말 맨 높은 누대에는 버들가지 늘어져 있네.
新豊美酒斗十千, 咸陽遊俠多少年.
相逢意氣爲君飮, 繫馬高樓垂柳邊.

여기에서 제1구의 '美酒'와 제2구의 '少年'을 제3구의 '意氣'와 유대시키어 美酒와 少年을 자연스럽게 결합시켰다. 그리고 '意氣'어는 제2구의 '遊俠'에서 표출되어 있다. 이리하여 시 전체의 틀이 갖추어지고, 情意가 표달되었다. 그러나 이 틀과 정의를 어떻게 생동케 하느냐 하는 것인데, 이의 생명력은 제4구에 낙점되어 있다. 즉 '繫馬'의 동태에서 소년의 의기투합의 神態를 보게 되는데 '馬'와 제2구의 '遊俠'이 연계되어 소년의 英俊을 제시할 뿐 아니라, 제3구의 의기에 대한 상상적 落實性을 표출하고 있다. 그리고 '高樓垂柳邊'이 繫馬의 장소이며, 高樓는 酒店이므로 제3구의 '爲君飮'의 장소를 밝히고 아울러 실감을 배로 증가시켰다. 또한 '垂柳'의 자태와 '遊俠少年繫馬'의 동태는 상호간에 襯映(츤영) 작용을 하고 있어 의기와 神態가 시 전체를 생동케 하였다. 이런 묘사법은 실감적 기초 위에 상상과 體味 그리고 허실을 유도하여 董其昌이 말한 바 傳神的 작용을 발휘하였다.

그러면 왕유의 시적 選材上의 體會와 觀察이 신위의 다음 非景色 시에 어떻게 표현되어 있는지 살펴본다. 〈病中猥蒙聖上連日下問因賜鹿茸紀恩有詩〉(≪紫霞詩集≫ 권6)(A시), 〈送別趙碧雲得林赴任寧邊〉(상동 권6)(B시), 〈屬秋史〉(상동 권1)(C시) 3수의 시를 예로 든다.

(A)
이 몸 어찌 성은에 보답할 것인가
허튼 나이 육십 넘은 쓸쓸한 재상이네.
산방에 문병하시고 약을 내리시니
푸른 이끼 낀 뜰에서 보랏빛 옷 성상을 맞네.

此生何以答恩榮, 散秩耆年一冷卿.
問疾山房宣藥物, 綠苔庭下紫衣迎.

(B)
주홍빛 먹 쓸 일이 한가할 때 영각이 고요하니
국화 달이니 篆字 모양 꼬불대며 붉은 연기 오르네.
그대 일찍이 신선 풍골 없었다면
어찌 명산이 부중에 있었을까.
朱墨閑時鈴閣靜, 黃精蒸罷篆烟紅.
非君夙有神仙骨, 安得名山在府中.

(C)
태평성대에 큰소리치며 바른 소리 내니
모여서 칭찬하면서 깊은 정 나누네.
내 이젠 영웅을 논평하는 일 권태로우니
청매 술 데우는 일 후생에게 맡기겠네.
昭代春容播正聲, 蒐羅揚抱有深情.
吾今倦矣論英雋, 煮酒青梅屬後生.

　　이상 각 시에서 주맥(詩題와 부합하는)이 되는 시어로, A에서
'恩榮', '卿', '宣藥物', '紫衣'는 聖上의 은택을 상징하고, B에서 '朱墨',
'黃精', '篆烟', '神仙', '名山'은 趙碧雲이 영변으로 가는 시제에 대한
대칭이며, C에서 '正聲', '深情', '英雋', '煮酒青梅'는 秋史 金正喜를
칭하여 상호관계를 의미하니, 이들은 A, B, C시의 골격이 된다. 이
위에 情意가 관찰과 체회에 의해 묘사된 구조를 살펴보면, A는 제
1, 2구에서 감회적 意趣를 보이고, 제3, 4구에서는 실체로서의 '藥
物', '紫衣'와 같은 묘법을 강구하여 시 자체의 특성에 맞게 감흥을
먼저 표현하고서 사실의 입증을 하고 있다. 제1구의 '恩榮'은 藥物로
써 客體化되어 있고, 그 효과는 제2구의 '冷卿'이라는 대상 때문에 더
욱 큰 것으로 묘사되어 있다. 여기에 제4구에서는 '綠'과 '紫'의 색채

조화가 시에 대한 완전한 회화적 體臭의 표현으로, 제1, 2구는 體會, 제3, 4구는 관찰의 選材라 할 수 있다.

다음 B를 보면, 제4구의 '名山'을 落點으로 해서 위의 3구의 閑靜과 경물의 仙界的 성향을 묘사하고 있다. 이것은 경색의 묘사를 통하여 인품을 선양한 내재적인 感染力이 개재되어 있다. 특히 제1구의 '朱墨閑↔鈴閣靜', 제2구의 '黃精蒸↔篆烟紅', 제3구의 '君↔神仙骨', 제4구의 '名山↔府中'의 관계는 동일구 안에 동일한 의미의 選材를 강구한 것으로서, B가 갖는 특수한 묘법이다. 여기서는 제1, 2구가 관찰이요, 제3, 4구는 體會이다.

그리고 C는 묘회가 왕유의 〈少年行〉 제1수와 상통한다. 이 시의 落點은 제4구의 '後生'이다. 제1구의 '正聲'은 제3구의 '英雋'과 일치하며 제2구의 '深情'은 제4구의 '煮酒靑梅'에 통한다. 이것은 秋史의 재능과 상호간의 우의를 표출한 시어인데, 그 시어의 배치가 조화가 있어, 화적 選材의 이치를 터득한 것으로서 정서의 理智化라 하겠다.9) 제1, 3구가 관찰이요, 제2, 4구가 체회의 意表이다.

(4) 詩語의 색채와 體感 의식 — 色·光과 態·聲의 조화

언어는 시가의 기본재료로서 걸출한 시인은 동시에 언어의 거장이기도 하다. 신위 시를 왕유 시를 통해 고찰할 수 있는 회화적 역량은 바로 이 시어의 구사능력에 있다. 이것은 왕유는 물론 신위 시의 가장 강한 개성이기도 하다. 양인을 비교하는데, 왕유를 먼저 논하면서 신위를 附會하는 방법으로 전개하겠다. 殷璠(은번)은 ≪河嶽英靈集≫에서 평하기를,

왕유의 시는 사어가 빼어나고 격조가 우아하며 의취가 청신하고 이치

---

9) 伍蠡甫 ≪談藝錄≫ p.85 :「單是觀察自然, 紀錄觀察的結課, 這還幷非藝術. 對自然的形象能起感情的激動, 從而把這激動提高到情操的完成, 選擇那宜於傳達這情操的形象, 幷連用熟練的技巧來表現這主觀化了的客觀, 於是才有生繪畫藝術的可能.」(臺灣 商務印書館)

가 합당하니, 샘에 진주가 되고 벽에 붙어서 그림이 된다. 한 자 한 구에 그 뜻이 평상의 경지를 벗어나 있다.

維詩詞秀調雅, 意新理愜, 在泉爲珠, 著壁成繪, 一字一句, 旨出常境.

라고 하였는데, 이는 왕유의 시어의 畵的 감각을 평한 것으로, 특히 왕유의 景色詩 부분에서 사물에 대한 의경을 색채감각에 의해 묘회하고, 여기에 聲・光・態의 입체의식을 가미하는 특성을 보여준다. 예를 들어 〈觀獵〉(≪王右丞集箋注≫ 권8) 구를 보면,

바람이 세니 각궁이 우는데
장군은 위성에서 사냥한다.
風勁角弓鳴, 將軍獵渭城.

라고 하여 '勁'과 '鳴'자의 含義를 주시하면, '弓鳴'에서 '風勁'이 나타나고 또 '風勁'이 있으므로 弓力이 나올 것이니, 狩獵의 형세를 체현해 낸 것이다. 더구나 제2구의 '將軍'이란 시어는 진박감을 더하는 수법으로서, 畵意와 시적 功能이 결합하여 聲과 態의 효과를 표출하였다. 그리고 〈輞川別業〉(상동 권10)의 일단을 보자.

빗속에 풀빛이 푸르게 물들어 가고
물위에 복사꽃이 붉게 타오르려 한다.
雨中草色綠堪染, 水上桃花紅欲然.

전구 3자와 후구 3자는 한 시어 속에 色, 態, 光이 융합되어 있다. 즉 '綠', '紅' 두 자는 色이며, '染', '然' 두 자에서 隱現되는 態로서 '雨中', '水上'과 연결되어서 회화적 효과를 보여준다. 이 기법이 신위에게 어떻게 적용되었는지를 〈題淸水芙蓉閣〉(≪紫霞詩集≫ 권1) 제5, 6구를 보기로 한다.

새가 날아가니 한 점 푸른빛 사라지고
물고기 노니 수많은 머리가 금빛으로 입혔구나.
禽飛一點翠光去, 魚戱千頭金色披.

'禽飛'와 '魚戱'는 態, '翠光'과 '金色'은 色과 光을 표현하였다. 〈芙
蓉堂夜宴憶安陵舊遊吟成短律奉贈按使〉(동 권1) 제5, 6구를 보면,

> 휘돌아 흐르는 푸른 물에 연꽃이 열매를 남기고
> 빙 둘린 난간에는 초승달이 걸려 있네.
> 縈回綠水荷留柄, 宛轉朱欄月上弦.

라 하였는데, 위의 구에서는 '綠'과 '朱'의 色, 그리고 '縈回'와 '宛轉'의
굽어 도는 '態'味를 표현하고 있다. 또한 〈春望〉(상동 권3) 시 전체를
본다.

> 발 끌며 지팡이 짚어서 불편한데
> 화창한 봄날이 나를 언덕으로 부르네.
> 언덕 따라서 푸른 백문동은 도탑고
> 흙을 뚫고 나온 붉은 속 작약이 돋아 있네.
> 여기 버들 안개 짙은 곳에 말을 매니
> 뉘 집 살구꽃인지 희고 따뜻하게 누대에 기대 있네.
> 무릇 멀리 바라보며 봄 경치를 애타니
> 천상 어디에 수심을 부칠 수 있을까.
> 曳脚支筇不自由, 陽和召我上高邱.
> 沿坡綠面蘼蕪厚, 冒土紅心芍藥抽.
> 是處柳烟濃駐馬, 誰家杏雪暖憑樓.
> 無端極目傷春色, 天上那能剩寄愁.

여기에서 제3, 4구의 '綠'과 '紅'의 色, 제5, 6구의 '濃駐馬'와 '暖憑樓'
는 각각 光과 態를 나타내고 있다. 다음에 〈客舍葉〉(상동 권4)의 일
단을 보자.

> 쉭쉭 쓸쓸한 바람에 낙엽이 하늘에 날리고
> 기러기 소리 나는 먼 저곳이 새벽 등 앞에 어른대네.
> 淅瀝蕭森葉落天, 雁聲窮處曉燈前.

'淅瀝'과 '雁聲'은 계절적 감흥을 돋우는 '聲'이며, '天'과 '燈'은 간절한 靜態를 묘회한 色과 態의 표현이다. 〈宿金陵懷舊書事〉(상동 권3)의 제3~6구를 본다.

옥 같은 달빛 오늘 밤 가까이하고
비단 같은 강 경치 보며 묵은 해 가도다.
사람 소리 쓸쓸히 붉은 단풍잎 밖에 들리는데
채색 누각 앞에는 피리소리 구슬프다.
似珪月色近今夕, 如練江光逝舊年.
人語蕭蕭紅葉外, 角聲咽咽畵樓前.

제5, 6구의 '人語', '角聲'에서 '語'와 '聲' 두 자가 '人'과 '角' 두 자에 조화되는 聲의 對語이며, 제3, 4구의 '月色'과 '江光'은 光의 기법을 표현하였다. 특히 〈十月十日始雪自題墨竹〉(상동 권5)을 보자.

창문이 밝아 오니 묵은 구름 걷히고
새소리 나니 아침 햇살 빛난다.
窓白 宿雲 去, 禽鳴 朝日 暉.
〔光 色 態 聲 光 態〕

위의 구에서는 표기한 바대로 光, 色, 聲, 態 4개 시어의 회화적 감각이 동시에 묘출되어 있다.

본 시화 版本은 《說郛》本 외에 《藝圃搜奇》本, 《五朝小說》本, 《宋人百家小說》本, 《續百川學海》本, 《錦囊小史》本, 《顧氏文房小說》本, 《學海類編》本, 《赤城遺書叢刊》本이 있으며 본 시화 해제를 위한 자료는 臺灣 廣文書局 印行(1971년) 《古今詩話叢編》本에 의거하였다.

시화별 인용시의 詩題 목록

본서 각 시화 해제에 例詩로 인용된 시와 시구의 詩題를 제시하면
다음과 같다.

〔제1편 唐‧五代 詩話〕

≪評詩格≫ 李嶠
李嶠〈煙〉,〈菊〉,〈奉使築朔方六州城率爾而作〉,〈寶劍篇〉,〈安輯嶺表事
平罷歸〉,〈餞薛大夫護邊〉,〈侍宴長寧公主東莊應制〉

≪古今詩人秀句≫ 元兢
元兢〈蓬州野望〉, 謝朓〈觀朝雨〉,〈詠竹〉

≪詩格≫ 王昌齡
王昌齡〈芙蓉樓送辛漸〉,〈閨怨〉, 曹植〈贈丁儀王粲〉, 應瑒〈侍五官中郞
將建章臺集詩〉, 陶潛〈讀山海經十三首〉(其一), 謝靈運〈石壁精舍還湖
中作〉, 郭璞〈遊仙詩〉(其三,六)

≪樂府古題要解≫ 吳兢
吳兢〈永泰公主挽歌二首〉제1수, 李白〈子夜四時歌〉,〈公無渡河〉

≪詩式≫ 皎然
皎然〈尋陸鴻漸不遇〉,〈晚春尋桃源觀〉, 王梵志〈夫婦生五男〉,〈奉使親監
鑄〉,〈非相非非相〉,〈孔懷須敬重〉,〈父母生兒身〉,〈官職莫貪財〉,〈城外
土饅頭〉,〈好事須相讓〉,〈父母生男女〉,〈孝是前身緣〉,〈敬他還自敬〉,
〈知恩須報國〉,〈道士頭側方〉,〈道人頭兀雷〉,〈梵志死去來〉,〈觀影元非
有〉,〈工匠莫學巧〉,〈第一須敬行〉,〈代天理百姓〉,〈尊人相逐出〉,〈家中
漸漸貧〉,〈天下惡官職〉,〈差著卽須行〉,〈貧窮田舍漢〉

≪二南密旨≫ 賈島
賈島〈尋隱者不遇〉, 詩經〈野有死麕〉(제1,2,3장),〈柏舟〉, 謝靈運〈登池上樓〉,〈古詩十九首〉(其一), 陸機〈齊謳行〉

≪本事詩≫ 孟棨
李嶠〈汾陰行〉,〈送駱奉禮從軍〉,〈侍宴長寧公主東莊應制〉, 蘇味道〈觀燈詩〉, 鮑照〈代白紵舞歌辭〉(제1,2수),〈代白紵曲〉(제1,2수)

≪詩人主客圖≫ 張爲
張爲〈謝別毛仙翁〉,〈漁陽將軍〉, 孟雲卿〈苦雨〉, 韋應物〈秋夜寄邱二十二員外〉, 周朴〈絶〉, 鮑溶〈秋懷〉, 曹唐〈遊仙〉, 許渾〈贈高處士詩〉

≪二十四詩品≫ 司空圖
司空圖〈獨望〉,〈秋思〉, 劉邦〈大風歌〉, 陶潛〈歸園田居〉, 劉禹錫〈烏衣巷〉, 王維〈酬張少傅〉,〈古詩十九首〉(其一), 孟浩然〈宿建德江〉, 杜甫〈遣興〉(其五), 曹操〈步出夏門行〉, 張籍〈喜王起侍郎〉, 李白〈贈僧崖公〉,〈山中與幽人對酌〉,〈春日醉起言志〉,〈秋浦歌〉(제5,9,14,17수), 謝朓〈和王中丞聞琴〉, 李益〈遊子吟〉, 杜甫〈月夜春日憶李白〉, 王維〈山居秋暝〉,〈竹里館〉,〈臨湖亭〉

≪風騷旨格≫ 齊己
齊己〈送僧歸日本〉, 盧綸〈夜中得循州趙司馬侍郎書因寄回使〉,〈李端公〉,〈送韓都護還邊〉,〈送劉判官赴豊州〉,〈送元贊府重任龍門縣〉,〈送寧國夏侯丞〉,〈詠被中繡綱鞵〉,〈冬日登城樓有懷因贈程騰〉,〈晚次新豊北野老家韋事贈韓質明府〉,〈長安春望〉

≪流類手鑑≫ 虛中
虛中〈芳草〉,〈寄華山司空圖〉, 馬戴〈楚江懷古〉, 無可〈秋寄從兄賈島〉

≪雲溪友議≫ 范攄
李咸用〈悼范攄處士詩〉, 陸暢〈雲安公主下降奉詔作催妝詩〉,〈解內人廟〉, 平曾〈繫白馬詩上薛僕射〉, 韋丹〈思歸寄東林澈上人〉,〈答澈公〉, 張祜〈涓川寺路〉,〈峰頂寺〉,〈題徑山大覺禪師影堂〉,〈題丘山寺〉,〈詠春風〉, 雍圖

〈題情盡橋〉,〈詠雙白鷺〉,〈懷無可上人〉, 西施〈西施詩〉, 王軒〈附軒詩〉,
李褒〈宿雲門香閣院〉, 李回〈享太廟樂章〉, 韋皐〈憶玉簫〉

≪炙轂子詩格≫ 王叡
王叡〈松〉,〈秋〉, 李白〈送羽林陶將軍〉, 王維〈田園樂〉(제1,3,7수), 韋
應物〈寄全椒山中道士〉, 陸機〈演連珠五十首〉(其一)

≪雅道機要≫ 徐寅
徐寅〈白鴿〉,〈退居〉, 孟郊〈烈女操〉, 羅隱〈偶興〉

≪詩中旨格≫ 王玄
王玄〈登祝融峰〉,〈聽琴〉, 孟浩然〈望洞庭湖贈張丞相〉, 李洞〈過野叟居〉

≪詩要格律≫ 王夢簡
祖詠〈泊揚子津〉,〈終南望餘雪〉, 康道 詩句, 李洞〈送雲卿上人游安南〉

≪風騷要式≫ 徐衍
薛濤〈牡丹〉, 鄭谷〈舟次通泉精舍〉,〈送進士盧棨東歸〉, 周朴〈秋深〉, 賈
島〈謝令狐綯相公賜衣九事〉

≪文彧詩格≫ 文彧
文彧〈贈陳文亮〉, 周朴〈董嶺水〉, 齊己〈湘江漁夫〉, 鄭谷〈題雁〉, 歐陽
詹〈山中老僧〉

≪詩評≫ 景淳
王維〈送邢桂州〉

〔제2편 北宋 詩話〕

≪茅亭客話≫ 黃休復
張詠〈悼蜀詩〉, 唐求〈巫山下作〉,〈曉發〉

≪六一詩話≫ 歐陽修
歐陽修〈晚泊岳陽〉,〈秋懷〉, 孟郊〈古別離〉,〈尋隱者不遇〉, 嚴維〈酬劉員

外見寄〉

≪溫公續詩話≫ 司馬光
司馬光〈和邵堯夫安樂窩中職事吟〉, 杜甫〈春望〉, 韓琦〈北塘避暑〉

≪玉壺詩話≫ 文瑩
王禹偁〈村行〉

≪中山詩話≫ 劉攽
劉攽〈城南行〉, 韓愈〈詠雪贈張籍〉, 張籍〈謝裴司空馬〉, 嚴維〈酬劉員外
見寄〉, 孟郊〈贈別崔純亮〉

≪東坡詩話≫ 蘇軾
蘇軾〈送春〉, 林逋〈山園小梅〉, 皮日休〈華陽潤卿博士十三首〉(其一),
〈奉酬崔璐進士見寄次韻〉,〈寄毘陵魏處士朴〉,〈奉送浙東德師侍御羅府
西歸〉,〈白太傅〉,〈農夫謠〉,〈三羞詩〉(제3수),〈橡媼歎〉,〈明月灣〉,〈種
魚〉,〈茶籯〉, 張賁〈悼鶴和襲美〉, 崔璐〈覽皮先輩盛製因作十韻以寄用
伸欽仰〉, 魏朴〈和皮日休悼鶴〉, 羊昭業〈皮襲美見留小讌次韻〉, 李毅
〈浙東羅府西歸酬別〉

≪唐語林≫ 王讜
王維〈送元二使安西〉

≪詩病五事≫ 蘇轍
韓愈〈元聖德詩〉

≪臨漢隱居詩話≫ 魏泰
魏泰〈荊門別張天覺〉, 白居易〈久不見韓侍郎戲題因四韻以寄之〉, 蘇舜
欽〈城南感懷呈永叔〉

≪黃山谷詩話≫ 黃庭堅
黃庭堅〈題竹石牧牛〉, 楊萬里〈讀唐人及半山詩〉, 王安石〈商鞅〉

≪侯鯖詩話≫ 趙令畤

白居易〈江樓夕望招客〉, 沈傳師〈潭州酬唐侍御姚員外遊道林岳麓寺題示〉

≪後山詩話≫ 陳師道
陳師道〈登快哉亭〉, 鮑照〈採桑〉,〈代白紵舞歌辭〉(제1수), 白居易〈宴散〉

≪春渚紀聞≫ 何薳
蘇軾〈雪浪石〉, 秦觀〈遊鑑湖〉

≪陳輔之詩話≫ 陳輔
王建〈宮詞〉(其1,66,75), 朴珪壽〈鳳韶餘響〉(其1,2)

≪潛溪詩眼≫ 范溫
杜甫〈古柏行〉, 李白〈古風〉

≪蔡寬夫詩話≫ 蔡居厚
李白〈永王東巡歌〉(제2,11수), 韓愈〈和裴晋公〉, 蘇渙〈變律〉, 陳子昂〈感遇詩〉(제11수)

≪潘子眞詩話≫ 潘淳
元稹〈連昌宮詞〉, 韓偓〈偶題〉

≪湘素雜記≫ 黃朝英
李商隱〈錦瑟〉, 蘇軾〈陳季常所畜朱陳東嫁娶圖二首〉(其1)

≪洪駒父詩話≫ 洪芻
洪芻〈擬峴臺〉, 柳宗元〈江雪〉, 鄭谷〈雪中偶題〉,〈淮上與友人別〉, 常建〈題破山寺後禪院〉

≪優古堂詩話≫ 吳幵
竇鞏〈南游感興〉, 杜牧〈冬至日寄小姪阿宜詩〉,〈感懷詩〉,〈早雁〉,〈河湟〉,〈皇風〉,〈華清宮三十韻〉,〈過華清〉(其1,2,3),〈赤壁〉, 許渾〈送同年崔先輩〉,〈天竺寺題葛洪井〉

≪王直方詩話≫ 王直方

張繼〈楓橋夜泊〉, 孟郊〈苦寒吟〉, 白居易〈王昭君〉, 秦觀〈晚出右掖門〉

≪西淸詩話≫ 蔡條

孟浩然〈望洞庭湖贈張丞相〉, 王維〈孟城坳〉, 〈渭川田家〉, 〈使至塞上〉, 〈送別〉, 〈少年行〉, 〈觀獵〉, 〈輞川別業〉, 陶潛〈問來使〉, 杜甫〈登岳陽樓〉, 李白〈潯陽紫極宮感秋〉, 劉禹錫〈烏衣巷〉

≪冷齋夜話≫ 釋惠洪

惠洪〈崇勝寺後〉, 杜甫〈漫興〉, 〈羌村〉, 柳宗元〈漁翁〉, 王安石〈南浦〉, 〈鍾山官牀與客夜坐〉, 蘇軾〈縱筆〉, 黃庭堅〈達觀臺〉

≪漫叟詩話≫ 作者 未詳

杜甫〈曲江對酒〉, 〈絶句四首〉(其3), 〈百憂集行〉

≪古今詩話≫ 李頎

杜甫〈戲作花卿歌〉, 〈秋興八首〉(其8), 鄭谷〈海棠〉, 王之渙〈登鸛雀樓〉

≪許彦周詩話≫ 許顗

顔延之〈北使洛〉, 謝靈運〈遊南亭〉, 梁武帝〈白紵辭〉, 江淹〈秋思〉, 杜甫〈麗人行〉

≪石林詩話≫ 葉夢得

葉夢得〈赴建康過京口呈劉季高〉, 王徽〈記夢〉, 韓緫如〈別葉館伴〉, 朴寅亮 七言 4句, 李資諒〈睿謨殿賜宴恭和御製〉, 朴景綽 七言 2句, 魏繼延 七言 2句, 杜甫〈上兜率寺〉, 〈病橘〉, 〈北征〉, 王維〈積雨輞川莊作〉, 〈竹里館〉, 張繼〈楓橋夜泊〉, 戴叔倫〈江上別張勸〉, 〈過陳州〉, 〈過神州〉, 〈送謝夷甫宰鄮縣〉, 〈湘中懷古〉, 〈送道虔上人遊方〉, 〈郊園卽事寄蕭侍郎〉, 〈暮春遊長沙東湖贈辛克州巢父〉, 〈送李審之桂州謁中丞叔〉

≪竹坡詩話≫ 周紫芝

周紫芝〈婆餠焦〉, 〈布谷〉, 韓愈〈調張籍〉

≪紫微詩話≫ 呂本中

呂本中〈夢〉, 謝逸〈寄隱居士〉, 饒節〈晚起〉, 晁沖之〈夷門行贈秦夷仲〉,

晁補之〈漁家傲〉, 張耒〈春日卽事〉,〈北隣賣餠兒, 每五鼓未日, 卽繞街呼賣, 雖大寒烈風不廢, 而時略不少差, 因爲作詩, 且有所警, 示秸秸〉

≪藝苑雌黃≫ 嚴有翼
杜甫〈春日憶李白〉〈飮中八仙歌〉, 李白〈戲贈杜甫〉,〈魯郡東石門送杜二甫〉,〈沙丘城下寄杜甫〉

≪唐子西文錄≫ 唐庚 口述, 强行父 記錄
唐庚〈春日郊外〉,〈白鷺〉, 謝靈運〈遊南亭〉, 謝脁〈玉階怨〉

≪珊瑚鉤詩話≫ 張表臣
陶潛〈癸卯歲始春懷古田舍〉, 李賀〈秋來〉

≪藏海詩話≫ 吳可
吳可〈學詩詩〉3수, 龔相〈學詩詩〉, 趙蕃〈學詩詩〉, 都穆〈學詩詩〉, 杜甫〈百憂集行〉,〈短歌行贈王郞司直〉,〈送孔巢父謝病歸遊江東兼呈李白〉,〈初月〉,〈空囊〉,〈瀼西寒望〉,〈野望〉,〈江漢〉,〈遣意〉,〈寒食〉,〈嚴鄭公宅同詠竹〉,〈悲陳陶〉,〈哀江頭〉,〈寄柏學士林居〉,〈詠懷古跡〉,〈諸將〉(其5),〈夜〉,〈無家別〉,〈義鶻行〉,〈望嶽〉, 常建〈題破山寺後禪院〉, 張祜〈櫻桃〉,〈鸚鵡〉,〈汴下懷古〉,〈秋夜有懷〉

〔제3편 南宋 詩話〕

≪唐詩紀事≫ 計有功
李嶠〈汾陰行〉,〈雪〉,〈菊〉, 陳子昂〈感遇詩〉(其3,15), 蕭穎士〈江有楓〉(제1,2,3장),〈菊榮〉(제1,2장),〈江有歸舟〉(제1,2,3장), 戎昱〈贈岑郞中〉,〈苦哉行〉(제3,4수), 錢起〈省試湘靈鼓瑟〉,〈送李明府去官〉,〈長安客舍贈李行父明府〉,〈奉送劉相公江淮轉運〉,〈送馬使君赴鄭州〉, 金地藏〈送童子下山詩〉, 金眞德〈太平詩〉, 高瑾〈三月三日宴王明府山亭〉,〈晦日宴高氏林亭〉,〈晦日重宴〉,〈上元夜效小庾體〉, 高嶠〈晦日宴高氏林亭〉,〈晦日重宴〉, 封敖〈春色滿皇州〉,〈題西隱寺〉, 高璩〈和薛逢贈別〉, 封彦卿〈和李尙書命妓錢崔侍御〉

≪觀林詩話≫ 吳聿
李白〈古風〉(其3,4,33),〈經溪南藍山下有落星潭可以卜築余泊舟石上何判官昌浩〉,〈流夜郎永華寺寄潯陽群官〉,〈秋浦歌〉,〈橫江詞〉(其1,5),〈惜餘春風〉,〈行路難〉(其1),〈宣州謝朓樓餞別〉,〈扶風豪士歌〉,〈日出行〉,〈宣城見杜鵑花〉,〈古朗月行〉,〈詠槿〉,〈南軒松〉, 李賀〈秋來〉,薛能〈游嘉州後溪〉,〈春日使府詠懷〉,〈柘枝詞〉(其1),〈雕堂〉,〈早春書事〉,〈籌筆驛〉, 鄭谷〈讀故許昌薛尚書詩集〉

≪碧溪詩話≫ 黃徹
劉邦〈大風歌〉, 荊軻〈易水歌〉, 杜甫〈北征〉,〈戲贈友二詩〉,〈兵車行〉,〈題張氏隱居二首〉(제2수)

≪環溪詩話≫ 吳沆
杜甫〈登高〉,〈九日藍田崔氏莊〉, 韓愈〈調張籍〉, 柳宗元〈漁翁〉

≪歲寒堂詩話≫ 張戒
張戒〈羅湖野錄〉

≪艇齋詩話≫ 曾季貍
朱熹〈寄曾艇齋詩〉, 曾季貍〈宿正覺寺〉, 嚴維〈酬王侍御西陵渡見寄〉,杜甫〈登岳陽樓〉,〈獨酌〉, 孟浩然〈望洞庭湖贈張丞相〉, 李白〈遠別離〉,盧綸〈送顏推官游銀夏謁韓大夫〉,〈逢病軍人〉,〈華清宮〉(제1,2수),〈村南逢病叟〉,〈晚次鄂州〉

≪苕溪漁隱叢話≫ 胡仔
胡仔〈題苕溪漁隱圖〉, 李白〈金陵酒肆留別〉, 王維〈贈裴十廸〉,〈黎拾遺昕裴廸見過秋夜對雨之作〉,〈登裴廸秀才小臺作〉,〈菩提寺禁裴廸來相看說逆賊等凝碧池上作音樂供奉人等舉聲時便一時淚下私成口號誦示裴廸〉,〈椒園〉, 裴廸〈輞川遇雨憶終南山因獻王維〉, 杜甫〈漫興絶句〉(제1,5수)

≪捫虱新話≫ 陳善
韓愈〈調張籍〉, 盧仝〈有所思〉, 馬異〈貞元旱歲〉,〈送皇甫湜赴擧〉

≪高齋詩話≫　曾慥

曾慥〈白帝城〉, 杜牧〈河湟〉, 杜甫〈絶句四首〉(제3수)

≪韻語陽秋≫　葛立方

葛立方〈避地賞春〉, 陶潛〈歸園田居〉(其1), 〈形影神〉(神釋), 謝朓〈玉
階怨〉, 〈王孫遊〉, 陳子昂〈感遇詩〉(제2,3,7,15,29,37수), 王維〈送孟
六歸襄陽〉, 〈哭孟浩然〉, 李嘉祐〈題靈臺縣東山村主人〉, 〈送從弟歸河
朔〉, 〈留別毗陵諸公〉, 張祜〈何滿子〉, 〈和杜牧之齊山登高〉, 杜牧〈贈張
祜〉

≪庚溪詩話≫　陳巖肖

陳巖肖〈洗竹〉, 王梵志〈奉使親監鑄〉, 〈你若是好我〉, 〈兄弟須和順〉, 〈觀
內有婦人〉, 〈第一須景行〉, 〈家中漸漸貧〉, 王維〈漢江臨泛〉, 〈竹里館〉,
〈自大散以往深林蹬道盤曲四十五里至黃牛嶺見黃花〉, 〈胡居士臥病遺米
因贈〉, 〈謁璿上人〉, 張繼〈楓橋夜泊〉

≪能改齋漫錄≫　吳曾

吳曾〈羅山〉, 李白〈估客行〉, 〈答湖州迦葉司馬問白是何人〉, 韓愈〈聽穎
師彈琴〉, 李賀〈聽穎師彈琴〉, 〈秋來〉, 張籍〈沒番故人〉, 〈送金少卿副使
歸新羅〉, 〈送新羅使〉

≪容齋隨筆≫　洪邁

洪邁〈秋日漫興〉, 溫庭筠〈商山早行〉, 張祜〈鸚鵡〉, 杜甫〈戲爲六絶句〉,
盧綸〈華淸宮〉(제2수), 〈酬李益端公夜宴見贈〉, 李益〈回軍行〉, 〈赴邠寧
留別〉, 〈贈內兄盧綸〉, 〈夜宴觀石將軍舞〉, 〈夜發軍中〉, 〈觀騎射〉, 〈從軍
北征〉, 元稹〈行宮〉

≪老學庵詩話≫　陸游

陸游〈老馬行〉, 〈感憤〉, 〈落梅〉, 劉長卿〈餞別王十一南遊〉, 〈尋南溪常山
道人隱居〉, 王禹偁〈春居雜興〉, 杜甫〈梅雨詩〉, 岑參〈宿鐵關西館〉, 白
居易〈六月三日夜聞蟬〉, 李商隱〈無題詩〉

≪二老堂詩話≫　周必大

周必大〈行舟憶永和兄弟〉, 劉禹錫〈淮陰行〉, 薛能〈贈出塞客〉, 〈籌筆驛〉, 〈題逃戶〉, 〈自諷〉, 〈銅雀臺〉, 〈杏花〉, 〈新柳〉, 〈贈隱者〉, 白居易〈東坡種花〉

≪誠齋詩話≫ 楊萬里
楊萬里〈讀唐人及半山詩〉, 〈感秋〉, 〈檜林曉步〉, 〈次日醉歸〉, 陶潛〈九日閑居〉, 杜甫〈九日五首〉(其1), 〈九日藍田崔氏莊〉

≪全唐詩話≫ 尤袤
尤袤〈題米元暉瀟湘圖二首〉, 唐高宗〈謁大慈恩寺〉, 金眞德〈太平詩〉, 王維〈黎拾遺昕裵廸見過秋夜對雨之作〉, 〈登裵廸秀才小臺作〉, 〈菩提寺禁裵廸來相看說逆賊等凝碧池上作音樂供奉人等擧聲時便一時淚下私成口號誦示裵廸〉, 〈椒園〉, 裵廸〈椒園〉, 〈輞川遇雨憶終南山因獻王維〉, 〈送孟六歸襄陽〉, 〈哭孟浩然〉, 〈哭殷遙〉, 〈謁璿上人〉, 〈登辨覺寺〉, 〈與蘇盧二員外期遊方丈寺而蘇不至, 因有是作詩〉, 韓翃〈寒食〉, 〈經月巖山〉(제1,2,3단), 〈褚主簿宅會畢庶子錢員外郎使君〉, 錢起〈同王銷起居程浩郎中韓翃舍人題安國寺用上人院〉, 高騈〈遣興〉, 〈寫懷〉(제1,2수), 〈寄鄂杜李遂良處士〉, 〈對花呈幕中〉, 〈過天威徑〉, 〈錦城寫望〉, 〈塞上曲〉, 〈邊方春興〉, 〈對雪〉, 〈風箏〉, 金地藏〈送童子下山〉, 貫休〈送人歸新羅〉, 〈送新羅人及第歸〉, 〈送新羅僧歸本國〉, 〈送新羅衲僧〉, 齊己〈送僧歸日本〉, 無可〈送朴山人歸日本〉, 法照〈送無著歸新羅〉

≪淸邃閣論詩≫ 朱熹
朱熹〈杜門〉, 〈曾點〉, 李白〈詠荊軻〉, 〈月下獨酌〉, 陳與義〈和張矩臣水墨梅〉(제1,3수), 〈風雨〉, 〈雨〉, 〈感事〉, 〈登岳陽樓〉, 〈春寒〉, 〈夜雨〉, 〈雨〉(앞의 同題와 相異), 〈牡丹〉, 〈寄德升大光〉, 〈淸明〉

≪白石道人詩說≫ 姜夔
姜夔〈除夜自石湖歸苕溪〉, 〈過湘陰寄于巖〉, 〈淡黃柳〉, 〈揚州慢〉, 陶潛〈歸園田居〉, 〈形影神〉

≪草堂詩話≫ 蔡夢弼

杜甫〈哭台州鄭司戶蘇少監〉, 韓愈〈調張籍〉

≪後村詩話≫ 劉克莊
劉克莊〈題忠勇廟〉,〈木蘭花〉,〈落梅〉, 曹操〈短歌行〉, 陶潛〈停雲〉,〈孔
雀東南飛〉,〈木蘭詞〉, 崔護〈黃鶴樓〉, 李白〈戲贈詩〉,〈拜禹歌〉, 韓愈〈陸
渾山火和皇甫湜用其韻〉,〈寄皇甫湜〉,〈讀皇甫湜公安園池詩書其後〉,
皇甫湜〈題浯溪石〉,〈石佛谷〉,〈出世篇〉, 溫庭筠〈商山早行〉, 陳與義〈風
雨〉,〈雨〉,〈感事〉,〈登岳陽樓〉

≪江西詩派小序≫ 劉克莊
韓駒〈題楊妃上馬圖〉, 徐俯〈春日游湖上〉, 潘大臨〈江間作〉, 洪朋〈獨步
懷元中〉, 洪炎〈山中聞杜鵑〉, 夏倪〈跋聚蟻圖〉, 謝逸〈寄隱居士〉, 謝薖
〈夏日游南湖〉, 林敏功〈子瞻畫扇〉, 晁沖之〈春日〉, 汪革〈和呂居仁春
日〉, 李彭〈春日懷秦髯〉, 如璧〈偶成〉, 祖可〈絕句〉, 善權〈送墨梅與王
性之〉, 王維〈謁璿上人〉, 高荷〈蠟梅〉, 江端友〈牛酥行〉, 李錞〈題宗室
公震〉(春景, 夏景)

≪娛書堂詩話≫ 趙與虤
羅隱〈繡〉,〈白角篦〉,〈詠香〉,〈蜂〉, 吳沆〈春遊吟〉,〈首夏〉

≪滄浪詩話≫ 嚴羽
嚴羽〈和上官偉長蕪城晚眺〉, 王維〈終南別業〉,〈過香積寺〉

≪對床夜語≫ 范晞文
詩經〈羔羊〉, 蔡琰〈悲憤詩〉,〈胡笳十八拍〉(제1, 12박), 王維〈齊上四賢
詠〉(鄭霍二山人),〈送邱爲往唐州〉,〈留別邱爲〉,〈送孟六歸襄陽〉,〈哭孟
浩然〉, 李商隱〈柳枝五首〉,〈樂遊原〉

≪深雪偶談≫ 方岳
方岳〈感舊〉, 陶潛〈飲酒詩〉(제11수), 范成大〈田園四時雜興六十首〉,〈春
日田園雜興〉(제2수),〈夏日田園雜興〉(제7수),〈秋日田園雜興〉(제9
수),〈冬日田園雜興〉(제11수), 王維〈孟城坳〉,〈渭川田家〉,〈使至塞上〉,
〈送別〉,〈少年行〉,〈觀獵〉, 申緯〈奉睿旨選全唐近體訖恭題後應命作〉,〈西

京次鄭知常韻〉,〈達雲古城〉,〈追私彝齋在兆藩時題黃山所寄疎松短壑圖
韻〉,〈春望〉,〈春盡日對雨〉,〈極樂殿〉,〈仙人國〉,〈眞樂公重修文殊院
碑〉,〈九松亭瀑布〉,〈影池〉,〈西川〉,〈千年古杉〉,〈山頂花〉,〈淸平洞口〉,
〈瑞香院〉,〈降仙閣〉,〈松坡畫像〉,〈古骨〉,〈仙洞〉,〈懶翁鐵柱杖〉,〈抄秋水
城江泛舟〉,〈潘家莊〉,〈霖雨新晴岱瑞相過園亭〉,〈病中猥蒙聖上連日下
問因賜鹿茸紀恩有詩〉,〈送別趙碧雲得林赴任寧邊〉,〈屬秋史〉,〈題淸水
芙蓉閣〉,〈客舍葉〉,〈芙蓉堂夜宴憶安陵舊遊吟成短律奉贈按使〉,〈宿金
陵懷舊書事〉,〈十月十日始雪自題墨竹〉

주요 참고문헌 목록

본서에 選輯된 唐代 이전 4종 시화와 唐・五代와 北宋, 南宋 시화
80종의 판본 목록은 각각 해제 내용의 판본 부분에서 기술하였기에
본 목록에서 제외하고, 본서 작성 과정에서 비교적 중요하게 참고한
각 부문 도서를 골라서 다음과 같이 열거한다.

Ⅰ. 詩話類

曹丕《典論論文》蕭統《文選》內 中華書局 1977

張少康《文賦集釋》上海古籍出版社 1984

劉勰《文心雕龍》文淵閣四庫全書

蕭統《文選》中華書局 1977

曹旭 集注《詩品集注》上海古籍出版社 1994

何文煥 訂《歷代詩話》臺灣 藝文印書館 1971

김규선 역《歷代詩話》소명출판사 2013

丁福保 編訂《續歷代詩話》臺灣 藝文印書館 1974

《古今詩話叢編》臺灣 廣文書局 1980

《古今詩話續編》臺灣 廣文書局 1980

王仲鏞《唐詩紀事校箋》巴蜀書社 1989

陳伯海 主編《唐詩彙評》浙江敎育出版社 1995

厲鶚 輯撰《宋詩紀事》上海古籍出版社 1983

郭紹虞《宋詩話輯佚》中華書局 1980

吳文治 主編《宋詩話全編》江蘇古籍出版社 1998

張伯偉《稀見本宋人詩話四種》江蘇古籍出版社 2002

丁福保 輯《淸詩話》上海古籍出版社 1978

郭紹虞 編選《淸詩話續編》上海古籍出版社 1983

蘇軾《東坡志林》 《文淵閣四庫全書》本

何汶《竹莊詩話》 中華書局 1984

蔡正孫《詩林廣記》 《古今詩話續編》內

魏慶之《詩人玉屑》 上海古籍出版社 1982

沈括《夢溪筆談》 岳麓書社 2002

王應麟《困學紀聞》 遼寧教育出版社 1998

費袞《梁谿漫志》 上海書店 1990

羅大經《鶴林玉露》 中華書局 1983

王應麟《詩考》 《叢書集成》初編本

傅璇琮 主編《唐才子傳校箋》 中華書局 1987

胡鑑《滄浪詩話注》 臺灣 廣文書局 1978

郭紹虞 校釋《滄浪詩話校釋》 臺灣 正生書局 1973

王若虛《滹南詩話》 《續歷代詩話》內 臺灣 藝文印書館 1975

楊載《詩法家數》 《歷代詩話》內 臺灣 藝文印書館 1971

吳師道《吳禮部詩話》 《續歷代詩話》內 臺灣 藝文印書館 1975

唐汝詢《唐詩解》 河北大學出版社 2001

李東陽《懷麓堂詩話》 《續歷代詩話》內 臺灣 藝文印書館 1975

李東陽 著 李慶立 校釋《懷麓堂詩話校釋》 人民文學出版社 2009

李東陽 撰, 柳晟俊 譯解《懷麓堂詩話》 푸른사상 2012

都穆《南濠詩話》 《續歷代詩話》內 臺灣 藝文印書館 1975

楊愼《升庵詩話》 《續歷代詩話》內 臺灣 藝文印書館 1975

胡應麟《詩藪》 上海古籍出版社 1979

朱朝瑛《讀詩略記》 《文淵閣四庫全書》本

胡震亨《唐音癸籤》 上同 1981

許學夷《詩源辯體》 上同 1998

胡應麟《少室山房筆叢》 上海書店 2001

王士禎《古夫于亭雜錄》 中華書局 1988

王士禎《池北偶談》 中華書局 1982

顧炎武《日知錄》 甘肅民族出版社 1979

何焯《義門讀書記》 中華書局 1987

紀昀《閱微草堂筆記》上海古籍出版社 2005

王灼《碧溪漫志》臺灣 廣文書局 1973

馮班《鈍吟雜錄》《清詩話》內 上海古籍出版社 1978

徐增《而庵詩話》上同

張泰來《江西詩社宗派圖錄》上同

趙執信《談龍錄》上同

李重華《貞一齋詩說》上同

袁枚《續詩品》上同

施補華《峴傭說詩》上同

汪師韓《詩學纂聞》上同

顧嗣立《寒廳詩話》上同

賀裳《載酒園詩話》《清詩話續編》內 上海古籍出版社 1983

吳喬《圍爐詩話》上同

沈德潛《說詩晬語》上同

袁枚《隨園詩話》上同

趙翼《甌北詩話》上同

翁方綱《石洲詩話》上同

冒榮春《葚原詩說》上同

喬億《劍溪說詩》上同

朱庭珍《筱園詩話》上同

劉熙載《詩概》上同

郭紹虞 主編《中國歷代文論選》中華書局 1963

張伯偉《全唐五代詩格校考》陝西人民教育出版社 1996

洪萬宗《詩話叢林》亞細亞文化社 1973

李晬光《芝峰類說》《韓國詩話叢編》第2冊 東西文化院 1989

南晚星 譯《芝峰類說》乙酉文化社 1976

Ⅱ. 經子史書 및 詩文集類

朱熹《詩集傳》中華書局 1992

朱熹《論語集注》齊魯書社 1992

阮元 校勘《十三經注疏》 臺灣 宏業書局 清嘉慶二十年重刊宋本

《十三經索引》 臺灣 開明書店 1974

王弼 注《老子道德眞經注》 上海古籍出版社 1986

郭象 注《莊子》 上海古籍出版社 1980

陳鼓應 注譯《莊子今注今譯》 中華書局 1985

安東林 譯註《莊子》 현암사 2010

高誘 注《淮南子》 上海古籍出版社 1991

朱熹《楚辭集注》 上海古籍出版社 1979

洪興祖《楚辭補注》 中華書局 1983

班固《漢書》 中華書局 1987

沈約《宋書》 中華書局 1974

歐陽修, 宋祁《新唐書》 中華書局 1975

脫脫《宋史》 中華書局 1985

金富軾《三國史記》 景仁文化社 1969

龔斌《陶淵明集校箋》 上海古籍出版社 1996

蕭統《文選》 臺灣 藝文印書館 宋淳熙本重雕鄱陽胡氏藏版

丁福保 編 全漢三國晋南北朝詩 臺灣 世界書局 1975

《全唐詩》 中華書局 1992

陳尙君 編《全唐詩補編》 中華書局 1992

楊家駱《新校陳子昂集》 臺灣 世界書局 1980

張錫厚《王梵志詩集校釋》 中華書局 1983

項楚《王梵志詩集校注》 上海古籍出版社 1992

趙殿成《王右丞集箋注》 臺灣 世界書局 1966

趙殿成《王右丞集箋注》 上海古籍出版社 1982

王琦《李太白集輯註》 北京 中國書店 1996

裵斐 等 編《李白資料彙編》 中華書局 1991

黃鶴《補注杜詩》 《文淵閣四庫全書》本

元竑《杜詩攟》 《文淵閣四庫全書》本

王嗣奭《杜臆》 上海古籍出版社 1983

仇兆鰲《杜詩詳注》 中華書局 1992

浦起龍《讀杜心解》 中華書局 1978

韓愈《韓愈集》 岳麓書社 2000

柳宗元《柳河東全集》 中國書店 1991

劉禹錫《劉禹錫集》 中華書局, 1990

齊文榜《賈島集注》 人文文學出版社 2001

王友勝 等校注《李賀集》 岳麓書社 2002

盧綸《唐盧戶部詩集》 明代 蔣孝 刻本《中唐十二家詩集》

盧綸《盧綸集》明銅活字印本《唐人詩集》 上海古籍出版社 1981

白居易《白氏長慶集》 文學古籍刊行社 1955

華忱之 校訂《孟東野詩集》 人民出版社 1984

杜牧《樊川文集》 上海古籍出版社 1965

段成式《酉陽雜俎》 中華書局 1981

劉學鍇 余恕誠 《李商隱詩歌集解》 中華書局 1988

齊己《白蓮集》 《四部叢刊初編》本

傅璇琮 等 主編《全宋詩》 北京大學出版社 1991

唐圭璋編《全宋詞》 中華書局 1965

王禹偁《小畜集》 臺灣 商務印書館 1968

蘇舜欽《蘇舜欽集》 中華書局 1961

梅堯臣《宛陵集》 《四部叢刊初編》本

歐陽修《歐陽文忠公文集》 上同

王安石《臨川先生文集》 上同

蘇軾《蘇東坡全集》 燕山出版社 1998

蘇轍《欒城集》 上海古籍出版社 1987

黃庭堅《豫章黃先生文集》 四部叢刊初編本

陳師道 撰 任淵 注《後山詩注》 《叢書集成初編》本

黎靖德 編《朱子語類》 《文淵閣四庫全書》本

呂本中《東萊先生詩集》 《四部叢刊初編》本

楊萬里《誠齋集》 四部叢刊初編本

陸游《劍南詩稿》 上海古籍出版社 1985

周汝昌《范石湖集》 上海古籍出版社 1981

嚴羽≪滄浪集≫ ≪文淵閣四庫全書≫本

劉克莊≪後村先生大全集≫ ≪四部叢刊初編≫本

高步瀛≪唐宋詩擧要≫ 臺灣藝文印書館 1970

張耒≪張耒集≫ 中華書局 1990

霍松林 等編≪宋詩大觀≫ 商務印書館 香港分館 1988

邱少華 選注≪江西詩派選集≫ 北京師範學院出版社 1993

邱燮友 註譯≪新譯唐詩三百首≫ 臺灣 三民書局 1973

汪中 註譯≪新譯宋詞三百首≫ 臺灣 三民書局 1977

徐居正≪東文選≫ 學習院東洋文化研究所 昭和45年

朴珪壽≪瓛齋集≫ 成均館大 大東文化研究院 2016

李穡≪牧隱文藁≫ 韓國歷代文集叢書

申緯≪申緯全集≫ 太學社 1983

李德懋≪青莊館全書≫ 成均館大 大東文化研究院 1973

Ⅲ. 詩文理論類

晁公武≪衢本郡齋讀書志≫ 江蘇古籍出版社 1988

陳振孫≪直齋書錄解題≫ 上海古籍出版社 1987

永瑢等≪四庫全書總目提要≫ 河北人民出版社 2000

張彦遠≪歷代名畫記≫ 上海人民美術出版社 1964

釋惠洪≪禪林僧寶傳≫ 文淵閣四庫全書本

錢鍾書≪談藝錄≫ 中華書局 1984

錢鍾書≪管錐編≫ 中華書局 1979

朱自清≪詩言志辨≫ 華東師範大學出版社 1996

郭紹虞≪宋詩話考≫ 中華書局 1985

朱光潛≪詩論≫ 上海古籍出版社 2005

郭紹虞≪中國文學批評史≫ 上海古籍出版社 1979

羅根澤≪中國文學批評史≫ 上海古籍出版社 1984

成復旺等≪中國文學理論史≫ 北京出版社 1987

李日剛≪中國詩歌流變史≫ 臺灣文津出版社 1987

松浦友久≪中國詩歌原論≫ 大修館書店 1986

傅璇琮 等編《中國詩學大辭典》 浙江教育出版社 1999

張忠綱 主編《全唐詩大辭典》 語文出版社 2000

周勳初 主編《唐人軼事彙編》 上海古籍出版社 1995

李珍華 傅璇琮《河嶽英靈集研究・河嶽英靈集校點》 中華書局 1992

王運熙《魏晉南北朝文學批評史》 上海古籍出版社 1989

駱祥發《初唐四傑研究》 東方出版社 1993

許總《唐詩史》 江蘇教育出版社 1995

宋龍準 吳台錫 李治洙《宋詩史》 亦樂出版社 2004

杜松柏《禪學與唐宋詩學》 臺灣 黎明出版社 1978

船津富彦《唐宋文學論》 汲古書院 昭和61

朱光潛《詩論》 上海古籍出版社 2005

黃永武《中國詩學》 臺灣 巨流圖書公司 1977

蔣祖怡《中國詩話辭典》 北京出版社 1996

陳伯海《唐詩彙評》 浙江教育出版社 1995

傅璇琮《唐代詩人叢考》 中華書局 1979

劉德重《詩話概說》 安徽教育出版社 2009

蔣寅《大歷詩人研究》 中華書局 1995

朱光潛《詩與畫的界限》 臺灣元山書局 1985

許清雲《皎然詩式研究》 臺灣 文史哲出版社 1988

祖保泉《司空圖詩文研究》 安徽教育出版社 1998

蔡鎮楚《中國詩話史》 湖南文藝出版社 1988

蔡鎮楚《比較詩話學》 北京圖書出版社 2006

劉德重 張寅彭《詩話概說》 安徽教育出版社 2009

陶文鵬《蘇軾詩詞藝術論》 上海古籍出版社 2001

周裕鍇《宋代詩學通論》 巴蜀書社 1997

張宏生《江湖詩派研究》 中華書局 1995

張海鷗《北宋詩學》 河南大學出版社 2007

胡明《南宋詩人論》 臺灣 學生書局 1990

盧家明《歐陽修傳》 吉林文史出版社 1998

周勛初《高適和岑參》 上海古籍出版社 1995

詹鍈≪李白詩論叢≫ 人民文學出版社 1984

廖立≪岑參評傳≫ 人民文學出版社 1990

劉學錯≪李商隱詩歌研究≫ 安徽大學出版社 1998

周祖譔 主編≪中國文學家大辭典≫ 唐五代卷 中華書局 1992

蔣祖怡 主編≪中國詩話辭典≫ 北京出版社 1996

錢志熙≪黃庭堅詩學體系研究≫ 北京大學出版社 2003

David Hawkes≪A little Primer of Tufu≫ Oxford 1967

車柱環≪中國詩論≫ 서울대학교출판부 2003

이병한 외≪中國詩와 詩人―唐代篇≫(共) 사람과 책 1998

이종진 외≪中國詩와 詩人―宋代篇≫(共) 亦樂出版社 2004

李治洙≪陸游詩研究≫ 文史哲出版社 1991

柳晟俊≪中國唐詩研究≫(上·下) 國學資料院 1994

상동≪唐詩論考≫ 北京 中國文學出版社 1994

상동≪淸詩話研究≫ 國學資料院 1999

상동≪王維詩比較研究≫ 北京 京華出版社 1999

상동≪唐代 大歷才子詩 研究≫ 韓國外大出版部 2002

상동≪初唐詩와 盛唐詩 研究≫ 國學資料院 2001

상동≪中唐詩와 晚唐詩 研究≫ 푸른사상 2005

李家源≪韓國漢文學史≫ 民衆書館 1976

金台俊≪朝鮮漢文學史≫ 漢城圖書株式會社 昭和6년

閔丙秀≪韓國漢詩史≫ 太學社 1996

孫八洲≪申緯詩文學研究≫ 民族出版社 1996

鄺健行≪韓國詩話中論中國詩資料選粹≫ 中華書局 2002

柳晟俊≪韓國漢詩와 唐詩의 比較≫ 푸른사상 2002

상동≪中國詩歌和韓國漢詩的交融≫ 香港 東亞文化出版社 2005

상동≪淸詩話와 朝鮮詩話의 唐詩論≫ 푸른사상 2008

상동≪新羅와 渤海 漢詩의 唐詩論的 考察≫ 푸른사상 2009

색 인

中國 唐宋詩話 解題 [2]

초판 인쇄 — 2021년 4월 5일
초판 발행 — 2021년 4월 15일

저 자 — 柳 晟 俊

발행인 — 金 東 求

발행처 — 명 문 당(창립 1923년 10월 1일)
　　　　서울특별시 종로구 윤보선길 61(안국동)
　　　　우체국 010579-01-000682
　　　　전화 (02) 733-3039, 734-4798
　　　　FAX (02) 734-9209
　　　　Homepage / www.myungmundang.net
　　　　E-mail / mmdbook1@hanmail.net
　　　　등록 1977.11.19. 제1-148호

ISBN　979-11-90155-93-9　94820
ISBN　979-11-90155-91-5 (세트)